《子夜》是20世纪世界文学巨著中，可以和《追忆逝水年华》《百年孤独》相媲美的杰作。

　　　　　　　　——（日本著名文学研究家）筱田一士

墨虫图书

李观政/主编

语文新课标必读丛书

教育部语文新课程标准推荐书目

茅盾小说精选
《子夜》

茅 盾/著　　叶浅予/绘

北京师范大学出版集团

BEIJING NORMAL UNIVERSITY PUBLISHING GROUP

北京师范大学出版社

图书在版编目（CIP）数据

茅盾小说精选／茅盾著．—北京：北京师范大学出版社，2018.7
（语文新课标必读丛书）
ISBN 978-7-303-23749-4

Ⅰ. ①茅… Ⅱ. ①茅… Ⅲ. ①长篇小说-中国-现代 ②短篇小说-
小说集-中国-现代 Ⅳ. ①I246

中国版本图书馆 CIP 数据核字（2018）第 104801 号

营　销　中　心　电　话　010-58808056 58807669
北 师 大 出 版 社 少 儿 教 育 分 社　http://Child.bnup.com

MAODUN XIAOSHUO JINGXUAN

出版发行: 北京师范大学出版社 www.bnup.com
　　　　　北京市海淀区新街口外大街 19 号
　　　　　邮政编码: 100875
印　　刷: 天津中印联印务有限公司
经　　销: 全国新华书店
开　　本: 642mm×915mm　1/16
印　　张: 31
字　　数: 408 千字
版　　次: 2018 年 7 月第 1 版
印　　次: 2018 年 7 月第 1 次印刷
定　　价: 39.80 元

策划编辑: 刘　冬　　　责任编辑: 薛　萌
特约编辑: 陈万亨　孙敬艳　装帧设计: 吴晓莉
美术编辑: 袁　麟　　　责任印制: 乔　宇
责任校对: 陈　民

总　序

　　教育部于2001年颁布了作为基础教育课程改革核心内容的《全日制义务教育语文课程标准（实验稿）》，2011年又对义务教育阶段（小学、初中）的课程标准进行了修订，颁布了《义务教育语文课程标准（2011年版）》（以下简称《课程标准》）。《课程标准》是教材编写、教学、评估和考试命题的依据，是国家管理和评价课程的基础。

　　《课程标准》明确提出"要重视培养学生广泛的阅读兴趣，扩大阅读面，增加阅读量，提高阅读品位。提倡少做题，多读书，好读书，读好书，读整本的书"，并规定了不同阶段学生的阅读总量，指定和推荐了具体的课外读物书目。从推荐书目可以看出，《课程标准》把中小学生的课外阅读，尤其是中外名著的阅读摆到了非常重要的位置上。

　　语言学家、教育家吕叔湘先生曾一再强调课外阅读的重要性，他认为自己的语文能力70%是得之于课外阅读。多读课外书可以提高语文能力，这是所有人特别是语文能力较好的人的共同体会。而中外名著则是学生课外阅读的首选，因为中外名著是人类数千年的文化积累与文明传承，这些经过历史的积淀与检验的文化财富，是我们取之不尽，用之不竭的知识源泉。

　　基于以上考虑，北京师范大学出版社凭借自身的教育研究资源，组织了一批学者和专家，包括当代著名的作家、翻译家、语文教育研究者、特级教师等，根据《课程标准》推荐书目，并吸收了一些权威学者最新的关于青少年阅读研究成果和阅读书目的推荐意见，精心编撰了这套"语文新课标必读丛书"。本套丛书经过周到的考量和严格的筛选，最终选定了包含有童话、寓言、故事、诗歌散文、长篇文学名著、中国古典名著、历史读物、科普科幻作品等各种类别的必读书目。

本套丛书是专门为广大中小学生倾力打造的经典读物，版本完善，内容准确，体例设置科学实用。丛书中的外国文学名著均为全译本，我们选用了著名翻译家的译本，并编排了大量的由国外绘画大师绘制的精美原版插图，其中大部分插图都是首次在国内图书中呈现。针对中国古典名著、国学类图书，我们邀请了包括蔡义江、张景、马东瑶等在内的众多学者和专家，由他们负责编写和把关，以确保此类图书的权威性与专业性。

丛书通过"导读""旁批""要点评析""考点精选"等栏目，对名著的精髓部分、重点、难点、考点，进行了细致的讲解与指导，以帮助学生有效积累文学知识，掌握阅读方法，借鉴写作技巧，切实提高语文素养。我们还针对其中思想内涵较深的作品，组织原书的著译者和相关学者、专家编写了权威、专业的点评，通过对作品重点篇章、重要段落、内容要点、精彩语句的批注和评析，实现了对作品全面、深入的剖析与解读，使读者能够轻松领悟名著精髓，充分理解名著内涵，真正读懂名著、读活名著。

我们希望通过本套丛书的出版，能够有效调动学生的阅读热情，提高其阅读品位。希望广大中小学生把本套丛书当成良师益友，与名著同行，在阅读中成长。

李观政

2014年6月于北京

目　录

子夜

Zi Ye

一

太阳刚刚下了地平线。软风一阵一阵地吹上人面，怪痒痒的。苏州河的浊水幻成了金绿色，轻轻地，悄悄地，向西流去。黄浦的夕潮不知怎的已经涨上了，现在沿这苏州河两岸的各色船只都浮得高高的，舱面比码头还高了约莫半尺。风吹来外滩公园里的音乐，却只有那炒豆似的铜鼓声最分明，也最叫人兴奋。暮霭挟着薄雾笼罩了外白渡桥的高耸的钢架，电车驶过时，这钢架下横空架挂的电车线时时爆发出几朵碧绿的火花。从桥上向东望，可以看见浦东的洋栈像巨大的怪兽，蹲在暝色中，闪着千百只小眼睛似的灯火。向西望，叫人猛一惊的，是高高地装在一所洋房顶上而且异常庞大的霓虹电管广告，射出火一样的赤光和青燐似的绿焰：Light，Heat，Power！①

这时候——这天堂般五月的傍晚，有三辆一九三〇年式的雪铁笼汽车像闪电一般驶过了外白渡桥，向西转弯，一直沿北苏州路去了。

过了北河南路口的上海总商会以西的一段，俗名唤作"铁马路"，是行驶内河的小火轮的汇集处。那三辆汽车到这里就减低了速率。第一辆车的汽车夫轻声地对坐在他旁边的穿一身黑拷绸衣裤

---

① Light，Heat，Power！ 英语。意即光，热，力！

的彪形大汉说：

"老关！是戴生昌罢？"

"可不是！怎么你倒忘了？您准是给那只烂污货迷昏了啦！"

老关也是轻声说，露出一口好像连铁梗都咬得断似的大牙齿。他是保镖的。此时汽车戛然而止，老关忙即跳下车去，摸摸腰间的勃朗宁，又向四下里瞥了一眼，就过去开了车门，威风凛凛地站在旁边。车厢里先探出一个头来，紫酱色的一张方脸，浓眉毛，圆眼睛，脸上有许多小疱。看见迎面那所小洋房的大门上正有"戴生昌轮船局"六个大字，这人也就跳下车来，一直走进去。老关紧跟在后面。

"云飞轮船快到了么？"

紫酱脸的人傲然问，声音洪亮而清晰。他大概有四十岁了，身材魁梧，举止威严，一望而知是颐指气使惯了的"大亨"。他的话还没完，坐在那里的轮船局办事员霍地一齐站了起来，内中有一个瘦长子堆起满脸的笑容抢上一步，恭恭敬敬回答：

"快了，快了！三老爷，请坐一会儿罢。——倒茶来。"

瘦长子一面说，一面就拉过一把椅子来放在三老爷的背后。三老爷脸上的肌肉一动，似乎是微笑，对那个瘦长子瞥了一眼，就望着门外。这时三老爷的车子已经开过去了，第二辆汽车补了缺，从车厢里下来一男一女，也进来了。男的是五短身材，微胖，满面和气的一张白脸。女的却高得多，也是方脸，和三老爷有几分相像，但颇白嫩光泽。两个都是四十开外的年纪了，但女的因为装饰入时，看来至多不过三十左右。男的先开口：

"荪甫，就在这里等候么？"

紫酱色脸的荪甫还没回答，轮船局的那个瘦长子早又赔笑说：

"不错，不错，姑老爷。已经听得拉过回声。我派了人在那里看着，专等船靠了码头，就进来报告。顶多再等五分钟，五分钟！"

"呀，福生，你还在这里么？好！做生意要有长性。老太爷向来就说你肯学好。你有几年不见老太爷罢？"

"上月回乡去，还到老太爷那里请安。——姑太太请坐罢。"

叫做福生的那个瘦长男子听得姑太太称赞他，快活得什么似的，一面急口回答，一面转身又拖了两把椅子来放在姑老爷和姑太太的背后，又是献茶，又是敬烟。他是苏甫三老爷家里一个老仆的儿子，从小就伶俐，所以苏甫的父亲——吴老太爷特嘱苏甫安插他到这戴生昌轮船局。但是苏甫他们三位且不先坐下，眼睛都看着门外。门口马路上也有一个彪形大汉站着，背向着门，不住地左顾右盼；这是姑老爷杜竹斋随身带的保镖。

杜姑太太轻声松一口气，先坐了，拿一块印花小丝巾，在嘴唇上抹了几下，回头对苏甫说：

"三弟，去年我和竹斋回乡去扫墓，也坐这云飞船。是一条快船。单趟直放，不过半天多，就到了；就是颠得厉害。骨头痛。这次爸爸一定很辛苦的。他那半肢疯，半个身子简直不能动。竹斋，去年我们看见爸爸坐久了就说头晕——"

姑太太说到这里一顿，轻轻吁了一口气，眼圈儿也像有点红了。她正想接下去说，猛地一声汽笛从外面飞来。接着一个人跑进来喊道：

"云飞靠了码头了！"

姑太太也立刻站了起来，手扶着杜竹斋的肩膀。那时福生已经飞步抢出去，一面走，一面扭转脖子，朝后面说：

"三老爷，姑老爷，姑太太；不忙，等我先去招呼好了，再出来！"

轮船局里其他的办事人也开始忙乱；一片声唤脚夫。就有一架预先准备好的大藤椅由两个精壮的脚夫抬了出去。苏甫眼睛望着外边，嘴里说：

"二姐，回头你和老太爷同坐一八八九号，让四妹和我同车，竹斋带阿萱。"

姑太太点头，眼睛也望着外边，嘴唇翕翕地动：在那里念佛！竹斋含着雪茄，微微地笑着，看了苏甫一眼，似乎说"我们走罢"。恰好福生也进来了，十分为难似的皱着眉头：

"真不巧。有一只苏州班的拖船停在里挡——"

"不要紧。我们到码头上去看罢！"

苏甫截断了福生的话，就走出去了。保镖的老关赶快也跟上去。后面是杜竹斋和他的夫人，还有福生。本来站在门口的杜竹斋的保镖就作了最后的"殿军"。

云飞轮船果然泊在一条大拖船——所谓"公司船"的外边。那只大藤椅已经放在云飞船头，两个精壮的脚夫站在旁边。码头上冷静静地，没有什么闲杂人；轮船局里的两三个职员正在那里高声吆喝，轰走那些围近来的黄包车夫和小贩。苏甫他们三位走上了那"公司船"的甲板时，吴老太爷已经由云飞的茶房扶出来坐上藤椅子了。福生赶快跳过去，做手势，命令那两个脚夫抬起吴老太爷，慢慢地走到"公司船"上。于是儿子、女儿、女婿，都上前相见。虽然路上辛苦，老太爷的脸色并不难看，两圈红晕停在他的额角。可是他不作声，看看儿子、女儿、女婿，只点了一下头，便把眼睛闭上了。

这时候，和老太爷同来的四小姐蕙芳和七少爷阿萱也挤上那"公司船"。

"爸爸在路上好么？"

杜姑太太——吴二小姐，拉住了四小姐，轻声问。

"没有什么。只是老说头眩。"

"赶快上汽车罢！福生，你去招呼一八八九号的新车子先开来。"

苏甫不耐烦似的说。让两位小姐围在老太爷旁边，苏甫和竹斋，阿萱就先走到码头上。一八八九号的车子开到了，藤椅子也上了岸，吴老太爷也被扶进汽车里坐定了，二小姐——杜姑太太跟着便坐在老太爷旁边。本来还是闭着眼睛的吴老太爷被二小姐身上的香气一刺激，便睁开眼来看一下，颤着声音慢慢地说：

"芙芳，是你么？要蕙芳来！蕙芳！还有阿萱！"

苏甫在后面的车子里听得了，略皱一下眉头，但也不说什么。老太爷的脾气古怪而且执拗，苏甫和竹斋都知道。于是四小姐蕙芳和七少爷阿萱都进了老太爷的车子。二小姐芙芳舍不得离开父亲，便也挤在那里。两位小姐把老太爷夹在中间。马达声音响了，一八八九号汽车开路，已经动了，忽然吴老太爷又锐声叫了起来：

“《太上感应篇》[①]！”

这是裂帛似的一声怪叫。在这一声叫喊中，吴老太爷的残余生命力似乎又复旺炽了；他的老眼闪闪地放光，额角上的淡红色转为深朱，虽然他的嘴唇簌簌地抖着。

一八八九号的汽车夫立刻把车煞住，惊惶地回过脸来。苏甫和竹斋的车子也跟着停止。大家都怔住了。四小姐却明白老太爷要的是什么。她看见福生站在近旁，就唤他道：

“福生，赶快到云飞的大餐间里拿那部《太上感应篇》来！是黄绫子的书套！”

吴老太爷自从骑马跌伤了腿，终至成为半肢疯以来，就虔奉《太上感应篇》，二十余年如一日；除了每年印赠而外，又曾恭楷手抄一部，是他坐卧不离的。

一会儿，福生捧着黄绫子书套的《太上感应篇》来了。吴老太爷接过来恭恭敬敬摆在膝头，就闭了眼睛，干瘪的嘴唇上浮出一丝放心了的微笑。

“开车！”

二小姐轻声喝，松了一口气，一仰脸把后颈靠在弹簧背垫上，也忍不住微笑。这时候，汽车愈走愈快，沿着北苏州路向东走，到了外白渡桥转弯朝南，那三辆车便像一阵狂风，每分钟半英里，一九三〇年式的新纪录。

坐在这样近代交通的利器上，驱驰于三百万人口的东方大都市上海的大街，而却捧了《太上感应篇》，心里专念着文昌帝君[②]的“万恶淫为首，百善孝为先”的告诫，这矛盾是很显然的了。而尤其使这矛盾尖锐化的，是吴老太爷的真正虔奉《太上感应篇》，完全不同于上海的借善骗钱的“善棍”。可是三十年前，吴老太爷却还是顶呱呱的“维新党”。祖若父两代侍郎，皇家的恩泽不可谓不

---

① 《太上感应篇》：书名。内容多取自东晋葛洪的《抱朴子》，是一部宣扬道家因果报应等迷信思想的书。

② 文昌帝君：道教奉为主宰人间功名禄籍的神。

厚，然而吴老太爷那时却是满腔子的"革命"思想。普遍于那时候的父与子的冲突，少年的吴老太爷也是一个主角。如果不是二十五年前习武骑马跌伤了腿，又不幸而渐渐成为半身不遂的毛病，更不幸而接着又赋悼亡①，那么现在吴老太爷也许不至于整天捧着《太上感应篇》罢？然而自从伤腿以后，吴老太爷的英年浩气就好像是整个儿跌丢了；二十五年来，他就不曾跨出他的书斋半步！二十五年来，除了《太上感应篇》，他就不曾看过任何书报！二十五年来，他不曾经验过书斋以外的人生！第二代的"父与子的冲突"又在他自己和苏甫中间不可挽救地发生。而且如果说上一代的侍郎可算得又怪僻，又执拗，那么，吴老太爷正亦不弱于乃翁；书斋便是他的堡寨，《太上感应篇》便是他的护身法宝，他坚决地拒绝了和儿子妥协，亦既有十年之久了！

虽然此时他已经坐在一九三〇年式的汽车里，然而并不是他对儿子妥协。他早就说过，与其目击儿子那样的"离经叛道"的生活，倒不如死了好！他绝对不愿意到上海。苏甫向来也不坚持要老太爷来，此番因为土匪实在太嚣张，而且邻省的共产党红军也有燎原之势，让老太爷高卧家园，委实是不妥当。这也是儿子的孝心。吴老太爷根本就不相信什么土匪，什么红军，能够伤害他这虔奉文昌帝君的积善老子！但是坐卧都要人扶持，半步也不能动的他，有什么办法？他只好让他们从他的"堡寨"里抬出来，上了云飞轮船，终于又上了这"子不语"的怪物——汽车。正像二十五年前是这该诅咒的半身不遂使他不能到底做成"维新党"，使他不得不对老侍郎的"父"屈服，现在仍是这该诅咒的半身不遂使他又不能"积善"到底，使他不得不对新式企业家的"子"妥协了！他就是那么样始终演着悲剧！

但毕竟尚有《太上感应篇》这护身法宝在他手上，而况四小姐蕙芳，七少爷阿萱一对金童玉女，也在他身旁，似乎虽入"魔窟"，亦未必竟堕"德行"，所以吴老太爷闭目养了一会神以后，渐渐泰然怡然睁开眼睛来了。

---

① 两晋文学家潘岳长于诗赋，其妻死后，曾赋悼亡诗三首，后因称丧妻为"赋悼亡"。

7

汽车发疯似的向前飞跑。吴老太爷向前看。天哪！几百个亮着灯光的窗洞像几百只怪眼睛，高耸碧霄的摩天建筑，排山倒海般地扑到吴老太爷眼前，忽地又没有了；光秃秃的平地拔立的路灯杆，无穷无尽地，一杆接一杆地，向吴老太爷脸前打来，忽地又没有了；长蛇阵似的一串黑怪物，头上都有一对大眼睛放射出叫人目眩的强光，啵——啵——地吼着，闪电似的冲将过来，准对着吴老太爷坐的小箱子冲将过来！近了！近了！吴老太爷闭了眼睛，全身都抖。他觉得他的头颅仿佛是在颈脖子上旋转；他眼前是红的、黄的、绿的、黑的、发光的、立方体的、圆锥形的——混杂的一团，在那里跳，在那里转；他耳朵里灌满了轰，轰，轰！轧，轧，轧！啵，啵，啵！猛烈嘈杂的声浪会叫人心跳出腔子似的。

不知经过了多少时候，吴老太爷悠然转过一口气来，有说话的声音在他耳边动荡：

"四妹，上海也不太平呀！上月是公共汽车罢工，这月是电车了！上月底共产党在北京路闹事，捉了几百，当场打死了一个。共产党有枪呢！听三弟说，各工厂的工人也都不稳。随时可以闹事。时时想暴动。三弟的厂里、三弟公馆的围墙上，都写满了共产党的标语……"

"难道巡捕不捉么？"

"怎么不捉！可是捉不完。啊哟！真不知道哪里来的这许多不要性命的人！——可是，四妹，你这一身衣服实在看了叫人笑。这还是十年前的装束！明天赶快换一身罢！"

是二小姐芙芳和四小姐蕙芳的对话。吴老太爷猛睁开了眼睛，只见左右前后都是像他自己所坐的那种小箱子——汽车。都是静静地一动也不动。横在前面不远，却像开了一道河似的，从南到北，又从北到南，匆忙地杂乱地交流着各色各样的车子；而夹在车子中间，又有各色各样的男人女人，都像有鬼赶在屁股后似的跌跌撞撞地快跑。不知从什么高处射来的一道红光，又正落在吴老太爷身上。

这里正是南京路同河南路的交叉点，所谓"抛球场"。东西行的车辆此时正在那里静候指挥交通的红绿灯的命令。

"二姊，我还没见过三嫂子呢。我这一身乡气，会惹她笑痛了肚子罢。"

蕙芳轻声说，偷眼看一下父亲，又看看左右前后安坐在汽车里的时髦女人。芙芳笑了一声，拿出手帕来抹一下嘴唇。一股浓香直扑进吴老太爷的鼻子，痒痒地似乎怪难受。

"真怪呢！四妹。我去年到乡下去过，也没看见像你这一身老式的衣裙。"

"可不是。乡下女人的装束也是时髦得很呢，但是父亲不许我——"

像一枝尖针刺入吴老太爷迷惘的神经，他心跳了。他的眼光本能地瞥到二小姐芙芳的身上。他第一次意识地看清楚了二小姐的装束；虽则尚在五月，却因今天骤然闷热，二小姐已经完全是夏装；淡蓝色的薄纱紧裹着她的壮健的身体，一对丰满的乳房很显明地突出来，袖口缩在臂弯以上，露出雪白的半只臂膊。一种说不出的厌恶，突然塞满了吴老太爷的心胸，他赶快转过脸去，不提防扑进他视野的，又是一位半裸体似的只穿着亮纱坎肩，连肌肤都看得分明的时装少妇，高坐在一辆黄包车上，翘起了赤裸裸的一只白腿，简直好像没有穿裤子。"万恶淫为首"！这句话像鼓槌一般打得吴老太爷全身发抖。然而还不止此。吴老太爷眼珠一转，又瞥见了他的宝贝阿萱却正张大了嘴巴，出神地贪看那位半裸体的妖艳少妇呢！老太爷的心卜地一下狂跳，就像爆裂了似的再也不动，喉间是火辣辣地，好像塞进了一大把的辣椒。

此时指挥交通的灯光换了绿色，吴老太爷的车子便又向前进。冲开了各色各样车辆的海，冲开了红红绿绿的耀着肉光的男人女人的海，向前进！机械的骚音，汽车的臭屁，和女人身上的香气，霓虹电管的赤光——一切梦魇似的都市的精怪，毫无怜悯地压到吴老太爷杇弱的心灵上，直到他只有目眩，只有耳鸣，只有头晕！直到他的刺激过度的神经像要爆裂似的发痛，直到他的狂跳不歇的心脏不能再跳动！

呼噜呼噜的声音从吴老太爷的喉间发出来，但是都市的骚音太大了，二小姐、四小姐和阿萱都没有听到。老太爷的脸色也变了，但是在不断的红绿灯光的映射中，谁也不能辨别谁的脸色有什么异样。

汽车是旋风般向前进。已经穿过了西藏路，在平坦的静安寺路上开足了速率。路旁隐在绿荫中射出一点灯光的小洋房连排似的扑过来，一眨眼就过去了。五月夜的凉风吹在车窗上，猎猎地响。四小姐蕙芳像是摆脱了什么重压似的松一口气，对阿萱说：

"七弟，这可长住在上海了。究竟上海有什么好玩，我只觉得乱烘烘地叫人头痛。"

"住惯了就好了。近来是乡下土匪太多，大家都搬到上海来。四妹，你看这一路的新房子，都是这两年内新盖起来的。随你盖多少新房子，总有那么多的人来住。"

二小姐接着说，打开她的红色皮包，取出一个粉扑，对着皮包上装就的小镜子便开始化起妆来。

"其实乡下也还太平。谣言还没有上海那么多。七弟，是么？"

"太平？不见得罢！两星期前开来了一连兵，刚到关帝庙里驻扎好了，就向商会里要五十个年青的女人——补洗衣服；商会说没有，那些八太爷就自己出来动手拉。我们隔壁开水果店的陈家嫂不是被他们拉了去么？我们家的陆妈也是好几天不敢出大门……"

"真作孽！我们在上海一点不知道。我们只听说共产党要掳女人去共。"

"我在镇上就不曾见过半个共军。就是那一连兵，叫人头痛！"

"吓，七弟，你真糊涂！等到你也看见，那还了得！竹斋说，现在的共产党真厉害，九流三教里，到处全有。防不胜防。直到像雷一样打到你眼前，你才觉到。"

这么说着，二小姐就轻轻吁一声。四小姐也觉毛骨悚然。只有不很懂事的阿萱依然张大了嘴胡胡地笑。他听得二小姐把共产党说成了神出鬼没似的，便觉得非常有趣；"会像雷一样的打到你眼前来么？莫不是有了妖术罢！"他在肚子里自问自答。这位七少爷今年虽已十九岁，虽然长得极漂亮，却因为一向就做吴老太爷的"金童"，很有几分傻。

此时车上的喇叭突然呜呜地叫了两声，车子向左转，驶入一条静荡荡的浓荫夹道的横马路，灯光从树叶的密层中洒下来，斑斑驳驳地落在二小姐她们身上。车子也走得慢了。二小姐赶快把化妆皮包收拾好，转脸看着老太爷轻声说：

"爸爸，快到了。"

"爸爸睡着了！"

"七弟，你喊得那么响！二姊，爸爸闭了眼睛养神的时候，谁也不敢惊动他！"

但是汽车上的喇叭又是呜呜地连叫三声，最后一声拖了个长尾巴。这是暗号。前面一所大洋房的两扇乌油大铁门霍地荡开，汽车就轻轻地驶进门去。阿萱猛地从座位上站起来，看见苏甫和竹斋的汽车也衔接着进来，又看见铁门两旁站着四五个当差，其中有武装的巡捕。接着，砰——的一声，铁门就关上了。此时汽车在花园里的柏油路上走，发出细微的、*丝丝*的声音。黑森森的树木夹在柏油路两旁，三三两两的电灯在树荫间闪烁。蓦地车又转弯，眼前一片雪亮，耀得人眼花，五开间三层楼的一座大洋房在前面了，从屋子里散射出来的无线电音乐在空中回翔，咕——的一声，汽车停下。

有一个清脆的声音在汽车旁边叫：

"太太！老太爷和老爷他们都来了！"

从晕眩的突击中方始清醒过来的吴老太爷吃惊似的睁开了眼睛。但是紧抓住了这位老太爷的觉醒意识的第一刹那却不是别的，而是刚才停车在"抛球场"时七少爷阿萱贪婪地看着那位半裸体似的妖艳少妇的那种邪魔的眼光，以及四小姐蕙芳说的那一句"乡下女人装束也时髦得很呢，但是父亲不许我——"的声浪。

刚一到上海这"魔窟"，吴老太爷的"金童玉女"就变了！

无线电音乐停止了，一阵女人的笑声从那五开间洋房里送出来，接着是高跟皮鞋错落地阁阁地响，两三个人形跳着过来，内中有一位粉红色衣服，长身玉立的少妇，袅着细腰抢到吴老太爷的汽车边，一手拉开了车门，娇声笑着说：

"爸爸，辛苦了！二姊，这是四妹和七弟么？"

同时就有一股异常浓郁使人窒息的甜香，扑头压住了吴老太爷。而在这香雾中，吴老太爷看见一团蓬蓬松松的头发乱纷纷地披在白中带青的圆脸上，一对发光的滴溜溜转动的黑眼睛，下面是红得可怕的两片嘻开的嘴唇。蓦地这披发头扭了一扭，又响出银铃似的声音：

"荪甫！你们先进去。我和二姊扶老太爷！四妹，你先下来！"

吴老太爷集中全身最后的生命力摇一下头。可是谁也没有理他。四小姐擦着那披发头下去了，二小姐挽住老太爷的左臂，阿萱也从旁帮一手，老太爷身不由主地便到了披发头的旁边了，就有一条滑腻的臂膊箍住了老太爷的腰部，又是一串艳笑，又是兜头扑面的香气。吴老太爷的心只是发抖，《太上感应篇》紧紧地抱在怀里。有这样的意思在他的快要炸裂的脑神经里通过："这简直是夜叉，是鬼！"

超乎一切以上的憎恨和愤怒忽然给予吴老太爷以长久未有的力气。仗着二小姐和吴少奶奶的半扶半抱，他很轻松地上了五级的石阶，走进那间灯火辉煌的大客厅了。满客厅的人！迎面上前的是荪甫和竹斋。忽然又飞跑来两个青年女郎，都是披着满头长发，围住了吴老太爷叫唤问好。她们嘈杂地说着笑着，簇拥着老太爷到一张高背沙发椅里坐下。

吴老太爷只是瞪出了眼睛看。憎恨、忿怒，以及过度刺激，烧得他的脸色变为青中带紫。他看见满客厅是五颜六色的电灯在那里旋转，旋转，而且愈转愈快。近他身旁有一个怪东西，是浑圆的一片金光，嘀嘀地响着，徐徐向左右移动，吹出了叫人气噎的猛风，像是什么金脸的妖怪在那里摇头作法。而这金光也愈摇愈大，塞满了全客厅，弥漫了全空间了！一切红的、绿的电灯，一切长方形、椭圆形、多角形的家具，一切男的、女的人们，都在这金光中跳着转着。粉红色的吴少奶奶，苹果绿色的一位女郎，淡黄色的又一女郎，都在那里疯狂地跳，跳！她们身上的轻绡掩不住全身肌肉的轮廓，高耸的乳峰，嫩红的乳头，腋下的细毛！无数的高耸的乳峰，颤动着，颤动着的乳峰，在满屋子里飞舞了！而夹在这乳峰的舞阵中间的，是荪甫的多疱的方脸，以及满是邪魔的阿萱的眼光。突然吴老太爷又看见这一切颤动着飞舞着的乳房像乱箭一般射到他胸前，堆积起来，堆积起来，重压着，重压着，压在他胸脯上，压在那部摆在他膝头的《太上感应篇》上，于是他又听得狂荡的艳笑，房屋摇摇欲倒。

"邪魔呀！"吴老太爷似乎这么喊，眼里迸出金花。他觉得有千万斤压在他胸口，觉得脑袋里有什么东西爆裂了，碎断了；猛地拔地长出两个人来，粉红色的吴少奶奶和苹果绿色的女郎，都嘻开了血色的嘴唇像要来咬。吴老太爷脑壳里梆的一响，两眼一翻，就什么都不知道了。

"表叔！认得我么？素素，我是张素素呀！"

站在吴老太爷面前的穿苹果绿色Grafton①轻绡的女郎兀自笑嘻嘻地说，可是在她旁边捧着一杯茶的吴少奶奶蓦地惊叫了一声，茶杯掉在地下。满客厅的人都一跳！死样沉寂的一刹那！接着是暴雷般的脚步声，都拥到吴老太爷的身边来了。十几张嘴同时在问在叫。吴老太爷脸色像纸一般白，嘴唇上满布着白沫，头颅歪垂着。黄绫套子的《太上感应篇》啪的一声落在地下。

"爸爸，爸爸！怎么了？醒醒罢，醒醒罢！"

二小姐捧住了吴老太爷的头，颤抖着声音叫，竹斋伸长了脖子，挨在二小姐肩下，满脸的惊惶。抓住了老太爷左手的荪甫却是一脸怒容，厉声斥骂那些围近来的当差和女仆：

"滚开！还不快去拿冰袋来么？快，快！"

冰袋！冰袋！老太爷发痧了！——一迭声传出去。当差们满屋子乱跑。略站得远些的淡黄色衣服的女郎拉住了张素素低声问：

"素！你看见老太爷是怎么一来就发晕了呢？"

张素素瞪大了眼睛，说不出话来，她丰满的胸脯像波浪似的一起一伏。那边吴少奶奶却气喘喘地断断续续地在说：

"我捧了茶来，——看见，看见，爸爸——头一歪，眼睛闭了，嘴里出白沫——白沫！脸色也就完全变了。发痧，发痧……是痰火么？爸爸向来有这毛病么？"

二小姐一手掐住老太爷的人中，一面急口地追问那呆呆地站着淌眼泪的四小姐：

---

① Crafton，一种名贵的外国纱。——作者原注。

吴老太爷脑壳里梆的一响，两眼一翻，就什么都不知道了。

"四妹，四妹！爸爸发过这种病么？发过罢！你说，你说哟！"

"要是痰火上，转过一口气来，就不要紧了。只要转一口气，一口气！"

竹斋看着荪甫说，慌慌张张地把他那个随身携带的鼻烟壶递过去。荪甫一手接了鼻烟壶，也不回答竹斋，只是横起了怒目前前后后看，一面喝道："挤得那么紧！单是这股子人气也要把老太爷熏坏了！——怎么冰袋还不来！佩瑶，这里暂时不用你帮忙；你去亲自打电话请丁医生！——王妈！催冰袋去！"于是他又对二小姐摆手："二姊，不要慌张！爸爸胸口还是热的呢！在这沙发椅上不是办法，我们先抬爸爸到那架长沙发榻上去罢。"这么说着，也不等二小姐的回答，荪甫就把老太爷抱起来，众人都来帮一手。

刚刚把老太爷放在一张蓝绒垫子的长而且阔的沙发榻上，打电话去请医生的吴少奶奶也回来了。据她说：十分钟内，丁医生就可以到；而在他未到以前，切莫惊扰病人，应该让病人躺在安静的房间里。此时王妈捧了冰袋来。荪甫一手接住，就按在老太爷的前额，一面看着那个站在客厅门口的当差高升说：

"去叫几个人来抬老太爷到小客厅！还有，丁医生就要来，吩咐号房留心！"

忽然老太爷的手动了一下，喉间一声响，就有像是痰块的白沫从嘴里冒出来。"好了！"——几张嘴同声喊，似乎心头松一下。吴少奶奶在张素素襟头抢了一方白丝手帕揩去了老太爷嘴上的东西，一面对荪甫使眼色。荪甫皱了眉头。竹斋和二小姐也是苦着脸。老太爷额角上爆出的青筋就有蚯蚓那么粗，喉间的响声更大更急促了，白沫也不住地冒。俄而手又一动，眼皮有点跳，终于半睁开了。

"怎么丁医生还不来？先抬进小客厅罢！"

荪甫搓着手自言自语地说，回头对站在那里等候命令的四个当差一摆手。四个当差就上前抬起了那张长沙发榻，走进大客厅左首的小客厅；竹斋，荪甫，吴少奶奶，二小姐，四小姐，都跟了进去。阿萱自始就站在那里呆呆地出神，此时像觉醒似的，慌慌张张向四面一看，也跑进小客厅去了。砰——的一声，小客厅的门就此关上。

留在大客厅里的人们悄悄地等候着，谁也不开口。张素素倚在一架华美硕大的无线电收音机旁边，垂着头，看地上的那部《太上感应篇》，似乎很在那里用心思。两个穿洋服的男客，各自据了一张沙发椅，手托住了头，慢慢地吸香烟；有时很焦灼地对小客厅的那扇门看一眼。

电灯光依然柔和地照着一切。小风扇的浑圆的金脸孔依然嘶嘶地响着，徐徐转动，把凉风送到各人身上，吹拂起他们的衣裾。然而这些一向是快乐的人们此时却有一种不可名状的不安压住在心头。

钢琴旁边坐着那位穿淡黄色衣服的女郎，随手翻弄着一本琴谱。她的相貌很像吴少奶奶，她是吴少奶奶的嫡亲妹子，林二小姐。

呆呆地在出神的张素素忽然像是想着了什么，猛地抬起头来，向四面看看，似乎要找谁说话；一眼看见那淡黄色衣服的女郎正也在看她，就跑到钢琴前面，双手一拍，低声地然而郑重地说：

"佩珊！我想老太爷一定是不中用了！我见过——"

那边两位男客都惊跳起来，睁大了询问的眼睛，走到张素素旁边了。

"你怎么知道一定不中用？"

林佩珊迟疑地问，站了起来。

"我怎么知道？唉——因为我看见过人是怎样死的呀！"

几个男女仆人此时已经围绕在这两对青年男女的周围了，听得张素素那么样说，忍不住都笑出声来。张素素却板起脸儿不笑。她很神秘地放低了声音，再加以申明：

"你们看老太爷吐出来的就是痰么？不是！一百个不是！这是白沫！大凡人死在热天，就会冒出这种白沫来，我见过。你们说今天还不算热么？八十度哪！真怪！还只五月十七，——玉亭，我的话对不对？你说！"

张素素转脸看住了男客中间的一个，似乎硬要他点一下头。

这人就是李玉亭：中等身材，尖下巴，戴着程度很深的近视眼镜。他不说“是”，也没说“不是”，只是微微笑着。这使得张素素老大不高兴，向李玉亭白了一眼，她噘起猩红的小嘴唇，叽叽咕咕地说：

“好！我记得你这一遭！大凡教书的人总是那么灰色的，大学教授更甚。学生甲这么说，学生乙又是那么说，好，我们的教授既不敢左袒，又不敢右倾，只好摆出一副挨打的脸儿嘻嘻地傻笑。——但是，李教授李玉亭呀！你在这里不是上课，这里是吴公馆的会客厅！”

李玉亭当真不笑了，那神气就像挨了打似的。站在林佩珊后面的男客凑到她耳朵边轻轻地不知说了怎么一句，林佩珊就嗤的一声笑了出来，并且把她那俊俏的眼光在张素素脸上掠过。立刻张素素的嫩脸上飞起一片红云，她陡地扭转腰肢，扑到林佩珊身上，恨恨地说：

“你们表兄妹捣什么鬼！说我的坏话？非要你讨饶不行！”

林佩珊吃吃地笑着，保护着自己的顶怕人搔摸的部分，一步一步往后退，又夹在笑声中叫道：

“博文，是你闯祸，你倒袖手旁观呢！”

此时忽然来了汽车的喇叭声，转瞬间已到大客厅前，就有一个高大的穿洋服的中年男子飞步跑进来，后面跟着两个穿自制服的看护妇捧着很大的皮包。张素素立刻放开了林佩珊，招呼那新来者：

“好极了，丁医生！病人在小客厅！”

说着，她就跳到小客厅门前，旋开了门，让丁医生和看护妇都进去了，她自己也往门里一闪，随手就带上了门。

林佩珊一面掠头发，一面对她的表哥范博文说：

“你看丁医生的汽车就像救火车，直冲到客厅前。”

“但是丁医生的使命却是要燃起吴老太爷身里的生命之火，而不是扑灭那个火。”

“你又在做诗了么？嘻——”

林佩珊佯嗔地睃了她表哥一眼，就往小客厅那方向走。但在未到之前，小客厅的门开了，张素素轻手轻脚踅出来，后面是一个看护妇，将她手里的白瓷方盘对伺候客厅的当差一扬，说了一个字："水！"接着，那看护妇又缩了进去，小客厅的门依然关上。

探询的眼光从四面八方射出来，集中于张素素的脸上。张素素摇头，不作声，闷闷地绕着一张花梨木的圆桌子走。随后，她站在林佩珊他们三个面前，悄悄地说：

"丁医生说是脑充血，是突然受了猛烈刺激所致。有没有救，此刻还没准。猛烈的刺激？真是怪事！"

听的人们都面面相觑，不作声。过了一会儿，李玉亭似乎要挽救张素素刚才的嗔怒，应声虫似的也说了一句：

"真是怪事！"

"然而我的眼睛就要在这怪事中看出不足怪。吴老太爷受了太强的刺激，那是一定的。你们试想，老太爷在乡下是多么寂静；他那二十多年足不窥户的生活简直是不折不扣的坟墓生活！他那书斋，依我看来，就是一座坟！今天突然到了上海，看见的，听到的，嗅到的，哪一样不带有强烈的太强烈的刺激性？依他那样的身体，又上了年纪，若不患脑充血，那就当真是怪事一桩！"

范博文用他那缓慢的女性的声调说，脸上亮晶晶的似乎很得意。他说完了，就溜过眼波去找林佩珊的眼光。林佩珊很快地回看他一眼，就抿着嘴一笑。这都落在张素素的尖利的观察里了，她故意板起了脸，鼻子里哼一声：

"范诗人！你又在做诗么？死掉了人，也是你的诗题了！"

"就算我做诗的时机不对，也不劳张小姐申申而詈呵！"

"好！你是要你的林妹妹申申而詈的罢？"

这次是林佩珊的脸上飞红了。她对张素素啐了一声，就讪讪地走开了。范博文毫不掩饰地跟着她。然而张素素似乎感到更悲哀，蹙着眉尖，又绕走那张花梨木的圆桌子了。李玉亭站在那里摸下巴。客厅里静得很，只有小风扇的单调的荷荷的声响。间或飞来了外边马路上汽车的喇叭叫，但也是像要睡去似的没有一丝儿劲。几个男当差像棍子似的站着。王妈和另一个女仆头碰头地在密谈，可是只见她们的嘴唇皮动，却听不到声音。

小客厅的门开了，高大的身形一闪，是丁医生。他走到摆着烟卷的黄铜椭圆桌子边，从银匣里检了一支雪茄烟燃着了，吐一口气，就在沙发椅里坐下。

"怎样？"

张素素走到丁医生跟前轻声问。

"十分之九是没有希望。刚才又打一针。"

"今晚上挨不过罢？"

"总是今晚上的事！"

丁医生放下雪茄，又回到小客厅里去了。张素素悄悄地跑过去，将小客厅的门拉上了，蓦地跳转身来，扑到林佩珊面前，抱住了她的细腰，脸贴着脸，一边乱跳，一边很痛苦地叫道：

"佩珊！佩珊！我心里难过极了！想到一个人会死，而且会突然的就死，我真是难过极了！我不肯死！我一定不能死！"

"可是我们总有一天要死。"

"不能！我一定不能死！佩珊，佩珊！"

"也许你和大家不同，老了还会脱壳；——可是，素，不要那么乱揉，你把我的头发弄成个什么样子！啊，啊，啊！放手！"

"不要紧，明天再去一次Beauty Parlour①——哦，佩珊，佩珊！如果一定得死，我倒愿意刺激过度而死！"

林佩珊惊异地叫了一声，看看张素素的眼睛，这眼睛现在闪着异样兴奋的光芒，和平常时候完全不同。

"就是过度刺激！我想，死在过度刺激里，也许最有味，但是我绝对不需要像老太爷今天那样的过度刺激，我需要的是另一种，是狂风暴雨，是火山爆裂，是大地震，是宇宙混沌那样的大刺激，大变动！啊，啊，多么奇伟，多么雄壮！"

这么叫着，张素素就放了林佩珊，退后一步，落在一张摇椅里，把手掩住了脸孔。

_____

① Beauty Parlour，英语。意即美容馆。

站在那里听她们谈话的李玉亭和范博文都笑了，似乎料不到张素素有这意外的一转一收。范博文看见林佩珊还是站在那里发怔，就走去拉一下她的手。林佩珊一跳，看清楚了是范博文，就给他一个娇嗔。范博文翘起右手的大拇指，向张素素那边虚指了一指，低声说：

"你明白么？她所需要的那种刺激，不是'灰色的教授'所能给予的！可是，刚才她实在颇有几分诗人的气分。"

林佩珊先自微笑，听到最后一句，她忽然冷冷地瞥了范博文一眼，鼻子里轻轻一哼，就懒洋洋地走开了。范博文立刻明白自己的说话有点被误会，赶快抢前一步，拉住了佩珊的肩膀。但是林佩珊十分生气似的挣脱了范博文的手，就跑进了客厅右首后方的一道门，砰的一声，把门关上。范博文略一踌躇，也就赶快跟过去，飞开了那道门，就唤"珊妹"。

林佩珊关门的声音将张素素从沉思中惊醒。她抬起头来看，又垂下眼去；放在一张长方形的矮脚琴桌上的黄绫套子的《太上感应篇》首先映入她的眼内。她拿起那套书，翻开来看。是朱丝栏夹贡纸端端正正的楷书。卷后有吴老太爷在"甲子年仲春"写的跋文：

余既镌印文昌帝君《太上感应篇》十万部，广布善缘，又手录全文……

张素素忍不住笑了一声，正想再看下去，忽然脑后有人轻声说：
"吴老太爷真可谓有信仰，有主义，终生不渝。"
是李玉亭，正靠在张素素坐椅的背后，烟卷儿夹在手指中。张素素侧着头仰脸看了他一眼，便又低头去翻看那《太上感应篇》。过一会儿，她把《太上感应篇》按在膝头，猛地问道：
"玉亭，你看我们这社会到底是怎样的社会？"
冷不防是这么一问，李玉亭似乎怔住了；但他到底是经济学教授，立即想好了回答：
"这倒难以说定。可是你只要看看这儿的小客厅，就得了解答。这里面有一位金融界的大亨，又有一位工业界的巨头；这小客厅就是中国社会的缩影。"

"但是也还有一位虔奉《太上感应篇》的老太爷！"

"不错，然而这位老太爷快就要——断气了。"

"内地还有无数的吴老太爷。"

"那是一定有的。却是一到了上海就也要断气。上海是——"

李玉亭这句话没有完，小客厅的门开了，出来的是吴少奶奶。除了眉尖略蹙而外，这位青年美貌的少奶奶还是和往常一样的活泼。看见只李玉亭和张素素在这里，吴少奶奶的眼珠一溜，似乎很惊讶；但是她立刻一笑，算是招呼了李张二位，便叫高升和王妈来吩咐：

"老太爷看来是拖不过今天晚上的了。高升，你打电话给厂里的莫先生，叫他马上就来。应该报丧的亲戚朋友就得先开一个单子。花园里，各处，都派好了人去收拾一下。搁在四层屋顶下的木器也要搬出来。人手不够，就到杜姑老爷公馆里去叫。王妈，你带几个人去收拾三层楼的客房，各房里的窗纱、台布、沙发套子，都要换好。"

"老太爷身上穿了去的呢？还有，看什么板——"

"这不用你办。现在还没商量好，也许包给万国殡仪馆。你马上打电话到厂里叫账房莫先生来。要是厂里抽得出人，就多来几个。"

"老太爷带来的行李，刚才'戴生昌'送来了，一共二十八件。"

"那么，王妈，你先去看看，用不到的行李都搁到四层屋顶去。"

此时小客厅里在叫"佩瑶"了，吴少奶奶转身便跑了回去，却在带上那道门之前，露出半个头来问道：

"佩珊和博文怎么不见了呢？素妹，请你去找一下罢。"

张素素虽然点头，却坐着不动。她在追忆刚才和李玉亭的讨论，想要拾起那断了的线索。李玉亭也不作声，吸着香烟，踱方步。这时已有九点钟，外面园子里人来人往，骤然活动；树荫中，湖山石上，几处亭子里的电灯，也都一齐开亮了。王妈带了几个粗做女仆进客厅来，动手就换窗上的绛色窗纱。一大包沙发套子放在地板上。客厅里的地毯也拿出去扑打。

忽然小客厅里一阵响动以后，就听得杂乱的哭声，中间夹着唤"爸爸"。张素素和李玉亭的脸上都紧张起来了。张素素站起来，很焦灼地徘徊了几步，便跑到小客厅门前，推开了门。这门一开，哭声就灌满了大客厅。丁医生搓着手，走到大客厅里，看着李玉亭说：

"断气了！"

接着苏甫也跑出来，脸色郁沉，吩咐了当差们打电话去请秋律师来，转身就对李玉亭说：

"今晚上要劳驾在这里帮忙招呼了。此刻是九点多，报馆里也许已经不肯接收论前广告，可是我们这报丧的告白非要明天见报不行。只好劳驾去办一次交涉。底稿，竹斋在那里拟。五家大报一齐登！——高升，怎么莫先生还没有来呢？"

高升站在大客厅门外的石阶上，正想回话，二小姐已经跑出来拉住了苏甫说：

"刚才和佩瑶商量，觉得老太爷大殓的时刻还是改到后天上午好些，一则不匆促，二则曾沧海舅父也可以赶到了。舅父是顶会挑剔的！"

苏甫沉吟了一会儿，终于毅然回答：

"我们连夜打急电去报丧，赶得到赶不到，只好不管了；舅父有什么话，都由我一人担当。大殓是明天下午二时，决不能改动的了！"

二小姐还想争，但是苏甫已经跑回小客厅去了。二小姐跟着也追进去。

这时候，林佩珊和范博文手携着手，正从大客厅右首的大餐室门里走出去，一眼看见那乱哄哄的情形，两个人都怔住了。佩珊看着博文低声说：

"难道老太爷已经去世了么？"

"我是一点也不以为奇。老太爷在乡下已经是'古老的僵尸'，但乡下实际就等于幽暗的'坟墓'，僵尸在坟墓里是不会'风化'的。现在既到了现代大都市的上海，自然立刻就要'风化'。去罢！你这古老社会的僵尸！去罢！我已经看见五千年老僵尸的旧中国也已经在新时代的暴风雨中间很快地很快地在那里风化了！"

林佩珊抿着嘴笑，掷给了范博文一个娇媚的佯嗔。

二

清晨五时许，疏疏落落下了几点雨。有风。比昨晚上是凉快得多了。华氏寒暑表降低了差不多十度。但是到了九时以后，太阳光射散了阴霾的云气，像一把火伞撑在半天，寒暑表的水银柱依然升到八十度，人们便感到更不可耐的热浪的威胁。

拿着"引"字白纸帖的吴府执事人们，身上是黑大布的长褂，腰间扣着老大厚重又长又阔整段白布做成的一根腰带，在烈日底下穿梭似的刚从大门口走到作为灵堂的大客厅前，便又赶回到大门口再"引"进新来的吊客——一个个都累得满头大汗了。十点半钟以前，这一班的八个人有时还能在大门口那班"鼓乐手"旁边的木长凳上尖着屁股坐这么一二分钟，撩起腰间的白布带来擦脸上的汗，又用那"引"字的白纸帖代替扇子，透一口气，抱怨吴三老爷不肯多用几个人；可是一到了毒太阳直射头顶的时候，吊客像潮水一般涌到，大门口以及灵堂前的两班鼓乐手不换气似的吹着打着，这班"引"路的执事人们便简直成为来来往往跑着的机器，连抱怨吴三老爷的念头也没有工夫去想了，至多是偶然望一望灵堂前伺候的六个执事人，暗暗羡慕他们的运气好。

汽车的喇叭叫；笛子，唢呐，小班锣，混合着的"哀乐"；当差们挤来挤去高呼着"某处倒茶，某处开汽水"的叫声；发车饭钱处的争吵；大门口巡捕暗探赶走闲杂人们的吆喝；烟卷的辣味，人身上的汗臭：都结成一片，弥漫了吴公馆的各厅各室以及那个占地八九亩的园子。

灵堂右首的大餐室里，满满地挤着一屋子的人。环洞桥似的一架红木百宝橱，跨立在这又长又阔的大餐室的中部，把这屋子分隔为前后两部。后半部右首一排窗，望出去就是园子，紧靠着窗，有一架高大的木香花棚，将绿荫和浓香充满了这半间房子；左首便是墙壁了，却开着一前一后的两道门，落后的那道门外边是游廊，此时也摆着许多茶几椅子，也攒集着一群吊客，在那里高谈阔论；"标金""大条银""花纱""几两几钱"的声浪，震得人耳聋，中间更夹着当差们开汽水瓶的嘶的声音。但在游廊的最左端，靠近着一道门，却有一位将近三十岁的男子，一身黄色军衣，长筒马靴，左胸挂着三四块景泰蓝的证章，独自坐在一张摇椅里，慢慢地喝着汽水，时时把眼光射住了身边的那一道门。这门现在关着，偶或闪开了一条缝，便有醉人的脂粉香和细碎的笑语声从缝里逃出来。

忽然这位军装男子放下了汽水杯子站起来，马靴后跟上的钢马刺碰出叮——的声音，他做了个立正的姿势，迎着那道门里探出来的一个女人的半身，就是一个六十度的鞠躬。

女人是吴少奶奶，冷不防来了这么一个隆重的敬礼，微微一怔。但当这位军装男子再放直了身体的时候，吴少奶奶也已经恢复了常态，微笑点着头说：

"呀，是雷参谋！几时来的？——多谢，多谢！"

"哪里话，哪里话！本想明天来辞行，如今恰又碰上老太爷的大事，是该当来送殓的。听说老太爷是昨晚上去世，那么，吴夫人，您一定辛苦得很。"

雷参谋谦逊地笑着回答，眼睛却在打量吴少奶奶的居丧素装：黑纱旗袍，紧裹在臂上的袖子长过肘，裾长到踝，怪幽静地衬出顾长窈窕的身材；脸上没有脂粉，很自然的两道弯弯的不浓也不淡的眉毛，眼眶边微微有点红，眼睛却依然那样发光，滴溜溜地时常转动，——每一转动，放射出无限的智慧，无限的爱娇。雷参谋忍不住心里一跳。这样清丽秀媚的"吴少奶奶"在他是第一次看到，然而埋藏在他心深处已有五年之久的另一个清丽秀媚的影子——还不叫做"吴少奶奶"而只是"密司林佩瑶"，猛地浮在他眼前，而且在啃啮他的心了。这一"过去"的再现，而且恰在此时，委实太残酷！于是雷参谋不等吴少奶奶的回答，咬着嘴唇，又是一个鞠躬，就赶快走开，从那些"标金""棉纱"的声浪中穿过，他跑进那大餐室的后半间去了。

刚一进门，就有两个声音同时招呼他：

"呀！雷参谋！来得好，请你说罢！"

这一声不约而同的叫唤，像禁咒似的立刻奏效；正在争论着什么事的人声立刻停止了，许多脸都转了方向，许多眼光射向这站在门边的雷参谋的身上。尚在雷参谋脑膜上粘着的吴少奶奶淡妆的影子也立刻消失了。他微微笑着，眼光在众人脸上扫过，很快地举起右手碰一下他的军帽沿，又很快地放下，便走到那一堆人跟前，左手拍着一位矮胖子的肩膀，右手抓住了伸出来给他的一只手，好像松出一口气似的说道：

"你们该不是在这里讨论几两几钱的标金和花纱罢？那个，我是全然外行。"

矮胖子不相信似的挺起眉毛大笑，可是他的说话机会却被那位伸手给雷参谋的少年抢了去了：

"不是标金，不是花纱，却也不是你最在行的狐步舞、探戈舞，或是《丽娃丽妲》歌曲①，我们是在这里谈论前方的军事。先坐了再说罢。"

"哎！黄奋！你的嘴里总没有好话！"

雷参谋装出抗议的样子，一边说，一边皱一下眉头，便挤进了那位叫做黄奋的西装少年所坐的沙发榻里。和雷参谋同是黄埔出身，同在战场上嗅过火药，而且交情也还不差，但是雷参谋所喜欢的擅长的玩意儿，这黄奋却是全外行；反之，这黄奋爱干的"工作"虽然雷参谋也能替他守秘密，可是谈起来的时候，雷参谋总是摇头。这两个人近来差不多天天见面，然而见面时没有一次不是吵吵闹闹的。现在，当这许多面熟陌生的人们跟前，黄奋还是那股老

---

① 《丽娃丽妲》歌曲　Rio Rita，当时流行的美国电影《丽娃丽妲》中的一支歌曲。

脾气，雷参谋就觉得怪不自在，很想躲开去，却又不好意思拔起腿来马上就走。

　　静默了一刹那。似乎因为有了新来者，大家都要讲究礼让，都不肯抢先说话。此时，麇集在这大餐室前半间的另一群人却在嘈杂的谈话中爆出了哄笑。"该死！……还不打他？"夹在笑声中，有人这么嚷。雷参谋觉得这声音很熟，转过脸去看，但是矮胖子和另一位细头长脖子的男人遮断了他的视线。他们是坐在一张方桌子的旁边，背向着那架环洞桥式的百宝橱，桌子上摆满了汽水瓶和水果碟。矮胖子看见雷参谋的眼光望着细头长脖子的男人，便以为雷参谋要认识他，赶快站起来说：

　　"我来介绍。雷参谋。这位是孙吉人先生，太平洋轮船公司总经理。"

　　雷参谋笑了，他对孙吉人点点头；接过一张名片来，匆匆看了一眼，就随便应酬着：

　　"孙先生还办皖北长途汽车么？一手兼管水陆交通。佩服，佩服。"

　　"可不是！孙吉翁办事有毅力，又有眼光，就可惜这次一开仗，皖北恰在军事区域，吉翁的事业只得暂时停顿一下。——但是，雷参谋，近来到底打得怎样了？"

　　矮胖子代替了孙吉人回答。他是著名的"喜欢拉拢"，最会替人吹，朋友中间给他起的诨名叫"红头火柴"，——并非因为他是光大火柴厂的老板，却实在是形容他的到处"一擦就着"就和红头火柴差不多。他的真姓名周仲伟反而因此不彰。

　　当下周仲伟的话刚刚出口，就有几个人同声喊道：

　　"到底打得怎样了？怎样了？"

　　雷参谋微微一笑，只给了个含糊的回答：

　　"大致和报纸上的消息差不多。"

　　"那是天天说中央军打胜仗啰，然而市面上的消息都说是这边不利。报纸上没有正确的消息，人心就更加恐慌。"

　　一位四十多岁长着两撇胡子的人说，声音异常高朗。雷参谋认得他是大兴煤矿公司的总经理王和甫；两年前雷参谋带一团兵驻扎在河南某县的时候，曾经见过他。

大家都点头，对于王和甫的议论表同情。孙吉人这时摇着他的长脖子发言了。

　　"市面上的消息也许过甚其词。可是这次来的伤兵真不少！敝公司的下水船前天在浦口临时被扣，就运了一千多伤兵到常州，无锡一带安插。据伤兵说的看来，那简直是可怕。"

　　"日本报上还说某人已经和北方默契，就要倒戈！"

　　坐在孙吉人斜对面的一位丝厂老板朱吟秋抢着说，敌意地看了雷参谋一眼，又用肘弯碰碰他旁边的陈君宜，五云织绸厂的老板，一位将近四十岁的瘦男子。陈君宜却只是微笑。

　　雷参谋并没觉到朱吟秋的眼光有多少不友意，也没留意到朱吟秋和陈君宜中间的秘密的招呼；可是他有几分窘了。身为现役军人的他，对于这些询问，当真难以回答。尤其使他不安的，是身边还有一个黄奋，素来惯放"大炮"。沉吟了一下以后，他就看着孙吉人说：

　　"是贵公司的船运了一千伤兵么？这次伤的人，光景不少。既然是认真打仗，免不了牺牲；可是敌方的牺牲更大！黄奋，你记得十六年五月我们在京汉线上作战的情形么？那时，我们四军十一军死伤了两万多，汉口和武昌成了伤兵世界，可是我们到底打了胜仗呢。"

　　说到这里，雷参谋的脸上闪出红光来了；他向四周围的听者瞥了一眼，考察他自己的话语起了多少影响，同时便打算转换谈话的方向。却不料黄奋冷笑着说出这么几句尖利的辩驳：

　　"你说十六年五月京汉线上的战事么？那和现在是很不相同的呀！那时的死伤多，因为是拼命冲锋！但现在，大概适得其反罢？"

　　就好像身边爆开了一颗炸弹，雷参谋的脸色突然变了。他站了起来，向四周围看看，蓦地又坐了下去，勉强笑着说：

　　"老黄，你不要随便说话！"

　　"随便说话？我刚才的话语是不是随便，你自然明白。不然，为什么你到现在还逗留在后方？"

　　"后天我就要上前线去了！"

雷参谋大声回答，脸上逼出一个狞笑。这一声"宣言"式的叫喊，不但倾动了眼前这一群人，连那边——前半间的人们，也都受了影响；那边的谈话声突然停止了，接着就有几个人跑过来。他们并没听清楚是怎么一回事，只看见"红头火柴"周仲伟堆起满脸笑容，手拉着雷参谋的臂膊，眼看着孙吉人说：

"吉翁，我们明天就给雷参谋饯行，明天晚上？"

孙吉人还没回答，王和甫抢先表示同意：

"我和雷参谋有旧，算我的东罢！——再不然，就是三个人的公份，也行。"

于是这小小的临时谈话会就分成了两组。周仲伟、孙吉人、王和甫及其他的三四位，围坐在那张方桌子旁边，以雷参谋为中心，互相交换着普通酬酢的客气话。另一组，朱吟秋、陈君宜等八九人，则攒集在右首的那排窗子前，大半是站着，以黄奋为中心，依然在谈论着前方的胜败。从那边——大餐室前半间跑来的几位，就加入了这一组。黄奋的声音最响，他对着新加进来的一位唐云山，很露骨地说：

"云山，你知道么？雷鸣也要上前线去了！这就证明了前线确是吃紧；不然，就不会调到他。"

"那还用说！前几天野鸡岗一役，最精锐的新编第一师全军覆没。德国军官的教练，最新式的德国军械，也抵不住西北军的不怕死！——可是，雷鸣去干什么？仍旧当参谋罢？"

"大概是要做旅长了。这次阵亡的旅团长，少说也有半打！"

"听说某要人受了伤，某军长战死，——是假呢，是真？"

朱吟秋突然插进来问。唐云山大笑，眼光在黄奋脸上一掠，似乎说："你看！消息传得广而且快！"可是他的笑声还没完，就有一位补充了朱吟秋的报告：

"现在还没死。光景是重伤。确有人看见他住在金神父路的法国医院里。"

说这话的是陈君宜，似乎深恐别人不相信他这确实的消息，既然用了十分肯定的口吻，又掉转头去要求那位又高又大的丁医生出来作一个旁证：

"丁医生，你一定能够证明我这消息不是随便说说的罢？法国医院里的柏医生好像就是你的同学。你不会不知道。"

大家的眼光都看定了丁医生了。在先，丁医生似乎摸不着头脑，不懂得陈君宜为什么要拉扯到他；但他随即了然似的一笑，慢慢地说：

"不错。受伤的军官非常多。我是医生，什么枪弹伤，刺刀伤，炮弹碎片伤，我不会不知道，我可以分辨得明明白白；但是讲到什么军长呀，旅团长呀，我可是整个儿搅不明白。我的职业是医生，在我看来，小兵身上的伤和军长身上的伤，根本就没有什么两样：所以弄来弄去，我还是不知道究竟有没有军长，或者谁是军长！"

嗤！——静听着的那班人都笑出声来了。笑声过后，就是不满意。第一个是陈君宜，老大不高兴地摇着头。七嘴八舌的争议又起来了。但是忽然从外间跑来了一个人，一身白色的法兰绒西装，梳得很光亮的头发，匆匆地挤进了丁医生他们这一堆，就像鸟儿拣食似的拣出了一位穿淡青色印度绸长衫，嘴唇上有一撮"牙刷须"的中年男子，拍着他的肩膀喊道：

"壮飞，公债又跌了！你的十万裁兵怎样？谣言太多，市场人气看低，估量来还要跌哪！"

这比前线的战报更能震动人心！嘴唇上有一撮"牙刷须"的李壮飞固然变了脸色，那边周仲伟和雷参谋的一群也赶快跑过来探询。这年头儿，凡是手里有几文的，谁不钻在公债里翻觔斗？听说是各项公债库券一齐猛跌，各人的心事便各人不同："空头"们高兴得张大了嘴巴笑，"多头"①们眼泪往肚子里吞！

"公债又跌了！停板了！"

有人站在那道通到游廊去的门边高声喊叫。立刻就从游廊上涌

---

① "空头""多头"，交易所中不同的投机方式。空头，即投机者估计证券或商品等投机对象有跌价趋势时，先抛售期货，待跌价后再买进，借以获得差额利润。因其以先抛售为基础，补进前手头空缺一笔证券或商品，故称"空头"。多头则趁将涨价时买进期货，待涨后伺机抛出以获利。因其抛出前手头多有一笔证券或商品，故称"多头"。二者均以买空卖空为特点。

进来一彪人，就是先前在那里嚷着"标金""花纱""几两几钱"的那伙人，都瞪大了眼睛，伸长了脖子，向这边探一下，向那边挤一步，乱哄哄地问道：

"是关税么？"

"是编造么？"

"是裁兵么？"

"棺材边①！大家做吴老太爷哪！"

这一句即景生情的俏皮话引得一些哭丧着脸儿的投机失败者也破声笑了。此时尚留在大餐室前半间的五六位也被这个突然卷起来的公债旋涡所吸引了。可是他们站得略远些，是旁观者的态度。这中间就有范博文和荪甫的远房族弟吴芝生，社会学系的大学生。范博文闭起一只眼睛，嘴里喃喃地说：

"投机的热狂哟！投机的热狂哟！你，黄金的洪水！泛滥罢！泛滥罢！冲毁了一切堤防！……"

于是他猛地在吴芝生的肩头拍一下，大声问道：

"芝生，刚才跑进来的那个穿白色西装的漂亮男子，你认识么？他是一个怪东西呢！韩孟翔是他的名字，他做交易所的经纪人，可是他也会做诗，——很好的诗！咳，黄金和诗意，在他身上，就发生了古怪的联络！——算了，我们走罢，找小杜和佩珊去罢！那边小客厅里的空气大概没有这里那么混浊，没有那么铜臭冲天！"

范博文不管吴芝生同意与否，拉住他就走。此时哄集在大餐室里的人们也渐渐走散，只剩下五六位，——和公债涨跌没有多大切身关系的企业家以及雷参谋、黄奋、唐云山那样的政治人物，在那里喝多量的汽水，谈许多的话。可是他们的谈话题材现在却从军事

---

① 那时做公债的人喜欢做关税，裁兵，编遣三种；然因市场变动剧烈，做此三种公债者，往往今日拥资巨万，明日即成为白手，故好事者戏称此辈做公债者为困在"棺材边"，言其险也。"棺材边"实为"关税，裁兵，编造"三者第一字之谐音。——作者原注。

政治移到了娱乐——轮盘赌、咸肉庄①、跑狗场、必诺浴②、舞女、电影明星；现在，雷参谋觉得发言很自由了。

　　时间也慢慢地移近了正午。吊客渐少。大门口以及灵堂前的两班鼓乐手现在是"换班"似的吹打着。有时两班都不作声，人们便感到那忽然从耳朵边抽去了什么似的异样的清寂。那时候，"必诺浴""舞女""电影明星"，一切这些魅人的名词便显得格外响亮。

　　蓦地大家的嘴巴都闭住了，似乎这些赤裸裸的、肉感的纵谈在这猛然"清寂"的场合，有点不好意思。

　　唐云山下意识地举起手来搔他那光秃秃的头顶，向座中的人们瞥了一眼，突然哈哈大笑。于是大家也会意似的一阵哄笑，挽回了那个出乎意料的僵局。

　　笑声过后，雷参谋望着周仲伟，很正经地说：

　　"大家都说金贵银贱是中国振兴实业推广国货的好机会，实际上究竟怎样？"

　　周仲伟闭了眼睛摇头。过一会儿，他这才睁开眼来忿忿地回答：

　　"我是吃尽了金贵银贱的亏！制火柴的原料——药品、木梗、盒子壳，全是从外洋来的；金价一高涨，这些原料也跟着涨价，我还有好处么？采购本国原料罢？好！原料税、子口税、厘捐③，一重一重加上去，就比外国原料还要贵了！况且日本火柴和瑞典火柴又是拼命来竞争，中国人又不知道爱国，不肯用国货……"

　　但是周仲伟这一套提倡国货的大演说只好半途停止了，因为

---

① 咸肉庄：当时上海指称一种变相的妓院。

② 必诺浴：即土耳其浴，亦称蒸汽浴。当时上海有些蒸汽浴室常以"女子按摩"招徕顾客。

③ 子口税、厘捐：子口税，旧时海关征收的一种国内关税。当时以海关所在口岸为"母口"，凡进出口货物除在口岸海关缴纳进出口税外，尚须缴纳一部分沿途所经各内地关卡应征的税金。内地关卡称"子口"，这部分税金即称作"子口税"。厘捐，亦称厘金税。旧中国的一种商业税。主要在水陆要道设立关卡征收。因其对货物课以百分之一的捐税（以后实际上大多超出百分之一），百分之一为一厘，故称"厘捐"。

他瞥眼看见桌子上赛银烟灰盘旁边的火柴却正是瑞典货的凤凰牌。他不自然地"咳"了几声，掏出一块手帕来揿在他的胖脸上拼命地揩。唐云山笑了一笑，随手取过那盒瑞典火柴来又燃起一根茄立克，喷出一口浓烟，在周仲伟的肩头猛拍了一下说：

"对不起，周仲翁。说句老实话，贵厂的出品当真还得改良。安全火柴是不用说了，就是红头火柴也不能'到处一擦就着'，和你仲翁的雅号比较起来，差得远了。"

周仲伟的脸上立刻通红了，真像一根"红头火柴"。幸而孙吉人赶快来解围：

"这也怪不得仲翁。工人太嚣张，指挥不动。自从有了工会，各厂的出品都是又慢又坏；哎，朱吟翁，我这话对么？"

"就是这么一回事！但是，吉翁只知其一，未知其二！拿我们丝业而论，目今是可怜得很，四面围攻：工人要加工钱，外洋销路受日本丝的竞争，本国捐税太重，金融界对于放款又不肯通融！你想，成本重，销路不好，资本短绌，还有什么希望？我是想起来就灰心！"

朱吟秋也来发牢骚了。在他眼前，立刻浮现出他的四大敌人，尤其是金融界，扼住了他的咽喉；旧历端阳节转瞬便到，和他有往来的银行钱庄早就警告他不能再"通融"，他的押款一定要到期结清，可是丝价低落，洋庄清淡，他用什么去结清？他叹了一声，怨怨地又说下去：

"从去年以来，上海一埠是现银过剩。银根并不紧。然而金融界只晓得做公债，做地皮，一千万，两千万，手面阔得很！碰到我们厂家一时周转不来，想去做十万八万的押款呀，那就简直像是要了他们的性命；条件的苛刻，真叫人生气！"

大家一听这话太露骨，谁也不愿意多嘴。黄奋似乎很同情于朱吟秋，却又忍不住问道：

"我就不明白为什么你们的'厂经'专靠外洋的销路？那么中国的绸缎织造厂用的是什么丝？"

"是呀，我也不明白呢！陈先生，你一定可以回答这个问题。"

雷参谋也跟着说，转脸看看那位五云织绸厂的老板陈君宜。

可是这位老板不作声，只在那里微笑。朱吟秋代他回答：

"他们用我们的次等货。近来连次等货也少用。他们用日本生丝和人造丝。我们的上等货就专靠法国和美国的销路，一向如此。这两年来，日本政府奖励生丝出口，丝茧两项，完全免税，日本丝在里昂和纽约的市场上就压倒了中国丝。"

雷参谋和黄奋跳起来大叫怪事。他们望着在座众人的脸孔，一个一个地挨次看过去，希望发现一些"同意"，可是更使他们纳罕的是这班人的脸上一点惊异的表示都没有，好像中国丝织业不用中国丝，是当然的！此时陈君宜慢吞吞地发言了：

"搀用些日本丝和人造丝，我们也是不得已。譬如朱吟翁的厂丝，他们成本重，丝价已经不小，可是到我们手里，每担丝还要纳税六十五元六角；各省土丝呢，近来也跟着涨价了，而且每担土丝纳税一百十一元六角九分，也是我们负担的。这还是单就原料而论。制成了绸缎，又有出产税，销场税，通过税，重重迭迭的捐税，几乎是货一动，跟着就来了税。自然羊毛出在羊身上，什么都有买客来负担去，但是销路可就减少了。我们厂家要维持销路，就不得不想法减轻成本，不得不搀用些价格比较便宜的原料。……大家都说绸缎贵，可是我们厂家还是没有好处！"

接着是一刹那的沉默。风吹来外面"鼓乐手"的唢呐和笛子的声音，也显得异常悲凉，像是替中国的丝织业奏哀乐。

好久没有说话的王和甫突然站起身来，双手一拍，开玩笑似的说道：

"得了！陈君翁还可以搀用些日本丝和人造丝。我和孙吉翁呢？这回南北一开火，就只好呆在上海看跑狗，逛堂子！算了罢，他妈的实业！我们还是想点什么玩意儿来乐一下！"

他这话还没说完，猛的一阵香风，送进了一位袒肩露臂的年青女子。她的一身玄色轻纱的一九三〇年式巴黎夏季新装，更显出她皮肤的莹白和嘴唇的鲜红。没有开口说话，就是满脸的笑意；她远远地站着，只把她那柔媚的眼光瞟着这边的人堆。

第一个发见她的是周仲伟。嘴里"啊哟"了一声，这矮胖子就跳起来，举起一双臂膊在空中乱舞，嘻开了大嘴巴，喊道：

"全体起立欢迎交际花徐曼丽女士！"

男人们都愕然转过身去，还没准备好他们欢迎漂亮女子常用的那种笑脸，可是那位徐曼丽女士却已经扭着腰，用小手帕掩着嘴唇，吃吃地笑个不住。这时雷参谋也站起来了，走前一步，伸出右手来，微笑着说：

"曼丽，怎么到此刻才来？一定要罚你！"

"怎样罚呢？"

徐曼丽又是一扭腰，侧着头，故意忍住了笑似的说，同时早已走到雷参谋跟前，抓住了他的手，紧捏一下，又轻轻摇着约有四五秒钟，然后蓦地摔开，回头招呼周仲伟他们。

谈话自然又热闹起来，刚才发牢骚的朱吟秋和陈君宜也是满脸春色。乘着徐曼丽和别人周旋的时候，朱吟秋伸过头去在唐云山耳朵边说了几句。唐云山便放声大笑，不住地拿眼瞅着徐曼丽。这里，朱吟秋故意高声说：

"君翁，我想起来了。昨天和赵伯韬到华懋饭店开房间的女人是——"

徐曼丽猛地掉转头来，很用心地看了朱吟秋一眼，但立刻就又回过脸去，继续她的圆熟的应酬，同时她尖起了耳朵，打算捉住朱吟秋的每一个字。

不料接着来的却是陈君宜的声音：

"赵伯韬？做公债的赵伯韬么？他是大户多头，各项公债他都扒进。"

"然而他也扒进各式各样的女人。昨天我看见的，好像是某人家的寡妇。"

朱吟秋故意低声说，可是他准知道徐曼丽一定听得很清楚。并且他还看见这位交际花似乎全身一震，连笑声都有点异样地发抖。

雷参谋此时全神贯注在徐曼丽身上。渐渐他俩的谈话最多，也最亲热。不知他说了一句什么话，徐曼丽的脸上忽然飞起一片红晕来了；很娇媚地把头一扭，她又吃吃地笑着。王和甫坐在他们对面，看见了这个情形，翘起一个大拇指，正想喝一声"好呀！"突然唐云山从旁边闪过来，一手扳住了雷参谋的肩头，发了一句古怪的问话：

"老雷！你是在'杀多头'么？"

"什么？我从来不做公债！"

雷参谋愕然回答。

"那么，人家扒进去的东西，你为什么拼命想把她挤出来呢？"

说着，唐云山自己忍不住笑了。朱吟秋和陈君宜竟拍起掌来，也放大了喉咙笑。徐曼丽的一张粉脸立刻通红，假装作不理会，连声唤当差们拿汽水。但是大家都猜测到大概是怎么一回事，一片哄笑声就充满了这长而且阔的大餐室。

也许这戏谑还要发展，如果不是杜竹斋匆匆地跑了进来。

仿佛突然意识到大家原是来吊丧的，而且隔壁就是灵堂，而且这位杜竹斋又是吴府的至亲，于是这一群快乐的人们立刻转为严肃，有几位连连打呵欠。

杜竹斋照例的满脸和气，一边招呼，一边好像在那里对自己说：

"怎么？这里也没有苏甫啊！"

"苏甫没有来过。"

有人这么回答。杜竹斋皱起眉头，很焦灼地转了一个身，便在一连串的"少陪"声中匆匆地走了。跟着是徐曼丽和雷参谋一前一后地也溜了出去。这时大家都觉得坐腻了，就有几位跑到大餐室后面的游廊找熟人，只剩下黄奋、唐云山和孙吉人三个，仍旧挤在一张沙发榻上密谈；现在他们的态度很正经，声音很低，而且谈话的中心也变成"北方扩大会议"①以及冯阎军的战略了。

杜竹斋既然没有找得吴苏甫，就跑到花园里，抄过一段柏油路，走上最大的一座假山。在山顶的六角亭子里，有两位绅士正等得不耐烦。一个是四十多岁，中等身材，一张三角脸，深陷的黑眼睛炯炯有光；他就是刚才朱吟秋他们说起的赵伯韬，公债场上的一

---

① "北方扩大会议"：一九三〇年七月，汪精卫和以邹鲁为首的西山会议派，联合冯玉祥、阎锡山等反蒋势力，在北平召开国民党第二届中央扩大会议，以对抗蒋介石召开的国民党第三次全国代表大会，史称"北方扩大会议"。

位魔王。他先看见了杜竹斋气咻咻地走上假山来，就回头对他的同伴说：

"仲老，你看，只有杜竹斋一个，光景是荪甫不上钩罢？"

所谓"仲老"者，慢慢地拈着他的三寸多长的络腮胡子，却不回答。他总有六十岁了，方面大耳细眼睛，仪表不俗；当年"洪宪皇帝"若不是那么匆促地就倒了台，他——尚仲礼，很有"文学侍从"的资格，现在他"由官入商"，弄一个信托公司的理事长混混，也算是十分委屈的了。

杜竹斋到了亭子里坐下，拿出手帕来擦干了脸上的细汗珠，这才看着赵尚两位说：

"找不到荪甫。灵堂前固然没有，太太们也说不知道。楼上更没有。我又不便到处乱问。不是你们叮嘱过留心引起别人的注意么？——你们先把事情说清楚了，回头我再和他商量罢。"

"事情就是组织秘密公司做公债多头，刚才已经说过了；两天之内，起码得调齐四百万现款，我和仲老的力量不够。要是你和荪甫肯加入，这件事就算定规了，不然，大家拉倒！"

赵伯韬打起他的粤腔普通话，很快地说。他那特有的炯炯的眼光从深陷的眼眶里射出来，很留心地在那里观察杜竹斋的表情。

"我就不明白为什么你还想做多头。这几天公债的跌风果然是受了战事的影响，将来还可以望涨，但战事未必马上就可以结束罢？并且陇海，平汉两路，中央军非常吃紧，已经是公开的秘密了。零星小户多头一齐出笼，你就尽量收，也抬不起票价。况且离本月交割期不过十来天，难道到期你想收货么？那个，四百万现款也还不够！——"

"你说的是大家的看法。这中间还有奥妙！"

赵伯韬截住了杜竹斋的议论，很神秘地微笑着。杜竹斋仰起头来闭了眼睛，似乎很在那里用心思。他知道赵伯韬神通广大，最会放空气，又和军政界有联络，或许他得了什么秘密的军事消息罢？然而不像。杜竹斋再睁开眼来，猛地看见赵伯韬的尖利而阴沉的眼光正射在自己脸上，于是突然一个转念在他脑筋上一跳：老赵本来是多头大户，交割期近，又夹着个旧历端阳节，他一定感到恐慌，因而什么多头公司莫非是他的"金蝉脱壳"计罢？——但是尚仲礼为什么也跟着老赵呢？老尚可不是多头呀！这么自己心里又一反问，杜竹斋忍不住对尚仲礼瞥了一眼。

可是这位尚仲老神色很安详，翘起三根指头在那里慢慢地捋胡子。

"什么奥妙？"

杜竹斋一面还在心里盘算，一面随口问；他差不多已经决定了敷衍几句就走，决定不加入赵伯韬的"阴谋"中间了，可是赵伯韬的回答却像一道闪电似的使他一跳：

"仲老担保，西北军马上就要退！本月份交割以前，公债一定要回涨！"

虽然赵伯韬说的声音极低，杜竹斋却觉得正像晴天一霹雳，把满园子的嘈杂声和两班鼓乐手的吹打声都压下去了，他愕然望着尚仲礼，半信半疑地问道：

"哦——仲老看得那么准？"

"不是看得准，是'做'得准呀！"

尚仲礼捋着胡子低声回答，又笑眯眯地看了赵伯韬一眼。然而杜竹斋还是不明白。尚仲礼说的这个"做"字，自然有奥妙，并且竹斋素来也信托尚仲礼的"担保"，但目前这件事进出太大，不能不弄个明白。迟疑不定的神色就很显然地浮上了杜竹斋的山羊脸儿。

赵伯韬拍着腿大笑，凑到杜竹斋的耳朵边郑重地说：

"所以我说其中有奥妙啦！花了钱可以打胜仗，这是大家都知道的。但是花了钱也可叫人家打败仗，那就没有几个人想得到了。——人家得了钱，何乐而不败一仗。"

杜竹斋几乎不能相信自己的耳朵。他想了一想，猛然站起来，伸出手来，翘起一个大拇指在尚仲礼脸前一晃，啧啧地满口地恭维道：

"仲老，真佩服，满腹经纶！这果然是奥妙！"

"那你是一定加一股了。荪甫呢？你和他接洽。"

赵伯韬立刻逼紧一步；看他那神气，似乎要马上定局。

尚仲礼却看出杜竹斋还有点犹豫。他知道杜竹斋虽然好利，却又异常多疑，远不及吴荪甫那样敢作敢为，富于魄力。于是他就故意放松一步，反倒这么说：

"虽然是有人居间，和那边接洽过一次，而且条件也议定了，却是到底不敢说十拿九稳呀。和兵头儿打交道，原来就带三分危险；也许那边临时又变卦。所以竹翁还是先去和荪甫商量一下，回头我们再谈。"

"条件也讲定了么？"

"讲定了。三十万！"

赵伯韬抢着回答，似乎有点不耐烦。

杜竹斋把舌头一伸，嘻嘻地笑了。

"整整三十万！再多，我们不肯；再少，他们也不干。实足一万银子一里路；退三十里，就是三十万。"

尚仲礼慢吞吞地说，他那机灵的细眼睛钉住了杜竹斋的山羊脸。

经过了一个短短的沉默。终于杜竹斋的眼睛里耀着坚决的亮光，看看尚仲礼，又看看赵伯韬，三个人不约而同地大笑起来。接着，三个头便攒在一处，唧唧喳喳地谈得非常有劲儿。

这时候，隔了一个鱼池，正对着那个六角亭子的柳树荫下草地上，三个青年男子和两位女郎也正在为了一些"问题"而争论。女郎们并不多说话，只把她们的笑声送到鱼池边，惊起了水面上午睡的白鹅。

"算了！你们停止辩论，我就去找他们来。"

一位精神饱满的猫脸少年说，他是杜竹斋的幼弟学诗，工程科的大学生。

"林小姐，你赞成么？"

吴芝生转过脸去问林佩珊。但是林佩珊装作不曾听得，只顾拉着张素素的手好像打秋千似的荡着。范博文站在林佩珊的旁边，不置可否地微笑。

"没有异议就算通过！"

杜学诗一边叫，一边就飞步跑向"灵堂"那边去了。这里吴芝生垂着头踱了几步，忽然走近范博文身边，很高兴地问道：

"还有一个问题，你敢再和我打赌么？"

"你先说出来，也许并不成问题的。"

"就是四小姐蕙芳和七少爷阿萱的性格将来会不会起变化。"

"这个，我就不来和你赌了。"

"我来赌！芝生，你先发表你的意见，变呢，不变？"

张素素摔开了林佩珊的手，插进来说，就走到吴芝生的跟前。

"赌什么呢，也是一个Kiss罢？"

"如果我赢了呢？我可不愿意Kiss你那样的鬼脸！"

范博文他们都笑起来了。张素素却不笑，翘起一条腿，跳着旋一个圈子，她想到吴四小姐那样的拘束腼腆，叫人看着又生气又可怜；阿萱呢，相貌真不差，然而神经错乱，有时聪明，有时就浑得厉害。都是吴老太爷的"《太上感应篇》教育"的成绩。这么想着，张素素觉得心口怪不舒服，她倒忘记了赌赛，恰好那时杜学诗又飞跑着来了，后面两个人，一位是吴府法律顾问秋隼律师，另一位便是李玉亭。

此时从对面假山上的六角亭子里送来了赵伯韬他们三个人的笑声。李玉亭抬头一看，就推着秋隼的臂膊，低声说：

"金融界三巨头！你猜他们在那里干什么？"

秋隼微笑，正想回答，却被吴芝生的呼声打断了：

"秋律师，李教授，现在要听你们两人的意见。——你们不能说假话！我和范博文是打了赌的！问题是：一个人又要顾全民族的利益，又要顾全自己阶级的利益，这中间有没有冲突？"

"把你们的意见老实说出来！芝生和博文是打了赌的，这中间关系不浅！"

杜学诗也在一旁帮着喊，却拿眼去看林佩珊。但是林佩珊装作什么都不管，蹲在草地上拣起一片一片的玫瑰花瓣来摆成了很大的一个"文"字。

因为秋隼摇头，李玉亭就先发言：

"那要看是怎样身份的人了。"

"不错。我们已经举过例了。譬如说，苏甫和厂里的工人。现在厂丝销路清淡，苏甫对工人说：'我们的"厂经"成本太重，不能和日本丝竞争，我们的丝业就要破产了；要减轻成本，就不得不减低工钱。为了民族的利益，工人们只好忍痛一时，少拿几个工钱。'但是工人们回答：'生活程度高了，本来就吃不饱，再减工钱，那是要我们的命了。你们有钱做老板，总不会饿肚子，你们要顾全民族利益，请你们忍痛一时，少赚几文罢。'——看来两面都有理。可是两方面的民族利益和阶级利益就发生了冲突。"

"自然饿肚子也是一件大事——"

李玉亭说了半句，就又缩住，举起手来搔头皮。张素素很注意地看了他一眼，他也不觉得。全体肃静，等待他说下去。鱼池对面的六角亭子里又传过一阵笑声来。李玉亭猛一跳，就续完了他的意见：

"但是无论如何，资本家非有利润不可！不赚钱的生意根本就不能成立！"

吴芝生大笑，回头对范博文说：

"如何？是我把李教授的意见预先猜对了。诗人，你已经输了一半！第二个问题要请你自己来说明了。——素素，留心着佩珊溜走呀！"

范博文冷冷地微笑，总没出声。于是杜学诗就抢着来代他说：

"工人要加工钱，老板说，那么只好请你另就，我要另外招工人。可是工人却又硬不肯走，还是要加工钱。——这就要请教法律顾问了。"

"劳资双方是契约关系，谁也不能勉强谁的。"

秋隼这话刚刚说完，吴芝生他们都又笑起来了。连范博文自己也在内。蹲在地下似乎并没有在那里听的林佩珊就跳起来拔脚想跑。然而已经太迟，吴芝生和张素素拦在林佩珊面前叫道：

"不要跑！诗人完全输了，你就该替诗人还账！不然，我们要请秋律师代表提出诉讼了。小杜，你是保人呀！你这保人不负责么？"

林佩珊只是笑，并不回答，觑机会就从张素素腋下冲了出去，沿着鱼池边的虎皮纹碎石子路向右首跑。"啊——"张素素喊一声，也跟着追去了。范博文却拉住了吴芝生的肩膀说：

"你不要太高兴！保人小杜还没有下公断呢！"

"什么话！又做保人，又兼公断！没有这种办法。况且没有预先说明。"

"说明了的：'如果秋律师和李玉亭的话语发生疑义的时候，就由小杜公断。'现在我认为秋律师和李教授的答复都有疑义，不能硬派我是猜输了的。"

"都是不负责任的话！没有说出个所以然来的浮话！"

杜学诗也加进来说，他那猫儿脸突然异常严肃。

这不但吴芝生觉得诧异，秋隼和李玉亭也莫明其妙。大家围住了杜学诗看着他。

"什么民族，什么阶级，什么劳资契约，都是废话！我只知道有一个国家。而国家的舵应该放在刚毅的铁掌里；重在做，不在说空话！而且任何人不能反对这管理国家的铁掌！譬如说中国丝不能和日本丝竞争罢，管理'国家'的铁掌就应该一方面减削工人的工钱，又一方面强制资本家用最低的价格卖出去，务必要在欧美市场上将日本丝压倒！要是资本家不肯亏本抛售，好！'国家'就可以没收他的工厂！"

杜学诗一口气说完，瞪出一双圆眼睛，将身体摆了几下，似乎他就是那"铁掌"！

听着的四位都微笑，可是谁也不发言。张素素和林佩珊的笑声从池子右首的密树中传来，一点一点地近了。范博文向那笑声处望了一眼，回头在杜学诗的肩头重重地拍一下，冷冷地说：

"好！就可惜你既不是资本家，也不是工人，更不是那'铁掌'！还有一层，你的一番演说也是'没有说出所以然来的浮话'！请不要忘记，我刚才和芝生打赌的，不是什么事情应该怎样办，而是看谁猜对了秋律师和李教授的意见！——算了，我们这次赌赛，就此不了而了。"

最后的一句还没说完，范博文就迎着远远而来的张素素和林佩珊跑了去。

"不行！诗人，你想逃走么？"

吴芝生一面喊着，一面就追。李玉亭和秋律师在后面大笑。

可是正当范吴两位将要赶到林佩珊她们跟前的时候，迎面又来了三个人，正是杜竹斋和赵伯韬、尚仲礼；一边走，一边还在低声谈话。他们对这四个青年男女看了一眼，便不说话了，默默地沿着这池子边的虎皮纹石子路走到那柳荫左近，又特地绕一个弯，避过了李玉亭和秋律师的注意，向"灵堂"那方面去了。然而李玉亭眼快，已经看得明明白白；他拉一下秋律师的衣角，轻声说：

"看见么？金融界三巨头！重要的事情摆在他们脸上。"

"因为我们这里刚刚发生了一只'铁掌'呀！"

秋隼回答，又微笑。李玉亭也笑了。沉浸在自己思想中的杜学诗却是什么也没有听到，什么也没有看见。

在"灵堂"阶前，杜竹斋碰到新来的一位吊客，——吴府远亲陆匡时，交易所经纪人又兼大亚证券信托公司的什么襄理。一眼看见了杜竹斋，这位公债里翻觔斗的陆匡时就抢前一步，拉住了杜竹斋的袖口，附耳低声说：

"我得了个秘密消息，中央军形势转利，公债马上就要回涨呢。目前还没有人晓得，人心总是看低，我这里的散户多头都是急于要脱手。你为什么不乘这当口，扒进几十万呢？你向来只做标金，现在乘机会我劝你也试试公债，弄几文来香香手，倒也不坏！"

这一番话，在陆匡时，也许是好意，但正在参加秘密多头公司的杜竹斋却怕得什么似的，几乎变了脸色。他一面在听，一面心里滚起了无数的疑问：难道是尚仲礼的计划已经走漏了消息？难道当真中央军已经转利？抑或是赵伯韬和尚仲礼串通了在他头上来干新式的翻戏？再不然，竟不过是这陆匡时故意造谣言，想弄点好处么？——杜竹斋几乎没有了主意，回答不出话来。他偷偷地对旁边的赵伯韬使了个眼色。不，他是想严密地观察一下老赵的神色，但不知怎地却变成了打招呼的眼色了。即使老练如他，此时当真有点乱了章法。

幸而来了一个救星。当差高升匆匆地跑到竹斋跟前说：

"我们老爷在书房里。请姑老爷就去！"

杜竹斋觉得心头一松，随口说一句"知道了"，便转脸敷衍陆匡时道：

"对不起，少陪了，回头我们再谈。请到大餐间里去坐坐罢。高升，给陆老爷倒茶。"

这么着把陆匡时支使开了，杜竹斋就带着赵尚两位再到花园里，找了个僻静地点，三个头又攒在一处，渐渐三张脸上都又泛出喜气来了。

"那么，我就去找苏甫。请伯韬到大餐间去对小陆用点工夫，仲老回去和那边切实接洽。"

最后是杜竹斋这么说，三个人就此分开。

然而杜竹斋真没料到吴苏甫是皱紧了眉尖坐在他的书房里。昨晚上吴老太爷断气的时候，苏甫的脸上也没有现在那样忧愁。杜竹斋刚刚坐下，还没开口，苏甫就将一张纸撩给他看。

这是一个电报，很简单的几个字："四乡农民不稳，镇上兵力单薄，危在旦夕，如何应急之处，乞速电复。费，巧。"

杜竹斋立刻变了脸色。他虽然不像苏甫那样还有许多财产放在家乡，但是"先人庐墓所在"之地，无论如何不能不动心的。他放下电报看着苏甫的脸，只说了四个字：

"怎么办呢？"

"那只好尽人力办了去再看了。幸而老太爷和四妹、七弟先出来两天，不然，那就糟透了。目前留在那里的，不过是当铺、钱庄、米厂之类，虽说为数不小，到底总算是身外之物。——怎么办？我已经打电给费小胡子，叫他赶快先把现款安顿好，其余各店的货物能移则移，……或者，不过是一场虚惊，依然太平过去，也难说。但兵力单薄，到底不行；我们应该联名电请省政府火速调保安队去镇压。"

吴苏甫也好像有点改常，夹七夹八说了一大段，这才落到主要目的。他把拟好了打给省政府请兵的电稿给竹斋过目，就去按背后墙上的电铃。

书房的门轻轻开了。进来的却是两个人，当差高升以外，还有厂里的账房莫干丞。

吴苏甫一眼看见莫干丞不召自来，眉头就皱得更紧些，很威严地喊道：

"干丞，对你说过，今天不用到这里来，照顾厂里要紧！"

这一下叱责，把账房莫干丞吓糊涂了；回答了两个"是"，直挺挺僵在那里。

"厂里没有事么？"

吴荪甫放平了脸色，随口问一句，他的心思又转到家乡的农民暴动的威胁上去了。然而真不料莫干丞却抖抖索索说出了这么一句话：

"就因为厂里有些不妙——"

"什么！赶快说！"

"也许不要紧，可是，可是，风色不对。我们还没布告减工钱，可是，工人们已经知道了。她们，她们，今天从早上起，就有点——有点怠工的样子，我特来请示——怎样办。"

现在是吴荪甫的脸色突然变了，僵在那里不动，也不说话；他脸上的紫疱，一个一个都冒出热气来。这一阵过后，他猛地跳起来，像发疯的老虎似的咆哮着；他骂工人，又骂莫干丞以下的办事员：

"她们先怠工么？混账东西！给她们颜色看！你们管什么的？直到此刻来请示办法？哼，你们只会在厂里胡调，吊膀子，轧姘头！说不定还是你们自己走漏了减削工钱的消息！"

莫干丞只是垂头站在旁边，似乎连气都不敢透一下。看着这不中用的样子，吴荪甫的怒火更加旺了，他右手叉在腰间，左手握成拳头，搁在那张纯钢的写字台边缘，眼睛里全是红光，闪闪地向四面看，好像想找什么东西来咬一口似的。忽然他发现了高升直挺挺地站在一边，他就怒声斥骂道：

"你站在这里干什么？"

"老爷刚才按了电铃，这才进来的。"

于是荪甫方才记起了那电报稿子，并且记起了写字台对面的高背沙发里还坐着杜竹斋。此时竹斋早已看过电稿，嘴里斜含着一支雪茄，闭了眼睛在那里想他自己的心事。

荪甫拿起那张电稿交给高升，一面挥手，一面说：

"她们先怠工么？混账东西！给她们颜色看！……"

"马上去打，愈快愈好！"

说完，吴荪甫就坐到他的纯钢转椅里，拿起笔来在一张信纸上飞快地写了一行，却又随手团皱，丢在字纸篓里，提着笔沉吟。

杜竹斋睁开眼来了，看见了荪甫的踌躇态度，竹斋就轻声说：

"荪甫，硬做不如软来罢。"

"我也是这个意思——"

吴荪甫回答。现在他已经气平了，将手里的笔杆转了两下，回头就对莫干丞说：

"干丞，坐下了，你把今天早上起的事情，详细说出来。"

摸熟了吴荪甫脾气的这位账房先生，知道现在可以放胆说话，不必再装出那种惶恐可怜的样子来了。他于是坦然坐在写字桌横端的一张弹簧软椅里，就慢慢地说：

"是早上九点钟光景，第二号管车王金贞，跑到账房间来报告第十二排车的姚金凤犯了规则，不服管理；当时九号管车薛宝珠要喊她上账房间，哪里知道，第十二排车的女工就都关了车，帮着姚金凤闹起来——我们听了王金贞的报告，正想去弹压，就听得一片声叫喊，薛宝珠扭着姚金凤来了，但是车间里的女工已经全都关了车——"

吴荪甫皱了眉头，尖锐地看了莫干丞一眼，很不耐烦似的打断了莫干丞的报告，问道：

"简简单单说，现在闹到怎么一个地步？"

"现在车间里五百二十部车，只有一小半还在那里做工，——算是做工，其实是糟蹋茧子。"

听到这最后一句，吴荪甫怒吼一声，猛地站起来；但倏又坐下，口音很快地问道：

"怠工的原因是？——"

"要求开除薛宝珠。"

"什么理由呢？"

"说她打人。——还有，她们又要求米贴。前次米价涨到二十元一石时曾经要求过，这次又是。"

吴荪甫鼻子里哼了一声，转脸对杜竹斋说：

"竹斋——这丝厂老板真难做。米贵了，工人们就来要求米贴；但是丝价钱贱了，要亏本，却没有人给我丝贴。好！干丞，你回去对工人说，她们要米贴，老板情愿关厂！"

莫干丞答应了一声"是"，但他的两只老鼠眼睛却望着吴荪甫的脸，显出非常为难的神气。

"还有什么事呢？"

"嗯，嗯，请三老爷明鉴。关厂的话，现在说出去，恐怕会闹乱子——"

"什么话？"

"这一回工人很齐心，好像预先有过商量的。"

"呸！你们这班人都是活死人么？事前怎么一点儿也不知道，临到出了事，才来向我讨办法！第二号管车王金贞和稽查李麻子都是领了津贴的，平常日子不留心工人的行动！难道我钱多，没有地方花，白养这些狗！"

此时莫干丞忽然胆大起来了，竟敢回"三老爷"的话：

"他们两个也还出力，他们时时刻刻在那里留心工人的举动！可是——好像他们面孔上刻着'走狗'两个字，到处碰壁，一点消息也探不出来。三老爷！工人们就像鬼迷了一般！姚金凤向来是老实的，此番她领头了。现在车间里一片声嚷闹：'上次要求米贴，被你们一番鬼话哄过去了，今回定要见个你死我活！你们还想克减工钱么？我们要米贴，米贴。'听说各厂的情形都不稳。工人们都像鬼迷了一般！"

"鬼迷了么？哈，哈！我知道这个鬼！生活程度高，她们吃不饱！可是我还知道另外一个鬼，比这更大更厉害的鬼：世界产业凋敝，厂经跌价！……"

吴荪甫突然冷笑着高声大喊，一种铁青色的苦闷和失望，在他的紫酱色脸皮上泛出来。然而只一刹那，他又回复了刚毅坚决的常态。他用力一挥手，继续说下去，脸上转为狞笑：

"好！你这鬼！难道我们就此束手待毙么？不！我们还要拼一下呢！——但是，干丞，怎么工人就知道我们打算克减工钱？一定是账房间里有人走漏了消息！"

莫干丞猛一怔，背脊上透出一片冷汗。迟疑了片刻，他忽然心生一计，就鬼鬼祟祟地说：

"我疑心一个人。就是屠维岳。这个小伙子近来发昏了，整天在十九排车的女工朱桂英身上转念头，有人看见他常常在朱桂英家里进出——"

此时书房门忽开，二小姐芙芳的声音打断了莫干丞的话。

"三弟，万国殡仪馆的人和东西都来了。可是，那个棺材，我看着不合适！"

二小姐站在门边，一面说，一面眼看着她的丈夫。

"等一会儿，我就来。竹斋，请你先去看看——"

但是杜竹斋连连摇手，从雪茄烟的浓烟中对二小姐说：

"我们就来，就来，时候还早呢！看了不对再去换，也还来得及。"

"还早么？十二点一刻了，外边已经开饭！"

二小姐说着，也就走了，这里吴荪甫转脸朝莫干丞看了一眼，很威严地发出这样的命令来：

"现在你立刻回厂去出布告：因为老太爷故世了，今天下午放假半天，工钱照给。先把工人散开，免得聚在厂里闹乱子。可是，下半天你们却不能休息。你们要分头到工人中间做工夫，打破她们的团结。限今天晚上把事情办好！一面请公安局派警察保护工厂，一面呈报社会局。还有，那个屠维岳，叫他来见我。叫他今晚上来。都听明白了么？去罢！"

打发开了莫干丞以后，吴荪甫就站起来，轻声叹一口气，自言自语地说：

"开什么厂！真是淘气！当初为什么不办银行？凭我这资本，这精神，办银行该不至于落在人家后面罢？现在声势浩大的上海银行开办的时候不过十万块钱……"

他顿了一顿，用手去摸下颌；但随即转成坚决的态度，右手握拳打着左手的掌心：

"不！我还是要干下去的！中国民族工业就只剩下屈指可数的几项了！丝业关系中国民族的前途尤大！——只要国家像个国家，

政府像个政府，中国工业一定有希望的！——竹斋，我有一个大计划，但是现在没有工夫细谈了，我们出去看看万国殡仪馆送来的棺材罢。"

"不忙！我还有事和你商量。"

杜竹斋把半段雪茄从嘴唇边拿开，也站了起来，挨近吴荪甫身旁，就将赵伯韬他们的"密谋"从头说了一遍；最后他这么问道：

"你看这件事有没有风险？要是你不愿意插一脚，那么，我也打算不干。"

"每人一百万，今天先交五十万？"

吴荪甫反过来问，并不表示对于这件事的意见，脸色异常沉静。

"这也是老赵他们的主张。老赵的步骤是：今天下午，就要卖出三百万，把票价再压低——"

"那是一定会压低的。说不定会跌落两三元。那时我们就补进？"

"不！明天前市第一盘，我们再卖出五百万，由赵伯韬出面！"

"哦！那就票价还要跌呢！老赵是有名的大户多头，他一出笼，散户多头就更加恐慌，拼命要脱手了，而且一定还有许多新空头会乘势跳落。"

"是呀。所以要到明天后市我们这才动手补进来。我们慢慢地零零碎碎地补进，就不至于引起人家的注意，到本月份交割前四五天，我们至少要收足五千万——"

"那时候，西北军退却的捷报也在各方面哄起来了！"

"不错。那时候，散户又要一窝蜂来做多头，而且交割期近，又碰着旧历端阳节，空头也急于要补进，涨风一定很厉害！"

"我们的五千万就此放出去做了他们的救苦救难观世音菩萨！"

说到这里，吴荪甫和杜竹斋一齐笑起来；两个人的眼睛都闪着兴奋的光彩。

笑过了后，吴荪甫奋然说：

"好！我们决定干一下罢！可是未免太便宜了老赵这个多头大户了。我们在公账之外，应得对他提出小小的条件。我们找他谈判去！"

于是吴荪甫和杜竹斋就此离开了那书房。而那个久在吴荪甫构思中的"大计划"，此时就更加明晰地兜住了吴荪甫的全意识。

三

午后，满天乌云，闷热异常。已经是两点钟，万国殡仪馆还没把吴二小姐指定要的那种棺盖上装着厚玻璃可以看见老太爷遗容的棺材送来。先前送来的那口棺材，到底被二小姐和四小姐的联合势力反对掉了。入殓的时间不得不改迟一个小时。电话和专差，不断地向万国殡仪馆送去，流星似的催促着。吴府的上下人等，一切都准备好了，专等那口棺材来，就可以把这一天的大事了结。

吊丧的宾客也已经散去了许多。只剩下几位至亲好友，或者是身上没有要紧事情的人们，很耐烦地等候着送殓，此时都散在花园里凉快的地方，一簇一簇地随便谈话。

先前最热闹的大餐室前后，现在冷静了。四五个当差在那里收拾啤酒瓶和汽水瓶，扫去满地的水果皮壳。他们中间时时交换着几句抱怨的话：

"三老爷真性急，老太爷这样一件大事，一天工夫怎么办得了！"

"这就是他的脾气呀！一听高升说，早半天，三老爷在书房里大大的生气呢，厂里的账房莫先生险一些儿吓死了！——再说，你们看老太爷的福气真不差！要是迟两天出来，嘿！——听说早上来了电报，那边的乡下人造反了！——三老爷的生气，多半是为着这个！"

说这话的，叫做李贵，本来是吴少奶奶娘家的当差，自从那年吴少奶奶的父母相继急病死后，这李贵就投靠到吴府来了。如果说吴府的三十多男女仆人也有党派，那么这李贵便算是少奶奶的一派。

"今天的车饭钱就开销了五百六十几块。汽水啤酒，吃掉了三十打。"

另一个当差转换了谈话的方向。

"那么，三老爷回头给我们的赏钱，至少也得一千块了！"

又是李贵的声音。听得了"一千块"这三个字，当差们的脸上都放红光了；但这红光只一刹那，就又消失了。根据他们特有的经验，知道这所谓"一千元"是要分了等级派赏，而且即使平均分配，则连拿"引"字帖的，伺候灵前的，各项杂差的，还有觉林素菜馆来的大批"火头军"，——总共不下一百人的他们这当差"连"，每人所得也就戈了。这么想着的他们四五人，动作就没有劲儿，反比没有提到赏钱以前更懒懒的了。他们一股子不平之气正还要发泄，忽然一个人走进来了。

这是范博文，他那一脸没精打采的神气正不下于这些"失望"了的当差。站在屋子中间旋一个圈子，范博文喃喃地对自己说：

"怎么！这里也没有半个人！——喂，李贵，你看见佩珊二小姐么？"

可是并没等李贵回答，范博文突然撒腿就跑，穿过了那大餐室的后半间，从后边的那道门跑到游廊上，朝四面看了一下，就又闯进那通到"灵堂"的门，睁大了他的找人的眼睛。"灵堂"里悄悄地没有声响；太太小姐们一个也不在，只有四五个"伴灵"的女仆坐在靠墙壁的凳子上，像一排黑色的土偶。吴老太爷的遗体停放在屋子中央，四围堆起了鲜花的小山；而在这鲜花"山"中，这里那里亮晶晶闪着寒光的，是五六座高大的长方形的机器冰。

范博文忍不住打了一个寒噤，赶快钻过那白布的孝帏，跑到"灵堂"前石阶上松一口气，仰脸望着天空。一种孤伶无依，而又寂寞无聊的冷味，灌满了他的"诗人的心"了。

石阶下，素牌楼旁边的一班"鼓乐手"，此时都抱着乐器在那里打瞌睡，他们已经辛苦了半天，现在偷空合一下眼，在储蓄精力准备入殓时最后一次的大紧张。

范博文觉得什么都是不顺眼的，都是平凡恶俗。他简直有点生气了。恰在那时候，吴芝生从石阶下右首的柏油路上跑了来，满脸是发现了什么似的高兴的神气，看见范博文独自站在那里，一把拖住他就跑。范博文本能地跟着走，一面又是那句问话：

"你看见佩珊么？"

"回头再告诉你。可是此刻先跟我去看一件事——不！一幕活剧！"

吴芝生匆匆地说，拖住范博文穿过了一排茂密的丁香树，来到花园最东端的幽静去处。这里有玻璃棚的"暖花房"，现在花房顶罩着芦帘的凉棚。花房左边是小小的三开间洋式平房，窗是开着，窗外都挂着日本式的印花细竹帘，一阵一阵的笑声从帘子里送出来。

"这是弹子房。我不爱这个！"

范博文摇着头说。但是吴芝生立刻用手掩住了范博文的嘴巴，在他耳朵边轻声喝道：

"不要嚷！你看，他们打的什么弹子呀！"

他们两个悄悄地走到一个窗子边，向里面窥望。多么快活的一群人呀！交际花徐曼丽女士赤着一双脚，袅袅婷婷站在一张弹子台上跳舞哪！她托开了两臂，提起一条腿——提得那么高；她用一个脚尖支持着全身的重量，在那平稳光软的弹子台的绿呢上飞快地旋转，她的衣服的下缘，平张开来，像一把伞，她的白嫩的大腿，她的紧裹着臀部的淡红印度绸的亵衣，全都露出来了。朱吟秋、孙吉人、王和甫、陈君宜他们四个，高高地坐在旁边的看打弹子的高脚长椅上，拍手狂笑。矮胖子周仲伟手里拿着打弹子的棒，一往一来地摆动，像是音乐队的队长。忽然徐曼丽像燕子似的从她所站的弹子台跳到另一张弹子台上去了。轰雷似的一声喝彩！可是就在那时候，徐曼丽似乎一滑，腰肢一扭，屁股一撅，很像要跌倒；幸而雷鸣抢上前去贴胸一把抱住了她！

"不行，不行！揩油不是这么揩的罢？"

唐云山跟着就上前干涉，他的光秃秃的头顶上，还顶着徐曼丽的黑缎子高跟鞋。

于是一阵混乱。男人和女人扭在一堆，笑得更荡，喊得更狂。坐在那里旁观的四位也加入了。

范博文把吴芝生拉开一步，皱起眉头冷冷地说：

"这算什么稀奇！拼命拉了我来看！更有甚于此者呢！"

"可是——平常日子高谈'男女之大防'的，岂非就是他们这班'社会的栋梁'么？"

"哼！你真是书呆子的见解！'男女之大防'固然要维持，'死的跳舞'却也不可不跳！你知道么？这是他们的'死的跳舞'呀！农村愈破产，都市的畸形发展愈猛烈，金价愈涨，米价愈贵，内乱的炮火愈厉害，农民的骚动愈普遍，那么，他们——这些有钱人的'死的跳舞'就愈加疯狂！有什么稀奇？看它干么？——还不如找林佩珊她们去罢！"

这么说着，范博文掉转身体就想走，可是吴芝生又拉住了他。

此时弹子房里换了把戏了。有人在逼尖了嗓子低声唱。吴芝生拉着范博文再近去看，只见徐曼丽还是那样站在弹子台上跳，然而是慢慢地跳。她一双高跟鞋现在是顶在矮胖子周仲伟的头上了；这位火柴厂老板曲着腿，一蹲一蹲地学蛤蟆跳。他的嘴里"喷——喷——"地响着，可不是唱什么。逼尖了嗓子，十分正经地在唱的，是雷参谋。他挺直了胸膛，微仰着头；光景他唱军歌的时候，也不能比这时的态度更认真更严肃了。

吴芝生回头对范博文看了一眼，猛地一个箭步跳到那弹子房的门前，一手飞开了那印花细竹软帘，抢进门去，出其不意地大叫道：

"好呀！新奇的刺激，死的跳舞呀！"

立刻歌声舞姿以及那蛤蟆跳都停止了，这荒乐的一群僵在那里。可就在这一刹那间，唢呐、笛子、大号筒的混合声音像春雷突发似的从外面飞进来了！这是哀乐！吴老太爷入殓的时间终于到了。朱吟秋第一个先跳起来，一边走，一边喊：

"时候到了！走罢！"

经这一提醒，大家都拔起脚来就跑。周仲伟忘记了头上还顶着那双高跟鞋子，也跑出去了。徐曼丽赤着脚在弹子台上急得乱跳乱嚷。雷参谋乘这当儿，抱起了徐曼丽也追出来，直到暖花房旁边，方才从地上拣取那双小巧玲珑的黑缎子高跟鞋。

这一伙人到了"灵堂"外时，那五层石阶级上也已经挤满了人了。满园子树荫间挂着的许多白纸灯笼此时都已经点上火了。天空是阴霾得像在黄昏时刻，那些白纸灯笼在浓绿深处闪着惨淡的黄光。大号筒不歇地"乌——都，都，都"地怪叫，听见了使人心上会发毛。有一个当差，手里拿着一大束燃旺了的线香，看见朱吟秋这一班老爷们挤上来，就分给每人一支。

范博文接过香来，随手又丢在地下，看见人堆里有一条缝，他就挤进去了。吴芝生也跟着，他却用手里的香来开辟一条路。

唐云山伸长脖子望了一会儿，就回头对孙吉人使了个眼色：

"站在这里干什么？"

"回老地方去罢？"

"还是到大餐间去，我们抄后边的柏油路就行了。"

挤在孙吉人旁边的周仲伟说。同时他又用眼光去征求王和甫以及陈君宜的同意。

"你们留意到么？少了人了：雷参谋和交际花！"

朱吟秋映着眼睛说。但是突然一阵更响亮的哀乐声浪把他这话吞没了，而且陈君宜已经拉着他跟在周仲伟一班人的后面，抄过那大餐室前面的走廊。他们刚走过那架木香花棚的时候，看见雷鸣和徐曼丽正从树荫中走出来，匆匆地跑向"灵堂"前去了。

大餐间里果然没有一个人。但通到"灵堂"去的正在大餐室前半间的那道门却关着。周仲伟跑过去拉开了这道门，扑面就闯进了大号筒、喇叭、唢呐、笛子的混合声，还有哭声和吆喝声。并且就在那门口，放着棺材以及其他的入殓用品。周仲伟赶快将门掩上，回身摇着头说：

"还是坐在这里罢。隔一道墙也还是一样！"

一面说着，他又从各人手里收齐了线香，一股脑儿插进了摆在桌子上看样的福建脱胎朱漆花瓶，就把他的胖身体埋在沙发里了。好一会儿，大家都没有说话。

朱吟秋坐在周仲伟对面，闭了眼睛，狂吸着茄立克，很在那里用心思的样子；忽然他睁开眼来，看着旁边的陈君宜说：

"节边收不起账，是受了战事的影响，大家都一样；难道你的往来钱庄不能通融一下么？"

"磋商过好几次了，总是推托银根紧啦，什么什么啦，我简直有点生气了。——回头我打算跟杜竹翁商量一下，或者他肯帮忙。"

陈君宜一边回答，就叹了一口气；仿佛那位不肯通融的钱庄经理的一副半死不活的怪脸相，就近在咫尺，同时，一团和气的杜竹斋的山羊脸也在旁边晃；陈君宜觉得这是一线希望。不料朱吟秋却冷冷地摇着头，说了这么一句含糊的然而叫人扫兴的话：

"竹斋么？——哎！"

"什么！你看来不成功么？我的数目不大，十二三万也就可以过去了。"

陈君宜急口问，眼光射住了朱吟秋的脸孔。还没得到朱吟秋的回答，那边周仲伟忽然插进来说：

"十二三万，你还说数目不大！我只要五六万，可是也没有办法。金融界看见我们这伙开厂的一上门，眉头就皱紧了。但这也难怪。他们把资本运用到交易所公债市场，一天工夫赚进十万八千，真是稀松平常——"

"对，对！周仲翁的话总算公平极了。所以我时常说，这是政治没有上轨道的缘故。譬如政治上了轨道，发公债都是用在振兴工业，那么金融界和实业界的关系就密切了。就不会像目前那样彼此不相关，专在利息上打算盘了。然而要政治上轨道，不是靠军人就能办到。办实业的人——工业资本家，应该发挥他们的力量，逼政治上轨道。"

唐云山立刻利用机会来替他所服务的政派说话了。他一向对于实业界的大小老板都是很注意，很联络的；即使他的大议论早就被人听熟，一碰到有机会，他还是要发表。他还时常加着这样的结论：我们汪先生就是竭力主张实现民主政治，真心要开发中国的工业；中国不是没有钱办工业，就可惜所有的钱都花在军政费上了。也是在这一点上，唐云山和吴荪甫新近就成了莫逆之交。

但是他们的谈话不得不暂时停顿。从隔壁"灵堂"传来了更震耳的哀乐声和号哭声，中间还夹着什么木器沉重地撞击的声音。

这闹声一直在继续，但渐渐地惯了以后，大餐室里的人们又拾起那中断了的谈话线索。

满心都在焦虑着端阳节怎么对付过去的朱吟秋，虽然未始不相信唐云山的议论很有理，可是总觉得离开他自己的切身利害太远了一些。他的问题很简单：怎样把到期的押款延宕过去，并且怎样能够既不必"忍痛"卖出贱价的丝，又可以使他的丝厂仍旧开工。总之，他的问题是如何弄到一批现款。他实在并没负债，虽然有押款十多万压在他背上，他不是现存着二百包粗细厂丝和大量的干茧么？金融界应该对于他的押款放心的。然而事实上金融界却当他一个穷光蛋似的追逼得那么急。

这么想着的朱吟秋就不禁愤愤了，就觉得金融界是存心和他作对，而且也觉得唐云山的议论越发离开他的切身利害太远了；他鼻子里轻轻哼了一声，就冷冷地说：

"唐云翁，尽管你那么说，我总以为做标金做公债的人们别有心肝！未必政府发行了振兴实业的公债，他们就肯踊跃认购罢？银行的业务以放款为大宗，认购公债也是放款之一种；可是放款给我们，难道就没有抵押品，没有利息么？自然有的哪！可是他们都不肯放款，岂非存心——"

"哈，哈，哈，哈——"

朱吟秋的牢骚被周仲伟的一阵笑声扰乱了。这位矮胖子跳起来又开了两臂，好像劝架似的站在唐云山和朱吟秋中间，高声说道：

"你们不要争论了。做生意的人，都想赚钱，而且想赚得爽快！朱吟翁有他的苦处，银行家也有他们的困难——"

"可不是！他们的准备金大半变成了公债，那么公债起了跌风的时候，他们基本动摇，自然要竭力搜罗现款，——譬如说，放给朱吟翁的款子就急于要收回了。所以我说是政治没有上轨道的缘故哪。"

唐云山赶快抢着又来回护他的主张了。这时周仲伟也在接下去说：

"刚才孙吉人先生有一个主意，很有道理，很有道理！不是随便开玩笑的！"

这最后一句，周仲伟几乎是涨红了脸喊出来，居然把大家的注意都吸引住了。唐云山和朱吟秋的眼光都转到孙吉人那方面。陈君宜更着急，就问道：

"请吉翁讲出来罢！是什么办法？"

孙吉人却只是微笑，慢慢地抽着雪茄烟，不肯马上就说。旁边的王和甫却耐不住了，看了孙吉人一眼，似乎是征求他的同意，便咳了一声，轻描淡写地说出孙吉人的"好主意"来：

"这件事，吉翁和我谈过好几回了。说来也平常得很，就是打算联合实业界同人来办一个银行，做自己人的金融流通机关。现在内地的现银都跑到上海来了，招股也还容易，吸收存款更不成问题，有一百万资本，再吸收一二百万存款，光景可以弄出一个局面来。如果再请准了发行钞票，那就更好办了。——只是这么一个意思，我们偶然谈起而已，并没放手进行。现在既经周仲翁一口喊了出来，就大家谈谈罢。"

王和甫本来嗓子极响亮，此时却偏偏用了低调，而且隔壁"灵堂"的喧闹声，也实在太厉害，所以大家都尖起了耳朵来听，方才听明白了。当真"说来也平常"！实业界联合同业办银行，早已有过不少的先例；只不过孙吉人的主张是联合各业而非一业罢了。眼前这几位实业家就不是一业，他们各人的本身利害关系就彼此不尽相同。在静听王和甫慢慢地申说的时候，各位实业家的敏捷的思想就立刻转到这一层了；各人心里替自己打算的心计，就立刻许多许多地涌上来。王和甫说完了以后，大家竟默然无言，哑场了好半晌。

最后还是并非实业家的唐云山先发言：

"办法是错不了的。总得要联络各方面有力的人，大规模组织起来。我有一个提议，回头邀吴荪甫来商量。这件事，少了他是不行的。咳，众位看来我这话对么？"

"对，对！我和孙吉翁本来就有这个意思。"

王和甫接着说，他的声音又和平常一样响亮了。

于是大家都来发表意见，渐渐地谈到具体办法方面去了。本身力量不很充足的陈君宜和周仲伟料想孙吉人——一位航商，王和甫——一位矿主，在银钱上总很"兜得转"；而孙王两位呢，则认定了洋行买办起家的周仲伟和陈君宜在上海的手面一定也很可观。但大家心里还是注意在吴荪甫。这位吴三爷的财力、手腕、魄力，他们都是久仰的。只有朱吟秋虽然一面也在很起劲地谈，一面却对于吴荪甫的肯不肯参加，有点怀疑。他知道吴荪甫并没受过金融界的压迫，并且当此丝业中人大家叫苦连天之时，吴荪甫的境况最好：在四五个月前，厂经尚未猛跌的时候，吴荪甫不是抛售了一千包洋庄么？因此在目前丝业中人大家都想暂时停工的时候，吴荪甫是在赶工交货的。不过吴荪甫也有一点困难，就是缺乏干茧。新茧呢，现在蚕汛不好，茧价开盘就大。自然他还可以用日本干茧，但自从东汇飞涨以后，日本干茧进口尽管是免税，划算起来，却也不便宜。——这一些盘算，在朱吟秋脑筋上陆续通过，渐渐使他沉入了深思，终于坐在一边不再发言。

忽然一个新的主意在他思想中起了泡沫。他回头看看唐云山，恰好唐云山也正在看他。

"云翁，办银行是我们的自救，可是实业有关国计民生，难道政府就应该袖手旁观么？刚才云翁说，政府发行公债应该全数用在振兴实业——这自然目前谈不到，然而为救济某一种实业，发行特项公债，想来是应该办的？"

朱吟秋就对唐云山说了这样的话。这是绕圈子的话语，在已经盘算了好半晌的朱吟秋自己，当然不会感得还欠明了。可是唐云山却暂时愣住了。他还没回答，那边通到"灵堂"去的门忽然开了，首先进来的是丁医生。照例搓着手，丁医生轻轻呼一口气说：

"完了，万国殡仪馆的生活还不差！施了彩色以后，吴老太爷躺在棺材里就和睡着一样，脸色是红喷喷的！——怎么？已经三点半了！"

两个当差此时送进点心盘子来。汽水、冰淇淋、冰冻杏酪、八宝羹、奶油千层糕，以及各种西式糕点，摆满了一桌子。这些食品就把人们的谈话暂时塞住。

丁医生将那些点心仔细看了一回，摇着头，一点也不吃。他的讲究卫生，是有名的。唐云山正想取笑他，忽然有一个女仆探头在大餐室后边的门口说："请丁医生去。"原来是吴少奶奶有点不舒服。丁医生匆匆走后，前边门里却是吴荪甫来了，他特来向众人道谢。唐云山立刻放下手里的点心，站起来喊道：

"真来得凑巧！有大计划和你商量呢！是这位孙吉人先生和王和甫先生的提议。"

孙王两位谦逊地笑了笑，就把刚才谈起想办银行的事，约略说了个大概。王和甫伸出右手的大拇指，斜指着唐云山哈哈地笑着，又加了几句：

"我们不过是瞎吹一顿，不料唐云翁立刻又拉上了您三爷了。今天您辛苦得很，我们改天再谈罢。"

"就是今天！办起事来，荪甫是不知道疲倦的！"

唐云山反对。比谁都热心些的样子。他一面招呼大家都到大餐室的后半间里，一面就发挥他的"实业家必须团结，而使政治上轨道"的议论；他认为联合办银行就是实业家大团结的初步。

吴荪甫先不发表意见，听任唐云山在那里夸夸而谈。眼前这几位实业家的资力和才干，荪甫是一目了然的；单靠这几个人办不出什么大事。但对于自己，荪甫从来不肯"妄自菲薄"，有他自己加进去，那情形当然不同了；他有手段把中材调弄成上驷之选。就是不知道眼前这几个人是否一致把他当首领拥戴起来。这么在那里忖量的吴荪甫就运动他的尖利的眼光观察各人的神色。只有朱吟秋显得比别人冷淡，并且不多说话。于是在众人的谈锋略一停顿的时候，吴荪甫就对朱吟秋说：

"吟翁，你以为怎样？照目前我们丝业的情形而论，几方面受压迫，我是很希望有那样一个调剂企业界的金融机关组织起来。"

"吓，荪翁说的哪里话呀！大家都是熟人，彼此情形全知道：眼前只有荪翁力量充足，我们都要仗大力帮忙的。"

朱吟秋这话原也是真情实理。所以陈君宜和周仲伟就首先鼓掌赞成了。吴荪甫却忍不住略皱一下眉头。现在他看准了朱吟秋他们三个并非热心于自己来办银行，却是希望别人办了起来对他们破例宽容地放款。他正想回答，那边孙吉人却说出几句精彩的话来了：

"诸位都不要太客气。兄弟原来的意思是打算组织一个银行，专门经营几种企业。人家办银行，无非吸收存款，做投机事业，地皮、金子、公债，至多对企业界做做押款。我们这银行倘使开办起来，一定要把大部分的资本来经营几项极有希望的企业。譬如江北的长途汽车、河南省内的矿山。至于调剂目前搁浅的企业，那不过是业务的一部分罢了。——只是兄弟一个人也还是心有余而力不足！"

料不到孙吉人还藏着这一番大议论，直到此时方才说出来，陈君宜和周仲伟愕然相顾，觉得这件事归根对于他们并没多大好处，兴致便冷了一半。朱吟秋却在那里微笑；他听得孙吉人提到了什么长途汽车，什么矿山，他便老实断定孙吉人的办银行是"淴浴主义"[1]：他是最会以己之心度人之心的。

只有吴荪甫的眼睛里却闪出了兴奋的光彩。和孙吉人尚属初交，真看不出这个细长脖子的小脑袋里倒怀着那样的高瞻远瞩的气魄。吴荪甫觉得遇到一个"同志"了。荪甫的野心是大的。他又富于冒险的精神、硬干的胆力；他喜欢和同他一样的人共事，他看见有些好好的企业放在没见识、没手段、没胆量的庸才手里，弄成半死不活，他是恨得什么似的。对于这种半死不活的所谓企业家，荪甫常常打算毫无怜悯地将他们打倒，把企业拿到他的铁腕里来。

当下吴荪甫的尖利的眼光望定了孙吉人的脸孔，沉静地点着头；可是他还想要知道王和甫的气魄有多么大；他回过脸来看着左边的王和甫，故意问道：

---

[1] "淴浴主义"：作者于一九二四年间在《淴浴》一文中曾说："……和淴浴同性质的事甚多。最普通的如妓女嫁人之后，再重理旧业，便叫做淴浴，推而广之，……不专心求学，只想混个博士头衔的，便是在外国去淴海水浴，我看现在抱淴浴主义的人很多……"淴浴，苏、沪一带方言，即洗澡。

"和翁的高见呢？"

"大致差不多。可是我们的目的尽管是那么着，开头办的时候，手段还得圆活些。要人家投资到专办新企业的银行，恐怕目前的局面还不行；开头的时候，大概还得照普通银行的办法。"

王和甫仍是笑嘻嘻地说。他的老是带几分开玩笑似的笑嘻嘻，和孙吉人的沉默寡言是很相反的。他有北方人一般的诙谐气质，又有北方人一般的肯死心去干的气质。

吴荪甫笑起来了；他把两个指头在他坐椅的靠臂上猛击一下，毅然说：

"好罢！有你们两位打先锋，我跟着干罢！"

"三爷又说笑话了。我和吉翁专听您的指挥。"

"哈，你们三位是志同道合，才均力敌！这三角恋爱准是成功的了！"

唐云山插进来说，拍着腿大笑起来。但他立刻收住笑容，贡献了一个意见：

"依我看来，你们三位何不先组织起一个银团来——"

这么说着，他又回头招呼着朱吟秋他们，——似乎怕冷落了他们三个：

"哎，——吟翁，君翁和仲翁，我这话对么？今天在场的就都是发起人。"

静听着的三位，本来都以为孙吉人那样大而无当的计划未必能得吴荪甫赞成的，现在听出了相反的结果来，并且又凑着唐云山巴巴地来问，一时竟无言可答。莫说他们现时真无余力，即使他们银钱上活动得转，对于那样的太野心的事业，他们也是观望的。

情形稍稍有点僵。恰好当差高升进来请吴荪甫了：

"杜姑老爷有请。在对面的小客厅。"

吴荪甫似乎料到了是什么事，站起来说过"少陪"，立刻就走。但是刚刚跑出大餐室的门，后边追上了朱吟秋来，劈头一句话就是：

"杜竹翁那边到期的押款，要请荪翁居中斡旋。"

吴荪甫眼睛一转，还没回答，朱吟秋早又接上来加一句：

"只要展期三个月，也是好的！"

"前天我不是同竹斋说过的么？大家都是至好，能够通融的时候就得通融一遭。只是据他说来，好像也困难。银根紧了，他怕风险，凡是到期的押款，他都要收回去，不单是吟翁一处——"

"那么我只有一条路了：宣告破产！"

朱吟秋说这话时，态度异常严肃，几乎叫吴荪甫相信了；可是吴荪甫尖锐地看了朱吟秋一眼以后，仍然断定这是朱吟秋的外交手腕，但也不给他揭破，只是淡淡地说：

"何至于此！你的资产超过你的债务，怎么谈得到破产呢！"

"那么，还有第二条路：我就停工三个月！"

这句话却使吴荪甫险一些变了脸色。他知道目前各丝厂的情形，就像一个大火药库，只要一处爆发了一点火星，立刻就会蔓延开来，成为总同盟罢工的，而他自己此时却正在赶缲抛售出去的期货，极不愿意有罢工那样的事出来。这一切情形，当然朱吟秋都知道，因而他这什么"停工三个月"就是一种威胁。吴荪甫略一沉吟，就转了口气：

"我总竭力替你说。究竟竹斋肯不肯展期，回头我们再谈罢。"

不让朱吟秋再往下纠缠，吴荪甫就跑了，脸上透出一丝狞笑来。

杜竹斋在小客厅里正等得不耐烦。他嗅了多量的鼻烟，打过两个喷嚏，下意识地走到门边开门一看，恰好看见吴荪甫像逃走似的离开了朱吟秋来了。吴荪甫那一股又忿恨又苦闷的神色，很使竹斋吃了一惊，以为荪甫的厂里已经出了事，不然，便是家乡又来了电报。他迎上来慌忙问道：

"什么事？——一波未平，一波又起么？"

吴荪甫还是狞笑，不回答。关上了门，十分疲倦似的落在一张沙发里，他这才说：

"简直是打仗的生活！脚底下全是地雷，随时会爆发起来，把你炸得粉碎！"

杜竹斋的脸色立刻变了。他以为自己的预料不幸而中了。可是吴荪甫突然转了态度，微微冷笑，什么都不介意似的又加了一句：

"朱吟秋这家伙——他也打算用手段了！嘿！"

"原来是朱吟秋呵！"

杜竹斋心头一松，随即打了一个大喷嚏。

"是呀！你刚才看见的。他要求你那边的押款再展期三个月——好像还是至少三个月！这且不谈，他竟打算用手段，什么'宣告破产'，什么'停工'，简直是对我恫吓。他以为别人全是傻子，可以随他摆布的！"

"哦——你怎样回答他呢？"

"我说回头再谈。——可是，竹斋，你让他再展期么？"

"他一定不肯结清，那也没办法。况且说起来不过八万块钱，他又有抵押品，中等干经一百五十包。"

杜竹斋的话还没说完，吴荪甫早已跳起来了，像一只正要攫食的狮子似的踱了几步，然后回到沙发椅里，把屁股更埋得深些，摇着头冷冷地说：

"何必呢？竹斋，你又不是慈善家；况且犯不着便宜了朱吟秋。——你相信他当真是手头调度不转么？没有的事！他就是太心狠，又是太笨；我顶恨这种又笨又心狠的人！先前B字级丝价还在九百两的时候，算来也已经可以归本，他不肯抛出；这就是太心狠！后来跌到八百五六十两了，他妄想还可以回涨，他倒反而吃进五十包川经；这又是他的太笨，而这笨也是由于心狠！这种人配干什么企业！他又不会管理工厂。他厂里的出品顶坏，他的丝吐头里，女人头发顶多；全体丝业的名誉，都被他败坏了！很好的一副意大利新式机器放在他手里，真是可惜！——"

"照你说，怎么办呢？"

对于丝厂管理全然外行的杜竹斋听得不耐烦了，打断了吴荪甫的议论。

"怎么办？你再放给他七万，凑成十五万！"

"啊！什么！加放他七万？"

杜竹斋这一惊愕可不小，身体一跳，右手中指上老大一堆鼻烟末就散满了一衣襟，但是吴荪甫微笑着回答：

"不错，我说的是七万！但并不是那八万展期，又加上七万。到期的八万仍旧要结账，另外新做一笔十五万的押款，扣去那八万块的本息——"

"我就不懂你为什么要这样兜圈子办？朱吟秋只希望八万展期呀！"

"你听呀！这有道理的。——新做的十五万押款，只给一个月期。抵押品呢，厂经、干经、灰经，全不要，单要干茧作抵押；也要规定到期不结账，债权人可以自由处置抵押品。——还有，你算是中间介绍人，十五万的新押款是另一家，——譬如说，什么银团罢，由你介绍朱吟秋去做的。"

说完后，吴荪甫凝起了他的尖利的眼光，不转睛地望着杜竹斋的山羊脸。他知道这位老姊夫的脾气是贪利而多疑，并且无论什么事情不能爽爽快快地就答应下来。他只好静候竹斋盘算好了再说。同时他也忍不住幻想到一个月后朱吟秋的干茧就可以到他自己手里，并且——也许这是想得太远了一点，三个月四个月后，说不定连那副意大利新式机器也转移到他的很有经验而严密的管理之下了。

但此时，小客厅后方的一道门开了，进来的是吴少奶奶，脸上的气色不很好。她悄悄地走到吴荪甫对面的椅子里坐下，似乎有话要说。吴荪甫也记起了刚才少奶奶心痛呕吐，找过了丁医生。他正想动问，杜竹斋却站起来打一个喷嚏，接着就说：

"照你说的办罢。——然而，荪甫，抵押品单要干茧也不稳当，假使朱吟秋的干茧抵不到十五万呢？"

吴荪甫不禁大笑起来：

"竹斋，你怕抵不到十五万，我却怕朱吟秋舍不得拿出来作抵呢！只有一个月的期，除非到那时他会点铁成金，不然，干茧就不会再姓朱了：——这又是朱吟秋的太蠢！他那样一个不大不小的厂，囤起将近二十万银子的干茧来干什么？去年被他那么一收买，茧子价钱都抬高了，我们吃尽了他的亏。所以现在非把他的茧子挤出来不行！"

"你这人真毒！"

吴少奶奶忽然插进来说，她的阴沉的病容上展出朝霞似的艳笑来。

杜竹斋和苏甫互相看了一眼，同声大笑。

"这件事算是定规了——刚才找你来，还有一件事，……哦！是赵伯韬来了电话，那边第一步已经办好，第二步呢，据说市场上有变化，还得再商量一个更加妥当的办法。他在华懋第二号，正等我们去——"

"那就立刻去！还有一个银团的事，我们到车子里再谈罢。"

吴苏甫干干脆脆地说，就和杜竹斋跑出了小客厅；一分钟后，汽车的马达声音在窗外响了。

这里，吴少奶奶独自坐着，暂时让忽起忽落浮游的感念将她包围住。最初是那股汽车的声音将她引得远远的，——七八年前她还是在教会女校读书，还是"密司林佩瑶时代"第一次和女同学们坐了汽车出去兜风的旧事。那时候，十六七岁她们这一伙，享受着"五四"以后新得的"自由"，对于眼前的一杯满满的青春美酒永不会想到有一天也要喝干了的；那时候，读了莎士比亚的《海风引舟曲》（*The Tempest*）[1]和司各德的《撒克逊劫后英雄略》（*Ivanhoe*）[2]的她们这一伙，满脑子是俊伟英武的骑士和王子的影像，以及海岛、古堡、大森林中，斜月一楼，那样的"诗意"的境地，——并且她们那座僻处沪西的大公园近旁的校舍，似乎也就很像那样的境地，她们怀抱着多么美妙的未来的憧憬。特别是她——那时的"密司林佩瑶"，禀受了父亲的名士气质，曾经架起了多少的空中楼阁，曾经有过多少淡月清风之夜半睁了美妙的双目，玩味着她自己想象中的好梦。

但这样的"仲夏夜的梦"，照例是短促的。父亲和母亲的相继急病而死，把"现实"的真味挤进了"密司林佩瑶"的处女心里。然而也就在那时候，另一种英勇的热烈悲壮的"暴风雨"，轰动全

---

① 《海风引舟曲》：莎士比亚的剧作之一，现译《暴风雨》。

② 司各德的《撒克逊劫后英雄略》：司各德（Walter Scott，1771—1832），通译司各特，英国作家。《撒克逊劫后英雄略》，现译《艾凡赫》，是他所作的一部历史小说。

世界的"五卅运动"，牵引了新失去她的世界的"密司林佩瑶"的注意。在她看来庶几近于中古骑士风的青年忽然在她生活路上出现了。她是怎样的半惊而又半喜！而当这"彗星"似的青年突又失踪的时候，也曾使她怎样的怀念不已！

这以后是——

想到这里的吴少奶奶猛地全身一震，吃惊似的抬起头来向左右顾盼。小客厅里的一切是华丽的，投合着任何时髦女子的心理：壁上的大幅油画，架上的古玩，瓶里的鲜花，名贵的家具，还有，笼里的鹦鹉。然而吴少奶奶总觉得缺少了什么似的。自从她成为这里的主妇以来，这"缺少了什么似的"感觉，即使是时隐时现，可是总常在她心头。

学生时代从英文的古典文学所受的所酝酿成的憧憬，这多年以来，还没从她的脑膜上洗去。这多年以来，她虽然已经体认了不少的"现实的真味"，然而还没足够到使她知道她的魁梧刚毅紫脸多疱的丈夫就是二十世纪机械工业时代的英雄骑士和"王子"！他们不像中古时代的那些骑士和王子会击剑，会骑马，他们却是打算盘，坐汽车。然而吴少奶奶却不能体认及此，并且她有时也竟忘记了自己也迥不同于中世纪的美姬！

"有客！"

忽然笼里的鹦鹉叫了声不成腔的话语，将吴少奶奶从惘想中惊醒。小客厅的前右侧的门口站着一位军装的少年，腰肢挺得笔直，清秀而带点威武气概的脸上半含着笑意，眼光炯炯地：是雷参谋！

吴少奶奶猛一怔。"现实"与"梦境"在她的意识里刹那间成为一交流，她几乎不能相信自己的眼睛。可是一鞠躬以后的雷参谋走近来了，受过训练的脚步声打入吴少奶奶的耳朵，她完全清醒过来了。同时"义务"和礼貌的习惯更把她挤得紧紧地，她本能地堆起笑容，站起来招呼：

"雷参谋！请坐。——是找荪甫罢，刚才出去。"

"我看见他出去。吴夫人。他留我在府上吃过夜饭再走。"

雷参谋用柔和恭敬的声音回答，却并不就座，站在吴少奶奶跟前，相离有两尺左右，眼光炯炯地射定了吴少奶奶的还带几分迷惘的脸孔。

吴少奶奶本能地微笑着，又本能地退一步，落在原来坐的沙发椅里。

暂时两边都没有话。一个颇僵的沉默。

雷参谋把眼光从吴少奶奶的脸上收回，注在地下，身体微微一震。突然，他的右手插到衣袋里，上前一步，依然微俯着头，很快地说了这么几句：

"吴夫人！明天早车我就离开上海，到前线去；这一次，光景战死的份儿居多！这是最后一次看见你，最后一次和你说话；吴夫人！这里我有一件东西送给你！"

说到最后一句，雷参谋抬起头，右手从衣袋里抽出来，手里有一本书，飞快地将这书揭开，双手捧着，就献到吴少奶奶面前。

这是一本破旧的《少年维特之烦恼》！在这书的揭开的页面是一朵枯萎的白玫瑰！

暴风雨似的"五卅运动"初期的学生会时代的往事，突然像一片闪电飞来，从这书，从这白玫瑰，打中了吴少奶奶，使她全身发抖。她一手抢过了这本书，惊惶地看着雷参谋，说不出半个字。

雷参谋苦笑，似乎叹了一口气，接着又说下去：

"吴夫人！这个，你当做是赠品也可以，当做是我请你保管的，也可以。我，上无父母，下无兄弟姊妹。我，又差不多没有亲密的朋友。我这终身唯一的亲爱的，就是这朵枯萎的白玫瑰和这本书！我在上前线以前，很想把这最可宝贵的东西，付托给最可靠最适当的人儿——"

突然间吴少奶奶短促地喊一声，脸上泛起了红晕。

雷参谋也是一顿，但立刻更急促更坚定地说下去：

"吴夫人！我选中了你！我想来你也同意！这朵花，这本书的历史，没有一刻不在我的心头！五年前，也是像今天这么一个不寻常的薄暮，也是这么一个闷热的薄暮，我从一位最庄严最高贵最美丽的人手里接受了这朵花——这是我崇拜她的报酬；这本书，

《少年维特之烦恼》，曾经目击我和她的——吴夫人，也许你并不反对说那就是恋爱！可是穷学生的我，不敢冒昧；吴夫人，大概你也想得到，进一步的行动，那时事实上也不许可。那时候，那时候，——吴夫人，现在你一定明白了那时候为什么我忽然在我所崇拜的天仙面前失踪了：我是到广东，进了黄埔！我从广东打到湖南，我从连长到团长，我打开了长沙，打开了武汉，打开了郑州，又打开了北平；我在成千成万的死人堆里爬过！几次性命的危险，我什么东西都丢弃了，只有这朵花，这本书，我没有离开过！可是我从死里逃出来看见了什么呢？吴夫人，我在上海找了半年多，我才知道我的运气不好！现在，我的希望没有了，我的勇气也没有了，我这次上前线去，大概一定要死！——吴夫人，却是这本书，这朵枯萎的花，我不能让她们也在战场上烂掉！我想我现在已经找到了最适当的人，请她保管这本破书，这朵残花——"

此时雷参谋的声音也有点抖了，几点汗珠透出他的额角。他回过一口气来，颓然落在最近的椅子里。吴少奶奶的脸色却已经转成灰白，痴痴地望着雷参谋，不作声，也不动。

雷参谋苦笑着，忽然像和身子里的什么在斗争着似的把胸脯一挺，霍地站起来，又走到吴少奶奶跟前，带着半哑的声音慢慢地说：

"吴夫人！我有机会把这段故事讲给你听，我死也瞑目了！"

说完，雷参谋举手行一个军礼，转身就走。

"雷鸣！雷鸣！"

吴少奶奶猛地站起来，颤着声音叫。

雷参谋站住了，转过身来。可是吴少奶奶再没有话。她的脸色现在又飞红了，她的眼光迷乱，她的胸部很剧烈地一起一伏。突然她伸开了两臂。雷参谋抢上一步，吴少奶奶便像醉迷似的扑在雷参谋胸前，她的脸恰靠在雷参谋肩头。雷参谋俯下头去，两个嘴唇接在一处。

"哥哥哟！"

笼里的鹦鹉突然一声怪叫。

"……我想我现在已经找到了最适当的人，请她保管这本破书，这朵残花——"

偎抱着的两个人都一跳。吴少奶奶像从梦里醒过来似的猛然推开了雷参谋，抱着那本《少年维特之烦恼》飞步跑出了小客厅，又飞步跑到楼上自己房里，倒在床上，一股热泪顷刻湿透了洁白的绣花枕套。

四

就在吴老太爷遗体入殓的那天下午，离开上海二百多里水路的双桥镇上，一所阴沉沉的大房子里，吴荪甫的舅父曾沧海正躺在鸦片烟榻上生气。这位五十多岁的老乡绅，在本地是有名的"土皇帝"，自从四十岁上，他生了一位宝贝儿子以后，他那种贪财吝啬刻薄的天性就特别发挥。可惜他这位儿子虽名为"家驹"，实在还比不上一条"家狗"，因此早该是退休享福的曾沧海却还不能优游岁月，甚至柴米油盐等等琐细，都得他老人家操一份心。

而最近两三年来，他的运气也不行。第一幅青天白日满地红的旗子在双桥镇上飘扬的时候，嚷得怪响亮，怪热闹，又怪认真的"打倒土豪劣绅"，确使曾沧海一惊，并且为万全计，也到上海住过几时。后来那些嚷嚷闹闹的年青人逃走了，或是被捕了，双桥镇上依然满眼熙和太平之盛，可是曾沧海的"统治"却从此动摇了；另一批并不呐喊着要"打倒土豪劣绅"的年青人已经成了"新贵"，并且一步一步地从曾沧海那里分了许多"特权"去。到现在，曾沧海的地位降落到他自己也难以相信：双桥镇上的"新贵"们不但和他比肩而南面共治①，甚至还时时排挤他呢！"真是人老不

---

① 南面共治：古代以面向南为尊位，帝王之位南向，故称居帝位为南面。这里引申为同居于统治地位。

值钱了！"——曾沧海被挤紧了的时候，只能这样发牢骚，同时用半个眼睛属望于他的宝贝儿子家驹。

这天下午，曾沧海躺在花厅里的烟榻上生气，却并不是又受了镇上"新贵"们的排挤，而是因为吴荪甫打来的"报丧"急电到的太迟。这封急电递到他手里的一刹那间，他是很高兴的；想到自己无论如何是鼎鼎望族，常在上海报上露名字的吴荪甫是嫡亲外甥，而且打了急电来，——光景是有要事相商，这就比昨天还是拖鼻涕的毛小子的镇上"新贵"们很显见得根基不同了。但当他翻译出电文来是"报丧"，他那一股高兴就转为满腔怒气。第一，竟是一封不折不扣的普通报丧电，而不是什么商量地方上的大事，使他无从揣在怀里逢人夸耀；第二，是这电报到得岂有此理得太慢；第三，那位宝贝外甥吴荪甫也不把老舅父放在眼里了，只来了这么一通聊以塞责的电报，却并没专派一条小火轮来请他去。如果他还是往日那样的威焰，在此时一怒之下，大概那位耽误了他们曾吴两府要电的本地电报局长总该倒霉的了；但现在"人老不值钱"的曾沧海除了瞪眼睛吹胡子，更没有别的办法。

他霍地从烟榻上爬起来，在屋子里踱了几步，拿起那张电报，到光线好些的长窗边再仔细看。愈看愈生气了，他觉得至少非要办一下那个"玩忽公务"的电报局长不可。但此时，他的长工阿二进来了，满头是汗，一身是泥。瞧着曾沧海的脸色不对，这阿二就站在一边粗声地喘气。

"哦，你回来了么？我当是七里桥搬了家，你找不到；——我还打算派警察去寻你呢！留心！你再放肆下去，总有一天要送你到局里去尝尝滋味！"

曾沧海侧着头看定了阿二，冷冷地威吓地说。这样的话，他是说惯了的，——每逢阿二出去办事的时间耽搁得长久了一点，曾沧海总是这一套话语，倒并不是作真；但此时刚刚碰在他的气头上，加之阿二只顾站在那里抹脸喘气，竟不照向来的惯例，一进来就报告办事的结果，曾沧海可就动了真气。他提高了他那副干哑的嗓子，跺着脚骂道：

"畜生！难道你的死人嘴上贴了封皮么？——讨来了多少呢？"

"半个钱也没有。——七里桥今天传锣开会——"

阿二突然缩住，撩起蓝布短衫的衣襟来，又抹脸儿。在他的遮黑了的眼前，立刻又涌现出那个几千人的大会，无数的锄头红旗，还有同样红得怕死人的几千只眼睛；在他耳边，立刻又充满了锽锽锽的锣声，和暴风似的几千条喉咙里放出来的咆哮怒吼。他的心像胀大了似的扑扑地跳得他全身发热气。

可是这一切，曾沧海想也不会想到的。他看见阿二不说下去，就又怒冲冲地喝道：

"管他们开什么屁会！你是去讨钱的。你不对他们说么：今天不解清，明天曾老爷就派警察来捉人！你不对他们那些混账东西说么——什么屁会！"

"那么，你派警察去罢！你杀我的头，我也不去了！七里桥的人，全进了会，……他们看见我，就知道我是替你讨乡账去的，他们骂我，不放我回来，还要我……"

阿二也气冲冲地说，而且对于他的"老爷"竟也称起"你"来了。这不是一件小事。然而一心念着讨债不着的曾沧海却竟忽略了这个不懂规矩，他截断了阿二的话，拍着桌子怒喊：

"狗屁的会！陈老八，他是狗屁的农民协会的委员；他自己也放印子钱，怎么我放的债就让乡下人白赖呢！我倒要找陈老八去讲讲这个理！——哼！天下没有这种理！一定是你这狗奴才躲懒，不曾到七里桥去！明天查出来要你的狗命——"

"不是陈老八的那个会。是另一个。只有七里桥的自家人知道，镇上人还没听得过呢！他们今天第一次传锣开会，几千人，全是赤脚短衣，没有一个穿长衫的，全是道地的乡下穷人……"

阿二忽然对于曾沧海的威吓全没怕惧，反而兴高采烈地说起来了；但他又突然住了嘴，为的他一眼看见曾沧海脸色变成死白，手指簌簌地抖，一个跟跄就躺在烟榻上，闭了眼睛，——这平常日子威风凛凛的老爷也会像斗败的公鸡似的垂头丧气，阿二在曾府做长工十年以来，还是第一次看见呢！

阿二反倒没有了主意。他是一个老实人，一眼看着曾沧海那种"死相"，一面他就想到假使吓死了这个鸦片烟老头子，那他的罪过可不小，天上的菩萨要不要折他的寿？然而他是白担忧。躺在烟榻上的曾沧海猛地睁开眼来，眼是凶狠狠地闪着红光，脸色也已经变成铁青；他跳起来，随手抓住了鸦片烟枪气吼吼地抢前一步，照准阿二的头上就打过去，发狂似的骂道：

"你这狗奴才！你也不是好东西！你们敢造反么？"

啪！——一声响，那枝象牙鸦片烟枪断成两段，可并没打中阿二的头。阿二挥起他的铜铁般的臂膊一格，就躲过去了。他浑身的血被这一击逼成沸滚。他站住了，睁圆了眼睛。曾沧海舞着那半段鸦片烟枪，咆哮如雷，一手抢起一支锡烛台，就又劈面掷过去。烛台并没命中，但在掉到地下的时候，烛台顶上的那枝铜针却刺着了阿二的小腿。见了血了！怒火从阿二的眼睛中射出来。"打死那盘剥穷人的老狗！"——一句从七里桥听来的话蓦地又兜上阿二的心窝。他捏紧了拳头。如果曾沧海再逼上一步，阿二准定要干的！

但此时忽然一片哭骂声从花厅后面爆发了，跟着便是一个妖媚的少年女子连哭带嚷闯进来，扑在曾沧海身上，几乎把这老头子撞倒在地。

"干什么？阿金！"

曾沧海扶着桌子气急败丧地喊。那时候，又一位高大粗壮的少年妇人也赶进来了！听不清楚的嚷骂的沸声充满了这小小的三开间的花厅。曾沧海摇着头，叹一口气，便去躺在烟榻上闭了眼睛。虽然他是远近闻名的包揽诉讼的老手，但对于自己家里这两个女人——他的非正式的小老婆和他的儿媳中间的纠纷，他却永远不能解决，并且只能付之不闻不问。

阿二已经走了。两个女人对骂。奶妈抱了曾沧海的孙子，还有一个粗做女仆，都站在花厅前滴水檐下的石阶边听着看着。曾沧海捧起另一支烟枪，滋滋——地抽烟，一面在心痛那枝断成两半的象牙老枪，一面又想起七里桥的什么会了。现在他颇有点后悔刚才的"失态"；现在他的老谋深算走了这么一个方向：共产党煽动七里桥的乡下人开会，大概其志不在小罢？可是镇上有一营兵，还有保卫团，怕什么，借此正好请公安分局捉几个来办一下，——赖债的都算是共产党。……还有，镇上竟没人知道这回事，平常排挤他老人家顶厉害的那几位"新贵"也还睡在鼓中呢！一想到这里，曾沧海的黑而且瘦的脸上浮出笑容来了。他已经想好了追还他的高利贷本息的好方法，并且又算好了怎样去大大的揭露一下"新贵"们的糊涂混账；他们竟还不知道七里桥有了共产党，他们管的什么事哪！

"好！就是这么办。叫他们都尝尝老子的辣手！哈，哈！"

曾沧海想到得意处将烟枪一放，忍不住叫了出来，又连声哈哈大笑。这枯哑的笑声在花厅里回荡，很单调地射进他的耳朵，他这才意识到两个女子的吵闹已经在不知什么时候无条件终止了。他愕然四顾，这才又发现阿金独坐在烟榻对面的方桌子边，用手帕蒙住了面孔，像在那里哭。

"阿金！"

曾沧海低声唤着。没有回答。觉得为难了，曾沧海懒懒地坐了起来，正想走过去敷衍几句，阿金却突然露出脸来对曾沧海使一个白眼；她并没在那里哭，不过眼眶稍稍有点红。

"明天我就回乡下去；赖在这里挨骂挨打，真是贱骨头么？"

阿金尖着声音说，猛地哭起来了；是没有眼泪地干哭。

"啊，啊！吵什么啊！我，没有力气和那种婆娘吵闹；回头等阿驹来，叫他去管束罢！是他的老婆，应该要他去管束！——叫阿驹打她一顿，给你出气罢。好了，好了，阿金！犯不着和那种蠢货一般见识。——你去看看燕窝粥炖好了没有。我要吃了出去办公事！"

曾沧海一面说，一面就踱到了阿金身边，用他那染满烟渍的大袖子在阿金面上拂了几拂，算是替她揩眼泪。阿金把头扭了两扭，斜着眼睛，扑哧一笑：

"哼，你的话，算得数么？"

"怎么不算数！我说要办什么人，就一定要办！我做老爷的，就不用自己动手。——上次你的男人吵上门来，不是我答应你重重办他么？后来不是就叫警察办了他么？不过自己的媳妇总不好送局去办，应该叫儿子办。回头阿驹来了，我就叫他结结实实打那个辣婆娘！我的话，向来说出算数。"

"嗳，说出算数！上月里就答应给我一个金戒指，到现在还没——"

"哎，哎，那另是一件事了！那是买东西，不是办人；——金戒指，究竟有什么好？戴在手上，不会叫手舒服。我把买金戒指的钱代你放在钱庄上生利息，不是好多了么？好了，快去看燕窝粥罢。等我出去了回来，就给你一个钱庄上的存折：一百块钱！还不好么？"

似乎"一百"这数目确有点魔力，阿金带几分满足的意思，走了。这里曾沧海暗暗匿笑，佩服自己的外交手腕，再躺到烟榻上，精神百倍地烧起一个很大的烟泡来。

可是烟泡刚刚上了斗，还没抽得半口，里边的吵闹又爆发了。这回却还夹着一个男子的叱骂声，是曾沧海的宝贝儿子出场了。曾沧海好像完全没有听得，郑重地捧着烟枪，用足劲儿就抽，不料里边沸沸扬扬的嚷骂声中却跳出一句又尖又响的话，直钻进了曾沧海的耳朵：

"不要脸的骚货！老的不够你煞火，又迷上了小的；我就让了你么？"

这是儿媳的声音。接着却听得阿金笑。突然又是儿子狂吼，儿媳又哭又骂。以后就是混成一片的哭骂和厮打。

曾沧海捧着烟枪忘记了抽，呆呆地在吟味那一句"老的不够煞火"。虽说这些事不比钱财进出，他颇能达观，然而到底心里有些酸溜溜地怪不舒服。此外更有一点使他老大扫兴：原来儿子的肯打老婆，却不是"敬遵严命"，而是别有缘故。这对于儿子的威权之失坠又使他渐渐感得悲哀了。

俄而沉重的脚步声惊醒了曾沧海的沉思。儿子家驹，一个相貌极丑的野马似的十九岁青年，站在曾老头子的面前了。将手里的一本什么书啪的丢在一张椅子里，这曾家驹就在烟榻旁边的方凳上坐了，脸对着他的父亲。

"阿驹，吴府上老太爷死了。你的苏甫表哥有电报来。你在镇上反正没有事，明天就到上海去吊丧，带便托苏甫给你找个差使。"

不等儿子开口，曾沧海就先把刚刚盘算好的主意慢慢地说了出来；可是什么"老的，小的，煞火"，还是在他心里纠缠不清。

"我不去！我有要紧使用，马上给我几十块钱！"

"什么！又来要钱了！哎，你不知道钱财来得不容易呀！什么使用？先要说个明白！"

曾沧海吃惊地说，一骨碌就翻身坐起来。但是儿子并不立刻回答，先在腰间掏摸了一会儿，就掏出一小块黑色的硬纸片来，一直送到他老子的鼻子边，很傲慢地喊道：

"什么使用！我就要大请客啦！你看，这是什么东西？"

曾沧海眼快，并又心灵，一瞧那黑色硬纸片，就知道是"中国国民党党证"；这一乐非同小可，他一手夺过来，揉了揉眼睛，凑在烟灯上仔细再看；可不是当真！"某省某县第某区党员证第二十三号"，上面还粘贴着曾家驹的小影。——"还是第二十三名呢！"老头子欣欣然自言自语地说，从烟盘里拿过那副老花眼镜来戴好了，又仔细验看那印在党证上面的党部关防的印文。末了，这才恭而敬之地踱到儿子跟前交还这证书，连声郑重嘱咐：

"收藏好了，收藏好了！"

接着，他又呵呵大笑，拍着儿子的肩膀说：

"这就出山了！我原说的，虎门无犬种！——自然要大请客啰！今晚上你请小朋友，几十块钱怕不够罢？回头我给你一百。明晚，我们的老世交，也得请一次。慢着，还有大事！——抽完了这筒烟再说。"

于是老头子兴冲冲地爬上烟榻，呼呼地用劲抽烟；曾家驹满脸得意，却拣不出话来吹，便也往烟榻上一横。他当真很小心地把党员证藏在内面衣服的口袋里。但他这重视党证的心理和曾沧海就有点不同；他知道有了这东西，便可以常常向老头子逼出大把的钱来放开手面花用。

曾沧海一口气抽完了一筒烟，拿起烟盘里的茶壶来，嘴对嘴汩汩地灌了几口，放下了茶壶，轻声说道：

"阿驹！我探得了一个重要消息，正想上公安局去报告。现在就派你去罢！你刚进了党，正要露露脸，办一件大事，挂一个头功！——哈，机会也真凑巧，今天是双喜临门了！"

听说是要他到公安分局去办什么事，曾家驹就愣住了。他瞪出一对圆眼睛，只顾呆呆地对着他父亲瞧。显然是他对于这件事十二分的不踊跃，并且也不知道怎样去和公安分局打交道。

"嗳，——还有几分上场怯！"

曾沧海又爱惜又责备似的说，接连摇了两次头；于是他突又转口问道：

"阿驹，你知道镇上的私烟灯共有多少？前街杂货店里的三姑娘做的哪几户客人？还有，卡子上一个月的私货漏进多少？"

曾家驹又是瞪目不能对答。他原也常逛私娼，例如前街的三姑娘之类；可是要问他某某私娼做的几户客人或是私烟灯有多少，漏税的私货有多少，那他是做梦也没想到。

曾沧海拍着大腿呵呵地笑了：

"怎么？到底年青人不知道随时随地留心。嗳，阿驹，你现在是党老爷了，地面上的情形一点不熟悉，你这党老爷怎么干得下去呀！你自己不去钻缝儿，难道等着人家来请么？——不过，你也不用发忧，还有你老子是'识途老马'，慢慢地来指拨你罢！"

小曾的脸，现在红起来了，也许是听了老子的"庭训"，有点惭愧；但也许是一百块钱尚未到手，有点不耐烦。他堵起了嘴，总不作声。恰好那时候，他的老婆抱着小孩子进来了，满脸的不高兴，将小孩子放在一张椅子上，用一支臂膊扶着，转脸就对她的丈夫看，似乎有什么话要讲。

但是小孩子不让她开口，哇哇地哭起来了；同时一泡尿直淋，淌满了一椅子，又滴到地上。

曾家驹皱了眉头，脸上的横肉一条一条都起了棱，猛地一跳就从烟榻上坐起来，正想叱骂他的老婆，却瞥眼看见撒了一泡尿的小孩子的脚下有一本书，——正是他刚才带来的那一本，小孩子的两只脚正在这书面乱踢乱踏。

"嘿！小畜生！"

曾家驹一声怒吼，纵步跳到孩子身边，粗暴地从孩子的脚下扯出那本书来看时，已经是又湿又破碎，不成样子了。孩子的身体一晃，几乎倒撞下椅子来，但是作怪地反倒停止了哭嚷，扑在母亲怀里，只把一张小嘴张得很大。

从儿子手里看明白了那本湿淋淋的书原来是《三民主义》的时候，曾沧海的脸色陡地变了。他跳起来跺着脚，看着儿子的脸，连声叫苦道：

"糟了！糟了！这就同前清时代的《圣谕广训》①一样的东西，应该供在大厅里天然几上的香炉面前，才是正办，怎么让小孩子撒了尿呀！给外边人晓得了，你这脑袋还保得住么？该死，糟了！"

此时被吓噤了的孩子也哇的一声哭出来了。曾家驹原也不很了然于父亲的叫苦连天，但总之是觉得事情糟，而且很生气，一手揪住了老婆就打。孩子和母亲的哭声，小曾的叫骂，混成一片。曾沧海摇头叹气，只顾抽烟，随后想起还有大事须上公安分局去一趟，便在沸闹声中抖抖衣服走了。

街上照常热闹。这双桥镇，有将近十万的人口、两三家钱庄、当铺、银楼，还有吴荪甫独力经营的电力厂、米厂、油坊。这都是近来四五年内兴起来的。

曾沧海一面走，一面观看那新发达的市面，以及种种都市化的娱乐，便想到现在挣钱的法门比起他做"土皇帝"的当年来，真是不可同日而语了；如果这两三年的他，不走黑运，那么，在这繁华的局面下，怕不是早已捞进十万八千么？虽说现在已经有了卷土重来的希望，他仍然不免有点怅怅。他的脚步就慢起来了。到得太白楼酒馆的前面，因为人多，他简直站住了。

忽然人丛中有一位拉住了曾沧海，劈头问道：

"这个时候你上哪里去呀？"

曾沧海回头一看，认得是土贩李四；在某一点上，他和这李四原是不拘形迹的密友，但此时在众目昭彰的大街上，这李四竟拉拉扯扯直呼曰"你"，简直好像已经和曾沧海平等了，这在常以"鼎鼎望族"自夸的曾沧海委实是太难堪了。但是又不便发作。跟着双

---

① 《圣谕广训》：古代以天子诰诫臣下的诏令为"圣谕"。康熙十八年（1679）曾颁行上谕十六条；雍正时加以修订，定名《圣谕广训》。

桥镇的日渐都市化，这李四的潜势力也在一天一天膨胀。有"土"斯有"财"，便也有"实力"：老地头蛇的曾沧海岂有不知道？因此他虽然老大不高兴，却竭力忍住了，反倒点头招呼，微笑着回答：

"到公安局去有点公事。"

"不用去了，今天是去一件搁一件的了！"

李四很卖弄似的说，并且语气中还有几分自大的意味，好像他就是公安分局长。

"为什么？难道分局长换了人么？"

曾沧海实在忍不下去了，也用了几分讥讽的口吻冷冷地反问。可是话刚出口，他又后悔不该得罪这位神通广大的李四。

然而运气得很，李四并没觉到曾沧海的话中有核；他一把拉着曾沧海走到太白楼斜对面冷清些的地段，把嘴巴靠近曾沧海耳朵边，悄悄地说道：

"难道你没有听得风声么？"

"什么风声？"

"七里桥到了共匪，今晚上要抢镇！"

曾沧海心里一跳，脸色也变了：但他这吃惊，并不是因为听说七里桥有共军，而且要抢镇；他是在痛心他的独得之秘已经不成其为"秘"，因而他的或他儿子的"头功"是没有指望了。可是他毕竟是老手，心里一跳以后，也就立刻镇静起来，故意摇头，表示不相信。

"你不相信么？老实告诉你，这个消息，现在还没有几个人知道。我是从何营长的小公馆里得来的。营长的姨太太已经避到县里去了。还是雇的王麻子的船，千真万确！"

李四悄悄地又接着说，十分热心关切的样子。

现在曾沧海的脸色全然灰白了！他这才知道局势是意外地严重。在先他听得长工阿二说七里桥的乡下人传锣开会，还以为不过是赤手空拳的乡下人而已，此时才明白当真还有枪炮俱全的共军。他的恐惧就由被人夺了"头功"一转而为身家性命之危了。他急口问：

"共匪有多少枪呢？"

"听说有百来枝枪罢。"

曾沧海心下一松，想到他的邀功计划虽然已成画饼，可是危险也没有，他就笑了一笑，看着李四的鬼鬼祟祟的面孔，很坦然很大方地说：

"百来条枪么？怕什么！驻扎在这里的省防军就有一营！"

"一营！哼！三个月没关饷！"

"还有保卫团呢！"

"十个里倒有十一个是鸦片烟老枪！——劝你把细点，躲开一下罢，不是玩的！本来前两天风声就紧，只有你整天躲在烟榻上抱阿金，这才不知道。——也许没事。可是总得小心见机。不瞒你说，我已经吩咐我的手下人都上了子弹，今晚上不许睡觉。"

这么说着，李四就匆匆地走了。

曾沧海站着沉吟了一会儿，决不定怎么办。想到一动总得花钱，他就打算姑且冒险留着；想到万一当真出了事，性命危险，便也想学学何营长的姨太太。后来转念到"报功"总已不成，上公安局也没意思，便决定先回家再定办法。

家里却有人在那里等。曾沧海在苍茫的暮色中一见那人额下有一撮小胡子，便知道是吴府总管费小胡子费晓生。

"好了，沧翁回来了。无事不敢相扰，就为的三先生从上海来了信，要我调度十万银子，限三天内解去，只好来和沧翁相商。"

费小胡子开门见山就提到了钱，曾沧海不禁呆了一下。费小胡子却又笑嘻嘻接着说：

"我已经查过账了。沧翁这里是一万二，都是过期的庄款。本来我不敢向沧翁开口，可是三先生的信里，口气十分严厉，我又凑不齐，只好请沧翁帮帮我的忙了，感谢不尽。"

曾沧海的脸色陡然放下来了。他本来就深恨这费小胡子。据他平日扬言，费小胡子替吴府当了几年总管，已经吃肥了。他又说费小胡子挑拨他们甥舅间的感情，所以他做老舅父的只能在外甥的钱庄上挂这区区一万多银子的账。现在看见费小胡子竟捐着"三先生"的牌头来上门讨索，曾沧海觉得非惩他一下不可了，当下就冷冷地回答：

"晓生兄，你真是忠心。我一定要告诉荪甫另眼看待你！——说来真叫人不相信，我的老姊丈一到上海就去世了！我这里来了急电，要我去主持丧事。——今晚上打算就动身。一切我和荪老三面谈，竟不必你费心了！"

"是。老太爷故世的消息，我们那里也接了电报，却不知道原来是请沧翁去主持丧事。"

费小胡子笑着说，不提到钱了；可是他那淡淡的微笑中却含着一些猜透了曾沧海心曲似的意义。他站起来正要告辞，突然被曾沧海阻止：

"不忙。再坐坐罢，还有几句话呢！——嗳，荪老三要解十万银子去，想来是应急用；现在你调到了多少呢？你报个账给我听听。"

"不过半数。五万块！"

费小胡子复又坐下，仍旧笑嘻嘻地说，可是那语调中就有对于曾沧海的盘问很不痛快的气味。这费小胡子也是老狐狸，很知道吴荪甫早就不满意这位老舅父。不过到底是吴荪甫的嫡亲舅父，在礼貌上费小胡子是不敢怠慢的；现在看见曾沧海居然又进一步，颇有"太上主人"自居的神气，费小胡子就觉得这位老舅父未免太不识相了。

然而曾沧海的"不识相"尚有更甚于此：

"还只有五万！想来你没有解出去罢？拿来！今晚上我带了去！"

费小胡子的眉毛一跳，简直不能相信自己的耳朵。他摸着颔下的小胡子，瞅着曾沧海的瘦脸儿。

曾沧海却坚决地又接下去说：

"马上去拿来交给我。一切有我负责任！——你知道么？七里桥到了共匪，今晚上要抢镇，这五万银子决不能放在镇上过夜的。荪老三的事就和我自己的事一样，我不能袖手旁观。"

"哦——那个，今天一早就有这风声，我已经打电报给三先生请示办法。万一今晚上有什么风吹草动，这五万银子，我自有安排。这是我分内应尽的职务，怎么敢劳动沧翁呢！"

"万一出了事，你担的下这个责任？"

"担的下！沧翁的美意，心领谢谢！"

费小胡子毅然回答，又站起身来想走。但他的眼珠一转，忽又坐下，转看着曾沧海那张又恨恨又沮丧的脸孔问道：

"沧翁从哪里得的消息，知道今晚上一定要出事呢？"

"何营长亲口告诉我的。他也是刚了密报，而且——好像何营长也有点心慌。你知道王麻子的大船到县里是载的什么人？"

"是何营长的姨太太到县里回拜县长夫人。——哦，原来如此！然而沧翁恐怕还没知道就在今天两点钟的时候，何营长向商会担保镇上的治安他负完全责任。不过，他说，'弟兄们已经三个月没关饷，总得点缀点缀，好叫他们起劲'；他向商会筹借三万块钱——"

"商会答应了么？"

"自然答应。已经送去了。——呀，天黑下来了，还有要事……沧翁什么时候动身？也许不能够赶到埠头上恭送了，恕罪，恕罪！"

说着，费小胡子一揖到地，就急急忙忙地走了。

曾沧海假意送到大厅的滴水檐前，就回转来大生气。他咬紧了牙关只是哼，在那座空廓落落的大厅上转圈子。过去的三小时内，他使了多少心计，不料全盘落空了。尤其是这最后的五万元不能到手，他把费小胡子简直恨同杀父之仇！

他垂头寻思报复的计策，脚下就穿过了一条长廊，走到花厅阶前了。里面的烟榻上一灯如豆，那一粒淡黄色的火焰不住地跳。他冒冒失失地闯进去，忽然一阵响动，那烟榻上跳起两个人影来，在烟灯的昏光下，他看得很清楚，一个是他的宝贝儿子家驹，另一个便是阿金。

"畜生！"

曾沧海猛叫一声，便觉得眼前昏黑，腿发软，心里却像火烧。他本能地扶住了一张椅子，便软瘫在椅子里了。他的几茎稀胡子簌簌地抖动。

到他再能够看清楚眼前的物象时，阿金已经不见了，只有曾家驹蹲在烟榻上像一匹雄狗，眼睛灼灼地望着他的老子。

儿子的逆伦，阿金的无耻，费小胡子的可恶，又是七里桥共军的威胁：同时在曾沧海的脑子里翻滚，正不知道怎样咆哮发威才好。最后还是醋劲占了优势。曾沧海拉开他的破嗓子骂道：

"畜生！就算你嘴馋，有本事到外边去弄几个玩玩，倒也罢了，叫你在家里吃现成的么？混账！弄大了肚子，算是你的兄弟呢？算是你的儿子呀！阿金这骚货——"

可是，砰，砰，砰，砰！从远处来，立刻愈繁愈密。这是枪声！像是大年夜的爆竹。曾沧海猛一跳，就发疯似的喊起来：

"完了！完了！糟了！糟了！——小畜生！还不赶快跑出去看看，在哪一方，离这里多少路？"

曾家驹不作声，反把身体更缩得紧些。忽然一个人带哭带嚷跑进来，头发披了满面，正是阿金。一把扭住了曾沧海，这少年女子就像一条蛇似的缠在老头子身上，哭着嚷着：

"都是少爷害了我呀！我是不肯，他，他，——"

曾沧海用尽力气一个巴掌将阿金打开，气得说不出话来。这时枪声更加近了，呐喊的人声也听得见了。曾家驹的老婆抱着小孩子也是哭哭啼啼地跑进来，后面跟着一长串女人：奶妈、粗做娘姨、丫头，都是慌做一团，乱窜乱叫。

忽然枪声听不见了，只听得远远的哄哄的人声。花厅外边梧桐树上的老鸦拍得翼子扑扑地响，有几只还扑进花厅里来。一群女人也都不嚷叫了，只有小孩子还在哭。曾沧海觉得心头一松，瞥眼看见烟榻上还摆着那本淋过孩子尿的《三民主义》，他就一手抢了来，高顶在头上，扑通一声就跪了下去，急口地祷告道：

"总理在上，总理阴灵在上，保佑，保佑你的三民主义的信徒呀！"

祷告还没完，枪声震耳而起，比前更密更响更近了。卜卜卜——机关枪声也起来了。曾沧海蹶然跃起，《三民主义》掉在地下。一声不响，这老头子没命地就往里边跑。可是正在这时候，阿二跑出来，当胸一撞，曾沧海就跌在地下。阿二什么也不管，只是气喘喘地叫道：

"躲到后面去罢！躺在菜园里！躺在地下！枪珠厉害！街上全是兵了！前门后门全是兵了！"

"什么？共匪打退了么？"

不知是哪里来的力气，曾沧海一跃而起，拉住了阿二问。

"是兵和保卫团开火啦！兵和兵又打起来了！"

"放屁！滚你的罢！"

曾沧海一听不对头，便又突然摆出老爷的威风来。可是猛一回头，看见院子里映得通红，什么地方起火了！卜卜卜——机关枪的声音跟着又来。曾沧海料来大势已去，便喝令媳妇和奶妈等快去收拾细软。他自己拿起那烟灯，跑到花厅右角的一张桌子边，打开一个文书箱，把大束的田契、借据、存折，都往口袋里塞。直到此时蹲在烟榻上不动也不作声的曾家驹霍地一跳过来，也伸手到文书箱里去捞摸了。忽然一片呐喊声像从他们脚边爆出来。曾沧海一慌，手里的东西都落在地下。他顾不得儿子，转身就往里面跑，薄暗中却又劈头撞着了一个人，一把扭住了曾沧海，尖着声音叫：

"老爷救救我呀！——"

这又是阿金。同时一片火光飞也似的从外边抢进花厅来，火光中瞧见七八个人，都拿着火把。阿金立刻认出其中一人，正是她的丈夫，心里一慌，腿就软了，不知不觉地就坐在地下，捧着头，缩成了一团。曾沧海乘此机会，脸也不回地没命逃走，转瞬间就看不见了。

"不要脸，没良心的婆娘，老畜生在哪里？"

阿金的丈夫抢前一步，怒声问。阿金只是哭。另外两个人已经捉住了曾家驹，推他到一个青年人的跟前。

"老狗逃到后面去了！"

"进宝！不用去追！我们放在后面的人都认得他！"

几个人杂乱地嚷。这时候，曾家驹的老婆披散着头发，从里面冲出来，一眼看见丈夫被人捉住，便拼命扑过去。但已经有人从背后揪住了她的头发，猛力一捽，厉声问道：

"干什么？"

"干什么呀！你们捉我的男人干什么？"

曾家驹的老婆坐在地下发疯似的叫。突然她回头看见阿金蹲在旁边，她就地一滚，便抓住了阿金，猛地在阿金肩头咬了一口，扭成一团打起来了。

"都是你这骚货闯下来的祸事呀！——老的，小的，全要，——打死你，打死你！"

火把和喊声又从花厅后面来了。三个人拖着曾沧海，其中一个便是阿二。曾沧海满身是灰，只叫饶命。阿金的丈夫赶上去对准那老头儿的脸上就是一拳，咬紧着牙齿说：

"老狗！你也要命么？"

"打死他！咬死他！曾剥皮！"

忿怒像暴风似的卷起来了。但是那位佩手枪的青年走过来拦住了众人，很威严地喝道：

"不要闹！先要审他！"

"审他！审他！老剥皮放印子钱，老剥皮强夺我们的田地！——"

"老狗强占了我的老婆！叫警察打我！"

"他叫警察捉过我们许多人了！我们要活活地咬死他！"

"哈！看来你又是国民党？"

那位青年的声音朗朗地在纷哎的诅骂中响了起来。

曾沧海心里一跳。不知道为什么，他忽然断定他是有了希望了；他振作起全身的精神，在熊熊的火把光中望着那位青年的面孔，奋然说：

"不是，不是！我最恨国民党！孙传芳时代①，我帮助他捉过许多国民党，枪毙过许多！你不相信，你且去调查！——眼前的阿二他就知道！阿二，阿二——"

"可是你现在一定是！你的儿子干什么的？"

青年截住了曾沧海的自辩，回头看着那个野马似的曾家驹。

"我不是！我不是！"

曾家驹没命地叫。可是他的叫声还没完，那边打得疲倦了暂时

---

① 孙传芳时代，指一九二五至一九二七年初。当时北洋直系军阀孙传芳控制浙、闽、苏、皖、赣，并任五省联军总司令。

"老狗！你也要命么？"

息手的两个妇人中的一个——阿金，忽然跳起来，发狂似的喊道：

"你是，你是！你刚才还拿出一块黑纸片来吓我诱我，你害死人了，——进宝，饶了我呀！他们逼我吓我，他们势头大！"

这时机关枪声又卜卜地从空中传来。佩手枪的青年转脸向外边看了一眼，就拔出手枪来，提高嗓子，发命令道：

"留两个人在这里看守。曾剥皮和他的儿子带走！"

于是火把和脚步声一齐往外边去了。痴痴地坐在地下的曾家驹的老婆忽然跳起来，大哭着追上去。却在花厅檐前被什么东西一绊，她就跌倒了。留守的阿二和另一个农民赶上前拉起她来，好像安慰她似的厉声喊道：

"你发疯了么？不干你的事！冤有头，债有主！到后面去罢！不许乱跑！"

当下曾沧海父子被拖着推着到了大街上，就看见三三五五的农民，颈间都围一条红布，手里拿着各式各样的武器，在大街上乱跑。迎面来了一伙人，没有枪，也带住一个人，却是李四。曾沧海正待抛过一个眼色去和李四打招呼，两下里一擦肩就过去了。曾沧海他们却是向西去，繁密的枪声也是从西面来。机关枪声每隔二三分钟便卜卜地怒吼着。所有的店铺和住户都关了门，从门缝里透出一点点的灯光来。

劲风挟着黑烟吹来，有一股焦臭，大概是什么地方又起火了。

转了一个弯，过不去了。前面不远就是宏昌典当的高墙。曾沧海父子和押着他们的七八个人被围裹在一大群杂色的队伍里了：有拿着各种各样的武器的农民，也有颈间束着红布条的兵，都挤在这街角。忽然从宏昌典当的高墙上放出一条红光来，卜卜卜——那火绳一样的东西向四面扫，蓦地，这"火绳"掠近曾沧海父子们所在的那个街角了！

"散——开！"

有一个声音在人堆里怒喊。管押着曾沧海父子的人们也赶快躲到街边的檐下，都伏倒在地上。步枪声从他们身边四周围起来了。曾沧海已经像一个死人，只是眼睛还睁得很大。他儿子惊惶地痴痴地望着前面的机关枪火光。这时候，宏昌当的后面忽然卷起一片猛烈的枪声，一缕黑烟也从宏昌当的更楼边冲上天空，俄而红光一亮，火头就从浓烟中窜出来。宏昌当里起火了！机关枪声小些了，但同时一片震耳的呐喊，突然从这边爆起来：

"冲锋呀！冲锋呀！"

无数的人形，从地上跳起来，从街角的掩蔽处，从店铺的檐下，冲出去，像一阵旋风。

管押着曾氏父子的几个人也冲上前去。但立刻又退下两个来，他们拖住了曾氏父子向后退，可是还不到十多步远，宏昌当高墙上的机关枪最后一次又扫射过来，四个人都仆倒了。又一群农民和兵的混合队伍从后面飞奔而来，在这四个人身上踏过，直扑宏昌当。

机关枪声渐渐稀薄了。

曾家驹伏在地上，最初以为自己是死了；后来试把手脚动一下，奇怪！手脚依然是好好的，身上也没觉到什么痛。他坐起来看看他的身边。两个农民都没有声息。曾沧海蜷曲着身子，半个脸向上，嘴巴张得很大，嘴里淌出血来。曾家驹呆了一会儿，忽然跳起来，撒腿就跑。

他慌慌张张跑进了一条冷僻小巷的时候，脚下绊着什么东西，他就跌倒了。可是像弹簧似的他又立刻跳了起来。他下意识地回头向宏昌当那方面看：火焰直冲高空，半边天都红了。枪声还是断断续续地响，夹着一阵一阵的呐喊。正在没有计较，他的脚又碰着了横在地下的那个东西，他本能地看了一眼，原来是一个死人，颈间束着红布条，手里还抓着一枝手枪。一个好主意忽然在曾家驹心头展开。他赶快从死人颈间解下那红布条，束在自己颈子上，又从死人手里捞得了那枝手枪，便再向前跑。

现在枪声差不多没有了，只是那呼呼呼的火烧声，以及嘈杂的人声，从远远传来。这条小巷子却像死的一样，所有的人家都闭紧了大门，连灯光都没有一点。曾家驹一面走，一面像觅食的野狗似的向左边右边看。将近巷底的时候，他突然站住了。前面一所楼房闪着灯光。他踌躇了一会儿，便上前打门，眼里射出凶光来。

"你回来了么？阿弥陀佛！"

一个青年女人的声音出来开门了。但当她看见是一个不相识者满脸杀气擎起手枪对准她，就狂喊一声，往里边跑。曾家驹追进去，一句话不说。追过了一个院子，在点着灯火的屋子前，那妇人就跌倒了。曾家驹也不管她，飞快地闯进屋子，迎面又看见一个老妇人的惊慌的皱脸在他眼前一晃，似乎还叫了一声"啊哟！"

曾家驹又冲上楼去，跑进一间卧室，也点着灯，床上白布帐子低垂。曾家驹一手撩开帐子，就看见红喷喷的小孩子的脸儿露在绿绸的夹被外边。他旋风似的将这绿绸夹被扯了一下，突然又旋风似的赶到床前的衣橱前，打开橱门，伸手就在橱里掏摸。

"妈呀！妈呀！"

床上的小孩子忽然哭着叫起来了。这声音使得曾家驹一跳。他慌慌张张举起手枪来对床上放射了。劈！——枪声在这小房间里更显得惨厉可怕。曾家驹自己也猛一惊，手枪就掉在楼板上了。可是床里的小孩子却哭得更厉害。同时，房外楼梯上脚步声音响了，带哭带嚷的青年妇人奔进房来。她扑到床上，抱起那孩子偎在怀里，便像一尊石像似的靠在床前的停火小桌子旁边，痴痴地对着曾家驹看。

曾家驹下意识地拾取那手枪来，再对准那妇人和孩子；他的脸铁青，他的心扑扑地跳而且涨大。但此时那老妇人也抖索索地跑进来了，扑通跪在楼板上，喃喃地说：

"老爷大王！饶了命罢！……饶了命罢！首饰，钱……"

"拿来！快！"

曾家驹进出这么两句来，他自己也似乎心定了，手枪口便朝着楼板。

青年妇人怀里的小孩子又哭出声音来，把头钻在妇人的胸口，低声叫"妈"了。直觉到自己的小宝贝还是活着，那青年妇人的惨白的脸上忽然浮出一丝安慰的微笑。

曾家驹心里又是一跳。从这可爱的微笑中，他忽然认出眼前这妇人就是大街上锦华洋货店的主妇，是他屡次见了便引动邪念的那个妇人！他看看这妇人，又看看自己手里的手枪，走前一步，飞快地将这妇人揿倒在床上，便撕她的衣服。这意外的攻击，使那妇人惊悸得像个死人，但一刹那后，她立即猛烈地抗拒，她的眼睛直瞪着，钉住了曾家驹的凶邪的脸孔。

"大王！大王！饶命罢！饶命呀，饶了她罢！做做好事呀！"

老妇人抖着声音没命地叫，跌跌撞撞地跑了来，抱住了曾家驹的腿，拼命地拉；一些首饰和银钱豁拉拉地掉在楼板上了。

"滚开！"

曾家驹怒吼着，猛力一脚踢开了老妇人。也就在这时候，那年青妇人下死劲一个翻滚，又一挺身跳起来，发狂似的喊道：

"我认得你的！认得你的！你是曾剥皮的儿子！我认得你的！"

曾家驹突然脸色全变了。他慌慌张张捞起那枝搁在床沿上的手枪，就对准那年青妇人开了一响。

五

隔了一天。

双桥镇失陷的消息在上海报纸的一角里占了几行。近来这样的事太多了，报纸载不胜载，并且为镇定人心计，也只好少载；而人们亦渐渐看惯，正和上海本埠层见叠出的绑票案一样，人们的眼光在新闻上瞥了一下以后，心里只浮起个"又来了"的感想，同时却也庆幸着遭难的地方幸而不是自己的家乡。

连年不断的而且愈演愈剧烈的内战和农村骚动，在某一意义上已经加强了有钱人们的镇定力，虽则他们对于脚底下有地雷轰发起来的恐怖心理也是逐渐的加强。

吴荪甫看到了这消息时的心境却不是那么单纯。那时他刚刚吃过了早餐，横在沙发榻上看报纸；对面一张椅子里坐着吴少奶奶，说不出的一种幽怨和遐想，深刻在她的眉梢眼角。蓦地吴荪甫撩下了报纸，克勒一声冷笑。

吴少奶奶心里猛一跳，定了神看着她的丈夫，脸色稍稍有点变了。神经过敏的她以为丈夫这一声冷笑正是对她而发，于是便好像自己的秘密被窥见了似的，脸色在微现灰白以后，倏地又转红了。

"佩瑶！——你怎么？——哼，要来的事，到底来了！"

吴荪甫似乎努力抑制着忿怒的爆发，冷冷地说；他的尖利的眼光霍霍四射，在少奶奶的脸上来回了好几次：是可怖的撕碎了人心似的眼光。

吴少奶奶的脸立刻又变为苍白，心头卜卜地又抖又跳；但同时好像有一件东西在胸脯里迸断了，她忽然心一横，准备着把什么都揭破，准备着一场活剧。她的神气变得异常难看了。

然而全心神贯注在家乡失陷的吴荪甫却并没留意到少奶奶的神情反常；他站起来踱了几步，用力挥着他的臂膊，然后又立定了，看着少奶奶的低垂的粉颈，自言自语地说：

"哦，要来的事到底来了！——哦！双桥镇！三年前我的理想——"

"双桥镇？"

吴少奶奶忽然抬起头来问。此时她觉得荪甫的冷笑和什么"要来的事"乃是别有所指，心头便好像轻松了些，却又自感惭愧，脸上不禁泛出红晕，眼光里有一种又羞怯又负罪的意味。她觉得她的丈夫太可怜了，如果此时丈夫有进一步的表示，她很想扑在丈夫怀里把什么都说出来，并且忏悔，并且发誓将永远做他的忠实的妻子。

但是吴荪甫走到少奶奶跟前，仅仅把右手放在少奶奶的肩上，平平淡淡地说：

"是的。农匪打开了双桥镇了——我们的家乡！三年来我的心血，想把家乡造成模范镇的心血，这一次光景都完了！佩瑶，佩瑶！"

这两声热情的呼唤，像一道电流，温暖地灌满了吴少奶奶的心曲；可是仰脸看看荪甫，她立刻辨味出这热情不是为了她，而是为了双桥镇，为了"模范镇的理想"，她的心便又冷却一半。她几乎要哭出来了。

"两三个月以前，我就料到镇上不免要受匪祸，——现在，要来的事，到底来了！……"

吴荪甫又接着说，少奶奶的矛盾复杂的心情，他一点没有感到。他狞起眼睛望着空中，忽然转为忿怒：

"我恨极了，那班混账东西！他们干什么的？有一营人呢，两架机关枪！他们都是不开杀戒的么？嘿！——还有，混账的费小胡子，他死了么！打了电去没有回音，事情隔了一天，也不见他来个报告！直到今天报上登出来，我方才知道！我们是睡在鼓里，等人家来杀！等人家来杀！"

突然跺了一脚，吴荪甫气忿忿地将自己掷在沙发榻上，狞起眉毛看看旁边的报纸，又看看少奶奶。对于少奶奶的不说话，现在他亦很不满意了。他把口气略放和平些，带着质问的意味说：

"佩瑶！怎么你总不开口？你想些什么？"

"我想——一个人的理想迟早总要失败！"

"什么话！——"

吴荪甫斥骂似的喊起来，但在他的眼珠很威严地一翻以后，便也不再说什么，随手拿起一张报纸来遮在脸前了，——并不当真在那里看报，还在继续他的忿怒。而这忿怒，如他自己所确信，是合于"理性的"行为。刚强坚忍而富有自信力的他，很知道用怎样的手段去扑灭他的敌人，他能够残酷，他也能够阴柔，那时他也许咆哮，但不是真正意味的忿怒；只有当他看见自己人是怎样地糊涂不中用，例如前天莫干丞报告厂里情形不稳的时候，他这才会真正发怒——很有害于他的康健的忿怒。而现在对于双桥镇失陷这件事，则因为他的权力的铁腕不能直接达到那负责者，所以他的忿恨更甚。

同时他又从双桥镇的治安负责者联想到一县一省以至全国最高的负责者，他的感想和情绪便更加复杂了。他掷下了报纸，眼睛看着脚下那新式图案的地毯，以及地毯旁边露出来的纹木细工镶嵌的地板，像一尊石像似的不动也不说话。

只有笼里的鹦鹉刷动羽毛的声音，在这精美的客厅里索索地响。

当差高升悄悄地推开门，探进一个头来；但是充满了这小客厅的严重的空气立刻将高升要说的话压住在舌头底下了。他不退，又不敢进，僵在门边，只能光着眼睛望到吴少奶奶。

"有什么事？"

吴少奶奶也像生气似的问，一面把她的俏媚的眼光掠到她丈夫的脸上。吴荪甫出惊似的抬起头来，一眼看见高升手里拿着两张名片，就将手一挥，用沉着的声音吩咐道：

"知道了，请他们到大客厅！"

于是他就站起来踱了几步，在一面大镜子前看看自己的神色有没有回复常态；最后，站在少奶奶跟前，很温柔地拍着少奶奶的肩膀说：

"佩瑶，——这两天来你好像心事很重，懒洋洋地提不起精神。不要操心那些事罢！我总有法子对付！你的身体向来单弱。"

他抓起少奶奶的手来轻轻地捏着一会儿，似乎他要把他自己的勇气和自信力从这手掌传导给少奶奶。然后，也不等少奶奶的回答，他突然放下手，大踏步跑出去了。

吴少奶奶往后仰在椅子里，她的头靠在椅背上，眼泪满了她的眼眶。她了解荪甫的意思，了解他的每一个字，但同时也感到自己的衷曲大概无法使这位一头埋在"事业"里的丈夫所了解。异样的味儿涌上她的心头，她不知道是苦呢，是甜呢，抑或是辣。

吴荪甫微笑着走进了大客厅时，唐云山首先迎上前来万分慨叹似的说：

"荪甫！贵乡竟沦为匪区，省当道的无能，完全暴露了！"

"我们都是今天见了报，才知道。荪翁这里，想必有详细报告？究竟现在闹到怎样了？——听说贵镇上驻扎的军队也就不少，有一营人罢，怎么就会失手了呢！"

王和甫也接上来说，很亲热地和荪甫握手，又很同情似的叹一口气。

吴荪甫微笑着让客人坐了，然后镇静地回答：

"土匪这样猖獗，真是中国独有的怪现象！——我也是刚才看见报载，方才知道。现在消息隔绝，不明白那边实在的情形，也觉得无从措手呀，——可是，孙吉翁呢，怎么不来？"

"吉翁有点事勾留住了。他托我代表。"

唐云山燃着一枝香烟，半抽半喷地说，烟气呛住喉咙，接连咳了几声。

"我们约定的时间不巧，恰碰着荪翁贵乡出了事；既然荪翁也是刚接到消息，那么总得筹划对付，想来今儿上午荪翁一定很忙，我们的事还是改一天再谈罢。"

王和甫笑嘻嘻地看着吴荪甫，说出了这样洞达人情世故的话。但是唐云山不等吴荪甫表示可否，就抢着来反对：

"不成问题，不成问题！和翁，我担保荪甫一定不赞成你这提议！荪甫是铁铸的人儿，办事敏捷而又老辣；我从没见过他办一件事要花半天工夫！何况是那么一点小事，他只要眉头一皱，办法就全有了！不要空费时间，我们赶快正式开会罢！"

唐云山把他一向办党办政治部的调子拿出来，惹得王和甫和荪甫都笑起来了。于是吴荪甫就把话引入了当前的正题目：

"竹斋方面，我和他谈过两次。他大致可以加入。但总得过了端阳节，他才能正式决定。——他这人就是把细得很，这也是他的好处。望过去八分把握是有的！前天晚上，我们不是决定了'宁缺毋滥'的宗旨么？如果捏定这个宗旨，那么，朱吟秋、陈君宜、周仲伟一班人，只好不去招呼他们了，究竟怎样，那就要请和翁、云翁两位来决定了。"

"那不是人太少了么？"

唐云山慌忙抢着问，无端地又哈哈大笑。

吴荪甫微笑，不回答。他知道性急的唐云山一心只想拉拢大小不同的企业家来组织一个团体作政治上的运用，至于企业界中钩心斗角的内幕，唐云山老实是全外行。曾经游历欧美的吴荪甫自然也不是什么"在商言商"的旧人物，但他无论如何是企业家，他虽然用一只眼睛望着政治，那另一只眼睛，却总是朝着企业上的利害关系，而且是永不倦怠地注视着。

此时王和甫摸着他的两撇细胡子，笑眯眯地在一旁点头；看见吴荪甫微微一笑而不回答唐云山的询问，王和甫就说：

"云翁的意思是恐怕别人家来拉了他们去罢？——这倒不必过虑。兄弟本来以为周仲伟和陈君宜两位是买办出身，手面总不至十分小，所以存心拉拢，后来荪甫兄说明白了，才知道他们两位只有一块空招牌。我们不论是办个银行，或是别的什么，总是实事求是，不能干买空卖空的勾当。——哎，荪翁，你说对不对？"

"得了！我就服从多数。——孙吉翁有一个草案在这里，就提出来好么？"

唐云山又是抢着说，眼光在吴王二人脸上兜一个圈子，就打开他的文书皮包，取出一个大封套来。

这所谓"草案"只是一张纸，短短几行字，包含着三个要点：一，资本五百万元，先收三分之一；二，几种新企业的计划——纺织业、长途汽车、矿山、应用化学工业；三，几种已成企业的救济——某丝厂、绸厂、轮船局，等等：这都是他们上次商量时已经谈过了的，现在不过由孙吉人写成书面罢了。

吴荪甫拿着那"草案"，一面在看，一面就从那纸上耸起了伟大憧憬的机构来：高大的烟囱如林，在吐着黑烟；轮船在乘风破浪，汽车在驶过原野。他不由得微微笑了。而他这理想未必完全是架空的。富有实际经验的他很知道事业起点不妨小，可是计划中的规模不能不大。三四年前他热心于发展故乡的时候，也是取了这样的政策。那时，他打算以一个发电厂为基础，建筑起"双桥王国"来。他亦未始没有相当成就，但是仅仅十万人口的双桥镇何足以供回旋，比起目前这计划来，真是小巫见大巫了！

这么想着的吴荪甫，便觉得双桥镇的失陷不算得怎样一回了不起的打击了，他兴奋得脸上的疱又一个一个冒着热气，把"草案"放在桌子上，他看着王和甫正想发言，不料唐云山又说出几句古怪的话来：

"刚才不是说过不去招呼朱吟秋他们么？然而'草案'上的'救济'项下却又列入了他们三个人的厂，这中间岂不是有点自相矛盾？——哈，哈，我是外行，不过想到了就总要问。"

唐云山放低了声音，颇有几分鬼鬼祟祟的神气；似乎他虽则不尽明白此中奥妙，却也有几分觉得了。

吴荪甫和王和甫都笑起来了。他们对看了一眼，又望着唐云山的似乎狡猾又似乎老实的脸孔。唐云山自己就放声大笑。他估量来未必能够得到回答了，就打算转变谈话的方向，郑重地从桌上拿起那份"草案"来，希望从这中间找出发言的资料。

但是吴荪甫却一手抢了那"草案"去，对唐云山说：

"云山，你这一问很有意思，反正你不是外人，将来我们的银行或是什么，要请你出面做经理的，凡事你总得都有点门路，——我们不主张朱吟秋他们加入我们的公司，为的他们没有实力，加进来也是挂名而已，不能帮助我们的公司发达。可是他们的企业到底是中国人的工业，现在他们维持不下，难免要弄到关门大吉，那也是中国工业的损失，如果他们竟盘给外国人，那么外国工业在中国的势力便增加一分，对于中国工业更加不利了。所以为中国工业前途计，我们还是要'救济'他们！凡是这份'草案'上开列的打算加以'救济'的几项企业，都是遵照这个宗旨定了下来的。"

划然停止了，吴荪甫"义形于色"地举起左手的食指在桌子边上猛击一下。他这一番话，又恳切，又明晰，倒使得唐云山感觉到自己先前的猜度——以为中间有几分奥妙，未免太不光明正大了。不独唐云山，就是笑容不离嘴角的王和甫也很肃然。他心里佩服吴荪甫的调度真不错，同时忍不住也来发表一些公忠爱国的意见：

"对呀！三爷的话，真是救国名言！中国办实业算来也有五六十年了，除掉前清时代李鸿章、张之洞一班人官办的实业不算，其余商办的也就不少；可是成绩在哪儿呀？还不是为的办理不善，亏本停歇，结局多半跑到洋商手里去了。——云翁，你要知道，一种企业放在不会经营的冤大头手里，是真可惜又可叹！对于他个人，对于国家，都是一点好处也没有的。末了，徒然便宜洋商。所以我们的公司在这上头一定不能够含糊，——哪怕是至亲好友，我们还是劝他少招些烦恼，干干脆脆让给有本事的人去干多么好！"

王和甫的话还没完，唐云山早又哈哈大笑起来了；他毕竟是聪明人，现在是什么都理会过来了。

于是他们三位接着便讨论到"草案"上计划着的几种新企业。现在，唐云山不但不复是"外行"，而且几乎有几分"专家"的气概了。他接连把孙总理遗著《建国方略》中"实业建设"①的文字

---

① "实业建设"，《建国方略》中分心理建设、物质建设（实业计划）及社会建设三部分。"实业建设"，即第二部分。

背诵了好几段；他说：现在的军事一结束，真正民主政治就马上会实现，那么孙总理所昭示的"东方大港"和"四大干路"一定不久就可以完成，因而他们这公司预拟的投资地点应该是邻近"东方大港"和"四大干路"的沿线。他一面说，一面又打开他的文书皮包，掏出一张地图来，用铅笔在地图上点了好些黑点子，又滔滔地加以解释，末后他好像已经办完了一桩大事似的松一口气，对着王吴两位企业家说：

"赞成么？孙吉翁是很以为然的。回头我还可以就照我这番话作成书面的详细计划，将来银行开办、动手招股的时候，就跟招股广告一同登载，岂不是好！"

王和甫没有什么不赞成，但也没有直接表示，只把眼光钉在吴荪甫脸上，等待这位足智多谋而又有决断的"三爷"先来表示意见。

然而真奇怪。向来是气魄不凡、动辄大刀阔斧的吴荪甫此时却沉着脸儿沉吟了。在他的眼光中，似乎"东方大港"和"四大干路"颇有海上三神山之概。他是理想的，同时也是实际的；他相信凡事必须有大规模的计划作为开始的草案和终极的标志，但如果这大规模计划本身是建筑在空虚的又一大规模计划上，那也是他所不取的。他沉吟了一会儿，终于笑起来说：

"好！可以赞成的。大招牌也要一个。可是，我们把计划分做两部分罢：云山说的是对外的，公开的一部分，也可以说是我们最终的目标。至于孙吉翁的原'草案'便是对内的，不公开的一部分，我们在最近将来就要着手去办的。这么，我们公司眼前既有事业好做，将来'东方大港'之类完成了的时候，我们的事业就更多了。王和翁，你说怎样？"

"妙极了！三爷的划算决不会错到哪里去的！哈！哈！"

王和甫心悦诚服地满口赞成着。

此时当差高升忽然跑进来，在吴荪甫的耳朵边说了几句。大家看见荪甫脸上的肌肉似乎一跳。随即荪甫站起来很匆忙地对王和甫、唐云山两位告了"少陪"，就跑出去了。

大客厅里的两位暂时毫无动作。只有唐云山的秃顶，闪闪地放着油光，还有他抽香烟喷出来的成圈儿的白烟，像鱼吐泡沫似的一个一个从他嘴里出来往上腾。俄而他把半截香烟往烟灰盘里一丢，自言自语地说：

"资本五百万，暂收三分之一，——一百五十万光景；那，那，够办些什么事呀。"

他看了王和甫一眼。王和甫好像什么也没有听得，闭了眼睛在那里养神，但也许在那里盘算什么。云山又拿过那张"草案"来看，数一数上面预拟的新企业计划，竟有五项之多，而且有重工业在内，便是他这"外行"看来，也觉得五百万资本无论如何不够，更不用说只有一百五十万了。他忘其所以地大叫起来：

"呀，呀！这里一个大毛病！大毛病！非等荪甫来详细商量不可！"

王和甫猛一惊，睁开眼来，看见唐云山那种严重的神气，忍不住笑了。但是最善于放声大笑的唐云山此时却不笑。他只是一迭声叫道：

"你看，你看！五百万够么？"

恰好吴荪甫也回来了。一眼看见了唐云山的神气，——右手的食指像一根铜尺似的直按在"草案"的第二项上，又听得他连声嚷着"五百万够么？"吴荪甫就什么都明白了，可是他正因为刚才竹斋来的电话报告公债市场形势不很乐观，心头在发闷，便由着唐云山在那里干着急。

幸而王和甫也已经明白是怎么一回事，就很简单地解释给唐云山听：

"云翁，事情是一步一步来的，这几项新企业，并非同时开办——"

"那么，为什么前天我们已经谈到了立刻要去部里领执照呢？"

唐云山打断了王和甫的解释，眼睛望着吴荪甫。

"先领了执照就好比我们上戏园子先定了座位。"

回答的还是王和甫，似乎对于唐云山的"太外行"有一点不耐烦了。

"再说句老实话，我们公司成立了以后，第一桩事情还不是办

'新'的，而是'救济，那些摇摇欲倒的'旧'企业。不过新座儿也是不能不赶早预定呀。"

吴荪甫也说话了，沉重地落坐在一张椅子里。然而唐云山立刻又来了反问：

"不错，救济！如果人家不愿受我们的'救济'呢？岂不是一百五十万的资本也会呆起来？"

"一定要他们不得不愿！"

吴荪甫断然说，脸上浮起了狞笑了。

"云翁！银子总是活的。如果放到交易所公债市场上去，区区一百五十万够什么！"

"可不是！既然我们的公司是一个金融机关，做'公债套利'也是业务之一。"

吴荪甫又接上来将王和甫的话加以合理的解释。这可把唐云山愈弄愈糊涂了。他搔着他的光秃秃的头顶，对吴王两位看了一眼，似乎承认了自己的"外行"，但心里总感觉他们的话离本题愈远。

这时大客厅的门开了，当差高升侧着身体站在门外，跟着就有一个人昂然进来，却原来正是孙吉人，满脸的红光，一望而知他有好消息。唐云山首先看见，就跳起来喊道：

"吉翁，——你来得正好！我干不了！这代表的职务就此交卸！"

孙吉人倒吃了一惊，以为事情有了意外的变化；但是吴荪甫他们却哈哈大笑，迎前来和孙吉人寒暄，告诉他已经商量得大致就绪，只待决定日子动手开办。

"吉翁不是分身不开么？怎么又居然赶来了？"

"原是有一个朋友约去谈点不相干的小事情，真碰巧，无意中找得我们公司的线索了——"

孙吉人一面回答王和甫，在就近的一张摇椅里坐了，一面又摇着他的细长脖子很得意地转过脸去说：

"荪翁，你猜是什么线索？我们的公司在三天之内就可以成立哪！"

这是一个不小的冲动！大家脸上都有喜色，却是谁也不开口，都把询问的眼光射住了孙吉人。

"开银行要等财政部批准，日子迁延；用什么银团的名义罢，有些营业又不能做；现在我得的线索是有一家现成的信托公司情愿和我们合作——说是合作，实在是我们抓权！我抽空跑来，就是要和大家商量，看是怎么办？大家都觉得这条路还可以走的话，我们就议定了条款，向对方提出。"

孙吉人还是慢吞吞地说，但他的小脑袋却愈晃愈快。

于是交错的追问，回答，考虑，筹划，都纷纷起来，空气是比前不同的热闹而又紧张了。吴荪甫虽然对于一星期内就得缴付资本二十万元一款略觉为难——他最近因为参加赵伯韬那个做多头公债的秘密组织，已经在往来各银行钱庄上，调动了将近一百万，而家乡的事变究竟有多少损失，现在又还没有分晓，因此在银钱上，他也渐渐感得"兜不转"了，可是他到底毅然决然同意了孙吉人他们的主张：那家信托公司接受了合作的条件后，他们三个后台老板在一星期内每人先缴付二十万，以便立刻动手大干。

他们又决定了第一笔生意是放款"救济"朱吟秋和陈君宜两位企业家。

"孙吉翁就和那边信托公司方面切实交涉！这件事只好请吉翁偏劳了。"

吴荪甫很兴奋地说，抱着必胜的自信，像一个大将军在决战的前夕。

"那么，我们不再招股了么？"

唐云山在最后又这么问一句，满脸是希望的神色。

"不！——"

三个声音同时很坚决地回答。

唐云山勉强笑了一笑，心里却感得有点扫兴；他那篇实业大计的好文章光景是没有机会在报纸上露脸了。但这只是一刹那，随即他又很高兴地有说有笑了。

送走了客人后，吴荪甫踌躇满志地在大客厅上踱了一会儿。此时已有十点钟，正是他照例要到厂里去办公的时间。他先到书房里拟好两个电报稿子，一个给县政府，一个也由县里"探投"费小胡子，便按电铃唤当差高升进来吩咐道：

"回头姑老爷有电话来，你就请他转接厂里。——两个电报派李贵去打。——汽车！"

"是！——老爷上厂里去么？厂里一个姓屠的来了好半天了，现在还等在号房里。老爷见他呢不见？"

吴荪甫这才记起叫这屠维岳来问话，这已经是第二次了；第一次是让他白等了一个黄昏，此回却又碰到有事。他沉吟一下，就像很不高兴似的说道：

"叫他进来！"

高升奉命去了。吴荪甫坐在那里，一面翻阅厂中职员的花名册，一面试要想想那屠维岳是怎样的一个人；可是模糊得很。厂里的小职员太多，即使精明如荪甫，也不能把每个人都记得很清楚。他渐渐又想到昨天自己到厂里去开导女工们的情形，还有莫干丞的各种报告——一切都显得顺利，再用点手段，大概一场风潮就可以平息。

他的心头开朗起来了，所以当那个屠维岳进来的时候，他的常常严肃的紫脸上竟有一点笑影。

"你就是屠维岳么？"

吴荪甫略欠着身体问，一对尖利的眼光在这年青人的身上霍霍地打圈子。屠维岳鞠躬，却不说话；他毫没畏怯的态度，很坦白地也回看吴荪甫；他站在那里的姿势很大方，他挺直了胸脯；他的白净而精神饱满的脸儿上一点表情也不流露，只有他的一双眼睛却隐隐地闪着很自然而机警的光芒。

"你到厂里几年了？"

"两年又十天。"

屠维岳很镇静很确实地回答。尤其是这"确实"，引起了吴荪甫心里的赞许。

"你是哪里人？"

"和三先生是同乡。"

"哦——也是双桥镇么？谁是你的保人？"

"我没有保人！"

吴荪甫愕然，右手就去翻开桌子上那本职员名册，可是屠维岳接着又说下去：

"也许三先生还记得，当初我是拿了府上老太爷的一封信来的。以后就派我在厂里账房间办庶务，直到现在，没有对我说过要保人。"

吴荪甫脸上的肌肉似笑非笑地动了一下。他终于记起来了：这屠维岳也是已故老太爷赏识的"人才"，并且这位屠维岳的父亲好像还是老太爷的好朋友，又是再上一代的老侍郎的门生。对于父亲的生活和思想素抱反感的荪甫突然间把屠维岳刚才给予他的好印象一变而为憎恶。他的脸放下来了，他的问话就直转到叫这个青年职员来谈话的本题：

"我这里有报告，是你泄漏了厂方要减削工钱的消息，这才引起此番的怠工！"

"不错。我说过不久要减削工钱的话。"

"嘿！你这样喜欢多嘴！这件事就犯了我的规则！"

"我记得三先生的《工厂管理规则》上并没有这一项的规定！"

屠维岳回答，一点畏惧的意思都没有，很镇静很自然地看着吴荪甫的生气的脸孔。

吴荪甫狞起眼睛看了屠维岳一会儿。屠维岳很自然很大方地站在那里，竟没有丝毫局促不安的神气。能够抵挡吴荪甫那样尖利狞视的职员，在吴荪甫真还是第一次遇到呢；他不由得暗暗诧异。他喜欢这样镇静胆大的年青人，他的脸色便放平了一些。他转了口气说：

"无论如何，你是不应该说的。你看你就闯了祸！"

"我不能承认。既然有了要减工钱的事，工人们迟早会知道。况且，即使三先生不减工钱，怠工或是罢工还是要爆发，一定要爆发！"

"你这话是什么意思？"

"我的意思是——工人们也已经知道三先生抛售的期丝不少，现在正要赶缫交货，她们便想乘这机会有点动作，占点便宜。"

吴荪甫的脸色突然变了，咬着牙齿喊道：

"什么！工人也知道我抛出了期丝？工人们连这个都知道了么？也是你说的么？"

"是的！工人们从别处听了来，再来问我的时候，我不能说谎话。三先生自然知道说谎的人是靠不住的！"

吴荪甫怒叫一声，在桌子上猛拍一下，霍地站起来：

"你这混蛋！你想讨好工人！"

屠维岳不回答，微笑着鞠躬，还是很自然，很镇静。

"我知道你和姓朱的女工吊膀子，你想收买人心！"

"三先生，请你不要把个人的私事牵进去！"

屠维岳很镇定而且倔强地说，他的机警的眼光现在微露忿意，看定了吴荪甫的面孔。

吴荪甫的脸色眼光也又已不同；现在是冷冷的坚定的，却是比生气咆哮的时候更可怕。从这脸色，从这眼光，屠维岳看得出他自己将有怎样的结果，然而他并不惧怕。他是聪明能干。又有胆量；但他又是倔强。"敬业乐业"的心思，他未始没有；但强要他学莫干丞那班人的方法博取这位严厉的老板的欢心，那他就不能。他微笑地站着，镇静地等候吴荪甫的最后措置。

死样的沉默压在这书房里。吴荪甫伸手要去按墙上的电铃钮了，屠维岳的运命显然在这一按中就要决定了；但在刚要碰到那电铃时，吴荪甫的手忽又缩回来，转脸对着屠维岳不转睛地瞧。机警、镇定、胆量，都摆出在这年青人的脸上。只要调度得当，这样的年青人很可以办点事；吴荪甫觉得他厂里的许多职员似乎都赶不上眼前这屠维岳。但是这个年青人可靠么？这年头儿，愈是能干愈是有魄力有胆气的年青人都有些不稳的思想。这一点却不是一眼看得出来的。吴荪甫沉吟又沉吟，终于坐在椅子里了，脸色也不像刚才那样可怕了，但仍是严厉地对着屠维岳喝道：

"你的行为，简直是主使工人们捣乱！"

"三先生应该明白，这不是什么人主使得了的事！"

"你煽动工潮！"

吴荪甫又是声色俱厉了。

没有回答。屠维岳把胸脯更挺得直些，微微冷笑。

"你冷笑什么？"

"我冷笑了么？——如果我冷笑，那是因为我想来三先生不应该不明白：无论什么人总是要生活，而且还要生活得比较好！这就是顶厉害的煽动力量！"

"咄！废话！工人比你明白，工人们知道顾全大局，知道劳资协调；昨天我到厂里对她们解释，不是风潮就平静了许多么？工会不是很拥护我的主张，正在竭力设法解决么？我也知道工人中间难免有危险分子，——有人在那里鼓动煽惑，他们嘴里说替工人谋利益，实在是打破工人饭碗，我这里都有调查，都有详细报告。我也很知道这班人也是受人愚弄，误入歧途。我是主张和平的，我不喜欢用高压手段，但我在厂里好比是一家之主，我不能容忍那种害群之马。我只好把这种人的罪恶揭露出来，让工人们自己明白，自己起来对付这种害群之马！——"

"三先生两次叫我来，就为的要把这番话对我说么？"

在吴荪甫的谈锋略一顿挫的时候，屠维岳就冷冷地反问，他的脸上依然没有流露任何喜惧的表情。

"什么！难道你另外还有想望？"

"没有。我以为三先生倒应该还有另外的话说。"

吴荪甫愕然看着这个年青人。他开始有点疑惑这个年青人不过是神经病者罢了，他很生气地喊道：

"走！把你的铜牌子留下，你走！"

屠维岳一点也不慌张，很大方地把他的职员铜牌子拿出来放在吴荪甫的书桌上，微笑着鞠躬，转身就要走了。可是吴荪甫忽又叫住了他：

"慢着！跟我一块儿上厂里去。让你再去看看工人们是多么平静，多么顾全大局！"

屠维岳站住了，回过身来看着吴荪甫的脸，不住地微笑。显然不是神经病的微笑。

"你笑什么？"

"我笑——大雷雨之前必有一个时间的平静，平静得一点风也没有！"

吴荪甫的脸色突然变了，但立刻又转为冷静。他的有经验的眼睛终于从这位年青人的态度上看出一些不寻常的特点，断定他确不是神经病者而是一个怪物了；他反倒很客气地问：

"难道莫干丞的报告不确实么？难道工会敢附和工人们来反对我么？"

"我并不知道莫干丞对三先生报告了些什么，我也知道工会不敢违背三先生的意思。但是三先生总应该知道工会的实在地位和力量？"

"什么？你说——"

"我说工会这东西，在三先生眼睛里，也许是见得有点力量，可是在工人一方面，却完全两样。"

"没有力量？"

"并不是这么简单。如果他们能得下人的信仰，他们当然就有力量；可是他们要帮助三先生，他们就不能得到工人的信仰，他们这所谓工会就只是一块空招牌——不，我应该说连向来的空招牌也维持不下去了。大概三先生也很知道，空招牌虽然是空招牌，却也有几分麻醉的作用。现在工人闹得太凶，这班纸老虎可就出丑了；他们又要听三先生的吩咐，又要维持招牌，——我不如明明白白说，他们打算暗中得三先生的谅解，可是面子上做出来却还是代表工人说话。"

"要我谅解些什么？"

"每月的赏工加半成，端阳节另外每人二元的特别奖。"

"什么！赏工加半成？还要特别奖？"

"是——他们正在工人中间宣传这个口号，要想用这个来打消工人的要求米贴。如果他们连这一点都不办，工人就要打碎他们的招牌；他们既然是所谓'工会'，就一定要玩这套戏法！"

吴荪甫陡地虎起了脸，勃然骂道：

"有这样的事！怎么不见莫干丞来报告，他睡昏了么？"

屠维岳微微冷笑。

过了一会儿，吴荪甫脸色平静了，拿眼仔细打量着屠维岳，突然问道：

"你为什么早不来对我说？"

"但是三先生早也不问。况且我以为二十元薪水办杂务的小职员没有报告这些事的必要。不过刚才三先生已经收回了铜牌子，那就情形不同了；我以家严和尊府的世谊而论，认为像朋友谈天那样说起什么工会，什么厂里的情形，大概不至于再引起人家的妒忌或者认为献媚倾轧罢！"

屠维岳冷冷地说，眼光里露出猖傲自负的神气。

觉得话里有刺，吴荪甫勉强笑了一笑；他现在觉得这位年青人固然可赞，却也有几分可怕，同时却也自惭为什么这样的人放在厂里两年之久却一向没有留意到。他转了口气说：

"看来你的性子很刚强？"

"不错，我没有别的东西可以自负，只好拿这刚强来自负了。"

屠维岳说的时候又微笑。

似乎并不理会屠维岳这句又带些刺的话，吴荪甫侧着头略想一想，忽然又大声说：

"赏工加半成，还要特别奖么？我不能答应！你看，不答应也要把这风潮结束！"

"不答应也行。但是另一样的结束。"

"工人敢暴动么？"

"那要看三先生办得怎样了。"

"依你说，多少总得给一点了，是不是？好！那我就成全了工会的戏法罢！"

"三先生喜欢这么办，也行。"

吴荪甫怫然，用劲地看了微笑着的屠维岳一眼。

"你想来还有别的办法罢。"

"三先生试想，如果照工会的办法，该花多少钱？"

"大概要五千块。"

"不错。五千的数目不算多。但有时比五千更少的数目能够办出更好的结果来，只要有人知道钱是应该怎样花的。"

屠维岳还是冷冷地说。他看见吴荪甫的浓眉毛似乎一动。可是那紫酱色的方脸上仍是一点表情都没流露。渐渐地两道尖利的眼光直逼到屠维岳脸上，这是能够射穿任何坚壁的枪弹似的眼光，即使屠维岳那样能镇定，也感得些微的不安了。他低下头去，把牙齿在嘴唇上轻轻地咬一下。

忽然吴荪甫站起来大声问道：

"你知道工人们现在干些什么？"

"不知道。三先生到了厂里就看见了。"

屠维岳抬起头来回答，把身体更挺直些。吴荪甫却笑了。他知道这个年青人打定了主意不肯随便说的事，无论如何是不说的；他有点不满于这种过分的倔强，但也赞许这样的坚定，要收服这个年青人为臂助的意思便在吴荪甫心里占了上风。他抓起笔来，就是那么站着，在一张信笺上飞快地写了几行字，回身递给屠维岳，微笑着说：

"刚才我收了你的铜牌子，现在我把这个换给你罢！"

信笺上是这样几个字："屠维岳君从本月份起，加薪五十元正。此致莫干翁台照。荪。十九日。"

屠维岳看过后把这字条放在桌子上，一句话也不说，脸上仍是什么表情都没有。

"什么！你不愿意在我这里办事么？"

吴荪甫诧异地大叫起来，不转睛地看着这个年青人。

"多谢三先生的美意。可是我不能领受。凭这一张纸，办不了什么事。"

屠维岳第一次带些兴奋的神气说，很坦白地回看吴荪甫的注视。

吴荪甫不说话，突然伸手按一下墙上的电铃，拿起笔来在那张信笺上加了一句："自莫干丞以下所有厂中稽查管车等人，均应听从屠维岳调度，不得玩忽！"他掷下笔，便对着走进来的当差高升说：

"派汽车送这位屠先生到厂里去！"

屠维岳再接过那信笺看了一眼，又对吴荪甫凝视半晌，这才鞠躬说：

"从今天起，我算是替三先生办事了。"

"有本事的人，我总给他一个公道。我知道现在这时代，青年人中间很有些能干的人，可惜我事情忙，不能够常常和青年人谈话。——现在请你先回厂去，告诉工人们，我一定要设法使她们满意的。——有什么事，你随时来和我商量！"

吴荪甫满脸是得意的红光，在他尖利的观察和估量中，他断定厂里的工潮不久就可以结束。

然而像他那样的人，决不至于让某一件事的胜利弄得沾沾自喜，就此满足。他踱着方步，沉思了好半晌，忽然对于自己的"能力"怀疑起来了；他不是一向注意周密而且量才器使的么？可是到底几乎失却了这个屠维岳，而且对于此番的工潮不能预测，甚至即在昨天还没有正确地估量到工人力量的雄大。他是被那些没用的走狗们所蒙蔽，所欺骗，而且被那些跋扈的工人所威胁了！虽则目前已有解决此次工潮的把握——而且这解决还是于他有利，但不得不额外支出一笔秘密费，这在他还是严重的失败！

多花两三千块钱，他并不怎样心痛，有时高兴在总会里打牌，八圈麻雀输的还不止这一点数目；可是，因为手下人的不中用而要他掏腰包，则此风断不可长！外国的企业家果然有高掌远蹠的气魄和铁一样的手腕，却也有忠实而能干的部下，这样才能应付自如，所向必利。工业不发达的中国，根本就没有那样的"部下"；什么工厂职员，还不是等于乡下大地主门下的帮闲食客，只会偷懒，只会拍马，不知道怎样把事情办好。——想到这里的吴荪甫就不免悲观起来，觉得幼稚的中国工业界前途很少希望；单就下级管理人员而论，社会上亦没有储备着，此外更不必说了。

像莫干丞一类的人，只配在乡下收租讨账；管车王金贞和稽查李麻子本来不过是流氓，吹牛，吃醋，打工人，拿津贴，是他们的本领；吴荪甫岂有不明白。然而还是用他们到现在，无非因为"人才难得"，况且有吴荪甫自己一双尖眼监视在上，总该不至于出岔子，谁料到几乎败了大事呀？因为工人已经不是从前的工人了！

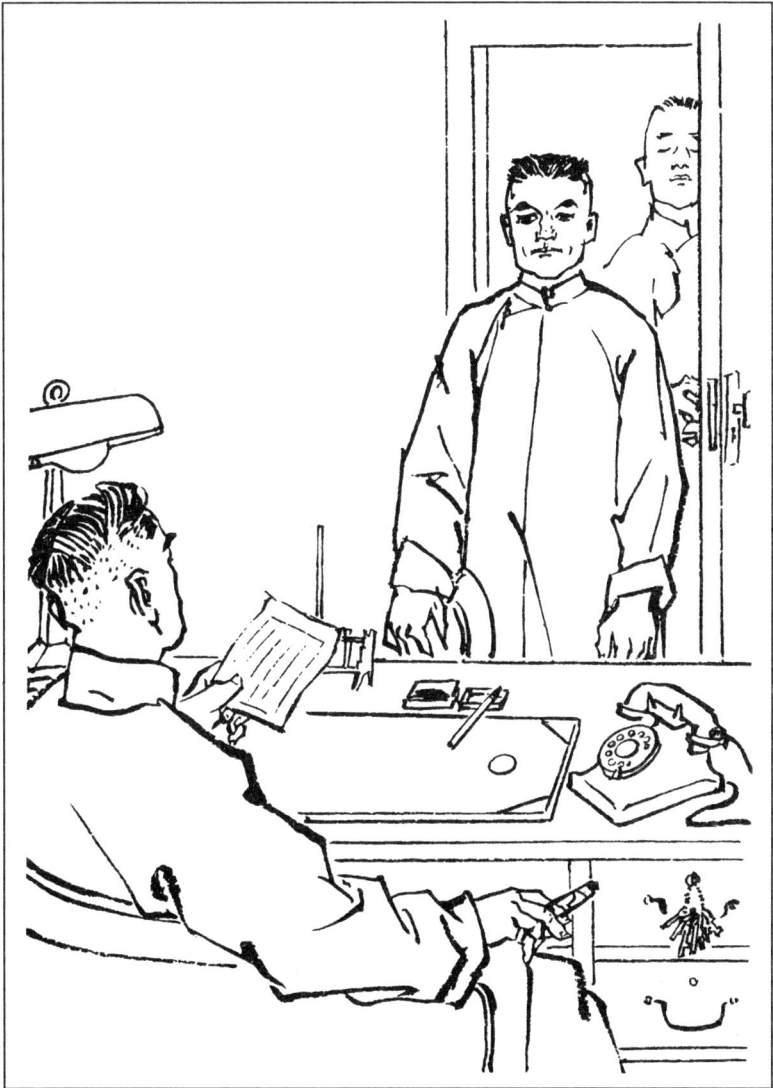

"从今天起，我算是替三先生办事了。"

吴荪甫愈想愈闷，只在书房里转圈子。他从来不让人家看见他也有这样苦闷沮丧的时候，就是吴少奶奶也没有机会看到。他一向用这方法来造成人们对于他的信仰和崇拜。并且他又自信这是锻炼气度的最好方法。但有一缺点，即是每逢他闭门发闷的时候，总感到自己的孤独。他是一位能干出众的"大将军"，但没有可托心腹的副官或参谋长。刚才他很中意了屠维岳，并且立即拔用，付以重任了；但现在他忽然有点犹豫了：屠维岳的才具，是看得准的，所不能无过虑者，是这位年青人的思想。在这时代，愈是头脑清楚，有胆量，有能力的青年，愈是有些不稳当的思想，共产主义的"邪说"已经疯魔了这班英俊少年！

这一个可怕的过虑，几乎将吴荪甫送到完全的颓丧。老的，中年的，如莫干丞之流，完全是脓包，而年青的又不可靠，凭他做老板的一双手，能够转动企业的大轮子么？吴荪甫不由地脸色也变了。他咬一下牙齿，就拿起桌子上的电话筒来，发怒似的唤着；他决定要莫干丞去暗中监视屠维岳。

但在接通了线而且听得莫干丞的畏缩吞吐的语音时，吴荪甫蓦地又变了卦；他反而严厉地训令道：

"看见了我的手条么？……好！都要听从屠先生的调度！不准躲懒推托！……钱这方面么？他要支用一点秘密费的。他要多少，你就照付！……这笔账，让他自己将来向我报销。听明白了么？"

放下电话耳机以后，吴荪甫苦笑一下。他只能冒险试用这屠维岳，而且只好用自己的一双眼睛去查察这可爱又可怕的年青人，而且他亦不能不维持自己的刚毅果断，不能让他的手下人知道他也有犹豫动摇的心情——既拔用了一个人，却又在那里不放心他。

他匆匆地跑出了书房，绕过一道游廊，就来到大客厅上。

他的专用汽车——装了钢板和新式防弹玻璃的，停在大客厅前的石阶级旁。汽车夫和保镖的老关在那里说闲话。

小客厅的门半掩着。很活泼的男女青年的艳笑声从门里传出来。吴荪甫皱了眉头，下意识地走到小客厅门边一看，原来是吴少奶奶和林佩珊，还有范博文，三个头攒在一处。吴荪甫向来并不多管她们的闲事，此时却忽然老大不高兴，作势咳了一声，就走进小客厅，脸色是生气的样子。

吴少奶奶她们出惊地闪开，这才露出来还有一位七少爷阿萱夹在吴少奶奶和范博文的中间，仍是低着头看一本什么书。

吴荪甫走前一步，威严的眼光在屋子里扫射，最后落在阿萱的身上。

似乎也觉得了，阿萱仰起脸来，很无聊地放下了手里的书。林佩珊则移坐到靠前面玻璃窗的屋角，吃吃地掩着嘴偷笑。本来不过想略略示威的吴荪甫此时便当真有点生气了；然而还忍耐着，随手拿起阿萱放下的那本书来一看，却原来是范博文的新诗集。

"新诗！你们年青人就喜欢这一套东西！"

吴荪甫似笑非笑地说，看了范博文一眼，随手又是一翻，四行诗便跳进他的视野：

> 不见了嫩绿裙腰诗意的苏堤，
> 只有甲虫样的汽车卷起一片黄尘；
> 布尔乔亚的恶俗的洋房，
> 到处点污了淡雅自然的西子！

吴荪甫忍不住笑了。范博文向来的议论——伧俗的布尔乔亚不懂得至高至上神圣的艺术云云，倏地又兜上了吴荪甫的记忆。这在从前不过觉得可笑而已，但现在却因枨触着吴荪甫的心绪而觉得可恨了。现代的年青人就是这么着，不是浪漫颓废，就是过激恶化；吴荪甫很快地从眼前这诗人范博文就联想到问题中的屠维岳。然而要教训范博文到底有所不便，他只好拿阿萱来借题发挥：

"阿萱！想不到你来上海只有三天，就学成了'雅人'！但是浪漫的诗人要才子才配做，怕你还不行！"

"但是有一句名言：天才或白痴，都是诗人。我在阿萱身上就看见了诗人的闪光。至少要比坐在黄金殿上的Mammon[1]要有希望得

---

[1] Mammon，财神。——作者原注。

多又多！"

范博文忽然冷冷地插进来说，同时用半只眼睛望着林佩珊打招呼。

因为这是一句很巧妙的双关语，所以不但林佩珊重复吃吃地笑个不住，连吴少奶奶也笑起来了；只有阿萱和吴荪甫不笑。阿萱是茫然仰起了脸，荪甫是皱着眉头。虽然并非"诗人"，吴荪甫却很明白范博文这句话的意义；他恨这种卖弄小聪明的俏皮话，他以为最无聊的人方才想用这种口舌上的小戏法来博取女人们的粲笑。他狠狠地看了范博文一眼，转身就想走，却不料范博文忽又说道：

"荪甫，我就不懂你为什么定要办丝厂？发财的门路岂不是很多？"

"中国的实业能够挽回金钱外溢的，就只有丝！"

吴荪甫不很愿意似的回答，心里对于这位浪漫诗人是一百二十分的不高兴。

"是么！但是中国丝到了外洋，织成了绸缎，依然往中国销售。瑶姊和珊妹身上穿的，何尝是中华国货的丝绸！上月我到杭州，看见十个绸机上倒有九个用的日本人造丝。本年上海输入的日本人造丝就有一万八千多包，价值九百八十余万大洋呢！而现在，厂丝欧销停滞，纽约市场又被日本夺去，你们都把丝囤在栈里。一面大叫厂丝无销路，一面本国织绸反用外国人造丝，这岂不是中国实业前途的矛盾！"

范博文忽然发了这么一篇议论，似乎想洗一洗他的浪漫"诗人"的耻辱。

但是吴荪甫并不因此而减轻他的不友意，他反而更觉得不高兴。企业家的他，自然对于这些肤浅的国货论不会感到满足。企业家的目的是发展企业，增加烟囱的数目，扩大销售的市场，至于他的生产品到外洋丝织厂内一转身仍复销到中国来，那是另一个问题，那是应该由政府的主管部去设法补救，企业家总不能因噎废食的呀！

"这都是老生常谈罢了。"

吴荪甫冷笑着轻轻下了这么一个批评，耸耸肩膀就走出去了。

但是刚跨出了小客厅的门，他又回头唤少奶奶出来，同她到对面的大餐间里，很郑重地嘱咐道：

"佩瑶，你也总得把阿珊的事放在心上，不要由她每天像小孩子似的一味玩笑！"

吴少奶奶惘然看着她的丈夫，不很明白这话里的意思。

"博文虽然是聪明人，会说俏皮话，但是气魄不大。佩珊常和他在一处，很不妥当。——况且二姊曾经和我说过，她想介绍他们的老六学诗。依我看来，仿佛还是学诗将来会成点名目。"

"哦——是这件事么？由他们自己的意思罢！"

吴少奶奶看了她丈夫好一会儿，这才淡淡地回答。她固然不很赞成范博文——这是最近两三天来她的忽然转变，但她也不赞成杜学诗，她另有她的一片痴想。

吴荪甫怫然皱一下眉头，可是也就不再说下去了；他看了低眸沉思的少奶奶一眼，就跑出大餐间，跳上了停在大客厅阶前的"保险"汽车，带几分愠怒的口气吩咐了四个字：

"到总会去！"

六

范博文手里玩弄着林佩珊的化妆皮包，满脸是"诗人"们应有的洒脱态度，侧着头，静听林佩珊的断断续续而又含糊吞吐的轻声细语。虽则他们是坐在一丛扁柏的后面，既然躲避了游客的眼光，也躲避了将要西斜的太阳，可是不知道因为没有风呢，抑另有缘故，范博文的额角一次一次在那里渗透出细粒的汗珠。

他们是在兆丰公园内的一个僻静凉快的地方，他们坐在那红油漆的长木椅上，已经半小时了。

林佩珊这天穿了一件淡青色的薄纱洋服，露出半个胸脯和两条白臂；她那十六岁少女时代正当发育的体格显得异常圆匀，一对小馒头式的乳房隐伏在白色印度绸的衬裙内，却有小半部分露出在衬裙上端，将寸半阔的网状花边挺起，好像绷得紧紧似的。她一面说话，一面用鞋尖拨弄脚边的细草，态度活泼而又安详，好像是在那里讲述别人家的不相干的故事。

她的说话声音渐渐低下去，终于没有了；嫣然一笑，她仰脸凝视东面天空突转绛色的一片云彩。

"说下去呀，珊妹！——我已经等了你好半天。"

范博文跟着林佩珊的眼光也向天空望了一会儿以后，突然转过脸来，对着林佩珊。他又一次揩去了额角上的汗珠，带几分焦灼的神气，不转睛地看定了林佩珊的俏脸。

林佩珊也回看他，却是既不焦灼，也没兴奋，而是满眼的娇慵。忽然她扑哧一笑，将双手一摊，做了个"完了"的手势，声音晶琅琅地回答道：

"没有了！已经讲完了！难道你还觉得不够么？"

"不是听得不够，是懂得不够呀！"

范博文的说俏皮话的天才又活动起来了。林佩珊又一笑，伸了个懒腰，一支臂膊在范博文脸前荡过，飘出一些甜香。就像有些蚂蚁爬过范博文的心头，他身体微微一震，便把自己正想说的话完全忘记了。他痴痴地看着林佩珊的长眉毛，圆而小的眼睛，两片猩红的略略张开的嘴唇，半露的白牙齿，发光的颈脖，隆起的胸脯，——他看着，看着，脑膜上掠过许多不很分明的意念。但是当他的眼光终于又回上去注在林佩珊的脸上时，他忽然发现林佩珊的神情是冷静得和平常一样，和第三者一样；虽然是温柔地微笑着，可是这微笑显然不能加以特殊的解释。于是另一种蚂蚁爬的滋味又在范博文心头渗开来，他又忽然记起了他应该说的话了：

"我就不懂为什么荪甫不赞成你和我——"

"那是荪甫的事，不必再讲了！"

林佩珊抢着说，打断了范博文的未尽之言。然而她的脸色和口气依然没有什么例外的不高兴，或例外的紧张。

范博文心一跳，觉得奇怪。他等候了一会儿，看见林佩珊又不开口了，他便再问：

"我更不懂什么叫做现在便是瑶姊也不肯？"

"我也不懂呀！姊姊是怎么说，我就照样讲给你听。谁又耐烦去多用心思！"

这摆明出来的好像是第三者的态度，却把范博文激怒了。他用了很大的努力，这才不再使用"诗意"的俏皮话，而是简简直直地对林佩珊说：

"你这是什么话呀！怎么瑶姊说什么，你就照样背一遍，又是不耐烦去多用心思？好像是和你不相干的事体！好像你不是你，弄成了别人去了！——珊妹，你应该有你自己！你自己的意思怎样呢？你一定要有你自己呀！"

"我自己就在这里，坐在你旁边。这好半天和你说话的，就是我自己！——但是说另外还有我自己呢，我就从来不知道，从来也就不想去知道。姊姊对我说了许多话，又叮嘱我要守秘密，但既然你问我，并且姊姊的话也带连着你在内，所以我到底照样背了一遍。你问我是什么意见？——好呀，我向来没有什么一定的意见。我觉得什么都好，什么也都有点不好。我向来是不爱管别人的什么意见。——怎么？你还不满意，还觉得不够么？——那就太难了！"

林佩珊微笑着说了这么一大段。她的语调又温柔又圆浑，因而本来有点气恼的范博文听了以后似乎觉得心头很舒服。但有一点还是逃不过范博文的注意，就是林佩珊这番话，依旧不曾说出她自己对于那件事的态度——特别是她自己对于范博文的态度。

范博文叹一口气，手支着头，看地下的草和林佩珊的玲珑圆凸的小腿。突然——不知道是什么动机，他将捏在他手里的林佩珊的化妆皮包打开，对着皮包上装就的小镜子看。不太圆，也不太尖，略带些三角形，很秀逸的脸儿，映出在那椭圆形的小镜子上了。脸是稍显得苍白，但正在这苍白中，有一些忧郁的，惹动神经质女郎们爱怜的情态。俄而镜子一动，那映像就不复是整个的脸，而是眉毛和眼睛这横断面了。眉浓而长，配着也是长长的聪明毕露的眼睛；可是整个眉与眼合起来，又有抑郁牢骚的神情夹在锋芒机警中间。总之是最能吸引二十岁左右多愁善感的女郎们的爱怜的一张脸！然而假使也能够博得活泼天真不知世上有愁苦的十五六岁少女们的喜欢，那是因为在这脸上还有很会说俏皮话的两片薄嘴唇，常常是似笑非笑地嘻开着。——范博文对镜看了一会儿，松一口气，关好了那化妆皮包，抬起头来又望林佩珊。温柔的微笑尚停留在林佩珊的眉梢嘴角。而且从她那明如秋水的眼瞳中，范博文似乎看见了他们俩已往的一切亲昵和无猜。难道这一切都能因为吴荪甫的"不赞成"就取消了么？都能因为吴少奶奶的"也不赞成"就取消了么？不能的！范博文忽然感得从未有过的兴奋，激发了从未有过的勇气了。他猛地抓住了林佩珊的手叫道：

"佩珊！佩珊！——珊！"

似乎理解作也和往常一样的亲昵玩笑，林佩珊身体不动，也没开口，只用眼光答应了范博文的颇带些热情的呼唤。而这眼光中分明含有一些别的成分，分明是在想着什么别的事，并且和目前这情境相距很远。范博文却也并没觉得。他只感到林佩珊的手掌是比前不同地又温又软，而且像有一种麻辣辣的电力。虽则他们手拉着手是家常便饭，但此时却有点异样的诱惑力了；范博文侧过头去，很想出其不意地偷一个吻。可是刚把头贴近林佩珊的耳边，范博文的勇气突然消失了。林佩珊的娇嗔应该顾到。于是他把这动作转变为一句问话：

"瑶姊是现在不肯？为什么呢？"

"啊哟！我说过我也不懂呢！"

林佩珊出惊似的急口回答，又笑了。然而这句话的婉媚的神情也是很显然的，范博文辨着这味儿，忽然以为这句回答的背后的意义仿佛竟是"一切由你，在我是照样的无可无不可的"，他忍不住心头发跳，脸上也有点热烘烘了。他贪婪地看着林佩珊，从脸到胸部，又从胸部到脸，一切都是充满着青春的诱惑的光彩和温润。这样的感想也突然飞过他的迷乱了的神经：如果用一点强迫，他这"珊妹"大概是无抵抗的罢？他差不多想来一个动作了，但不幸他们背后的扁柏丛中忽地起了一阵屑屑索索的声音，范博文全身一震，那野心便又逃走了。

此时骤然吹来了一阵凉风。对面树上有什么鸟儿在叫。一群鸽子扑扑扑地飞到范博文他们跟前，在草地上像散步似的慢慢地走，又站住了，侧着头看他们。范博文的注意便移到了鸽子；并且觉得这些鸽子颇有"诗人"的风姿，便又想做一首短诗。

始终若有所思的林佩珊忽然独自异样地笑了一声，轻轻摆脱了被范博文捏着的一只手，站起来说：

"我要回去了！这木椅子坐久了，骨头痛。"

范博文的诗意立刻被打断了，他慌慌张张也站起来，看着林佩珊，不很明白为什么她突然要回去。虽然坐在这里对于他的"问题"的解决并没有多大帮助，——他两次的胆大的决定都终于成为泡影，但两个人悄悄地坐在这里，岂不是就很合于他"诗人"的脾胃。他真不愿意走。但是因为他向来没有反对过林佩珊的任何主张，现在他也不能反对，他只能对着林佩珊叹一口气。

依照向来的习惯，他这无声的温柔的抗议，可以引出林佩珊的几句话，因而事情便往往就有转圜的可能性。但今天林佩珊却不同了，她从范博文手里取过了她的化妆皮包，就毫无情意地说道：

"我是要回去了！看着听着什么的，都叫我生气！"

更不等范博文回答，也不招呼他同走，林佩珊旋转身体，很快地就向园子里的大路上跑去。几秒钟后，树木遮没了林佩珊的身形。范博文本能地向前挪移了几步，四顾张望，可是林佩珊已经跑得全无影踪。

异样的惆怅将范博文钉住在那地点，经过了许多时候。他最初是打算一直跑出去，直到公园门口，再在那里等候他的"珊妹"；但男性的骄傲——特别是对于一个向来亲热淘气惯了的女子发生龃龉时候男性的负气，将范博文的脚拉住。

像失落了什么似的，他在公园里走着。太阳西斜，游客渐多，全是成双作对的。他们把疑问而嘲笑的眼光射到范博文身上，嘈嘈哜哜地在他身边擦过，把欢笑的声浪充满在空气中。这一切，都使范博文又妒又恨，特别是那些男子都像他所憎厌的布尔乔亚大腹贾。在这批心满意得的人们面前，他真感得无地自容。

回到吴公馆去再找林佩珊厮混么？范博文觉得那就是太不把自己当一个人！回到他自己在大来饭店包定的房间么？他又是一百二十个不愿意。他这位洒脱惯了的诗人在此时忽然感到有一个家——父母兄弟姊妹的家，到底也还有些用处。然而他没有。他成为世界上最孤独的人！于是诗人们在苦闷中常有的念头——"死"，便在他意识上一点一点扩大作用。他垂头踱着，他的丰富的想象就紧紧地抓住了这问题中的"死"。在这天堂般的五月下午，在这有女如云的兆丰公园，他——一个青年诗人，他有潇洒的仪表，他有那凡是女人看见了多少要动情的风姿，而突然死，那还不是十足的惊人奇事？那还不是一定要引起公园中各式各样的女性，狷介的、忧郁的、多情善感的青年女郎，对于他的美丽僵尸洒一掬同情之泪，至少要使她

他成为世界上最孤独的人!

们的芳心跳动？那还不是诗人们最合宜的诗意的死？——范博文想来再没有比这更好的办法能使他的苦闷转为欣慰，使他的失败转为胜利！

而眼前恰好便是那个位置适中的大池子。正是一个好去处，游公园的青年男女到此都要在长椅子上坐一下的。"做一次屈大夫罢！"——范博文心里这样想，便跑到那池子边。使他稍感扫兴的，是沿池子的长椅子上竟没有多少看得上眼的摩登女郎。几个西洋小孩子却在那里放玩具的小木船。穿白衣的女孩子和穿灰色衣的男孩子，捧起一条约有两尺长、很体面的帆船，放在池子里；船上的三道红色绸帆饱吃着风，那条船便很威严地向前进驶了。厚绿油一样的池水便冲开一道细细的白纹。放船的孩子们跟着这小帆船沿池子跑，高声嚷着笑着。

诗兴忽又在范博文的心灵上一跳，他立刻得了两句好诗；什么"死"的观念便退避了三舍，他很想完成了腹稿中的这首诗。现在他还没想出第三句的时候，蓦地风转了方向，且又加劲，池子里的小帆船向左一侧，便翻倒了。

这一意外的恶化，范博文的吃惊和失望，实在比放船的几个西洋孩子要厉害得多！人生的旅途中也就时时会遇到这种不作美的转换方向的风，将人生的小帆船翻倒！人就是可怜地被不可知的"风"支配着！范博文的心一横，作势地退后一步，身子一蹲，便当真想往池子里跳了！然而正当这时候，一个后悔又兜头扑上他的全心灵，并且这"后悔"又显灵为一个人的声音在后面叫唤着。

范博文乘势伸直身子回头去看，原来不是别人，却是吴芝生，相离三尺光景，站在那里微笑。

自己也不知道为什么，范博文脸上发红了。他偷眼打量吴芝生的神色，看明白了并没什么异样，这才松过一口气来，慢慢地走到吴芝生跟前，勉强笑了一笑，算是打招呼。

"就只有你一个人么？——嗳，独自看人家放小船么？"

吴芝生好像是有意，又好像是无心，但确是带些不同的表情，冷冷地问着。

范博文不作声，只勉强点一下头。可是吴芝生偏偏又追进一句：

"当真是一个人么？"

范博文勉强再点头，又勉强逼出一点笑容。他很想跑开，但想到有吴芝生作伴，到底比起独自东闯西踱较为"有聊"，便又舍不得走。他唯一的希望是吴芝生换些别的话来谈谈。而居然"天从人愿"，吴芝生转换方向，叹一口气问道：

"你知道张素素的事么？张素素？前几天你不是说过她时常会流露'诗人气分'——"

"什么？她的事！难道是传染了要命的流行病？"

"不是。她那样的人，不会生病！是和李玉亭弄得不好呢！这位李教授叫她'失望'，她在那里愁闷！"

范博文笑起来了。他心里真感谢吴芝生带来这么一个乐意的新闻。他的俏皮话便又冲到嘴唇边：

"就像一加一等于二，这是当然的结果！'灰色'的教授自然会使得需要'强烈刺激'的张小姐失望；但也犯不着有什么愁闷！那就很不配她的有时候会流露的诗人气分！"

"但是你还不知道李教授对于素素也感得失望呢！"

"什么！灰色的教授也配——"

"也有他很配的，例如在铜钱银子上的打算。"

"哦——又是和金钱有关系？"

"怎么不是呢！因为李教授打听出素素的父亲差不多快把一份家产花完，所以他也失望了。"

范博文听了这话，张大了眼睛，好半晌不出声，然后忽地大笑起来耸耸肩膀说：

"我——我就看不起资产阶级的黄金！"

"因为资产阶级的黄金也看不起你的新诗！"

吴芝生冷冷地回答，但故意装出十分正经的神气。范博文的脸上立刻变了颜色，——最初是红了一下，随后立即变成青白；恨恨地瞪了吴芝生一眼，他转身就走。显然他是动了真气。可是走不到几步，他又跑回来，拍着吴芝生的肩膀，摆出一副"莫开玩笑"的脸孔，放沉了声音说：

"我听说有人在那里设法把你和小珊撮合起来呢！"

然而吴芝生竟不动声色，只是不经意地看了范博文一眼，慢声回答：

"我也听得一些相反的议论。"

"怎样相反的议论？告诉我！告诉我！"

"当今之世，不但男择女，女亦择男；不但男子玩弄女子，女子亦玩弄男子！"

范博文的脸色又立刻变了，只差没有转身就走。他认定了今天于他不利，到处要碰钉子，要使他生气；并且他的诙谐天才也好像已经离开了他的身体，他自己也太会生气。可是吴芝生却装作什么都不理会，看定了范博文的脸，又郑重地说：

"老实告诉你吧！林佩珊是在等你！"

范博文忍不住全身一震，以为林佩珊并没回家，还在公园里等着呢。他慌忙问道：

"在哪里等我？"

"自然在她心里。——等你得到了诺贝尔文学奖金！"

这么说着，吴芝生自己也呵呵大笑起来了。范博文一声不响，转身就走；这回是当真走了，他跑到一丛树木边，一转身就不见了。吴芝生微笑着望了一会儿，也不免有点诧异这位"诗人"竟能一怒而去，再不回头。他又略候了一二分钟，断定范博文确是一去不复返了，他这才跑上了池子后面的一个树木环绕像亭子一样的土堆，叫道：

"四妹，时间不早了，要逛动物园，就得赶快走。"

四小姐蕙芳正靠在一棵杨柳树上用手帕揉眼睛。她一声不响，只看了吴芝生一眼，就跟着他走。她的眼圈有点红润。走过一段路后，四小姐赶上一步，挨着吴芝生的肩膀，忽然轻声问道：

"九哥！——他是不是想跳水呢？神气是很像的。"

"我没有问他。"

"为什么不问呢！你应该问问他的。——刚才我们跟住他走了好许多路，不是看见他一路上疯头疯脑的，神气很不对么？我们进来时碰见林二妹，她也像有心事。……"

吴芝生忽然大笑了。他看着他的堂妹子好半晌，这才说：

　　"范博文是不会自杀的。他的自杀摆在口头，已经不知有过多少次了。刚才你看见他像是要跳水，实在他是在那里做诗呢！——《泽畔行吟》的新诗。像他那样的诗人，不会当真自杀的。你放心！"

　　"啐！干我屁事！要我放心！不过——"

　　四小姐脸红了，缩住了话，低着头只管走路。然而她的心里却不知怎地就深深印上了范博文的又温柔又可怜的影子。她又落在吴芝生肩后了。又走过一段路以后，四小姐低声叹一口气，忽然掉下一滴眼泪。

　　四小姐这无名的惆怅也是最近三四天内才有的。她的心变成一片薄膜，即使是最琐细最轻微的刺激——任何人的欢乐或悲哀的波动，都能使她的心起应和而发抖。静室独坐的时候，她感到冰窖似的悲凉；但混在人堆里时，她又觉得难堪的威胁，似乎个个人都板起了得意的脸孔在威胁她。世界上只有她一人是伶仃孤独——她时常这么想。她渴要有一个亲人让她抱住了痛哭，让她诉说个畅快；来上海后这三四天就像三四年，她满心积了无数的话，无数的泪！

　　也许就在自己正亦感得孤独的悲哀这简单的原因上，四小姐对于失意怅惘的范博文就孕育了深刻的印象罢？但是跟着吴芝生一路走去的时候，因为了自己的怅惘，更因为了一路上不断的游客和风景，她渐渐忘记了范博文那动人爱怜的愁容了。等到进了动物园，站在那熊栏前，看着那头巨大的黑熊像哲学家似的来来往往踱方步，有时又像一个大呆子似的直立起来晃了晃它那个笨重的脑袋，四小姐便连自己的怅惘也暂时忘却，她微笑了。

　　吴芝生碰到一个同学，两个人就谈起来。那同学是一头茅草似的乱发，面貌却甚为英俊，一边和吴芝生谈话，一边常常拿眼睛去看四小姐；渐渐他们的谈话声音放低了，可是四小姐却在有意无意中捉到了一问一答的两句话：

"是你的'绯洋伞'①罢？"

"不，——是堂妹子！"

四小姐蓦地脸又红了。她虽然不知道什么叫做"绯洋伞"，但从吴芝生的回答里也就猜出一些意义来了；她羞答答地转过身子走开几步，到右首的猴子棚前。这是半间房子大小的铁条棚，许多大小不等的猴子在那里蹦跳。四小姐在家乡时也曾见过山东人变把戏的猴子；她到现在还记得很明白的是五六年前在土地庙的香市中看见一只常常会笑的猴子，一口的牙齿多么白！但这也是她最后一次快乐的纪念，此后就因为十四岁的她已经发育得和"妇人"一样，吴老太爷不许她再到香市那样的男女混杂的地方。现在她又看见了猴子，并且是那么多的猴子，她那童年的往事便在记忆中逆流转来。她惘然站在那猴子棚前，很想找出一只也是会笑的猴子。

然而这些猴子中间并没一只会笑。似乎也有几分"都市人"的神经质，它们只是乱窜乱跳，吱吱地歇斯底里地叫。四小姐感到失望，正想转身去找吴芝生，却忽然看见一桩奇异的景象了。在棚角的一个木箱子上，有一只猴子懒洋洋地躺在那里，另一只猴子满脸正经的样子，替那躺着的猴子捉虱子：从它们那种亲爱的神气，谁也会联想到这一对猴子中间是有些特别的关系，是一对夫妇！四小姐看得呆了；像是快慰，又像是悲怆，更像是异常酸痒的味儿一齐在她心里翻滚！她不敢再看，却又舍不得不看，她简直痴了，直到吴芝生的声音惊醒了她：

"走罢！这里快要关门了！"

四小姐猛一怔，回头痴痴地望着吴芝生，不懂他说的什么话。然后，一点红晕倏地从四小姐白嫩的面颊中央——笑时起一个涡儿的那地方透出来，很快地扩展到眉心眼梢。被人家窥见了隐秘时那种又含羞又惶恐的心情真逼得四小姐只想哭。她努力不让满积在眼眶里的泪珠往下掉，转过身去顺着脚尖走，也不说一句话。动物园里的游客差不多已经走光，她也不觉得；她走了几步，看见一张椅子，她就惘然坐下，低了头，把手帕掩在脸上。

---

① "绯洋伞"是一个英国字的音译，意为"未婚妻"。——作者原注。

“四妹，身上不爽快么？管动物园的人要来催我们走了。这里是五点钟就关门。”

吴芝生站在四小姐旁边轻声说，显然他并没了解四小姐的心情。这是不足为奇的：常和林佩珊、张素素一般都市摩登女郎相处的吴芝生，当然无从猜度到四小姐那样的旧式“闺秀”的幽怨感触。但奇怪的是他这不了解反使得四小姐心头好像一松，而且他这温和关切的语调也使得四小姐感到若干慰藉；她露出脸来，从晶莹的泪光中看着吴芝生，勉强笑了一笑，同时也就站起来，带几分羞怯回答道：

“没有什么，——我们回去罢。”

此时太阳已有一半没入地平线，凉风吹来，人们觉得精神异常爽快。男女游客一批一批地涌入这公园里来。照吴芝生的意思，还想再走走，或者到那个卖冰淇淋、荷兰水的大芦席棚下喝一点什么。可是四小姐最怕人多，更怕那些成双作对的青年男女们射过来的疑问似的眼光的一瞥；她坚执要回家了，——虽然到了家里，她亦未必感到愉快。

他们又走过那池子边。现在这里人很多，所有的长椅子都被坐满。却在一棵离池子不远的大树边，有一位青年背靠着树干，坐在草地上，头向下垂，似乎是睡着了。四小姐眼快，远远地就认得是范博文。她询问似的向吴芝生看了一眼。吴芝生也已经看见是范博文了，微笑着点一下头，就悄悄地跑到范博文的背后，隔着那棵树，猛伸出手去掩住了范博文的眼睛。

“放手呀！谁呢？——恶作剧！”

范博文懒洋洋地很可怜似的说，身体一动也不动。四小姐跟在吴芝生背后，只是怔怔地看着。一会儿，她又轻盈地走到范博文的旁边。吴芝生把手更掩得紧些，却也忍不住笑出了声音来。

“吴芝生！——不会有第二个。猜得不对，就砍我的脑袋！”

“这不是你猜中，是我自己告诉你的。——再猜猜，还有谁？”

这回范博文不肯猜了，用力挣扎，脸孔涨得通红。

“九哥。放了手罢！”

四小姐心里老大不忍，替范博文说情了。同时范博文也已经挣脱了吴芝生的手，跳起来揉一揉眼睛，忽然转身抓住了四小姐的手，恭恭敬敬鞠躬说道：

"救命恩人！四小姐，谢谢你！"

四小姐赶快摔脱了范博文的手，背转身去，脸上立刻从眼角红到耳根；但又忍不住小声问道：

"你没有回去？范先生。——坐在这里干什么？"

"嗳——做诗。"

范博文回答。于是他又忘记了一切似的侧着头，翻起眼睛看天，摆出苦吟的样子来。吴芝生看着觉得好笑，却没有笑出来，只对四小姐使了个眼色。范博文忽然叹一口气，把脚一跺，走到四小姐跟前，又说：

"我伤心的时候就做诗。诗是我的眼泪。也是愈伤心，我的诗愈精彩！——但是芝生真可恶，打断了我的诗思。一首好诗只差一句。现在是整个儿全忘记了！"

四小姐看着范博文一个字一个字地说出来，看着他的虽则苍白然而惹人怜爱的脸孔，于是四小姐的心忽然又抖动——是一种从未经验过的怪味儿的抖动。

"那么，请做诗罢，再会！"

吴芝生冷冷地说，荡着一支臂膊，转身就走。四小姐似乎迟疑一下，但对范博文瞥了一眼以后，也就懒懒地跟在吴芝生背后。范博文瞪着眼直望四小姐他们的后影。及至那后影将要迷失在人丛中的时候，范博文蓦地大笑一声追上去，一伸手就挽住了吴芝生的右臂，带几分央求的意味说：

"不做诗了。我们一块儿走走不好么！"

"我们要回家去呢。"

四小姐例外地先开了口，对范博文一笑，随即又很快地低下头去。

"我也到——吴公馆去罢！"

范博文略顿一下，然后决定主意。

一路上并没说得几句话，他们三位就到了吴公馆的前面，恰好那扇乌油大铁门正要关上，管门的看见了是四小姐他们，便又拉开门，笑嘻嘻地说：

"四小姐，镇上有人来呢；说是逃出来的。"

这平平淡淡的两句话立刻将四小姐思想上的浮云驱走。她不由得"呀"了一声，赶快就跑进大门去。家乡不幸的消息虽然三天前就听得苏甫提起过，但好像太出意外，难以置信似的，四小姐总不曾放在心上。此时她仿佛骤然睁开眼来当真看见了无论如何难以相信的惨变，她的脸色也转成灰白。

大客厅内挤了许多人，都是站着，嘈杂地在说话。最先映进四小姐眼帘的，却是费小胡子。这老头儿穿一件灰布长袍子，又要回答吴少奶奶，又要回答七少爷阿萱，简直是忙不过来。四小姐走到吴少奶奶身边，只听得费小胡子气喘喘地做着手势说：

"就是八点钟，呃，总有九点钟了；少奶奶，是九点钟！宏昌当火烧了。——没有何营长的两架机关枪，那些乱民，那些变兵，大概不会烧宏昌。少奶奶，你说不是么？机关枪就架在宏昌的更楼边——卜卜卜，真可怕！然而济得什么事呀！——"

"喂，喂，小胡子，到底我的一箱子小书呢？你总没说到我的一箱子小书！"

阿萱扭住了费小胡子的臂膊，插进来说。

费小胡子的眼睛一翻，怔怔地看着阿萱，不明白什么"小书"。吴少奶奶却笑了，四小姐也乘这空儿问道：

"当真是全镇都抢光了么？我不相信，那么大一个镇！就烧了宏昌当么？我们家里呢？"

"四妹，家里没烧。——费先生路上也辛苦了，让他息一息，等苏甫回来再谈罢。嗳，兵变！"

吴少奶奶一面说，一面她的眼神忽然散乱，似乎有什么难以解决的问题忽然抓住了她的心了。她凝眸惘然呆立半响，这才勉强收束心神，逼出一个苦笑，对费小胡子作了一个"请坐"的手势，就悄悄地走开了。

这里阿萱还是缠住了费小胡子追问那一箱子小书。四小姐的注意却转到麇集在窗前的一群少年：范博文，吴芝生，杜学诗，还有一位不认识的洋服青年。他们都在那里听一个人讲述乱民和变兵如何攻打宏昌当。四小姐听来这人的声音很耳熟，但因为只看见他的背面，竟想不起是什么人了。俄而他转过一个侧形来，野马似的一张长脸，却又是缩鼻子，招风大耳朵，头发像鬃刷。四小姐立刻认出是曾家驹。她几乎喊出一声"啊哟！"她是最讨厌这曾家驹的，现在虽然因为他也是新从双桥镇逃来，仿佛有点乱离中相逢的好感，但仍是不大愿意见他，更不愿意和他攀谈了。踌躇了一会儿以后，四小姐就走进大餐间，拣一张靠近门口的椅子坐了，背向着曾家驹他们，却尖起了耳朵听他们谈话。

"那么，你是从变兵手里夺了手枪；又打死了几个乡下人，这才逃出来的？嘿！你倒真是了不得！"

是范博文的冷冷的带着讥讽的声音。

"不错。我的手脚倒还来得。"

"可是尊大人呢？照你刚才所说那种力敌万夫的气概，应该可以保护尊大人出险！怎么你就单单保全了自己的一张皮呢？还有你的夫人，你的令郎，你也都不管？"

杜学诗这话可更辣了，他那猫脸上的一对圆眼睛拎起了，很叫人害怕。

料不到竟会发生这样的责难，吹了半天的曾家驹无论如何不能不忸怩了。但说谎是他的天禀，他立刻想得一个极冠冕堂皇的回答：

"哦——那个，他们都不碍事的。没有什么人认识他们，往相好人家一躲，不就完事了么？比不得我，在镇上名声太大，走去走来都是熟人，谁不认识曾家二少爷？"

"对了！止要请教曾二少爷在双桥镇上担任什么要职？光景一定是'镇长'；再小，我知道你也不干，是吗？"

又是范博文的刻薄的声调。他一面说，一面碰碰吴芝生的肩膀，又对杜学诗眨眼睛。

另外那位穿洋服的青年，——他是杜学诗的侄子，杜竹斋的长子新箨，刚刚从法国回来的，却站在一旁只管冷眼微笑，满脸是什么也看不惯的神色。

这回曾家驹更显得忸怩了。他听得范博文说什么"镇长"，本来倒有点诧异；虽然他是一窍不通的浑虫，可是双桥镇上并无"镇长"之流的官儿，他也还明白。但当他对范博文细细打量一番，看见是一位穿洋服的昂藏不凡的人物，他立刻悟到一定是自己见识不广，这位姓范的话总不会毫无来历。于是他勉强一笑，也不怕自己吹牛吹豁了边，摆出了不得的神气，赶快正色答道：

"可不是么！就是镇——镇长。当真小事我也不干，那还用说！可是，我又是第二十三名的这个！"

最后两个字是特别用力的。大家都不懂"这个"是什么。幸而曾家驹已经从口袋里掏出两张纸片来，一张是他的名片，另一张就是他新得的"党证"。他将这两样东西摊平在他那又黑又大的手掌上，在范博文他们的眼前移过，好像是请他们鉴赏。"党证"是脏而且皱了。名片却是簇新的，是曾家驹逃到县里过了三天，一夜之间赶办起来的。杜学诗劈手就抓了过来，正想细看，那边范博文却喷出一口大笑来。他的眼光快，不但看明白了一张是党证，还看明白名片上的一行小字是"某省某县第某区分部第二十三名党员"。

杜学诗也看明白了，很生气似的把两张纸片扔在地下，就骂道：

"见鬼！中国都是被你们这班人弄糟了的！"

"啊哟！小杜！你不要作孽。人家看'这个'是比老子老婆儿子还要宝贵哪！"

没有说过一句话的吴芝生也加进来说，又鄙夷地射了曾家驹一眼，就挽了范博文的臂膊，走进大餐间去了。剩下的杜氏叔侄也跟了进去，砰的一声，小杜用脚将门碰上。

这四个人一窝蜂拥到大餐间前面窗口的沙发榻里坐下，竟没看见独坐在门边的四小姐。他们刚一坐下，就放声大笑；杜学诗在哄笑中还夹着咒骂。范博文的座位刚好对着四小姐，就先看见了，他赶快站起来，挡在那三位面前说：

"你们猜一下，这里还有什么人？"

"还有一个却不是人，是印在你心上时刻不忘的poetic and love[1]的混合！"

---

[1] "poetic and love" "诗意与恋爱"。——作者原注。

吴芝生脱口回答。可是范博文竟不反唇相稽，只把身子一闪开，涨红了脸的四小姐就被大家都看见了。吴芝生是第一个不好意思，他就站起来搭讪地说：

"四妹，我来给你介绍，这位是竹斋姊夫的少爷，杜新箨。"

"法国留学生，万能博士，会缫丝，也会养蜂，又是美术家，又是巴枯宁主义①者，又是——"

范博文抢着替杜新箨背诵头衔，可是还没完，他自己先笑起来了。

杜新箨不笑，却也不显得窘，很大方的样子对四小姐鞠躬，又伸出一只手去。可是看见四小姐的一双手却贴在身旁不动，而且回答的鞠躬也多少带几分不自在，这杜新箨柔和地一笑，便也很自然地收回手来。他回中国来仅只三天，但中国是怎样复杂的一个社会，他是向来了解的；也许就为的这一点了解，所以在法国的三五年中，他进过十几个学校，他试过各项的学科：园艺、养鸡、养蜂、采矿、河海工程、纺织、造船，甚至军用化学、政治经济、哲学、文学、艺术、医学、应用化学，一切一切，他都热心过几个星期或几天，"万能博士"的雅号就是这么来的；如果说他曾经在法国学得一些什么特殊的，那就是他自己方式的巴枯宁主义——"什么都看不惯，但又什么都不在乎"的那种人生观，而这当然也是他的"万能"中之一。

他有理想么？他的理想很多很多。说得正确些，是当他躺在床上的时候，他有异常多的理想，但当他离开了床，他就只有他那种"什么都看不惯，但又什么都不在乎"的气质。他不喜欢多说话，但同时，确是个温柔可亲的人物。

当下因为四小姐的被"发现"，那三位喜欢说话的青年倒有一会儿的沉默。杜新箨虽然不喜欢夹在人堆里抢话来说，可是大家都不出声的时候，他也不反对自己说几句，让空气热闹一点。他微笑着，轻描淡写地说：

---

① 巴枯宁主义：这里指无政府主义。它是十九世纪上半叶出现于欧洲的小资产阶级反动思潮，认为国家是产生一切罪恶的根源，因此主张废除一切国家，建立个人"绝对自由"的无政府社会。法国蒲鲁东、俄国巴枯宁（М. А. Бакунин，1814—1876）、克鲁泡特金都是它的主要代表。

"一个刚到上海的人，总觉得上海这地方是不可思议的。各式各样的思想，在上海全有。譬如外边的麦歇曾①，——嗳，你们都觉得他可憎，实在这样的人也最可怜。——四姨，你自然认识他，我这话可对？"

　　四小姐真没想到这么一位比她自己还大几岁的绅士风的青年竟称她为"姨"，她不由得笑了一笑。看见四小姐笑，范博文也笑了，他在杜新箨的肩头拍一下说：

　　"大世兄老箨呀！我可不便忝居姻叔之列。"

　　"又是开玩笑，博文！——都是你们开玩笑的人太多，把中国弄糟了的！我是看着那姓曾的就不高兴，想着他就生气！不是他刚一到，我就对你们说这人准是混蛋？果然！我真想打他。要是在别的地方，刚才我一定打他了。"

　　杜学诗拎起眼睛鼓着腮儿说。他就是生气时候那股劲儿叫人看着发笑。范博文立刻又来了一句俏皮话：

　　"对了！打他！你就顶合式打那曾野马。为的你虽然是'铁掌'，幸而他也是天字第一号的厚脸！"

　　"可是杜少爷，曾家的老二就是顶讨人厌。贼忒忒的一双眼睛。——嗳，到底不晓得镇上怎样了！"

　　四小姐好像深恐范博文和杜学诗会吵架起来，心里一急，就居然摆脱了腼腆的拘束，想出这样的话在中间岔开。于是谈话就暂时转到了双桥镇上。杜新箨照例不多开口，只是冷眼微笑，却也对于范博文的几次警语点头赞许。在某一点上，这两个人原是合得来的。杜学诗不满意他的侄儿，正和不满意范博文一样，他叫道：

　　"不许你再开口了，博文！议论庞杂就是中国之大患，只有把中国放在强有力的铁掌中，不许空谈，才有办法。什么匪祸，都是带兵的人玩忽，说不定还有'养寇自重'的心理——"

　　"然而人人都得吃饭，那也是没有办法的。匪祸的普遍，原因就不简单。"

---

① "麦歇曾"，法语。意即"曾先生"，杜新箨在法国留过学，故有此习惯。——作者原注。

吴芝生赶快又来驳他。他的始终坚持的意见是生产品分配的问题不解决，中国或世界总不免于乱。

"对了，人人都得吃饭。——唉，都是金钱的罪恶。因为了金钱，双桥镇就闹匪祸了；因为了金钱，资本家在田园里造起工厂来，黑烟蔽天，损坏了美丽的大自然；更因为了金钱，农民离开了可爱的乡村，拥挤到都市里来住龌龊的鸽子笼，把做人的性灵泪没！"

范博文又发挥他的"诗人"的景慕自然。他一面说，一面望了四小姐一眼。四小姐不很懂得范博文这些话的意义，但又在范博文脸上闪着的那种忧悒感伤的色彩，就叫四小姐感得更深的趣味，她从心里笑出来。

杜学诗噘起了嘴，正想不许范博文再开口，忽然有一个人闯进来，却是林佩珊，手里拿着化妆皮包，像是刚从外边回来。她的第一句话是：

"你们看见大客厅里有一匹野马不是？还有一尊土地菩萨。我疑心是走错了路了！"

大家都哄然笑起来。林佩珊扭着腰旋一个半圆圈，看见了这里有范博文，也有杜学诗，她的活泼忽然消失；她咬着嘴唇微微一笑，就像一阵清风似的扫过大餐间，从后边的门出去了。

她又跑上楼，直闯进她姊姊的房间。浅蓝色沙丁的第二层窗帷也已经拉上，房间里是黑魆魆的。林佩珊按墙上的电钮，一片光明就将斜躺在沙发上沉思的吴少奶奶惊觉。

两姊妹对看了一下，没有说话。忽然林佩珊跳步向前，半跪在沙发榻前，挽住了吴少奶奶的粉颈，很急促地细声叫道：

"阿姊，阿姊！他，他，今天对我说了！怎么办哪？"

吴少奶奶不明白妹子的意思，转眼看定她的像是慌张又像是愁闷的面孔。

"就是博文呀！——他说，他爱我！"

"那么你到底爱不爱他？"

"我么——我不知道！"

吴少奶奶忍不住笑了。她把头摇一下，摇脱了林佩珊的一只手，正想说什么话，可是佩珊又加上了一句：

"我觉得每一个人都可爱，又都不可爱。"

"不要乱说！"

"这话不对么？"

"对也许对，但是不能够这么想。因为你总得结婚——总得挑定一个人——一个人，做你终身的伴侣。"

林佩珊不作声了。她侧着头想了一想，就站起来懒洋洋地说：

"老是和一个人在一处，多么单调！你看，你和姊夫！"

吴少奶奶吃惊地一跳，脸色也变了。两件东西从她身旁滚落到沙发前的地毯上：一本破烂的《少年维特之烦恼》和一朵枯萎的白玫瑰花。吴少奶奶的眼光跟着也就注在这两件东西上，痴痴地看着，暂时被林佩珊打断了的啮心的焦扰，此时是加倍顽强地在揉她，箍她。

"你说姊夫不赞成博文不是？"

林佩珊终于又问，但口气好像是谈论别人的事。

吴少奶奶勉强抑住了心上翻滚着的烦闷，仰脸看她的妹子；过了一会儿，吴少奶奶方才回答：

"因为他已经找得比博文更好的人。"

"就是你说过的杜学诗么？"

"你自己的意思呢？"

"我不知道。"

吴少奶奶听得又是一个"不知道"，又看见妹子的眼光闪闪有点异样，便以为妹子还是害羞，不由得笑了起来，轻声追问道：

"对阿姊也不好说真话么？你说一个字就行了。"

"我想来，要是和小杜结婚，我一定心里还要想念别人——"

在这里，林佩珊一顿，脸色稍稍有些兴奋。吴少奶奶听着这样的话，却又禁不住心跳。可是林佩珊忽而吃吃地笑着，转过身去似乎对自己说：

"结婚的是这一个，心里想的又是别一个，——啊，啊，这多么讨厌的事呀！阿姊！阿姊！"

林佩珊这样叫着，又跳过身来，把两手放在她姊姊的肩头，像一个小女孩子似的就将她自己的脸贴到她姊姊的脸上。吴少奶奶的脸热得像是火烧！林佩珊愕然退一步，看见她姊姊的脸色不但红中透青，而且亮晶晶的泪珠也挂在睫毛边了。林佩珊惊惶地看着，说不出半句话。渐渐地，吴少奶奶的脸色又转为可怕的苍白。她在泪光中看见站在面前的这位妹子分明就是她自己未嫁前的影子：一样的面貌身材，一样的天真活泼而带些空想，并且一样的正站在"矛盾生活"的陷坑的边上。难道两姊妹就连命运也要相同么？——吴少奶奶悲痛地这样想。她颤着声音迸出一句问话：

"珊！你心里是想的谁呢？博文罢？"

"也不是。我不知道！姊姊，我要哭！——我只想哭！"

林佩珊突然抱住了吴少奶奶，急促地说，声音也有点发颤；可是她并没哭，只异样地叫了一声，忽然放开了手，笑了一声，便又纵纵跳跳跑出去了。

吴少奶奶瞪眼看着房门上那一幅在晃荡的蓝色门帘，张大了嘴巴，似乎想喊，可是没有出声；两粒大泪珠终于夺眶而出，掉在她的手上。然后她又垂头看地毯上的那本破书和那朵枯萎了的玫瑰花，一阵难以抵挡的悲痛揉断了她的柔肠；她扑在沙发榻里，在迷惘的呻吟中，她失望地问自己道：

"珊？珊能够代替我么？——不能么？她心里有什么人罢？嗳，我的痴心！——听说陇海线上炮火厉害，打死了也就完了！完了！——可是，可是，他不说就要回上海么？呵！我怕见他！呵，呵，饶恕了我罢，放开我罢！让我躲到什么地方去罢！"

七

是三天以后了。从早上起，就没有一点风。天空挤满了灰色的云块，呆滞滞地不动。淡黄色的太阳光偶然露一下脸，就又赶快躲过了。成群的蜻蜓在树梢飞舞，有时竟扑到绿色的铁纱窗上，那就惊动了爬在那里的苍蝇，嗡的一声，都飞起来，没有去路似的在窗前飞绕了一会儿，仍复爬在那铁纱上，伸出两只后脚，慢慢地搓着，好像心事很重。

铁纱窗内，就是那陈设富丽的吴公馆的小客厅。吴荪甫独自一人在那里踱方步。他脸上的气色和窗外的天空差不多。他踱了几步，便忽然站住，向客厅里的大时钟看了一眼，自言自语地说：

"十一点钟了！怎么不来电话。"

他是焦急地盼望着赵伯韬和杜竹斋的电话。他们的公债投机就在今天决定最后的胜负！从前天起，市场上就布满了中央军在陇海线上转利的新闻。然而人心还是观望，只有些零星小户买进；涨风不起。昨天各报纸上大书特书中央军胜利，交易所早市一声开拍，各项债券就涨上二三元，市场中密密层层的人头攒挤，呼喊的声音就像前线冲锋，什么话也听不清，只看见场上伸出来的手掌都是向上的。可是赵伯韬他们仅仅放出二百万去，债价便又回跌，结果比前天只好起半元左右。这是据说大户空头还想拼一拼，他们要到今天看了风色再来补进。吴荪甫他们的胜负因此只在这十二小时之内便见分晓。明天是交割期！

吴荪甫皱起眉头，望望外边阴霾的天空，随即表示了"随它去罢"似的微微一笑，就踱出小客厅，跑到他的书房里打电话给厂里的屠维岳。在这一条战线上，吴荪甫的胜利较有把握；但今天也是最后五分钟的决胜期。屠维岳和莫干丞就在今天上午要切实解决那已经拖延了快将一星期的半怠工。

刚刚把电话筒拿到手里，书房的门开了，颔下有一撮小胡子的长方脸儿在门缝中探一下，似乎请示进止。吴荪甫挂上了电话筒，就喊道：

"晓生，进来！有什么确实消息没有？"

费小胡子却不回答，挨身进来，又悄悄地将门关上，便轻着脚尖走到吴荪甫跟前，两只眼睛看着地下，慢吞吞地轻声说：

"有。不好呢！匪是退了，屯在四乡，商家都没有开市。省里派来的军队也还驻扎在县里，不敢开到镇上去，——"

"管他军队匪队！到底损失了多少？你说！"

吴荪甫不耐烦地叫起来，心头一阵烦闷，就觉得屋子里阴沉沉的怪凄惨，一伸手便揿开了写字桌上的淡黄绸罩子的大电灯。一片黄光落在吴荪甫脸上，照见他的脸色紫里带青。他的狞厉的眼睛上面两道浓眉毛簌簌地在动。

"损失呢，——现在还没弄清。看得见的，可就不小了；宏昌当，通源钱庄，油坊，电厂——"

"咄！统统抢了不是？——还用你再说！我要的，是一篇损失的细账，不要囫囵数目！难道你这次回镇去了三天就只带来这么几句话？三天！还没弄清？"

吴荪甫愈说愈生气，就在书桌上拍了一下。他倒确不是为了损失太大而生气，不——一二十万金的损失，他还有略皱一下眉头，就坦然置之的气度；现在使他生气的，倒是费小胡子的办事不敏捷，不实际。再者，吴荪甫急于要知道家乡劫后残余究竟还有多少，庶几他能够通盘筹划来应付逼近旧历端阳节的渐见紧迫的经济。

看见费小胡子不出声，吴荪甫接着又问：

"我们放出去的款子，估量是还可以收回几成呢？"

"这个——六成是有的。镇上市面还算没有多大的糟蹋。就只米店和布店统统抢空。另外各业，损失不多。我们放出去的账，总有六成可以收回。况且县里是没有遭难……"

"你为什么不早说呢！"

吴荪甫又打断了费小胡子的话，口气却平和得多，而且脸上也掠过一丝笑影。他的两个问题——厂里的怠工、交易所里的斗争，以及家乡的变乱，总算有一个已经得了眉目：还有六成的残余。那就是说，还有六七万现款可以由他支配，虽然为数区区，可是好像调遣军队准备进攻的大将军似的，他既然明白了自己的实力，他的进攻的阵势也就有法子布置。

"电厂里坏了一架马达——"

费小胡子慢吞吞地又说，眼睛仍旧看在地下。但是他这话还没完，猛然一个闪电在窗外掠过，接着就是轰隆隆一声响雷，似乎书房里的墙壁都震动了。奔马一样的豪雨也跟着就来。费小胡子的太低的语音就被这些大自然的咆哮声完全吞没。而正在这时候，一个人闯进书房来，山羊脸上缀满了细汗珠，那是杜竹斋。

"好大的雷呀！难怪电话也不灵了！荪甫，你的电话坏了罢？"

杜竹斋一边走，一边说，在荪甫对面的沙发里坐下，就拿出一块大手帕来盖在脸上，用劲揩抹。这是他碰到什么疑难事件时常有的姿势，目的不仅是拭汗。

吴荪甫看了杜竹斋一眼，就明白交易所里的情形未必顺利；他微微一笑，心里倒反安定起来。失败或胜利，只在一二分钟内就可以分晓，像他那样气魄远大的人照例是反倒镇静的。他回头对费小胡子摆一下手，就吩咐道：

"晓生，你要立刻回镇去，把现款统统收齐，有多少是多少，就立刻送来！电厂里坏了一个马达？我明天就派人去看，总该可以修理的。——今晚上你要赶到双桥镇！你去单雇一只汽油船，一点钟以前就要开船！好了，去罢！"

"是——"

费小胡子哭丧着脸回答。他离开轮船还不到一个钟头，坐下来伸一个懒腰的工夫也没有，现在又要他立即再上什么汽油船去受震荡，而且是回到被武装农民团团包围着监视着的镇上，他真有点不情愿；但是吴荪甫的脾气，就是那么火急，而且毫无通融，费小胡子只好把一口怨气往肚子里吞，抖抖衣服就走了。这里，吴荪甫与杜竹斋就谈起交易所方面的经过来。

电闪，雷鸣，雨吼，充满了空间，说话几乎听不到。吴荪甫就凭杜竹斋嘴唇运动的姿势，知道了一个大概。当杜竹斋的嘴唇皮略一停歇的时候，吴荪甫忽然冷笑着大声喊道：

"还有新空头跳落么？他们见鬼呀！"

"所以事情是奇怪！我从没见过这样发狂的市面！要看下午的一盘！"

"我们手上还有多少？"

"四五百万！我们一放，涨风马上就会变成回跌！不放出去呢，有什么办法？"

"统统放出去罢！反正没有亏本呀！"

"怎么不！你忘记了我们付出过三十万么？"

"自然记得。每人不到八万银子，就算是报效了军饷算了！"

吴荪甫冷冷地说，站起来在书房里踱了几步。此时雷声已止，雨却更大，风也起了；风夹雨的声音又加上满园子树木的怒号，杜竹斋默然坐着，恍惚又在人声鼎沸的交易所市场里了：成千成百紧张流汗的脸儿浮在他眼前，空气恶浊到叫人脑昏目赤。而这一切，都是为的有他和赵伯韬等四个人在幕后作怪，而他们自己也弄成放火自烧身，看来是不得了的！杜竹斋摇一下头，忽然叹口气说道：

"我真不懂，许多大户空头竟死拼着不肯补进去！明天就是交割，今天上午还有新空头跳落！"

"什么新空头跳落，也许就是赵伯韬弄的玄虚罢？"

忽然吴荪甫转过身来看定了杜竹斋说，同时将右手在桌子上拍一下。杜竹斋慌慌张张站起来，脸色也变了；他真是被交易所里的呼噪和汗臭弄昏了，始终不曾往那方面去猜度。他又气又发急：

"哦，哦！那个，也许的！那真岂有此理了！"

"我们上了当了！哈哈！"

吴荪甫仰天狞笑，大声叫起来。此时又有个霹雳像沉重的罩子似的落下来，所有的人声都被淹没。杜竹斋拿出雪茄来燃上了，猛抽了几口，慢慢地说：

"要真是那么一回事，老赵太不够朋友了，我们一定和他不干休的！但是，荪甫，且看午后的一盘；究竟如何，要到下午这一盘里才能明白，此时还未便断定。"

"只好这么希望了！"

"不是希望，还是有几分把握的！我就去找尚老头子去。吃过了中饭，我再到交易所看市面！"

杜竹斋说着就站起来走了，吴荪甫跟着也离开了书房。但是走到大客厅阶前，正要上汽车的时候，杜竹斋忽又回身拉着吴荪甫到小客厅里，郑重地问道：

"费小胡子去了来怎么说呢？损失多少？"

"详细情形还是一个不明白。"

"你刚才不是叫他立刻回镇去么？"

"叫他回去收集残余，都调到上海来。我现在打算集中实力，拿那个信托公司作大本营来干一番！"

吴荪甫微笑地回答，脸上的阴沉气色又一扫而光了。杜竹斋沉吟了半晌，然后又问：

"那么，朱吟秋方面，你是一定要积极进行的？你算定了没有风险？"

吴荪甫不回答，只望了杜竹斋一眼。

"办厂什么的，我是外行；可是看过去，实业前途总不能够乐观。况且朱吟秋也不是糊涂虫，他的机器厂房等现在值五十多万，他难道不明白，我们想用三十万盘过来，他怎么肯？他这人又很刁赖，要从他的手里挖出什么来，怕也是够麻烦的罢？前几天他已经到处造谣，说我们计算他；刚才从赵伯韬嘴里露出一点口风，朱吟秋也在和老赵接洽，想把他的机器抵借十几万来付还我们这边一个月后到期的茧子押款——"

说到这里，杜竹斋略一停顿，弹去了手里的雪茄烟灰，转脸看看窗外。筷子粗细的雨条密密麻麻挂满在窗前，天空却似乎开朗了一些了。杜竹斋回过眼来，却看见吴荪甫的脸上虎起了狞笑，突然问道：

"老赵答应了他么？"

"大概还在考虑。目前老赵为的是正和我们打公司，表面上很客气；他对我表示，要是朱吟秋向他一方面进行的押款会损害到我们的债权，那他就拒绝——"

"竹斋！一定招呼老赵拒绝！"

"就是为此我要和你商量呀。我以为目前丝业情形不好，还是暂且保守。朱吟秋如果能够从老赵那里通融来还清了我们的十五万押款，我们也就算了罢。"

"不行！竹斋！不能那么消极！"

吴荪甫陡地跳起来说。此时一道太阳光忽然从云块的罅隙中间射出来，通过了那些密密麻麻的雨帘，直落到小客厅里，把吴荪甫的脸染成了赭黄色。雨还是腾腾地下着，吴荪甫用了压倒雨声的洪亮嗓音继续叫道：

"我们用了九牛二虎之力，想把朱吟秋的茧子挤出来；现在眼见得茧子就要到手，怎么又放弃了呢？竹斋，一定不能消极！叫老赵拒绝！放款给朱吟秋，我们的信托公司有优先权，那是十五万的干茧押款合同上载明了的。竹斋，我们为了这一条，这才利息上大大让步，只要了月息五厘半。竹斋，告诉老赵，应当尊重我们的债权！"

杜竹斋望着吴荪甫的面孔看了一会儿，然后从嘴角拔出雪茄来，松一口气说：

"只好办了一步再看了。眼前是交易所方面吃紧，我就去找尚老头子罢。"

雨是小些了，却变成浓雾一样的东西，天空更加灰暗。吴荪甫心里也像挂着一块铅。公债市场瞬息万变，所以希望是并没断绝；然而据昨天和今天上午的情形看来，颇有"杀多头"的趋势，那就太可怪。这种现象，只有一个解释，就是已经走漏了消息！根本不大信任赵伯韬的吴荪甫，无论如何不能不怀疑赵伯韬内中又有鬼蜮的手段。"到公债市场去混一下，原不一定危险，可是和老赵共事，那危险性就很大了！"吴荪甫负着手踱方步，心里不住地这样想。

钟上已经是十一点半了，预料中的屠维岳的告捷电话竟没来。吴荪甫不得不把赵伯韬和公债搁在一边，提起精神来对付工厂方面。他吩咐高升打电话去。可是他的电话当真坏了，叫不通。吴荪甫一怒之下，就坐了汽车亲自到厂里去视察。

变成了浓雾的细雨将五十尺以外的景物都包上了模糊昏晕的外壳。有几处耸立云霄的高楼在雾气中只显现了最高的几层，巨眼似的成排的窗洞内闪闪烁烁射出惨黄的灯光，——远远地看去，就像是浮在半空中的蜃楼，没有一点威武的气概。而这浓雾是无边无际的，汽车冲破了窒息的潮气向前，车窗的玻璃变成了毛玻璃，就是近在咫尺的人物也都成了晕状的怪异的了；一切都失了鲜明的轮廓，一切都在模糊变形中了。

吴荪甫背靠在车厢的右角，伸起一条左腿斜搁在车垫上，时时向窗外瞥一眼，很用力地呼吸。一种向来所没有的感想突然兜上他心头来了：他在企业界中是一员猛将，他是时时刻刻向前突进的，然而在他前面，不是半浮在空中的荒唐虚无的海市蜃楼么？在他周围的，不是变形了的轮廓模糊的人物么？正如他现在坐这汽车在迷雾中向前冲呀！

于是一缕冷意从他背脊上扩散开来，直到他脸色发白，直到他的眼睛里消失了勇悍尖利的光彩。

汽车开进厂里了，在丝车间的侧面通过。惨黄的电灯光映射在丝车间的许多窗洞内，丝车转动的声音混合成软滑的骚音，充满了潮湿的空间。在往常，这一切都是怎样地立即能够刺激起吴荪甫的精神，并且他的有经验的耳目怎样地就能够从这灯光从这骚音判断那工作是紧张，或是松懈。但此时虽然依旧看见，依旧听得，他的脑膜上却粘着一片雾，他的心头却挂了一块铅。

直到保镖的老关开了车门，而且莫干丞和屠维岳双双站在车前迎接，吴荪甫这才慢慢地走下车来，他的灰白而狞厉的脸色使得莫干丞心头乱跳。吴荪甫冷冷地看了莫干丞一眼，又看看屠维岳，就一直跑进了经理办公室。

第一个被叫进去问话的，是屠维岳。这个青年一脸冷静，不等吴荪甫开口问，他就先说道：

"三先生公馆里的电话出了毛病，十分钟前刚刚接通，那时三先生已经出来。可惜那电话修好得太迟了一点。"

吴荪甫略皱一下眉头，却又故意微笑。他听出了屠维岳这番话的背后的意思是在说他这一来乃是多事。这个骄蹇自负的年青人显然以为吴荪甫不在家中守候捷报（那是预先约好了的），却急匆匆地跑到厂里来，便是对于部下的办事人还没有绝对信任的意思，那就不合于"用人不疑，疑人不用"的原则，那就不是办大事者的风度。吴荪甫拿眼睛看着屠维岳的面孔，心里赞许这个年青人的倔强和精明，可是在口头上他也不肯承认自己是放心不下这才跑了来的；他又微微一笑，就很镇静地说：

"现在不是快到十二点钟么？我料来我的前敌总指挥已经全线胜利了。我出其不意跑了来，要对俘虏们演说。"

"那还是太早一点。"

屠维岳斩斩截截地回答，脸上依然是冷静得作怪。

"什么！难道我刚才听得车间里的响声还不是真正的开车，还是和前几天一样么？"

"请三先生去看一下就可以知道。"

屠维岳放慢了声音说，却是那态度非常大方，非常坦白，同时又非常镇静。

吴荪甫鼻子里哼了一声。他的眼光射在屠维岳脸上，愈来愈严厉，像两道剑。可是屠维岳挺直了胸脯，依然微笑，意外地提出了反问道：

"我要请示三先生，是否仍旧抱定了'和平解决'的宗旨？"

"自然仍旧想'和平解决'。可是我的耐性也有限度！"

"是！——限到今天为止，前天三先生已经说过。但女工们也是活的人，她们有思想，有感情，尤其糟的是她们还有比较复杂的思想，烈火一般的感情；譬如大前天她们还很信仰她们的一个同伴，第十二排车的姚金凤，可是今天一早起，就变了态度，她们骂姚金凤是走狗，是出卖了工人利益，情形就顿时恶化。三先生大概还记得这个姚金凤，瘦长条子，小圆脸儿，有几点细白麻粒，三十多岁，在厂里已经三年零六个月，这次怠工就是她开火——"

"我记得这个人。我还记得你用了一点手段叫她软化。"

"所以她今天就得了新头衔：走狗！已经是出名的走狗，就没有一点用处！我们前几天的工夫算是白花。"

吴荪甫鼻子里哼了一声，不说话。

"我们的事情办得很秘密，只有三四个人知道；而且姚金凤表面上还是帮女工们说话。我敢说女工们做梦也不会想到她们的首领已经被三先生收买。所以明明白白是我们内部有人捣蛋！"

"吓！有那样的事！你怎么不调查？"

"我已经调查出来是九号管车薛宝珠泄漏了秘密，破坏了我们的计策！"

"什么？九号管车？她想讨好工人，她发昏了么？"

"完全是为的吃醋，她们两个是冤家。薛宝珠妒忌姚金凤得了功！"

"你去叫她们两个进来见我！"

吴荪甫霍地站起来，声色俱厉下命令，可是屠维岳坐在那里不动。他知道吴荪甫马上就会省悟过来，取消了这个无意识的命令；他等待这位三先生的怒气过后再说话。吴荪甫尖利地看着屠维岳好半晌，渐渐脸色平了，仍旧坐了下去，咬着牙齿，自言自语地说：

"混账东西！比闹事的女工还可恶！不想吃我的饭么？——嗳，维岳，你告诉莫干丞，把姓薛的歇工！"

"三先生看来还有更好的办法么？"

"你有什么意见？你说！"

吴荪甫的口吻又转严厉，似乎他的耐性真已到了限度。

"请三先生出布告，端阳节赏工一天，姚金凤开除，薛宝珠升稽查。"

屠维岳挺直了胸脯，几乎是一个字一个字地说出来，吴荪甫等他说完，狞起眼睛望着空中沉吟了一会儿，忽然笑了一声，说道：

"你这是反间计么？你有把握？"

"有把握。今天从早上八点钟起，我就用了许多方法挽回薛宝珠弄出来的僵局。已经有点眉目了。端阳节赏工一天，三先生早就许可；现在还要请三先生允许的，就是姚金凤的开除和薛宝珠的升稽查这两件事情，将来仍旧可以收回成命，算是对工人们一个让步，就此解决了怠工风潮。我们好容易在女工中间种了一个根，总不能随便丢掉。"

此时突然一声汽笛叫，呜——呜的，响彻了全厂，吴荪甫猛一惊，脸色稍稍有点变了。工人们在厂里暴动，也常常放汽笛为号，可不是么？但是他立即想到这是午饭放工，不是什么意外，他就乘势笑了一笑，算是默认了屠维岳的办法。

"今天下午，工潮可以结束，有几个办事得力的人该怎么奖励，请三先生吩咐罢。"

屠维岳又接着说，拿出一张纸来放在吴荪甫面前。吴荪甫随便看了一眼，就皱起眉头问道：

"钱葆生和桂长林是工会里的人，也要另外奖励么？"

"是的。他们两个人的背景不同，所以又是两派。但此番他们还能够一致起来替三先生办事，——"

"一致？向我来要钱是一致的，争夺工会的时候就不一致；夹在怠工风潮中都想利用工人来打倒对方的时候，也不一致；老实说，此番工潮竟延长到将近一星期，小半的原因也就为的他们两个狗头不一致——不一致来替我办事，不一致来对付工人！"

"可是最近两三天来他们已经一致。尤其钱葆生听了我的调解，对桂长林让步。"

"那也不是真心替我办事，还是见风转篷的自私。我有钱不给这等人！"

吴荪甫毅然驳斥了，随手抓取一支笔来将钱葆生和桂长林的名字勾去，又在纸尾注了一个"阅"字，交还给屠维岳，站起来看看窗外来往的女工们，忽然想起一件事来，脸上便又罩满了阴影；但他立即恢复常态，一面吩咐屠维岳，一面走出办公室去：

"限到明天一定要解决这件事！我的耐性到今天为止！"

这两句话，又是声色俱厉，所有攒集在办公室门外的职员们全都吓坏了。待到他们回味着这两句话的斤两时，吴荪甫坐的汽车已经啵啵地开出了厂门。有几个站在厂门边的女工，望着这威风凛凛的汽车发出了轻蔑的笑声。

屠维岳立即召集了莫干丞以下四五个重要职员商量办法。内中有一个就是桂长林。工潮限在明天解决，而且吴荪甫的忍耐已到最后一步，这样的消息，已经传满了全厂。稽查和管车们都认为这是吴荪甫打算用强硬手段的表示；他们的精神就格外兴奋。他们都知道，如果"三先生"的政策由"和平"而转为"强硬"，那就是屠维岳"政权"的缩小或告终。他们对于屠维岳"政权"虽然不敢公然反对，但心里总是不很舒服。

十分明了此种情形的屠维岳于是就先报告了吴荪甫对于钱葆生和桂长林的不满意，然后落到正文：

"现在三先生吩咐了三件事：端阳节赏工一天，姚金凤开除，薛宝珠升稽查。"

大家都惊异地睁大了眼睛。桂长林忿忿地说：

"这不是打落水狗么？三先生欠公道。薛宝珠有什么功劳，升她？"

"姚金凤真冤枉！不过屠先生，你应该在三先生面前替姚金凤说几句好话；你对得住她么？你叫我去联络她。现在她落得一个开除，闯祸的薛宝珠反有升赏，这话怎么说出去呀！"

二号管车王金贞也来打不平了；她是完全受三先生豢养的，她不敢反对三先生，只能抱怨屠维岳。

可是屠维岳不回答，挺直了胸脯，很镇静地微笑。

"三先生骂我同钱葆生做对头，不错，钱葆生是我的死对头。工会的饭，大家都应该吃，钱葆生想一个人独吞，我一定要反对！三先生既然不管工会里的牛斗马斗，只要早点解决工潮，那么为什么又要升赏薛宝珠呢？薛宝珠捣乱，背后有钱葆生指使，是吃醋，是和我抬杠，谁不知道！"

桂长林说了这么一大段，嘴边全是白沫，眼睛也红了。但他还算是客气。为的眼前这些人中间，只他自己是工会方面——吃工会的饭，其他各位全是吃吴荪甫的饭，自然不敢在屠维岳面前批评吴荪甫办的不对。

屠维岳依然冷幽幽地微笑，总是不说话。莫干丞这时开口了：

"三先生要怎样办，我们只好照办。可是，屠先生，今天就要解决工潮，怎么办呢？"

"这才是我们要商量的正经事！"

屠维岳发言了，他的机警的眼光看着稽查李麻子和另一位女管车。这两位也正在看着屠维岳，嘴边漾出微笑的影子。这两位算是屠维岳"执政"后新收的心腹。屠维岳把身子一挺，眼光在众人脸上掠过，大声说：

"姚金凤和薛宝珠的事，往后再谈。三先生向来是公道的。真心替三先生出力的人，我可以担保一定不会吃亏。三先生说过，今天一定要解决这件事。端阳节赏工一天，三先生已答应。就怕工人中的激烈分子何秀妹一班人，还是要闹事。我们只好不客气对付她们！老李，这件事交给你。只要吓她们一下就行。——"

"交给我就是了！"

稽查李麻子抢着说，两道浓眉毛一挺。他是洪门弟兄①，他随时可以调动十来个弟兄出手打架。

"吓一下就行么？说得太容易呀！何秀妹一淘坏胚子是吓不倒的！"

二号管车王金贞提出了消极的抗议。

李麻子大大不服气，睁圆了眼睛，正想说话，却被屠维岳拦住：

"王金贞的话也有理。老李，你就看机会把何秀妹扣住，轧住她去看戏！此刻她出去吃中饭了，你马上就去办这件事，要做得手脚干净；你还没吃饭，账房里先拿十块钱去；办完了事，就请你弟兄们上馆子。——这件事要守秘密的！"

"守秘密？钱葆生和薛宝珠两个家伙就靠不住，反正不守了秘

---

① 洪门弟兄：洪门，又称洪帮、红帮。原为清代以"反清复明"为宗旨的民间秘密结社之一，后逐渐演变，形成为社会罪恶势力。参加者称"洪门"或"洪门弟兄"。

密倒有好处！"

桂长林扁起了嘴唇，咕噜咕噜地说。

李麻子从莫干丞手里拿了钱，就兴冲冲地走了。屠维岳钉住桂长林看了一眼，却并没说什么，就回过头去对第十号的女管车问道：

"阿珍，你办的事后来怎样呢？"

"有一半工人相信姚金凤是冤枉的。她们骂薛宝珠造谣，说她本来是资本家的走狗，她是使恶计。她们又说何秀妹她们想出风头，妒忌姚金凤。"

"办得好！何秀妹下半天不会到厂里来了，你就放出口风去，说何秀妹被莫先生请去看戏了，——"

"呀，呀，怎么有我呢？老兄，你不要捣鬼！"

莫干丞急口地插进来说。桂长林，王金贞，连那个阿珍，都笑起来了。但是屠维岳不笑，他拍着莫干丞的肩膀很恳切地说：

"自然是你请她去看戏。你现在就要出去找李麻子。他一定在何秀妹住家的附近。你同他商量好了，专等那班白相人[1]把何秀妹轧到冷静的地方，你就去救她。以后你就请她看戏。"

"她不肯去呢？"

"那就要你用点工夫了。你只说到戏园里躲一下，等那些白相人走散。你是老头子，她不会犯疑，一定肯去。"

"传开去给三先生知道了不是玩的！"

"三先生面前有我呢！去罢！阿珍，你就去办你的；不要露马脚！"

现在房间里就剩了屠维岳，桂长林，王金贞三个人。屠维岳冷冷地微笑着，机警的眼光钉住在桂长林脸上。这是将近四十岁带几分流氓神气的长方脸儿，有一对细小不相称的眼睛。在屠维岳的锋芒逼人的眼光下，这张长方脸儿上渐渐显现了忸怩不安的气色。

---

[1] 白相人：旧时上海社会中一些游手好闲、不务正业，常以调戏妇女、寻衅滋事或敲诈勒索等不法行为为乐并赖以为生的人。白相，上海方言。玩的意思。

忽然屠维岳笑了一声，就冷冷地问道：

"长林，你当真要和钱葆生做死对头么？"

没有回答，桂长林把身体一摇，两只手叉在腰里，凶狠狠地看了屠维岳一眼。

"你自己想想，你的实力比起钱葆生来差多少？"

"哼！他妈的实力！不过狗仗官势！"

"不错呀！就是这一点你吃了亏。你们的汪先生又远在香港。"

桂长林立刻脸色变了，眼睛里的凶光就转成了疑惧不定的神气。

"你放心罢！这里只有王金贞，向来和你要好。我再告诉你，吴老板也和汪先生的朋友来往。说起来，也可以算是一条路上的人，你在厂里总应该尽力帮吴老板的忙，可不是么？"

"既然吴老板全明白，怎么开除了姚金凤，升赏了薛宝珠呢？还有，这一次工潮难道我没有替三先生出力么？我真想当面问问三先生。"

"这件事，三先生真办得不公道。屠先生，你去和三先生说说看罢，反正布告还没发。"

王金贞插进来说。她自以为这话非常圆到，一面附和了桂长林，一面却也推崇着屠维岳。却不料屠维岳突然把脸色一沉，就给了一个很严厉的回驳：

"不要再说三先生长，三先生短了！三先生管这些小事么？都是我姓屠的出条款！我说，姚金凤要开除，薛宝珠该升，三先生点了头，就算了！"

"那你就太不应该了！"

桂长林跳起来喊，拳头也伸出来了。王金贞赶快拉他的衣角。屠维岳却仰脸大笑，似乎没有看见一个碗口大小的拳头在他的脸前晃。这拳头离屠维岳的脸半尺左右就自己缩回去了，接着就是一声恨恨的哼。屠维岳也不笑了，依然是一点表情也没有的冷静的脸色，又像吐弃了什么似的说道：

"咄，你这光棍！那么简单！你难道不会想想工人们听说薛宝珠得了升赏会发生什么举动？她们也要不平，群众就会反转来拥护姚金凤。——"

"可是姚金凤已经开除了，还要什么拥护！"

"长林！慢点说难道不行？我不是早就说过三先生总要给人家公道？——你们现在应该就去活动，在我面前噜苏，一点用处也没有。钱葆生的嘴巴，我们要公开地打他一次！你们要信任我是帮你们忙的！——明白了么？去罢！"

屠维岳说完，就拿起一张纸来，写预定的布告。

此时汽笛叫又响彻了全厂。女工们陆续进厂来了。车间里人声就像潮水一般汹涌起来，但这次的潮水却不知不觉走进了屠维岳布置好的那一条路。

吴荪甫从工厂出去就到了银行公会。除了星期日是例外，他每天总到这里吃午饭，带便和朋友们碰碰头。在愉快的应酬谈笑中，他这顿午饭，照例要花去一小时光景。今天他走进了那华丽的餐室，却是兜头就觉得沉闷。今天和往常不同，没有熟识的笑容和招呼纷然宣布了他的进门。餐室里原也有七八个人，可都是陌生面孔。有几位夹在刀叉的叮哨声中谈着天气，谈着战争，甚至于跑狗场和舞女，显出了没有正经事可说，只能这么信口开河地消磨了吃饭时的光阴。靠窗有三个人聚在一桌子，都是中年，一种过惯了吃租放债生活的乡下财主的神气满面可掬，却交头接耳地悄悄地商量着什么。吴荪甫就在这三位的对面相距两个桌子的地点拣定了自己的座位。

窗外依然是稠浓的半雨半雾，白茫茫一片，似乎繁华的工业的上海已经消失了，就只剩这餐室的危楼一角。而这餐室里，却又只有没精打采沉湎于舞女跑狗的四五位新式少爷，三位封建的土财主，以及吴荪甫，而这时的吴荪甫却又在三条火线的威胁下。

吴荪甫闷闷地松一口气，就吩咐侍者拿白兰地，发狠似的接连呷了几口。他夹在三条火线中，这是事实；而他既已绞尽心力去对付，也是事实；在胜负未决的时候去悬想胜后如何进攻罢，那就不免太悬空，去筹划败后如何退守，或准备反攻罢，他目前的心情又不许，况且还没知道究竟败到如何程度，则将来的计划也觉无从下手；因此他现在只能姑且喝几口酒。他的心情有些像待决的囚犯了。

酒一口一口吞下去，心头好像有点活泼起来了，至少他的听觉复又异常锐敏；那边交头密语的三位中间有一位嗓子略高些，几句很有背景的话便清清楚楚落进了吴荪甫的耳朵：

"到这地步，一不做二不休，我是打算拼一拼了！什么胜仗，是多头方面造谣。你知道赵某人是大户多头，他在那里操纵市场！我就不信他有那样的胃口吃得下！"

说这番话的人，侧面朝着吴荪甫，是狭长的脸，有几茎月牙式的黄须。他的两个同伴暂时都不出声，一手托住下巴，一手拿着咖啡杯子出神。后来这两位同时发言了，但声音很小又杂乱，只从他们那神气上可以知道他们和那位月牙须的人发生了争论。这三位都是滚在公债投机里的，而且显然是做着空头。

吴荪甫看表，到一点钟只差十分。陆续有人进来，然而奇怪的是竟没有一个熟人。他机械地运动着他的刀叉，心里翻上落下的，却只是那位月牙须狭长脸的几句话。这是代表了多数空头的心理么？吴荪甫不能断定。但市场情形尚在互相挤轧，尚在混沌之中，却已十分明白。他想到今天在此地所以碰不到熟人，也许原因就是为此。他一个人逗留在这里没有意思。于是他将菜盆一推，就想站起来走。不料刚刚抬起头来，就看见前面走过两个人，是熟面孔！一位是韩孟翔，交易所经纪人，而且是赵伯韬的亲信，又一位便是李玉亭。

韩孟翔也已经看见吴荪甫，便笑了一笑，走近来悄悄地说了一句：

"相持不下，老赵发脾气！"

"什么——发脾气？"

吴荪甫虽然吃惊，却也能够赶快自持，所以这句问话的后半段便依然是缓和到不惹人注意。

"他，小鱼不要，要大鱼；宁可没有！看罢，两点钟这一盘便见输赢！"

韩孟翔还是低声说，又微笑转眼去看李玉亭。此时那边三位中的一位，白胖胖的矮子，陡地站起来，连声唤着"孟翔兄"。月牙须的一位和另一位依然头碰头地在那里说话。韩孟翔对吴荪甫点点头，就转身走到那边去了。热闹的谈话就开始，不用说是议论交易所市场的情形。

这里，吴荪甫就请李玉亭吃饭，随便谈些不相干的事。吴荪甫脸上很有酒意了，忽然想起张素素的事，就问李玉亭道：

"前天听佩瑶说起，你和素素中间有了变化？"

"本来没有什么，谈不到发生变化。"

李玉亭忸怩地回答，想起范博文和吴芝生他们说过的一些讥诮话，心里又不自在起来了。可是吴荪甫并没理会得，喝了一大口汽水，又笑着说：

"阿素是落拓不羁，就像她的父亲。机灵精明，又像她已故的母亲。玉亭，你不是她的对手！"

李玉亭只是干笑着，低了头对付那条鸡腿。

从那边桌子上送来了韩孟翔的笑声，随即是杂乱的四个人交错的争论。可是中间有一个沉着的声调却一点不模糊是这么一句："云卿，你只要多追几担租米出来，不就行了么？"于是就看见那月牙须的狭长脸一晃，很苦闷地回答了一句："今年不行，到处抗租暴动！"以后就又是庞杂的四个人同时说话的声音。

吴荪甫皱一下眉头，把手罩在酒杯口上，看着李玉亭的脸孔问道：

"你听到什么特别消息没有？"

"听得有一个大计划正在进行，而且和你有关系。"

李玉亭放下刀叉，用饭巾抹嘴，随随便便地说。

"同我有关系的大计划么？我自己倒不晓得呢！"

吴荪甫也是随口回答，又轻快地微笑。他料想来李玉亭这话一定是暗指他们那个信托公司。本来这不是什么必须要秘密的事，但传扬得这么快，却也使吴荪甫稍稍惊讶了。然而李玉亭接着出来的话更是惊人：

"嗳，你弄错了，不是那么的。大计划的主动者中间，没有你；可是大计划的对象中间，你也在内。说是你有关系，就是这么一种关系。我以为你一定早就得了消息呢！"

"哦——可是我老实完全不知道。"

"他们弄起来成不成可没一定，不过听说确有那样的野心。简简单单一句话，就是金融资本家打算在工业方面发展势力。他们想学美国的榜样，金融资本支配工业资本。"

吴荪甫闭起半个眼睛，微微摇一下头。

"你以为他们未免不量力罢？可是去年上海的银行界总赢余是二万万，这些剩余资本当然要求出路。"

"出路是公债市场；再不然，地产，市房。他们的目光不会跳出这两个圈子以外！"

吴荪甫很藐视地说，他的酒红的脸更加亮晶晶起来了。他那轻敌的态度，也许就因为已经有了几分酒意。但是同样有几杯酒下肚的李玉亭却也例外地饶舌。他不肯服气似的说：

"荪甫，太把他们看得不值钱了。他们有这样的野心，不过事实的基础还没十分成熟罢了。但酝酿中的计划很值得注意。尤其因为背后有美国金融资本家撑腰。听说第一步的计划是由政府用救济实业的名义发一笔数目很大的实业公债。这就是金融资本支配工业资本的开始，事实上是很可能的——"

"但是政府发公债来应付军政费还是不够用，谈得上建设么？"

"那是目前的情形，目前还有内战。他们希望此次战事的结果，中央能够胜利，能够真正统一全国。自然美国人也是这样希望的。这希望恐怕会成为事实。那时候，你能说他们的计划仅仅乎是幻想么！有美国的经验和金钱做后台老板，你能说他们这计划没有实现的可能么？荪甫，金融资本并吞工业资本，是西欧各国常见的事，何况中国工业那么幼稚，那样凋落，更何况还有美国的金元想对外开拓——"

"啊！这简直是断送了中国的民族工业而已！"

吴荪甫勃然咬紧了牙关说。他的酒醒了，他再不能冷静地藐然微笑了，他的脸色转白，他的眼睛却红得可怕。李玉亭愕然不说话，想不到吴荪甫会这么认真生气。过了一会儿，好像要缓和那空气，他又自言自语地说：

"大概是不行的罢？美国还不能在世界上独行其是，尤其在东方，他有两个劲敌。"

"你说的是英国和日本？所以这次战事的结果未必竟能像金融界那样的盼望。"

吴荪甫眼望着窗外惘然说。他此时的感想可真是杂乱极了。但有一点是确定的，就是刚才勃发的站在民族工业立场的义愤，已经渐渐在那里缩小，而个人利害的顾虑却在渐渐扩大，终至他的思想完全集中在这上面了。可不是李玉亭说的中国工业基础薄弱么？弱者终不免被吞并，企业界中亦复如此；吴荪甫他自己不是正在想吞并较弱的朱吟秋么？而现在，却发现自己也有被吞并的危险，而且正当他自己夹在三条火线的围攻中尚未卜胜败。吴荪甫这么想着想着，范围是愈缩愈小，心情是愈来愈暗淡了。

忽然有人惊醒了他的沉思。原来又是韩孟翔，满脸高兴的样子，对吴荪甫打一个招呼，便匆匆地走了。那边桌子上的三位随即也跟着出去。叫做"云卿"的那位月牙须的狭长脸，很滞重地拖着脚步，落在最后。

"都上交易所去了。今天的交易所，正好比是战场！"

李玉亭望着他们的背影，带几分感慨的意味，这么轻声说；同时又望了吴荪甫一眼。

侍者拿上咖啡来了。吴荪甫啜了一口，便放下杯子，问李玉亭道：

"那些大计划的主动者光景是美国资本家，但中国方面是些什么人呢？干这引狼入室的勾当！"

"听说有尚仲礼和赵伯韬。"

李玉亭头也不抬地一边喝咖啡，一边回答。吴荪甫的脸色骤然变了。又有老赵！吴荪甫觉得这回的当是上定了，立刻断定什么"公债多头公司"完全是圈套。他在鼻子里哼了一声，什么话也说不出来了。可是阴暗的心情反倒突然消散，只是忿怒，只是想报复；现在他估量来失败是不可避免，他反又镇定，他的勇气来了，

吴荪甫眼望着窗外惘然……他此时的感想可真是杂乱极了。

他唯一盼望的是愈快愈好地明白了失败到如何程度，以便在失败的废墟上再建立反攻的阵势。

和李玉亭分手后，吴荪甫就一直回家。在汽车中，他的思想的运转也有车轮那样快。他把李玉亭的那个消息重新细加咀嚼。近于自慰的感念最初爬进他的头脑。他不能相信真会有那样的事，而且能够如愿以偿。那多半是赵伯韬他们的幻想，加上了美国资产阶级的夸大狂。不是欧洲有一位学者曾经说过大战后美国资产阶级的夸大狂几乎发展到不合理么？而且全世界的经济恐慌不是也打击了美国么？……然而不然，美国有道威斯，又有杨格①。难保没有应用在中国的第二道威斯计划。只要中国有一个统一政府，而且是一把抓住在美国佬的手里，第二道威斯计划怕是难免罢？那么，三强国在东方的利害冲突呢？——吴荪甫狞笑了。他想到这里，车子已经开进了他家的大门，车轮在柏油路上丝丝地撒娇。

迎接他下车的，是又一阵暴雨。天色阴暗到几乎像黄昏。满屋子的电灯全开亮了。少奶奶、四小姐、杜竹斋的大少爷新箨，都在客厅里。吴荪甫匆匆地敷衍了几句，便跑进他的书房。他不愿意给人家看破他有苦闷的心事，并且他有一叠信札待复。

几封完全属于事务上的信，都答复了；最后复的是无锡开纱厂的一个朋友，打算扩充纱锭，劝诱吴荪甫认股的一封长信。这刚碰在不适当的时机，吴荪甫满腔的阴暗竟从笔尖上流露出来了。写完后看一过，他自己也诧异怎么竟会说出那样颓丧的话。将信纸撕掉，他不敢再写，就再跑到前面的大客厅里。

林佩珊正坐在钢琴前弹奏，那音调是异常悲凉。电灯的黄光落到她那个穿了深蓝色绸旗袍的颀长身体上，也显得阴惨沉闷。吴荪甫皱着眉头，正想说话，忽然听得少奶奶叹一口气。他回过脸去，

---

① 道威斯，杨格：二人都是当时美国垄断资本家代表。道威斯（Charles Gates Dawes，1865—1951），第一次世界大战后，曾参加协约国解决德国赔款问题会议并制订了计划，被称为"道威斯计划"。杨格（Owen D. Young，1874—1964），当时因法国反对道威斯计划，各国代表复于一九二九年在巴黎集议。杨格以美国代表身份参加并草定了新计划，被称作"杨格计划"。

眉头皱得更紧些，却看见少奶奶眼圈上有点红，并且滴下了两粒眼泪。同时却听得杜新箨幽幽地说：

"人生如朝露！这支曲就表现了这种情调。在这阴雨的天气，在这迷梦一样的灯光下，最宜于弹这一曲！"

吴荪甫的脸色全变了。恶兆化成了犀利的钢爪，在他心上直抓。他狂怒到几乎要开口大骂，可是当差高升走上来又说了一句叫人心跳的话：

"老爷，厂里来了电话！"

吴荪甫转身就往里边跑。厂里来的电话！不知是吉是凶？当他拿起听筒的时候，不知不觉手也有点抖了。但是一分钟后，他的脸上突然一亮，他用清朗的声音大声说：

"办得很好！——既然你再代请，桂长林就给他半个月的加薪罢！明天九点钟我到厂视察。"

厂里的工潮已经解决，吴荪甫胜利了；他没有内顾之忧了！

吴荪甫放下电话听筒，微笑着。此时暴雨已过，一片金黄色的太阳光斜射在书房的西窗上。从窗子里向外看，园子里的树叶都绿得可爱，很有韵律似的滴着水珠。吴荪甫轻松地走出书房，绕过一带走廊，在雨后冲得很干净的园子里的柏油路上走着，他觉得现在的空气是从来没有的清新。当他走近了大客厅前面的时候，听得汽车的喇叭呜呜地狂叫，一辆汽车直开到大客厅石阶前，车子还没停好，杜竹斋已经从车厢里跳出来了。他从来没有这样性急，这样紧张！

"竹斋，怎样了？"

吴荪甫赶快上前问，心头忐忑得很。但不等杜竹斋回答，就知道是胜利；从疲劳中透露出来的得意，很明白地摆在杜竹斋的山羊脸上。一同跑上大客厅石阶的时候，杜竹斋轻声说：

"午后这一盘，空头们全来补进，涨风极厉害，几乎涨停板。我们先前如果多收二三百万，今天也是照样的脱手！可惜我们开头太把细了！现在，结算起来——"

"也罢，这是开市大吉！将来我们再干！"

吴荪甫微微笑着说，太阳斜射在他的脸上，反映出鲜艳的红光，从早晨以来时隐时现的阴沉气色现在完全没有了。他已经突破了重围，在两条战线上都得了胜利；李玉亭报告的什么大计划——也不妨说是大阴谋，此时在这胜利光下也不再能够威胁吴荪甫了。

八

公债库券的涨风下，压碎了许多盲目的投机者。那天吴荪甫在银行公会餐室中看见的三个人就是投机失败了的份子；尤其是中间那位狭长脸，月牙须，将近五十岁的冯云卿，一跤跌得厉害。

半年前，这位冯云卿尚安坐家园享福。前清时代半个举人，进不了把持地方的"乡绅"班，他，冯云卿，就靠放高利贷盘剥农民，居然也挣起一份家产来。他放出去的"乡债"从没收回过现钱；他也不稀罕六个月到期对本对利的现钱，他的目的是农民抵押在他那里的田。他的本领就在放出去的五块十块钱的债能够在二年之内变成了五亩十亩的田！这种方法在内地原很普遍，但冯云卿是有名的"笑面虎"，有名的"长线放远鹞"的盘剥者，"高利贷网"布置得非常严密，恰像一只张网捕捉飞虫的蜘蛛，农民们若和他发生了债务关系，即使只有一块钱，结果总被冯云卿盘剥成倾家荡产，做了冯宅的佃户——实际就是奴隶，就是牛马了！到齐卢战争①那一年，冯云卿已经拥有二三千亩的田地，都是那样三亩五亩诈取巧夺来的，都是渗透了农民们的眼泪和血汗的。就是这样在成千成万贫农的枯骨上，冯云卿建筑起他的饱暖荒淫的生活！

---

① 齐卢战争：又称江浙战争。指一九二四年九月间直系军阀齐燮元与皖系军阀卢永祥为争夺上海而爆发的战争。

齐卢战争时，几个积年老"乡绅"都躲到上海租界里了；孙传芳的军队过境，几乎没有"人"招待，是冯云卿挺身而出，伺候得异常周到，于是他就挤上了家乡的"政治舞台"，他的盘剥农民的"高利贷网"于是更快地发展，更加有力；不到两年工夫，他的田产上又增加了千多亩。但此时他新纳的爱宠老九也就替他挥霍得可观。并且身边有了那样一位一泡水似的年青姨太太，冯云卿的精神也大不如前；所以最近内地土匪蜂起，农民骚动，冯云卿的胆大镇静，就远不如齐卢战争那年，他只好把所有的现款都搜括拢来，全家搬到上海，——一半是怕土匪和农民，一半也为的依顺了姨太太的心愿。

现在他做"海上寓公"，也不能吃死本钱。虽说还有几千亩的田地，有租可吃，可是这年头儿不比从前那样四六折租稳可以到手的了；带出来的现钱虽有七八万，然而要在上海地方放印子钱，那么冯云卿还不够资格；存银行生利罢，息金太薄。连姨太太抽鸦片烟的费用也在内，冯云卿在上海公馆里每月将近一千元的开销，是很要费一番心思筹划的。幸而政府发行了多量的公债库券，并且"谢谢"连年不断的内战使得公债市场常有变化，挟了七八万现款的冯云卿就此走进了公债市场，半年来总算得心应手，扯起利息来，二分半是有的。他几乎自命是"公债通"了，真不料此番栽跟头一交，跌得他发昏，疑心是做了一场梦！

交割下来他一算账，亏折得真不小呀！五万保证金，一文不见回来，并且三天之内还得补出三万多，经纪人韩孟翔昨天已经来催索过了。冯云卿这天从上午十一点半起身后就把一个算盘打过了不知多少遍，直到此刻已有两点钟，他忘记了吃早饭，还是想不出办法；尤其使他纳闷的，是想不通以后应该怎样去"做"公债。

太阳光透过了那一排竹帘子，把厢房的前半间染上了黑白的条纹。稍微有点风，竹帘轻轻地摆动，那条纹似的光影也像水浪一般在室内的家具上动荡，幻成了新奇的黑白图案。冯云卿坐在靠窗的红木方桌旁边，左手指间夹着一支香烟，右手翻阅他的账簿。光影的水浪纹在那账簿上一晃一晃的，似乎账簿上那些字都在那里跳舞了。冯云卿忽然烦躁起来，右手将账簿一拍，就站起来，踱到厢房后半间朝外摆着的红木炕榻上躺了下去，闭了眼睛，叹一口气。昨天他还是享福的有钱人，今天却变成了穷光蛋，而且反亏空了几万！是他自己的过失么？他抵死不承认的！——"运气不好！"他又叹一口气，在肚子里说。然而为什么二十多年来专走红运的他会忽然有此打击？冯云卿攒眉挤眼，总是不明白。蓦地有沉重的一声落在他头顶上的楼板，他全身一跳，慌慌张张坐了起来。接着就听得厢房后边女仆卧室里装的电铃丁零零——地响了足有三分钟。一定是姨太太醒来在那里唤人了！昨晚上姨太太又是到天亮才回来。这已是惯了的，冯云卿本来不以为意，但此时正因公债投机失败到破产的他，却突然满肚子的不舒服了。并且他又心灵一动，仿佛觉得自己的"运气不好"和姨太太的放浪多少有几分关系：几曾见戴了绿头巾的人会走好运的？

冯云卿挪开脚步转一个身，几茎月牙须簌簌地抖动。他很想上楼去摆出点脸色来给姨太太看。然而刚踱了一步，他又站住了沉吟起来。有多少小姊妹的姨太太不是好惹的！……冯云卿咽下一口气，呆呆地看着炕榻后墙壁上挂的那幅寸楷的朱伯庐先生《治家格言》[①]。他惘然沉入了冥想。

高跟皮鞋声阁阁地由外而来，在厢房门边突然停止。门随即漾开，翩然跑进一位十七八岁的女郎；也是一张稍显得狭长了些的脸庞，可是那十分可爱的红嘴唇，不太尖也不太圆的下巴，以及那一头烫成波浪形松松地齐到耳根的长头发，却把脸庞的狭长"病"完全补救了。身上是淡青色印花的华尔纱长旗袍，深黄色绸的里子，开叉极高，行动时悠然飘拂，闪露出浑圆柔腻的大腿；这和那又高又硬，密封着颈脖，又撑住了下颏的领子，成为非常显明的对照。这位女郎看见冯云卿满脸沉闷对着那幅《治家格言》出神，也微微一怔，在门边站住了；但随即格勒一笑，袅着细腰跑到冯云卿跟前娇声说：

"爸爸！我要买几样东西——"

---

① 朱柏庐先生《治家格言》：朱柏庐（1617—1688），江苏昆山人。明代生员。《治家格言》亦名《朱子家训》。内容以封建道德观念劝人勤俭持家、安分守己。

冯云卿转过脸来，愕然睁大了眼睛。

"几样小东西。一百块也就马马虎虎够了。我马上要出去。"

女郎又说，斜扭着腰，眼看着地下。忽然她转身飞跑到厢房的前半间，扑到方桌旁边，一手扭开了小风扇的开关，又一旋身把背脊对住那风扇，娇憨地又叫道：

"嗳，怎么不开风扇呢！爸爸，你脸上全是汗，——来！这里凉爽，——一百块，爸爸！"

冯云卿苦着脸摇头，慢慢地踱到女儿面前，望着她半晌，然后打定了主意似的说：

"阿眉，你还没晓得这次公债里，我跌了一跤！亏空三万多银子！大后天就是端阳，连零星店账都没有办法。刚才我查过老九章的折子，这一节也有五百多——"

"我只做了四五件衣服啊，爸爸！"

"哎，——不过今天你又要一百块，买什么呢？眉卿，你的零用比我还大！"

"比姨妈就小得多了！"

眉卿噘起嘴唇回答，一扭腰便坐在就近的沙发榻里，望着她父亲的脸儿。这脸上现在是浮起了无可奈何而又惶恐的神色了。眉卿很知道父亲为什么惶恐，故意再加一句：

"嗳，要用，大家用；为什么单要我让她！"

"不要着急呀，你，阿眉！过一两天给你，好不好？"

冯云卿勉强笑了一笑说。但是眉卿不回答；把一块印花小丝帕在手里绞着，她转过脸去看墙壁上的字画：那也是"中西合璧"的，张大千①的老虎立轴旁边陪衬着两列五彩铜板印的西洋画，代表了春夏秋冬，都装在镂金边的镜框子里。透过竹帘来的太阳光射在镜框子的金边上，发出闪烁的反光。冯云卿跟着女儿的眼光也瞧那些画片，心里在忖量怎样打发女儿走，猛的那四幅春夏秋冬的铜板西洋画勾起他的又一桩心事来了。这四幅西洋画还是他搬进这屋子的时候，姨太太的一个结拜姊妹送的；姨太太有很多结拜姊妹，但

---

① 张大千（1899—1983）：四川内江人，现代画家。精于山水、花鸟和人物。

送这画片的一位却不同等闲，她的那位"老爷"很有手面，在洪门中，辈分很高，冯云卿寓居上海的身家性命安全很要仰仗这位有力者的照拂。然而大后天就是端阳节，冯云卿竟忘记了送一份重礼给这位有力者，谢谢他手下的弟兄们佛眼相看。

突然记起了这件大事的冯云卿就觉得女儿要求的一百元断乎没有法子应许她了。

"阿眉，好孩子，你要买的东西等过了节再买罢！你看，几家要紧的节礼还没送呢，你爸爸当真是手边紧得很——总是运气不好，公债没有做着。只有你一个独养女儿，难道我还存着偏心不是，阿眉——"

说到这里，冯云卿哽咽住了，仰起了脸，不停手地摸着他的月牙须。

沉默了半晌。只听得姨太太扫清喉咙的咳咳的声音从楼上飘下来。父女两个各自在想心事。眉卿觉得她的一百元未必有希望了，满心的阴悒；她安排得很好的佳节乐事，眼见得已成泡影，那么，这三天假期可怎么挨过去哟！难道成天躲在家里看张资平的三角恋爱小说？况且已经和人家约好了的，可怎么办！她恍惚看见约好了的那人儿摆出一种又失望又怀疑的不尴不尬的脸色！

电铃声丁零零——地响了；一，二，三。冯云卿从沉思中惊觉来，望着窗外，却看见车夫阿顺已经开了大门，引进一个四十多岁圆脸儿戴着亮纱瓜皮小帽的男子进来。"啊，是何慎庵来了！"——冯云卿仿佛是对他的女儿说，一面就起身迎出去。可是那位来客脚快，早走进了厢房，嘴里喊着"云翁"，拱着的两手夹住一枝手杖，连连作揖。眉卿作一个六十度的鞠躬，竭力忍住了笑，方才仰起头来。她每次看见这位何慎庵的瓜皮小帽以及捧着手杖在一起作揖的神气，总忍不住要笑。

"阿眉，叫娘姨给何老伯倒茶来。"

冯云卿一面说，一面就让何慎庵到朝外的炕榻上坐了。何慎庵目送着翩然出去的眉卿的后影，忽地眉毛一动，转脸对冯云卿郑重地说道：

"云卿，不是我瞎恭维，有这样一个女儿，真好福气呀！"

冯云卿苦笑着，认为这是一句普通的应酬。他看了何慎庵一眼，暗暗诧异这位也是在公债中跌了一交的朋友居然还是那么"心广体胖"；他又看看站在对面墙角的那架大衣镜中反映出来的自己的面貌，觉得自己在这几天来苍老了至少十年。他忍不住叹一口气，轻声说：

"昨天韩孟翔来追讨那笔钱，我简直一点办法也没有。想起来，老韩对朋友总算不错；那天我们在银行公会吃中饭的时候看见他，不是他劝我们赶快补进么？早听他的话，这一回就不至于失脚。哎，——慎庵，那天你也有点失于计算；你的北洋派朋友不肯告诉你老实话——"

"总而言之，我们都是该死；人家做成了圈套，我们去钻！亏你还说韩孟翔够朋友，够什么朋友呀！他是赵伯韬的喇叭，他们预先做成了圈套，一个大阴谋，全被我打听出来了！"

何慎庵冷笑着说，将手里的香烟头用力掷在痰盂里，拿起茶杯来喝了一口。

"什么？大阴谋？……难道打胜打败也是预定的圈套么？"

"岂敢！所以不是我们运气坏，是我们太老实！"

冯云卿眼珠往上一翻，出了一身冷汗，那几茎月牙须又簌簌地抖了。他不能不相信何慎庵的话。他向来是惯叫农民来钻他的圈套的，真不料这回是演了一套"请君入瓮"的把戏。慢慢地转过一口气来，他用力捋着胡子，哭丧着脸说：

"那，那，我半世的辛苦，全是替他们做牛马！慎庵，你不知道我的几个钱，来得真不容易！为了三亩五亩田的进出，费的口舌可不少呢！乡下人的脾气是拖泥带水的，又要借债，又舍不得田；我要费许多周折，——要请他们上茶馆，开导他们，让他们明白我只是将本求利，并非强抢他们的田；——慎庵，我不是霸道的；譬如下乡讨租罢，我自然不肯短收半升八合，可是我并没带了打手去呀，我是用水磨工夫的。我这样攒积起了几千亩田，不比你做过县官的人弄钱是不费一点力；你在亩捐上浮收一些儿，在黑货上多抽一些儿，你一个月的收入就抵上我的一年……"

冯云卿顿一下，猛吸了几口香烟，正想再往下说，那边何慎庵赶快阻止了他：

"这些旧话谈它干么！目前我要问：你还打算再做公债么？"

"再做？老实说我有点儿害怕呢！今天早上我想到债市变化太厉害，就觉得今后的公债难做；现在知道中间还有圈套，那就简直不能做了！况且此番一败涂地，我已周转不来，——不过，慎庵，你呢？"

"我是十年宦囊，尽付东流！昨天拿几件古玩到茶会上去，马马虎虎换了千把块钱，这端阳节算是勉强还可以过去。我算来你就不同。你有几千亩田，单就租米一项，也很可观——"

何慎庵不得不煞住了话头。因为冯云卿蓦地站起来又坐了下去，瞪出两颗眼珠，呆呆地看着，白眼球上全是红丝，脸色变成了死灰，嘴角的肌肉忒忒地跳动个不住。何慎庵愕然张大了嘴巴，伸手抓头皮。过了一会儿，冯云卿下死劲抬起手来在炕几上重拍一下，从牙齿缝里进出几句话语：

"租米？这年头儿谁敢下乡去收租米！不然，好好的五进大厅房不住，我倒来上海打公馆，成天提心吊胆怕绑匪？"

于是他一歪身便躺了下去，闭着眼睛只是喘气。

"乡下不太平，我也知道一些。然而，云卿，你就白便宜那些狗头么？你很可以带了人下乡去！"

沉默了一会儿以后，何慎庵这才慢吞吞地说，把他那亮纱瓜皮帽拿在手里仔细端相着，说了一句，就对那帽子上吹一口气，末后又掏出手帕来扑打了几下。他那油光的圆脸上浮着淡淡的笑意。

躺在那里的冯云卿只回答一声叹息。他何尝不知道武装下乡收租这法门，可是他更知道现在的农民已非昔比，如果带去的武装少了一点，那简直是不中用，多了呢，他这位地主的费用也很大，即使收了若干租米来，总还是得不偿失：这样的经验，他已经受过一次了。"笑面虎"而工于划算的他，就准备让他的佃户欠一年租，希望来年"太平"，也就可以放出他"笑面虎"的老手段来，在农民身上加倍取偿！

何慎庵燃起一支香烟，抽了几口，也就转换谈话的方向：

"云卿，我们商量怎样翻本罢！"

"翻什么本？"

冯云卿猛地坐起来，惊惶地反问。此时他的心神正在家乡，在他那些田产上飞翔；他仿佛看见黑簇簇的佃户的茅屋里冲出一股一股的怨气，——几千年被压迫被剥削的怨恨，现在要报复，现在正像火山爆发似的要烧毁所有的桎梏和镣锁。然而这一切，何慎庵并没感到，他微微一笑就回答道：

"三折肱成良医！①从什么地方吃的亏，还是到什么地方去翻本呀！"

"哦——你还是讲的做公债。"

"自然啰，难道你就灰心了不成？"

"倒不是灰心，是胆寒。你想，人家是做就了圈套等我们去钻！"

冯云卿说着又叹一口气，几乎掉下眼泪来。但是何慎庵却忍不住要笑。他拿起身边的手杖，冲着冯云卿指了一下，又在空中画一个大圆圈，然后猛地倒转来在地板上戳得怪响，同时大声嚷道：

"得！得！云卿！我看你是一个觔斗跌昏了去了！怎么你想不到呢？——正因为人家是做定了圈套，公债里赚钱是讲究在一个'做'字，并不在乎碰运气，所以我们要翻本也就很有几分把握……"

"慎庵——"

"你不要打岔：听我说！圈套是赵伯韬他们排布的，他们手脚长，在这上头，我们拼他们不过，可不是么？然而要是我们会钻狗洞，探得了他们的秘密，老兄，你说还怕翻不过本来？"

何慎庵说到这里，非常得意，晃着脑袋，双手在大腿上猛拍一下，就站了起来，凑到冯云卿的面前，眯细了一双眼睛，正待说一句紧要话儿，却见冯云卿皱着眉头问道：

"请教这个狗洞怎样一种钻法？赵伯韬是老奸巨猾——"

"然而老赵是'寡人有疾，寡人好色'，我们用女人这圈圈儿去，保管老赵跳不出！"

何慎庵把嘴巴凑到冯云卿的耳朵边细声说着，就哈哈大笑起来。

---

① 三折肱成良医：语出《左传》："三折肱知为良医"。意为多次折断肱骨并经治疗后，能成为医治断肱的医生。亦即俗谓"久病能成医"的意思。

"……我们用女人这圈圈儿去，保管老赵跳不出！"

冯云卿睁大了眼睛，望着何慎庵发怔。他的眉毛还是皱着，他那灰白的脸上泛出浅浅一道红晕；他疑惑何慎庵那话有八分是开玩笑，他想来自己的姨太太每夜非到天亮不回来这件事一定连何慎庵也知道了。可是他只得假装痴呆，懒洋洋地打算把话岔开：

"啧，啧！好计策！不是十年宦海浮沉，磨老了的，就想不出来。慎翁，事成以后，可得让我沾点光呀！"

"不是这么说。这件事，云翁，还得你这一方面出力！我只能帮你筹划筹划。"

何慎庵满脸正经地回答，嗓子低到几乎叫人听不明白。可是落在冯云卿的耳朵里，便和晴天的霹雳仿佛，他的脸色突然变了，心头不知道是高兴呢，抑是生气，——再不然，就是害怕，总之，跳得异常猛！他不知道怎样回答，只是瞪出了眼睛，看定了何慎庵那张笑嘻嘻的油光的圆脸。他又看见这圆脸儿蓦地摇了几摇，张开大嘴巴将一条焦黄的舌尖一吐，又缩了进去，悄悄地又说出一篇话来：

"外边人称赞老赵对于此道之精，有过这么两句话：是宝石，他一上眼就知道真假，是女人，他一上身就知道是不是原生货！他就爱玩个原生货。只要是大姑娘，他是一概收用，不分皂白。他在某某饭店包月的房间，就专门办的这桩公事。他常到某某屋顶花园巡阅，也为的是要物色人才！要勾上他一点儿也不难，只要——"

"只要——只要什么？"

冯云卿慌忙问，立刻站了起来，听得很有兴味的神气也在他眉宇间流露出来了。

"只要一位又聪明又漂亮又靠得住的大小姐，像令爱那么样的。"

何慎庵不慌不忙地回答，微微笑着；他这话仍旧很低声，但一字一句非常清楚。

冯云卿喉间"呃"了一声，脸色倏又转为死白，不知不觉重复坐下，眼光瞅定了他朋友的那张胖脸。但是何慎庵神色不变，靠前一步，又悄悄地说：

"就只有这条路好走了！你怕不成功么！不怕的！我写包

票！——云卿，有那么样一位姑娘，福气就不小呀……"

"慎庵！——"

"而且这件事一办好，后来的文章多得很呢；无论是文做，武做，老式做法，新式做法，都由你挑选。放心，我这参谋，是靠得住的；——云卿，说老实话：用水磨工夫盘剥农民，我不如你；钻狗洞，摆仙人跳，放白鸽①，那你就不如我了！"

忽而格勒一笑，何慎庵拿起茶杯来喝了一口，背卷着手，转身去看墙上挂的一张冯云卿合家欢照片，那中间正有冯眉卿的亭亭倩影。何慎庵站在那里看了好半天，让冯云卿有充分的时间去考虑这个提议。此时太阳光忽然躲起来了，厢房里便显得很阴暗。女人的碎笑声从楼上传来，还夹着汩汩的自来水管放水的声音。从外边弄堂里来的则是小贩们叫卖着叉烧包子，馄饨面。

只是冯云卿没有一毫声息。

何慎庵侧过脸去望着斜对面的大衣镜。这躲在壁角的镜子像一道门似的，冯云卿的迟疑不决的面孔在那里一晃一晃地窥探。俄而那狭长脸的下部近须处起了几道皱纹了，上部那一双细眼睛骨碌一转，似乎下了决心。何慎庵忍不住转过身去，恰好冯云卿自言自语地吐出一句来：

"也给他一个圈套儿去钻，嗳？"

"这话就对了，云卿！"

何慎庵赶快接着说，便坐在冯云卿的对面。但是冯云卿似笑非笑地扭一下嘴唇皮，蓦地又转了口风：

"慎庵，还是说正经话罢。你说公债的涨跌全看前方的胜败，可不是？然而也不尽然。大户头的操纵也很重要；他们扳得转！老赵——嗳，怎么能探得他的秘密呢？慎庵，你是足智多谋的！"

何慎庵不回答，眉毛一挺，放声大笑起来。他看透了冯云卿说的全是反面话，他知道自己的条陈已经打动了这老头儿的心，不过面子上不好公然承认罢了。他笑了一阵，就站起来拍着冯云卿的肩

---

① 摆仙人跳，放白鸽：二者都指称旧时上海社会中以女色为诱饵，而后进行敲诈勒索的圈套。

膀说：

"老兄，不要客气，你比我还差多少么？你斟酌着办罢！回头再见。"

这里，冯云卿送到大门口，转身回来，站在那一丈见方的天井中对着几盆娇红的杜鹃和一缸金鱼出了一会神，忽然忍不住独自笑起来了。却是笑声方停，突又扑索索落下几点眼泪；他叠起两个指头向眼眶里一按，似乎不很相信掉的竟是眼泪。同时幻象在他润湿的眼前浮起来：那娇红的竟不是杜鹃，而是他女儿的笑靥，旁边高高耸立的，却是一缸的大元宝。他轻轻吁一口气，急步回到厢房里，沉重地把身体落在沙发上。

他攒紧了眉头，打算把眼前各项紧急的事务仔细筹划一下。然而作怪得很，脑子里滚来滚去只有三个东西：女儿漂亮，金钱可爱，老赵容易上钩。他忽然发狠，自己打了一个巴掌，咬着牙齿在心里骂道："老乌龟！这还成话么？——何慎庵是存心来开你的玩笑呀！大凡在官场中从前清混到民国的人，全是比狗还下作！你，冯大爷，是有面子的地主，诗礼传家，怎么听了老何的一篇混账话，就居然中心摇摇起来了呢？——正经还是从田地上想法！"于是他觉得心头轻松一些，背梁脊儿也挺得直些了，但是另一个怪东西又粘在他脑膜上不肯走：农民骚动，几千亩良田眼见得已经不能算是姓冯，却还得姓冯的完粮纳税。他苦着脸摇一下头，站起来向身边四周围看看；他不敢相信自己还坐在舒服的厢房里，他隐隐听得天崩地裂的一声轰炸，而且愈来愈近，愈加真切了！

然而他亦不能再往下胡思乱想。有人把大门上的门环打得怪响。他吃了一惊，本能地踱出去，在门缝里一望，看明白确不是来追逼公债项下亏欠的韩孟翔或是交易所方面其他的关系人，他的脸上方才回复了一点血色。

来客是李壮飞，有一撮最新式的牙刷须的中年男子，也是冯云卿在公债市场上结识的新交。

冯云卿一面肃进这位新来的客人，一面仔细打量这位也是在公债里跌交的同病相怜者的神色；使他纳罕的，是这位李壮飞的嘴角边也浮着扬扬的浅笑，同刚才何慎庵来时相仿。冯云卿心里就不自在了。他惴惴然悬念着这位做过"革命"县长的李壮飞敢是也有什么叫人摇惑不决而且发生若闷的离奇的计策！上了几岁年纪的冯云卿现在觉得他的骇震迷惑的心灵不能再增加什么刺激了。

但是更使冯云卿吃惊的，是李壮飞一坐下来就发泄他自己的牢骚：

"喂，老冯，今儿我也忍不住要说句迷信话：流年不利。打从今年元旦起，所谋辄左！三月里弄到手一个县长，到差不满一个月，地方上就闹共匪，把一份差使丢了；一个月工夫，随便你怎么下辣手刮地皮，总捞不回本钱来罢？好！这总算见过差使的面！前月，更不成话了！满花了一万八千元，是一个税局长了，据说是肥缺，上头交下来的条子，就有十多个；吓，我兴冲冲地赶去上任，刚刚只有两天，他妈的就开火了！乱军委了一个副官来。不是我滚得快，也许还有麻烦呢！老冯，你看，这个年头儿，做官还有什么味儿——"

"可是你还没死心！科长，书记，你全都带在身边；你那旅馆里的包月房间简直就是县衙门！"

冯云卿勉强笑了一笑说。他是勉强笑，为的这李壮飞不但做县长时候办公事常常用"革命手段"，就是朋友中间钱财上往来亦善于使用"革命手段"；所以名为"革命县长"。冯云卿虽尚未蒙惠顾，却也久闻大名，现在听得他诉苦，就不免存下几分戒备之心了。

李壮飞接着也是一笑，又鬼鬼祟祟向四下里张望一下，这才低声说：

"不说笑话，——那几位，都是'带挡相帮'，我不能不拖着走。可是那开支实在累死人。今回公债里，我又赔了一注。——你猜猜，节前我还缺多少？"

果然是那话儿来了！冯云卿的心突地一跳，脸上变色，暂时之间回答不来。李壮飞似乎也理会到，脸儿一沉，口气就转得严肃了：

"云卿，不要误会呀！我知道你这次失败得厉害。可是你也未必就此歇手罢？我得了一个翻本的法门，特地来和你商量，——这法门，要本钱长，才有灵验。"

但是冯云卿的脸色更加变得难看；所谓"翻本的法门"非但不能鼓动他，并且加浓了他那惶惑不安的程度。他翻白着眼睛，只管出神，半句话也没有。李壮飞冷笑一下，瞅着冯云卿的面孔，半响后这才大声说：

"亏你叫做'笑面虎'，却经不起丝毫风浪！——然而，也无怪其然。你是乡下土财主，过惯了是稳稳靠靠收租放债的生活；近代投机市场上今天多了几十万，明天又变成穷光蛋，那样的把戏，光景你是做梦也没有做到。好！云卿，我来充一回义务老师罢：做公债投机，全靠一字诀：泼！比方你做多头，买进十万裁兵，交割下来，你蚀光了；好！你再买进二十万，——就要这么滚上去干！你看政府发行公债也就是这个滚上去的方法。上半年是发行了两个七千万，下半年包你就有四个七千万丢到市场上，非这么着，政府的财政也就干不下——"

"可是这和我们做公债亏本什么相干呢？人家是——"

冯云卿忍不住反问了，夹着叹一口气，便把后半段话缩住。李壮飞早又抢着说：

"嗨，嗨，你又来了！道理就在这里哪！市场上的筹码既然板定要陆续增加，市场的变化也就一天比一天厉害；只要政局上起点风潮，公债市场就受到影响。我们做公债的，就此有利可图了。你去问问老做公债的人，谁不愿意兵头儿多打几仗？要是政局平安，那么，你今天亏了本，就是真正亏本，没有明天翻本的希望；现在却是天天有大大翻一次本的希望。"

"想不到你是欢迎他们打仗——"

"也不一定。我做税局长，就不欢迎开火；现在税局长丢了，改做公债，自然主张又不同了。可是还有一层，——我们大家都做编遣和裁兵。政府发行这两笔债，名义上是想法消弭战争，但是实在呢，今回的战争就从这上头爆发了。战争一起，内地的盗匪就多了，共产党红军也加倍活动了，土财主都带了钱躲到上海来；现金集中上海，恰好让政府再多发几千万公债。然而有钱就有仗打，有仗打就是内地愈加乱作一团糟，内地愈乱，土财主带钱逃到上海来的也就愈加多，政府又可以多发公债——这就叫做发公债和打仗的连环套。老冯，现在你该明白了罢？别项生意碰到开火就该倒霉，做公债却是例外。包你打一千年的仗，公债生意就有一千年的兴隆茂旺！"

"壮飞，你看内地不能够再太平么？"

冯云卿吐去了那含在嘴里有好半天的一口浓痰，慌慌张张问。

"呵！你——老冯，还有这种享福的梦想！再过一两年，你的田契送给人家也没人领情罢！"

是冷冷的回答。冯云卿发急地望着李壮飞的饱满精悍的面庞，盼望他下面还有话；直到确定是再没有下文，并且李壮飞的神色又是那样肯定不含糊，冯云卿猛地耳朵边嗡然一声叫，神智便有些恍惚不清了。几天来他忖量不定的一个问题，算是得了回答——可是太凄惨的回答！好容易定下神来，他咬着牙齿说：

"那是政府太对不住我们有田产的人了！"

"也不尽然。政府到底还发行了无量数的公债，给你一条生财之道！而且是一下子捞进十万廿万也不算稀奇的生财大道！"

不知道是当真呢，还是故意，李壮飞依然冷静到十二分，笑嘻嘻地回答。冯云卿却已经伤心到几乎掉下眼泪来，然而从何慎庵来过后所勾起的疑难歧路，倒也得了个解决：他，冯云卿，只好在公债上拼性命，拼一切了！他仰起脸来，声音抖抖索索地说：

"破产了！还谈得上发横财么！不过，——壮飞，你的什么法门呢？到底还没讲出来呀！"

李壮飞尽吸着烟卷，将烟气一口一口吹到空中，并没作答。他知道已经收服了的老狐狸不怕他再脱逃。约莫经过了足有三分钟，李壮飞这才突然问道：

"云卿，你那些田地总该还可以抵押几文罢？乘早脱手！"

现在是冯云卿翻着眼睛不回答，只微微点一下头。

"你不要误会。那是我好意，给你上条陈。——至于做公债的办法，简单一句话，我和你合股打公司；该扒进，该放空，你都听我的调度；亏了本的时候，两个人公摊，赚了钱，你得另外分给我三成的花红。不过还有一层也要先讲明：交保证金的时候也是你六成，我四成；——这算是我沾你的光。我手头现有三万两的庄票，拿去贴现太吃亏，说话又弄僵了，等到期是阳历下月十六——"

"讲到现款，我更不如你。"

冯云卿赶快接上去说；一半是实情，一半也是听去觉得李壮飞的办法太离奇，心里便下了戒严令了。但是富于革命手段的李壮飞立刻冲破了云卿的警戒网：

"嗨，嗨，你又来了！没有现钱，不好拿田地去抵押么？我认识某师长，他是贵同乡，怂恿他在家乡置办点产业，我自信倒有把握。你交给我就是了。便是你节前要用三千五千，只管对我说就是了，我替你设法，不要抵押品。——只是一层，后天交易所开市，你如果想干，就得快！卖出或是买进，先下手为强！"

"据你说，应该怎样办呢？"

"好！一股脑儿告诉你罢！此番公债涨风里吃饱的，大家都知道是赵伯韬，然而内中还有吴老三吴荪甫，他是老赵的头脑。他有一个好朋友在前线打仗，他的消息特别快。我认识一个经纪人陆匡时，跟吴荪甫是亲戚，吴老三做公债多经过他的手；我和陆匡时订了条约，他透关节，我们跟着吴荪甫做，赚钱下来分给他一点彩头。你看，这条线不好么？云卿，迟疑是失败之母！"

李壮飞说完，就站了起来，一手摸着他的牙刷须，一手就拿起了他那顶巴拿马草帽。

此时楼上忽然来了吵骂的声音，两面都是女人，冯云卿一听就知道是女儿和姨太太。这一来，他的方寸完全乱了，不知不觉也站了起来，冲着李壮飞一拱手，就说：

"领教，领教。种种拜托。真人面前不说假话，节前我还短三五千银子，你老兄说过可以帮忙，明天我到你旅馆里来面谈罢！"

李壮飞满口答应，又说定了约会的时间，便兴冲冲地走了。当下冯云卿怀着一颗怔忡不安定的心，转身跟跟跄跄跑上楼去，打算做照例的和事老。他刚跑到自己卧房门前，就听得房里豁浪一片响，姨太太连声冷笑。冯云卿脸色全白了，猛站住在房门口，侧着头抓耳朵。但他立即打定了主意，轻轻揭开门帏，闪身进去，却看见只有姨太太满脸怒容坐在鸦片烟榻上，小大姐六宝跪在地下拾一些碎碗盏，烟榻前淡青色白花的地毯湿了一大块，满染着燕窝粥。梳头娘姨金妈站在姨太太背后，微笑地弄着手里的木梳。

冯云卿看见女儿不在场，心里就宽了一半。显然是女儿对姨太太取了攻势后就自己退去——所谓"坚壁清野"，因而姨太太只好拿小大姐六宝来泄怒了。

"嗳，你倒来了：恐怕你是走错了房间罢？你应该先去看看你的千金小姐。她吃亏了！"

姨太太别转了面孔，却斜过眼光来瞅着冯云卿这么波俏地说着。

冯云卿伛着腰苦笑，一面就借着小大姐六宝发话：

"吓！越来越不成话了。端惯了的东西也会跌翻么？还不快快再去拿一碗来，蹲在这里干什么？"

"你不要指着张三骂李四呀！"

姨太太厉声说，突然回过脸来对着冯云卿，凶恶地瞪出了一双小眼睛。看见冯云卿软洋洋地赔笑，姨太太就又冷笑一声，接着说下去：

"连这毛丫头也来放肆了。滚热的东西就拿上来！想烫坏我么？料想她也不敢，还不是有人在背后指使么？你给我一句嘴清舌白的回话——"

"呃，呃；老九，犯不着那么生气。抽一筒烟，平平肝火罢。我给你打泡。金妈，赶快给姨太太梳头。今晚上九点钟明园特别赛。白公馆里已经来过电话。——老儿，那边的五姨太请你先去打十二圈牌再上明园去。你看，太阳已经斜了，可不是得赶快，何必为一点小事情生气。"

冯云卿一面说，一面就递眼色给姨太太背后的金妈；又振起精神哈哈一笑，这才躺到烟榻上拿起铁签子烧烟，心里却像压着一块石头似的怪难受。

"真的。大小姐看相是个大人了，到底还是小孩子，嘴里没轻重。姨太太有精神，就教训她几句；犯不着气坏了自己。——嗳，还是梳一个横爱司么？"

金妈也在一旁凑趣解劝，同时用最敏捷的手法给姨太太梳起头来。姨太太也不作声。她的心转到白公馆的五姨太那里去了。这是她的小姊妹之一。而她之所以能够在冯云卿面前有威风，大半也是靠仗这位白府五姨太。冯云卿刚搬到上海来的时候，曾经接到过绑匪的吓诈信，是姨太太找着了白府五姨太这根线索，这才总算一个招呼打到底，居然太平无事。从此以后，冯云卿方才知道自己一个乡下土财主在安乐窝的上海时，就远不及交游广阔的姨太太那么有法力！从此对于姨太太的夜游生活便简直不敢过问了。

当下小大姐六宝已经收拾好地毯上的碎碗片和粥粒，重新送进一碗不冷不热的燕窝粥来。金妈工作完毕，就到后厢房去整理姨太太的衣服。冯云卿已经装好了一筒烟，把烟枪放下，闭了眼睛，又想起何慎庵的条陈和李壮飞的办法来。他有了这样的盘算：如果李壮飞的话可靠，那岂不是胜似何慎庵的"钻狗洞"么？当然双管齐下是最妥当的了，但是——"诗礼传家"，这怎么使得！况且姨太太为的特殊原因，已经在家中占了压倒的优势，现在如果再来一个女儿也为的"特殊原因"而造成了特殊势力，那么，在两大之间，他这老头儿的地位就更难处了。但愿李壮飞的每一句话都是忠实可靠！然而——

在这里，冯云卿的思想被姨太太的声音打断。姨太太啜着燕窝粥，用银汤匙敲着碗边说道：

"大后天就是端阳节了，你都办好了罢？"

"啊——什么？"

冯云卿慌慌张张抬起头来问，一条口涎从他的嘴角边直淌下去，沾在衣襟上了。

"什么呀？啐！节上送礼哪！人家的弟兄们打过招呼，难道是替你白当差！"

"哦，哦，——这个——时时刻刻在我心上呢，可是，老九，你知道我做公债亏得一塌糊涂，差不多两手空空了，还短五六千。正要和你商量，看有没有门路——"

"喔——要我去借钱么？一万啰，八千呢？拿什么做押头？乡下那些田地，人家不见得肯收罢！"

"就是为此，所以要请教你哟。有一个姓李的朋友答应是答应了，就恐怕靠不住；只有三两天的工夫了，误了事那就糟糕，可不是？"

姨太太等候冯云卿说完了，这才端起那碗燕窝粥来一口气喝了下去，扭着颈脖轻声一笑，却没有回答。丈夫做公债亏了本，她是知道的，然而就窘到那样，她可有点不大相信。要她经手借钱么？她没有什么不愿意。为的既然经过她的手，她就可以扣下一部分来作为自己过端阳节的各项使用。

她拈起一根牙签剔了一会儿牙齿，就笑了笑说道：

"几千的数目，没有押头，自然也可以借到；就找白公馆的五阿姊，难道她不给我这一点面子。不过拿点押头出去给人家看，也是我们的面子。是么？——田契不中用。我记得元丰钱庄上还有一万银子的存折呢……"

"啊——那个，那个，不能动！"

冯云卿陡地跳起来说，几乎带翻了烟盘里的烟灯。

姨太太扁起嘴唇哼了一声，横在烟榻上拿起烟枪呼呼地就抽。

"元丰庄上那一笔存款是不能动的，嗳，老九，那是阿眉的。当初她的娘断七以后，由阿眉的舅父姑父出面讲定，提这一万块钱来存在庄上，永远不能动用本息，要到阿眉出嫁的时候，一股脑儿给她作垫箱钱呢！"

冯云卿皱了眉头气喘喘地说着，同时就回忆到自己老婆死后便弄这老九进门来，那时候阿眉的舅父和姑父汹汹争呶的情形。而且从此以后，他的运气便一年不如一年，当真合着阿眉的舅父所说"新来这扁圆脸的女人是丧门相"，非倾家荡产不止。——这么想着，他忍不住叹一口气；又溜过眼光去看姨太太。但是姨太太的尖利的眼光也正在看他呢，他这一惊可不小，立刻把眼光畏涩地移到那嗞嗞作响的烟斗上，并且逼出一脸的笑容。他惟恐自己心里的思想被姨太太看透。

幸而姨太太似乎并没理会，把烟枪离开嘴唇寸许，从鼻孔里喷出两道浓烟，她意外地柔和而且俏媚地说：

"嗳，就一心想做老丈人；办喜事，垫箱钱，什么都办好在那里，就等女儿女婿来磕头。我是没有那种福气，你自己想起来倒好像有——啐，你这梦几时做醒？"

"哦？——"

"哎，你是当真不知道呢，还是在我面前装假呢？"

姨太太忽然格格地笑着说，显然是很高兴而不是生气。

"我就不懂——"

"是呀，我也不懂为什么好好的千金小姐不要堂而皇之出嫁，还不要一万多银子的垫箱钱——"

"老九！——"

冯云卿发急地叫起来了。到底他听出话头不对而且姨太太很有幸灾乐祸之意，但是两筒烟到肚后的姨太太精神更好，话来得真快，简直没有冯云卿开口的余地。

"喊我干什么？我老九是不识字的，不懂新法子。你女儿是读书的，会洋文，新式人；她有她的派头：看中了一个男人，拔起脚来一溜！新式女儿孝顺爹娘就是这么的：出嫁不要费爹娘一点心！"

姨太太说着就放下了烟枪，也不笑了。却十分看不惯似的连连摇头。

"当真？"

冯云卿勉强挣扎出两个字来，脸色全变了，稀松的几茎胡子又在发抖，眼白也转黄了，呆呆地看定了他的老九，似乎疑惑，又似乎惊怖。有这样的意思紧叩着他的神经：自由？自由就一定得逃走？但是姨太太却继续来了怕人的回答：

"当真么！噢，是我造谣！你自己等着瞧罢！一个下流的学生，外路人，奇奇怪怪的，也许就是叫做什么共产党——光景你也不肯答应他做女婿；你不答应也不中用，他们新派头就是脚底揩油！"

好像犯人被判决了罪状，冯云卿到此时觉得无可躲闪了；喉头咕的一声，眼睛就往上挺，手指尖索索地抖。他闭了眼睛，当面就浮现出何慎庵那浮胖的圆脸和怪样的微笑；这笑，现在看去是很有讽刺的意味了！——"光景是何慎庵这狗头早已听到阿眉的烂污行为，他却故意来开老子的玩笑！"猛可地又是这样的思想在冯云卿神经上掠过，他的心里便又添上一种异样的味儿。他自己也有点弄不明白到底是在痛恨女儿的"不肖"呢，还是可惜着何慎庵贡献的妙计竟不能实行；总之，他觉得一切都失败，全盘都空了。

此时有一只柔软的手掌，在他心窝上轻轻抚揉，并且有更柔软而暖香的说话吹进了他的耳朵：

"啧，啧，犯不着那么生气呀！倒是我不该对你说了！"

冯云卿摇一下头，带便又捏住了那只在自己胸口摸抚的姨太太的软手；过了一会儿，他这才有气无力地说：

"家门不幸，真是防不胜防！——想不到。可是，阿眉从没在外边过夜，每晚上至迟十一二点钟也就回家了，白天又是到学校，——她，她，——就不懂她是什么时候上了人家的当？——"

话是在尾梢处转了调子，显着不能轻信的意味。姨太太的脸色可就变了，突然抽回了那摆在冯云卿胸口的一只手，她对准冯云卿脸上就是一口唾沫，怒声叫道：

"呸！你这死乌龟！什么话！我就是天天要到天亮才回来，我有了姘头哪，你拿出凭据来给我看！"

冯云卿白瞪着眼睛不作声。又酸又辣的一股味儿从他胸膈间直冲到鼻子尖；他的脸皮也涨红了，但立即转成为铁青；他几乎忍耐不住，正待发作一下，可是姨太太的第二个攻势早又来了：

"自然是轧姘头啰！自家五姨太和我是连裆。你自己去问罢！"

这样说着，姨太太连声冷笑，身子一歪，就躺在烟榻上自己烧烟泡。"自家五姨太！——"这句话灌进冯云卿的耳朵比雷还响些！这好比是套在冯云卿头上的一根缰绳，姨太太轻轻一提，就暗示了即使她在外边轧姘头，也是有所恃而不怕的。现在冯云卿除了认罪赔笑而外，更没有别的法子。

幸而姨太太急于要赴约，当下也就适可而止。冯云卿四面张罗着，直到姨太太换好了衣服，坐上了打电话雇来的汽车，头也不回地走了后，这才有时间再来推敲关于女儿的事情。他在房里踱了几步，脸色是苍白，嘴角是簌簌地抖；然而此时他的心情已经不是单纯的怨恨女儿败坏了"门风"，而是带几分抱怨着女儿不善于利用她千金之体。这样的辩解在他脑膜上来回了几次："既然她自己下贱，不明不白就破了身，那么，就照何慎庵的计策一办，我做老子的也算没有什么对她不起；也没有什么对不起她已死的娘，也没有什么对不起我的祖宗！"渐渐他的脸上浮出了得意的浅笑了，可是只一刹那，他又攒紧了眉头。他的周到的思虑忽然想到万一他那已经有了情人的女儿不肯依他的妙计，可怎么办呢？老赵已经四十开外，虽然身躯粗壮，可没有一星儿漂亮的气味！

有一只老鸦在窗外瓦面上叫了几声。冯云卿猛跳起来，咬紧着牙关自言自语说：

"要是她当真不依，那真是不孝的女儿，不孝的女儿！"

他慌慌张张在房里转了几个圈子，看看那座电钟，正指着六点十分。一天算是过去了！他感觉到再不能延挨光阴，作势地咳了几声，便打定主意找女儿去谈判。

冯眉卿正在自己房里写一封信，打算告诉她的朋友为什么她不能践约痛痛快快游玩一番。她不好意思说因为父亲不给钱，但适当的借口却又想不出来；她先用中文写，刚写了一半，自己看看也觉得不很通顺，便撕掉了，改用英文写。然而最可恶的是她现在要用的辞句，先生都没教过，英文读本上也找不到；她写了半行就搁浅了，用左手支着头，苦思了一会，然后又换着右手来支头，派克自来水笔夹在白嫩的中指和食指之间。她的两颊上飞染了嫣红，眼睛是水汪汪地，却带着几分倦态。末后，她不再去苦思索了，机械地在那张信笺上画了无数的小圆圈。这时候，房门上的旋锁响一下，她的父亲进来了。

料不到是父亲，冯眉卿轻喊一声"啊唷"，就连头带臂都伏在书桌上，遮住了那张涂得不像样的信笺，格格地笑着。冯云卿也不说话，闪起他的细眼睛在房间里搜索似的瞥一下。没有什么特别惹注意的东西。琴书，手帕，香水瓶，小粉扑，胭脂管，散散落落点缀了满房间。终于他站在眉卿面前，忖量着怎样开始第一句。

眉卿也抬起头来，已经不笑了，水汪汪的一双眼睛望着她父亲的脸。似乎这眼光含有怨意，冯云卿不便正面接受，便将脑袋略向右偏，却正对着眉卿那半扭转的上身所特别显得隆起的乳房了。一种怪异的感想，便在冯云卿意识上扩展开来；他好像已经实地查明了这女儿已是妇人身，他同时便感觉女儿这种"不告而有所与"的自由行动很损害了他的父权，他的气往上冲了，于是开口第一句便意外地严厉：

"阿眉！你——你也不小了！——"

在这里，女儿娇憨地一声笑，又使得冯云卿不好意思再板起脸，他顿了一顿，口气就转为和缓：

"你今年十七岁了，阿眉！上海场面坏人极多，轧朋友总得小心，不要让人家骗了你——"

"骗了我？嗳，——我受过谁的骗哟？"

眉卿站了起来反问，她的长眉毛稍稍皱一下，但她颊上的嫣红也淡褪了几分。冯云卿勉强一笑，口气再让步些，并且立即把说话的内容也加以修改：

"呃——骗你的钱呀！你想想看，一个月你要花多少钱？可不是一百五六十么？你一个人万万花不了那么多！一定有人帮同你在那里花，是不是？——"

"爸爸是要查我的账么？好！我背给你听。"

"不用背。哎，有几句正经话要同你说呢。这次交易所里，我是大亏本，一定就有人赚进，阿眉，你知道大大赚了一票的是谁？——是一个姓赵的，某某饭店里有他的包月房间，某某屋顶花园每天下午他去兜一趟圈子，四十来岁，一个威风凛凛的大个子。他收藏的宝石金刚钻！只看他两只手——"

冯云卿忽然顿住了，接连着几个"哎"，却拖不出下文；他的迷惘的眼光只在他女儿脸上打圈圈儿。这是紧要关头了。当下他就不能决定是坦直地和盘托出好呢，或是绕一个圈子先逗动女儿的心，而更其作怪的，在这两个念头以外，还有潜伏着的第三念，他自己也有点弄不清楚，但显然在那里蠢动：他很情愿此时忽然天崩地裂，毁灭了他自己，他女儿，老赵，公债市场，以及一切。他看着女儿那一对好像微笑的亮晶晶的眼睛，又看着她那仿佛微有波动的胸脯，他立刻想象出了最不体面的一幕。而紧接着又来了他自己做主角的同样最不体面的一幕。似乎有人在他耳边说："那个倒不是结发，随她胡调去；可是这个，却是你亲生的骨血呢！"他忍不住打一个冷噤，心直跳，险一些掉下眼泪。这都是刹那间的事，——快到不容冯云卿有所审择，有所决定。并且就在这一刹那间，冯眉卿很娇媚地一笑，扭了扭腰肢，脱口说道：

"噢——爸爸，你说的是赵伯韬哟！"

"呵——你！"

冯云卿惊喊起来，一切杂乱的感想立刻逃散，只剩下一种情绪：惊奇而又暗喜。一句问话，似箭在弦，直冲到眉卿的脸上了，那声音且有点儿颤抖：

"你认识他么？怎样认识他的？"

"我的一个朋友——女朋友，认识这姓赵的。"

"嗳，姓赵的，赵伯韬？就是公债大王赵伯韬，有名的大户多头？威风凛凛的大个子？——"

"就是啦。不会错的！"

眉卿不耐烦似的用拗声回答，拿起手帕来在嘴唇边抹了两下，嘻嘻地软笑。她不懂得父亲为什么那样慌张出惊，可是她也分明看得出父亲听说了是一个女朋友认识那个赵伯韬就有点失望的样子。然而她父亲的问话却还没有止境：

"哦，你的女朋友？阿眉，你的女朋友比你年纪大呢，还是小些？"

"恐怕是大这么三四岁。"

"那就是二十一二了。哪里人？出嫁了没有？"

"嗳——出嫁过。去年死了丈夫。"

"那是寡妇了。奇怪！慢着，阿眉，是怎样一个人品？我们家里来过没有？"

"爸爸！——你打听这些有什么用呢？"

"呃，我有用的；阿眉，我有用的。你说明白了，回头我告诉你是什么用处。快说：来过没有！"

眉卿却不马上回答；她坐了下去，笑嘻嘻对着她父亲看，小手指在绞弄她的手帕，她忽然吃吃地艳笑着说道：

　　"来是没有来过，可是，爸爸，你一定看见过她，也许还认识她呢！"

　　"哦——"

　　"她常到交易所去。是比我略高一些，小圆脸儿，鼻梁旁边有几粒细白麻子，不留心是看不出来的。她的嘴唇生得顶好看。胸脯高得很，腰又细，走路像西洋女人。爸爸，你想起来了么？她是常到交易所的，她叫做刘玉英，她的公公就是交易所经纪人陆匡时——"

　　"喔，喔，陆匡时！今天老李说的如何如何的陆匡时！"

　　冯云卿蓦地叫起来，样子很兴奋。他不住地点着头，似乎幸而弄明白了一个疑难的问题。一会儿后，他转脸仔细看着女儿，似乎把想象中的刘玉英和眼前的他的女儿比较妍媸。末后，他松一口气，惴惴然问道：

　　"可是她和赵伯韬带点儿亲？嗳，我是说你那个女朋友，姓刘的。"

　　冯眉卿不回答，只怪样地笑了一声，斜扭着身子把长发蓬松的脑袋晃了几晃，眼睛看着地下。然后忽又扑哧一笑，抬起眼来看着她父亲说道：

　　"管她有亲没亲呢！反正是——嗳，爸爸，你打听得那么仔细！"

　　冯云卿也笑了，他已经明白了一切，并且在他看过去以为女儿也是熟惯了一切；他就觉得凡百无非天意，他亦只好顺天行事。这一观念既占了优势，他略略斟酌了字句，就直接地对女儿说道：

　　"阿眉，我仔细打听是有道理的。那个赵伯韬，做起公债来就同有鬼帮忙似的，回回得手。这一次他捞进的，就有百几十万！这一次前方打败仗，做空头的人总是看低，谁知道忽然反转来，还是多头占便宜。阿眉，你爸爸一天工夫里就变做穷光蛋了！——可是你不用着急，还可以翻本的。不过有一层，我在暗里，人家在亮里，照这样干下去，万万不行。只有一个法子，探得了赵伯韬的秘密！这个姓赵的虽则精明，女人面上却非常专心，女人的小指头儿就可以挖出他肚子里的心事！阿眉，你——你的女朋友和老赵要好，可不是么？这就是天赐其便，让我翻本。我现在把重担子交给你了。你又聪明，又漂亮，——哎，你自然明白，不用我多说。"

冯云卿重重地松一口气，嘻开了嘴，望着女儿干笑。但忽然他的心里又浮起了几乎不能自信的矛盾：一方面是惟恐女儿摇头，一方面却又怕看见女儿点头答应。可是眉卿的神色却自然得很，微微一笑，毫不为难地就点了一下头。她稍稍有点误解了父亲的意思，她以为父亲是要利用刘玉英来探取老赵的秘密。

看见女儿已经点头了，冯云卿心就一跳，然而这一跳后，他浑身就异常轻松。他微微唔一声。大事既已决定！现在是无可改悔，不得不然的情势终于叫他走上了不得不然的路。

"万一刘玉英倒不愿意呢？"

蓦地眉卿提出了这样的疑问。这话是轻声说的，并且她的脸上又飞起一道红晕，她的眼光低垂，她扭转腰肢，两手不停地绞弄她的小手帕。冯云卿不妨有这一问，暂时怔住了。现在是他误解了女儿的意思。从这误解，也忍不住这样想：到底是年青的女孩儿，没有经验。此时眉卿也抬起头来看着她父亲，眼皮似笑非笑的，仿佛定要她父亲给一个明明白白的解答。冯云卿没奈何只好涎着脸皮说：

"傻孩子！这也要问呀！要你自己看风使舵！再者，她是你的好朋友，你总该知道她的醋劲儿如何？看是不瞒她的好，就不用瞒她；不然的话，你做手脚的时候还是避过她的眼睛妥当些——"

"喔唷！"

眉卿低喊一声，就靠在椅子背上，两手捧住了脸，格格地笑个不住。这当儿，冯云卿也就抽身走了；他惟恐女儿再有同样的发问，无论如何，要做父亲的回答这些问题，总有点不合宜。

他刚到了楼下厢房，还没坐定，女儿也就来了；拿着蛇纹皮的化妆皮包，是立刻要出门的样子。

"爸爸，钱呢？出去找朋友，不带钱是不行的。"

眉卿站在厢房门边说，好像不耐烦似的频频用高跟鞋的后跟敲着门槛。

略一迟疑以后，冯云卿就给了一百块。他觉得还有几句话要嘱呀，但陪着女儿直到大门外，看她翩然跳上了人力车，终于不曾说出口。他怔怔地站在门口好一会儿，有几分得意，又有几分难受。待到他回身要进去的时候，猛看见大门旁的白粉墙上有木炭画的一个极拙劣的乌龟，而在此"国骂"左近，乌亮的油墨大书着两条标语："参加五卅示威！""拥护苏维埃！"冯云卿猛一口气塞上喉管来，立时脸色变了，手指尖冰冷，又发抖。他勉强走回到厢房里，就躺在炕榻上，无穷的怨恨在他心头叠起：他恨极了那些农民和共产党！他觉得都是因为这班人骚扰，使他不得不躲到上海来，不得不放任姨太太每夜的荒唐放浪；也因为是在上海，他不得不做公债投机，不得不教唆女儿去干美人计。这一切，在他看来，都是合逻辑的，而唯一的原因是农民造反，人心不古。他苦闷地叹一口气，心里说：

——这，如今，老婆和女儿全都拿出去让人家共了！实行公妻的，反倒是在这上海，反倒是我，这真是从哪里说起？从哪里说起！

九

翌日就是有名的"五卅纪念节"，离旧历端阳只有两天。上海的居民例如冯云卿这般人，固然忙着张罗款项过节，忙着仙人跳和钻狗洞的勾当，却是另外有许多人忙着完全不同的事：五卅纪念示威运动！先几天内，全上海各马路的电杆上，大公馆洋房的围墙上，都已经写满了各色标语，示威地点公开：历史意义的南京路。

华、法、公共租界三处军警当局，事前就开过联防会议了。"五卅纪念"这天上午九时光景，沿南京路，外滩马路，以至北四川路底，足有五英里的路程，公共租界巡捕房配置了严密的警戒网；武装巡捕、轻机关枪摩托脚踏车的巡逻队，相望不绝。重要地点还有高大的装甲汽车当街蹲着，车上的机关枪口对准了行人杂沓的十字街头。

南京路西端，俗名泥城桥的一带，骑巡队的高头大马在车辆与行人中间奋蹄振鬣，有时嘴里还喷着白沫。

此时，西藏路靠近跑马厅那一边的行人道上，有两男一女，都不过二十来岁，在向北缓缓地走；他们一面走，一面东张西望，又时时交换一两句简单的话语。两个男的，都穿洋服；其中有一位穿浅灰色，很是绅士样，裤管的折缝又平又直；另一位是藏青哔叽的，却就不体面，裤管皱成了腊肠式；女的是一身孔雀翠华尔纱面子，白印度绸里子的长旗袍。在这地点，这时间，又加以是服装不相调和的三个青年，不用说，就有点惹人注目。

他们走到新世界饭店的大门前就站住了。三个一队的骑巡，正从他们面前过去，早晨的太阳光射在骑巡肩头斜挂着的枪管上，发出青色的闪光来。站在那里的三个青年都望着骑巡的背影，一直到看不见。忽然三人中的女郎带几分不耐烦的神气说道：

"往哪里走呢？在这条路上来来回回，已经是第三趟了哪！无——聊呀！站在一个地点等候罢，柏青，你又说使不得。况且此刻快要九点半了，还没见一些儿动静。巡捕戒备得那么严！看来今天的示威不成功了罢？"

"不要那么高声嚷哟，素素！对面有三道头来了。"

"哼！芝生，你那么胆小，何必出来！可是——密斯脱柏，当真你没有记错了时间和地点么？"

"错不了！小蔡告诉我的明明白白，是在泥城桥发动，直冲南京路，一直到外滩，再进北四川路，到公园靶子场散队。时间是十点。别忙，密司张，还差半个钟点哪！"

是腊肠式裤管的青年回答。他就叫做柏青，同吴芝生是同学。当下他们站在这地点已在五分钟以上了，就有两个暗探模样的大汉挨到他们身边，乌溜溜的怪眼睛尽对他们看。张素素首先觉到，便将柏青的衣角拉一下，转身往西走了几步，将近跑马场的侧门时，回头对跟上来的吴芝生和柏青说道：

"看见么？那两个穿黑大衫的。模样儿就同苏甫公馆里的保镖像是一副板子里印出来。"

说着，她忍不住扑哧一声笑了起来。腻烦了平凡生活的她，就觉得眼前的事情有点好玩，而且刚才她在马路上来回地踱了三趟不见什么特别举动所引起来的厌倦心理也就消散了。昨天下午她听得吴芝生说起了有一个柏青拉他去参加示威的时候，她就预许给自己多少紧张，多少热烈；她几乎一夜不曾好生睡觉，今天赶早就跑到芝生他们校里催着出来；她那股热情，不但吴芝生望尘莫及，就是柏青也像赶不上。

吴芝生他们回头去看，那两个穿黑大衫的汉子已经不见了，却有一辆满身红色的，有几分和银行里送银汽车相仿佛的大车子停在那地方了。一会儿，这红色汽车也开走了。喇叭的声音怪难听，像是猫头鹰叫。

"这就是预备捉人的汽车！"

柏青告诉了张素素，同时他的脸上就添上一重严肃的表情。张素素微笑不答，很用心地在瞭望那南京路与西藏路交叉处来往的行人；她觉得这些匆匆忙忙的行人中间就有许多是特来示威，来这发动地点等候信号的。一股热气渐渐从她胸腔里扩散开来，她的脸有点红了。

吴芝生也在那里东张西望。他心里暗暗奇怪，为什么不见相熟的同学？他看看西边跑马厅高楼上的大钟，还只有九点四十分。猛地觉得肚子饿了，他转脸去看柏青，很想说"先去吃点儿东西好么？"但这话将到舌尖又被捺住，临时换了一句：

"前方打得怎样了？你有家信么？"

"听说是互有胜败。我家里让炮火打得稀烂，家里人都逃到蚌埠去了。万恶的军阀混战——"

柏青说到这里，眼睛一瞪，以下的话就听不清楚了；一路公共汽车在他们面前停住，下来了七八个，站在他们左近的几个人也上去了，车又开走，这里就又只剩他们三人。一个印度巡捕走过来，向他们挥手，并且用木棍子的一头在柏青肩膀上轻轻点一下，嘴里说："去！去！"于是他们就往东，再到新世界饭店大门口，再沿着西藏路向南走。

现在这条路上的情形就跟先前很不相同！四个骑巡一字儿摆开，站在马路中央；马上人据鞍四顾，似乎准备好了望见哪里有骚扰，就往哪里冲。从南向北，又是两人一对的三队骑巡，相距十多丈路，专在道旁人多处闯。一辆摩托脚踏车，坐着两个西捕，发疯似的在路上驰过。接着又是装甲汽车威风凛凛地来了，鬼叫一样的喇叭声，一路不停地响着。然而这一路上的群众也是愈聚愈多了。和西藏路成直角的五条马路口，全是一簇一簇的忽聚忽散的群众。沿马路梭巡的中西印巡捕团团转地用棍子驱逐，用手枪示威了。警戒线内已经起了混乱了！

吴芝生他们三位此时不能再站住，——一站住就来了干涉，只有向南走。将近一家皮件公司的门前时，有一个三十岁左右的西装男子从对面跑来，一伸手抓住了吴芝生的肩头就喊道：

"呵！老芝！不要往南跑！危险！"

这人叫做柯仲谋，是律师秋隼的朋友，现充新闻记者，也是常到吴公馆的熟客。

吴芝生还没回答，张素素早就抢上来问道：

"前面怎样？捉了人么？"

"哈，密司张，你也来了么？是参加示威呢，还是来赶热闹？要是来赶热闹，密司张，我劝你还是回到家里去罢！"

"你这话我就不懂！"

"然而我知道你一定懂。这种示威运动，不是反对，就是热烈地参加，成为主动。存了个看热闹的心思，那还是不来为是。密司张，我老实说，即使你不反对，却也未必会有多大的热心，——"

"那么，柯先生，你来做什么？"

张素素又抢着反驳，脸色变了。柯仲谋那种把她看作娇怯不堪的论调，惹起她十二分的反感了！但是柯仲谋不慌不忙擎起手里的快照镜箱在张素素脸前一晃，这才微笑着回答：

"我么？我是新闻记者，我的职业是自由职业，我的立场也是自由主义的立场！"

说完，他点一下头，晃着他的快照镜箱穿过马路去了。

这里张素素冷笑一声，看看吴芝生，又看看柏青，仿佛说："你们也小觑我么？好，等我干一下！"恰在这时候，隔马路的一个人堆发生了骚动，尖厉的警笛声破空而起。张素素全身一震，更不招呼两个同伴，便飞也似的跑着，一直穿过马路，一直向那动乱的人群跑。可是还没到，那一堆人霍地分开，露出两个巡捕，拿起棍子，正在找人发威。张素素不由地收住了脚，犹豫地站着，伸长了脖子观望。突然，不远处响起了一声爆竹。这是信号！呐喊的声音跟着来了，最初似乎人数不多，但立即四面八方都接应起来。张素素觉得全身的血都涌上来，心是直跳。她本能地向前跑了几步，急切间不知道应该怎样。俄而猛听得一片马蹄声，暴风似的从后面冲来，她赶快闪在一边，看见许多人乱跑，又看见那飞奔的一队骑巡冲散了前面不远处的一堆群众，可是群众又攒聚着直向这边来了。这是学生和工人的混合队，一路散着传单，雷震似的喊着口号。张素素的心几乎跳到喉头，满脸通红，张大了嘴，只是笑。蓦地她脑后起了一声狂吼：

"反对军阀混战！——打倒——"

张素素急回头去看，原来是柏青。他瞥了张素素一眼，也不说话，就跑上前去，混在那群众队伍里了。这时群众已经跑过张素素的面前，大队的巡捕在后面赶上来，更远的后面，装甲汽车和骑巡；和张素素在一处的人们也都向北涌去。但是前面也有巡捕挥着棍子打过来了。这一群人就此四散乱跑。慌乱中有人抓住了张素素的手，带她穿过了马路。这是吴芝生，脸色虽然很难看，嘴角上却还带着微笑。他们俩到了新新公司门前，看见示威的主力队已经冲过南京路浙江路口，分作许多小队了。张素素松一口气，觉得心已经不跳，却是重甸甸地往下沉。她也不能再笑了，她的手指尖冰冷。然而继续不断的示威群众，七八人一队的，还在沿南京路三大公司①一带喊口号。张素素他们站立的新新公司门前，片刻间又攒集了不少人了。从云南路那边冲出一辆捉人的红色汽车来，五六个巡捕从车上跳下来，就要兜捕那攒集在新新公司门前的那些人。张素素心慌，转身打算跑进新新公司去，那公司里的职员们却高声吆喝："不要进来！"一面就关那铁栅。此时吴芝生已经跳在马路中间，张素素心一硬，也就跟着跑过去；到了路南的行人道上，她再抓住了吴芝生的手时，两只手都在抖，而且全是冷汗了。

这里地上满散着传单，吴芝生和张素素踏着传单急忙地走。警笛声接连嗒嗒地叫。人声混乱到听不清是喊些什么。他们俩的脸色全变了。幸而前面是大三元酒家，门还开着。张素素、吴芝生两个跟跟跄跄地赶快钻进了大三元，那时一片声喊口号又在南京路上爆发了。张素素头也不回，一直跑上大三元的二楼。

雅座都已客满。张素素他们很觉得失望。本来是只打算暂时躲

---

① 三大公司：指当时的永安、先施、新新三家百货公司。

慌乱中有人抓住了张素素的手，带她穿过了马路。

避一下，但进来后却引起食欲来了。两个人对立着皱眉头。幸而跑堂的想出一个办法，请他们和一个单身客人合席。这位客人来了将近半小时，独占一室，并没吃多少东西，就只看报纸。最初那客人大概有点不愿意，但当张素素踅到那房间的矮门边窥探时，那客人忽然丢下报纸，大笑着站起来；原来他就是范博文。

吃惊地叫了一声，张素素就笑着问道：

"是你么？一个人！——躲在这里干什么的？"

"我来猜罢：你不是等候什么人，也不是来解决肚子问题，你一定是来搜集诗料，——五卅纪念示威运动！"

吴芝生接口说，在范博文的下首坐了，就抓过那些报纸来看，却都是当天的小报，比火车上卖的全套还要齐全。

范博文白起眼睛钉了吴芝生一眼，忽然叹一口气，转脸对张素素说：

"很好的题目，但是那班做手太不行！我算是从头看到底，——你说这房间的地位还差么？西起泥城桥，东至日升楼，半里示威一眼收！然而凭诗人的名义，我再说一句：那班做手太不行！难道我就只写猴子似的巡捕，乌龟一样的铁甲车？当然不能！我不是那样阿谀权势的假诗人！自然也得写写对方。从前荷马写《依利亚特》这不朽的史诗，固然着力表扬了希腊军的神勇，却也不忘记赞美着海克托的英雄；只是今天的事，示威者方面太不行！——但是，素素，我来此本意倒不在此，我是为了另一件事，——另一件事，却也叫我扫兴！"

"也是属于诗料的么？"

张素素一面用小指头在点心单上随意指了几下给跑堂的看，一面就随问。范博文却立刻脸红了，又叹第二口气，勉强点一下头，不作回答。这在范博文是"你再问，我就说！"的表示，张素素却不明白。她按照普通交际的惯例，就抛开了不得回答的题目，打算再谈到示威运动，她所亲身"参加"了的示威运动。但是最摸熟范博文性格的吴芝生忽然放开了报纸，在范博文肩头猛拍一下，威胁似的说：

"诗人，你说老实话！一个人鬼鬼祟祟躲在这里干什么？"

范博文耸耸肩膀苦笑，是非常为难的样子。张素素笑了，却也有点不忍，正打算用话岔开，忽然那一道和邻室相通的板壁有人答答地敲着，又有女人吃吃匿笑的声音，带笑带问道：

"可是素素么？"

分明是林佩珊的口音。范博文的脸色更加红了，吴芝生大笑。

张素素似乎也悟到那中间的秘密，眼波往范博文脸上一溜，就往外跑；过了一会儿，她和林佩珊手拉手进来了，后面还跟着一个男子，那是杜新箨，手杖挂在臂上，草帽拿在手里。

刚一进来，林佩珊娇慵无力似的倚在张素素肩头，从张素素的蓬松黑发后斜睨着范博文说道：

"博文！我要送你一盒名片，印的头衔是：田园诗人兼侦探小说家！好么？"

一面说，一面她就扑哧一声媚笑。大家也都笑起来了。范博文自己也在内。他忽然又高兴起来，先将右手掌扁竖了摆在当胸，冲着林佩珊微微一鞠躬，像是和尚们行礼，然后又和杜新箨握手微笑地问：

"你呢？老箨！送我什么？"

"我——送你一本*Love's Labour's Lost*[1]，莎士比亚的杰作。"

杜新箨很大方地回答，附着个冷峻的微笑。他今天改穿了中国衣服，清瘦的身材上披一件海军蓝的毛葛单长衫，很有些名士遗少的气概。范博文略略皱一下眉头，却又用了似乎感谢的样子，笑了一笑说：

"我希望我在我们的假面跳舞中不会找错了我意中的伙伴。"

"那就好了。可是我不妨对你说，我是新来者，我还不能算是已经加入你们那假面跳舞会呢！"

这么说着，杜新箨和范博文都会意似的哈哈笑起来。此时林佩珊和张素素两个正谈得异常热闹。吴芝生坐在她们两个对面，时时颔首。张素素是在演述她自己如何来参加示威，如何出险。虽则刚才身临其境时，她不但有过一时的"不知道应该怎样"，并且也

---

① *Love's Labour's Lost*：英语。《爱的徒劳》。莎士比亚的喜剧。

曾双手发抖，出过冷汗，然而此刻她回忆起来，却只记得自己看见那一队骑巡并不能冲散示威的主力队，而且主力队反突破了警戒网直冲到南京路的那个时候，她是怎样地受感动，怎样地热血沸腾，而且狂笑，而且毫不顾虑到骑巡队发疯似的冲扫到她身边。她的脸又红了，她的眼睛闪闪地射出兴奋的光芒，她的话语又快利，又豪迈。林佩珊睁大了眼睛，手按在张素素的手上，猛然打断了素素的演述，尖声叫道：

"啊哟！素，了不得！是那种骑着红头阿三的高头大马从你背后冲上来么？喔，喔，喔，——芝生，你看见马头从素的头顶擦过，险一些踏倒了她么？嗳，素——呀！"

吴芝生颔首，也很兴奋地笑着。

张素素却不笑，脸色是很严肃的；她拿起林佩珊襟头作为装饰品的印花丝帕望自己额上揩拭一下，正打算再往下说，林佩珊早已抢着问了，同时更紧紧地捏住了张素素的一双手：

"素！你们的同伴就那么喊一声口号！啧啧！巡捕追你们到新新公司门前么？你们的同伴就此被捕？"

林佩珊说着，就又转眼看着吴芝生的脸。吴芝生并没听真是什么，依然颔首。张素素不知就里，看见吴芝生证实了柏青的被捕，她蓦地喊一声，跳起来抱住了林佩珊的头，没命地摇着，连声叫道：

"牺牲了一个！牺牲了一个！只算我们亲眼看见的，我们相识的，已经是一个了！嗳，多么伟大！多么壮烈！冲破了巡捕，骑巡，装甲汽车，密密层层的警戒网！嗳，我永远永远忘记不了今天！"

"我也看见两个或是三个人被捕！其中有一个，我敢断定他是不相干的过路人。"

那边范博文对杜新箨说，无端地叹一口气。杜新箨冷冷地点头，不开口。范博文回头看了张素素一眼，看见这位小姐被自己的热烈回忆激动得太过分，他忍不住又叹一口气，大声说：

"什么都堕落了！便是群众运动也堕落到叫人难以相信。我是亲身参加了五年前有名的五卅运动的，那时——嗳，'The world is world, and man is man!'①嗳——那时候，那时候，群众整天占据了南京路！那才可称为示威运动！然而今天，只是冲过！'曾经沧海难为水'，我老实是觉得今天的示威运动太乏！"

张素素和林佩珊一齐转过脸来看着范博文发怔。这两位都是出世稍迟，未曾及见当时的伟大壮烈，听得了范博文这等海话，就将信将疑的开不得口了。范博文更加得意，眼睛凝视着窗外的天空，似乎被回忆中的壮烈伟大所眩惑所沉醉了；却猛然身边一个人喷出几声冷笑，这是半晌不曾说话的吴芝生现在来和范博文抬杠了：

"博文，我和你表同情，当真是什么都堕落了！证据之一就是你！——五年前你参加示威，但今天你却高坐在大三元酒家二楼，希望追踪尼禄（Nero）②皇帝登高观赏火烧罗马城那种雅兴了！"

范博文慢慢回过脸来，不介意似的对吴芝生淡淡一笑，但是更热切地望着张素素和林佩珊，似乎在问："难道你们也是这样的见解么？"两位女郎相视而笑，都不出声。范博文便有点窘了。幸而杜新箨此时加进来说话：

"就是整天占据了南京路，也不算什么了不得呀！这种事。在外国，常常发生。大都市的人性好动，喜欢胡闹——"

"你说是胡闹哟？嗳！——"

张素素忿然质问，又用力摇着林佩珊的肩膀。但是杜新箨冷冷然坚决地回答：

"是——我就以为不过是胡闹。翻遍了古今中外的历史，没有一个国家曾经用这种所谓示威运动而变成了既富且强。此等聚众骚扰的行径，分明是没有教育的人民一时间的冲动罢了！败事有余，成事不足！"

"那么，箨先生，你以为应该怎么办才是成事有余，败事不足？"

吴芝生抢在张素素前面说，用力将张素素的手腕一拉。杜新箨

---

①　"The world is world，and man is man！"：英语。"世界像个世界，人像个人！"

②　尼禄（Nero Claudius Caesar，37—68）：古罗马皇帝，以暴虐、放荡闻名。公元64年罗马城的大火，传说他有唆使纵火的嫌疑。

笑而不答，只撮起嘴唇，嘘嘘地吹着《马赛曲》。范博文惊讶地眨着眼睛。林佩珊在一边暗笑。张素素鼓起小腮，转脸对吴芝生说：

"你还问什么呢！他的办法一定就是他们老六——学诗的什么'铁掌，政策。一定是的！"

"刚刚猜错了，密司张。我认定中国这样的国家根本就没有办法。"

杜新箨依然微笑着说。他这话刚出口，立刻就引起了张素素与吴芝生两个人的大叫。但是范博文却伸过手去在杜新箨的肩头拍一下，又翘起一个大拇指在他脸前一晃。恰在此时，跑堂的送进点心来，猛不防范博文的手往外一挥，几乎把那些点心都碰在地下。林佩珊的笑声再也忍不住了，她一边大笑，一边将左手扶住了椅子，右手揉着肚子。

"博文，你——"

张素素怒视着范博文喊叫。然而范博文接下去对杜新箨说的一句话又使得张素素破怒为笑：

"老箨，你和令叔学诗老六，正是不可多得的一对。他是太热，你是太冷；一冷，一热，都出在贵府！"

"多谢你恭维。眼前已经是夏天，还是冷一点好。——吃点心罢！这，倒又是应该乘热。"

杜新箨说着干笑一声，坐下去就吃点心。张素素好像把一腔怒气迁惹到点心上面了，抓过一个包子来，狠狠地咬了一口，便又丢下，盛气向着范博文问道：

"你呢？光景是不冷不热的罢？"

"他是一切无非诗料。冷，热，捉了人去，流了血，都是诗料！"

吴芝生看见有机会，就又拿范博文来嘲笑了。诚然他和杜新箨更不对劲，可是他以为直接嘲讽范博文，便是间接打击杜新箨；他以为杜范之间，不过程度之差。这种见解，从什么时候发生，他自己也不知道；但自从杜范两位互争林佩珊这事实日渐明显以后，他这个成见也就逐渐加浓了。当下他既给了范博文一针，转眼就从杜新箨脸上看到林佩珊身上。杜新箨还是不动声色，侧着头细嚼嘴里的点心，林佩珊则细腰微折，倚在张素素坐的那张椅子背上，独自在那里出神。

范博文不理吴芝生的讥讽，挨张素素的旁边坐了，忽又叹一口气轻声说：

"我是见了热就热，见了冷却不一定就冷。我是喜欢说几句俏皮话，但是我的心里却异常严肃；我常想做一些正经的严肃的事，我要求一些事来给我一下刺激！你们今天早上为什么不来招呼我一道走呢？难道你们就断定我不会跟你们一同去示威么？——呃，你们那位同伴，也许是被捕了，我很想认识他。"

张素素笑了，一面换过饺子来吃，一面回答：

"你这话就对了。你早不说，谁知道你也要来的呢！不过有一层——"

在这句上一顿，张素素忽然仰起脸来看看椅背后凝眸倦倚的林佩珊，怪样地笑着，同时有几句刁钻的话正待说出来，可是林佩珊已经脸红了。张素素更加大声笑。蓦地杜新箨拿起筷子在桌子上轻轻打着，嘴角上浮出冷冷的浅笑，高声吟起中国旧诗来了：

容颜若飞电，时景如飘风；
草绿霜已白，日西月复东；
华鬓不耐秋，飒然成衰蓬！……
君子变猿鹤，小人为沙虫——①

张素素听着皱了眉尖，鼻子里轻轻哼一声。此时房间的矮门忽然荡开，一个人当门而立，大鼻子边一对仿佛玻璃杯厚底似的近视眼镜突出在向前探伸的脑袋上，形状非常可笑。这人就是李玉亭。似乎他还没看明白房里有几个人，以及这些人是谁。张素素猛不防是李玉亭，便有几分不自在。吟诗的杜新箨也看见了，放下筷子，站起来招呼，一面笑嘻嘻瞥了张素素一眼，问李玉亭道：

"教授李先生，你怎么也来了？什么时候来的呀？光景是新拜了范博文做老师，学做侦探小说罢！"

---

① 这是唐代诗人李白作《古风五十九首》之二十八中的诗句。

“老箨，你这话该打嘴巴！”

看见张素素倏然变色，范博文就赶快抢前说，又瞪了杜新箨一眼。李玉亭不明白他们的话中有骨，并不回答；他小心惴惴地往前挪了一步，满脸堆起笑容来说道：

“呀，你们五位！也是避进来的么？马路上人真多，巡捕也不讲理，我的眼睛又不方便，刚才真是危险得很——”

“什么！示威还没散么？”

吴芝生急急忙忙问，嘴里还在嚼点心。

“没有散。我坐车子经过东新桥，就碰着了两三百人的一队，洋瓶和石子是武器，跟巡捕打起来了。不知道什么时候，有人拿传单望我的车子里撒。我那时只顾叫车夫赶快跑，哪里知道将到大新街，又碰到了巡捕追赶示威的人们，——吓，车子里的一叠传单就闯了祸！我拿出名片来，巡捕还是不肯放。去和巡逻的三道头①说，也不中用。末后到底连我的包车夫和车子都带进捕房去。总算承他们格外优待，没有扣留我。现在南京路上还是紧张，忽聚忽散的群众到处全是，大商店都关上铁栅门——”

李玉亭讲到这里，突然被打断了；范博文仰脸大笑，一手指着吴芝生，又一手指着张素素，正想代他们两个报告也曾怎样“遇险”，并且有几句最巧妙的俏皮话也已经准备好了，却是一片声呼噪蓦地从窗外马路上起来，接着就是杂沓的脚步声在这大三元二楼的各雅座爆发，顷刻间都涌到了楼梯头了。范博文心里一慌，脸色就变，话是说不出来了，身体一矮，不知不觉竟想往桌子底下钻，这时张素素已经跑到窗前去探视了，吴芝生跟在后面。李玉亭站在那里发急搓手。林佩珊缩到房角，眼睛睁得挺大，半张开了嘴巴，想说却说不出。

惟有杜新箨似乎还能够不改常度；虽则脸色转成青白，嘴唇边还勉强浮出苦笑来。

“见鬼！没有事。人都散了。”

---

① 三道头　当时上海公共租界里的巡官，因他们制服的左袖上缀有三条倒人字形标记，故一般多称之为“三道头”。

张素素很失望似的跑回来说。她转脸看见林佩珊那种神气，忍不住笑了。佩珊伸长颈子问道：

"怎么一回事呀！素——你不怕吃流弹！"

张素素摇头；谁也不明白她这摇头是表示不怕流弹呢，还是不知道街上的呼噪究竟是什么性质。林佩珊不放心，用眼光去追询杜新箨；她刚才看见杜新箨好像是最镇静，最先料到不会出乱子的。

"管他是什么事！反正不会出乱子。我信任外国人维持秩序的能力！我还觉得租界当局太张皇，那么严重警戒，反引起了人心恐慌。"

杜新箨眼看着林佩珊和张素素说，装出了什么都不介意的神气来。

李玉亭听着只是摇头。他向来以为杜新箨是不知厉害的享乐公子，现在他更加确定了。他忍不住上前一步，很严重地对杜新箨说：

"不要太乐观。上海此时也是危机四伏。你想，米价飞涨到二十多块钱一担，百物昂贵；从三月起，电车、公共汽车、纱厂工人，罢工接连不断。共产党有五月总暴动的计划——"

"那么实现了没有呢？今天是五月三十！"

"不错，五月可以说是过去了，但是危机并没过去呀！陇海、平汉两条铁路上是越打越厉害，张桂军①也已经向湖南出动了，小张态度不明，全中国都要卷进混战。江浙交界、浙江的温台一带，甚至于宁绍、两湖、江西、福建，到处是农民骚动，大小股土匪，打起共产党旗号的，数也数不明白。长江沿岸，从武穴到沙市，红旗布满了山野，——前几天，贵乡也出了乱子，驻防军一营叛变了两连，和共匪联合。战事一天不停止，共党的活动就扩大一天。六月，七月，这顶大的危险还在未来呀——"

"然而上海——"

"噢，就是上海，危机也一天比一天深刻。这几天内发觉上海附近的军队里有共产党混入，驻防上海的军队里发现了共产党的传

---

① 张桂军：指粤系军阀张发奎和桂系军阀李宗仁、白崇禧所属的部队。

单和小组织，并且听说有一大部分很不稳了。兵工厂工人暗中也有组织。今天五卅，租界方面戒备得那么严，然而还有示威，巡捕的警戒线被他们冲破，你还说租界当局太张皇么？"

李玉亭的话愈说愈低，可是听的人却觉得入耳更响更尖。杜新箨的眉头渐渐皱紧了，再不发言；张素素的脸上泛出红潮来，眼光闪闪地，似乎她的热情正在飞跃。吴芝生拉一下范博文的衣角，好像仍旧是嘲笑，又好像认真地说：

"等着吧！博文！就有你的诗题了！"

范博文却竟严肃地点一下头，转脸看定了李玉亭，正待说些什么，可是林佩珊已经抢上先了：

"上海总该不要紧罢？有租界——"

李玉亭还没回答，那边杜新箨接口说道：

"不要紧！至少明天，后天，下星期，下一个月，再下一月，都还不要紧！岂但上海，至少是天津，汉口，广州，澳门，几处大商埠，在下下下几个月内，都还不要紧！再不然，日本，法国，美国，总该不至于要紧！供我们优游行乐的地方还多得很呢，不要紧！"

林佩珊扑哧一声笑，也就放宽了心。她是个活泼泼地爱快乐的女郎，眼前又是醉人的好春景，她怎么肯为一些不可知的未来的危险而白担着惊恐。但是别人的心事就有点不同。李玉亭诧异地看了杜新箨一会儿，又望望吴芝生、范博文他们，似乎想找一个可与庄言的人。末后，他轻轻叹一口气说：

"嗯，——照这样打，打，打下去；照这样不论在前方，后方，政、商、学，全是分党成派，那恐怕总崩溃的时期也不会很远罢！白俄失去了政权，还有亡命的地方，轮到我们，恐怕不行！到那时候，全世界革命，全世界的资产阶级——"

他不能再往下说了，他低垂着头沉吟。他很伤心于党政当局与社会巨头间的窝里翻和火并，他眼前就负有一个使命，——他受吴荪甫的派遣要找赵伯韬谈判一点儿事情，一点儿两方权利上的争执。他自从刚才在东新桥看见了示威群众到此刻，就时时想着那一句成语：不怕敌人强，只怕自己阵线发生裂痕。而现在他悲观地感到这裂痕却依着敌人的进展而愈裂愈深！

忽然一声狂笑惊觉了李玉亭的沉思。是杜新箨，他背靠到门边，冷冷地笑着，独自微吟：

"且欢乐罢，莫问明天：醇酒妇人，——沉醉在美酒里，销魂在温软的拥抱里！"

于是他忽然扬声叫道：

"你们看，这样迷人的天气！呆在这里岂不是太煞风景！我知道有几个白俄的亡命客新辟一个游乐的园林，名叫丽娃丽妲村，那里有美酒，有音乐，有旧俄罗斯的公主郡主贵嫔名媛奔走趋承；那里有大树的绿荫如幔，芳草如茵！那里有一湾绿水，有游艇！——嗳，雪白的胸脯，雪白的腿，我想起了色奈河边的快乐，我想起了法兰西女郎如火一般的热情！"

一边说，一边他就转身从板壁上的衣钩取了他的草帽和手杖，他看见自己的提议没有应声，似乎一怔，但立即冷然微笑，走到林佩珊跟前，伸出手来，微微一哈腰，说道：

"密司林，如果你想回家去，我请密司张伴你——"

林佩珊迷惘地一笑，又急速地溜一眼看看张素素他们四个，然后下决心似的点着头，就倚在杜新箨臂上走了。

这里吴芝生对范博文使了个眼色。然而范博文居然扬扬一笑，转身看看李玉亭说：

"玉亭，不能不说你这大学教授狗屁！你的危言净论，并不能叫小杜居安思危，反使得他决心去及时行乐，今夕有酒今夕醉！辜负了你的长太息而痛哭流涕！"

"无聊！说它干么！我们到北四川路去罢。芝生，不是柏青说过北四川路散队？"

张素素叫着，看一看桌子上的碟子，拿一张钞票丢在碟子里，转身就走。吴芝生跟着出去。范博文略一迟疑，就连声叫"等一等"，又对李玉亭笑了一笑，也就飞奔下楼。

李玉亭倚在窗口，竭目力张望。马路上人已经少了一些，吴芝生与范博文夹在张素素两边，指手画脚地向东去了。有一个疑问在他脑中萦回了一些时候：这三个到北四川路去干什么呢？……虽则他并没听清张素素的最后一句话，然而她那种神气是看得出来的；而况他又领教过她的性情和思想。"这就是现今这时代不可避免的分化不是？"他闷闷地想着，觉得心头渐渐沉重。未了，他摆开了一切似的摇着头，又往下看看街上的情形，便也离开了那大三元酒家。

他是向西走。到华安大厦的门前，他看了一看手腕上的表，已经十点半，他就走进去，坐电梯一直到五楼。他在甬道中拿出自己的名片写了几个字，交给一个侍役。过了好久，那白衣的侍役方来引他进了一间正对跑马厅的一里一外两套间兼附浴室的精致客房。

通到浴室的门半开着，水蒸气挟着浓香充满了这一里一外的套间，李玉亭的近视眼镜的厚玻璃片上立刻起了浮晕，白茫茫地看不清。他仿佛看见有一个浑身雪白毛茸茸的人形在他面前一闪，就跑进右首作为卧室的那一间里去了；那人形走过时飘荡出刺脑的浓香和格格的艳笑。李玉亭惘然伸手去抹一下他的眼镜，定神再看。前面沙发里坐的，可就是赵伯韬，穿一件糙米色的法兰绒浴衣，元宝式地横埋在沙发里，侧着脸，两条腿架在沙发臂上，露出黑渗渗的两腿粗毛；不用说，他也是刚刚浴罢。

赵伯韬并不站起来，朝着李玉亭随便点一下头，又将右手微微一伸，算是招呼过了，便转脸对那卧室的门里喊道：

"玉英！——出来！见见这位李先生。他是近视眼，刚才一定没有看明白。——呃，不要你装扮，就是那么着出来罢！"

李玉亭惊异地张大了嘴巴，不懂得赵伯韬这番举动的作用。可是那浑身异香的女人早就笑吟吟地袅着腰肢出来了。一大幅雪白的毛布披在她身上，像是和尚们的袈裟，昂起了胸脯，跳跃似的走过来，异常高耸的乳房在毛布里面跳动。一张小圆脸，那鲜红的嘴唇就是生气的时候也像是在那里笑。赵伯韬微微笑着，转眼对李玉亭尖利地瞥一下，伸手就在那女人的丰腴的屁股上拧一把。

"啊唷……"

女人作态地娇喊。赵伯韬哈哈大笑，就势推拨着女人的下半身，要她袅袅婷婷地转一个圈子，又一个圈子，然后用力一推，命令似的说道：

"够了！去罢！装扮你的罢——把门关上！"

仿佛拿珍贵的珠宝在人面前夸耀一番，便又什袭藏好了似的，赵伯韬这才转脸对李玉亭说：

"怎么？玉亭！吓，你自己去照镜子，你的脸红了！哈哈，你真是少见多怪！人家说我姓赵的爱玩，不错，我喜欢这调门儿。我办事就要办个爽快。我不愿意人家七猜八猜，把我当做一个有多少秘密的妖怪。刚才你一进来看见我这里有女人。你的眼睛不好，你没有看明白。你心里在那里猜度。我知道。现在你可看明白了罢？也许你还认识她，你说不好么？西洋女人的皮肤和体格呢！"

忽然收住，赵伯韬摇摇身体站起来，从烟匣中取一支雪茄衔在嘴里，又将那烟匣向李玉亭面前一推，做了个"请罢"的手势，便又埋身在沙发里，架起了腿，慢慢地擦火柴，燃着那枝雪茄。他那态度，就好像一点心事也没有，专在那里享清福。李玉亭并不吸烟，却是手按在那烟匣边上，轻轻地机械地摸了一会儿，心里很在踌躇，如何可以不辱吴荪甫所托付的使命，而又不至于得罪老赵。他等候老赵先发言。他觉得最好还是不先自居于"交涉专使"的地位，不要自己弄成了显然的"吴派"。然而赵伯韬只管吸烟，一言不发，眼光也不大往李玉亭脸上溜。大约五分钟过去了，李玉亭再也捱不下，决定先说几句试探的话：

"伯翁，昨天见过荪甫么？"

赵伯韬摇头，把雪茄从嘴唇上拿开，似乎想说话了。但一伸手弹去了烟灰，重复衔到嘴里去了。

"荪甫的家乡遭了匪祸，很受些损失，因此他心情不好，在有些事情上，近于躁急；譬如他和伯翁争执的两件事，公债交割的账目和朱吟秋的押款，本来就——"

李玉亭在这"就"字上拖了一下，用心观察赵伯韬的神色；他原想说"本来就是小事"，但临时又觉得不妥当，便打算改作"本来就总有方式妥协"，然而只在这一吞吐间，他的话就被赵伯韬打断了。

"喔，喔，是那两件事叫荪甫觉得不快么？啊，容易办！可是，玉亭，今天你是带了荪甫的条件来和我交涉呢，还是来探探我的口风？"

猛不防是这么"爽快的办法"，李玉亭有点窘了；他确是带了条件来，也负有探探口风的任务，但是既经赵伯韬一口喝破，这就为难了，而况介于两大之间的他，为本身利害计，最好是两面圆到。当下他就笑了笑，赶快回答：

"不——是。伯翁和荪甫是老朋友，有什么话，尽可以面谈，何必用我夹在中间——"

"可不是！那么，玉亭，你一定是来探探我的口风了！好，我老实对你说罢。我这个人办事就喜欢办得爽快！"

赵伯韬又打断了李玉亭的话头，炯炯的眼光直射在李玉亭脸上。

"伯翁那样爽快，是再好没有了。"

被逼到简直不能转身的李玉亭只好这么说，一面虽有点抱怨赵伯韬太不肯体谅人，一面却也自感到在老赵跟前打算取巧是大错而特错。他应得立即改变策略了！但是赵伯韬好像看透了李玉亭的心事似的蓦地仰脸大笑，站起来拍着李玉亭的肩膀说：

"玉亭，我们也是老朋友，有什么话就说什么话。我是没有秘密的。就像对于女人——假使荪甫有相好的女人，未必就肯公之众目。嗳，玉亭，你还要看看她么？看一看装扮好了的她！——丢那妈，寡老！你知道我不大爱过门的女人，但这是例外，她不是人，她是会迷人的妖精！"

"你是有名的兼收并蓄。那也不能不备一格！"

李玉亭觉得不能不凑趣着这么说，心里却又发急，惟恐赵伯韬又把正经事滑过去；幸而不然，赵伯韬嘉纳似的一笑，回到他的沙发里，就自己提起他和荪甫中间的"争执"，以及他自己的态度：

"一切已往的事，你都明白，我们不谈；我现在简单的几句话，公债方面的拆账，就照竹斋最初的提议，我也马马虎虎了；只是朱吟秋方面的押款，我已经口头答应他，不能够改变，除非朱吟秋自己情愿取消前议。"

李玉亭看着赵伯韬的面孔，估量着他每一句话的斤两，同时就感到目前的交涉非常棘手。赵伯韬所坚持的一项正就是吴荪甫不肯让步的焦点。在故乡农民暴动中受了若干损失的吴荪甫不但想廉价吞并了朱吟秋的丝厂以为补偿，并且想更廉价地攫取了朱吟秋的大批茧子来赶缫抛售的期丝，企图在厂经跌价风潮中仍旧有利可图：这一切，李玉亭都很明白。然而赵伯韬的炯炯目光也似乎早已看透了这中间的症结。他掐住了吴荪甫的要害，他宁肯在"公债拆账"上吃亏这么两三万！李玉亭沉吟了一会儿，这才轻轻呼一口气回答：

"可是荪甫方面注意的，也就是对于朱吟秋的押款；伯翁容我参加一些第三者的意见，——"

"哈，我知道荪甫为什么那样看重朱吟秋方面的押款，我知道他们那押款合同中有几句话讲到朱吟秋的大批干茧！"

赵伯韬打断了李玉亭的说话，拍着腿大笑。

李玉亭一怔，背脊上竟透出一片冷汗；他替吴荪甫着急，又为自己的使命悲观。然而这一急却使他摆脱了吞吞吐吐的态度，他苦笑着转口问道：

"当然呵，什么事瞒得了你的一双眼睛！可是我就还有点不懂，哎，伯翁，你要那些干茧来做什么用处？都是自家人。你伯翁何必同荪甫开玩笑呢？他要是捞不到朱吟秋的干茧，可就有点窘，——"

李玉亭的话不得不又半途停止；他听得赵伯韬一声干笑，又看见他仰脸喷一口雪茄烟，他那三角脸上浮胖胖的肌肉轻轻一下跳动。接着就是钢铁一般的回答，使得李玉亭毛发直竖：

"你不懂？笑话！——我办事就爱个爽快，开诚布公和我商量，我也开诚布公。玉亭，你今天就是荪甫的代表，我不妨提出一个办法，看荪甫他们能不能答应：我介绍尚仲礼加入荪甫他们的益中信托公司做总经理。"

"啊，这个——听说早已决定了推举一位姓唐的。"

"我这里的报告也说是姓唐的，并且是一个汪派。"

听了赵伯韬这回答，李玉亭心里就一跳；他现在完全明白了：到底赵伯韬与吴荪甫中间的纠纷不是单纯的商业性质；他更加感到两方面的妥协已经无望，他瞪出了眼睛，望着赵伯韬，哀求似的姑且再问一句：

"伯翁还有旁的意见么？——要是，要是益中的总经理换了杜竹斋呢？竹斋是超然的！"

赵伯韬微微一笑，立刻回答：

"尚老头子也是超然的！"

李玉亭也笑了，同时就猛然省悟到自己的态度已经超过了第三者所应有，非得赶快转篷不行。他看了赵伯韬一眼，正想表白自己的立场始终是对于各方面都愿意尽忠效劳，然而赵伯韬伸一个懒腰，忽然转了口气说道：

"讲到苏甫办事的手腕和魄力，我也佩服，就可惜他有一个毛病，自信太强！他那个益中公司的计划，很好，可是他不先和我商量。我倒是有什么计划总招呼他，譬如这次的做公债。我介绍尚仲礼到益中去，也无非是想和他合作。玉亭，我是有什么，说什么；如果苏甫一定要固执成见，那就拉倒。我盼望他能够渡过一重一重的难关，将来请我喝杯喜酒，可不是更妙！"

说到最后一句，赵伯韬哈哈大笑地站起身来，将两臂在空中屈伸了几次，就要去开卧室的那扇门了。李玉亭知道他又要放出那"迷人的宝贝"来，赶快也站起来叫道：

"伯翁——"

赵伯韬转过身来很不耐烦似的对着李玉亭瞧。李玉亭抢前一步，赔起笑脸说：

"今晚上我做东，就约苏甫、竹斋两位，再请你伯翁赏光，你们当面谈一谈怎样？"

赵伯韬的眼光在李玉亭脸上打了好几个回旋，这才似笑非笑地回答道：

"如果苏甫没有放弃成见的意思，那也不必多此一举了！"

"我以为这一点的可能性很大，他马上就会看到独角戏不如搭班子好。"

李玉亭很肯定地说，虽则他心里所忧虑者却正相反；他料来十之八九苏甫是不肯屈服。

赵伯韬狂笑，猛地在李玉亭肩头重拍一下，先说了一句广东白，随即又用普通话大声喊道：

"什么？你说是马上！玉亭，我老赵面前你莫说假话。除非你把半年六个月也算作马上。荪甫各方面的布置，我略知一二；他既然下决心要办益中信托公司，至少六个月的活动力是准备好了的；但是，三个月以后，恐怕他就会觉得担子太重，调度不开了，——我是说钱这方面，他兜不转。那时候，银钱业对他稍稍收紧一些儿，他就受不了！目前呢，他正在风头上，他正要别人去迁就他。吓，他来迁就别人，三个月后再看罢！也许三个月不到！"

"哦——伯翁是从大处落墨，我是在小处想。譬如朱吟秋的干茧押款不能照荪甫的希望去解决，那他马上就要不得了。没有茧子就不能开工，不能开工就要——"

赵伯韬耸耸肩膀狞笑。可是李玉亭固执地接着说下去：

"就要增加失业工人。伯翁，正月到现在，上海工潮愈来愈厉害，成为治安上一个大问题。似乎为大局计，固然荪甫方面总得有点让步，最好你伯翁也马虎些，对于朱吟秋的押款，你暂不过问。"

李玉亭说完，觉得心头一松；他已经尽了他的职务，努力为大局计，在做和事佬，不作拨火棒。他定睛看住了赵伯韬的三角脸，希望在这脸上找得一些"嘉纳"的表情。然而没有！赵伯韬貌然摇一下头，再坐在沙发里架起了腿，只淡淡地说了四个字：

"过甚其词。"

立即李玉亭的脸上飞红，感得比挨了打还难受。而因为这是一片忠心被辜负，所以在万分冤屈而外，他又添上了不得其主的孤愤。可是他还想再尽忠告。他挺一下胸脯，准备把读破万卷书所得的经纶都拿出来邀取赵伯韬的垂听，却不料那边卧室的门忽然先开了一道缝，小而圆的红嘴唇，在缝内送出清脆的声音：

"要我么？你叫嘘！"

这声音过后，门缝里就换上一只乌溜溜的眼睛。赵伯韬笑了笑，就招手。门开了，那女人像一朵莲花似的轻盈地飘过来，先对赵伯韬侧着头一笑，然后又斜过脸去朝李玉亭略点一点头。赵伯韬伸手在女人的雪白小臂上拧了一把，突然喊道：

"玉英，这位李先生说共产党就要来了，你害怕不？——"

"喔，就是那些专门写标语的小赤佬①么？前天夜里我坐车过长浜路，就看见一个。真像是老鼠呢，看见人来，一钻就没有影子。"

"可是乘你不防备，他们一变就成了老虎；湖南，湖北，江西，就有这种老虎。江苏，浙江，也有！"

李玉亭赶快接上来说，心里庆幸还有再进"危言"的机会。但是立即他又失望了，为的那女人披着嘴唇一笑，卖弄聪明似的轻声咕嘟着：

"啧啧，又是老虎哪。哄孩子罢！——有老虎，就会有打虎的武松！"

赵伯韬掉过头去朝李玉亭看了一眼，忽然严肃地说道：

"玉亭，你就回去把我的意思告诉苏甫罢。希望他平心静气地考虑一番，再给我答复。——老虎发疯，我要严防，但是决不能因为有老虎在那里，我就退让到不成话！明晚上你有工夫么？请你到大华吃饭看跳舞。"

一面说，一面站起来，赵伯韬和李玉亭握手，很客气地送他到房门外。

李玉亭再到了马路上时，伸脖子松一口气，就往东走。他咀嚼着赵伯韬的谈话，他又想起要到老闸捕房去交涉保释他的车夫和那辆车。南京路一带的警戒还是很森严，路旁传单，到处全是。汽车疾驶而过，卷起一阵风，那些传单就在马路上旋舞，忽然有一张飞得很高，居然扑到李玉亭怀里来了。李玉亭随手抓住，看了一眼，几行惊人的句子直钻进他的心窝：

> ……军阀官僚豪绅地主买办资产阶级，在帝国主义指挥之下联合向革命势力进攻，企图根本消灭中国的革命，然而帝国主义以及中国统治阶级内部的矛盾亦日益加深，此次南北军阀空前的大混战就是他们矛盾冲突的表面化，

---

① 赤佬：上海方言。鬼的意思。

中国革命民众在此时期，必须加紧——

李玉亭赶快丢掉那张纸，一鼓作气向前跑了几步，好像背后有鬼赶着。他觉得眼前一片乌黑，幻出一幅怪异的图画：吴荪甫扼住了朱吟秋的咽喉，赵伯韬又从后面抓住了吴荪甫的头发，他们拼命角斗，不管旁边有人操刀伺隙等着。

"这就是末日到了，到了！"

李玉亭在心里叫苦，浑身的筋骨像解散了似的，一颗心重甸甸地往下沉。

十

旧历端阳节终于在惴惴不安中过去了。商家老例的一年第一次小结账不得不归并到未来的"中秋"；战争改变了生活的常轨。

"到北平去吃月饼！"——军政当局也是这么预言战事的结束最迟不过未来的中秋。

但是结束的征兆此时依然没有。陇海线上并没多大发展，据说两军的阵线还和开火那时差不多；上游武汉方面却一天一天紧。张桂联军突然打进了长沙！那正是旧历端阳节后二天，阳历六月四日。上海的公债市场立刻起了震动。谣言从各方面传来。华商证券交易所投机的人们就是谣言的轻信者，同时也就是谣言的制造者，和传播者，三马路一带充满了战争的空气！似乎相离不远的昼锦里的粉香汗臭也就带点儿火药味。

接着又来一个恐怖的消息：共产党红军彭德怀部占领了岳州！

从日本朋友那边证实了这警报的李玉亭，当时就冷了半截身子。他怔了一会儿，取下他那副玻璃酒瓶底似的近视眼镜用手帕擦了又擦，然后决定去找吴荪甫再进一次忠告。自从"五卅"那天以后，他很小心地不敢再把自己牵进了吴荪甫他们的纠纷，可是看见机会凑巧时，他总打算做和事佬；他曾经私下地怂恿杜竹斋"大义灭亲"，他劝竹斋在吴荪甫头上加一点压力，庶几吴赵的妥协有实现的可能。他说荪甫那样的刚愎自信是祸根。

当下李玉亭匆匆忙忙赶到吴公馆时，刚碰着有客；大客厅上有几个人，都屏息侧立，在伺察吴荪甫的一笑一颦。李玉亭不很认识这些人，只其中有一个五十岁左右的小胡子，记得仿佛见过。

吴荪甫朝外站着，脸上的气色和平时不同；他一眼看见李玉亭，招了招手，就喊道：

"玉亭，请你到小客厅里去坐一会儿；对不起。"

小客厅里先有一人在，是律师秋隼。一个很大的公事皮包摊开着放在膝头，这位秋律师一手拈着一叠文件的纸角，一手摸着下巴在那里出神。李玉亭悄悄地坐了，也没去惊动那沉思中的秋律师，心里却反复自问：外边是一些不认得的人，这里又有法律顾问，荪老三今天有些重要的事情……

大客厅里吴荪甫像一头笼里的狮子似的踱了几步，狞厉的眼光时时落到那五十岁左右小胡子的脸上，带便也扫射到肃立着的其他三人。忽然吴荪甫站住了，鼻子里轻轻哼一声，不能相信似的问那小胡子道：

"晓生，你说是省政府的命令要宏昌当也继续营业不是？"

"是！还有通源钱庄、油坊、电厂、米厂，都不准停闭。县里的委员对我说，镇上的市面就靠三先生的那些厂和那些铺子；要是三先生统统把来停闭了，镇上的市面就会败落到不成样子！"

费小胡子眼看着地下回答；他心里也希望那些厂和铺子不停闭，但并非为了什么镇上的市面，而是为了他自己。虽则很知道万一荪甫把镇上的事业统统收歇，也总得给他费晓生一碗饭吃，譬如说调他到上海厂里，然而那就远不如在镇上做吴府总管那么舒服而且威风，况且他在县委员跟前也满口自夸能够挽回"三先生"的主意。

"嘿！他们也说镇上市面怎样怎样了！他们能够保护市面么？"

吴荪甫冷冷地狞笑着说。他听得家乡的人推崇他为百业的领袖，觉得有点高兴了。费小胡子看准了这情形，就赶快接口说道：

"现在镇上很太平，很太平。新调来的一营兵跟前番的何营长大不相同。"

"也不见得！离市梢不到里把路，就是共匪的世界。他们盘踞四乡，他们的步哨放到西市梢头。双桥镇里固然太平，可是被包围！镇里的一营兵只够守住那条到县里去的要路。我还听说军队的步哨常常拖了枪开小差。共匪的人数枪支都比从前多了一倍！"

突然一个人插进来说；这是吴荪甫的远房侄儿吴为成，三十多岁，这次跟费小胡子一同来的。

"还听说乡下已经有了什么苏维埃呢！"

吴为成旁边的一个二十多岁的青年也加了一句；他是那位住在吴公馆快将半个月的曾家驹的小舅子马景山，也是费小胡子此番带出来的。他的肩膀就贴着曾家驹，此时睁大了眼睛发怔。

吴荪甫的脸色突然变了，转过去对吴为成他们看了一眼，就点了一下头。费小胡子却看着心跳，觉得吴荪甫这一下点头比喝骂还厉害些；他慌忙辩白道：

"不错，不错；那也是有的。——可是省里正在调兵围剿，镇上不会再出乱子。"

吴为成冷笑一声，正想再说，忽然听得汽车的喇叭声从大门外直叫进来，接着又看见荪甫不耐烦地把手一摆，就踱到大客厅门外的石阶上站着张望。西斜的太阳光把一些树影子都投射在那石阶，风动时，这五级的石阶上就跳动着黑白的图案画。吴荪甫垂头看了一眼，焦躁地跺着脚。

一辆汽车在花园里柏油路上停住了，当差高升抢前去开了车门。杜竹斋匆匆地钻出车厢来，抬头看着当阶而立的吴荪甫，就皱了眉尖摇头。这是一个严重的表示。吴荪甫的脸孔变成了紫酱色，却勉强微笑。

"真是作怪！几乎涨停板了！"

杜竹斋走上石阶来，气吁吁地说，拿着雪白的麻纱手帕不住地在脸上揩抹。

吴荪甫只是皱了眉头微笑，一句话也不说。他对杜竹斋看了一眼，就回身进客厅去，蓦地放下脸色来，对费小胡子说道：

"什么镇上太平不太平，我不要听！厂，铺子，都是我开办的，我要收歇，就一定得收！我不是慈善家，镇上市面好或是不好，我就管不了，——不问是省里或县里来找我说，我的回答就只有这几句话！"

"可不是！我也那么对他们说过来呀！然而，他们——三先生！——"

吴荪甫听得不耐烦到了极点，忽地转为狞笑，打断了费小胡子的话：

"他们那一套门面话我知道！晓生，你还没报告我们放出去的款子这回端阳节收起了多少。上次你不是说过六成是有把握的么？我算来应该不止六成！究竟收起了多少！你都带了来么？"

"没有。镇上也是把端阳节的账展期到中秋了。"

"哼！什么话！"

吴荪甫勃然怒叫起来了。这又是他万万料不到的打击！虽说总共不过七八万的数目，可是他目前正当需要现款的时候，七八万圆能够做许多事呀！他虎起了脸，踱了几步，看看那位坐在沙发里吸鼻烟的杜竹斋。于是公债又几乎涨停板的消息蓦地又闯进了吴荪甫的气胀了的头脑，他心里阴暗起来了。

杜竹斋两个鼻孔里都吸满了鼻烟，正闭了眼睛，张大着嘴，等候打喷嚏。

"要是三先生马上把各店收歇，连通源钱庄也收了，那么，就到了中秋节，也收不回我们的款子。"

费小胡子走前一步，轻声地说。吴荪甫耸耸肩膀，过一会儿，他像吐弃了什么似的，笑了笑说道：

"呵！到中秋节么？到那时候，也许我不必提那注钱到上海来了！"

"那么，三先生就怕眼前镇上还有危险罢？刚才为成兄的一番话，也未免过分一点儿。——省里当真在抽调得力的军队来围剿。现在省里县里都请三先生顾全镇上的市面，到底是三先生的家乡，况且收了铺子和厂房，也未必抽得出现款来，三先生还是卖一个面子，等过了中秋再说。宏昌当是烧了，那就又当别论。"

费小胡子看来机会已到，就把自己早就想好的主意说了出来，一对眼睛不住地转动。

吴荪甫不置可否地淡淡一笑，转身就坐在一张椅子里。他现在看明白了：家乡的匪祸不但使他损失了五六万，还压住了他的两个五六万，不能抽到手头来应用。他稍稍感到天下事不能尽如人意了。但一转念，他又以为那是因为远在乡村，而且不是他自己的权力所能完全支配的军队的事，要是他亲手管理的企业，那就向来指挥如意。他的益中信托公司现在已经很有计划地进行；陈君宜的绸厂就要转移到他们的手里，还有许多小工业也将归益中公司去办理。

　　这么想着的吴荪甫便用爽利果决的口气对费小胡子下了命令：

　　"晓生，你的话也还不错；我总得对家乡尽点义务。中秋以前，除了宏昌当无法继续营业，其余的厂房和铺子，我就一力维持。可是你得和镇上的那个营长切实办交涉，要他注意四乡的共匪。"

　　费小胡子恭恭敬敬接连答应了几个"是"，眼睛看在地下。可是他忽又问道：

　　"那么通源庄上还存着一万多银子，也就留在镇上——"

　　"留在那里周转自家的几个铺子。放给别家，我可不答应！"

　　吴荪甫很快地说，对费小胡子摆一摆手，就站了起来，走到杜竹斋跟前去。费小胡子又应了一个"是"，知道自己的事情已完，也打算走了，可是他眼光一瞥，看见吴为成和马景山一边一个夹住了那野马似的曾家驹，仍然直挺挺地站在靠窗的墙边，他猛地记起另一件事，就乘着吴荪甫还没和杜竹斋开始谈话以前，慌慌忙忙跟在吴荪甫背后叫道：

　　"三先生！还有一点事——"

　　吴荪甫转过脸来钉了费小胡子一眼，很不耐烦地皱了眉头。

　　"就是为成兄和景山兄两位。他们打算来给三先生办事的。今天他们跟我住在旅馆里，明天我要回镇去了，他们两位该怎么办，请三先生吩咐。"

　　费小胡子轻声儿说着，一面偷偷地用眼睛跟吴为成他们两位打招呼。但是两位还没有什么动作，那边杜竹斋忽然打了一个很响的喷嚏，把众人都吓了一跳。

"大家都到上海来找事，可是本来在上海有事的，现在还都打破了饭碗呢！银行界，厂家，大公司里，都为的时局不好，裁员减薪。几千几万裁下来的人都急得走投无路。邮政局招考，只要六十名，投考的就有一千多！内地人不晓得这种情形，只顾往上海钻。我那里也有七八个人等着要事情。"

杜竹斋像睡醒了似的，一面揉着鼻子，一面慢吞吞地说。吴荪甫却不开口，只皱着眉头，狞起了眼睛，打量那新来的两个人。和曾家驹站在一处，这新来的两位似乎中看一些。吴为成的方脸上透露着精明能干的神气，那位马景山也像不是浑人；两个都比曾家驹高明得多。或者这两个尚堪造就——这样的念头，在吴荪甫心里一动。

做一个手势叫这两位过来，吴荪甫就简单地问问他们的学历和办事经验。

费小胡子周旋着杜竹斋，拣这位"姑老爷"爱听的话说了几句，就又转身把呆在那里的曾家驹拉到客厅外边轻声儿说道：

"尊夫人要我带口信给你，叫你赶快回家去呢！"

"小马已经跟我说过了。我不回去。我早就托荪甫表兄给我找一个差使。"

"找到了没有呢？你打算做什么事？回头我也好去回复尊夫人。"

"那还没有找定。我是有党证的，我想到什么衙门里去办事！"

费小胡子忍不住笑了，他想来这位不识起倒的曾老二一定把吴荪甫缠的头痛。

那边小客厅内，此时亦不寂寞。秋律师把手里的一叠文件都纳进了公事皮包去，燃着了一支香烟，伸一个懒腰，回答李玉亭道：

"你看，世界上的事，总是那么大虫吃小虫！尽管像你说的有些银行家和美国人打伙儿想要操纵中国的工业——想把那些老板们变做他们支配下的大头目，可是工厂老板像吴荪甫他们，也在并吞一些更小的厂家。我这皮包里就装着七八个小工厂的运命。明后天我捐着益中信托公司全权代表的名义和那些小厂的老板们接洽，叫他们在我这些合同上签了字，他们的厂就归益中公司管理了，实际上就是吴荪记、孙吉记，或者王和记了！——玉亭，我就不大相信美国资本的什么托拉斯那样的话，我倒疑惑那是吴荪甫他们故意造的谣言，乱人耳目！美国就把制造品运到中国来销售也够了，何必在乱哄哄的中国弄什么厂？"

"绝不是！绝对不是！老赵跟荪甫的冲突，我是原原本本晓得的！"

李玉亭很有把握地说。秋律师就笑了一笑，用力吸进一口烟，挺起眼看那白垩房顶上精工雕镂的葡萄花纹。李玉亭跟着秋律师的眼光也向上望了一望，然后再看着秋律师的面孔，轻声儿问道：

"一下子就是七八个小厂么？荪甫他们的魄力真不小呀！是一些什么厂呢？"

"什么都有：灯泡厂，热水瓶厂，玻璃厂，橡胶厂，阳伞厂，肥皂厂，赛璐珞厂，——规模都不很大。"

"光景都是廉价收盘的罢？"

李玉亭急口地再问。可是秋律师却不肯回答了。虽则李玉亭也是吴府上的熟人，但秋律师认为代当事人守业务上的秘密是当然的。他又洋洋地笑了一笑，就把话支了开去：

"总要没有内乱，厂家才能够发达。"

说了后，秋律师就挟着他的公事皮包走出那小客厅，反手把门仍旧关上。

那门关上时砰的一声，李玉亭听着忽然心里一跳。他看看自己的表，才得五点钟。原来他在这小客厅里不过坐了十分钟光景，可是他已经觉得很长久了；现在只剩了他一人，等候上司传见似的枯坐在这里，便更加觉得无聊。他站起来看看墙壁上那幅缂丝的《明妃出塞》图①，又踅到窗边望望花园里的树木。停在柏油路上的那辆汽车，他认得是杜竹斋的，于是忽然他更加不安起来了；外边大客厅里有些不认得的人，刚才这里有法律顾问，此刻也走了，杜

---

① 缂丝的《明妃出塞》图，缂丝，初版作"丝织"，即刻丝。明妃即王昭君，晋代避司马昭讳，改称明君或明妃。

竹斋的汽车停在园子里，这一切，都不是证明了吴荪甫有重要的事情么？可是他，李玉亭，偶然来的时候不凑巧，却教在这里坐冷板凳，岂不是主人家对于他显然有了戒心？然而李玉亭自问他还是从前的李玉亭，并没有什么改变。就不过在几天前吃了赵伯韬一顿夜饭，那时却没有别的客人，只他和老赵两个，很说了些关联着吴荪甫的话语，如此而已！

李玉亭觉得背脊上有些冷飕飕了。被人家无端疑忌，他想来又是害怕，又是不平。他只好归咎于自己的太热心，太为大局着想，一心指望那两位"巨人"妥协和平。说不定他一片好心劝杜竹斋抑制着吴荪甫的一意孤行那番话，杜竹斋竟也已经告诉了荪甫！说不定他们已经把他看成了离间亲戚的小人！把他看成了老赵的走狗和侦探，所以才要那么防着他！

这小客厅另有一扇通到花园去的侧门。李玉亭很想悄悄地溜走了完事。但是一转念，他又觉得不辞而去也不妥。忽然一阵哄笑声从外边传来。那是大客厅里人们的笑声！仿佛那笑声就是这样的意思："关在那里了，一个奸细！"李玉亭的心跳得卜卜的响，手指尖是冰冷。蓦地他咬紧了牙齿，心里说："既然疑心我是侦探，我就做一回！"他慌忙走到那通连大客厅的门边，伛下了腰，正想把耳朵贴到那钥匙孔上去偷听，忽然又转了念头："何苦呢！我以老赵的走狗自待，而老赵未必以走狗待我！"他倒抽一口气，挺直身体往后退一步，就颓然落在一张椅子里。恰好这时候门开了，吴荪甫微笑着进来，后面是杜竹斋，右手揉着鼻子，左手是那个鼻烟壶。

"玉亭，对不起！几个家乡来的人，一点小事情。"

吴荪甫敷衍着，又微笑。杜竹斋伸伸手，算是招呼，却又打了个大喷嚏。

"哦——哦——"

李玉亭勉强笑着，含糊地应了两声；他心里却只要哭，他觉得吴荪甫的微笑就像一把尖刀。他偷眼再看杜竹斋。杜竹斋是心事很重的样子，左手的指头旋弄他那只鼻烟壶。

三个人品字式坐了，随便谈了几句，李玉亭觉得吴荪甫也还是往日那个态度，便又心宽起来，渐渐地又站定了他自己的立场了：一片真心顾全大局。于是当杜竹斋提起了内地土匪如毛的时候，李玉亭就望着吴荪甫的面孔，郑重地说道：

"原来岳州失陷不是谣传，倒是真的！"

"真的么？那也是意中之事！长沙孤城难守，张桂军自然要分兵取岳州。"

吴荪甫随随便便地回答，又微笑了。杜竹斋在那边点头。李玉亭一怔，忍不住失声叫道：

"取岳州不是张桂军呢！是共党彭德怀的红军！荪甫，难道你这里没有接到这个消息？"

"谣言！故意架到共党头上的！"

荪甫又是淡淡地回答，翻起眼睛看那笼里的鹦鹉剥落花生。

李玉亭跟着吴荪甫的眼光也对那鹦鹉看了一眼，心里倒没有了主意，然而他对于日本人方面消息的信仰心是非常坚定的，他立刻断定吴荪甫是受了另一方面宣传的蒙蔽。他转眼看着杜竹斋，很固执地说：

"确是红军！荪甫得的消息怕有些作用。据说是正当张桂军逼近长沙的时候，共党也进攻岳州。两处是差不多同时失陷的！荪甫，平心而论，张桂军这次打湖南，不免是替共党造机会。可不是么，竹斋，他们就在陇海线上分个雌雄也算了罢，何必又牵惹到共党遍地的湖南省呢？"

杜竹斋点头，却不作声。吴荪甫还是微笑，但眉尖儿有点皱了。李玉亭乘势又接下去说，神气很兴奋：

"现在大局就愈弄愈复杂了。大江的南北都是兵火。江西的共产党也在那里蠢动。武汉方面兵力单薄，离汉口六十里的地面就有共党的游击队！沙市，宜昌一带，杂牌军和红军变做了猫鼠同穴而居——"

"对了！前几天孙吉人那轮船局里有一条下水轮船在沙市附近被扣了去，到现在还查不出下落，也不知道是杂牌军队扣了去呢，还是共匪扣了去！"

吴荪甫打断了李玉亭的议论，很不耐烦地站了起来，但只伸一伸腿，就又坐下去。

"孙吉翁可真走的黑运！江北的长途汽车被征发了，川江轮船却又失踪；听说还是去年新打的一条船，下水不满六个月，造价三十万两呢！"

杜竹斋接口说，右手摸着下巴；虽然他口里是这么说，耳朵也听着李玉亭的议论，可是他的心里却想着另一些事。公债市场的变幻使他纳闷。大局的紊乱如彼，而今天公债反倒回涨，这是他猜不透的一个谜。这时，吴荪甫又站了起来，绕着客厅里那张桌子踱一个圈子，有意无意地时时把眼光往李玉亭脸上溜。李玉亭并没理会到，还想引吴荪甫注意大局的危险，应该大家和衷共济。可是他已经没有再发言的机会。一个当差来请吴荪甫去听电话，说是朱吟秋打来的。吴荪甫立刻眉毛一跳，和杜竹斋对看了一眼，露出不胜诧异的神气。李玉亭瞧来是不便再坐下去了，也就告辞，满心是说不出的冤枉苦闷。

杜竹斋衔着雪茄，一面忖量朱吟秋为什么打电话来，一面顺步就走上楼去。他知道女客们在二楼那大阳台的凉棚下打牌，姑奶奶两姊妹和少奶奶两姊妹刚好成了一桌。阿萱和杜新箨在旁边观场。牌声历历落落像是要睡去似的在那里响。姑奶奶看见她的丈夫进来，就唤道：

"竹斋，你来给我代一副！"

杜竹斋笑了笑，摇头，慢慢地从嘴唇上拿开那枝雪茄，踅到那牌桌边望了一眼，说道：

"你觉得累了么？叫新箨代罢！你们打多少底呀？"

"爸爸是不耐烦打这些小牌的！"

杜新箨帮着他母亲，这样轻轻地向他的父亲攻击，同时向对面的林佩珊使了个眼色。

"姑老爷要是高兴，就打一副；不比得荪甫，他说麻将是气闷的玩意儿；他要是赌，就爱的打宝摇摊！"

吴少奶奶赶快接口说，很温婉地笑着；可是那笑里又带几分神思恍惚。吴少奶奶近来老是这么神思恍惚，刚才还失碰了"白板"；就只六圈牌里，她已经输了两底了。这种情形，别人是不觉得的，只有杜新箨冷眼看到，却也不明白是什么缘故。

那边杜姑奶奶已经站起来了，杜新箨就补了缺。他和林佩珊成了对家。吴少奶奶也站了起来，一把拉住了旁边的阿萱，吃吃地笑着说：

"看你和四妹两个新手去赢他们两位老手的钱！"

刚笑过了，吴少奶奶又是眉尖深锁，怔怔地向天空看了一眼，就翩然走了。

杜竹斋和他的夫人走到那阳台的东端，离开那牌桌远远的，倚在那阳台的石栏杆上，脸朝着外边。他们后面牌桌上的四个人现在打得很有劲儿，阿萱和林佩珊的声音最响。杜太太回头去望了一下，忽然轻声说：

"有一件事要跟你商量。刚才佩瑶悄悄地对我说，我们的阿新和他们的佩珊好像很有意思似的；阿新到这里来，总是和佩珊一块儿出去玩！"

"哦！随他们去罢。现在是通行的。"

"嗳，嗳！看你真是糊涂呀！你忘记了两个人辈分不对么？佩珊是大着一辈呢！"

杜竹斋的眉头皱紧了。他伸手到栏杆外，弹去了雪茄的灰，吁一口气，却没有话。杜太太回头向那牌桌望了一眼，又接下去说：

"佩瑶也为了这件事担心呢。有人要过佩珊的帖子。她看来倒是门当户对——"

"哪一家？是不是范博文？"

"不是。姓雷的。雷参谋！"

"哦，哦！雷参谋！可是他此刻在江北打仗，死活不知。"

"说是不久就可以回来，也是佩瑶说的。"

杜竹斋满脸透着为难的样子，侧过脸去望了那打牌的两个人一眼；过了一会儿，他方才慢吞吞地说：

"本来都是亲戚，走动走动也不要紧。可是，现在风气太坏，年青人耳濡目染——况且那么大的儿子，也管不住他的脚。太太！你就不操这份心也罢！"

"啧，啧！要是做出什么来，两家面子上都不好看！"

"咳，依你说，怎么办呢？"

"依我么？早先我打算替我们的老六做媒，都是你嫌她们林家没有钱——"

"算了，算了；太太，不要翻旧账。回头我关照阿新。不过这件事的要紧关子还在女的。要是女的心里拿得准，立得稳，什么事也生不出来。"

"她的姊姊说她还是小孩子，不懂得什么——"

"哼！"

杜竹斋不相信似的摇头，可是也没多说。此时吴少奶奶又上阳台来了，望见杜竹斋夫妇站在一处，就好像看透了一定是为的那件事，远远地就送了一个迷惘的笑容来。她到那牌桌边带便瞧了一眼，就袅袅地走向杜竹斋夫妇那边，正想开口，忽然下边花园里当差高升大声喊上来：

"姑老爷！老爷请你说话！"

杜竹斋就抽身走了。吴少奶奶微蹙着眉尖，看定了杜姑奶奶问道：

"二姊，说过了罢？"

杜姑奶奶笑了一笑，代替回答。然后两个人紧靠着又低声谈了几句，吴少奶奶朗朗地笑了起来。她们转身就走到那牌桌边，看那四个青年人打牌。

杜竹斋在书房内找见了吴荪甫正在那里打电话，听来好像对方是唐云山。他们谈的是杜竹斋不甚了解的什么"亨堡装出后走了消息"。末后，吴荪甫说了一句"你就来罢"，就把听筒挂上了。

吴荪甫一脸的紧张兴奋，和杜竹斋面对面坐了，拿起那经纪人陆匡时每天照例送来的当天交易所各项债票开盘收盘价格的报告表，看了一眼，又顺手撩开，就说道：

"竹斋，明天你那边凑出五十万来——五十万！"

杜竹斋愕然看了荪甫一眼，还没有回答，荪甫又接下去说：

"昨天涨上了一元，今天又几乎涨停板；这涨风非常奇怪！我早就料到是老赵干的把戏。刚才云山来电话，果然，——他说和甫探听到了，老赵和广帮中几位做多头，专看市场上开出低价

224

来就扒进，却也不肯多进，只把票价吊住了，维持本月四日前的价格——"

"那我们就糟了！我们昨天就应该补进的！"

杜竹斋丢了手里的雪茄烟头，慌忙抢着说；细的汗珠从他额角上钻出来了。

"就算昨天补进，我们也已经吃亏了。现在事情摆在面前明明白白的：武汉吃紧，陇海线没有进出，票价迟早要跌；我们只要压得住，不让票价再涨，我们就不怕。现在弄成了我们和老赵斗法的局面：如果他们有胃口一见开出低价来就扒进，一直支持到月底，那就是他们打胜了；要是我们准备充足——"

"我们准备充足？哎！我们也是一见涨风就抛出，也一直支持到月底，就是我们胜了，是么？"

杜竹斋又打断了吴荪甫的话头，盯住了吴荪甫看，有点不肯相信的意思。

吴荪甫微笑着点头。

"那简直是赌场里翻劬斗的做法！荪甫！做公债是套套利息，照你那样干法，太危险！"

杜竹斋不能不正面反对了，然而神情也还镇定。吴荪甫默然半晌，泛起了白眼仁，似乎在那里盘算；忽然他把手掌在桌子角上拍了一下，用了沉着的声音说：

"没有危险！竹斋，一定没有危险！你凑出五十万交给我，明天压一下，票价就得回跌，散户头就要恐慌，长沙方面张桂军这几天里一定也有新发展，——这么两面一夹，市场上会转了卖风，哪怕老赵手段再灵活些，也扳不过来！竹斋！这不是冒险！这是出奇制胜！"

杜竹斋闭了眼睛摇头，不说话。他想起李玉亭所说荪甫的刚愎自用来了。他决定了主意不跟着荪甫跑了。他又看得明明白白：荪甫是劝不转来的。过了一会儿，杜竹斋睁开眼来慢慢地说道：

"你的办法有没有风险，倒在其次，要我再凑五十万，我就办不到；既然你拿得那么稳，一定要做，也好，益中凑起来也有四五十万，都去做了公债罢。"

"没有危险！竹斋，一定没有危险！……"

"那——不行！前天董事会已经派定了用场！刚才秋律师拿合同来，我已经签了字，那几个小工厂是受盘定的了；益中里眼前这一点款子恐怕将来周转那几个小工厂还嫌不够呢！"

吴荪甫说着，眼睛里就闪出了兴奋的红光。用最有利的条件收买了那七八个小厂，是益中信托公司新组织成立以后第一次的大胜利，也是吴荪甫最得意的"手笔"，而也是杜竹斋心里最不舒服的一件事。当下杜竹斋枨触起前天他们会议时的争论，心里便又有点气，立刻冷冷地反驳道：

"可不是！场面刚刚拉开，马上就闹饥荒！要做公债，就不要办厂！况且人家早就亏本了的厂，我们添下资本去扩充，营业又没有把握，我真不懂你们打的什么算盘呀——"

"竹斋——"

吴荪甫叫着，想打断杜竹斋的抱怨话；可是杜竹斋例外地不让荪甫插嘴：

"你慢点开口！我还记得那时候你们说的话。你们说那几个小工厂都因为资本太小，或者办的不得法，所以会亏本；你们又说他们本来就欠了益中十多万，老益中就被这注欠账拖倒，我们从老益中手里顶过这注烂账来，只作四成算，这上头就占了便宜，所以我们实在只花五六万就收买了估价三十万的八个厂；不错，我们此番只付出五万多就盘进八个厂，就眼前算算，倒真便宜，可是——"

杜竹斋在这里到底一顿，吴荪甫哈哈地笑起来了，他一边笑，一边抢着说：

"竹斋，你以为还得陆续添下四五十万去就不便宜，可是我们不添的话，我们那五六万也是白丢！这八个厂好比落了膘的马，先得加草料喂壮了，这才有出息。还有一层，要是我们不花五万多把这些厂盘进来，那么我们从老益中手里顶来的四成烂账也是白丢！"

"好！为了舍不得那四成烂账，倒又赔上十倍去，那真是'豆腐拌成了肉价钱'的玩意！"

"万万不会！"

吴荪甫坚决地说，颇有点不耐烦了。他霍地站起来，走了一步，自个儿狞笑着。他万万料不到劝诱杜竹斋做公债不成，却反节外生枝，引起了竹斋的大大不满于益中。自从那天因为收买那些小厂发生了争论后，吴荪甫早就看出杜竹斋对于益中前途不起劲，也许到了收取第二次股款的时候，竹斋就要托词推诿。这在益中是非常不利的。然而要使杜竹斋不动摇，什么企业上的远大计划都不中用；只有今天投资明天就获利那样的"发横财"的投机阴谋，勉强能够拉住他。那天会议时，王和甫曾经讲笑话似的把他们收买那八个小工厂比之收旧货；当时杜竹斋听了倒很以为然，他这才不再争执。现在吴荪甫觉得只好再用那样的策略暂时把杜竹斋拉住。把竹斋拉住，至少银钱业方面通融款子就方便了许多。可是须得拉紧些。当下吴荪甫一边踱着，一边就想得了一个"主意"。他笑了一笑，转身对满脸不高兴的杜竹斋轻声说道：

　　"竹斋，现在我们两件事——益中收买的八个厂，本月三日抛出的一百万公债，都成了骑虎难下之势，我们只有硬着头皮干到哪里是哪里！我们好比推车子上山去，只能进，不能退！我打算凑出五十万来再做'空头'，也就是这个道理。益中收买的八个厂不能不扩充，也就是这个道理！"

　　"冒险的事情我是不干的！"

　　杜竹斋冷冷地回答，苦闷地摇着头。吴荪甫那样辣硬的话并不能激发杜竹斋的雄心；吴荪甫皱了眉头，再逼进一句：

　　"那么，我们放在益中的股本算是白丢！"

　　"赶快缩手，总有几成可以捞回；我已经打定了主意！"

　　杜竹斋说的声音有些异样，脸色是非常严肃。

　　吴荪甫忍不住心里也一跳。但他立即狂笑着挪前一步，拍着杜竹斋的肩膀，大声喊道：

　　"竹斋！何至于消极到那步田地！不顾死活去冒险，谁也不愿意；我们自然还有别的办法。你总知道上海有一种会打算盘的精明鬼，顶了一所旧房子来，加本钱粉刷装修，再用好价钱顶出去。我们弄那八个厂，最不济也要学学那些专顶房子的精明鬼！不过我们要有点儿耐心。"

"可是你也总得先看看谁是会来顶这房子的好户头？"

"好户头有的是！只要我们的房子粉刷装修得合式，他是肯出好价钱的：这一位就是鼎鼎大名的赵伯韬先生！"

吴荪甫哈哈笑着说，一挺腰，大踏步地在书房里来回地走。

杜竹斋似信非信地看住了大步走的吴荪甫，并没说话，可是脸上已有几分喜意。他早就听荪甫说起过赵伯韬的什么托拉斯，他相信老赵是会干这一手的，而且朱吟秋的押款问题老赵不肯放松，这就证明了那些传闻有根。于是他忽然想起刚才朱吟秋有电话给荪甫，也许就为了那押款的事；他正想问，吴荪甫早又踱过来，站在面前很高兴地说道：

"讲到公债，眼前我们算是亏了两万多块，不过，竹斋，到交割还有二十多天，我们很可以反败为胜的，我刚才的划算，错不到哪里去：要是益中有钱，自然照旧可以由益中去干，王和甫跟孙吉人他们一定也赞成，就为的益中那笔钱不好动，我这才想到我们个人去干。这是公私两便的事！就可惜我近来手头也兜不转，刚刚又吃了费小胡子一口拗口风——那真是混蛋！得了，竹斋，我们两个人拼凑出五十万来罢！就那么净瞧着老赵一个人操纵市面，总是不甘心的！"

杜竹斋闭了眼睛摇头，不开口。吴荪甫说的愈有劲儿，杜竹斋心里却是愈加怕。他怕什么武汉方面即刻就有变动不过是唐云山他们瞎吹，他更怕和老赵"斗法"，他知道老赵诡计多端，并且慓劲非常大。

深知杜竹斋为人的吴荪甫此时却百密一疏，竟没有看透了竹斋的心曲。他一而再，再而三地，用鼓励，用反激；他有点生气了，然而杜竹斋的主意牢不可破，他只是闭着眼睛摇头，给一个不开口。后来杜竹斋表示了极端让步似的说了一句：

"且过几天，看清了市面再做罢；你那样性急！"

"不能等过几天呀！投机事业就和出兵打仗一般，要抓得准，干得快！何况又有个神鬼莫测的老赵是对手方！"

吴荪甫很暴躁地回答，脸上的小疱一个一个都红而且亮起来。

杜竹斋的脸色却一刻比一刻苍白。似乎他全身的血都滚到他心里，镇压着，不使他的心动摇。实在他亦只用小半个心去听吴荪甫的话，另有一些事占住了他的大半个心：这是些自身利害的筹划，复杂而且轮廓模糊，可是一点一点强有力，渐渐那些杂念集中为一点：他有二十万元的资本"放"在益中公司。他本来以为那公司是吸收些"游资"，做做公债，做做抵押借款；现在才知道不然，他上了当了。那么乘这公司还没露出败相的时候就把资本抽出来罢，不管他们的八个厂将来有多少好处，总之是"一身不入是非门"罢！伤了感情？顾不得许多了！——可是荪甫却还刺刺不休强聒着什么公债！不错，照今天的收盘价格计算，公债方面亏了两万元，但那是益中公司名义做的，四股分摊，每人不过五千，只算八圈牌里吃着了几副五百和！……于是杜竹斋不由得自己微笑起来，他决定了，白丢五千元总比天天提心吊胆那十九万五千元要上算得多呀！可是他又觉得立刻提出他这决定来，未免太突兀，他总得先有点布置。他慢慢地摸着下巴，怔怔地看着吴荪甫那张很兴奋的脸。

似乎有什么东西在他心里打架，吴荪甫的神气叫人看了有点怕；如果他知道了杜竹斋此时心里的决定，那他的神气大概还要难看些。但他并不想到那上头，他是在那里筹划如何在他的二姊方面进言，"出奇兵"煽起杜竹斋的胆量来。他感到自己的力量不能奈何那只是闭眼摇头而不开口的杜竹斋了。

但是杜竹斋在沉默中忽然站起来伸一个懒腰，居然就"自发地"讲起了"老赵"和"公债"来：

"荪甫！要是你始终存了个和老赵斗法的心，你得留心一交跌伤了元气！我见过好多人全是伤在这'斗'字上头！"

吴荪甫眉毛一挺，笑起来了；他误认为杜竹斋的态度已经有点转机。杜竹斋略顿一顿，就又接着说：

"还有，那天李玉亭来回报他和老赵接洽的情形，有一句话，我觉得很有道理——"

"哪一句话？"

吴荪甫慌忙问，很注意地站起来，走到杜竹斋跟前立住了。

"就是他说的唐云山有政党关系！——不错，老赵自己也有的，可是，荪甫，我们何苦呢！老赵不肯放朱吟秋的茧子给你，也就借此藉口，不是你眼前就受了拖累——"

杜竹斋又顿住了，踌躇满志地掏出手帕来揩了揩脸儿。他是想就此慢慢地就说到自己不愿意再办益中公司的，可是吴荪甫忽然狞笑了一声，跺着脚说道：

"得了，竹斋，我忘记告诉你，刚才朱吟秋来电话，又说他连茧子和厂都要盘给我了！"

"有那样的事？什么道理？"

"我想来大概是老赵打听到我已经收买了些茧子，觉得再拉住朱吟秋，也没有意思，所以改变方针了。他还有一层坏心思：他知道我现款紧，又知道我茧子已经够用，就故意把朱吟秋的茧子推回来，他是想把我弄成一面搁死了现款，一面又过剩了茧子！总而言之一句话，他是挖空了心思，在那里想出种种方法来逼我。不过朱吟秋竟连那座厂也要盘给我，那是老赵料不到的！"

吴荪甫很镇静地说，并没有多少懊恼的意思。虽然他目下现款紧，但扩充企业的雄图在他心里还是勃勃有势，这就减轻了其他一切的佛逆。倒是杜竹斋脸色有点变了，很替吴荪甫担忧。他更加觉得和老赵"斗法"是非常危险的，他慌忙问道：

"那么，你决定主意要盘进朱吟秋的厂了？"

"明天和他谈过了再定——"

一句话没有完，那书房的门忽然开了，当差高升斜侧着身体引进一个人来，却是唐云山，满脸上摆明着发生了重大事情的慌张神气。荪甫和竹斋都吃了一惊。

"张桂军要退出长沙了！"

唐云山只说了这么一句，就一屁股坐在就近的沙发里，张大了嘴巴搔头皮。

书房里像死一样的静。吴荪甫狞起了眼睛看看唐云山，又看看书桌上纸堆里那一张当天交易所各债票开盘收盘价目的报告表。上游局面竟然逆转么？这是意外的意外呢！杜竹斋轻轻吁了一口气，他心里的算盘上接连拨落几个珠儿：一万，一万五——二万；他刚才满拟白丢五千，他对于五千还可以不心痛，但现在也许要丢到二万，那就不同。

过了一会儿，吴荪甫咬着牙齿嗄声问道：

"这是外面的消息呢，还是内部的？早上听你说，云山，铁军①是向赣边开拔的，可不是？"

"现在知道那就是退！离开武长路线，避免无益的牺牲！我是刚刚和你打过电话后就接了黄奋的电话，他也是刚得的消息；大概汉口特务员打来的密电是这么说，十成里有九成靠得住！"

"那么外边还没有人晓得，还有法子挽救。"

吴荪甫轻声地似乎对自己说，额上的皱纹也退了一些。杜竹斋又吁了一声，他心里的算盘上已经摆定了二万元的损失了，他咽下一口唾沫，本能地掏出他的鼻烟壶来。吴荪甫搓着手，低了头；于是突然他抬头转身看着杜竹斋说道：

"人事不可不尽。竹斋，你想来还有法子没有？——云山这消息很秘密，是他们内部的军事策略；目下长沙城里大概还有桂军，而且铁军开赣边，外边人看来总以为南昌吃紧；我们连夜布置，竹斋，你在钱业方面放一个空炮：公债抵押的户头你要一律追加抵押品。混过了明天上午，明天早市我们分批补进——"

"我担保到后天，长沙还在我们手里！"

唐云山忽然很有把握似的插进来说，无端地哈哈笑了。

杜竹斋点着头不作声。为了自己二万元的进出，他只好再一度对益中公司的事务热心些。他连鼻烟也不嗅了，看一看钟，六点还差十多分，他不能延误一刻千金的光阴。说好了经纪人方面由荪甫去布置，杜竹斋就匆匆走了。这里吴荪甫，唐云山两位，就商量着另一件事。吴荪甫先开口：

"既然那笔货走漏了消息，恐怕不能装到烟台去了，也许在山东洋面就被海军截住；我刚才想了一想，只有一条路：你跑香港一趟，就在那边想法子转装到别处去。"

"我也是这么想。我打算明天就走。公司里总经理一职请你

———————

① 铁军，指北伐战争中叶挺所率的国民革命军独立团，以英勇善战、所向无敌得名。

代理。"

"那不行！还是请王和甫罢。"

"也好。可是——哎，这半个月来，事情都不顺利；上游方面接洽好了的杂牌军临时变卦，都观望不动，以至张桂军功败垂成，这还不算怎样；最糟的是山西军到现在还没有全体出动，西北军苦战了一个月，死伤太重，弹药也不充足。甚至于区区小事，像这次的军火，办得好好的，也会忽然走了消息！"

唐云山有点颓丧，搔着头皮，看了吴荪甫一眼，又望着窗外；一抹深红色的夕照挂在那边池畔的亭子角，附近的一带树叶也带些儿金黄。

吴荪甫左手叉在腰里，右手指在写字台上画着圆圈子，低了头沉吟。他的脸色渐渐由藐视一切的傲慢转成了没有把握的晦暗，然后又从晦暗中透出一点儿兴奋的紫色来；他猛然抬头问道：

"云山，那么时局前途还是一片模糊？本月底山东方面未必有变动罢？"

"现在我不敢乱说了。看下月底罢，——哎，叫人灰心！"

唐云山苦着脸回答。

吴荪甫突然一声怪笑，身体仰后靠在那纯钢的转轮椅背上，就闭了眼睛。他的脸色倏又转为灰白，汗珠布满了他的额角。他第一次感到自己是太渺小，而他的事业的前途波浪太大；只凭他两手东拉西抓，他委实是应付不了！

送走了唐云山后，吴荪甫就在花园里踯躅。现在最后的一抹阳光也已经去了，满园子苍苍茫茫，夜色正从树丛中爬出来，向外扩张。那大客厅、小客厅、大餐间、二楼，各处的窗洞，全都亮出了电灯光。吴荪甫似乎厌见那些灯光，独自踱到那小池边，在一只闲放着的藤椅子里坐了，重重地吐一口气。

他再把他的事业来忖量。险恶的浪头一个一个打来，不自今日始，他都安然过去，而且扬帆迈进，乃有今天那样空前的宏大规模。他和孙吉人他们将共同支配八个厂，都是日用品制造厂！他们又准备了四十多万资本在那里计划扩充这八个厂；他们将使他们的灯泡、热水瓶、阳伞、肥皂、橡胶套鞋，走遍了全中国的穷乡僻壤！他们将使那些新从日本移植到上海来的同部门的小工厂都受到一个致命伤！而且吴荪甫又将单独接办陈君宜的绸厂和朱吟秋的丝厂。这一切，都是经过了艰苦的斗争方始取得，亦必须以同样艰苦的斗争方能维持与扩大。风浪是意料中事；所谓"道高一尺，魔高一丈！"他，吴荪甫，以及他的同志孙吉人他们，都是企业界身经百战的宿将，难道就怕了什么？

这样想着的吴荪甫不禁独自微笑了。水样凉的晚风吹拂他的衣襟，他昂首四顾，觉得自己并不渺小，而且绝不孤独。他早就注意到他们收买的八个厂的旧经理中有几位可以收为臂助，他将训练出一批精干的部下！只是下级办事员还嫌薄弱。他想起了今天来谋事的吴为成和马景山了。似乎这两个都还有一二可取之处，即使不及屠维岳，大概比那些老朽的莫干丞之类强得多罢？

忽然他觉得身后有人来了，接着一阵香风扑进鼻子；他急回头去看，薄暗中只瞧那颀长轻盈的身段就知道是少奶奶。

"雷参谋来了个电报呢！奇怪得很，是从天津打来的。"

吴少奶奶斜倚在荪甫的藤椅子背上，软声说；那声音稍稍有点颤抖。

"哦！天津？说了些什么话？"

"说是他的事情不久就完，就要回到上海来了。"

吴少奶奶说时声音显然异样，似喜又似怕。然而吴荪甫没有留意到。他的敏活的神经从"天津"二字陡然叠起了一片疑云来了。雷参谋为什么会到了天津？他是带着一旅兵的现役军官！难道就打到了天津么？那么明天的公债市场！一刹那间的心旷神怡都逃走了，吴荪甫觉得浑身燥热，觉得少奶奶身上的香气冲心作呕了。他粗暴地站了起来，对少奶奶说：

"佩瑶，你这香水怪头怪脑！——嗳，进屋子里去罢！二姊还没走么？"

也没等少奶奶回答，吴荪甫就跑了。一路上，他的脑筋里沸滚着许多杂乱的自问和自答：看来应得改做"多头"了？竹斋不肯凑款子可怎么好？拼着那八万元白丢，以后不做公债了罢？然而不行，八万元可以办一个很好的橡胶厂！而且不从公债上打倒赵伯韬，将来益中的业务会受他破坏！……

大客厅里，姑奶奶在那里和小一辈的吴为成絮絮谈话。吴荪甫直走到姑奶奶跟前，笑着说：

"二姊，我和你讲几句话！"

姑奶奶似乎一怔，转脸去望了那同坐在钢琴旁边翻琴书的林佩珊和杜新箨一眼，就点头微笑。吴荪甫一面让姑奶奶先进小客厅去，一面却对吴为成说道：

"你和马景山两个，明天先到我的厂里去试几天，将来再派你们别的事！"

"荪甫，还有一位曾家少爷，他候了半个多月了。也一块儿去试试罢？"

吴少奶奶刚跑进客厅来，赶快接口说，对吴荪甫睃了一眼。吴荪甫的眉头皱了一下，可是到底也点着头。他招着少奶奶到一边附耳轻声说：

"我们到二姊面前撺怂着竹斋放胆做公债，你要说雷参谋是吃了败仗受伤，活活地捉到天津——嗳，你要说得像些，留心露马脚！"

吴少奶奶完全呆住了，不懂得荪甫的用意；可是她心里无端一阵悲哀，仿佛已经看见受伤被擒的雷参谋了。荪甫却微微笑着，同少奶奶走进小客厅。但在关上那客厅门以前，他忽又想起了一件事，探出半个身体来唤着当差高升道：

"打个电话给陆匡时老爷，请他九点钟前后来一趟！"

十一

早上九点钟，外滩一带，狂风怒吼。夜来黄浦涨潮的时候，水仗风势，竟爬上了码头。此刻虽已退了，黄浦里的浪头却还有声有势。爱多亚路口高耸云霄的气象台上，高高地挂起了几个黑球。

这是年年夏季要光顾上海好几次的风暴本年度内第一回的袭击！

从西面开来到南京路口的一路电车正冲着那对头风挣扎；它那全身的窗子就像害怕了似的扑扑地跳个不住。终于电车在华懋饭店门口那站头上停住了，当先下来一位年青时髦女子，就像被那大风卷去了似的直扑过马路，跳上了华懋饭店门前的石阶级，却在这时候，一个漂亮西装的青年男子，臂弯挂着枝手杖，匆匆地从门里跑出来。大风刮起那女子的开衩极高的旗袍下幅，就卷住了那手杖，嗤的一声，旗袍的轻绡上裂了一道缝儿。

"猪猡！"那女子轻声骂，扭着腰回头一看，却又立即笑了一笑。她认识那男子。那是经纪人韩孟翔。女子便是韩孟翔同事陆匡时的寡媳刘玉英，一位西洋美人型的少妇！

"这么早呀！热被窝里钻出来就吹风，不是玩的！"

韩孟翔带笑地眨着眼睛说，把身子让到那半圆形石阶的旁边去。刘玉英跟进一步，装出怒容来瞪了韩孟翔一眼，忽又笑了笑，轻声说道：

"不要胡调！喂，孟翔，我记不准老赵在这里的房间到底是几号。"

风卷起刘玉英的旗袍下幅又缠在韩孟翔的腿上了。风又吹转刘玉英那一头长发，覆到她的眉眼上。

韩孟翔似乎哼了一声，伸手按住了自己头上的巴拿马草帽。过一会儿，他松过一口气来似的说：

"好大的风呀！——这是涨风！玉英，你不在这回的'涨风'里买进一两万么？"

"我没有钱，——可是，你快点告诉我，几号？"

"你当真要找他么？号数倒是四号——"

又一阵更猛烈的风劈面卷来，韩孟翔赶快背过脸去，他那句话就此没有完。刘玉英轻声地说了一句"谢谢你"，把头发往后一掠，摆着腰肢，就跑进那华懋去了。韩孟翔转过脸去望着刘玉英的后影笑了一笑，慢慢地走到对面的街角，就站在那边看《字林西报》^①的广告牌。

"Reds threaten Hankow，reported！"^②

这是那广告牌上排在第一行的惊人标题。韩孟翔不介意似的耸耸肩膀，回头再望那华懋的大门，恰好看见刘玉英又出来了，满脸的不高兴，站在那石阶上向四面张望。她似乎也看见了韩孟翔了，蓦地一列电车驶来，遮断了他们俩。等到那电车过去，刘玉英也跑到了韩孟翔跟前，跳着脚说：

"你好！韩孟翔！"

"谁叫你那么性急，不等人家说完了就跑？"

韩孟翔狡狯地笑着回答，把手杖一挥，就沿着那水门汀向南走，却故意放慢了脚步。刘玉英现在不性急了，跟在韩孟翔后边走了几步，就赶上去并着肩儿走，却不开口。她料来韩孟翔一定知道老赵的新地方，她打算用点手段从这刁滑小伙子的心里挖出真话来。风委实是太猛，潮而且冷，刘玉英的衣服太单薄，她慢慢地向

---

① 《字林西报》（*North China Daily News*），英国人在上海办的英文报纸。创刊于一八六四年七月，一九五一年三月停刊。

② "Reds threaten Hankow，reported！"，英语。"据报告，红军威胁汉口！"——作者原注。

韩孟翔身边挨紧来；风吹弄她的长头发，毛茸茸地刺着韩孟翔的耳根，那头发里有一股腻香。

"难道他没有到大华么？"

将近江海关前的时候，韩孟翔侧着头说，他的左腿和刘玉英的右腿碰了一下。

"等到天亮也没见个影子——"

刘玉英摇着头回答，可是兜头一阵风来，她咽住了气，再也说不下去了。她一扭腰，转身背着风，让风把她的旗袍下幅吹得高高地，露出一双赤裸裸的白腿。她咬着嘴唇笑了笑，眼波瞟着韩孟翔，恨恨地说：

"杀千刀的大风！"

"可是我对你说这是'涨风'！老赵顶喜欢的涨风！"

"嗳，那么，你告诉我，昨晚上老赵住在哪里？我不会忘记你的好处！"

"嘻，嘻！玉英，我告诉你：回头我打听到了，我们约一个地方——"

"啐！——"

"哦，哦，那算是我多说了，你是老门槛，我们心照不宣，是不是！"

"那么快点说哟！"

刘玉英眼珠一转，很妖媚地笑了。韩孟翔迟疑地望着天空。一片一片的白云很快地飞过。他忽然把胸脯一挺，似乎想定了主意，到刘玉英耳边轻轻说了一句，立刻刘玉英的脸色变了，她的眼睛闪闪地像是烧着什么东西。她露出她的白牙齿干笑，那整齐的牙齿好像会咬人。韩孟翔忍不住打一个寒噤，他真没料到这个皮肤像奶油一般白嫩的女人生气的时候有那么可怕！但是刘玉英的脸色立即又转为微红，抿着嘴对韩孟翔笑。又一阵风猛烈打来，似乎站不稳，刘玉英身体一侧，挽住了韩孟翔的臂膊，就势说道：

"谢谢你。可是我还想找他。"

"劝你省点精神罢！不要急，等他要你的时候来找你！我知道老赵脾气坏，他不愿意人家的时候简直不理你！只有一个徐曼丽是例外，老赵不敢不理她！"

韩孟翔说得很诚恳，一面就挽着刘玉英顺步向前走。

风刮得更凶猛了。呼呼的吼声盖倒了一切的都市的骚音。满天是灰白的云头，快马似的飞奔，飞奔！风又一刻一刻的更加潮湿而且冷。可是刘玉英却还觉得吹上身来不够凉爽，她的思想也比天空那些云头还跑得快。将到三马路口的时候，她突然站住了，从韩孟翔的臂弯中脱出她的右手来，她退一步，很妩媚地对韩孟翔笑了一笑，又飞一个吻，转身就跳上了一辆人力车。韩孟翔站住了望着她发怔。

"回头我打电话给你！"

风吹来了刘玉英这一句，和朗朗的笑声。

半小时后，刘玉英已经在霞飞路的一所五层"大厦"里进行她的冒险工作。她把写着"徐曼丽"三个字的纸片递给一个"仆欧"，就跟到那房门外，心里把想好了的三个对付老赵的计策再温习一遍。

门开了。刘玉英笑吟吟地闪了进去，蓦地就一怔；和赵伯韬在一处的，原来不是什么女人，而是老头子尚仲礼！她立刻觉得预定的三个计策都不很合适了。赵伯韬的脸上也陡然变色，跳起来厉声喊道：

"是你么？谁叫你来的？"

"是徐曼丽叫我来的哟！"

刘玉英仓促间就只想出了这一句。她觉得今天的冒险要失败。可是她也并没忘记女人家的"武器"，她活泼泼地笑着，招呼过了尚老头子，就在靠窗的一张椅子里坐着。风从窗洞里来，猛打着她的头，她也不觉得；她留心看看赵伯韬的表情，她镇定了心神，筹划新的策略。

"鬼话！徐曼丽就是通仙，也不能马上就知道我在这里！一定是韩孟翔这小子着了你的骗！"

赵伯韬耸耸肩膀冷笑着，一口就喝破了刘玉英的秘密。刘玉英把不住心跳了；可是她也立刻料到老赵这几天来跟徐曼丽一定没有见过面，她这谎一时不会弄穿。而且她又有说谎的天才，她根据了韩孟翔所说老赵和徐曼丽的关系，以及自己平时听来的徐曼丽种种故事，立刻在心里编起了一套谎话。她不笑了，也摆出生气的样子来。

"真是'狗咬吕洞宾'！来是我自己来的，可是你这地方，就从徐曼丽的嘴巴里听来的呀。昨晚上在大华里，我等你不来，闷得很，就跑进那跳舞厅去看看。我认识徐曼丽。可是她不认识我。她和一个男人叽叽咕咕讲了半天的话。我带便一听，——别人家一定不懂他们讲的是谁，我却是一听就明白。她，她——"

刘玉英顿了一顿，决不定怎样说才妥当。刚好这时一阵风吹翻她的头发，直盖没了她的眼睛；借这机会，她就站起来关上那扇窗，勉强把自己的支吾掩饰了过去。

"她说我住在这里么？"

赵伯韬不耐烦地问了。

"嗳，她告诉那男子，你住在这里，你有点新花样——"

"嘿嘿！你认识那男子么？怎样的一个？"

赵伯韬打断了刘玉英的话，眼睛瞪得挺大。从那眼光中，刘玉英看出老赵不但要晓得那男子是谁，并且还在猜度那一定是谁。这是刘玉英料不到的。她第二次把不住心跳了。她蹙着眉尖，扭了扭颈子，忽然笑了起来说：

"呀，一定是你的熟人！不见得怎样高大，脸蛋儿也说不上好看，——我好像见过的。"

赵伯韬的脸色突然变了。他对尚老头子使了个眼色。尚老头子拈着胡子微笑。

刘玉英却觉得浑身忽然燥热。她站起来又开了身边那对窗，就当窗而立。一阵风扑面吹来，还带进了一张小小的树叶。马路旁那些树都像醉了似的在那里摇摆，风在这里也还很有威势！

"一定是吴老三！徐曼丽搅上了他，真讨厌！"

赵伯韬眼看着尚仲礼轻声说，很焦灼地在沙发臂上拍了一掌。

"吴老三？"刘玉英也知道是谁了。那是她当真见过的。并且她又记起公公陆匡时近来有一次讲起过吴老三的什么党派，而韩孟翔也漏出过一句：老赵跟老吴翻了脸。她心里一乐，几乎笑出声来。她这临时诌起来的谎居然合式，她心里更加有把握了。她决定把她这弥天大谎再推进一些。她有说谎的胆量！

"我早就料到有这一着，所以我上次劝你耐心笼络曼丽。"

尚仲礼也轻声说，慢慢地捋着胡子，又打量了刘玉英一眼。赵伯韬转过脸来，又冷冷地问道：

"他们还说什么呢？"

"有些话我听去不大懂，也就忘记了，光景是谈论交易所里的市面。不过我又听得了一个'枪'字，——嗳，就好像是说某人该吃手枪，我还看见那男子虎起了脸儿做手势——"

刘玉英把想好的谎话先说了一部分，心里很得意；却不料赵伯韬忽然仰脸大笑起来，尚仲礼也眯细了老眼望着刘玉英摇头。这是不相信么？刘玉英心又一跳。赵伯韬笑声住了，就是一脸的严肃，霍地站起来，在刘玉英肩头猛拍一记，大声说道：

"你倒真有良心！我们不要听了！那边有一个人，你是认识的，你去陪她一会儿罢！"

说着，赵伯韬指了一下左首的一扇门，就抓住了刘玉英的臂膊，一直推她进去，又把门关上。

这是一间精雅的卧室，有一对落地长窗，窗外是月台。一张大床占着房间的中央，一头朝窗，一头朝着墙壁。床上躺着一个女人，脸向内，只穿了一身白绸的睡衣。刘玉英看着，站在那里发怔。从老赵突然大笑起，直到强迫她进这房间，一连串奇怪的事情，究竟主吉主凶，她急切间可真辩解不来！她侧耳细听外房他们两个。一点声响都没有！她在那门上的钥匙孔中偷看了一眼；尚老头子捋着胡子，老赵抽雪茄。

通到月台去的落地长窗有一扇开着，风像发疟疾似的紧一阵松一阵吹来。床上那女人的宽大的睡衣，时时被吹鼓起来，像一张半透明的软壳；那新烫的一头长发也在枕边飘拂。然而那女人依旧睡得很熟，刘玉英定了定神，蹑着脚尖走到床头去一看时，几乎失声惊喊起来。那不是别人，却是好朋友冯眉卿！原来是这十六七岁的小姑娘害她刘玉英在大华空守了一夜！虽则刘玉英往常是这么想的：只要照旧捞得到钱，老赵有一万个姘头，也和她刘玉英不相干。可是现在她心里总不免酸溜溜，很想把冯眉卿叫醒来，问她是什么道理；——恰在这时候，冯眉卿醒了。她揉着眼睛，翻了个身，懒懒地把她的一双腿竖起来。她让她的睡衣滑落到腰部，毫无羞耻地裸露了她的大腿。

刘玉英暗笑着，一闪身，就躲在那窗外的月台上了。她本想和冯眉卿开一个玩笑，也算是小小的报复，可是忽然有几句话飘进了她的耳朵，是赵伯韬的声音：

"你这话很对！他们讲的什么枪，一定是指那批军火。丢那妈！那一天很不巧，徐曼丽赖在我那里还没走，那茄门①人就来了。是我一时疏忽，没有想到徐曼丽懂得几句英国话。……"

"本来女人是祸水。你也忒爱玩了，眼前又有两个！"

这是尚老头子的声音。刘玉英听了，就在心里骂他"老不死！杀千刀！"接着她就听得赵伯韬大笑。

"光景那茄门人也靠不住。许是他两面讨巧。收了我们五万元运动费，却又去吴荪甫他们那里放口风。"

"丢那妈！可是，仲老，那五万元倒不怕；我们有法子挖回来。我们的信用顶要紧！这一件事如果失败，将来旁的事就不能够叫人家相信了！我们总得想办法不让那批军火落到他们手里！"

"仍旧找原经手人办交涉，怎样？……"

忽然那靠近月台的法国梧桐树簌簌地一阵响，就扰乱了那边两位的谈话声浪。这半晌来颇见缓和的风陡地又转劲了。刘玉英刚好是脸朝东，那劈面风吹的她睁不开眼睛。砰！月台上那扇落地长窗自己关上。刘玉英吃了一惊。立即那长窗又自己引开了，刘玉英看见冯眉卿翘起了头，睁大着惊异的眼睛。两个人的眼光接触了一下就又分开，冯眉卿的脸红了，刘玉英却微笑地咬着嘴唇。

"你怎么也来了呢？玉英！"

冯眉卿不好意思地说着，就爬下床来，抖一抖身上的睡衣。她跑到月台上来了。风戏弄她的宽大的睡衣，一会儿吹胖了，一会儿

---

① 茄门，英语German的音译，旧时我国上海等地对德国的俗称。

又倒卷了起来，露出她的肥白屁股。刘玉英吃吃地笑着说：

"眉！下边马路上有人看你！"

"大块头呢？——嗳，讨厌的风！天要下雨。玉英，你到过我家里没有？你怎么来的？"

冯眉卿一手掖住了她那睡衣，夹七夹八地乱说，眼光只往刘玉英脸上溜。这眼光是复杂的：憎厌，惊疑，羞愧，醋意，什么都有。但是刘玉英什么都不介意。她一心只在偷听那边两个人的谈话。刚才她无意中拾来的那几句，引起了她的好奇，并且使她猛省到为什么老赵不敢不睬徐曼丽。

"真是讨厌的风！"

刘玉英皱着眉尖，似乎对自己说，并没回答冯眉卿那一连串的问句；她尖起了耳朵再听，然而只能捉到模糊的几个字，拼凑不成意义。风搅乱了一切声响，风也许把那边两位的谈话吹到了别处去！刘玉英失望地叹一口气。

"玉英，你跟谁生气呀？我可没有得罪你——"

冯眉卿再也耐不住了，脸色发青，眼光像会把人钉死。这是刘玉英料不到的，火辣辣一团热气也就从她心里冒起来，冲到了耳根了。但是一转念，她就自己捺住性子，温柔地挽住了冯眉卿的手，笑了笑说道：

"啧，啧！才几天不见，你已经换了一个人了，气派也大得多了！你跟从前不同了，谁也瞧得出来。今天我是来跟你贺喜的，怎么敢生气呀！"

冯眉卿听到最后两句，脸上就飞起了一片红；她忽然一跳，用力挣脱了手，半句话也没有，转身跑进房里，就扑在床上了。刘玉英快意地微笑着，正也想进房里去，猛可地赵伯韬的声音又来了，很响很急，充满着乐观和自信的强烈调子：

"瞧着罢，吴荪甫拉的场面愈大，困难就愈多！中国人办工业没有外国人帮助都是虎头蛇尾。他又要做公债——哼！这一个月里，他先是'空头'，后来一看长沙没有事，就变做'多头'，现在他手里大概有六七百万。可是我猜想，下月期货他一定很抛出了些。他是算到山西军出动，津浦线大战，极早要在下月十号前后。

哈，哈！吴荪甫会打算，就可惜还有我赵伯韬要故意同他开玩笑，等他爬到半路就扯住他的腿！"

于是沉默了一会儿。以后就是急促的一问一答，两个人的声音混在一处，听不清语句。刘玉英怔怔地站着出神，不很明白老赵怎样去"扯"吴荪甫的"腿"；并且对于这些话，她也不感兴趣，她只盼望再听些关于徐曼丽的什么把戏。那边床上的冯眉卿却用毒眼望着刘玉英，把手帕角放在嘴里咬着出气。刘玉英笑了，故意负气似的一转身，背向着眉卿。这时却又听得尚仲礼的声音：

"那么你一定要跟他们拼了……你打算抛出多少呢？"

"这可说不定。看涨上了，我就抛出去，一直逼到吴老三坍台，益中公司倒闭！再有一层，仲礼，早就听说津浦路北段战略上要放弃，不过是迟早问题；今天是十七，到本月交割还有十天光景，如果到了那时当真我们赢不了，吴老三要占便宜。我们还可以把上月底的老法子反转来用一次，可不是？——"

接着就是一阵笑声，而且这笑声愈来愈响愈近，忽然赵伯韬的脑袋在那边窗口探了出来，却幸而是看着下边马路。刘玉英全身一震，闪电似的缩进房里去，又一跳便在冯眉卿身边坐定，手按住了胸脯。

冯眉卿恨恨地把两腿一伸，就在床上翻身滚开了尺多远，似乎刘玉英身上有刺。

"看你这一股孩子气！呀，到底为什么呢？我们好姊妹，肚里有一句，嘴上就说一句！"

刘玉英定了神微笑地说，眼瞅着冯眉卿的背影，心里却颠倒反复地想着刚才偷听来的那些话语。她自然知道冯眉卿的嗔怒是什么缘故，可是她完全没有闲心情来吃这种无名之醋。她因为自己的"冒险"有了意外的成功，正在一心一意盘算着怎样也做个"徐曼丽第二"，而且想比徐曼丽更加巧妙地拿老赵完全"吃住"。她一面这么想着，一面伸手去扳转了冯眉卿的身体来，嘴里又说道：

"妹妹，你得相信我！眉！我今天来，一不是寻你生气，二不是找老赵说话。我是顺路进来看看你。我的脾气你总应该知道：自从他故世，我就什么都灰心；现在我是活一天就寻一天的快乐；我不同人家争什么！我们好姊妹，我一心只想帮衬你，怎么你倒疑心我来拆你的壁脚呢？"

"那么，你老实告诉我，是不是大块头叫你来的？"

"不是！我另外有点事情。"

刘玉英笑着随口回答，心里却在盘算还是就此走呢，还是看机会再在老赵面前扯几句谎。

"大块头在外边房里么？"

冯眉卿也笑了一笑，看住了刘玉英的面孔，等候回答，那眼光是稚气得叫人发笑。

"有一个客人在那里。——难道你不晓得么？"

刘玉英把脸靠在冯眉卿的肩头轻声说，心里的问题还在决断不下。冯眉卿摇了摇头，没说什么，懒洋洋地抿着嘴笑。她一腔的醋意既已消散，渐渐地又感得头重身软。夜来她实在过度了一点儿。

暂时的沉默。只有风在窗外呼呼地长啸。

"眉！我就走了。大块头有客人！明天我请你去看电影。"

刘玉英说着，就开了门跳出去。她的主意打定了！可是很意外，只有尚老头子一个人衔着雪茄坐在那里出神。两个人对看了一眼，尚仲礼爱理不理似的摸着胡子笑。刘玉英立刻又改变了主意。她瞅了尚仲礼一眼，反手指一下那卧室的门，吃吃地艳笑着就出去了。

她到了马路上时，就跑进一家店铺借打电话唤汽车。她要去找韩孟翔，"先把这小伙子吃住。"风仍在发狂地怒吼，汽车冲着风走：她，刘玉英，坐在车里，她的思想却比汽车比风都快些；她咬着嘴唇微笑地想道："老赵，老赵，要是你不答应我的条款，好，我们拉倒！你这点小小的秘密，光景吴荪甫肯出价钱来买的！谁出大价钱，我就卖给谁！"

刘玉英是一个聪明的女子。十七岁前读过几年书，中国文字比她的朋友冯眉卿高明些。对于交易所证券市场的经络，那她更是"渊源有自"。她的父亲在十多年前的"交易所风潮"中破产自杀；她的哥哥也是"投机家"，半生跑着"发横财"和"负债潜逃"的走马灯，直到去年"做金子"大失败，侵吞了巨款吃官司，至今还关在西牢里；她的公公陆匡时，她已故的丈夫，都是开口"标金"，闭口"公债"的。最近她自己也是把交易所当做白天的"家"，时常用"押宝"的精神买进一万，或是卖出五千；——在这上头，她倒是很心平的，她鉴于父亲哥哥甚至丈夫的覆辙，她很稳健，做一万公债能够赚进五六十元，她也就满意。

她是一个女人，她知道女人生财之道，和男子不同；男子利用身外的本钱，而女子则利用身上的本钱。因此她虽则做公债的时候很心平，可是对于老赵这关系却有奢望。一个月前她忽然从韩孟翔的线索认识了老赵的时候，她就认定这也是一种"投机"。在这"投机"上，她预备捞进一票整的！

现在正是她"收获"的时期到了。她全身的神经纤维都在颤抖，她脑子里叠起了无数的计划，无数的进行步骤。当她到了交易所时，她又这么预许给自己："我这笔货，也可以零碎拆卖的，可不是！一个月来，做公债的人哪一个不在那里钻洞觅缝探听老赵的手法呢！"聪明的她已经把偷听来的材料加以分析整理，她的结论是：什么"军火"，什么茹门人，那是除了吴荪甫而外没有人要听的；至于公债，那是老赵不但要做"空"，并且还有什么老法子一定不至于吃亏。她不很明白什么是老法子，可是她十二分相信老赵很有些说得出做得到的鬼把戏。

交易所里比小菜场还要嘈杂些。几层的人，窒息的汗臭。刘玉英挤不上去。她从人头缝里望见了韩孟翔那光亮的黑头发，可是太远了，不能打招呼。台上拍板的，和拿着电话筒的，全涨红了脸，扬着手，张开嘴巴大叫；可是他们的声音一点也听不清。七八十号经纪人的一百多助手以及数不清的投机者，造成了雷一样的数目字的嚣声，不论谁的耳朵都失了作用。

台上旋出"编遣本月期"的牌子来了！于是更响更持久的数目字的"雷"，更兴奋的"脸的海"，更像冲锋似的挤上前去，挤到左，挤到右。刘玉英连原有的地位都保不住了，只好退到"市场"门口。她松过一口气后再进攻，好容易才杀开一条路，在"市场"进出口中间那挂着经纪人牌号和"本所通告"的那堵板壁前的一排木长椅里占了个座位。这里就好比"后方病院"似的，只有从战线上败退下来的人们才坐在这里喘气。这里是连台上那拍板人的头面都看不见的，只能远远地望到他那一只伸起了的手。

刘玉英一看自己身上的月白纱衣已经汗透，胸前现出了乳头的两点红晕，她忍不住微笑了。她想来这里是发狂般的"市场"，而那边，"市场"牵线人的赵伯韬或吴荪甫却静静儿坐在沙发里抽雪茄，那是多么"滑稽"；而她自己呢，现在握着两个牵线人的大秘密在手心；眼前那些人都在暗里，只她在明里，那又多么"滑稽"！

她斜扭着腰，抿着嘴笑了。和她同坐在那里的人们都没注意到她这奇货！他们涨红了脸，瞪出了红丝满布的眼睛，喳喳地互相争论。他们的额角上爆出了蚯蚓那么粗的青筋。偶或有独自低着头不声不响的，那一定是失败者：他那死澄澄的眼睛前正在那里搬演着卖田卖地赖债逃走等惨怖的幻景。

前面椅子里有两个小胡子，交头接耳地谈得很入神。刘玉英望过去，认识那月牙须的男子就是冯眉卿的父亲云卿。这老头儿沉下他那张青中带黑的脸孔，由着他那同伴唧唧哝哝地说，总不开口。忽然一个四十多岁圆脸儿的男子从前面那投机者的阵云中挤出来，跌跌撞撞挤进了这"后方病院"区域，抢到那冯云卿跟前，拉直了嗓子喊道：

"云卿，云卿！涨上了！一角，一角半，二角！步步涨！你怎么说？就这会儿扒进一万罢？"

"哈，哈，哈！扒进！可是我仍旧主张抛出两三万去！"

冯云卿的同伴抢先说，就站了起来，打算挤出去，——再上那"前线"去。刘玉英看这男子不过三十多岁，有一口时髦的牙刷须，也是常见的熟面孔。这时冯云卿还在沉吟未决，圆脸的男子又挤回去仰起了脸看那川流不息地挂出来的"牌子"。这里，那牙刷须的男子又催促着冯云卿道：

"怎么样？抛出两万去罢！连涨了三天了，一定得回跌！"

"咳，咳！你尽说要回跌，慎庵尽说还要涨！我打算看一天风头再定！"

冯云卿涨红了脸急口地说。可是那位圆脸男子又歪扭着嘴巴挤进来了，大声叫道：

"回跌了！回跌了！回到开盘的价钱了！"

立刻那牙刷须的男子恨恨地哼了一声，站起来发狂似的挤上前去了。冯云卿瞪着眼睛做不得声。圆脸的男子挤到冯云卿身边，喘着气说道：

"这公债有点儿怪！云卿，我看是'多''空'两面的大户在那里斗！"

"可不是！所以我主张再看一天风头。不过，慎庵，刚才壮飞一路埋怨我本月四号边没有胆子抛空，现在又捎住了不肯脱手；他说都是我误了事，那——其实，我们三个人打公司，我只能服从多数。要是你和壮飞意见一致，我是没得什么说的！"

"哪里，哪里！现在这价格成了盘旋，我们看一天也行！"

叫做慎庵的男子皱着眉头回答，就坐在冯云卿旁边那空位里。

看明了这一切，听清了这一切的刘玉英，却忍不住又微笑了。她看一看自己的手掌心，似乎这三人二条心而又是"合做"的一伙儿的命运就摆在她的手掌心。不，岂但这三位！为了那编遣公债而流汗苦战的满场人们的命运也都在她的手掌心！她霍地站了起来，旁若无人似的挤到冯云卿他们身边，晶琅琅地叫道：

"冯老伯！久违了，做得顺手么？"

"呀！刘小姐！——哦，想起来了，刘小姐看见阿眉么？她是前天——"

"噢，那个回头我告诉你；今天交易所真是邪气，老伯不要错过了发财机会！"

刘玉英娇媚地笑着说，顺便又飞了一个眼风到何慎庵的脸上去。忽然前面"阵云"的中心发一声喊——那不是数目字构成的一声喊，而且那是超过了那满场震耳喧嚣的一声喊，立刻"前线"上许多人像潮水似的往后涌退，而这挤得紧紧的"后方病院"里便也有许多人跳起来想挤上前去，有的就站在椅子上。冯云卿他们吓得面如土色。

"栏杆挤塌了！没有事，不要慌！是挤塌了栏杆呢！"

楼上那"挂牌子"的地方，有人探出半个身体把两手放在嘴边当做传声筒这么大声吆喝。

"冯老伯！久违了，做得顺手么？"

“啧，啧！真是不要命，赛过打仗！”

刘玉英说着，松了一口气，用手轻轻拍着自己的胸脯；她那已经有六成干的纱衣这时一身急汗就又湿透。立刻那惊扰也过去了，"市场"继续在挣扎，在盘旋；人们用最后的力量来争"收盘"的胜利。何慎庵回过脸来看着刘玉英笑道：

“刘小姐，面熟得很，也是常来的罢？你是看涨呢看跌？我是看涨的！”

“也有人看跌呢！可是，冯老伯，你做了多少？可得意么？”

“不多，不多！三个人拼做廿来万，眼前是不进不出，要看这十天内做的怎样了！”

“阿是做多？”

“可不是！云翁算来，这六个月里做'空'的，全没好处；我也是这个意思。上月里十五号前后那么厉害的跌风，大家都以为总是一泻千里的了，谁知道月底又跳回来——刘小姐，你听说那赵伯韬的事么？他没有一回不做准的！这一回，外场说他仍是多头！”

何慎庵说到后面那几句时，声音很低，并且伸长了脖子，竟把嘴唇凑到刘玉英耳边；这也许是为的那几句话确须秘密，但也许为的刘玉英那一身的俏媚有吸引力。刘玉英却都不在心上，她斜着眼睛笑了一笑，忽然想起她的"零碎拆卖"的计划来了。眼前有这机会，何妨一试，而况冯云卿也还相熟。这样想着，刘玉英乘势便先逗一句道：

“暧，是那么一回事呢！不过，我也听说一些来——”

“呵，刘小姐，你说阿眉呢？”

冯云卿很冒失地打断了刘玉英的话，他那青黑的老脸上忽然有些红了。刘玉英看得很明白。她立即得了一个主意，把冯云卿的衣角一拉，就凑在他耳朵边轻声说道：

“老伯不知道么？妹子有点小花样呢！我在老赵那边见她来。老赵这个月好像又要发这么几十万横财！我知道他，他，——暧，可是老伯近来做'多'么？那个——”

忽然顿住了，刘玉英转过脸来看着冯云卿微笑。她只能挑逗到这地步，实在也是再明白没有的了，可是冯云卿红着脸竟不作声。

他那眼光里也没有任何"说话"。他是在听说眉卿确在老赵那里这话的时候，就心里乱得不堪；他的希望，他的未尽磨灭的羞耻心，还有他的患得患失的根性，都在这一刹那间爆发；刘玉英下面的话，他简直是听而不闻！

"老伯是明白的，我玉英向来不掉枪花，我也不要多，小小的彩头就行了！"

刘玉英再在冯云卿耳朵边说，索性丢开那吞吞吐吐的绕圈子的句法了。这回冯云卿听得很明白，然而因为跟上文不接气，他竟不懂得刘玉英的意思，他睁大了眼睛发愣。他们的谈话，就此中断。

这时"市场"里也起了变化。那种营业上的喧声，——那是由五千、一万、五万、十万、二十万，以及一角、一角五、一元等等几乎全是数目字所造成的雷一样的声音，突然变为了戏场上所有的那种夹着哄笑和叹息的闹哄哄的人声了！"前线"的人们也纷纷退下来，有的竟自出"市场"去了。编遣公债终于在跳起半元的收盘价格下拍过去了！

台上那揭示板旋出了"七年长期公债本月期"来。这是老公债，这以下，都是北洋政府手里发行的老公债开拍；这些都不是"投机"的中心目标，也不是交易所主要的营业。没有先前那样作战似的"数目字的雷"了，场里的人散去了一小半。就在这时候，那牙刷须的李壮飞一脸汗污兴冲冲地跑回来了。他看了何慎庵一眼，又拍着冯云卿的肩膀，大声喊道：

"收盘跳起了半元！不管你们怎么算，我是抛出了一万去了！"

"那——可惜，可惜！壮飞！你呀！"

何慎庵跳起来叫着，就好像割了他一块肉。冯云卿不作声，依然睁着眼睛在那里发愣。

"什么可惜！慎庵，我姓李的硬来硬去，要是再涨上，我贴出来；要是回跌了呢？你贴出来么？"

"好呵！可是拿明天的收盘做标准呢？还是拿交割前那一盘？"

何慎庵跟李壮飞一句紧一句地吵起来了，冯云卿依然心事很重地愣着眼。他有他的划算。他决定要问过女儿到底有没有探得老赵的秘密，然后再定办法。那时候，除了眼前这二十万外，他还打算瞒着他的两位伙计独自干一下。

刘玉英在旁边看着何李两位觉得好笑。

"壮飞！你相信外边那些快报么？那是谣言！你随身带着住旅馆的科长科员不是也在那里办快报么？请问他们那些电报哪一条不是肚子里造出来的！你怎么就看定了要跌？"

"不和你多辩论，将来看事实；究竟怎么算法？"

李壮飞那口气有些软了。何慎庵乘势就想再逼进一步，可是那边有一个人挤过来插嘴叫道：

"你们是新旧知县官开堂会审么？"

这人正是韩孟翔，正是刘玉英此来的目的物；韩孟翔也许远远地瞧见了刘玉英这才来的。

台上拍到"九六公债"了。这项差不多已成废纸的东西，居然也还有人做买卖，然而是比以前更形清淡。

"呀！玉英！你怎么在这里了？找过了大块头么？你这！——"

韩孟翔又转脸对刘玉英说，摇摇摆摆地挤到了玉英身边。刘玉英立刻对他飞了个眼风，又偷偷地把嘴唇朝冯云卿他们努了一下。韩孟翔微笑。刘玉英也就懒懒地走到前面去了。

"这一盘里成交多少，你有点数目么？"

李壮飞靠到韩孟翔身边轻声问。于是这两个人踅到右边两三步远的地方，就站在那里低声谈话。这里冯云卿跟何慎庵也交头接耳了好半天。忽然那边李壮飞高声笑了起来，匆匆地撇开韩孟翔，一直走到前面拍板台下，和另一个人又头碰头在一处了。

现在交易所的早市已经结束。市场内就只剩十来个人，经纪人和顾客都有，三三两两地在那里闲谈。茶房打扫地下的香烟头，洒了许多水。那两排经纪人房间里不时响着丁零零——的电话。有人拿着小本子和铅笔，仰起了脸抄录"牌子"上的票价升沉录。这些黑底白粉字的"牌子"站得整整齐齐，挂满了楼上那一带口字式的栏杆。一切都平静，都松弛了；然而人们的内心依旧很紧张。就像恶斗以后的短时间的沉默，人们都在准备下一场的苦战！

"嘿，嘿！刚才陆匦时说吴荪甫是做'多'的！这总是奇怪！怎么？"

突然李壮飞跑了来对冯云卿他们低声说，他那脸上得意的红光现在变成了懊恼的灰白。

冯云卿和何慎庵对看了一眼，却不回答。过一会儿，三个人中间便爆发了短时间的细声的然而猛烈的争执。李壮飞负气似的先走了。接着何慎庵和冯云卿一先一后也离了那"市场"。在交易所的大门口，冯云卿又见刘玉英和韩孟翔站在那里说话。于是女儿眉卿的俏影猛地又在冯云卿心头一闪。这是他的"希望之光"，他在彷徨迷乱中唯一的"灯塔"！他忍不住微笑了。

刘玉英看着冯云卿的背影，鄙夷地扁扁嘴。

冯云卿迎着大风回家去。他坐在黄包车上不敢睁眼睛。风是比早上更凶猛了。一路上的树木又呐喊助威。冯云卿坐在车上就仿佛还在交易所内听"数目字的雷"。快到家的时候，他的心就异样地安静不下去，他自己问自己，要是阿眉这孩子弄不清楚，可怎么办呢？要是她听错了话，可怎么办呢？这是身家性命交关的事儿！

但到了家时，冯云卿到底心定了。他信托自己的女儿，他又信托自己前天晚上求祖宗保佑时的那一片诚心。

他进门后第一句话就是"大小姐回来了没有？"问这句话前，他又在心里拈一个阄：要是已经回来，那他的运气就十有八九。果然皇天不负苦心人！他的女儿也是刚刚回来，而且在房里睡觉。当下冯云卿的灰白脸上就满布喜气，他连疲倦也忘了，连肚子饿也忘了，匆匆地跑上楼去。

女儿的房门是关着的，冯云卿猛地又迟疑了；他决不定是应该敲门进去呢，还是等过一会儿让女儿自己出来。当然他巴望早一刻听到那金子一般的宝贵消息，以便从容布置；然而他又怕的刚回来的女儿关起了房门，也许是女孩儿家有什么遮掩的事情要做，譬如说换一换衬衣裤，洗一洗下身，——那么，他在这不干不净的当儿闯进去，岂不是冲犯了喜神，好运也要变成坏运！

正这么迟疑不决站在那里，忽然迎面来了姨太太老九，手里捧着一个很饱满的皮夹，是要出门的样子。

"啊！你来得正好，我要问你一句话！"

姨太太老九尖声叫着，扯住了冯云卿的耳朵，就扯进房里去了。

一叠账单放在冯云卿的手里了；那是半个月前的东西，有米账、煤账、裁缝账、汽车账、长丰水果店和老大房糖食店的账；另外又有两张新的，一是电力公司的电费收据，一是上月份的房票。冯云卿瞪着眼睛，把这些店账都一一翻过，心里打着算盘，却原来有四百块光景。

"老九，米店、煤店、汽车行，不是同他们说过到八月半总算么？"

"哼！你有脸对我说！——我可没脸对他们说呀！老实告诉你：我统统付清了！一共四百三十一块几角，你今天就还我——我也是姊妹淘里借来的！"

"哎，哎！老九，再过几天好么？今天我身边要是有一百块，我就是老忘八！"

冯云卿陪着笑脸说，就把那些票据收起来。

"没有现钱也不要紧。你只把那元丰钱庄一万银子的存折给我，也就算了。押一押！"

"那不行，嗳，老九。那可不行呢！再说，只有四百多块，怎么就要一万银子的存折做抵押——"

"啐；只有四百块！你昏了么？五阿姊那边的五千块，难道不是我经手的？你还说只有四百多！那是客气钱，人家借出米时为的相信我，连押头都不要；马上就要一个月到期，难道你好意思拖欠么？"

姨太太剔起了两道细长的假眉毛，愈说愈生气，愈可怕了。

冯云卿只是涎着脸笑。提起那五千元，他心里也有几分明白；什么五阿姊那边借来，全是假的，光景就是姨太太老九自己的私蓄。可是他无论如何不敢把这话叫亮。

姨太太又骂了几句，忽然想起时候不早，也就走了。

冯云卿好像逢了大赦，跳起来伸一个懒腰，又想了一想，就踱到女儿房外来。房门是虚掩着。冯云卿先提起喉咙咳了一声，然后推门进去。眉卿坐在窗边的梳妆台前，对了镜子在那里出神。她转过脸来，见是父亲，格勒一声笑，就立刻伏在那梳妆台上，藏过了脸。

风在窗外呼啸。风又吹那窗前的竹帘子，拍拍地打着窗。

冯云卿站在女儿身边，看着她的一头黑发，看着她的雪白后颈，看着她的半扭着的细腰，又看着她的斜伸在梳妆台脚边的一对浑圆的腿；末了，他满意似的松一口气，就轻声问道：

"阿眉！那件事你打听明白了么？"

"什么！"

眉卿突然抬起头来说，好像吃惊似的全身一跳；不，她实在当真吃惊了，为的直到此时经父亲那么一问，她方才想起父亲屡次叮嘱过要她看机会打听的那件事，却一向忘记得干干净净了。

"哎！阿眉，就是那公债哟！他到底是做的'多头'呢，还是'空头'？——"

"哦！那个！不过，爸爸，你的话我有点不明白。"

眉卿看着她父亲的脸，迟疑地说；她那小心里却异常忙乱：她是直说还没打听过呢，还是随随便便敷衍搪塞一下，或者竟捏出几句话来骗一骗。她决定了用随便搪塞的办法。

"我的话？我的哪些话你不明白？"

"就是你刚才说的什么'多头'呀，'空头'呀，我是老听得人家说，可是我不大明白。"

"哈，哈，那么你打听到了。傻孩子！'多头'就是买进公债，'空头'就是卖出。"

"那么他一定是'多头'了！"

眉卿忽然冲口说了这么一句，就吃吃地笑了。她自己并不觉得这句话是撒谎：老赵不是很有钱？有钱的人一定买进，没有钱的人这才要卖出去呀！在眉卿的小姑娘心里看来，老赵弄到卖什么，那就不成其为老赵，不成其为女人所喜欢的老赵了！

"呵，呵，当真么？他是'多头'么？"

冯云卿惟恐听错了似的再问一句，同时他那青黑的老脸上已经满是笑意了，他的心卜卜地跳。

"当真！"

眉卿想了一想说，忍不住又吃吃地笑；她又害羞似的捧着脸伏在那梳妆台上了。

这时窗外一阵风突然卷起了那竹帘子，啪的一声，直撩上了屋檐去了。接着就是呼呼的更猛烈的风叫，窗子都琅琅地震响。

冯云卿稍稍一怔，但他立即以为这是喜讯；仿佛是有这么两句："竹帘上屋面，主人要发财！"他决定了要倾家一掷，要做"多头"；他决定动用元丰钱庄上那"神圣的"一万银子，眉卿的"垫箱钱"；他从女儿房里跑出来，立刻又出门去了。

十二

吴荪甫那一脸不介意的微笑渐渐隐退了，转变为沉思；俄而他脸上的紫疱有几个轻轻地颤动，他额角上的细汗珠渐渐地加多。他避开了刘玉英的眼光，泛起眼白望着窗，右手的中指在桌面划着十字。

窗外有人走过。似乎站住了，那窗上的花玻璃面就映出半个人头的影子。于是又走开了，又来了第二次的人头影子。突然卖"快报"的声音从窗前飞跑着过去："阿要看到阎锡山大出兵！阿要看到德州大战！济南吃紧！阿要看到……关外通电……"接着又来了第二个卖"快报"的带喊带跑的声音。

吴荪甫的眉毛似乎一跳，他蓦地站起来，在房中走一个半圆圈，然后站在刘玉英面前，站得很近；他那尖利的眼光钉住了刘玉英的粉脸，钉住了她那微带青晕的眼睛，好像要看到刘玉英的心。

让他这么看着，刘玉英也不笑，也不说话，耐烦地等待那结果。

"玉英！你要听我的吩咐——"

吴荪甫慢慢地说，一点游移的神气都没有，仍旧那么尖利地看着刘玉英，可是他又不一直说下去，好像在考虑应该先吩咐哪一些事情。刘玉英抿着嘴笑，知道那"结果"来了；她快乐到胸脯前轻轻跳动，她忍不住接口问道：

"可是我的为难地方，表叔都明白么？"

"我都明白了。你要防着老赵万一看破了你的举动，你要预先留一个退步，是不是？哦——这都在我身上。我们本来就带点儿亲，应该大家帮忙。玉英，现在你听我说：你先把韩孟翔吃住。我知道你有这本事。你不要——"

刘玉英又笑了，脸上飞过一片红晕。

"你不要再打电话到处找我，也不要再到益中公司去找我！你这么办，老赵马上会晓得我和你有来往，老赵就要防你，——"

"这个我也明白，今天是第一趟找你，只好到处打电话；以后我要小心了。"

"哦，你是聪明人！那么，我再说第三桩：你去找个清静的旅馆包定一间房，我们有话就到那边碰头。我来找你。每天下午六点钟前后，你要在那里等候——办不到么？"

"就是天天要等候恐怕办不到。说不定我有事情绊住了脚。"

"那也不要紧。你抽空打一个电话到益中公司关照我就好了。"

"要是你也不在益中公司呢？"

"四点到五点，我一定在。万一我不在益中，你问明了是姓王的——王和甫，和——甫，你也可以告诉他。这位是北方人，嗓子很响，你大概不会弄错的。"

刘玉英点头，抿着嘴笑。忽然那花玻璃的窗上又有人头影子一闪，接着是啪的一声响，那人头撞在窗上，几乎撞开了那对窗。吴荪甫猛转过脸去看，脸色有点变了。这时那花玻璃上现出两个人头影子，一高一矮，霍霍地在晃。吴荪甫陡地起了疑心，快步跑到那窗前，出其不意地拉开窗一望，却看见两张怒脸，瞪出了吃人似的眼睛，谁也不肯让谁。原来是两个瘪三打架。吴荪甫耸耸肩膀，关好了窗，回到桌子边就签了一张支票交给刘玉英，又轻声说：

"可不要这样的房间！太嘈杂！要在楼上，窗外不是走道！"

"你放心，我一定办得周到。可是，表叔，你吩咐完了罢？我有话——"

"什么话？"

吴荪甫侧着头，眉毛稍稍一耸。

"徐曼丽那边，你得拉紧些，好叫老赵一直疑心她，一直不理她。那么着，我前回造的谣言不会弄僵，我这才能够常在老赵那里跑！要是你向来和徐曼丽不很熟，就请你赶快做熟她！"

吴荪甫的眉头皱紧了，但也点一下头。

窗外那两个瘪三忽然对骂起来，似乎也是为的钱。"不怕你去拆壁脚！老子把颜色你看！"——这两句跳出来似的很清楚。房里的吴荪甫也听着了，他的眉头皱得更紧些，看了刘玉英一眼，摇摇身体就站起来。但此时刘玉英早又提出了第二个要求：

"还有，表叔，韩孟翔我有法子吃住他，可是单靠我一张嘴，也还不够，总得给他一点实惠。老赵是很肯花钱收买的。表叔，你愿意给孟翔什么好处，先告诉我一个大略，我好看机会撺掇他。"

"这个，眼前我不能说定，明后天我们再谈罢。"

"那么，还有一句话——"

刘玉英说着就吃吃地笑，脸也蓦地红了，眼波在吴荪甫脸上一溜，却不说下去。

"什么话呢？你说！"

吴荪甫迟疑地问，看出了刘玉英那笑那眼光都有点古怪；他觉得这位女侦探的"话"太多，而且事已至此，他反倒对于这位女侦探有点怀疑，至少是不敢自信十二分有把握"吃得住"她。

"就是你到我那包定的房间来时用什么称呼！"

刘玉英笑定了轻声说，她那乌亮的眼珠满是诱惑的闪光。

听明白了原来只是这么一回事，吴荪甫也笑了一笑，可是他并没感到那强烈的诱惑，他松一口气，站起来很不介意似的回答：

"我们原是亲戚，我仍旧是表叔！"

这么说着，吴荪甫一摆手，就匆匆地走了。他跑出那旅馆，坐进了汽车的时候，这才回味到刘玉英刚才那笑，那脸红，那眼波，那一切的诱惑性，他把不住心头一跳。可是他这神思摇惑仅仅一刹那，立刻他的心神全部转到了老赵和公债，他对那回过脸来请命令的汽车夫喝道：

"到交易所去！快！"

现在是将近午后三点钟了。毒太阳晒得马路上的柏油发软，汽车轮辗过，就印成了各式各样的花纹。满脸黑汗在这柏油路上喊卖各式各样"快报"的瘪三和小孩子，也用了各式各样的声调高叫着各式各样矛盾的新闻。

像闪电似的到交易所里一转而现在又向益中公司去的汽车里的吴荪甫，全心神在策划他的事业，忽然也发现自己的很大的矛盾。他是办实业的，他有发展民族工业的伟大志愿，他向来反对拥有大资本的杜竹斋之类专做地皮、金子、公债；然而他自己现在却也钻在公债里了！他是盼望民主政治真正实现，所以他也盼望"北方扩大会议"的军事行动赶快成功，赶快沿津浦线达到济南，达到徐州；然而现在他从刘玉英嘴里证实了老赵做的公债"空头"，而且老赵还准备用"老法子"以期必胜，他就惟恐北方的军事势力发展得太快了！他十二分不愿意本月内——这五六天内，山东局面有变动！而在这些矛盾之上再加一个矛盾，那就是益中公司的少数资本又要做公债又要扩充那新收买的八个厂！他自己在一个月前曾经用尽心机谋夺朱吟秋的干茧和新式丝车，可是现在他谋夺到了手，他的铁腕下多了一个"新厂"了，他却又感得是一件"湿布衫"，想着时就要皱眉头！

这一切矛盾都是来得那么快，那么突兀，吴荪甫好像不知不觉就陷了进去了。现在他清清楚楚看到了，可是已经拔不出来了！他皱紧了眉头狞笑。

然而他并不怎样沮丧。他的自信力还能够撑住他。眼前的那些矛盾是达到胜利的阶段，是必不可免的魔障——他这样自己辩解。岂不是为的要抵制老赵他们的"托拉斯阴谋"，所以他吴荪甫这才要和老赵"斗法"，想在公债市场上打倒老赵么？这是症结中的症结！吴荪甫就这么着替自己的矛盾加上一个"合理"的解释了。只是有一点：益中公司经济上的矛盾现象——又要做公债又要扩充那八个厂，须得有一个实际的解决才好！况且杜竹斋退出益中已经是不可挽回的了，指望中的银钱业帮助因此也会受到影响；这是目前最大的困难，这难关一定要想法打开，才能谈到第二步的办法！

汽车停住了，吴荪甫的思想暂告一段落；带着他那种虽未失望然而焦灼的心情，他匆匆地跑进益中公司去了。

楼下营业部里有一个人在那里提存款，汹汹然和营业部的职员争闹。是"印鉴"有疑问么？还是数目上算错？也值得那么面红耳赤！吴荪甫皱着眉头带便看了那提款人一眼，就直奔二楼，闯进了总经理办公室。虽说是办公室，那布置却像会议场；总经理的真正办公地方，却另有一个"机要房"，就在隔壁。当下吴荪甫因为跑急了，神色有点慌张；正在那办公室里促膝密谈的王和甫和孙吉人就吃了一惊，陡地一齐站起来，睁大了惊愕的眼睛。吴荪甫笑了一笑，表示并无意外。可是兜头来了王和甫的话，却使吴荪甫心跳。

"荪甫，荪甫！出了个不大不小的岔子了！四处打电话找你不到，你来得刚好！"

"我也是和甫接连几个电话逼来的。我们正在这里商量办法。事情呢，也不算怎么了不得；不过凑在我们眼前这兜不转来的当儿刚刚就发生，有点讨厌！——上星期我们接洽好的元大的十万银子，今天前途忽然变卦了，口气非常圆滑。就是这么一件事。"

孙吉人接着说，依然是他那种慢慢的冷静的口吻，就只脸上透着几分儿焦灼。

吴荪甫的一颗心也定下来了。事情虽然发生得太早一些，可不算十分意外；元大庄那笔款子本是杜竹斋的来头，现在竹斋既然脱离益中，那边不肯放款，也是人情之常。于是吴荪甫努力镇静，暂且搁起了心里的公债问题，先来商量怎样应付那忽然短缺了的十万元。

这笔款子的预定用途是发付那八个厂总数二千五六百工人的工钱以及新添的各项原料。

王和甫拿出许多表册单据来给吴荪甫，孙吉人他们过目，又简单地说明道：

"工钱方面总共五万多块，月底发放，还有五六天光景，这算不了怎么一回事。要紧的还是新进的那些货，橡胶、伞骨、电料、松香、硫酸，这一类总共得七万多块钱。都是两三天内就要付的。"

261

吴荪甫摸着下巴沉吟，看了孙吉人一眼。是月底快到了，吴荪甫自己的厂以及现在归他管理的朱吟秋那个厂，也是要发放工钱的。他自己也得费点手脚去张罗。虽然他的企业是扩充了，可是他从来没有现在那么现款紧！就他的全部资产而论，这两个月内他是飞跃地增加，少说也有二十万；然而堆栈里的干茧就搁煞了十多万，加之最近丝价狂跌，他再不能忍痛抛售，这存丝一项也搁煞了十多万；而最后，平白地又在故乡搁住了十多万。所以眼前益中虽然只差得十万，他却沉吟又沉吟，摆布不下。

　　"那么，七万是明后天就要的；好，我去想法罢！——"

　　孙吉人回看了吴荪甫一眼，就很爽利地担负起那责任来；吴荪甫的难处，他知道。他顿了一顿，翻着那些单据和表册，又接下去说：

　　"不过这样头痛医头，东挪西凑，总不是办法。我们八个厂是收进来了，外加陈君宜一个绸厂租给我们，合同订了一年；我们事业的范围，说大不大，说小也不小了。我们总得有个通盘的划算。公司组织的时候实收资本八十万，后来顶进这益中，收买那八个厂，现在杜竹翁又拆股退出，就只存现款四十多万，陆续都做了公债。我早就想过，又要办那些厂，又要做公债，我们这点儿资本不够周转。两样中间，只好挑定一样来干。然而为难的是现在两样都弄成骑虎难下。"

　　"单办那八个厂，四十多万也就马马虎虎混得过。可是我们不打算扩充么？我们还多着一个陈君宜的绸厂。四十多万还是不够的！现在这会儿，战事阻断了交通，厂里出的货运不开，我们这个月里就得净赔开销；当真得通盘筹划一下！"

　　王和甫因为是专管那些厂，就注重在厂这方面说。

　　吴荪甫一边听，一边想，陡地脸上露出坚决的气色来。他对孙吉人、王和甫两位瞥了一眼，他那眼光里燃烧着勇敢和乐观的火焰。他这眼光常常能够煽旺他那两位同事的热情，鼓动他们的幻想，坚决他们的意志；他这眼光是有魔力的！他这眼光是他每逢定大计，决大疑，那时候儿的先声夺人的大炮！

　　可是吴荪甫正待发言，那边门上忽然来了笃笃的两下轻叩。

"谁呀？进来罢！"

王和甫转过脸去对着那门喊，很不耐烦似的站了起来。

进来的是楼下营业部的主任，哈着腰，轻灵地蹑着脚尖快步跑到王和甫跟前，低声说道：

"又是一注没有到期的定期存户要提存款。我们拿新章程给他看，他硬不服；他说四个多月的利息，他可以牺牲，要他照'贴现'的办法却不行。他在底下吵了好半天了。该怎么办，请总经理吩咐罢！"

王和甫鼻子里轻轻哼了一声，且不回答那营业部主任，回头看着吴荪甫他们两位。这两位也都听明白了。吴荪甫皱一下眉头，孙吉人摸着下巴微笑。王和甫转脸就问那营业部主任道：

"多少数目？"

"一万。"

"哦——一万！算了罢，不要他照'贴现'的办法了。真麻烦！"

营业部主任微笑着点头，又轻灵地蹑着脚尖退了出去。装着耶耳厂自动关闭机的那扇门就轻轻地自己关上；嚓的一声小响以后，房里忽然死一样的沉寂。

"真麻烦！天天有那样的事！"

王和甫自言自语地回到他的座位里，就燃着了一支茄立克。他喷出一口浓烟，又接着说：

"这些零零碎碎的存户都是老公司手里做下来的！现在陆续提去有个六成了。"

"哦！——我们新做的呢？"

"也还抵得过，云山拉来了十多万，活期定期都有。吸收存款这一面，望过去很有把握。"

王和甫一面回答着孙吉人，一面就又翻那些表册。

吴荪甫笑了笑，他的眼光忽然变成很狞厉；他看看王和甫，又看看孙吉人，毅然说道：

"我们明天发信通知那些老存户，声明在半个月内他们要提还没到期的款子，我们可以特别通融，利息照日子算！吉人，你说对不对：我们犯不着去打这些小算盘！我看来那些老存户纷纷来提款子一定不是无缘无故的！光景他们听得了什么破坏我们信用的谣言。赵伯韬惯会造谣言！他正在那里想种种方法同我们捣蛋。他早就说过，只要银钱业方面对我们收紧一些，我们就要受不了；他这话不是随便说说的，他在那里布置，他在那里用手段！"

"对了！今天元大庄那变卦，光景也是老赵搅出来的。我听他们那口气里有讲究。"

王和甫慌忙接口说。

"再拿竹斋这件事来讲罢，他退出公司的原因，表面上固然是为的他不赞成收买那八个厂，可是骨子里也未始不是老赵放的空气叫竹斋听了害怕。竹斋不肯对我明说，可是我看得出来。他知道了云山到香港去，就再三要拉尚仲礼进来。我一定不答应，第二天他就决定主意拆股了！"

"哈，哈；杜竹翁是胆小了一点儿，胆小了一点儿。可是杜竹翁实在也不喜欢办什么厂。"

又是王和甫说，他看了孙吉人一眼。孙吉人点着头沉吟。有一个阴暗的影子渐渐在孙吉人心头扩大开来：正像杜竹斋实在不喜欢办什么厂，他，孙吉人，对于做公债之类也是没有多大兴味的，——并不是他根本憎恶这种"投机"事业，却是为的他精力不济，总觉得顾到了本行事业也就够累了；而现在，不但做公债和办厂两者都弄成骑虎难下之势，且又一步一步发现了新危险，一步一步证实了老赵的有计划的"经济封锁"已经成为事实；这种四面楚歌的境地，他想来当真没有多大把握能够冲得出去。可是除了向前冲，到底还有什么别的办法？

然而孙吉人还是很镇静；他知道吴荪甫在那里等待他发表意见，他又知道王和甫没有任何一定的意见，于是冷静地看着吴荪甫那精神虎虎的紫脸孔，照例慢慢地说道：

"我们自己立定了脚跟就不怕。信用自信用，谣言自谣言；我们也要不慌不忙。荪甫主张不打小算盘，很赞成！那些老存户既然相信谣言，我们就放一个响炮仗给他们听听。可是我们的脚跟先得赶快站稳起来，先把那些厂的根基打好。我们来算一算：那些厂彻底整顿一下，看是能够节省多少开支；应该扩充的扩充一下，看是至少该添多少资本；刚才和甫说原定的四十五万恐怕不够，那么，我们把做公债的资本收了回来还是差一点，我们就得另外设法。不过究竟要用多少扩充费，开支上能够节省多少，还有眼前三两个月内销路未必会好，要净赔多少——这种种，应该算出一个切实的数目。"

"扩充费已经仔细算过，八个厂总共支配三十万。这是不能再少的了！"

王和甫先拣自己主管的事回答，心里却在忖量公债方面的盈亏，因为那三十万全都做了公债去了。他转脸看着吴荪甫，正想问他公债的情形，吴荪甫却先说了：

"这一次拿公司里的资本全部做了公债，也是不得已。本月三号，我们只抛出一百万，本来是只想乘机会小小干一下，可是后来局面变了，逼得再做，就成了'多头'；现在我们手里有一千万公债！照今天交易所早市收盘的价格，说多呢不多，三十万元的纯利扯来是有的！刚才我来这里以前，我已经通知我们的经纪人，今天后市开盘，我们先放出五百万去！"

吴荪甫的脸上亮着胜利的红光，他踌躇满志地搓着手。

"可是，荪甫，光景还要涨罢？从十五号到今天，不是步步涨么？虽然每天不过涨上两三角。"

王和甫慌忙接口说，也像吴荪甫一样满面全是喜气了。

"那不一定！"

吴荪甫微笑地回答，但那口气异常严肃。他转过脸去看着孙吉人，他那眼光的坚决和自信能够叫顶没有主意的人也忽然打定了主意跟他走。他用了又快又清晰个个字像铁块似的声调说道：

"我们先要站定了自己的脚跟！可是我们好比打仗，前后全有敌人：日本人开在上海的那些小工厂是我们当面的敌人，老赵是我们背后的敌人！总得先打败了身前身后的敌人，然后我们的脚跟站得稳！我们那八个厂一定得赶快整顿：管理上要严密，要换进一批精明能干的职员去，要严禁糟蹋材料，要裁掉一批冗员，开除一批不好的工人！我看每个厂的预算应得削减二成！"

"就是这么着，从下月起，预算减二成！至于原来的办事人，我早就觉得都不行，可是人才难得，一时间更不容易找，就一天一天搁着；现在不能再挨下去了。和甫，你是天天巡视那八个厂的，你看是应该先裁哪一些人？"

孙吉人依然很冷静地说，并且他好像忽略了吴荪甫那一席话里前半段的主要点；但是吴荪甫眼睛里的火——那是乐观的火，要和老赵积极奋斗的火，已经引燃到孙吉人的眼睛。这个，吴荪甫是看得非常明白；他紧抓住了这机会，立刻再逼进一步：

"刚才我说一千万公债我们已经放出了一半去。我们危险得很呢！老赵布置得很好，准备'杀多头'！幸而他的秘密今天就泄漏。他的一个身边人把这秘密卖给我，两千块钱她就卖了，还答应做我们的内线，常给我们消息！据老赵的布置，月底交割前，公债要有一度猛跌！可是我们今天就放出了一半去，老赵是料不到的！明天我们就完全脱手，老赵的好计策一点没有用处！"

吴荪甫一边说着，霍地站了起来；就像一个大将军讲述出死入生的主力战的经过似的，他兴奋到几乎滴下眼泪。他看着他的两个同事，微笑地又加一句：

"我们以后对付老赵就更加有把握！"

于是整顿工厂的问题暂时搁起，谈话集中在老赵和公债。吴荪甫完全胜利了。他整饬了自己一方面的阵线，他使得孙吉人他们了解又做公债又办厂不是矛盾而是他们成功史中不得不然的步骤；他说明了消极的"自立政策"——不仰赖银钱业的放款，就等于坐而待毙；只有先战胜了老赵，打破了老赵指挥下的"经济封锁"，然后能真正"自己立定脚跟"！他增强了他那两个同事对于老赵的认识和敌意。他把益中公司完全造成了一个"反赵"的大本营！

最后，他们又回到那整顿工厂问题。在这上头，他们自然要加倍努力。裁人，减工资，增加工作时间，新订几条严密到无以复加的管理规则：一切都提了出来，只在十多分钟内就大体决定了。

"开除工人，三百到五百；取消星期日加工；延长工作时间一小时；工人进出厂门都要受搜查；厂方每月扣留工资百分之十，作为'存工'，扣满六十五元为度，将来解雇时，厂方可以发还；这一些，马上都可以办。可是最后一条——工钱打九折，怕的工人们

266

要闹起来！可不是，取消星期日加工，已经是工钱上打了个九折；现在再来一个九折，一下里太狠了一点，恐怕他们当真要闹什么罢工怠工，反多了周折。我主张这一项暂且缓办，——哎，你们看是怎样？"

王和甫搔着头皮迟疑地说，眼睛望着吴荪甫那紧绷绷的脸。

吴荪甫微笑，还没开口，那边，孙吉人已经抢先发言，例外地说的很急：

"不，不！我们认真的地方认真，优待的地方也比别家优待。和甫，你没看见我们还有奖励的规则么？工作特别好，超过了我们预定的工作标准时，我们就有特别奖。拿灯泡厂来说罢，我们现在暂定灯泡厂的工人每人每日要做灯泡二百只，这个数目实在是很体恤的了；工人手段好，不偷懒，每天做二百五十只也很容易，那时我们就给他一角五分的特别奖，月底结算，他的工钱不是比原来还多么？"

"啊，啊，吉人，话是不错的；我们很优待。就可惜工人们不很懂理，扣了的，他们看得见，特别奖，他们就看不见！荪甫，不是我胆小怕事，当真我们得仔细考虑一下。"

王和甫的口气依然不放松；他是专门负责管理那八个厂的，他知道那八个厂的二千多工人早已有些不稳的状态。

吴荪甫他们两位暂时没有回答。这总经理办公室内又一次死一样的沉寂。外边马路上电车的声音隆隆地滚了来，又滚了去。西斜的太阳像一片血光罩住了房里的雪白桌布和沙发套。

深思熟虑的神色在吴荪甫脸上摆出来了。他并没把什么怠工罢工当做一回事；他自己厂里常常闹这些把戏，不是屡次都很顺利地解决了么？但是他自己的那些经验就告诉他，必须厂里有忠心能干的办事员然后胜利有把握。而公司管理下这八个厂还没有那样的"好"职员，又况是各自独立的八个厂，那一定更感困难。王和甫的顾虑不能完全抹杀！

这时孙吉人恰好又表示了同吴荪甫的思想"暗合"的意见：

"那么工钱九折一层，缓办个把月，也行。可是我们一定要赶快先把各厂的管理部整顿好！举动轻浮的，老迈糊涂的，都要裁了他！立刻调进一批好的来！我想荪甫厂里也许可以抽调几个人出来。我们预定一个月的工夫整顿各厂的管理部，再下一个月就可以布告工钱打九折。我们的特别奖励规则却是要立刻实行，好让工人们先知道我们是赏罚分明，谁的本事好，不偷懒，谁就可以抓大把的钱！"

吴荪甫听着就点一下头。但是突然一阵急促而沉重的皮靴声像打鼓似的直滚到这办公室的门外，中间夹着茶房的慌张的呵问："找谁呀？不要乱跑！"办公室里吴荪甫他们听了都一怔。同时那办公室的门已经飞开，闯进一个人来，满头大汗，挟着个很大的文书皮包，一伸腿把那门踢上，这人一边走，一边就喊道：

"阎军全部出动了！德州混乱！云山到香港去办的事怎样了，你们这里有没有他的电报？"

这人就是黄奋，有名的"大炮"。

吴荪甫的脸色立刻变了。王和甫却哈哈笑着跳了起来慌忙问道：

"当真么？几时的消息？"

"半个钟头前的消息，谁说是不真的！云山来了电报没有？"

黄奋气咻咻地说着，用力拍他腋下的文书皮包，表示那"消息"就装在皮包里，再也不会错的。

"济南呢？要到济南，光景总有一场大战？"

吴荪甫抢前一步问，他那浓眉毛簌簌地在跳了。

"四五天内就要打进济南。大战是没有的！大战要在津浦路南段！"

"四五天？哦！大战是没有的！嘿，嘿！"

吴荪甫自言自语地狂笑着，退后一步，就落在沙发里了；他的脸色忽然完全灰白，他的眼光就像会吃人似的。津浦路北段的军事变化来得太快了！快到就连吴荪甫那样的灵敏手腕也赶不上呀！

孙吉人也省悟到了；他重重地吁一口气，望了吴荪甫一眼，又看房里那座大钟，正是四点。他立刻想象到交易所里此刻也许正在万声的狂噪中跌停了板。他的心跳了，他不敢再往下想。

"没有电报来么？这才是怪！和甫，要是接到了，马上通知我呵！"

黄奋一边说，一边就转身走了，同他来时一样的突兀。

吴荪甫蓦地又跳了起来，牙关咬得紧紧地，圆睁着一双眼。他暴躁地大步走了个半圆，忽然转身站住了，面对着愕然的王和甫，和苦着脸沉思的孙吉人，很兴奋而又很慌乱地说道：

"我想来只有一个办法了。运动经纪人提早两天办交割！不是说还得四五天才能打进济南么？算是四天罢，那么，那么，提早两天办交割，刚好在济南陷落以前。那时候，那时候，市面上虽然有谣言，也许债价还不至于狂跌！提早两天办交割，就是大后天停市了，那，那，'空头'明天不能再拼下去，我们剩下的五百万也是明天放出去，看来还可以扯一个不进不出！——哎，他们干什么的？忽然大军出动了！"

"幸而消息得的早。上次张桂军退出长沙的当儿，可不是我们早得消息就挽救了过来么？"

孙吉人先对吴荪甫的办法表示了赞成，一半也是勉强宽慰自己。

"荪甫，就是这么办很好！赶快动手！"

王和甫听明白了时，依然是兴高采烈；他很信仰吴荪甫的巧妙手段。

"那么，我先打一个电话找陆匡时来，——谋事在人；我们花一个草头，也许可以提前两天。"

吴荪甫的口气镇定些了；他皱着眉头，一边说，一边看那大钟。现在真是"一寸光阴一寸金"的紧急时期！他狞笑了一声，就匆匆地跑到办公室隔壁的"机要房"打电话去了。

这里，王和甫、孙吉人两个都不说话。孙吉人看着面前大餐桌上的花瓶，又仰脸去看墙上挂的"实业计划"的地图。他依然很镇静，不过时时用手摸着下巴。王和甫却有点坐立不安。他跑到窗前去望了一会儿，忽然又跑回来揿着电铃。立刻一个青年人探头在办公室门口用眼光向王和甫请示了。他是总经理下面文牍科的打字员。王和甫招手叫他进来；又指着靠窗的一架华文打字机，叫他坐下。然后命令道：

"我说出来，你打：新订本厂奖励规则。本厂——兹因——试行——科学管理法，——增进生产，——哎！不中用的，那么慢！增进生产，——并为奖励工友起见，——新订办法如下，——哎！快一点！新订办法，听明白了么？如下，——哎，换一行——"

"怎么样？荪甫！"

那边孙吉人突然叫了起来。王和甫撇下那打字员，转身就跑，却看见吴荪甫两手抱在胸前，站在那大餐桌旁边，一脸的懊恼气色。王和甫哼了一声，就转身朝着那打字员的背脊喊道：

"不打了！你去罢！"

办公室里又只有他们三个人了，吴荪甫咬着牙齿，轻轻说了一句：

"已经跌下了半元！"

王和甫觉得全身的血都冻住了。孙吉人叹一口气。吴荪甫垂着头踱了一步，然后抬起狞厉的眼光，再轻声儿说下去：

"收盘时跌了半元。我们的五百万是在开拍的时候就放出去的，那时开盘价还比早市收盘好起半角；以后就一路跌了！我们那五百万算来还可以赚进十二三万，不过剩下的五百万就没有把握。谋事在人，成事在天！"

"也不尽然。还有明天！我们还是照原定办法去做。事在人为！"

孙吉人勉强笑着说，他的声音却有些儿抖。

"对了！事在人为，还有明天！"

王和甫也像回声似的说着，却不笑。突然他转身到那华文打字机上扯下了那张没有打好的"奖励规则"来，在手里扬了一扬，回头来大声说道：

"厂里的事，明天我就去布置！八个厂开除工人，三百到五百，取消星期日加工，延长工作时间一小时；扣'存工'，还有——工钱打九折！明天就出布告！工人们要闹么？哼！我们关他妈的半个月厂门再说！还有我们租用的陈君宜那绸厂也得照样减薪，开除工人，延长工作！"

"对啦！事在人为！就那么办罢！"

孙吉人和吴荪甫同声赞成了。他们三个人的脸现在都是铁青青地发光，他们下了决心要用一切可能的手段从那九个厂里榨取他们在交易所里或许会损失的数目；这是他们唯一的补偿方法！

当天晚上九点钟，吴荪甫带着一身的疲乏回到家里了。这是个很热的晚上。满天的星，一钩细到几乎看不见的月亮。只在树荫下好像有点风。吴少奶奶他们都在园子里乘凉。他们把客厅里的电灯全都关熄，那五开间三层楼的大洋房就只三层楼上有两个窗洞里射出灯光，好像是蹲在黑暗里的一匹大怪兽闪着一对想吃人的眼睛。

吴少奶奶他们坐在那池子边的一排树底下。那一带装在树干上的电灯也只开亮了一两盏，黑魆魆的树荫衬出他们四个人的白衣裳。他们都没说话。时时有一两声的低叹。

忽然林佩珊曼声唱着凄婉的时行小曲《雷梦娜》；忽然又不唱了。

阿萱轻声笑。那笑声幽幽地像是哭不出而笑的。池子里的红鲤鱼拨剌一响。

四小姐蕙芳觉得林佩珊唱的那小曲听去很惬意，就像从她自己心里挖出来似的。她想来会唱的人是有福的；唱也就是说话。有话没处说的时候，唱唱就好像对亲近的人细诉衷肠。她又想着日间范博文对她说的那些话，她的心又害怕，又快活，扑扑地跳。

沉默压在这池子的周围，在这四个人中间——四个人四样的心情在那里咀嚼那沉默的味道。忽然沉默破裂了！一个风暴的中心，从远处来，像波纹似的渐渐扩展到这池子边，到这四个人中间了。这是那边屋子里传了来的吴荪甫的怒声喝骂。

"开电灯！——像一个鬼洞！"

接着，穿了睡衣的吴荪甫就在强烈的电灯光下凸显出来了。他站到那大客厅前的游廊上，朝四面看看，满脸是生气寻事的样子。虽然刚才一个浴稍稍洗去了他满身的疲乏，可是他心里仍旧像火山一样暴躁。他看见池子那边的四个白衣人了。"倒像是四个白无常！"——怒火在他胸间迸跃。恰好这时候王妈捧了茶盘从吴

……他们下了决心要用一切可能的手段从那九个厂里榨取他们在交易所里或许会损失的数目……

苏甫前面走过，向池子那边去；吴荪甫立刻找到讹头了，故意大声喝道：

"王妈！到那边去干什么？"

"少奶奶他们都在池子边乘凉——"

没等王妈说完，吴荪甫不耐烦地一挥手，转身就跑进客厅去了。他猛又感得自己的暴躁未免奔放到可笑的程度，他向来不是这样的。但是客厅里强烈的电灯光转使他更加暴躁。那几盏大电灯就像些小火炉，他感到浑身的皮肤都仿佛烫起了泡。并且竟没有一个当差伺候客厅。都躲到哪里去了？这些懒虫！吴荪甫发狂似的跳到客厅前那石阶级上吼道：

"来一个人！混蛋！"

"有。——老爷！——"

两个声音同时从那五级的石阶下应着。原来当差高升和李贵都就站在那下边。吴荪甫意外地一怔，转脸去尖利地瞥了他们一眼，一时间想不出什么话，就随便问道：

"高升！刚才叫你打电话到厂里请屠先生来，打过了没有！怎么还不来！"

"打过了。老爷不是说叫他十点钟来么，屠先生为的还有一些事，得到十点半——"

"胡说！十点半！你答应他十点半？"

吴荪甫突又转怒，把高升的话半路吓住。那边池子旁四个人中的林佩珊却又曼声唱那支凄婉的小曲了。这好比在吴荪甫的怒火上添了油。他跺着脚，咬紧了牙关，恨恨地喊道：

"混蛋！再打一个电话去！叫他马上来见我！"

话还没说完，吴荪甫已经转身，气冲冲地就赶向那池子边去了。高升和李贵在后边伸舌头。

池子边那种冶荡幽怨的空气立刻变为寂静的紧张了。那四个人都感觉到现在是那"风暴"的中心直向他们扫过来了，说不定要挨一顿没来由的斥骂。林佩珊顶乖觉，一扭腰就溜到那些树背后，掩着嘴忍住了笑，探出半个头，尖起了耳朵，睁大了眼睛。阿萱在这种事情上最麻木，手里还是托着他那只近来当做宝贝的什么

"镖"，作势要放出去。四小姐蕙芳低着头看池子里浮到水面吐泡沫的红鲤鱼。很知道丈夫脾气的吴少奶奶则懒懒地靠在椅背上微笑。

吴荪甫却并不立刻发作，只皱着眉头狞起了眼睛，好像在那里盘算先挑选什么人出来咬一口。不错，他想咬一口！自从他回家到现在，他那一肚子的暴躁就仿佛总得咬谁一口才能平伏似的。自然这不会是真正的"咬"；可是和真正的"咬"却有同样的意义。他狞视了一会儿，终于他的眼光钉住在阿萱手掌上那件东西。于是沉着的声音发问了。正像猫儿捉老鼠，开头是沉着而且不露锋利的爪牙。

"阿萱！你手里托着一件什么东西？"

似乎心慌了，阿萱不回答，只把手里的"宝贝"呈给荪甫过目。

"咄！见你的鬼！谁教你玩这把戏？"

吴荪甫渐渐声色俱厉了；但是阿萱那股神气太可笑，吴荪甫也忍不住露一下牙齿。

"哦，哦，——找老关教的。"

阿萱口吃地回答，缩回他那只托着"镖"的手，转身打算溜走。可是吴荪甫立刻放出威棱来把他喝住：

"不许走！什么镖不镖的！丢了！丢在池子里！十七八岁的孩子，还干这些没出息的玩意儿！都是老太爷在世的时候太宠惯了你！暑假快要过去，难道你不打算下半年进学校念书！——丢在池子里！"

一声响——东！阿萱呆呆地望着那一池的皱水，心疼他那宝贝。

吴荪甫眉毛一挺，心头的焦躁好像减轻了些微。他的威严的眼光又转射到四小姐蕙芳的身上了。他知道近来四小姐和范博文好像很投契。这是他不许可的！于是暴躁的第二个浪头又从他胸间涌起。然而他却又转脸去看少奶奶。靠在藤椅背上的吴少奶奶仰脸迷惘地望着天空的星。近来少奶奶清瘦了一些，她那双滴溜溜地会说话的眼睛也时常呆定定，即使偶然和从前一般灵活，那就满眼红得像要发火。有什么东西在不断地咬啮她的心！这变化是慢慢来的，吴荪甫从没留意，并且即使他有时觉得了，也不理会；他马上就忘记。现在他忽然好像第一次看到，心头的暴躁就又加倍。他立刻撇下了四小姐，对少奶奶尖利地说道：

"佩瑶，嫡亲的兄弟姊妹，你用不着客气！他们干些什么，你不要代他们包庇！我最恨这样瞒得实腾腾地！"

吴少奶奶迷惘地看着荪甫，抿着嘴笑，不作声。这把吴荪甫更加激怒了。他用力哼了一声，十分严厉地又接着说下去：

"譬如四妹的事。我不是老顽固，婚姻大事也可以听凭本人自己的意思。可是也得先让我晓得，看两边是不是合式；用不到瞒住了我！况且这件事，我也一向放在心上，也有人在我面前做媒；你们只管瞒住了我鬼混，将来岂不是要闹出笑话来么？"

"嗳，这就奇了，有什么鬼混呀！你另外看得有合适的人么？你倒说出来是谁呢？"

吴少奶奶不能不开口了，可是吴荪甫不回答，霍地转身对四小姐正色问道：

"四妹，你心里有什么意思，趁早对我说罢！说明了好办事。"

四小姐把脸垂到胸脯上，一个字也没有。她的心乱跳。她怕这位哥哥，又恨这位哥哥。

"那么，你没有；我替你做主！"

吴荪甫感到冷箭命中了敌人似的满足，长笑一声，转身就走。但当他跑进了他的书房时，那一点满足就又消失。他还想"咬一口"，准对他的真正敌人"咬一口"。不是像刚才那样无所为的"迁怒"，而是为的要补偿自己的损失向可咬的地方"咬"一口！现在他的暴躁渐渐平下去了，心境转入了拼死命突围的顽强、残酷和冷静。然而同时也发生了一种没有出路的阴暗的情绪。他的心忽而扑扑地跳得很兴奋，忽而又像死了似的一动不动。他那飞快地旋转的思想的轮子，似乎也不很听从他意志的支配：刚刚想着益中公司总经理办公室内那一幕惊心动魄的谈话，突然拦腰里又闯来了刘玉英那诱惑性的笑，那眼波一转时的脸红，那迷人的低声的一句

"用什么称呼"；刚刚在那里很乐观地想到怎样展开阵线向那八个厂堂而皇之进攻，突然他那铁青的脸前又现出了那八个厂二千多工人的决死的抵抗和反攻，——

他的思想，无论如何不能集中；尤其是刘玉英的妖媚的笑容、俏语、眼波，一次一次闯回来诱惑他的筹划大事的心神。这是反常！他向来不是见美色而颠倒的人！

"咄！魔障！"

他蓦地跳起来拍着桌子大呼。

"障！"——那书房的墙壁响出了回声。那书房窗外的树木苏苏地讥笑他的心乱智昏。他又颓然坐下了，咬紧着牙齿想要再一度努力恢复他的本真，驱逐那些盘踞在心头的不名誉的怯懦、颓废，以及悲观、没落的心情。

可是正在这时候，书房门悄悄地开了，屠维岳挺直了胸脯站在门口，很大方地一鞠躬，又转身关了门，然后安详地走到吴荪甫的写字桌前，冷静地然而机警地看着吴荪甫。

足有二三分钟，两个人都没有话。

吴荪甫故意在书桌上的文件堆里抽出一件来低头看着，又拿一支笔在手指上旋弄，让自己的脸色平静下去，又用了很大的力量把自己的心神镇定了，然后抬头对屠维岳摆一摆手，叫他坐下，用了很随便的口吻微笑地问道：

"第一次我打电话叫你来，不是说你有点事情还没完么？现在完了没有？"

"完了！"

屠维岳回答了两个字；可是他那一闪一闪的眼光却说了更多的话，似乎在那里说：他已经看出吴荪甫刚才有过一时的暴躁苦闷，并且现在吴荪甫的故意闲整就好比老鹰一击前的回旋作势。

吴荪甫眼光一低，不让当面这位年青人看透了他的心境；他仍旧旋弄手里的笔杆，又问道：

"听说虹口几个厂情形不好呢！你看来不会出事罢？出了事，会不会影响到我们闸北？"

"不一定！"

屠维岳的回答多了一个字了；很机警地微笑。吴荪甫立刻抬起眼来，故意吃惊似的喊道：

"什么！你也说'不一定'么？我以为你要拍拍胸脯说：我们厂不怕——哎，维岳，'不一定'，我不要听，我要的是'一定'！嗳？"

"我本来可以说'一定'，可是我一进来后就嗅着一点儿东西；我猜想来三先生有一个扣减工钱的命令交给我，所以我就说'不一定'了。——现在既然三先生要的是'一定'，也行！"

吴荪甫很注意地听着，眼光在屠维岳那冷静的脸上打圈子。过一会儿，他又问道：

"你都布置好了罢？"

"还差一点。可是不相干。三先生！我们这一刀劈下去，反抗总是免不了的；可是一两天，至多三天，就可以解决。也许——"

"什么！你是说会罢工么？还得三天才能解决？不行！工人敢闹事，我就要当天解决！当天！——也许？也许什么？也许不止三天罢？"

吴荪甫打断了屠维岳的话，口气十分严厉了，态度却还镇静。

"也许从我们厂里爆出来那一点火星会弄成了上海全埠丝厂工人的总同盟罢工！"

屠维岳冷冷地微笑着回答。这是最后的一瓢油，这半晌来吴荪甫那一腔抑制着的怒火立刻又燃旺了！他掷去手里的笔杆，狞视着屠维岳，发狂似的喊道：

"我不管什么总同盟罢工！我的厂里有什么风吹草动，我就是干干脆脆只要一天内解决！"

"那么三先生只好用武力——"

"对啦！我要用武力！"

"行！那么请三先生准我辞职！"

屠维岳说着就站了起来，很坚决很大胆地直对着吴荪甫看。短短的沉默。吴荪甫的脸色渐渐从惊愕转成为不介意似的冷淡，最后他不耐烦地问道：

"你不主张用武力？你怕么？"

"不是！请三先生明白，我好像没有怕过什么！我可以老老实实告诉三先生：我很爱惜我一个月来放在厂里的一番心血，我不愿意自己亲手推翻一个月来辛辛苦苦的布置！可是三先生是老板，爱怎么办，权柄在三先生！我只请三先生立刻准我辞职！我再说一句，我并不是害怕！"

屠维岳骄傲地挺直了胸脯，眼光尖利地射住了吴荪甫的脸。

"你的布置我知道，现在就要试试你的布置有没有价值！"

"既然三先生是明白的，我可以再说几句话。现在三先生吩咐我要用武力，一天内解决；我很可以照办。警察，包探，保卫团，都是现成的。可是今天解决了，隔不了十天两星期，老毛病又发作，那大概三先生也不喜欢，我替三先生办事也不能那么没有信用；我很爱惜我自己的信用！"

于是吴荪甫暂时没有话，他又拿起那笔杆在手指上旋弄，钉住屠维岳看了好半天。屠维岳让他看，一点表情也不流露到脸上来；他心里却微微感诧异，为什么吴荪甫今番这样的迟疑不决。

吴荪甫沉吟了一会儿，终于又问道：

"那么，照你说，该怎么办？"

"我也打算用一点儿武力。可是要留到最后才用它！厂里的工人并不是一个印版印出来的；有几个最坏的，光景就是共产份子，一些糊涂虫就跟了她们跑。大多数是胆小的。我请三先生给我三天的期限，就打算乘那罢工风潮中认明白了哪几个有共产嫌疑，一网打尽她！那时候，要用一点武力！这么一转，我相信至少半年六个月的安静是有的。一个月来，我就专门在这上头用了心血！"

屠维岳很镇静很有把握地说，微笑着。吴荪甫也是倾注了全心神在听。忽然他的眼珠一转，狞笑了一声，站起来大声兴奋地喊道：

"维岳！你虽然能干，可是还有些地方你见不到呀！那不是捉得完的！那好比黄梅天皮货里会生蛀虫一样，自然而然生出来！你今天捉完了，明天又生出来！除非等过了黄梅天！可是我们这会儿正遇着那黄梅天，很长，很长，不知道到什么时候才完的黄梅天！——算了！你的好计策留到将来再说。眼前的时势不许我们有

278

那样的耐心了！"

屠维岳鞠一个躬，不说话，心里想自己这一回"倒霉"是倒定的了；不是辞职，就是他在厂里的"政权"倒坍，钱葆生那一派将要代替他上台。可是吴荪甫突又暴躁起来，声色俱厉下命令道：

"罢工也好，不罢工也好，总同盟罢工也好，我的主意是打定了！下月起，工钱就照八折发！等丝价回涨到九百多两的时候，我们再说，——好了，你去罢！我不准你辞职！"

"那么，三先生给我三天的期限！"

"不！不！一天也不！"

吴荪甫咆哮着。屠维岳脸上的肉轻轻一跳，他的眼光异样地冷峻了。然而意外地吴荪甫突又转了态度，对屠维岳挥手，不耐烦地接着说：

"傻子！你想跟我订合同么？看她们罢下工来情形怎样，我们再说！"

屠维岳微笑着又鞠一个躬，不说话；心里却看准了吴荪甫这回不比从前，——有点反常，有点慌乱。他又想到自己这一回大概要"倒霉"。但他是倔强的，他一定要挣扎。

十三

还没有闪电。只是那隆隆然像载重汽车驶过似的雷声不时响动。天空张着一望无际的灰色的幕，只有直西的天角像是破了一个洞，露出小小的一块紫云。夕阳仓皇的面孔在这紫云后边向下没落。

裕华丝厂的车间里早就开亮了电灯。工作很紧张，全车间是一个飞快的转轮。电灯在浓厚的水蒸气中也都黄着脸，像要发晕。被丝车的闹声震惯了耳朵的女工们虽然并没听得外边天空的雷，却是听得她们自己中间的谈话；在她们中间也有一片雷声在殷殷然发动。她们的脸通红，她们的嘴和手一般地忙。管车们好像是"装聋"，却不"装哑"，有时轻轻说一两句，于是就在女工群中爆发了轻蔑的哄笑声。

忽然汽笛声呜呜地叫了，响彻全厂。全车间一阵儿扰乱，丝车声音低下去，低下去，人声占了上风。女工们提着空饭篮拥出了车间，杂乱地在厂门口受过检查，拥出了厂门。这时候，她们才知道外边有雷，有暴风雨前的阴霾，在等着她们！

厂里是静寂下去了，车间里关了电灯。从那边管理部一排房屋闪射出来的灯光就好像格外有精神。屠维岳坐在自己的房里，低着头；头顶上是一盏三十二支光的电灯，照见他的脸微微发青，冷静到像一尊石像。忽然那房门开了，莫干丞那慌张的脸在门边一探，就进来轻声叫道：

"屠世兄！刚才三先生又来电话，问起那扣减工钱的布告有没有贴出去呢！我回说是你的意思要等到明天发，三先生很不高兴！你到底是什么打算呀？刚才放工的时候，女工们嚷嚷闹闹的；她们又知道了我们要贴布告减扣丁钱了，那不是跟上回一样——"

"迟早要晓得的，怕什么！"

屠维岳微笑着说，瞥了莫干丞一眼，又看看窗外。

"明儿三先生生气，可不关我的事！"

"自然！"

屠维岳很不耐烦了。莫干丞的一对老鼠眼睛在屠维岳脸上钉了一下，又缩缩颈脖，摆出了"那我就不管"的神气，转身就走了出去，把那房门很重地碰上。屠维岳微笑着不介意，可是现在他不能够再坐在那里冷静到像一尊石像了；他掏出表来看了一看，又探头到窗外去遥望，末后就开了房门出去。恰就在这时候，昏黑中赶来了两个人，直奔进屠维岳的房间。屠维岳眼快，已经看见，就往回走，他刚刚到了自己的房门外，背后又来一个人，轻轻地在屠维岳肩头拍一掌，克勒地笑了一声。

"阿珍！这会儿我们得正正经经！"

屠维岳回过头去轻声说，就走进了房；阿珍也跟了进去。

先在房里的是桂长林和李麻子，看见屠维岳进来，就一齐喊了声"哦"，就都抢着要说话。但是屠维岳用眼光制止了他们，又指着墙角的一张长凳叫他们两个和阿珍都坐了，他自己却去站在窗前，背向着窗外。那一盏三十二支光的电灯突然好像缩小了光焰。房里的空气异常严肃。雷声在外边天空慢慢地滚过。屠维岳那微微发青的面孔泛出些红色来了，他看了那三个人一眼，就问道：

"唔！姚金凤呢？"

"防人家打眼，没有叫她！你要派她做什么事，回头我去关照她好了！"

阿珍抢先回答，她那满含笑意的眼光钉住了屠维岳的面孔；屠维岳只点一下头，却不回答阿珍，也没回答她那勾引性的眼光；他突然脸色一沉，嗓子提高了一些说：

"现在大家要齐心办事！吃醋争风，自伙淘里叽里咕噜，可都不许！"

阿珍做一个鬼脸，嘴里"唔"了一声。屠维岳只当没有看见，没有听到，又接着说下去：

"王金贞，我另外派她一点事去办了，她不能到，就只我们四个人来商量罢。——刚才三先生又打了电话来，问我为什么还没发布告。这回三先生心急得很，肝火很旺！我答应他明天一定发。三先生也明白我们要一点工夫先布置好了再开刀。他是说得明白的！可是我们的对头冤家一定要在三先生面前拆壁脚。我们三分力量对付工人，七分力量倒要对付我们的对头冤家！长林，你看来明天布告一贴出去就会闹起来的罢？"

"一定要闹的！钱葆生他们也是巴不得一闹，就想乘势倒我们的台！这班狗东西，哼！"

"屠先生！我们叫齐了人，明天她们要是闹起来，我们老实不客气，请她们到公安局里'吃生活'；我们干得快，哪怕钱葆生他们想要串什么鬼戏，也是来不及！"

李麻子看见桂长林并没提出办法来，就赶快抢着说，很得意地伸开了两只大手掌，吐上一口唾沫，搓一搓，就捏起两个拳头放在膝头上，摆出动手打的姿势了。屠维岳都不理会，微微一笑，就又看着阿珍问道：

"阿珍！你怎么不开口？刚才车间里怎么一个样子？我们放出了那扣工钱的风声去，工人们说些什么话？薛宝珠，还有那个周二姐，造些什么谣言？你说！快点！"

"我不晓得！你叫姚金凤来问她罢！"

阿珍噘起了嘴唇回答，别转脸去看着墙角。屠维岳的脸色突然变了。桂长林和李麻子笑了起来，对阿珍做鬼脸羞她。屠维岳的眼光红得要爆出火来，他跺了一脚，正要发作，那阿珍却软化了；她负气似的说：

"她们说些什么呀？她们说要'打倒屠夜壶！'薛宝珠和周二姐说些什么呀？她们说'都是夜壶捣的鬼！'，许许多多好听的话，我也背不全！——长林，你也不要笑。'打倒'，你也是有份的！"

这时窗外来了第一个闪电。两三秒钟以后，雷声从远处滚了来。陡地一阵狂风吹进房来，房里的四位都打了个寒噤。

屠维岳突然摆一摆手，制止了李麻子的已经到了嘴边的怒吼，却冷冷地问道：

"钱葆生他们存心和我们捣蛋已经有了真凭实据了，我们打算怎么办？我是昨天晚上就对三先生说过，我要辞职。三先生一定不答应。我只好仍旧干。工会里分党分派，本来不关我的事；不过我是爱打不平的！老实说，我看得长林他们太委屈，钱葆生他们太霸道了！老李，你说我这话可对？"

"对！打倒姓钱的！"

李麻子和桂长林同声叫了起来，阿珍却在一旁掩着嘴笑。屠维岳挺起了胸脯，松一口气，再说：

"并不是我们拆三先生的烂污，实在是钱葆生他们假公济私，抓住了工人替自己打地盘，他们在这里一天，这里一天不得安静！为了他们的一点私心，我们大家都受累，那真是太岂有此理了！明天他们要利用工人来反对我们，好呀，我们斗一下罢！我们先轰走了姓钱的一伙，再解决罢工；三天，顶多三天！"

"可是他们今天在车间里那么一哄，许多人相信他们了。"

阿珍扁着嘴唇说。桂长林立刻心事很重地皱了眉头。他自己在工人中间本来没有多大影响，最近有那么一点根基，还是全仗屠维岳的力。屠维岳一眼看清了这情形，就冷笑一声，心里鄙夷桂长林的不济事。他又转眼去看李麻子。这粗鲁的麻子是圆睁着一双眼睛，捏紧着两个拳头，露骨地表示出他那一伙的特性：谁雇用他，就替谁出力。屠维岳觉得很满意了。他走前一步，正站在那电灯下，先对阿珍说：

"工人相信他们么？难道你，阿珍，你那么甜蜜的嘴，还抵不过薛宝珠么？难道姚金凤抵不过他们那周二姐么？她们会骗工人，难道你们不会么？工人们还没知道周二姐是姓钱的走狗，难道你们脸上雕着走狗两个字么？难道你们不好在工人面前剥下周二姐的面皮让大家认识个明白么？去！阿珍！你去关照姚金凤，也跟着工人们起哄罢！反对钱葆生，薛宝珠，周二姐！明天来一个罢工不要紧！马上去！回头还有人帮你的腔！去罢！我记你的头功！"

"谁稀罕你记功劳呢！公事公办就好了。"

阿珍站了起来，故意对屠维岳白了一眼，就走出去了。屠维岳侧着头想了一想，再走前一步，拍着李麻子的肩膀轻声问道：

"老李，今天晚上能够叫齐二十个人么？"

"行，行！不要说二十个，五十个也容易！"

李麻子跳起来，高兴得脸都红了，满嘴的唾沫飞溅到屠维岳脸上。屠维岳笑了一笑。

"那就好极了！可是今晚上只要二十个，到工人们住家草棚那一带走走，——老李，你明白了罢？就在那里走走。碰到什么吵架的事情，不要管。可是有两个人要钉她们的梢：一个是何秀妹，一个是张阿新——那个扁面大奶奶的张阿新，你认识的罢？明天一早，你这二十个弟兄还要到厂里来。干些什么，我们明天再说。你先到莫先生那里拿一百块钱。好了，你就去罢！"

现在房里就剩下屠维岳和桂长林两个人，暂时都没有话。雷声在天空盘旋，比先前响些了，可是懒松松地，像早上的粪车。闪电隔三分钟光景来一次，也只是短短的一瞥。风却更大了，房里那盏电灯吹得直晃。窗外天色是完全黑了。屠维岳看表，正是七点半。

"屠先生，这回罢工要是捱的日子多了，恐怕我们也要吃亏。账房间里新来的那三个人，姓曾的，姓马的，还有吴老板那个远房侄儿，背后都说你的坏话。好像他们和钱葆生勾结上了。"

桂长林轻声儿慢慢地说，那口气里是掩饰不了的悲观。屠维岳耸耸肩膀微笑。他什么都不怕。桂长林闭起他的一只小眼睛，又轻声说：

"你刚才没有关照李麻子不要把我们的情形告诉阿祥，那是一个失着。阿祥这人，我总疑心他是钱葆生派来我们这里做耳朵的！李麻子却又和他相好。"

"长林，你那么胆小，成不得大事！此刻是用人之际，我们只好冒些儿险！我有法子吃住阿祥。难处还在工人一面。吴老板面前我拍过胸脯，三天内解决罢工，要把那些坏蛋一网打尽，半年六个月没有工潮。所以明天我让她们罢下工来，——自然我们想禁止也禁止不来，可是明天我还不打算就用武力。我们让她们罢了两天，让她们先打倒钱葆生一派，我们再用猛烈的手段收拾她们！所以，长林，你得努力活动！把大部分的工人抓到你手里来。"

"我告诉我的人也反对工钱打八折？"

"自然！我们先收拾了何秀妹她们，这才再骗工人先上工，后办交涉。我看准了何秀妹同张阿新两个人有花头，不过一定还有别人，我们要打听出来。长林，这一件事，也交给你去办，明天给我回音！"

屠维岳说着又看了一次表，就把桂长林打发走，他自己也离开了他的房间。

闪电瞥过长空，照见满天的乌云现在不复是墨灰的一片，而是分了浓淡；有几处浓的，兀然高耸，像一座山，愈近那根处愈黑。雷更加响了。屠维岳跑过了一处堆木箱的空场，到了一个房外。那是吴荪甫来厂时传见办事人的办公室，平常是没有人的，但此时那关闭得紧密的百叶窗缝儿里隐隐透着灯光。屠维岳就推门进去，房里的两个人都站了起来。屠维岳微笑，做手势叫她们坐下，先对那二号管车王金贞问道：

"你告诉了她没有？"

"我们也是刚来。等屠先生自己对她说。"

王金贞怪样地回答，又对屠维岳使个眼色，站起来想走了。但是屠维岳举手在空中一按，叫王金贞仍旧坐下，一面他就转眼去看那位坐在那里局促不安的年轻女工。这是二十来岁剪发的姑娘，中等身材，皮肤很黑，可是黑里透俏，一对眼睛，尤其灵活。在屠维岳那逼视的眼光下，她的脸涨成了紫红。

屠维岳看了一会儿，就微笑着很温和地说：

"朱桂英，你到厂里快两年了，手艺很不差，你人又规矩；我同老板说过了，打算升你做管车。这是跳升，想来你也明白的罢？"

朱桂英涨红了脸不回答，眼睛看在地下。她的心跳起来了，思想很乱；本来王金贞找她的时候，只说账房间里有话，她还以为是放工前她那些反对扣工钱的表示被什么走狗去报告了，账房间叫她去骂一顿，现在却听出反面来，她一时间就弄糊涂了。并且眼前这厂方有权力的屠维岳向来就喜欢找机会和她七搭八搭，那么现在这举动也许就是吊她的膀子；想到这一点，她更加说不出话来了。恰就在这当儿，王金贞又在旁边打起边鼓来：

"真是吴老板再公道没有，屠先生也肯帮忙，不过那也是桂英姐你人好！"

"王金贞这话就不错！吴老板是公道的，很能够体恤人。他时常说，要不是厂经跌价，他要亏本，那么前次的米贴他一定就爽爽快快答应了。要不是近来厂经价钱又跌，他也不会转念头到工钱打八折！不过吴老板虽然亏本，看到手艺好又规矩的人，总还是给她一个公道，跳升她一下！"

屠维岳仍旧很温和，尖利的眼光在朱桂英身上身下打量。朱桂英虽然低着头，却感受到那眼光。她终于主意定了，昂起头来，脸色转白，轻声地然而坚决地说：

"谢谢屠先生！我没有那样福气！"

这时外边电光一闪，突然一个响雷当头打下，似乎那房间都有点震动。

屠维岳的脸色也变了，也许为的那响雷，但也许为的朱桂英那回答。他皱着眉头对王金贞使了个眼色。王金贞点着头做个鬼脸，就悄悄地走出去了。朱桂英立即也站了起来。可是屠维岳拦住了她。

"屠先生！你要干吗？"

"你不要慌，我有几句话对你讲——"

朱桂英的脸又红得像猪肝一样了。她断定了是吊她的膀子了；在从前屠维岳还是小职员的时候，朱桂英确也有一时觉得这个小伙子不惹厌，可是自从屠维岳高升为账房间内权力最大者以后，她就觉得彼此中间隔了一重高山，就连多说几句话，也很不自在了；而现在这屠维岳骗她来，又拦住了不放她！

"我不要听！明天叫我到账房间去讲！"

朱桂英看定了屠维岳的脸回答，也就站住了。屠维岳冷冷地微笑。

"你不要慌！我同女人是规规矩矩的，不揩油，不吃豆腐！我就要问你，为什么你不愿意升管车？并没有什么为难的事情派你做，只要你也帮我们的忙，告诉我，哪几个人同外边不三不四的人——共产党来往，那就行了！我也不说出去是你报告！你看，王金贞我也打发她避开了！"

屠维岳仍旧很客气，而且声音很低；可是朱桂英却听着了就心里一跳，脸色完全灰白。原来还不是想吊膀子，她简直恨这屠维岳了！

"这个，我就不晓得！"

朱桂英说着就从屠维岳身边冲出去，一直跑了。她还听得王金贞在后面叫，又听得屠维岳喝了一声，似乎唤住了王金贞；可是朱桂英头也不回，慌慌张张绕过了那丝车间，向厂门跑。

离厂门四五丈远，是那茧子间，黑魆魆的一排洋房。朱桂英刚跑到这里，忽然一道闪电照得远远近近都同白天一样。一个霹雳当头打下来，就在这雷声中跳出一个人来，当胸抱住了她。因为是意外，朱桂英手脚都软了，心是扑扑地跳，嘴里喊不出声。那人抱住她已经走了好几步了。

"救命呀！你——"

朱桂英挣扎着喊了，心里以为是屠维岳。但是雷声轰轰地在空中盘旋，她的喊声无效。忽然又一道闪电，照得远远近近雪亮，朱桂英看清了那人不是屠维岳。恰就在这时候，迎面又来了一个人，手里拿着避风灯，劈头拦住了喝问道：

"干什么？"

这是屠维岳的声音了。抱着朱桂英的人也就放了手，打算溜走。屠维岳一手就把他揪住。提起灯来照一下，认得是曾家驹。屠维岳的脸色变青了，钉了他一眼。缓慢的拖着尾巴的雷声也来了。屠维岳放开了曾家驹，转脸看着朱桂英，冷冷地微笑。

"你不肯说，也不要紧，何必跑！你一个人走，厂门口的管门人肯放你出去么？还是跟王金贞一块儿走罢！"

屠维岳仍旧很客气地说，招呼过了王金贞，他就回去了。

朱桂英到了她的所谓"家"的时候，已经在下雨了；很稀很大的雨点子，打得她"家"的竹门吵吵地响。那草棚里并没点灯。可是邻家的灯光从破坏的泥墙洞里射过来，也还隐约分别得出黑白。朱桂英喘息了一会儿，方才听得那破竹榻上有人在那里哼，是她的母亲。

"什么？妈！病了么？"

朱桂英走到她母亲身边，拿手到老太婆那叠满皱纹的额角上按了一下。老太婆看见女儿，似乎一喜，但也忍不住哭出声音来了。老太婆是常常哭的，朱桂英也不在意，只叹一口气，心里便想到刚才那噩梦一般的经过，又想到厂里要把工钱打八折的风声。她的心里又急又恨，像是火烧。她的母亲又哽咽着喊道：

"阿英，这年成——我们穷人，——只有死路一条！"

朱桂英怔怔地望着她母亲，不作声。死路么？朱桂英早就知道她们是在"死路"上。但是从穷困生活中磨炼出勇敢来的十九岁的她却不肯随随便便就只想到死，她并且想到她应该和别人活得一样舒服。她拍着她母亲的胸脯，安慰似的问道：

"妈！今天生意不好罢？"

"生意不好？呀！阿英！生意难做，不是今天一天，我天天都哭么？今天是——你去看罢！看我那个吃饭家伙！"

老太婆忽然忿激，一骨碌爬了起来，扁着嘴巴，一股劲儿发恨。

朱桂英捡起墙角里那只每天挽在她母亲臂上的卖落花生的柳条提篮仔细看时，那提篮已经撕落了环，不能再用了。篮里是空的。朱桂英随手丢开了那篮，鼓起腮巴说：

"妈，和人家吵架了罢？"

"吵架？我敢和人家吵架么？天杀的强盗，赤佬，平白地来寻事！抢了我的落花生，还说要捉我到行里去吃官司！"

"怎么无缘无故抢人家的东西。"

"他说我是什么——我记不明白了！你看那些纸罢！他说这些纸犯法！"

老太婆愈说愈忿激，不哭了，摸到那板桌边擦一根火柴，点着了煤油灯。朱桂英看那篮底，还有几张小方纸印着几行红字。是包落花生用的纸。记得十多天前隔壁拾荒的四喜子不知从什么地方拾来了挺厚的一叠，她母亲用一包落花生换了些来，当做包纸用，可是这纸就犯法么？朱桂英拿起一张来细看，一行大字中间有三个字似乎很面熟；她想了一想，记起来了，这三个字就是"共产党"，厂门边墙上和马路边电杆上常见这三个字，她的兄弟小三子指给她认过，而且刚才屠维岳叫她进去也就问的这个。

"也不是我一个人用这种纸。卖熟牛肉的老八也用这纸。还有——"

老太婆抖着嘴唇叫屈咒骂。朱桂英聪明的心已经猜透了那是马路上"寻闲食"的瘪三借端揩油；她随手撩开那些纸，也不和她母亲多说，再拾取那提篮来，看能不能修补了再用。可是陡地她提起了严重的心事，手里的柳条提篮又落在泥地上了，她侧着耳朵听。

左右邻的草棚人家，也就是朱桂英同厂小姊妹的住所，嘈杂地在争论，在痛骂。雨打那些竹门的吵吵的声音，现在是更急更响了，雷在草棚顶上滚；可是那一带草棚的人声比雨比雷更凶。竹门呀呀地发喊，每一声是一个进出的人。这丝厂工人的全区域在大雨和迅雷下异常活动！另一种雷，将在这一带草棚里冲天直轰！

朱桂英再也坐不定了，霍地跳了起来，正想出去，忽然她自己家的竹门也呀地响了，闯进一个蓝布短衫裤的瘦小子，直着喉咙喊骂道：

"他妈的狗老板！嫖婊子有钱！赌有钱！造洋房有钱！开销工钱就没有！狗老子养的畜生！"

这人就是朱桂英的兄弟小三子，火柴厂的工人。他不管母亲和阿姊的询问，气冲冲地又嚷道：

"六角一天的工钱，今年春头减了一角；今天姓周的又挂牌子，说什么成本重，赔钱，再要减一角！"

说着，他拿起破桌上那一盒火柴重重拍一下，又骂道：

"这样的东西卖两个铜子一盒，还说亏本！——阿姊，给我八个铜子，买大饼。我们厂里的人今夜要开会；我同隔壁的金和尚一块儿去！他妈的姓周的要减工钱，老子罢他妈的工！"

老太婆听明白了儿子做工的那厂里又是要减工钱，就好像天坍了。小三子已经走了。朱桂英跟着也就出去。雨劈面打来，她倒觉得很爽快；她心里的忿火高冲万丈，雨到了她热烘烘的脸上似乎就会干。

竹门外横满了大雨冲来的垃圾。一个闪电照得这一带的草棚雪亮，闪电光下看见大雨中有些人急急忙忙地走。可是闪电过后那黑暗更加难受。朱桂英的目的地却在那草棚的东头，隔着四五丈路。她是要到同厂的小姊妹张阿新"家"里，她要告诉这张阿新怎样屠维岳叫了她去，怎样骗她，怎样打听谁和共产党有花头。她的心比她的脚还要忙些。然而快到了那张阿新家草棚前的时候，突然黑暗中跳出一个人来抱住了朱桂英。

"桂英姊！"

这一声在耳畔的呼唤，把朱桂英乱跳的心镇定了。她认识这声音，是厂里打盆的金小妹。十三岁的女孩子，却懂得大人的事情，也就是紧邻金和尚的妹子。那金小妹扭在朱桂英身上，又问道：

"阿姊你到哪里去？"

"到阿新姐那里去。"

"不用去了。她们都在姚金凤家里。我们同去！"

两个人于是就折回来往左走。一边走，一边金小妹又告诉了许多"新闻"；朱桂英听得浑身发热，忘记了雨，忘记了衣服湿透。——姚金凤这回又领头！那么上次薛宝珠说她是老板的走狗到底是假的！还有谁？周二姐和钱巧林么？啊哟！那不是工会里钱葆生的妹子？这回也起劲！天哪，工人到底还是帮工人！

不多时，她们就跑近了姚金凤的家。那也是草棚，但比较的整洁，并且有一扇木门。嚷叫的声音远远地就听得了。朱桂英快活得心直跳。上次"怠工"的时候，没有这么热闹，这么胆大；上次是偷偷地、悄悄地商量的。

金小妹抢前一步去开了门，朱桂英刚挤进去，就觉得热烘烘一股汗气。满屋子的声音，满屋子的人头。一盏煤油灯只照亮了几尺见方的空间，光圈内是白胖胖一张脸，吊眼皮，不是钱巧林是谁！

"都是桂长林、屠夜壶，两个人拍老板的马屁！我们罢工！明天罢工！打这两条走狗！"

钱巧林大声嚷着，她那吊眼皮的眼睛落下一滴眼泪。

"罢工！罢工！虹口有几个厂已经罢下来了！"

"我们去同她们接头——"

"她们明天来冲厂，拦人，我们就关了车冲出去！"

五六个声音这么抢着说。朱桂英只听清楚了最后说话的叫做徐阿姨，三十多岁胆小的女工。

"叫屠夜壶滚蛋！叫桂长林滚蛋！"

钱巧林旁边伸出一个头来高声喊，那正是有名的矮子周二姐。但是立刻也有人喊道：

"叫钱葆生也滚出去！我们不要那骗人的工会！我们要自己的工会！"

突然那嚷闹的人声死一样静了。许多汗污的脸转来转去搜寻那发言的人。这是何秀妹，满脸通红，睁大了眼睛，死钉住了钱巧林。可是这紧张的沉默立刻又破裂了。姚金凤那细白麻粒的小圆脸在煤油灯光圈下一闪，尖厉地叫道：

"不错！叫钱葆生滚出去！钱葆生的走狗也滚出去！周二姐是钱葆生的走狗！"

"骚货！你才是屠夜壶的走狗！"

周二姐发狂似的喊着，跳起来就直扑姚金凤。两个人扭在一处了。但是旁的女工都帮助姚金凤，立刻分开了她们两个，把周二姐推得远远地，乱哄哄地嚷道：

"谁先动手，谁就没有理！"

"小姊妹！我说周二姐是钱葆生的走狗，我有凭据！她混进来要打听消息！"

姚金凤气喘喘地说，两道眼光在众人脸上滚过，探察自己的话起了什么作用。

纷乱的嚷闹起来了，谁也听不清谁的话语。但是大家又都知道大家的意思是一样的：周二姐不是好东西！在纷乱中，又有一个声音更响地喊着，那是张阿新：

"罢工！罢工！虹口有几个厂已经罢下来了！"

"钱巧林也是来打听消息的！赶她出去！钱葆生的妹子不是好东西！"

"她还同新来厂里那个姓曾的吊膀子！姓曾的是老板的什么表弟！"

又一个声音叫着。于是混乱开始。这时候钱巧林她们只要稍稍有点反抗的表示，就会挨一顿打的。钱巧林和周二姐却也没有防着这意外的攻击，顿时没有了主意。两个人心里明白：莫吃眼前亏。觑一个空儿，她们就溜走了。朱桂英乘这机会也就再挤进些，差不多挤到了张阿新的身边了。

"她们都逃走了！一定去报告，我们赶快散罢！"

胆小的徐阿姨一边挤着，一边拉直了嗓子喊，想要叫大家听得。大家都听得了，但回答是相反的。

"不行，不行！怕什么！我们还没有讲定呢！"

"明天到车间里举好了代表，我们就冲出厂来！罢工！"

"我们再冲吴老板的'新厂'，冲别家的厂！闸北的厂全冲一个光！"

"还是先和虹口那几个罢下来的厂接好头，她们来冲，我们关车接应！"

又一个主张等人家来"冲"的急急忙忙说，恰正站在朱桂英旁边，朱桂英认得是陆小宝。

"呸，想等人家来冲，就是走狗！"

何秀妹怒叫，对陆小宝的脸上噗的一口唾沫。陆小宝也不肯退让。两个人就对骂了几句。

现在问题移到了等人家来"冲厂"呢，或是自己冲出去，又去"冲"别家的厂。那一屋子七八个人就分成了两派。何秀妹、张阿新她们，连朱桂英在内，主张自己冲出去。姚金凤也是这么主张。眼前这七八个人每人是代表了二排或是三排车的，所以她们今晚的决定，明天就可以实行。徐阿姨又请大家注意：

"快点！她们去报告了，一定有人来的！"

恰在这时候，金小妹又从人缝里钻进来，慌慌张张说她看见有七八个"白相人"在近段走来走去，好像要找什么人似的。大家脸上都一愣。只有姚金凤心里明白，阿珍已经告诉她一切了；可是她也乘势主张大家散了，明天到车间里再定。她的"任务"已经达到，她也巴望早点和阿珍碰头，报告她的成功。

雨小些了，外边很冷，散出来的人都打寒噤。朱桂英和张阿新，还有一个叫做陈月娥的，三个人臂挽着臂，挤得很紧，一路走。陈月娥在张阿新耳朵边悄悄地说：

"看来明天一定罢下来的！玛金还在那里等我们的回音。"

"我们马上就去！可是冷得很。衣服干了又湿！"

张阿新也悄悄地回答。朱桂英在张阿新的左边也听得她们"要去"那话儿，就立刻想起了屠维岳用管车的位置来引诱她那件事。她正想说，猛看见路旁闪出一个黑大衫的汉子跟在她们后边走。她立刻推推张阿新的臂膊，又用嘴巴朝后努了一努。这时，陈月娥也看见了，也用肘弯碰着张阿新的腰，故意大声说：

"啊哟！乖乖！冷得很！阿新姐，我们要分路了，明天会！"

三个人的连环臂拆散了，走了三条路。

陈月娥走了丈把远，故意转个弯，留心细看，那黑大衫的汉子紧跟在张阿新的背后。陈月娥心里一跳，她知道张阿新是粗心的。她立刻站住了，大声喊道：

"阿新姐！你的绢头忘记在我手里了！"

张阿新站住了，回转头来，也看见那黑大衫的汉子了，应了一声"明天还我"，就一直回家去了。黑大衫的汉子又从路旁闪出来，紧跟在后面。

陈月娥看明白了自己背后确没有人盯梢，就赶快跑。她离开了那工人区域的草棚地带，跑进了一个龌龊的里。在末衡一家后门上轻轻打了三下，她一闪身就钻了进去。

楼上的"前楼"摆着三只破床，却只有一张方桌子。两个剪发的年轻女子都坐在桌子边低着头，在那昏暗的电灯光下写什么东西。陈月娥的脚步很轻，然而写字的两位都已经听得了。两个中间那个眼睛很有神采的女子先抬起头来，和陈月娥行了个注目式的招呼，就又低下头去，再写她的东西。她一面写，一面却说道：

"蔡真，你赶快结束！月大姐来了，时候也不早，我们赶快开会！"

　　"那就开过了会再写也不迟。"

　　叫做蔡真的女子懒洋洋地伸一个懒腰，就搁下了笔。她站起来，又伸一个懒腰。她比陈月娥高些，也穿着短到腰际的白洋布衫和黑洋布大脚管裤子，像一个丝厂女工。不过她那文绉绉的脸儿和举动表明了她终究还是知识分子。她的眼睛好像睡眠不足，她的脸色白中带青。

　　那一个也停笔了，尖利而精神饱满的眼睛先向陈月娥瞥了一下，就很快地问道：

　　"月大姐，你们厂里怎样了？要是明天发动起来，闸北的丝厂总罢工就有希望。"

　　于是陈月娥很艰难地用她那简单的句子说明了白天厂里车间的情形以及刚才经过的姚金凤家的会议；她勉强夹用了几个新学会的"术语"，反复说，"斗争情绪很高"，只要有"领导"，明天"发动"不成问题。她的态度很兴奋，在报告中间时时停一下喘气，她的额角上布满了汗珠。

　　"和虹口方面差不多！明天你们一准先罢下来再去冲厂，造成闸北的丝厂总罢工！"

　　蔡真检取了陈月娥报告中没有解决的问题，就很爽快地给了个结论。

　　但是玛金，那个眼神很好的女子，却不说话，不转睛地尖利地看着那陈月娥，似乎要看出她那些"报告"有没有夸大。她又觉到那"报告"中包含些复杂的问题，然而她的思想素来不很敏捷，一时间她还只感到而已，并不能立刻分析得很正确。

　　窗外又潇潇地下雨了，闪电又作。窗里是沉默的紧张。

　　"玛金，赶快决定！我们还有别的事呢！"

　　蔡真不耐烦地催促着，用笔杆敲着桌子；在她看来，问题是非常简单的："工人斗争情绪高涨"，因为目前正是全中国普遍的"革命高潮"来到了呀！因为自从三月份以来，公共租界电车罢工，公共汽车罢工，法租界水电罢工，全上海各工厂不断的"自发

295

的斗争"，而且每一个"经济斗争"一开始后就立刻转变为"政治斗争"，而现在就已经"发展到革命高潮"：——这些，她从克佐甫那里屡次听来，现在已经成为她思想的公式了。

而且这种"公式"听去是非常明快，非常"合理"，就和其他的"术语"同样地被陈月娥死死记住，又转而灌给了张阿新、何秀妹了；她们那简单的头脑和忿激的情绪，恰好也是此项"公式"最适宜的培养料。

玛金却稍稍有点不同；她觉得那"公式"中还有些不对的地方，可是在学识经验两方面都不很充足的她，感是感觉到了，说却说不明白。并且她也不敢乱说。她常想从实际问题多研究，所以对于目前那陈月娥的报告就沉吟又沉吟了。她听得蔡真催促着，就只好把自己感到的一些意见不很密地说出来：

"不要性急哟！我们得郑重分析一下。月大姐说今回姚金凤的表示比上回还要好，可是上一回姚金凤不是动摇么？还有，黄色工会里的两派互相斗争，也许姚金凤就是那桂长林的工具，她钻进来要夺取群众，夺取罢工的领导？这一些，我们先要放在估计里的！"

"不对！问题是很明白的：群众的革命情绪克服了姚金凤的动摇！况且你忽略了革命高潮中群众的斗争情绪，轻视了群众的革命制裁力，你还以为黄色工会的工具能够领导群众，你这是右倾的观点！"

蔡真立刻反驳，引用了"公式"又"公式"、"术语"又"术语"；她那白中带青的脸上也泛出红来了。陈月娥在旁边听去不很了了，但是觉得蔡真的话很不错。

玛金的脸也通红了，立即反问道：

"怎么我是右倾的观点？"

"因为你怀疑群众的伟大的革命力量，因为你看不见群众斗争情绪的高涨！"

蔡真很不费事地又引用了一个"公式"。玛金的脸色倏又转白了，她霍地站起来严厉地说：

"我不是右倾的观点！我是要分析那复杂的事实，我以为姚金风的左倾表示有背景！"

"那么，难道我们为的怕姚金凤来夺取领导，我们就不发动了么？这不是右倾的观点是什么？"

"我并没说就此不发动！我是主张先要决定了策略，然后发动！"

"什么策略？你还要决定策略么！你忘记了我们的总路线了！右倾！"

"蔡真！我不同你争什么右倾不右倾！我只问你，裕华丝厂里各派走狗工贼在工人中间的活动。难道不要想个对付的方法么？"

"对付的方法？什么！你打算联合一派去打倒另一派么？你是机会主义了！正确的对付方法就是群众的革命情绪的尽量提高，群众伟大的革命力量的正确地领导！"

"嗳，嗳，那我怕不知道么？这些理论上的问题，我们到小组里讨论，现在单讲实际问题。月大姐等了许久了。我主张明天发动罢工的时候，就要姚金凤取一个确定的态度——"

"用群众的力量严重监视她就好了！"

蔡真举重若轻地说，冷冷地微笑。她向来是佩服玛金的；玛金工作很努力，吃苦耐劳，见解也正确；但此时她有些怀疑玛金了，至少以为玛金是在"革命高潮"面前退缩。

"当真不要怕姚金凤有什么花头。小姊妹们听说谁是走狗，就要打她！姚金凤不敢做走狗。"

陈月娥也插进来说了。她当真有点不耐烦，特别是因为她不很听得懂蔡真她们那许多"公式"和"术语"，但她是一个热心的革命女工，她努力想学习，所以虽然听去不很懂，还是耐心听着。

"只怕她现在已经是走狗了！——算了，我们不要再争论，先决定了罢工后的一切布置罢！"

玛金也撇开了那无断头的"公式"对"公式"的辩论，就从她刚才写着的那些纸中间翻出一张来，读着那上面记下了的预定节目。于是谈话就完全集中在事实方面了：怎样组织罢工委员会，哪些人？提出怎样的条件？闸北罢工各厂怎样联络一气？虹口各厂怎样接洽？……现在她们没有争论，陈月娥也不再单用耳朵。她们各人有许多话，她们的脸一致通红。

　　这时窗外闪电、响雷、豪雨，一阵紧一阵地施展威风。房屋也似乎发发震动。但是屋子里的三位什么都不知道。她们的全心神都沉浸在另一种雷、另一种风暴里！

十四

雷雨的一夜过去了后，就是软软的晓风、几片彩霞，和一轮血红的刚升起来的太阳。

裕华丝厂车间里全速力转动的几百部丝车突然一下里都关住了。被压迫者的雷声发动了！女工们像潮水一般涌出车间来，像疾风一般扫到那管理部门前的揭示处，冲散了在那边探头张望的几个职员，就把那刚刚贴出来的扣减工钱的布告撕成粉碎了。

"打工贼呀！打走狗呀！"

"活咬死钱葆生！活咬死薛宝珠！"

"工钱照旧发！礼拜日升工！米贴！"

忿怒的群众像雷一样的叫喊着。她们展开了全阵线，愈逼愈近那管理部了。这是她们的锁镣！她们要打断这锁镣！

"打倒屠夜壶！"

"桂长林滚蛋！王金贞滚蛋！"

群众杂乱地喊着，比第一次的口号稍稍见得不整齐。她们的大队已经涌到了管理部那一排房子的游廊前，她们已经包围了这管理部了。在她们前面是李麻子和他那二十个人，拿着自来水管的铅棒，在喝骂，在威吓。阿祥也在一处，频频用眼光探询李麻子。可是李麻子也没接到命令应该怎么办，他们只是监视着，准备着。

突然，屠维岳那瘦削的身形出现在管理部门前了！他挺直了身体，依旧冷冷地微笑。

群众出了意外地一怔。潮水停住了。这"夜壶"！好大胆呀！然而只一刹那，这群众的潮水用了加倍的勇气再向前逼进，她们和李麻子一伙二十人就要接触了，呼噪的声音比雷还响，狂怒的她们现在是意识地要对敌人作一次正面的攻击，一次肉搏！第一个火星爆发了！群众的一队已经涌上了管理部另一端的游廊。豁浪！玻璃窗打碎了！这是开始了！群众展开全阵线进攻，大混乱就在目前了！

李麻子再不能等待命令了。他和他的二十人夹在一队群众里乱打，他们一步一步退却。

屠维岳也退一步。从他身后忽然跳出一个人来，那是吴为成，厉声喝道：

"李麻子！打呀！打这些贱货！抓人呀！"

"打呀！——叫警察！开枪！"

又是两个人头从窗里伸出来厉声大叫，这是马景山和曾家驹。

这时候，李麻子他们一边退，一边在招架；五六个女工在混战中陷入了李麻子他们的阵线，正在苦斗突围。群众的大队已经上了游廊，管理部眼见得"守不住"了。然而恰在这时候，群众的后路起了纷扰。十多人一队的警察直冲进了群众的队伍，用刺刀开路。李麻子他们立即也转取了攻势，陷在他们包围中的五六个女工完全被他们抓住了。群众的大队往后退了一些，警察们都站在游廊上了。

可是群众并没退走，她们站住了，她们狂怒地呼噪，她们在准备第二次的攻击。

吴为成、马景山、曾家驹，他们三个，一齐都跳出来了，跺着脚大喊：

"开枪！剿除这些混蛋！"

群众大队立刻来了回答。她们的阵线动了，向前移动了，呼噪把人们的耳朵都震聋了！警察们机械地举起了枪。突然，屠维岳挺身出来，对警察们摇手，一面用尽了力气喊道：

"不要开枪！——你们放心！我们不开枪，听我几句话！"

"不要听你的狗屁！滚开！"

群众的队伍里有一部分怒吼着，仍旧坚定地向前移动。可是大部分却站住了。

屠维岳冷冷地微笑，再上前一步，站在那游廊的石阶上了，大声喊道：

"你们想想，一双空手，打得过有刀有枪的么？你们骂我，要打倒我，可是我同你们一样，都靠这厂吃饭，你们想打烂这厂，你们不是砸了自己的饭碗么？你们有什么条款，回去举代表来跟我谈判罢！你们回去罢！现在是我一个人主张和平！你们再闹，要吃眼前亏了！"

桂长林忽然也在旁边闪出来，直贴近那站住了而且静了下去的大队群众旁边，高声叫道：

"屠先生的话句句是好话！大家回去罢！工会来办交涉，一定不叫大家吃亏！"

"不要你们的狗工会！我们要自己的工会！"

女工群里一片声叫骂。可是现在连那一小队也站住了。同时那大队里腾起了一片听不清楚的喧闹。这显然不复是攻势的呼噪，而是她们自己在那里乱哄哄地商量第二步办法了。俄而大队里一个人站了出来，正是姚金凤。她先向群众喊道：

"小姊妹！他们捉了我们五六个人！他们不放还，我们拼性命！"

群众的回答是一阵叫人心抖的呼噪。然而群众的目标转移了！姚金凤立即走前一步看定了屠维岳的面孔说：

"放还我们的人！"

"不能放！"

吴为成他们也挤出来厉声吆喝。李麻子看着屠维岳的脸。屠维岳仍旧冷冷地微笑，坚决地对李麻子发命令：

"放了她们！"

"人放还了！人放还了！大家回去罢！有话派出代表来再讲！"

桂长林涨破了喉咙似的在一旁喊，在那群众的大队周围跑。

欢呼的声音从群众堆里起来了，人的潮水又动荡；可是转了方向，朝厂门去了。何秀妹一边走，一边大喊"打倒屠夜壶！打倒桂长林！"可是只有百多个声音跟她喊。"打倒钱葆生！"——姚金凤也喊起来。那一片应声就是女工们全体。陈月娥和张阿新在一处走，不住地咬牙齿。现在陈月娥想起昨晚上玛金和蔡真的争论来了。她恐怕"冲厂"的预定计划也不能做到。

然而群众的潮水将到了厂门的时候，张阿新高喊着"冲厂"，群众的应声又震动了四方。

"冲厂！冲厂呀！先冲'新厂'呀！"

"总罢工呀！我们要自己的工会呀！"

女工们像雷似的，像狂风似的，扫过了马路，直冲到吴荪甫的"新厂"，于是两厂的联合军又冲开了一个厂又一个厂，她们的队伍成为两千人了，三千人了，四五千人了，不到一个钟头，闸北的大小丝厂总罢工下来了！全闸北形势紧张，马路旁加了双岗！

裕华丝厂工场内，死一般的沉寂了。工厂大门口站了两对警察。厂内管理部却是异常紧张。吴为成他们都攒住了屠维岳哄闹，说他太软弱。屠维岳不作声，只是冷静地微笑。

汽车的喇叭声发狂似的从厂门口叫进来了。屠维岳很镇静地跑出管理部去看时，吴荪甫已经下车，脸上是铁青的杀气，狞起眼睛，简直不把众人看一下。

莫干丞站在一旁，垂着头，脸是死白。

屠维岳挺直了胸脯，走到吴荪甫跟前，很冷静很坦白地微笑着。

吴荪甫射了屠维岳一眼，也没说话，做一个手势，叫屠维岳和莫干丞跟着他走。他先去看了管理部那一对打破的玻璃窗，然后又巡视了空荡荡的丝车间，又巡视了全厂的各部分，渐渐脸色好看些了。

最后，吴荪甫到他的办公室内坐定，听屠维岳的报告。

金黄色的太阳光在窗口探视。金黄色的小电扇在吴荪甫背后摇头。窗外移过几个黑影，有人在外边徘徊，偷听他们的谈话。屠维岳一边说话，一边都看明白了，心里冷笑。

吴荪甫皱了眉头，嘴唇闭得紧紧的，尖利的眼光霍霍地四射。他忽然不耐烦地截断了屠维岳的说话：

"你以为她们敢碰动机器，敢放火，敢暴动么？"

"她们发疯了似的，她们会干出来！不过发疯是不能长久的，而且人散开了，火性也就过去了。"

"那么今天我们只损失了几块玻璃便算是了不起的好运道？便算是我们得胜了，可不是？"

吴荪甫的话里有刺了，又冷冷地射了屠维岳一眼。屠维岳挺直了身体微笑。

"听说我们扣住了几个人——'暴动有证'的几个人；想来你已经送了公安局罢？"

吴荪甫又冷冷地问。但是屠维岳立刻猜透了那是故意这么问，他猜来早就有人报告吴荪甫那几个女工放走了，而且还有许多挑拨的话。他正色回答道：

"早就放走了！"

"什么！随随便便就放了么？光景你放这几个人就为得要保全我这厂？呵！"

"不是！一点也不是！'捉是捉不完的'，前天三先生亲口对我说过。况且只不过五六个盲从的人，捉在这里更加没有意思。"

屠维岳第二次听出吴荪甫很挖苦他，也就回敬了一个橡皮钉子。他挺出了胸脯，摆出"士可杀而不可辱"的神气来。他知道用这法门可以折服那刚愎狠辣的吴荪甫。

暂时两边都不出声。窗外又一个黑影闪过。这一回，连吴荪甫也看见了。他皱一下眉头。他知道那黑影是什么意思。他向来就不喜欢这等鬼鬼祟祟的勾当。他忽然狞笑着，故意大声说：

"那么，维岳，这里一切事我全权交付你！可是我明天就要开工！明天！"

"我照三先生的意思尽力去办去！"

屠维岳也故意大声回答，明白了自己的"政权"暂时又复稳定。吴荪甫笑了一笑挥着手，屠维岳站起来就要走了，可是吴荪甫突然又唤住了他：

"听说有人同你不对劲儿，当真么？"

"我不明白三先生这话是指的哪一方面的人。"

"管理部方面，你的同事。"

"我自己可是不知道。我想来那也是不会有的事。大家都是替三先生办事。在三先生面前，我同他们是一样的。三先生把权柄交给我，那我也不过是奉行三先生的吩咐！"

屠维岳异常冷静地慢慢地说，心里却打一个结。他很大方地哈一哈腰，就走了出去。

接着吴荪甫就传见了莫干丞。这老头儿进来的时候，腿有点儿发抖，吴荪甫一眼看见就不高兴。他故意不看这可怜相的老头儿，也没说话，只旋起了眼睛瞧那边玻璃窗上一闪一闪的花白的光影。他心里在忖度：难道那小伙子屠维岳当真不晓得管理部方面很有些人不满意他今天的措置？不！他一定晓得。可是他为什么不肯说呢？怕丢脸么？好胜！这个年青人是好胜的。且看他今天办的怎样！——吴荪甫忽然烦躁起来，用劲地摇一摇头，就转眼看着莫干丞，严厉地说道：

"干丞！你是有了一把年纪的。他们小伙子闹意见，你应该从中解劝解劝才是！"

"三先生——"

"哎！你慢点开口。你总知道，我不喜欢人家在我耳朵边说这个，说那个。我自有主意，不要听人家的闲话！谁有本事，都在我的眼睛里；到我面前来夸口，是白说的！你明白了么？你去告诉他们！"

"是，是！"

"我还听说曾老二和屠维岳为一个女工吃醋争风，昨天晚上在厂里闹了点笑话，有没有这件事？"

"那，那！——我也不很清楚。"

莫干丞慌慌张张回答，他那脸上的神气非常可笑。实在他很明白这一件事，可是刚才给吴荪甫那一番堂而皇之的话语当头一罩，就不敢多嘴。这个情形，却瞒不过吴荪甫的眼睛。他忍不住笑了一笑说：

"什么！你也不很清楚！正经问你，你倒不说了。我知道你们账房间里那一伙人全是'好事不惹眼，坏事直关心'！厂里一有了吃醋争风那样的事，你们的耳朵就会通灵！我听说这件事是屠维岳理亏，是他自己先做得不正，可是不是？"

莫干丞的眼睛睁大了发怔。他一时决不定，还是顺着吴荪甫的口气说好呢，还是告诉了真情。最后他决定了告诉真情，他知道屠维岳现在还很得吴荪甫的信任。

"三先生！那实在是曾家二少爷忒胡闹了一些。——"

吴荪甫点头微笑。莫干丞胆大些了，就又接着说下去：

"二号管车王金贞亲眼看见这一回事。屠先生没有漏过半个字，都是王金贞告诉我的。昨天晚上，屠先生派王金贞找一个姓朱的女工来问她女工里头哪几个跟共产党有来往，——就是在这间房里问的，王金贞也在场。后来那姓朱的女工出去，到茧子间旁边，就被曾家二少爷拦住了胡调。那时候有雷有雨，我们都没听得。可是屠先生和王金贞却撞见了。就是这么一回事。"

吴荪甫皱着眉头不作声，心里是看得雪亮了。他知道吴为成的报告完全是一面之词。他猛然想起了把曾家驹，马景山两个亲戚，吴为成一个本家，放在厂里，不很妥当；将来的噜苏多着呢！

"哦！干丞，你去关照他们。这件事，以后不许再提！"

吴荪甫说着，就摆一摆手，叫莫干丞退去。他侧着头想了一想，提起笔来就打算下一个条子：把吴为成他们三个调出厂去，分调到益中公司那八个厂里。"亲戚故旧塞满了一个厂，那厂断乎办不好的！"——吴荪甫心里这么想，就落笔写条子。可是正在这时候，一个人不召自来，恰就是吴为成。

"谁叫你进来的？是不是莫干丞？"

吴荪甫掷笔在桌上，很严厉地斥问，眼光直射住了吴为成那显着几分精明能干的脸儿。吴为成就离那写字桌远远地站住了，反手关上了那门，态度也还镇静，直接地就说：

"我有几句话对三叔讲。"

吴荪甫立刻皱了眉头，但还忍耐着。

"刚才工会里的钱葆生告诉我，昨晚上工人开过会，在一个女工的家里。那女工叫做姚金凤。今天工人暴动，要打烂账房间的时候，这姚金凤也在内。对工人说要是我们不放那六个人，她们就要拼命的，也是这姚金凤！一个月前，厂里起风潮，暗中领头的，也是这姚金凤。听说后来屠维岳收买了她，可是昨天晚上工人开会就在她家里！她很激烈，她仍旧在暗中领头！"

吴荪甫尖利地看着吴为成的脸儿，只淡淡地笑了一笑，不说什么。昨晚上工人开会，有姚金凤，这一点点事，屠维岳已经报告过了；吴荪甫并不能从吴为成那话里得到什么新的东西。可是姚金凤那名字，暂时在吴荪甫思想上停留了一下。他记起来了：瘦长条子，小圆脸儿，几点细白麻子，三十多岁；屠维岳收买了后曾经出过一点小岔子，一个姓薛的管车，九号管车，泄漏了那秘密，可是以后仍旧挽救过来了。

"三叔，依我看来，这次风潮，是屠维岳纵容出来的；昨天他很有工夫去预先防止，可是他不做！今天他又专做好人！他和工会里一个叫做桂长林的串通，想收买人心！"

吴荪甫的脸色突然变了。他到底听到了一些"新的"了！然而一转念后，他又蓦地把脸色一沉，故意拍一下桌子喝道：

"阿成，你这些什么话！现在我全权交给屠维岳办理，你在厂里，不要多嘴！——刚才你那些话，只能在我面前说，外边不准提起半个字！明白了么？去罢！"

挥走了吴为成以后，吴荪甫拿起刚刚写好的字条看了一眼，就慢慢地团皱了，满脸是迟疑不决的神气。俄而他蹶然跃起，把那团皱的字条又展开来看一下，摇了摇头，就嗤的一声，撕得粉碎，丢在痰盂里。他到底又自己取消了"亲戚故旧不放在厂里"的决定。他抓起笔来，再写一个字条：

> 本厂此次减薪，势在必行；一俟丝价稍有起色，自
> 当仍照原定工薪发付，望全体工人即日安心上工，切勿误
> 听奸言，自干未便。须知本厂长对于工会中派别纠纷，

容忍已久，若再倾轧不已，助长工潮，本厂长惟有取断然措置！

　　此布。

　　把字条交给了莫干丞去公布，吴荪甫也就要走了。临了上汽车的时候，他又严厉地吩咐屠维岳道：

　　"不管你怎么办，明天我要开工！明天！"

　　午后一点钟了。屠维岳在自己房里来回踱着，时时冷笑，又时时皱着眉头。他这样焦躁不安，正因为他是在可胜可败的交点上。早晨工潮发动的时候，他虽然听得了许多"打倒屠夜壶"的呼声，可是他看得准，他有胜利的把握。自从吴荪甫亲自来了后，这把握就成疑问。尽管吴荪甫再三说"全权交给屠先生"，然而屠维岳的机警的眼光看得出吴荪甫这句话的真实意义却就是"全权交给你，到明天为止！"

　　明天不能解决罢工，屠维岳就只有一条路：滚！

　　并且吴荪甫这一回自始就主意不定，也早已被屠维岳看在眼里。像吴荪甫那样刚愎狠辣的人，一旦碰到了他拿不定主意，就很难伺候；这又是屠维岳看得非常明白的！

　　忽然窗外闪过了人影。屠维岳立刻站住了，探头去窗外一看，就赶快跑出房外。外面那个人是桂长林，他们两个对看了一眼，并没说话，就一同走到莫干丞的房里，那已经是整整齐齐坐着三四个人，莫干丞也在内。

　　屠维岳冷冷地微笑着，瞥了众人一眼，就先说话：

　　"三先生吩咐，明天一定要上工；现在只剩半天一夜了，局促得很！早半天我们找工人代表谈话，没有找到。她们不承认本来的工会，她们现在组织了一个罢工委员会。刚才我派长林和她们的罢工委员会办交涉，她们又说要听丝厂总同盟罢工委员会的命令。这是太刁难了！我们不管她们什么'总'不'总'，我们厂我们单独解决！现在第一件事，明天一定得开工！哪怕是开一半工，我们也好交代三先生！长林，你看明天能不能开工？她们现在到底有什么要求？"

桂长林并不立刻回答。他看看屠维岳，又看看莫干丞，就摇着头叹一口气道：

"我是灰心了！从昨晚上到今朝，两条贱腿没有停过，但求太平无事，大家面皮上都有光；哪里知道还有人到老板面前拆壁脚！现在屠先生叫我来商量，我不出主意呢，人家要骂我白拿钱偷懒，我出了主意呢，人家又要说我存私心，同谁过不去。莫先生，你看我不是很为难么？"

房间里沉静了。屠维岳皱着眉头咬嘴唇。莫干丞满脸的慌张。坐在墙角的阿珍却掩着嘴暗笑。她推了推旁边的王金贞，又斜过眼去瞟着屠维岳。她们全知道桂长林为什么发牢骚。李麻子却耐不住了：

"屠先生，你吩咐下来，我们去办，不是就结了么？"

"不错呀！屠先生吩咐下来吧！不过，长林，你有主意说说也不要紧，大家来商量。"

王金贞也接口说，眼却看着莫干丞。这老头儿也有点觉得了。屠维岳慢慢地点着头，看了李麻子一眼，又转脸朝着桂长林。

"那么，我说几句良心话。老板亏本，工人也晓得。老板挂的牌子说得明明白白，工钱打八折，为的丝价太小，将来还好商量。工人罢工，一半为钱，一半也为了几个人；薛宝珠强横霸道，工人恨死了她，还有钱巧林、周二姐，也是大众眼里的钉！明天要开工不难，这三个人总得躲开几天才好！"

桂长林一边慢吞吞地说，一边不转眼地看着莫干丞那惊愕的面孔，屠维岳也是一眼一眼地往莫干丞脸上溜。大家的眼光都射住了莫干丞了。莫干丞心慌，却也明白了；他是中间人，犯不着吃隔壁账，就赶快附和道：

"好，好！只要明天能开工，能开工！"

屠维岳冷冷地微笑，知道这一番"过门"已经很够，再拖长也是多事，就要按照预定计划来发命令。他陡然脸色一沉，举起左手来，在空中虚按一下，叫大家注意，就严厉地说道：

"人家的闲话管不了那么多！我们有法子叫工人明天上工，我们就公事公办！阿珍，你和姚金凤碰过头么？什么罢工委员会里，除了姚金凤，还有些什么人？哪几个和姚金凤要好？"

"管她们还有几个人呢！不过是何秀妹、张阿新那一伙！跟金凤要好的有两个：徐阿姨，陆小宝。"

阿珍噘起了嘴唇，斜着眼睛说，永不忘记卖弄她的风骚。屠维岳突然生气了。

"你办事太马虎！阿珍！罢工委员会是哪几个人，一定要打听明白！我派王金贞帮你的忙。你们先叫姚金凤拉住了姓徐的和姓陆的。告诉她们得小心！何秀妹一淘坏胚子是共产党，公安局要捉！明天不上工，吴老板要不客气了，有话上了工再说。你们召齐了各管车，大家分头到草棚里挨家挨户告诉她们，不要上人家的当！"

"那可不行！这时候到草棚里去拉人，老实是去讨一顿打！"

王金贞和阿珍齐声叫了起来。

"怕什么！打就打！难道你们也要保镖的么？好，老李，你招呼你的手下人用心保护！"

屠维岳很不耐烦地说，声色俱厉了，阿珍涨红了脸，还想分辩，可是王金贞在旁边拉她的衣角，叫她不要响。屠维岳也不再理她们两个，转脸就向桂长林问道：

"到底她们那什么总同盟罢工，背后是哪些人在那里搅？"

"还不是共产党乘机会捣乱罢了！虹口，闸北，总共大大小小百多家厂，现在都罢下来了。她们有一个总机关，听说是做在什么旅馆里，——今晚上可以打听到。"

"今晚上太迟了！我们今天下午就要打听明白！可是，长林，眼前另外有要紧的事派你去做。工人们仗着人多，胆子就大；要是我们邻近的几家厂不开工，我们这里的工人也就不肯爽爽快快听我们的好话。长林，你要赶快去同那几家厂里说好，明天大家一定开工。用武力强迫上工！请公安局多派几个警察！有人敢在厂门口'拦'，就抓！"

"对，对！我们这里也这么办罢！屠先生，我早就想干干脆脆干她们一下！"

李麻子听得要动武，就赶快插嘴说，两只大手掌在腿上拍一下。李麻子是粗人，从今天早上起，他就猜不透为什么屠维岳不肯用武力，如果不是他对于屠维岳还有"忠心"，他也要在背后说屠维岳的坏话了。现在他是再也耐不住，就表示了自己的意思，却仍旧很忠顺地望着屠维岳的脸色。

屠维岳看着李麻子的脸孔，微微一笑，像是抚慰，又像是赞许。同时他又半解释半命令似的说：

"老李不要心急。你的拳头总要发一次利市！会打的人，不肯先出手；可不是？——还有，我们厂里不比别家，疙瘩太多，不看清楚了就动手，也许反倒弄僵了事情！吴老板向来是宽厚的，我们也得顺着他的意思。长林，你明白了罢？让别人家杀鸡，吓我们这里的猴子！"

"包在我身上，办得四平八稳！"

"那就好了！——莫先生，请你马上挂出牌子去，开除钱巧林、周二姐、薛宝珠！"

屠维岳突然转向莫干丞，态度非常严厉。

李麻子和王金贞她们也轻轻一怔。想不到刚才说的是"躲开几天"，现在变做了干干脆脆的"开除"。然而她们看见屠维岳那坚决的眼光，就明白这件事无可挽回；钱葆生他们一派，这次一定要倒霉！

莫干丞也出意外，看着屠维岳那冷气逼人的脸，作不得声。过一会儿，他迟疑地摸着面颊骨说道：

"薛宝珠给她一点面子，请三先生调她到'新'厂里去罢？"

"那是三先生的恩典，不关我们的事！我们这里仍得挂牌子开除！"

屠维岳冷冷地回答，掉过脸去对桂长林他们四个人瞥了一眼，就又厉声接着说下去：

"各位都知道，昨天下午是薛宝珠她们三个先在车间里哄动工人们来反对工钱打八折！她们做不着吴老板的厂，专想利用工人报私仇，反对桂长林！可是她们平常日子做人太坏，她们尽管想讨好工人，工人们还是恨死了她们三个！现在我们要开除她们，一点私心也没有，就为的一则她们三个是捣乱分子，二则也要戳破几个出气洞，工人们这才明天肯上工！三先生不准我辞职，一定要我干下去，我只好做难人！要是靠大家帮忙，今晚上弄好，明天太平无事开工，我的辞职还是要请三先生照准！"

莫干丞他们都面面相觑，不作声。

"时候不早了。大家赶快拼命去干，五点钟再给我回音！——老李，另外有一件事派你！"

屠维岳威风凛凛地下了最后的命令，对李麻子做一个手势，就先走了。李麻子朝阿珍她们扮鬼脸，笑了一笑，也就赶快跟了出去。

到了那管理部一带房屋的游廊的尽头，屠维岳就站住了。李麻子赶快抢前一步，站在屠维岳对面，嘻开了嘴巴，露出一口大牙齿。屠维岳的半个脸晒着太阳，亮晶晶地放油光；另一半却微现苍白。他侧着头想了一想，就把他那尖利的眼光射到李麻子脸上，轻声儿问道：

"盯了半天的梢，还是没有线索么？"

"没有。跟她们两个来来往往的，全是厂里的人；我们也盯梢，可是她们走来走去只在草棚那一带！"

"难道她们知道了有人盯梢么？"

"那个不会的！我那几个人都是老门槛，露不了风！"

"看见面生的人么？"

"没有。跟何秀妹，张阿新来往的，全是厂里人！"

屠维岳又尖利地看了李麻子一眼，然后侧着头，闭了一只眼睛。他心里忖量起来一定是李麻子的手下人太蠢，露了形迹。他自己是早已看准了何秀妹、张阿新两个有"花头"。他眼珠一转，又问道：

"昨晚上她们两个从姚金凤家里出来和什么人同路？"

"哦！昨晚上么？何秀妹同陆小宝一路回去，两个人一路吵。张阿新另外同两个人一路走，不多几步，她们就分开了，走了三条路。"

"那两个是不是厂里人？叫什么？"

"是厂里人。也是姚金凤家里一同出来的。我没有看见她们。听我的伙计说，一个是圆脸儿，不长不短，水汪汪的一对眼睛，皮肉黑一点儿。那一个是什么模样儿就记不清；人是高一些。"

屠维岳忽然冷冷地微笑了。小圆脸儿，水汪汪一对眼睛，黑皮肤，中等身材：他知道这是谁。

"她们路上不说话么？"

"对你说过她们只走了不多几步，就分开了。她们出来的时候，三个人臂膊挽臂膊，像煞很要好的样子。"

李麻子也好像有点不耐烦了，用手背到嘴唇上去抹一下，睁大了眼睛看着屠维岳。

一个人影在那边墙角一晃。屠维岳眼快，立刻跑前几步看时，却是阿祥。这一个新收用来的人，此番屠维岳还没派他重要的工作。他看见屠维岳就站住了。屠维岳皱一下眉头，就吩咐道：

"阿祥！全班管车都到草棚那边关照工人明天上工；老板出了布告，有话上了工再讲。你去看看，她们是不是全班都去了，有躲懒的，回来报告我！"

"要是闹了事，你不要客气；招呼一声就行了！草棚一带，我们有人！"

李麻子也在一旁喊，张大了嘴巴笑。屠维岳也笑了一笑，随即满脸严肃地对李麻子说：

"我们也到草棚里去找一个人。你叫五六个人跟我们一道走！"

屠维岳现在看准了那黑里俏的朱桂英一定也有"花头"，决定亲自去探险了。

他们一路上看见警察双岗，保卫团巡行，三三两两的丝厂女工在路旁吵闹。太阳光好像把她们全身的油都晒到脸上来了，可是她们不怕，很兴奋地到处跑，到处嚷。靠近草棚一带，那空气就更加紧张了。女工们就好像黄昏时候的蚊子，成堆起哄。她们都在议论厂里开除了三个人。"工钱打八折就不讲了么？骗人呀！"——这样的叫声从乱哄哄里跳出来。

屠维岳依然冷冷地微笑，和李麻子他们走进了那草棚区域。可是他的脸色更加苍白。他觉得四面八方有千百条毒眼光射到他身上。"夜壶！""打倒夜壶呀！"最初不很响，也不很多；后来却一点一点多起来了，也响起来了。屠维岳偷偷地看了李麻子一眼，李麻子铁青着脸，咬紧了牙齿。

黑大衫或是黑拷绸短衫裤的"白相人"也是三三两两地在这草棚区域女工堆里穿来穿去，像些黑壳的甲虫。他们都是李麻子的手下人，他们故意撞进了嚷闹的女工堆里，故意在女工们汗湿的绷得紧紧的胸口摸一把。这里，那里，他们和女工们起了冲突了。一片声喊打！可是一下子又平静下去了。女工们竭力忍耐，避免和这些人打架；而这些人呢，也没接到命令真真出手打。

屠维岳低着头快走，叫李麻子引他到朱桂英住的草棚前了。

"屠夜壶来捉人了！"

突然在那草棚的一扇竹门边喊出了这一声来。接着就是一个小小的身体一跳。那正是住在朱桂英隔壁的打盆女工金小妹。李麻子哼了一声，伸出粗黑的大手来，抢前一步，就要抓那个女孩子。可是金小妹很伶俐地矮着身体躲过，就飞也似的跑走了。屠维岳看了李麻子一眼，不许他再追；他们两个就一直闯进了朱桂英的家。带来的五六个人守在竹门外左近一带。

等到屠维岳的眼睛习惯了那草棚里的昏黑光线时，他看见朱桂英站在面前，两道闪闪的眼光直钉住了他瞧。她那俏黑的圆脸上透着怒红，小嘴唇却变白。草棚里没有别的人，只是他们三个：朱桂英、李麻子、屠维岳。是一种紧张的沉默。草棚外却像潮水似的卷起了哄哄的人声，渐来渐响。

屠维岳勉强笑了笑说：

"桂英！有人报告你是共产党！现在两条路摆在你面前，随你自己挑：一条是告诉我，还有什么同党，那我们就升你做管车；还有一条是你不肯说，你去坐牢！"

"我不是！我也不晓得！"

"可是我倒晓得了！另外两个人是何秀妹、张阿新——"

朱桂英把不住心头一跳，脸色就有点变了。屠维岳看得很明白，就微笑地接着说：

"另外还有谁，可要你说了！"

"我当真不晓得。到警察所，我也是这句话！"

朱桂英的脸色平静了些儿，嘴唇更加白，水汪汪的眼睛里满是红光。屠维岳轻轻冷笑一声，突然翻了脸，看着李麻子，厉声喝道：

"老李，搜一下！"

这时候草棚外的喧扰也已经扩大。一片叫骂声突然起来，又突然没有，突然变成了人肉和竹木的击冲，拍刺！拍刺！咬紧了牙齿的嘶叫，裂人心肝的号呼，火一样蓬蓬的脚步声。然后又是晴天霹雳似的胜利的呼噪，一彪人拥进了草棚，直扑屠维岳和李麻子。昏黑中不出声的混斗！板桌子和破竹榻都翻了身！

屠维岳仗一条板凳开路，从人肉缝中跳出来了。可是第二彪人从草棚外冲进来，又将他卷入重围。外边是震天动地的喊声。屠维岳和两个人扭打做一团。仓皇中他看清了一个正是张阿新。忽然李麻子拖着一个人，就将那人当做武器，冲开一条路，挣扎到屠维岳身边。于是包围着屠维岳的女工们就一齐转身去抢人。屠维岳乘这空儿，逃出了那草棚的竹门，扑面他又撞着了十来个的一伙。但这一伙却不是狂怒的女工，而是李麻子手下的人。女工的潮水紧跟着这一伙人卷上来。大混乱又在草棚前的狭路上开始！可是警笛的声音也在人声中尖厉地响了。女工们蓬乱的头发中间晃着警察制帽上的白圈儿。

砰！砰！示威的枪声！

李麻子也逃出重围来了，一手拖住那个女工。他对屠维岳狞笑。

十多分钟以后，朱桂英家草棚左近一带已经平静。泥地上有许多打断的竹片，中间也有马桶刷子。竹门也打坏了，歪斜地挂在那里，像是受伤的翼膀。但在这草棚区域东首一片堆垃圾的空场上，又是嚷嚷闹闹的一个人堆。女工们正在开大会。警察人少，远远地站着监视。李麻子手下人也有八九个，散立在警察队的附近。

这是暴风一般骤然来的集会！这又是闪电一般飞快地就结束的

314

集会！这是抓住了工人斗争情绪最高点的一个集会！刚才"屠维岳捉人"那一事变，很快地影响到女工们内部的斗争。

"屠夜壶顶坏！他开除了薛宝珠她们，骗我们去上工！薛宝珠她们是屠夜壶的对头！他借刀杀人！他带了李麻子来捉我们！打倒屠夜壶！明天不上工！上工的是走狗！"

张阿新站在一个垃圾堆上舞着臂膊狂呼。人层里爆发了雷一样的应声：

"上工的是走狗！"

"哄我们去上工的是走狗！"

"打走狗姚金凤！"

"工钱不照老样子，我们死也不上工！我们要屠夜壶滚蛋！要桂长林滚蛋！我们要开除王金贞、李麻子、阿珍、姚金凤，我们要讨回何秀妹！我们要——"

张阿新的声音哑了，喊不成声，突然她身体一挫，捧着肚皮就蹲了下去。立刻旁边就跳出一个人来，那是陈月娥；她的脸上有两条血痕，那是和屠维岳揪打的时候抓伤了的，她用了更响的声音接着喊道：

"我们要改组罢工委员会！赶出姚金凤、徐阿姨、陆小宝！想要明天上工的，统统赶出去！"

"统统赶出去呀！"

群众回答了震天动地的呼声。张阿新蹶然跳了起来，脸像猪肝，涨破了肺叶似的又喊道：

"没有丝厂总同盟罢工委员会的命令，我们不上工！小姊妹！总罢委的代表要对你们说一句话！"

突然那乌黑黑的人层变做了哑噤。"总罢委"的代表么？谁呀！谁呀！女工们流汗的兴奋的红脸杂乱地旋动，互相用眼光探询，嘈杂的交谈声音也起来了。可是那时候，一个女工打扮的青年女子，一对眼睛好像会说话的女子，跳上了那垃圾堆了，站在张阿新和陈月娥的中间，这女子是玛金。

"小姊妹！上海一百零二个丝厂总罢工了！你们是顶勇敢的先锋！你们厂里的工贼走狗自己打架，可是他们压迫你们是一致的！欺骗你们是一致的！你们要靠自己的力量，才能得到胜利！打倒工贼！打倒走狗！组织你们自己的工会！没有总罢委的命令，不上工！"

"没有命令不上工呀！"

张阿新和陈月娥领导着喊起来了。

"——不上工呀！"

黑压压的人层来了回声。差不多就是真正的"回声"。玛金虽然努力"肃清"那些"公式"和"术语"，可是她那些话依然是"知识分子"的，不能直钻进女工们的心。

"小姊妹们！大家齐心呀！不上工！不上工！——散会！"

陈月娥又大声喊着，就和张阿新，玛金她们跑下了那垃圾堆。女工们一边嚷着，一边就纷纷散去。正在这时候，公安局的武装脚踏车队也来了，还有大队的警察。但是女工们已经散了，只留下那一片空场。警察们就守住了这空场，防她们再来开会。一个月来华界早宣布了戒严，开会是绝对禁止的。

姚金凤、阿珍她们早逃进厂里，一五一十报告了屠维岳。两个人前前后后攒住了屠维岳，要他替她们"做主"。

屠维岳冷冷地皱着眉头，不作声。他在工人中间辛辛苦苦种的"根"，现在已经完全失掉了作用，这是他料不到的。他本来以为只要三分力量对付工人，现在才知道须得十分！

"不识起倒的一批贱货，光景只有用拳头！叫你们认得屠夜壶！"

屠维岳咬着牙齿冷冷地自言自语着，就撇下了阿珍她们两个，到前边管理部去。迎面来了慌慌张张的莫干丞，一把拉住了屠维岳，口吃地说道：

"世兄，世兄；正找，找你呢！三先生在电话里动火，动火！到底明天，明天开工，有没有把握？"

"有把握！"

屠维岳依然很坚决，很自信，冷冷的微笑又兜上了他的嘴唇。莫干丞怪样地眨着半只眼睛。

"三先生马上就要来。"

"来干什么！——"

屠维岳耸耸肩膀轻声说；但立即又放下了脸色，恨恨地喊道：

"王金贞这班狗头真可恶！躲得人影子都不见了！莫先生，请你派人去找她们来，就在账房间里等我！莫先生，愈快愈好！"

这么说着，屠维岳再不让莫干丞多噜苏，快步走了。他先到工厂大门一带视察。铁门是关得紧紧的了，两对警察是门岗。李麻子带着他的手下人在这里一带逡巡。那些人中间有几个像斗败了的公鸡似的坐在茧子间的石阶上。李麻子跑到屠维岳跟前，就轻声说道：

"刚才一阵乱打，中间也有钱葆生那一伙人，你知道么？"

"你怎么知道？"

"阿祥告诉我。"

屠维岳冷笑了一声，狞着眼睛望望天空，就对李麻子说：

"现在用得到五十个人了！老李，你赶快去叫齐五十个人，都带到厂里来等我派用场。"

屠维岳离开了那大门，又去巡视了后门边门，心里的主意也决定了，最后就又回到管理部。吴为成，马景山，曾家驹他们三个，头碰头地在管理部前的游廊上密谈。屠维岳不介意似的瞥了他们一眼，忽然转了方向，抄过那管理部的房子，到了锅炉房旁边堆废料的一间空房前，就推门进去。

反剪着两手的何秀妹蹲在那里，见是屠维岳进来，立刻背过脸去，恨恨地把身体一扭。

屠维岳冷冷地微笑着，仔细打量那何秀妹，静悄悄地不作声。忽然何秀妹偷偷地回过脸来，似乎想看一看屠维岳还在这里没有。恰好她的眼光正接触了屠维岳那冷冷的眼光。屠维岳忍不住哈哈笑了，就说道：

"何秀妹！再耐心等一会儿。过了六点钟，你们的代表和我们条件讲妥，就放你出去！"

睁大了眼睛发怔，何秀妹不回答，可是也不再背过脸去了。

"代表是陆小宝、姚金凤；还有——你的好朋友：张阿新！"

何秀妹全身一跳，脸色都变了，望着屠维岳，似乎等待他再说一点儿。

"张阿新是明白人。我同她真心真意讲了一番话，她就明白过来了。她是直爽的！她什么都告诉我了。她同你的交情实在不错。她拍胸脯做保人，说你是个好人，你也不过一时糊涂，上了共产党的当！可不是？"

突然何秀妹叫了一声，脸色就同死人一样白，惊怖地看着屠维岳的面孔。

"你们一伙里还有几个人，都是好朋友，都是'同志'，是不是？张阿新都告诉我了！你放心，我不去捉她们！我和你们小姊妹向来和气！不过，同共产党来往，警察晓得了要捉去枪毙的。何秀妹，你想想，那里头谁是明白人，劝得转来，我就帮她的忙！"

"哼！阿新！阿新！"

何秀妹身体一抖，叫了起来，接着就像很伤心似的垂下了头。屠维岳咬着嘴唇微笑，他走前一步，伛着腰，用了听去是非常诚恳的声音说道：

"你不要错怪了阿新！不要怪她！你要是回心转来自己想想，也就明白了。上海许多趟的罢工风潮都和共产党有关系，可是末了捉去坐牢的，还是你们工人。共产党住在洋房里蛮写意。你们罢一次工，他们就去报销一次，领了几万银子，花一个畅心畅意。譬如那勾引你和阿新的女学生，你们都不知道她到底住在哪里，是不是？她住在大洋房里！她换了破衣裳跑来和你们开会。她出来开一次会，就可以领到十块二十块的车费。你们呢，你们白跑两条腿！她住在大洋房里。她家里的老妈子比你们阔气得多！有一回阿新碰见了她了。她就送阿新五块钱，叫她不要说出去。阿新没有对你说过罢？她还有点不老实。可是她和你的交情总算不错。她现在拍胸脯保你！"

何秀妹低了头不作声。忽然她哭起来了。那哭的神气就像一个小孩子。蓦地她又抑住了哭声，仰起那泪脸来看着屠维岳，看着，看着，她的嘴角不住地扭动，似乎有两个东西在她心头打架，还没分输赢。屠维岳看准了何秀妹这嘴角的牵动是什么道理，他立刻满脸慈悲似的再逼进一步：

"秀妹！你不要怕！我们马上就放你出去。我们已经开除了薛宝珠，缺一个管车了，回头我去对三先生说，升你做管车。大家和气过日子，够多么好呢！"

何秀妹脸红了，忽然又淌下两行眼泪，却没有哭声。

"可是，秀妹，你再想想，你们那一伙里谁是劝得转来的，我们去劝劝她去！"

何秀妹的眼光忽然呆定了。她低了头，手指头机械地卷弄她的衣角。俄而她叹一口气，轻声说：

"你还是再去问阿新。她比我多晓得些。"

再没有话了。何秀妹低着头，身体有点抖。屠维岳也看到话是说完了，耸耸肩膀，心里看不起这没用的共产党；他很骄傲地射了那何秀妹一眼，就转身跑了出去。他满心快活跑到了管理部那边，看见阿祥闲站在游廊前，就发命令道：

"阿祥！你到草棚里把张阿新骗来！骗不动，就用蛮功！快去，快回！"

这时候，一辆汽车开进厂来了，保镖的老关跳下来开了车门。吴荪甫蹒跚地钻了出来，看着迎上前来的屠维岳就问道：

"那不是愈弄愈糟，怎么明天还能开车？"

"三先生，天亮之前有一个时候是非常暗的，星也没有，月亮也没有。"

屠维岳鞠躬，非常镇定非常自信地回答。吴荪甫勉强笑了一笑，就在那停汽车的煤屑路上踱了几步，然后转身对跟在背后的屠维岳说道：

"你有把握？好！说出来给我听听。"

这语气太温和了，屠维岳听了倒反不安起来，恐怕吴荪甫突然又变了态度。他想了一想，就把经过的事情拣重要的说了几句；他一边说，一边用心察看吴荪甫的脸色。西斜的太阳光照在吴荪甫的半个脸上，亮晶晶地发着油光，对照着他那没有太阳光的半个脸，一明一暗，好像是两个人。屠维岳松一口气，望望天空。东方天角有几块很大的火烧云。

"那么，捉来的那一个，何——何秀妹，你打算放了她，是不是？"

"我打算等到天黑，就放她出去。我派了人钉她的梢，那就可以一网打尽。"

屠维岳回答，嘴唇边浮过一丝笑影。

"姑且这么办了去再看光景。可是——维岳，你再发一道布告，限她们明天上工！明天不上工的，一律开除！"

吴荪甫忽又暴躁起来，不等屠维岳的回话，就钻进了汽车。保镖的老关在司机旁边坐定，那汽车就慢慢地开出厂去。两扇方铁梗的厂门一齐开直了，李麻子在旁边照料，吆喝他的手下人。但是那汽车刚到了厂门中间，突然厂外发一声喊，无数女工拥上前来，挡住了去路。立刻沿这厂门四周一带，新的混乱又开始。警察、李麻子和他的手下人，都飞跑着来了；可是女工们也立刻增加了两倍，三倍，四倍，五倍，——把厂门前的马路挤断了交通，把吴荪甫连那汽车包围得一动也不能动。车里的吴荪甫卜卜地心跳。

"你放了何秀妹，我们就放你！"

女工们一边嚷，一边冲破了警察和李麻子他们的防线，直逼近那汽车。她们并没有武器，可是她们那来势就比全副武装的人狠得多又多！

老关跳在车沿踏板上，满脸杀气，拔出手枪来了。女工们不退。同时有些碎石子和泥块从女工队伍的后方射出来。目标却不准确。女工们也有武器了，但显然还没有正式作战的意思。吴荪甫坐在车里，铁青着脸，一叠声喝道：

"开车！开足了马力冲！"

汽车夫没有法子，就先捏喇叭。那喇叭的声音似乎有些效力。最近车前的女工们下意识地退了一步。车子动了，然而女工们不再退却。一片声呐喊，又是阵头雨似的碎石子和泥块从她们背后飞出来，落在车上。老关发疯似的吼一声，就举起手枪，对准了密集的女工。突然人堆里冲出一个人来，像闪电一般快，将老关的手膀子

"你放了何秀妹，我们就放你！"

往上一托。砰！——这一枪就成为朝天枪。

这人就是屠维岳。他撇下老关，立即转身对那汽车夫大声叫道：

"蠢东西！还不打倒车么？打倒车！"

汽车退进了厂门。这一次没有先捏喇叭。车里的吴荪甫往后靠在车垫上，露出了牙齿狞笑。汽车夫赶快把车子调头，穿过了厂里的煤屑路，就从后门走了。这时候，一部分女工也冲进了前门，大部分却被拦住在铁门外。门里门外是旋风似的混乱。但是她们已经没有目标。门外那大队先被警察赶散，门里的二三十个，也被李麻子他们用武力驱逐出厂。

天渐渐黑下来，又起了风。厂里厂外现在又平静了，但是空气依旧紧张，人们的心也紧张。厂门前加添了守卫。厂里账房间内挤满了人，王金贞和阿珍她们全班管车，乱哄哄地谈论刚才的事变。李麻子叫来的五十多人也排齐在游廊一带。白天过去了，只剩得一夜，大家都觉得明天开工没有把握。可是屠维岳那永远自信的态度以及坚定的冷冷的声音立刻扫除了那些动摇。他对全班管车说：

"不准躲懒！今晚上你们是半夜工！你们到草棚里拉人！告诉她们：明天不上工的就开除；没有人上工，吴老板就关厂！再到厂门前来闹，统统抓去坐牢！好好儿的明天上工，有话还可以再商量！去罢！不准躲懒！我要派人调查！"

管车班里谁也不敢开口，只是偷偷地互相做眼色，伸舌头。

屠维岳又叫了李麻子来吩咐：

"老李，你的人都齐了么？他们要辛苦一夜！不过只有一夜！你叫他们三个两个一队，分开了，在草棚前前后后巡查。你吩咐他们：看见有两三个女工攒在一堆，就撞上去胡调！用得到那拳头的时候用拳头，不要客气！要是女工们在家里开会，那就打进去，见一个，捉一个！女工们有跑来跑去的，都得盯梢！——你都听明白了么？这里是两百块钱，你拿去照人头分派！"

屠维岳拿一卷钞票丢在李麻子面前，就转脸厉声喊道：

"阿祥呢？你把张阿新弄来了罢？"

管车班的后面挤上了阿祥来，神气非常颓丧。屠维岳的脸色立刻放沉了。

"找来找去都没有。不知道躲到哪里去了。这烂污货！回头我再去找。"

阿祥涨红了脸说，偷眼看一下李麻子，似乎央求他在旁边说几句好话。屠维岳嘴里哼了一声，不理阿祥，回头就对大家说道：

"各位听明白了么？坏东西已经躲过了一个！——可是，阿祥！你办事太马虎，放掉了一个要紧人！不用你再去找了！等一下，另外有事情派你！"

说着，屠维岳就站了起来，摆一摆手。管车们和李麻子都出去了，只留下阿祥，不定心地等待后命。

那时窗外已经一片暝色。乌鸦在对面车间屋顶上叫。屠维岳对阿祥看了一会儿，好像要看准这个人能否担当重大的责任。后来他到底决定了，眼光尖利地射在阿祥脸上说：

"我们放了何秀妹，你去盯她的梢！这一回，你得格外小心！"

于是什么都分派定了，屠维岳亲自打电话给就近的警察署，请他们加派一班警察来保护工厂。

晚上九点钟光景，吴公馆里不期而会的来了些至亲好友，慰问吴荪甫在厂里所受的惊吓。满屋子和满园子的电灯都开亮了，电风扇嘀嘀地到处在响。这里依旧是一个"光明快乐"的世界。

吴少奶奶姊妹和杜姑奶奶姊妹在大餐间里拉开了牌桌。大客厅里吴荪甫应酬客人（内中有一位是刚回上海来的雷参谋），谈着两个月来上海的工潮。那是随便的闲谈，带几分勉强的笑。吴荪甫觉得自己一颗心上牵着五六条线，都是在那里朝外拉；尽管他用尽精力往里收，可是他那颗心兀自摇晃不定，他的脸色也就有时铁青，有时红，有时白。

忽然大家同时不作声了，客厅里只有电风扇的单调的荷荷声，催眠歌似的唱着。牌声从大餐间传来，夹着阿萱的笑。接着，出来了两个人，一边走，一边争论着什么，那是杜家叔侄，学诗和新箨。

"你说我那些话是经不起实验的空想么？你的呢？你几时办过厂？你只会躺在床上想！"

杜学诗盛气说，他那猫脸变成了兔子脸。虽然他比他侄儿反小了三四岁，并且也不是法国回来的什么"万能"博士，可是他在侄儿面前常常要使出老叔的架子来，他喜欢教训人家。杜新箨依然是什么也不介意，什么也看不惯的神气，很潇洒地把背脊靠在那大餐间通到客厅的那道门框上，微笑着回答道：

"那又是你的见闻欠广了。那不是我躺在床里想出来的。那是英国，也许美国，——我记不清了，总之是这两国中间的一国，有人实验而得了成效的。一本初步的经济学上也讲到这件事，说那个合资鞋厂很发达，从来没有工潮。——这不是经过实验了的么？"

"那么，我的主张也是正在实验而且有很大的成绩。你看看意大利罢！"

杜学诗立即反唇回驳，很得意地笑了一笑。

"但是中国行不通。你去问问办厂的人就明白。"

"那么，你说的办法在中国行得通么？你也去问问办厂的人！苏甫是办厂的！"

杜学诗的脸又拉长了；但生气之中仍然有些得意。他找到一个有资格的评判人了。于是他不再等新箨说话，也没征求新箨的意思是否承认那评判人，就跑前一步，大声喊道：

"苏哥！你叫你厂里的女工都进了股，同你一样做裕华的股东，办得到么？"

这一问太突然了，半沉思中的吴苏甫转过脸来皱了一下眉头。坐在苏甫对面的李玉亭也愕然看着那满脸严重的杜学诗。然而李玉亭到底是经济学教授，并且他也听到了一两句杜家叔侄在大餐间门边的对话，他料着几分了。他本能地伸手摸一下头皮。这是他每逢要发表意见时必不可少的准备工作。但是杜学诗已经抢在先头说了。他的声调很急促，很浑浊，显然他把眼前这件事看得很严重。

"我们是讨论怎样消弭工潮。新箨说，只要厂里的工人都是股东，就不会闹工潮。他举了英国一个鞋厂为例。我呢，说他这主张办不到！有钱做股东，就不是工人了！光有股东，没有工人，还成个什么厂！——"

杜学诗一口气转不过来，蓦地就停止了，一片声的哄笑。连那边的杜新箨也在内。只有吴荪甫仅仅微露了一下牙齿，并没出声笑。

这笑声又把大餐间里看打牌的人引出了两个来，那是吴芝生和范博文。似乎很知道大家为什么笑，这两位也凑在数内微笑。

"六叔弄错了！我的话不是这么简单的。"

在笑声中，杜新箨轻轻地声明着。杜学诗的脸色立刻变得非常难看了。他转脸对新箨盛气说：

"那么请你自己来说罢！"

杜新箨微笑着摇头，撮尖了嘴唇，就吹起一支法国小调来了。这在杜学诗看来，简直是对于他老叔的侮辱。他满脸通红了！幸而范博文出来给他们解围：

"我明白老箨的意思。他要一个厂里，股东就是工人，工人就是股东。股本分散了捏在工人手里，不在几个大股东手里。这也许是一个好法子。就可惜荪甫厂里的女工已经穷到只剩一张要饭吃的嘴！"

吴荪甫忍不住也笑出来了。可是他仍旧不说话。这班青年人喜欢发空议论，他是向来不以为然的。

雷参谋抽着香烟，架起了腿，也慢慢地摇头。他来上海也已经有两三天了，然而在前线炮火中的惊心裂胆，以及误陷入敌阵被俘那时候的忧疑委屈，还不曾完全从他脑膜上褪去；他对于战局是悲观的，对于自己前途也是悲观的。所以他是想着自己的事情摇头。

"可不是！新箨的主张简直不行！还是我的！我反对办厂的人受了一点挫折就想减少生产，甚至于关门。中国要发展工业，先要忍痛亏点儿本。大家要为国家争气，工人不许闹罢工，厂家不许歇业停工！"

杜学诗觉得已经打败了新箨，就又再提出他自己的主张，要求满客厅的人倾听。但是扫兴得很，谁也不去听他了。新箨和范博文他们搭上了，走到客厅廊前石阶上谈别的事。吴荪甫、雷鸣和李玉亭，他们三个，虽然把"工人也进股"的话作为出发点又谈了起来，却是渐渐又折到战局的一进一退。杜学诗虎起了他的猫脸儿，一赌气，就又回到大餐间看她们打牌。

这里三位谈着时局。吴荪甫的脸上便又闪着兴奋的红光。虽然是近来津浦线北段的军事变化使得益中公司在公债上很受了点损失，但想到时局有展开的大希望，吴荪甫还是能够高兴。他望着雷参谋说道：

"看来军事不久就可以结束罢？退出济南的消息，今天银行界里已经证实了。"

"哎！一时未必能够结束。济南下来，还有徐州呢！打仗的事，神妙不可测；有时候一道防线，一个孤城，能够支持半年六个月。一时怎么结束得了！"

雷参谋一开口却又不能不是"乐观派"。吴荪甫却微微笑了。他虽然并没详细知道雷参谋究竟为什么从前线到了天津，又回了上海，可是他猜也猜个八九分了；而现在雷参谋又是那样说，荪甫怎么能够忍住了不笑。并且他也极不愿意到了徐州左近，又是相持不下。那和他的事业关系不小！他转过脸去看李玉亭，不料李玉亭忽然慌慌张张跳起来叫道：

"呵，呵！再打上六个月么？那还了得！雷参谋，那就不了！你想想，这目前，贺龙在沙市，大冶进出，彭德怀在浏阳，方志敏在景德镇，朱毛窥攻吉安！再打上六个月，不知道这些共匪要猖獗到怎样呢！那不是我们都完了！"

"那些流寇，怕什么！大军一到，马上消灭。我们是不把他们当一回事的！只有那些日文报纸铺张得厉害，那是有作用的。日本人到处造谣，破坏中央的威信。"

雷鸣的"乐观"调子更加浓厚了，脸上也透露出勇气百倍的风采来。

李玉亭不能相信似的摇了摇头，转脸又对吴荪甫严重地警告道：

"苏甫！你厂里的工潮不迟不早在此刻发生，总得赶快解决才好！用武力解决！丝厂总同盟罢工是共产党七月全国总暴动计划里的一项，是一个号炮呀！况且工人们聚众打你的汽车，就是暴动了！你不先下手镇压，说不定会弄出放火烧厂那样的事来！那时候，你就杀尽了她们，也是得不偿失！"

吴苏甫听着，也变了脸色。被围困在厂门口那时的恐怖景象立即又在他眼前出现。电风扇的声音他听去就宛然是女工们的怒吼。而在这些回忆的恐怖上又加了一个尖儿：当差高升忽然引了两个人进来，那正是从厂里来的，正是吴为成和马景山，而且是一对慌张的脸！

陡地跳了起来，吴苏甫在严肃中带几分惊惶的味儿问道：

"你们从厂里来么？厂里怎样了？没有闹乱子罢？"

"我们来的时候没有。可是我们来报告一些要紧消息。"

吴为成他们两个同声回答，怪样地注视着吴苏甫的脸。

于是吴苏甫心头松了一下，也不去追问到底是什么紧要消息值得连夜赶来报告，他慢慢地踱了两步，勉强微笑着，尖利地对吴为成他们睃了一眼，似乎说："又是来攻讦屠维岳罢，嗳！"吴为成他们直挺挺地站在那里，不作声。

雷参谋看见吴苏甫有事，就先告辞走了。李玉亭也跑到园子里找杜新箨他们那一伙去闲谈。大客厅里只剩下吴为成和马景山面面相觑，看不准他们此来的任务是成功或失败。牌声从隔壁大餐间传来。

"有什么要紧事呢？又是屠维岳什么不对罢？"

吴苏甫送客回来，就沉着脸说；做一个手势，叫那两个坐下。

然而此番吴为成他们并没多说屠维岳的坏话。他们来贡献一个解决工潮的方法；实在就是钱葆生的幕后策动，叫他们两个出面来接洽。

"三叔！钱葆生在工会里很有力量。工人的情形他非常熟；屠维岳找了两天，还没知道工人中间哪几个是共产党，钱葆生却早已弄得明明白白。他的办法是一面捉了那些共产党，一面开除大批专会吵闹的工人；以后厂方用人，都由工会介绍，工会担保；厂方有什么减工钱，扣礼拜天升工那些事，也先同工会说好了，让工会和工人接洽；钱葆生说，就是工钱打一个五折六折，他也可以担保没有风潮，——三叔，要是那么办，三叔平时也省些心事，而且不会历历落落只管闹工潮。那不是强得多么？他这些办法，早就想对三叔说了，不过三叔好像不很相信他，这才搁到今天告诉了我和景山。他这人，说得出就做得到！"

"明天开工这句话，恐怕屠维岳就办不到呢！工人们恨死了他！今天下午他到草棚里捉人，就把事情愈弄愈僵！那简直是打草惊蛇！现在工人们都说，老板亏本，工钱要打八折，可以商量；姓屠的不走，她们死不上工！现在全厂的工人就只反对他一个人，恨死了他！全班管车稽查也恨死了他！"

马景山又补充了吴为成的那番话，两道贼忒忒的眼光忙乱地从吴荪甫脸上瞥到吴为成脸上，又从吴为成脸上瞥到吴荪甫脸上。吴为成满脸忧虑似的恭恭敬敬坐在那里点着头，却用半只耳朵听隔壁的牌响和林佩珊的晶琅琅的艳笑。

吴荪甫淡淡地笑了一笑，做出"姑妄听之"的神气来，可是一种犹豫不决的色调却分明在他眼睛中愈来愈浓了。俄而他伸起手来摸着下巴，挺一挺眉毛，似乎想开口了，但那摸着下巴的手忽又往上一抄，兜脸儿抹了一把，就落下来放在椅子臂上，还是没有话。早就在他心头牵着的五六条线之外，现在又新添了一条，他觉得再没有精力去保持整个心的均势了。暴躁的火就从心头炎炎地向上冒。而在这时候，吴为成又说了几句火上添油的话：

"三叔！不是我喜欢说别人的坏话，实在是耐不住，不能不告诉三叔知道。屠维岳的法宝就是说大话，像煞有介事，满嘴的有办法，有把握！他的本领就是花钱去收买！他把三叔的钱不心疼的乱花！他对管车稽查们说：到草棚里去拉人！拉了一个来就赏一块钱——这样的办法成话么？"

吴荪甫的脸色突然变了，对于屠维岳的信任心整个儿动摇了，他捶着椅臂大声叫道：

"有那样的事么？你这话不撒谎？"

"不敢撒谎！景山也知道。"

"呀！怎么莫干丞不来报告我？这老狗头半个字也没提过呀！"

"光景莫先生也不知道。屠维岳很专制，许多事情都瞒过了人家。"

马景山慌忙接口说，偷偷地向吴为成挤了一个眼风。可是盛怒中的吴荪甫却完全没有觉到。他霍地站了起来，就对客厅外边厉声喊道：

"高升！你去打电话请莫先生来——哎，不！你打到厂里，请屠先生听电话！"

"可是三叔且慢点儿发作！现在不过有那么一句话，没有真凭实据，屠维岳会赖！"

吴为成赶快拦阻，也对马景山使了个眼色。马景山却慌了，睁大着眼睛，急切间说不出话。

吴荪甫侧着头想了一想，鼻子里一声哼，就回到座位里；然后又对那站在客厅门外候命令的高升挥手，暴躁地说道：

"去罢！不用打了！"

"最好三叔明天叫钱葆生来问问他。要是明天屠维岳开不了工，姑且试试钱葆生的手段也好。"

吴为成恐怕事情弄穿，就赶快设法下台，一面又对马景山递一个暗号。

大客厅里暂时沉默。外边园子里是风吹树叶苏苏作响，夹着李玉亭他们的哄笑。隔壁大餐间内是一阵洗牌的声音，女人的尖俏的嗓子杂乱地谈论着刚过去的一副牌太便宜了庄家。

吴荪甫听着这一切的声响，都觉得讨厌；可是这一切的声响却偏偏有力地打在他心上。他心里乱扎扎地作不起主意来。一会儿，他觉得屠维岳这人本来就不容易驾驭：倔强，阴沉，胆子忒大；一会儿却又觉得吴为成他们的话也不能完全相信，他总得用自己的眼睛，不能用耳朵。最后他十分苦闷地摇着头，转眼看着吴为成他们两个。这两位的脸上微露出忐忑不安的样子。

"我知道了！你们去罢，不许在外边乱说！"

仍是这么含糊地应用了阿家翁的口吻，吴荪甫就站起来走了，满心的暴躁中还夹带了一种自己也不能理解的异样的颓丧。

他自己关在书房里了，把这两天来屠维岳的态度、说话，以及吴为成他们的批评，都细细重新咀嚼。然而他愈想着这些事，那矛盾性的暴躁和颓丧却在他心头愈加强烈了。平日的刚毅决断，都不知道躲到哪里去了，他自己也觉得奇怪。并且他那永不会感到疲倦的精力也像逃走了。他昏沉沉地乱想着，听得了窗外风动树叶的声音，他就唤回了在厂门前被围困时的恐怖；看见了写字桌上那黄绸罩台灯的一片黄光，他又无端地会想象到女工们放火烧了他的厂！他简直不是平日的他了！

然而那些顽皮的幻象还是继续进攻着。从厂方而转到益中公司方面了！公债上损失了七八万，赵伯韬的经济封锁，那渴待巨款的八个厂，变成"湿布衫"的朱吟秋的乾和丝厂……一切都来了！车轮似的在他脑子里旋转。直到他完全没有清醒地思索的能力，只呻吟在这些无情的幻象下。

忽然书房门上的锁柄一响。吴荪甫像从噩梦中惊醒，直跳了起来。在他眼睛前是王和甫胖脸儿微皱着眉头苦笑。吴荪甫揉一下眼睛再看，真真实实的王和甫已经坐下了。吴荪甫忘其所以地突然问道：

"呀，呀，和甫！我们那八个厂没有事罢？"

"一点事情，小事情——怎么，荪甫，你已经晓得了么？"

吴荪甫摇摇头，心里还以为是做梦。他直瞪着眼睛，看定了王和甫嘴唇上的两撇胡子。

"眼前只是一点小事。无非是各处都受了战事的影响，商业萧条，我们上星期装出去的货都如数退了回来了。可是以后怎样办呢？出一身大汗拉来了款子，放到那八个厂里，货出来了，却不能销，还得上堆栈花栈租，那总不是永久的办法。"

王和甫说完，就叹一口气，也瞪直了眼睛对吴荪甫瞧。

原来是这么一回事，不是八个厂也闹罢工，吴荪甫心里倒宽了一半。但是这一反常的心宽的刹那过了后，就是更猛烈的暴躁和颓丧。现在是牵在他心上向外拉的五六条线一齐用力，他的精神万万支持不下，他好像感到心已片片碎了；他没有了主意，只有暴躁，只有颓丧。

王和甫得不到回答，皱一下眉头，就又慢慢地说：

"还有呢！听说这次中央军虽然放弃济南，实力并没损伤。眼前还扼住了胶济路沿线。而且济南以下，节节军事重要地点都建筑了很坚固的防御工程。这仗，望过去还有几个月要打！有人估量来要打过大年夜。真是糟糕！所以我们八个厂就得赶快切实想法。不然，前头人跌下去的坑，还得要我们也跌下去凑一个成双！"

"要打过大年夜么？不会的！——嗳，然而也正难说！"

吴荪甫终于开口了，却是就等于没说，一句话里就自相矛盾。这不是他向来的样子，王和甫也觉得诧异了。他猜想来吴荪甫这几天来太累了，有点精神恍惚。他看着吴荪甫的脸，也觉得气色不正；他失望似的吁一口气，就说道：

"荪甫，你是累得乏了，我不多坐。明天我们再谈罢。"

"不，不！一点也不！我们谈下去！"

"那么，——吉人和我商量过，打算从下月起，八个厂除原定的裁人减薪那些办法之外，老老实实就开'半工'，混过了一个月，再看光景。——"

"哦，哦，开半日工么？不会闹乱子么？这忽儿的工人动不动就要打厂，放火！"

吴荪甫陡地跳起来说，脸上青中泛红，很可怕，完全是反常的了。王和甫怔了一怔，但随即微笑着回答：

"那不会，你忘记了么？我们那八个厂多者三百左右的工人，少者只有一百光景，他们闹不起来的！荪甫，你当真是累坏了，过劳伤神，我劝你歇几天罢！"

"不要紧！没有什么！——那你们就开半日工！"

"绸厂要赶秋销的新货，仍旧是全天工。"

王和甫又补足一句，看看荪甫委实有点精神反常，随便又谈了几句，就走了。

现在满天都是乌云了。李玉亭他们也已经回去，园子里没有人，密树叶中间的电灯也就闭熄，满园子阴沉沉。只那大餐间里还射出耀眼的灯光和精神百倍的牌声。大客厅里的无线电收音机呜呜地响着最后一次的放送节目，是什么弹词。吴荪甫懒懒地回到书房里，这才像清醒了似的一点一点记起了刚才王和甫的那些话，以及自己的慌张，自己的弱点的暴露。

这一下里，暴躁重复占领了吴荪甫的全心灵！不但是单纯的暴躁，他又恨自己，他又迁怒着一切眼所见耳所闻的！他疯狂地在书房里绕着圈子，眼睛全红了，咬着牙齿；他只想找什么人来泄一下气！他想破坏什么东西！他在工厂方面，在益中公司方面，所碰到的一切不如意，这时候全化为一个单纯的野蛮的冲动，想破坏什么东西！

他像一只正待攫噬的猛兽似的坐在写字桌前的轮转椅里，眼光霍霍地四射；他在那里找寻一个最快意的破坏对象，最能使他的狂暴和恶意得到满足发泄的对象！

王妈捧着燕窝粥进来，吴荪甫也没觉得。但当王妈把那一碗燕窝粥放在他面前的时候，他的赤热的眼光突然落在王妈的手上了。这是一只又白又肥的手，指节上有小小的涡儿。包围着吴荪甫全身的那股狂暴的破坏的火焰突然升到了白热化。他那一对像要滴出血来的眼睛霍地抬起来，钉住了王妈的脸。眼前这王妈已经不复是王妈，而是一件东西！可以破坏的东西！可以最快意地破坏一下的东西！

他陡地站起来了，直向他的破坏对象扑去。王妈似乎一怔，但立即了解似的媚笑着，轻盈地往后退走；同时她那俊俏的眼睛中亦露出几分疑惧和忸怩，可是转瞬间，她已经退到墙角，背靠着墙了；接着是那指节上起涡儿的肥白的手掌按着了墙上的电灯开关，房里那盏大电灯就灭了，只剩书桌上那台灯映出一圈黄色的光晕，接着连这台灯也灭了，书房里一片乌黑，只有远处的灯光把树影投射在窗纱上。

到那电灯再亮的时候，吴荪甫独自躺在沙发上，皱着眉头发愣。不可名状的狂躁是没有了，然而不知道干了些什么的自疑自问又占据在他心头。他觉得是做了一些奇怪的梦。渐渐地那转轮的戏法——明天开工怎样？八个厂的货销不去又怎样？屠维岳、钱葆生怎样？这一切，又兜回到他意识里。

他狞笑一声，就闭了眼睛，咬着嘴唇。

这时候，书房里的钟指着明天的第一个时辰。前边大餐间里还是热闹着谈笑和牌声。

十五

第二天早上，迷天白雾。马路上隆隆地推过粪车的时候，裕华丝厂里嘟嘟地响起了汽笛。保护开工的警察们一字儿排开在厂门前，长枪、盒子炮，武装严整。李麻子和王金贞带领着全班的稽查管车，布满了丝车间一带。他们那些失眠的脸上都罩着一层青色，眼球上有红丝，有兴奋的光彩。

这是决战的最后五分钟了！这一班劳苦功高的"英雄"，手颤颤地举着"胜利之杯"，心头还不免有些怔忡不定。

在那边管理部的游廊前，屠维岳像一位大将军似的来回踱着，准备听凯旋。他的神情是坚决的，自信的；他也已经晓得吴为成他们昨夜到过吴荪甫的公馆，但他是没有什么可怕的！他布置得很周密。稽查管车们通宵努力的结果也是使他满意的。只有一件事叫他稍微觉得扫兴，那就是阿祥这混蛋竟到此刻还不来"销差"。

汽笛第二次嘟嘟地叫了，比前更长更响。叫过了后，屠维岳还觉得耳朵里有点嗡嗡然。丝车间那边的电灯现在也一齐开亮了，在浓雾中望去，一片晕光，鬼火似的。

远远地跑来了桂长林，他那长方脸上不相称的小眼睛，远远地就钉住了屠维岳看。

"怎样了呀？长林！"

"女工们进厂了！三五个，十多个！"

于是两个人对面一笑。大事定了！屠维岳转身跑进管理部，拿起了电话筒就叫吴荪甫公馆里的号头。他要发第一次的报捷电。吴为成、马景山、曾家驹他们三个，在旁边斜着眼睛做嘴脸。屠维岳叫了两遍，刚把线路叫通，猛可地一片喊声从外面飞来。吴为成他们三个立刻抢步跑出去了。屠维岳也转脸朝外望了一眼。他冷冷地微笑了。他知道这一片喊声是什么。还有些坚强的女工们想在厂门口"拦"人呀！这是屠维岳早已料到的。并且他也早已吩咐过：有敢"拦厂门"的，就抓起来！他没有什么可怕。他把嘴回到那电话筒上，可是线路又已经断了，他正要再叫，又一阵更响的呐喊从外面飞来；跟着这喊声，一个人大嚷着扑进屋子来，是阿珍，披散了头发。

"打起来了！打起来了！"

阿珍狂喊着，就扑到屠维岳身边。电话筒掉下了，屠维岳发狠叫一声，一把推开阿珍，就飞步跑出去，恰在那游廊阶前又撞着了王金贞，也是发疯一样逃来，脸色死人似的灰白。

"拦厂门么？抓起来就得了！"

屠维岳一直向前跑，一路喊。他的脸色气得发白了；他恨死了桂长林、李麻子那班人，为什么那样不济事。但是到了茧子间左近时，他自己也站住了。桂长林脸上挂了彩，气急败丧地跑来。那边厂门口，一群人扭做一团。警察在那里解劝，但显然是遮面子的解劝。那人堆里，好像没有什么女工，厂门外倒有几十个女工，一小堆一小堆地远远站着，指手画脚地嚷闹。桂长林拦住了屠维岳，急口叫道：

"去不得！我们的人都挨打了！去不得！"

"放屁！你们是泥菩萨么？李麻子呢？"

"那人堆里就有他！"

"这光棍！那样不了事呀！"

屠维岳厉声骂着，挥开了桂长林，再向前跑。桂长林就转身跟在屠维岳的背后，还是大叫"去不得！"那边近厂门一条凳子上站着曾家驹，前面是吴为成和马景山；三个人满面得意，大声喝"打！"而在厂门右侧，却是那钱葆生和一个巡长模样的人在那里

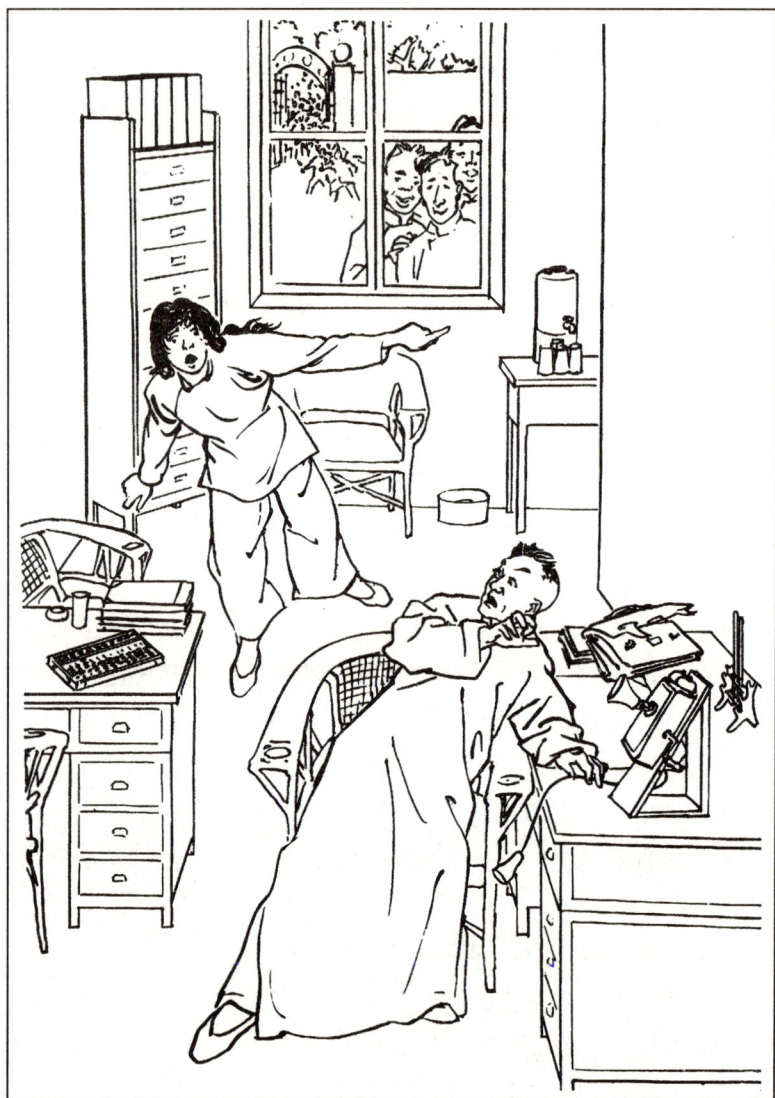

"打起来了！打起来了！"

交谈。这一切，屠维岳一眼瞥见，心里就明白几分了；火从他心头直冒，他抢步扑到曾家驹他们三个跟前，劈面喝道：

"你们叫打谁呀，回头三先生来，我可要不客气请他发落！"

那三个人都怔住了。曾家驹吼一声，就要扑打屠维岳；可是猛不防被桂长林在后面勾了一脚，曾家驹就跌了个两脚朝天。屠维岳撇下他们三个，早已跑到厂门口，一手扳住了钱葆生的肩膀向旁边一推，就对那巡长模样的人说：

"我是厂里的总管事，姓屠！那边打我们厂里人的一伙流氓，请你叫弟兄们抓起来！"

"哦——可是我们不认识哪些是你们厂里自家人呀！"

"统统抓起来就得啦！这笔账，回头我们好算！"

屠维岳大叫着，又转脸去找钱葆生。可是已经不见。巡长模样的人就吹起警笛来；一边吹，一边跑到那人堆去。这时，人堆也已经解散了，十多个人都往厂门外逃。应着警笛声音赶来的三四个警察恰好也跑到了厂门前。屠维岳看见逃出去的十多人中就有一个阿祥，心里就完全明白了；他指着阿祥对一个警察说：

"就是这一个！请你带他到厂里账房间！"

阿祥呆了一下，还想分辩；可是屠维岳就转身飞快地跑进厂里去了。

这一场骚乱，首尾不过六七分钟，然而那躲在管理部内发抖的阿珍却觉得就有一百年。屠维岳回到了管理部时，这阿珍还是满脸散发，直跳起来，拉住了屠维岳的臂膊。屠维岳冷冷地看了阿珍一眼，摔开了她的手，粗暴地骂道：

"没有撕烂你的两片皮么？都像你，事情就只好不办！"

"你没看见那些死尸多么凶呀！他们——"

"不要听！现在没有事了，你去叫桂长林和李麻子进来！"

屠维岳斩钉截铁地命令着，就跑到电话机边拿起那挂空的听筒来唤着"喂喂"。蓦地一转念，他又把听筒挂上，跑出管理部来。刚才是有一个主意在他心头一动，不过还很模糊，此时却简直逃得精光；他跺着脚发恨，他悒悒地旋了个圈子，恰好看见莫干丞披一件布衫，拖了一双踏倒后跟的旧鞋子，铁达铁达跑过来，劈头一句话就是：

"喂，屠世兄，阿祥扣住他干什么？"

屠维岳板起了脸，不回答。忽然他又冷笑起来，就冲着莫干丞的脸大声喊道：

"莫先生！请你告诉他们，我姓屠的吃软不吃硬！我们今天开工，他们叫了流氓来捣乱，算什么！阿祥是厂里的稽查，也跟着捣乱，非办他不可！现在三先生还没来，什么都由我姓屠的负责任！"

"你们都看我的老面子讲和了罢？大家是自己人——"

"不行！等三先生来了，我可以交卸，卷了铺盖滚；这会儿要我跟捣蛋的人讲和，不行！——可是，莫先生，请你管住电话，不许谁打电话给谁！要是你马虎了，再闯出乱子来，就是你的责任！"

屠维岳铁青着脸，尖利的眼光逼住了莫干丞。他是看准了这老头儿一吓就会酥。莫干丞眯着他那老鼠眼睛还要说什么，但是那边已经来了李麻子和桂长林，后边跟着王金贞和阿珍。李麻子的鼻子边有一搭青肿。

"你慢点告诉三先生！回头我自会请三先生来，大家三对六面讲个明白！"

屠维岳再郑重地叮嘱了莫干丞，就跑过去接住了桂长林他们一伙，听他们详细的报告。

他们都站在游廊前那揭示牌旁边。现在那迷天的晓雾散了些了，太阳光从薄雾中穿过来，落在他们脸上。屠维岳听桂长林说了不多几句，忽然刚才从他脑子里逃走了的那个模糊的主意现在又很清晰地兜回来了。他的脸上立刻一亮，用手势止住了桂长林的话语，就对阿珍说道：

"你关照他们，再拉一次回声，要长，要响！"

"拉也不中用！刚才打过，鬼才来上工！"

阿珍偏偏不听命令。屠维岳的脸色立刻放沉了。阿珍赶快跑走。屠维岳轻轻哼一声，回头看了桂长林他们一眼，陡地满脸是坚决的神气，铁一样地说出一番话：

"我都明白了，不用再说！一半是女工里有人拦厂门，一半是钱葆生那混蛋的把戏！这批狗养的，不顾大局！阿祥已经扣住了，审他一审，就是真凭实据！这狗东西，在我跟前使巧，送他公安局去！钱葆生，也要告他一个煽惑工人拦厂行凶的罪！本来我万事都耐着些儿，现在可不能再马虎！"

"阿祥是冤枉的罢？他是在那里劝！"

李麻子慌慌张张替他的好朋友辩护了。实在他心里十二分不愿意再和钱葆生他们斗下去，只是不便出口。屠维岳一眼瞧去就明白了，蓦地就狂笑起来。桂长林蠢一些，气冲冲地和李麻子争论道：

"不冤枉他！我亲眼看见，阿祥嘴里劝，拳头是帮着钱葆生的！"

"哎，长林，冤家宜解不宜结，我劝你马马虎虎些！依我说，叫了钱葆生来，大家讲讲开。他要是再不依，好！我李麻子就不客气！嗳，屠先生，你说对不对？我们先打一个招呼，看他怎么说！"

这时候厂里的汽笛又嘟嘟地叫了，足有三分钟，像一匹受伤的野兽哀号求救。

"现在到厂里的工人到底有多少？"

屠维岳转换了话头，又冷冷地微笑了；但这微笑已不是往常的镇静，而是装出来的。

"打架前头我点过，四十多个。"

王金贞回答，闷闷地吐一口气，又瞥了桂长林一眼。这桂长林现在是满额爆出了青筋，咬着牙齿，朝天空瞅。屠维岳又笑了一笑，感到自己的"政权"这次是当真在动摇了。尽管他的手段不错，而且对于李麻子极尽笼络的能事，然而当此时机迫切的时候，他的笼络毕竟敌不过李麻子和钱葆生的旧关系。他想了一想，就转过口气来说道：

"好罢！老李。冲着你的面子，我不计较！钱葆生有什么话，让他来和我面谈就是！不过今天一定得开工！我们现在又拉过回声了！我猜来钱葆生就在厂外的小茶馆里，老李，你去和他碰头！你告诉他，有话好好儿商量，大家是自己人；要是他再用刚才那套戏法，那我只好公事公办！”

“屠先生叫我去，我就去！顶好长林也跟我一块儿去！”

“不！此刻就是你一个人去罢。长林我还有事情派他去做。”

屠维岳不等桂长林开口，就拦着说，很机警地瞥了李麻子一眼，又转身吩咐王金贞带领全班管车照料丝车间，就跑回管理部去了。桂长林跟着走。管理部内，莫干丞和马景山他们三个在那里低声谈话，看见屠维岳进来，就都闭了嘴不作声。屠维岳假装不理会，直跑到吴为成他们三个面前，笑着说道：

“刚才你们三位都辛苦了。我已经查明白原原本本是怎么一回事；光棍打光棍，不算什么，打过了拉拉手就完事。只有一点不好：女工们倒吓跑了。可是不要紧！过一会儿，她们就要来。”

吴为成他们三个愣着眼睛，做不得声。屠维岳很大方地又对这三个敌人笑了笑，就跑出了那屋子。桂长林还在游廊前徘徊。看见屠维岳出来了，又看看四边没有人，桂长林就靠上前来轻声问道：

“屠先生，难道就这么投降了钱葆生？”

屠维岳冷冷地笑了，不回答，只管走。桂长林就悄悄地跟了上去。走过一段路，屠维岳这才冷冷地轻声说：

“钱葆生是何等样的人？他配！”

“可是你已经叫李麻子去了。”

“你这光棍，那么蠢！我们先把他骗住，回头我们开工开成了，再同他算账！阿祥还关在后边空屋子里，他们捣乱的凭据还在我们手里！李麻子不肯做难人，我们就得赶快另外找人；这也要些工夫才找得到呢！”

“钱葆生也刁得很。你这计策，他会识破。”

“自然呀！可是总不能不给李麻子一点面子。我们给了，要是钱葆生不给，李麻子就会尽力帮我们。”

于是两个人都笑了，就站在丝车间前面的空地上，等候李麻子的回话。

这时候薄雾也已散尽，蓝的天，有几朵白云；太阳光射在人身上渐渐有点儿烫了。那是八点半光景。屠维岳昨夜睡得很迟，今天五点钟起身到此时又没有停过脚步，实在他有点倦了；但他是不怕疲倦的，他站着等了一会儿，就不耐烦起来，忽的又想起了一件事，他跳起来喊道：

"呀！被他们闹昏了，险一些儿忘记！长林！派你一个要紧差使！你到公安局去报告，要捉两个人：何秀妹，张阿新！你就做眼线！阿祥这狗头真该死！昨晚上叫他盯梢，他一定没有去，倒跟钱葆生他们做一路，今天来捣鬼！长林，要是何秀妹她们屋子里还有旁的人，也抓起来，不要放走半个！"

说完，屠维岳就对桂长林挥手，一转身就到丝车间去。车间里并没正式开工，丝车在那里空转。女工已经来了一百多，都是苦着脸坐在丝车旁边不作声。全班管车们像步哨似的布防在全车间。屠维岳摆出最好看的笑容来，对迎上前来的阿珍做一个手势，叫她关了车。立刻全车间静荡荡地没有一点声音，只那些釜里盆里的沸水低低地呻吟。屠维岳挺直了胸脯，站在车间中央那交通道上，王金贞在左，阿珍在右；他把他那尖利的眼光向四周围瞥了一下，然后用出最庄重最诚恳的声调来，对那一百多女工训话：

"大家听我一句话。我姓屠的，到厂里也两年多了，向来同你们和和气气；吴老板叫我做总管事，也有一个多月了，我没有摆过臭架子。我知道你们大家都很穷，我自己也是穷光蛋；有法子帮忙你们的地方，我总是帮忙的！不过丝价老是跌，厂家全亏本，一包丝要净亏四百两光景！大家听明白了么？是四百两银子！合到洋钱，就得六百块！厂家又不能拉屎拉出金子来，一着棋子，只有关厂！关了厂，大家都没有饭吃；你们总也知道上海地面上已经关了二十多家厂了！吴老板借钱，押房子，想尽方法开车，不肯就关厂，就为的要顾全大家的饭碗！他现在要把工钱打八折，实在是弄到没有办法，方才这样干的！大家也总得想想，做老板有老板的苦处！老板和工人大家要帮忙，过眼前这难关！你们是明白人，今天来上工。你们回去要告诉小姊妹们，不上工就是自己打破自己的饭碗！吴老板赔钱不讨好，也要灰心。他一关厂，你们就连八折的工钱也没处去拿！要是你们和我姓屠的过不去，那容易得很，你们也不用罢工，我自己可以向吴老板辞职的！我早就辞过职了，吴老板还没答应，我只好做一天和尚撞一天钟！你们有什么话，尽管对我说，不要怕！"

只有沸水在釜里盆里低声呻吟。被热气蒸红了的女工们的面孔，石像似的没有任何表情。她们心里也翻腾着沸滚的怨恨，可是并没升到脸部，只在她们的喉头哽咽。

屠维岳感到意外的孤寂了。虽然这丝车间的温度总有九十度光景，他却觉得背脊上起了一缕冷冰的抽搐，渐渐扩展到全身。他很无聊地转一个圈子，耸耸肩膀，示意给王金贞她们"可以正式开车"，就逃了出去。

在管理部游廊前，李麻子和另一个人站着张望。远远地看见屠维岳背了手踱着，李麻子很高兴地喊道：

"屠先生！找了你好一会儿了！葆生就在这里！"

屠维岳立刻站住了，很冷静地望着李麻子他们微微一笑，就挺起胸膛，慢慢地走近这两个人。刚才他从丝车间里惹来的一身不得劲，现在都消散了，他的心里立刻叠起了无数的策略、无数的估量。现在是应付钱葆生，这比工人不同，屠维岳自觉得"游刃有余"，而且绝不会感到冷冰冰的孤寂的味儿。

钱葆生也没出声，只对屠维岳笑了一笑。这是自感着胜利的笑。屠维岳坦然装作不懂，却在心里发恨。

他们三个人怀着三颗不同的心，默默地绕过了管理部一带房子。只有李麻子很高兴地大声笑着，说几句不相干的话。他们到了那没有人来的吴荪甫的办公室，就在那里开始谈判。钱葆生拿着胜利者的身份，劈头就把"手里的牌"全都摊开来：他要求屠维岳回复薛宝珠、钱巧林、周二姐三个人的工作；他要求调开桂长林；他又要求以后屠维岳进退工人，须先得他的同意；他又要求厂方的"秘密费"完全交给他去支配；——他末了郑重声明，这都是工会的意思。

"可是桂长林也是你们工会里的委员呀！"

屠维岳冷冷地微笑着说，并没回答那些要求；他的既定方针是借这谈判去延长时间给自己充分准备，充分布置。钱葆生那紫膛脸上的横肉立刻起棱了，他捶着桌子大叫道：

"他妈的委员！不错，长林也是工会里委员，我们敷衍他，叫他做做！他妈的中什么用！委员有五六个呢！他一个人说什么，只算做放屁！我是代表大家的！"

"葆生，不要急！有话慢慢儿讲，大家商量！"

李麻子插嘴说，按住了钱葆生那捶着桌子的拳头。屠维岳镇静地微笑着，就转了话头：

"算了！你们会里的事，你们自己去解决。我们谈厂里。三先生限定今天要开工。我们都是自己人，总得大家帮忙，先把工人收服，先开了工。况且现在上海丝厂女工总罢工，局面很紧，多延挨一天，也许要闹大乱子。你们工会里大概也不赞成闹出乱子来罢？当真闹了乱子，你们也要负责任！我们先来商量怎样全班开工。"

"对啦！先得弄好了这回的风潮！"

看见钱葆生没有话，李麻子又插进来凑趣说了一句。屠维岳眼珠一转，赶快又转换了争点，冷冷地说：

"葆生，你的要求都不是什么大事情，都好商量。不过早上你那套把戏，有点冒失，动了众怒。三先生要是晓得了，一定动火。我不许他们去报告三先生。我们私下里先把这件事了结了罢。我们现在当面说定，不准再用今天早上那套把戏！自己人打架，说出去也难听，而且破坏了开工！"

"什么！你造谣！"

钱葆生脸色变了，又要捶桌子；可是他那声色俱厉的态度后面却分明有点儿恐慌，有点儿畏缩。屠维岳立刻看明白了，知道自己的"外交手段"已经占了上风，就又冷冷地逼进一步：

"怎么是我造谣呢！厂里人好几个挨打，你看老李鼻子上还挂着招牌呀！"

"那是你们自己先叫了许多人，又不同我打招呼；人多手杂，吃着几记是有的。"

"我们叫了人是防备女工们拦厂的——"

"我的人也是防着女工们要拦厂！我的人是帮忙来的！"

"你简直是白赖了！现有阿祥做见证，你们开头就打厂里的人！我们的人赶散拦厂的女工，你们就扭住了我们厂里人打架！"

"阿祥是胡说八道！"

钱葆生大叫，咬着牙齿，额角上全是黄豆大的汗粒了。他顿了顿，忽然也转了口气：

"早上的事已经完了，说它干么！现在我干干脆脆一句话问你：我的条款，你答应不答应？一句话为定，不要噜噜苏苏！工会里等着我回话！"

"可是我们先得讲定，不准再玩今天早上那套把戏！并不是我怕，就为的自家人打架，叫外边人听了好笑；况且自己人一打，就便宜了那班工人！"

"那么，你们也不要叫人！"

"我们叫了人来是防备女工闹事！我们不能不叫！老李，你说是么？"

"对，对！葆生，你放心，人都是我叫来的，怎么会跟你抬杠！"

"可不是！老李的话多么明亮！那就说定了，不许再弄出今天早上的事！葆生，请你先去关照好了你的人，——解散了他们，回头三先生来了，我把你的条款对他说，我们再商量。"

屠维岳抓住这机会，就再逼进一步，并且带出了延宕谈判的第二步策略。李麻子也在旁边凑趣加一句：

"葆生，你就先去关照了他们不要再胡闹，让屠先生也放心。"

"不用关照的！没有我的话，他们不敢胡闹！"

钱葆生拍着胸脯说。可是他这句话刚刚出口，突然远远地来了呐喊的声音。屠维岳脸色变了，立刻站了起来。同时就听得窗外一片脚步声，一个人抢进门来，是莫干丞，口吃地叫道：

"又，又，又出了事！"

屠维岳下死劲钉了钱葆生一眼，似乎说"那不是你又捣乱么！"就一脚踢翻了椅子，飞也似的跑出去了。李麻子也跳起身来，满脸通红，一伸手揪住了钱葆生，满嘴飞出唾沫来，大声骂道：

"葆生，太不成话了！太不成话了！"

钱葆生不回答，满脸铁青，也揪住了李麻子；两个人揪着就往外跑；钱葆生一面跑，一面挣扎出话来道：

"我们去看去！我们去看去！——他们这批混蛋该死！"

他们两个人脚步快，早追上了屠维岳。他们远远地就看见厂门外乌黑黑一堆人。呼噪的声音比雷还响。他们三个人直冲上去看得明白时，一齐叫苦，立刻脸色都灰白了！这里大部分是疯老虎一般的女工！他们三个人赶快转身想溜，可是已经迟了！女工的怒潮把他们冲倒，把他们卷入重围！马路上呼噪着飞来了又一群女工，山一样的压过来，压迫到厂门里边的单薄的防线了。满空中飞响着这些突击者的口号：

"总罢工！总罢工！"

"上工是走狗！"

"关了车冲出来呀！"

厂门里那单薄的防线往后退了。冲厂的女工们火一样的向前卷去。她们涌进那狭窄的小铁门，她们并且强力迫开了那大铁门了！这都是闪电那样快，排山倒海那样猛！可是蓦地从侧面冲过一彪人来，像钢剪似的把这女工队伍剪成了两橛。这是桂长林带着一班警察不迟不早赶到了！警笛的尖音从呼噪的雷声里冒出来了！砰！砰！示威的枪！砰！砰！实弹了！厂门里单薄的防御者现在也反攻了。冲厂的女工们现在只有退却。她们逼退了桂长林那一队，向马路上去了。

"追呀，捉呀！见一个，捉一个！"

桂长林狂吼着。同时马路上四处都响起了警笛的凄厉的尖音；这是近处的警署得了报告，派警察赶来分头兜捕。桂长林带着原来的一班警察就直扑草棚区域，在每扇破竹门后留下了恐怖的爪印。他捉了二十多个，他又驱着二百多个到厂里去上工！

屠维岳和钱葆生都在混乱中受了伤。钱葆生小腿上还吃着那两响"实弹"的误伤，牺牲了一层油皮。然而他仍旧不能不感谢桂长林来的时机刚好，救了他一条命。

在屠维岳的卧室里，桂长林很高兴地说道：

"三百多工人开工了，你听那丝车的声音呀！何秀妹、张阿新，也捉到了；顺便多捉了十几个。冤枉她们坐几天牢，也不要紧！她妈的那班冲厂的骚货，全不要命！也不是我们厂里的，一大半是别家厂里的人！——可是，屠先生，你和钱葆生谈判得怎样了？"

"现在是我们胜了！长林，你打电话去告诉三先生！"

屠维岳冷静地微笑着说，他陡然想起还有一个人的下落要问问，可是他那受伤的地方又一阵痛，他的脸变青了，冷汗钻出了额角，他就咬紧了牙关不作声。

丝厂总同盟罢工中间一个有力的环节就这样打断了！到晚上七点钟光景，跟昏黑的暮色一齐来的，是总同盟罢工的势将瓦解。裕华丝厂女工的草棚区域在严密的监视下，现在像坟墓一般静寂了；女工们青白的脸偶然在暝色中一闪，低声的呻吟偶然在冻凝似的空气中一响，就会引起警戒网的颤动，于是吆喝，驱逐，暂时打破了那坟墓般的静寂！

从这草棚区域的阴深处，一个黑影子悄悄地爬出来，像偷食的小狗似的嗅着，嗅着，——要嗅出那警戒网的疏薄点。星光在深蓝的天空映着眼。微风送来了草棚中小儿的惊啼。一声警笛！那黑影子用了缓慢的然而坚定的动作，终于越过了警戒线。动作就快了一点。天空的星映着眼，看着那黑影子曲曲折折跑进了一个龌龊的里，在末衡一家后门上轻轻打了三下。门开了一道缝，那黑影子一闪，就钻了进去。

楼上的"前楼"摆着三只没有蚊帐的破床，却只有一张方桌子。十五支光电灯照见靠窗的床上躺着一个女子，旁边又坐着一个，在低声说话。坐着的那女子猛一回头，就低声喊道：

"呀！月大姐，你——只有你一个人么？"

"秀妹和阿新都捉去了，你们不晓得么？"

"晓得！我是问那个姓朱的，朱桂英罢，新加入的，怎么不来？"

"不能够去找她呀！险一些儿我也跑不出来！看守得真严！"

陈月娥说着摇摇头，吐出一口唾沫。她就在那方桌旁边坐了，随手斟出一杯茶，慢慢地喝。床上那女子拍着她同伴的肩膀说道：

"跟虹口方面是一样的。玛金，这次总罢工又失败了！"

玛金嘴里恨恨地响了一声，却不回答；她的一对很有精神的黑眼睛钉住了陈月娥的脸孔看。陈月娥显然有些懒洋洋地，至少是迷惘了，不知道当前的难关怎样打开。她知道玛金在看她，就放下茶杯转脸焦躁地问道：

"到底怎么办呀！快点对我说！"

"等老克来了，我们就开会。——蔡真，什么时候了呀？怎么老克还不来！连苏伦也不见。"

"七点二十分了！我也不能多等。虹口方面，八点半等我去出席！嗳！"

躺在床上的蔡真回答，把身子沉重地颠了一颠，就坐了起来，抱住了玛金，轻轻地咬着玛金的颈脖。玛金不耐烦地挣脱了身，带笑骂道：

"算什么呢！色情狂！——可是，月大姐，你们厂里小姊妹的'斗争情绪'怎样？还好么？这里闸北方面一般的女工都还坚决；今天上午她们听说你们厂里一部分上工，她们就自动地冲厂了！只要你们厂里小姊妹坚决些，总罢工还可以继续下去。你们现在是无条件上工，真糟糕！要是这一次我们完全失败，下次就莫想干！"

"这一次并没有完呢！玛金！我主张今晚上拼命，拼命去发动，明天再冲厂！背城一战！即使失败了，我们也是光荣的失败！——玛金！我细细想，还是回到我的第一个主张：不怕牺牲，准备光荣的失败！"

蔡真抢着说，就跑到陈月娥跟前，蓦地抱住了陈月娥，脸贴着脸。陈月娥脸红了，扭着身体，很不好意思。蔡真歇斯底里地狂笑着，又掷身在床上，用劲地颠着，床架格格地响。

"小蔡，安静些！……光荣的失败！哎！"

玛金轻轻骂着，在那方桌旁边坐了，面对着陈月娥，就仔细地质问她厂里的情形。可是她们刚问答了不多几句话，两个男子一先一后跑了进来。走在前面的那个男子啪的一声在方桌边坐下了，就掏出一只铁壳表来看了一眼，匆匆忙忙地发命令道：

"七点半了！快点！快点！玛金！停止谈话！蔡真！起来！你们一点也不紧张！"

"老克！你也是到迟了！快点！玛金，月大姐！八点半钟，我还要到虹口呀！"

蔡真说着就跳了起来，坐在那新来的男子克佐甫的旁边。这是一位不到三十岁的青年，比蔡真还要高一点，一张清白的瘦脸，毫无特别记认，就只那两片紧闭的薄嘴唇表示了他是有主意的。和克佐甫同来的青年略胖一些，眼睛很灵活，眼眶边有几条疲倦的皱纹；他嘻开着嘴，朝玛金笑，就坐在玛金肩下。

前楼里的空气紧张起来了。十五支光电灯的黄光在他们头顶晃。克佐甫先对那胖些的青年说：

"苏伦，你的工作很坏！今天下午丝厂工人活动分子大会，你的领导是错误的！你不能够抓住群众的革命情绪，从一个斗争发展到另一个斗争，不断地把斗争扩大；你的领导带着右倾的色彩，把一切工作都停留在现阶段，你做了群众的尾巴！现在丝厂总罢工到了一个严重的时期，首先得克服这尾巴主义！玛金，你报告闸北的工作！"

"快一点，简单一点，八点半我要走的！"

蔡真又催促，用铅笔敲着桌子。于是玛金说了五分钟的话。她的态度很镇静，她提出了一个要点：压迫太厉害，女工中间的进步分子已经损失过半，目下群众基础是比较的薄弱了。克佐甫一边听，一边不耐烦地时时拿眼看玛金，又看手里的铁壳表；他的两片薄嘴唇更加闭得紧了。

"我反对玛金的结论！斗争中会锻炼出新的进步分子，群众基础要从斗争中加强起来！玛金那种恐惧的心理也就是尾巴主义的表现！"

蔡真抢着说，射了她对面的苏伦一眼。现在蔡真是完全坚持着她自己心里的"第一个主张"了。因为那平淡无奇的克佐甫开头就指斥右倾，指斥尾巴主义，而蔡真觉得克佐甫总是什么都对的。

克佐甫不作声，嘴唇再闭得紧些；他照例是最后做结论，下命令。

被蔡真射了一眼的苏伦却同情着玛金的意见。自然他也不肯承认自己的尾巴主义，他用了圆活的口吻说：

"蔡真说的是理论，玛金说的是事实。我们也不应该忽略事实。老克说今天下午的活动分子大会里我犯了错误，我就承认是错误罢。可是今天的活动分子大会根本就不健全！到会的只有一半人，工作报告不切实，不扼要；发表意见又非常杂乱。这充分暴露了我们下级干部的能力太差，领导不起来！如果我犯了尾巴主义的错误，那么，目前下级干部整个是尾巴主义！直接指挥罢工运动的蔡真和玛金也做了下级干部的尾巴！"

"为什么我也是尾巴！——"

"不要说废话！赶快决定工作的步骤罢！月大姐有意见！"

玛金阻住了蔡真和苏伦的争辩，引起克佐甫注意陈月娥。克佐甫略偏着头，对着陈月娥，眼睛睁得大大的。

"到底怎么办，快点对我说！我们厂里两个同志被捕了，只剩我一个！小姊妹们，小姊妹们今天上工，是强迫去的！只要我们有好办法，明天总还可以罢下来！到底怎么办呢，快点对我说！"

陈月娥的神情很焦灼，又很兴奋；显然她对于克佐甫以及苏伦他们那些"术语"很感困难，并且她有许多意见却找不到适当的话语来表白。她觉得玛金的话很对，——不是何秀妹、张阿新都被捕，只剩她一个，力量就薄弱了么？然而她也不敢非议蔡真的话，因为她模糊地承认那些就是革命的经典。她很困难地说完了话，就把焦灼的盼望的眼光射住了克佐甫的脸。

克佐甫那平淡无奇的瘦脸忽然严厉起来。他再看一次手里的铁壳表，就坚决地说道：

"你们全体动员，加紧工作，提高群众的斗争情绪，明天不上工！特别是裕华厂，明天一定要再罢下来！无论如何要克服一切困难，明天罢下来！你们对群众提出口号：反对资本家雇用流氓！反对捉工人！"

刹那间的静默。弄堂里馄饨担的竹筒托托地响了几下。邻家小孩子的啼声。十五支光电灯的黄光在他们头上晃着。终于又起来了玛金的镇静的声浪：

"裕华厂里的基本队伍差不多损失光了，群众在严密的监视之下；还没有经过整理，不能冒险！"

"什么！要整理么？现在是总罢工的生死关头，没有时间让你去从容整理！只今晚上便是整理，便是发动新的斗争分子，展开新的攻势呀！"

"一个晚上万万不够！我们的组织完全破坏了，敌人的监视很严，——那是冒险！即使勉强干了起来，立刻就要被压迫，那就连我们现在剩下来这一点点基础都要完全消灭！"

玛金很坚持，她的黑眼睛闪闪地朝大家看。克佐甫不作声了，薄嘴唇闭得紧紧的，也是同样的坚决。情形有点僵，那边蔡真忽然喊了一声，却没有话；在她心里曾经退避了的"第二个主张"此时忽然又闯出来和她所选定的"第一个主张"斗争了，她咬着嘴唇苦笑。陈月娥焦灼地睁大了眼睛。苏伦就出来作缓冲：

"玛金！你的主张怎样？说出来！"

"我主张总罢工的阵线不妨稍稍变换一下。能够继续罢下去的厂，自然努力斗争；已经受了严重损失的几个厂，不能再冒险，却要歇一口气！我们赶快去整理，去发展组织；我们保存实力，到相当时机，我们再——"

玛金的话还没完，克佐甫就严厉地指责她道：

"你这主张就是取消了总罢工！在革命高潮的严重阶段前卑怯地退缩！你这是右倾的观点！"

"对呀！一方面破裂了总罢工的阵线，一方面又希望别的厂能够坚持，这是矛盾的！"

蔡真赶快接口说，她心里就又是"第一个主张"胜利了。玛金的脸突然通红了，她依然坚持：

"怎么是矛盾？事实上是可能的！冒险去干，就是自杀！"

"要是有好的办法，我们厂明天可以罢下来。不过我们人已经少了，群众很怕压迫，倘使仍旧照前天的老法子来发动，就干不起来！顶要紧是一个好的新办法！"

陈月娥眼看着玛金，也插进来说；她是用了很大的努力，才把她的意思表现成这么一个形式。可是克佐甫和蔡真都不去注意她的话。苏伦是赞成玛金的，也了解陈月娥的意思，他就再作一次缓冲：

"月大姐这话是根据事实的！她要一个好的新办法，就是指着策略的变换；月大姐，是么？我提出一个主张：裕华里的组织受了破坏，事实上必须整理，一夜的时候不够，再加一天，到后天再罢下来；那么，总罢工的阵线依然能够存在！"

"不行！明天不把斗争扩大，总罢工就没有了！明天裕华要是开工，工人群众全体都要动摇了！"

蔡真激烈反对。玛金也再不能镇静了，立刻尖利地说：

"照这样说，可见这次总罢工的时机并没成熟！是盲动！是冒险！"

克佐甫的脸色立刻变了，两手在桌子上拍一记，坚决地下命令道：

"玛金！你批评到总路线，你这右倾的错误是很严重的！党要坚决地肃清这些右倾的观点！裕华厂明天不罢下来，就是破坏了总罢工，就是不执行总路线！党要严格地制裁！"

"但是事实上不过把同志送到敌人手里去，又怎么说？"

玛金还是很坚持，脸是通红，嘴唇却变白了。克佐甫怒吼一声，拍着桌子叫道：

"我警告你，玛金！党有铁的纪律！不许任何人不执行命令！马上和月大姐回去发动明天的斗争！任何牺牲都得去干！这是命令！"

玛金低了头，不作声了。克佐甫严厉地瞅了她一眼，转脸就对蔡真和苏伦说：

"虹口方面要加紧工作，蔡真！坚决执行命令，肃清一切右倾的观点！刚才'丝总'对这次斗争有几条重要的决议，苏伦，你告诉她们！"

这么说了，克佐甫又看看手里的铁壳表，站起来就先走了。

留在前楼的几位暂时都没有话。蔡真伸一个懒腰，转身就又倒在床上，那床架震得很响。苏伦看着那十五支光电灯微笑。陈月娥焦灼地望着玛金。外边衡堂里有两个人吵架，野狗狺狺地吠着。

玛金抬起头来，朝陈月娥笑了一笑，又看看床上的蔡真，就唤道：

"蔡真！命令是有了——任何牺牲都得去干！我们来分配工作罢！时候不早了，紧张起来！"

"呀，呀！八点半我要到虹口去出席！不好了，已经快八点！"

蔡真一面嚷着，一面就跳了起来，扑到玛金身上，顺手在那个像要瞌睡的苏伦头上打了一掌，却在玛金耳边喊道：

"玛金！玛金！有一团东西在我的心口像要爆裂哟！一团东西！爆裂出来要烧毁了一切敌人的东西！我要找到一个敌人，一枪把他打死！你摸摸我的脸，多么热！——可是，玛金，我们分配工作！"

玛金不理蔡真，挺了挺胸脯，很严肃地对陈月娥说：

"月大姐，你先回去；先找朱桂英，再找要好的小姊妹；你告诉她们，虹口，闸北，许多厂里小姊妹决定不上工，明天裕华厂要是开工，她们要来冲厂的；大家总罢工援助你们，要是你们先就上工，太没有义气！再坚持一两天，老板们要让步！——月大姐，努力去发动，不要存失败的心理！再过半个钟头，我就来找你。哦——此刻是八点，极迟到八点半。你在家里等我。可不要拆烂污！我们碰了头，就同到总罢委代表会去！"

"对了！你们九点半钟到那个小旅馆，不要太早！我同虹口的代表也是九点半才能到呢！"

蔡真慌忙接着说，又跳了开去，很高兴地哼着什么歌曲。

"好了！都说定了！闸北还有几个厂的代表，是阿英去接头的，也许要早到几分钟，让她们在那边等罢！月大姐，你先走罢！蔡真，你也不能再延挨了！记好！九点半，总罢委代表会！我在这里再等一下儿。要是再过一刻钟，阿英还不来，那她一定不来了，我们在代表会上和她接洽就是！"

"慢点儿走，蔡真！还有'丝总'的决议案要你们传达到代表会！"

苏伦慌忙说，就从口袋里摸出一张纸来。但是蔡真心急得很，劈手抢过那纸来望了一眼，就又掷还给苏伦，一面拉住了陈月娥的手，一面说道：

"鸡爪一样的字，看不清！你告诉玛金就得了！——月大姐，走！嗳，我真爱你！"

房里只剩下苏伦和玛金了。说明那"决议案"花去了五六分钟，以后两个人暂时没有话。玛金慢慢地在房里踱着，脸上是苦思的紧张。忽然她自个儿点着头，自言自语地轻声说：

"当然要进攻呀，可是也不能没有后方；我总得想法子保全裕华里的一点基础！"

苏伦转眼看着玛金那苦思的神气，就笑了一笑，学着克佐甫的口吻低声叫道：

"我警告你，玛金！——任何牺牲都得去干！这是命令！"

"嗳，你这小花脸！扮什么鬼！"

玛金站住了，带笑轻声骂他。可是苏伦的态度突又转为严肃，用力吐出一口气，郑重地说：

"老实说，我也常常觉得那样不顾前后冒险冲锋，有点不对。但是有什么办法呢？你一开口提出了反对的意见，便骂你是右倾机会主义、取消主义；而且还有大帽子的命令压住你！命令主义！"

玛金的机灵柔和的眼光落在苏伦的脸上了，好像很同情于苏伦的话。苏伦也算是半个"理论家"，口才是一等，玛金平时也相当的敬重他，现在不知道怎地忽然玛金觉得苏伦比平时更好，——头脑清楚，说话不专用"公式"，时常很聪明地微笑，也从不胡闹；于是玛金在平日的敬重外，又添上了几分亲热的感情了。

"怎么阿英还不来？光景是不来了罢！"

玛金转换了话头，就去躺在那靠窗的床上，脸却朝着苏伦这边，仍旧深思地柔和地看着他。

苏伦跟到了玛金床前，不转睛地看着玛金，忽然笑了一笑说：

"阿英一定不来了！她近来忙着两边的工作！"

"什么两边的工作？"

苏伦在床沿坐下，只是嘻开着嘴笑。玛金也笑了，又问：

"笑什么？"

"笑你不懂两边工作。"

玛金的身体在床上动了一下，怪样地看了苏伦一眼，很随便似的说：

"你不要造谣！"

"一点也不！不是她这几天来人也瘦了些么？你不见蔡真近来也瘦了些么？一样的原因。性的要求和革命的要求，同时紧张！"

玛金笑了笑，很不以为然地摇了摇头。苏伦往玛金身边挨近些，又说道：

"黎八今天又在到处找你呀！"

"这个人讨厌！"

"他说要调你到他那里'住机关'呢！他在运动老克答应他！"

"哼！这个人无聊极了！"

"为什么你不爱他？"

玛金又笑了笑，不回答。过了一会儿，苏伦又轻轻地叹一口气说：

"小黄离开了上海就对我倒戈！"

玛金又笑了，身子在床上扭了一扭，看着苏伦那微胖的脸儿，开玩笑似的问道：

"因此你近来就有点颓唐？"

"自然总不免有点难过——"

玛金更笑得厉害，咳起来了；她拉开了领口的钮子，一边笑，一边咳。

"总不免有点难过，玛金，你说不是么？虽然恋爱这件事，我们并不看成怎样严重，可是总不免有点难过呀！便是近来许多同志的损失，虽然是为主义而牺牲，但是我想来总觉得很凄惨似的呀！"

苏伦说着就低了头，玛金仍旧笑。

"哈哈，苏伦，你不是一个革命者，你变成了一个小姑娘了！"

"哎！玛金！有时我真变做了小姑娘，玛金，玛金！需要一个人安慰我，鼓励我；玛金，你肯么？我需要——"

苏伦抬起头来，一边抓住了玛金的手，一边就把自己的脸贴到玛金的脸上。玛金不动，小声儿笑着。

"玛金！你这，就像七生的炮弹头！"

玛金忽然猛一翻身，推开了苏伦，就跳了起来说道：

"不早了！我得去找月大姐！——"

说着，她又推开了诈上身来的苏伦，就跑到那边靠墙壁的一张床前，拣起一件"工人衣"正待穿上；苏伦突然抢前一步，扑到玛金身上，他是那么猛，两个人都跌在床上了。玛金笑了笑，连声喝道：

"你这野蛮东西！不行，我有工作！"

"什么工作！鬼工作！命令主义！盲动！我是看到底了！"

"什么看到底？"

"看到底：工作是屁工作！总路线是自杀政策，苏维埃是旅行式的苏维埃，红军是新式的流寇！——可是玛金，你不要那么封建……"

突然玛金怒叫了一声，猛力将苏伦推开，睁圆了眼睛怒瞅着苏伦，跳起来，厉声斥责道：

"哼！什么话！你露出尾巴来了！你和取消派一鼻孔出气！"

于是玛金就像一阵风似的跑下了楼，跑出了这屋子，跑出了那弄堂。

满天的星都在玛金头上眨眼睛。一路上，玛金想起自己和克佐甫的争论，想起了苏伦的丑态，心里是又怒又恨。但立刻她把这些回忆都撇开了，精神只集注在一点：她的工作，她的使命。草棚区域近了。她很小心地越过了警戒线，悄悄地到了陈月娥住的草棚左近。前面隐隐有人影。玛金更加小心了。她站在暗处不动，满身是耳朵，满身是眼睛。那人影到了陈月娥草棚前也就不动了。竹门轻轻地呀了一声。玛金心里明白了，就轻灵地快步赶到那竹门前，又回头望一眼，然后闪了进去。

陈月娥和朱桂英都在。板桌上的洋油灯只有黄豆大小的一粒光焰。昏暗中有鼾声如雷，那是陈月娥的当码头工人的哥哥。玛金轻声问那两个道：

"都接头过了么？"

"接头过了。还好。——都说只要有人来冲厂，大家就关了车接应。"

玛金皱一下眉头。外边似乎有什么响声。三个人都一怔，侧着耳朵听，可又没有了。玛金就轻声说：

"那么，我们就到代表会去！不过我还想找你们的小姊妹谈一谈。哪几个是好的，你们引我去！"

"不行！这里吃紧得很！你一走动，就有人盯梢！"

陈月娥细声说，细到几乎听不清楚。可是玛金很固执，一定要她们引着去。朱桂英拉着陈月娥的衣襟说：

"我引她去罢。我来来往往还没有人跟。"

"你自己不觉得罢了！屠夜壶多么精细，会忘记了你！还是叫小妹同了去！"

陈月娥说着，就推了玛金一把，叫她看草棚角近竹门边的一个小小的人形。那是金小妹，她尖起了耳朵听到要她同去，两只眼睛就闪闪地非常高兴。玛金点了一下头。

"小妹也不行！这孩子喜欢多嘴，他们也早就盯她的梢呢！"

朱桂英又反对。玛金有点不耐烦了，说：

"不用再争，大家都去！桂英，你打头走，我离开你丈把路，月大姐也离开我丈把路，跟在我背后。谁看见了有人盯梢，谁先打招呼！"

没有人再反对了，于是照计行事。她们三个走出陈月娥的草棚不多几步，就是一位意想中"进步分子"的家了，朱桂英先进去，接着是玛金正待挨身到那半开的竹门边，猛听得黑地里一声喝道：

"干什么！"

陈月娥在后边慌了，转身就逃，可是已经被人家抓住。接着吹起警笛来了。李麻子和桂长林带着人，狂风似的摸进了那草棚，不问情由，见一个，捉一个。草棚区域立刻起了一个恐怖的旋涡。大约十分钟后，这旋涡也平息了，笑脸的女管车们登场，挨家挨户告诫那些惊惶的"小姊妹们"道：

"不要瞎担心！是共产党才要捉！你们明天上工就太太平平没有事了！吴老板迟早要给大家一个公道！"

十六

　　快天亮时，朱桂英的母亲躺在那破竹榻上渐渐安静了。一夜的哭骂，发疯似的在草棚区域寻女儿，几次要闯进厂里跟"屠夜壶"拼老命，——到这时候，这老太婆疲倦得再也不能动了。可是她并没睡着，她睁大了血红的老眼，虚空地看着；现在是狂怒落火，冷冰冰的恐怖爬上了她的心了。

　　板桌上的洋油灯燃干了最后一滴油，黑下去，黑下去，灭了。竹门外慢慢透出鱼肚白。老太婆觉得有一只鬼手压到她胸前，撕碎了她的心；她又听得竹门响，她又看见女儿的头血淋淋地滚到竹榻边！她直跳了起来。但并不是女儿的头，是两个人站在她面前。昏暗中她认出是儿子小三子和贴邻金和尚；她好像心里一宽，立刻叫道：

　　"问到了么？关在哪里！刚才滚进来的，不是阿英的头么？"

　　"什么头！不是！——有人说解到公安局了，有人说还关在厂里，三人六样话！他妈的！"

　　金和尚咬着牙齿回答。啪哒！小三子踢开一只破凳，恨恨地哼一声。老太婆怔了一会儿，又捶胸跺脚哭骂。

　　草棚区域人声动了。裕华厂里的汽笛威武地嘟嘟地叫。匆忙杂乱的脚步声也在外边跑过，中间夹着大声的吆喝、笑骂，以及白相人的不干净的胡调。

忽然有一个瘦长身材很风骚的女人跑了进来。小三子认得她是姚金凤，忽地睁圆了眼睛，就想骂她。这时跟着又进来一个人，却是陆小宝，一把拉开小三子到竹门边，轻声说道：

"我替你打听明白了。桂英阿姐还在厂里。你去求求屠先生，就能够放。"

小三子还没回答，却又听得那边姚金凤笑着大声说：

"怨来怨去只好怨她自己不好！屠先生本来看得起她，她自己不受抬举呀！不要怕！我去讨情。屠先生是软心肠的好人！不过也要桂英自己回心转意——"

姚金凤的话没有完，小三子已经跳过来揪住了她，瞪出眼睛骂道：

"打你这骚货！谁要你来鬼讨好！"

两个人就扭做了一团。金和尚把小三子拉开，陆小宝也拖了姚金凤走。老太婆追在后面毒骂：

"你们都是串通了害她！你们想巴结屠夜壶，自管去做他的小老婆！你们这两个臭货！垃圾马车！"

老太婆一面骂，一边碰上了那竹门，回来堵起了嘴巴，也不再哭。她忽然没有了悲痛，满腔是刀子也砍得下的怨恨；她恨死了屠夜壶和姚金凤他们，也恨死了所有去上工的女工。并且这单纯的仇恨又引她到了模糊的骄傲：她的女儿不是走狗！

小三子和金和尚也像分有了这同样的心情，他们商量另外一件事了。是金和尚先开口：

"不早了！昨天大家说好全伙儿到那狗养的姓周家里闹一顿，你去不去？"

"去！干么不去！他妈的'红头火柴'要停工，叫他'红头'变做黑头！打烂他的狗窝！"

"就怕他躲开了，狗窝前派了巡捕！"

"嘿！那不是大家也说好了的么？他躲开，我们守在他的狗窝里不走！"

小三子怒声喊着，就在那破板桌上捶了一拳头。在旁边听着的老太婆明白了是怎么一回事，她忽然跳着脚大声嚷道：

"我也去！你们一个一个都叫巡捕抓去，我老太婆也不要活了！跟你们一块儿去！"

一边嚷，一边她就扭住了她的儿子。是扭住！老太婆自己也不很明白她这"扭住"是为的要跟着一块儿去呢，还是不放儿子走。可是她就把儿子扭住了大嚷大哭，唬得金和尚没有办法。小三子涨红了脸，乱跳乱叫道：

"妈！你发昏了！不要你老太婆去！那有什么好玩的！"

小三子使劲把老太婆推开，就拉着金和尚走了。

金和尚他们一伙五六十个火柴厂工人到了老板周仲伟住宅附近的时候，已经日高三丈。周仲伟这住宅缩在一条狭弄里，弄口却有管门巡捕。五六十个工人只好推举八个代表进弄去办交涉。大部分的工人就在弄口等候，坐在水门汀上，撩起衣角擦汗水，又把衣角当扇子。

小三子也是代表。他们八个人到了弄里，果然老板家的大门紧紧关着。八个代表在门外吵了半天，那宅子里毫无回响，就像是座空房。小三子气急了，伸起拳头再把那乌油大门捶得震天响，一面炸破了肺管似的叫道：

"躲在里头就算完事了么？老子们动手放你妈的一把火，看你不出来！"

"对啊！老子们要放火了！放火了！"

那七个代表也一齐呐喊。并且有人当真掏出火柴来了。忽然这宅子的厢房楼月台上来了一阵狂笑。八个代表认识这笑声，赶快望上瞧，可不是周仲伟站在那边么！他披了一件印度绸短衫，赤着脚，望着下边的八个代表笑。这是挑战罢？八个代表跳来跳去叫骂。然而周仲伟只是笑。蓦地他晃着脑袋，跷起了脚后跟，把他那矮胖的身体伏在月台的栏杆上，向着下边大声说道：

"你们要放火么？好呀！我要谢谢你们作成我到手三万两银子的火险赔款了！房子不是我自己的，你们尽管放火罢！可是有一层，老板娘躺在床上生病，你们先得来帮忙抬走老板娘！"

周仲伟说着又哈哈大笑，脸都笑红了。八个代表拿他来没有办

"……老子们动手放你妈的一把火，看你不出来！"

法，只是放开了嗓子恶骂。周仲伟也不生气；下边愈骂得毒，他就愈笑得狂；蓦地他又正正经经对下边的代表们叫道：

"喂，喂，老朋友！我教你们一个法子罢！你们去烧我的厂！那是保了八万银子的火险，再过半个月，就满期了！你们要烧，得赶快去烧！保险行是外国人开的；外国人的钱，我们乐得用呀！要是你们作成了我这八万两的外快，我当真要谢谢你们，鸿运楼一顿酒饭；我不撒谎！"

八个代表简直气破了肚皮。他们的嗓子也叫骂哑了，他们对于这涎皮涎脸的周仲伟简直没有办法。而且他们只有八个人，就是想得了办法也干不起来。他们商量了一下，就跑回去找弄口的同伴们去了。

周仲伟站在月台上哈哈笑着遥送他们八个，直到望不见了，他方才回进屋子去，仍旧哈哈地笑。他这"公馆"不过三楼三底的房子；自从他的火柴厂亏本以来，他将半边的厢房挪空了，预备分租出去，他又辞歇了一个饭司务，两个奶妈。"不景气"实在早已弥漫了他的公馆，又况他的夫人肺病到了第三期，今年甚至于在这夏季也不能起床；可是周仲伟仍旧能够时常笑。穷光蛋出身的他，由买办起家，素来就是一个空架子，他的特别本领就是"抖"起来容易，"躺"下去也快；随便是怎样窘迫，他会笑。

当下周仲伟像"空城计"里的诸葛亮似的笑退了那八个代表，就跑到楼下厢房里，再玩弄他的一套"小摆设"。接长的两张八仙桌上整整齐齐摆好了全套的老派做寿的排场。明年八月里，他打算替自己做四十岁的大寿。他喜欢照前清老式的排场，大大地热闹一番；今儿早上没有事，他就搬出他那宝贝的"小摆设"来预先演习。正当他自己看着得意的时候，八个工人代表在外边嚷得太厉害，他不得不跑上月台去演了那一幕喜剧。现在他再看那"小摆设"，忽然想起夫人的"大事"也许要赶在他自己做寿之前就会发生，于是他就取消了做寿的排场，改换成老派的"开丧"来玩一下。他竖起了三寸高的孝帏，又把那些火柴盒子大小的乌木双靠椅子都换上了白缎子的小椅披；他一项一项布置，实在比他经营那火柴厂要热心得多，而且更加有计划！

刚刚他把一对橘子大小的气死风鬃灯摆好，想要竖立东辕门西辕门的时候，蓦地跑进两个客来，他这大工程就此不能继续。

两个客人是朱吟秋和陈君宜，看了看那两张八仙桌上的小玩意，忍不住都笑起来了。周仲伟很满意似的搓搓手，也哈哈大笑。朱吟秋拍着周仲伟的肩头说道：

"仲翁，佩服你，真有涵养！不是贵厂的工人在外边请愿么？弄口挤满了人，跟巡捕吵架呢！"

"呀！真有那样的事么？我一点也不知道。对不起，少陪了，我要出去看一看。"

周仲伟故意吃惊似的说，居然也不笑，把短衫的钮子扣好，就故意想跑出去。陈君宜一把拉住了他。

"不要出去！随他们去闹罢！仲翁，好汉不吃眼前亏；你这时不能露脸！"

"陈君翁这话很对！前天吴荪甫几乎连人连汽车都打得稀烂！工人的嚣张，简直不成话！——可是，仲翁，你这门生意也要弄到亏本停工，真是想不到的！你不比我们，你这生意是家家户户开门七件事少不来的，可不是？马路上的小瘪三，饭可以不吃，香烟屁股一定要抽，那就得招呼你一盒洋火的生意！"

朱吟秋也接着说，从桌子上拿起那橘子大小的气死风鬃灯来看了一眼，微微笑着。

周仲伟却不回答，蓦地又哈哈笑起来，像癞蛤蟆似的一跳，就跳到厢房后半间的一张书桌边，在一堆旧信里乱爬乱抓：末了，用他的肥指头夹出一件油印品来递给了朱吟秋他们两位，说道：

"请你们两位看看这是个什么，就明白我这生意真是再好也没有！"

这是中华全国火柴业联合会通告各会员的公函，并附抄广东火柴行商业公会呈工商部的呈文。那公函是这样的：

  径启者：本会选据广东土造火柴行商业公会函称，据该省及香港报纸宣传，瑞典商瑞中火柴公司借款与我国，以瑞典火柴在华专利若干年为借款条件等语，火柴商恐惧万分，请为调查答复，以释群疑等情，并附呈工商部稿一通前来；复据东三省火柴同业联合会函称，据日本火柴商口称，闻该国驻沪领事声称，吾国政府财政部有与瑞典火柴公司借款，默许种种权利之说，究否属实，请为探明示知等情；据此：查瑞典商与政府接洽借款之传闻，本年六月间，本会即已注意；嗣经一再调查，知此项传闻，并未成为事实，但传说纷纷，如不有政府方面之确切表示，恐各会员难免疑虑，故由本会据情呈询工商部，请求明白答复，一俟奉到批示，自当再行通知。兹将本会呈稿及广东土造火柴行商业公会呈稿分别抄录附上，并希查照为荷！

周仲伟蹑起了脚尖，站在朱吟秋背后，一同念完那通告；又喘着气，大声朗诵那广东火柴行商业公会呈文中的警句："惟吾国兵燹连年，商业凋零，已达极点；而政府以值此库款奇绌之秋，火柴入口原料，税外加税，厘里添厘，公债库券，负担重重，陷于万劫不复。乃该瑞典火柴托拉斯以压倒吾国土造火柴之时机已至，遂利用舶来火柴进口税轻，源源贬价运来，使我国成本较重之土造火柴无法销售，因此货积如山，不得不折本贱售，忍痛支持，以求周转。惟吾国土造火柴商人，资本微薄，难敌财雄势大横霸全球之瑞典火柴托拉斯，因而我国火柴业相继倒闭者，几达十分之五有奇！"——周仲伟摇着头，蓦地又哈哈大笑说道：

"可不是！朱吟翁，陈君翁，我这门生意真是再好也没有！要是不好，瑞典火柴托拉斯肯来转念头么？"

陈君宜和朱吟秋对看着皱了眉头。他们两个局外人倒觉得周仲伟那哈哈的笑声就有几分像是哭，然而在周仲伟却是货真价实的笑。他是常常能够高声大笑的。不然，他决不能那么肥。

这时候，周仲伟的包车夫慌慌张张跑进来报告工人们又举了十个代表要进弄堂来了。朱吟秋拉了一下陈君宜的衣角，站起来就想走。周仲伟却拦住了不放，大声叫道：

"再坐一会儿。我有几句正经话，要跟你们两位商量呢！十个代表怕什么！"

"不是那么说的！仲翁，你总得和工人代表开谈判，我和陈君翁闲身子夹在热闹里，没有意思。你有什么正经话，我们下午再谈，还不是一样的？"

"呀！不行！朱老哥，对不起；既然来了，再坐一会儿，奉屈你们两位充一下临时保镖罢！放心！我厂里的工人很文明，我待他们也很文明！万一惊动了你们两位，我赔不是。"

周仲伟脸也涨红了，一边说，一边就拱手作揖，又拓开了两臂，把朱吟秋他们两个拦到椅子里，硬要他们坐下去。两位猜不透这"红头火柴"玩的什么把戏，忍不住都笑了；恰就在这笑声里，猛听得外边那一对乌油大门上蓬蓬地打得震天响，于是两位的笑脸立刻又变成了哭形。工人代表在门外面大声嚷骂了。"狗老板，贼老板！"一句句都很刺耳。陈君宜和朱吟秋也觉得难受，脸上直红到耳根，可是周仲伟依然笑嘻嘻地，拍一下胸脯，看着陈君宜他们的面孔说道：

"我说他们文明，可不是？文明透顶！骂几句不伤脾胃。陈君翁，我们从前做买办的时候，碰得不巧，大班发洋脾气，有时骂的还要恶毒些；然而工人们到底是中国人，我们也是中国人，他们骂我们，只算骂自己。"

"仲翁！你的涵养工夫真不错！光景打你一记耳光，你也不生气！"

陈君宜挖苦着，却笑不出来。朱吟秋在旁边皱了眉头。周仲伟立刻晃一晃脑袋，很正经地回答：

"可不是！从前某某洋行的大班——是花旗人呢，或是茄门人，我就记不清；不管他，总之是外国人；他对我说：'你们中国人真是了不起的宝贝，被人家打倒在地下了，你们倒觉得躺在那里就比站着舒服些；你们不用腿走路了，你们就满地滚！'君翁，你说这话对不对？亏他摸透了中国人的脾气。中国人本来是顶会享福的！"

大门外的呼噪这时更加凶猛。突然有两个人头爬在这厢房的朝南窗洞的铁栅栏外边，朝里面窥视。朱吟秋猛转脸看见，把不住心头一跳。人头也就下去了，接着是一阵更紧急更震耳的呼噪叫

骂。厢房里几乎对面讲话听不到声音。朱吟秋松一口气,对周仲伟说道:

"不过,仲翁,你不要太写意!你还是打一个电话到捕房里,叫巡捕来赶他们走!"

"对呀,我也是这个主意。况且尊夫人病重,这样的惊吓,也究属不相宜!"

"不要紧!内人耳朵聋得很。再说一句笑话,内人保的寿险后天满期,要是当真今天出了事,就算皇天不负苦心人。哈,哈!——可是,他们吵了这半天,喉咙也哑了,我体恤他们,发放他们先回去。这可要借重朱吟翁和陈君翁两位一句话了!都是老朋友,帮忙一回!"

"仲翁!到底你玩的什么把戏呀?工人面前开玩笑,那可是险得很!"

陈君宜慌慌忙忙说,就站了起来。朱吟秋也学着样。大门外的呼噪蓦地低落下去了。

"我担保,伤不了你们两位半根毫毛!只要我说什么,你们两位就答应什么,那就感恩不尽!"

周仲伟还是不肯明白讲出来,哈哈笑着,就亲自去开了那大门,连声叫道:

"不要闹!不要闹!多吃饭,少开口:你们不晓得这句老古话么?现在大家有饭吃了!"

大门外十个工人代表中间却又多了一个人。是武装巡捕,正在那里弹压。十个代表看见周仲伟出来,就一拥上前包围住,七嘴八舌乱嚷。周仲伟虽然是经过大阵仗的老门槛,到这时候也心慌了,他急得满头大汗,满脸通红,想不出先说哪一句话好。他也想逃,可是已经没有路了。

"不要吵呀!听周老板怎么说,你们再开口!一点规矩都不懂么?"

那武装巡捕也挤进那十个代表的圈子来,大声吆喝。周仲伟立即胆壮一些,伸手到额角上抹下了一把汗,又咽下一口唾沫,就放大嗓子喊道:

"大家听呀！本老板是中国人，你们也是中国人，中国人要帮中国人！你们来干什么？要我开工！对啦，厂不开工，你们要饿死，本老板也要饿死！你们不要吵闹，我也要开工。谢谢老天菩萨，本老板刚刚请到两位财神爷，——喏，坐在厢房里的就是！本老板借到了钱了，明天就开工！"

周仲伟忍不住又哈哈笑起来，却也因为话说快了，呼吸急促，只笑了不多几声，就张大了嘴巴喘气，瞪出一对眼睛。代表中间有几个仍旧虎起了脸孔，却不作声。有几个就跑进大门去看看那厢房里到底有没有财神爷。周仲伟一眼瞥见，也赶快退进大门去，也顾不得还在喘气，就冲着那厢房叫道：

"陈行长，朱经理，请移步见见敝厂的工人代表！"

朱吟秋忍住了笑，慢慢地踱到客堂里朝外站着，皱了眉头。跟着陈君宜也出来了，却带着笑容。

那十个代表忽然都没有声音。他们自伙里用眼睛打招呼，似乎在商量那两位是不是真正的财神爷。

"好了，好了；周老板已经答应开工，你们回去！吵吵闹闹是犯章程的！再闹，就到行里去！"

武装巡捕在门外厉声吆喝。但是周仲伟反倒拦住了那巡捕，笑嘻嘻对那十个代表拱拱手道：

"真要谢谢你们！不是你们那一吵，陈行长和朱经理还不肯借钱给我呢！现在好了，明天准定开工。本老板的话，有一句算一句！"

"不怕你躲到哪里去！"

十个代表退出去的时候，小三子走在最后，这么骂着，又对准周公馆的大门上吐了一口唾沫。

三位老板再回到厢房里，齐声大笑；周仲伟好像当真已经弄到了一笔款子，晃着他的胖脑袋，踱来踱去，非常得意。他本来有理想中的两条门路去借钱，现在得意之下，他的"扮演"兴趣忽又发作；他看了朱吟秋一眼，心里便想道："这一位算他是东洋大班罢。"他忍不住又哈哈笑起来了。可是他的笑声还没住，忽然陈君宜很郑重地说：

"仲翁，你总得想一个办法。今天是开了玩笑，哄他们走了；明天他们又来吵闹，岂不是麻烦！"

"不错。明天他们再来，一定不肯像刚才那样文明了，仲翁，你得预先防着！"

朱吟秋接口说，皱一下眉头。周仲伟却觉得朱吟秋这么一皱眉就更像那东洋大班，忍不住带笑喊道：

"办法么？哦！——办法就在你们两位身上！"

陈君宜和朱吟秋都怔住了，特别是因为周仲伟那神气不像开玩笑。周仲伟也摆出最庄重的面孔来，接着说：

"我早就盘算过，当老板已经当厌了，谁要这破厂，我就让给他；可惜瑞典火柴托拉斯不想在中国办厂，不然，我倒愿意跟他们合作。刚才我对你们两位说，有几句正经话要商量；喏，正经话就来了。眼前我想好了两个门路：一条路是向来认识的一位东洋大班，他肯帮忙；另一条路就是益中公司。我是中国人，看到有什么便宜的事情总想拉给自家人：况且王和甫、孙吉人、吴荪甫，他们三位，也是老朋友，人情要卖给熟面孔，我是有这意思，就不知道他们怎样。哎，朱吟翁、陈君翁，你们两位跟益中公司合作得很好，你们看来他们买不买我的账呢？"

"哦——仲翁打算走这一着么？你是想出租呢出盘呀？他们可不做抵押！"

陈君宜慢吞吞地回答，望了朱吟秋一眼。然而周仲伟这番话却勾起了朱吟秋的牢骚，并且朱吟秋生性多疑，又以为周仲伟是故意奚落他，便皱着眉头叹一口气，不出声。

"都可以！都可以！反正大家全是熟人，好商量！"

周仲伟连声叫起来，仿佛陈君宜就是益中公司的代表，而他们这闲谈也就是正式办交涉了。陈君宜笑了一笑，觉得周仲伟太猴急，却也十分同情他；因此就又很恳切地说道：

"仲翁，你总该知道益中公司大权都在吴荪甫手里罢？这位吴老三多么精明，多么眼高！你找上门去的生意，他就更加挑剔！要是他看中了你的厂，想要弄你，可就不同了；他使出辣手来逼你，弄到你走投无路，末了还得去请求他！朱吟翁就受过他的气——"

"你还是去找东洋大班罢！跟吴老三办交涉，简直是老虎嘴里讨肉吃！"

朱吟秋抢前说，恨恨地叹了一口气。

周仲伟一肚子的如意算盘统统倒翻了。他涨红了脸，两只眼睛睁得铜铃那么大。本来他和那东洋大班接洽在先，为的条件太苛刻，他这才想到了益中公司；现在听了陈君宜和朱吟秋的论调，他这一急可不小。他有生以来第一次不能够哈哈笑了！然而他还没绝望。只要经济上他有少许利益，受点气他倒不介意。他抹去了额角上的一把汗，哭丧着脸，慌慌张张又问道：

"可是，陈君翁！出租是怎么一个办法？你们两位的厂都是出租的么？"

"不错，我们都是出租。朱吟翁把厂交了出去，自己就简直不管，按月收五百两的租金。我呢，照常管理厂务，名目是总经理，他们送我薪俸；外场当我还是老板，实在我件件事都得问过王和甫，——这也不算什么，王和甫人倒客气，够朋友！我的厂房机器都不算租金，另是一种办法：厂里出一件货，照货码我可以抽千分之十作为厂房机器生财的折旧。这都是他们的主意，你看，他们多么精明！"

"你那样出租的办法，我就十二分赞成，赞成！"

周仲伟猛地跳起来叫着；他的希望又复活了，他又能够笑了。但是朱吟秋在旁边冷冷地给周仲伟的一团高兴上浇了一勺冷水；他说：

"恐怕你马上又要不赞成，仲翁！你猜猜陈君翁是多少薪俸？二百五十块！管理一座毛三百工人的绸厂总经理的薪俸只有二百五！吴老板他们真好意思开得出口！陈君翁，你也真是'二百五'，我就不干！"

"没有法子呀！厂关了起来，机器不用，会生锈；那是白糟蹋了好机器！我有我的苦处，只好让他们占点便宜去！况且自己在里边招呼，到底放心些。呵，仲翁，你说是不是？"

周仲伟点了一下头，却不开口；他的胖脸上例外地堆起了严肃的神情，他在用心思。陈君宜那绸厂出租的办法很打动了这位周老板的心。尤其是照常做总经理，对外俨然还是老板这一点，使得周仲伟非常羡慕。这也不单是虚荣心的关系，还有很大的经济意味；年来周仲伟的空架子所以还能够支撑，一半也就靠着那有名无实的火柴厂老板的牌头，要是一旦连这空招牌也丧失，那么各项债务一齐逼紧来，周仲伟当真不了，不能够再笑一声。

当下周仲伟就决定了要找益中公司试试他的运气，满拟做一个"第二的陈君宜"！

他猛然跳起来拍着手，对陈君宜喊道：

"你这话对极了，机器搁着就生锈！不是广东火柴同业那呈文里说得很痛切：近年来中国人的火柴厂已倒闭了十分之五有奇！我是中国人，应得保护中国的国货工厂！东洋大班重利收买我，——虽说他是东洋人，中日向来亲善，同文同种，不是高鼻子的什么瑞典火柴大王，然而我怎么肯？我这份利益宁可奉送给益中公司，中国人理应招呼中国人！得了，我打算马上去找吴荪甫谈一谈！"

"何苦呢，仲翁！我未卜先知，你这一去，事情不成功，反倒受了一肚子的气！"

朱吟秋冷冷地又在周仲伟的一团高兴上浇了一勺水。周仲伟愕然一跳，脸就涨红了。陈君宜赶快接口说：

"可以去试试。益中新近一口气收进了八个小厂，他们是干这一行的！不过，仲翁，我劝你不要去找吴老三，还是去找王和甫接洽罢：王和甫好说话些。他又是益中公司的总经理。"

周仲伟松一口气，连连点头。他自己满心想做"陈君宜第二"，就觉得陈君宜的话处处中听有理。像朱吟秋那么黑嘴老鸦似的开口就是不吉利，周仲伟听了可真憋气。他向朱吟秋望了一眼，蓦地又忍不住笑起来，却在心里对自己说："当真愈看愈像那东洋大班了！东洋人！坏东西！"

午后一点钟，周仲伟怀着极大的希望在益中公司二楼经理室会见了王和甫。窗前那架华文打字机前坐着年青的打字员，机声匀整地响着。王和甫的神色有些儿焦灼，耳听着周仲伟的陈述，眼光频频向那打字员身上溜，似乎嫌他的工作太慢。忽然隔壁机要房里的电话铃隐约地响了起来，接着就有一个办事员走到王和甫跟前立正，行了个注目礼，说道：

"请总经理听电话！"

"对不起，周仲翁，我去接了电话来再谈。"

王和甫不管周仲伟正说到紧要处，就抽身走了，机要房那门就砰地关上。

周仲伟松一口气，抹了抹额角上的汗，拿起茶来喝了一口。他觉得这房里特别热，一进来就像闷在蒸笼里似的，他那胖身体上只管发汗，他说话就更加费力。电扇的风也是热惹惹地叫人心烦。他站起来旋一个圈子，最后站在那打字员的背后随便地看着。一道通告已经打好了一半，本来周仲伟也无心细看，可是那中间有一句忽然跳到了他眼前；他定睛看了一会儿，心里的一团希望就一点一点缩小，几乎消灭。那通告上说的就是八个厂暂开半日工，减少生产。

再回到原座位里，周仲伟额角上的汗更加多了，可是他那颗爱快活的心却像冻僵了似的生机索然。他机械地揩着汗，眼睛瞪得挺大，钉住了那边机要房的小门，巴望王和甫赶快出来。

五分钟过去了，十分钟也过去了；王和甫不见面。周仲伟虽然好耐性，却也感到坐冷板凳的滋味了。那个打字员已经完毕了手头的工作，伸一个懒腰，探头在窗口看马路上的时髦姑娘和大腹贾。

周仲伟简直耐不住了，并且又热得慌，就打算去叫王和甫出来：可是匆忙中他走错了路，他跑向那经理室通到外边去的弹簧门边，伸手去门上弹了一下，方才觉得，忍不住独自哈哈笑了。而那道弹簧门居然被他笑开。扑鼻一股浓香！一男一女两张笑脸。都是周仲伟认识的：男是雷参谋，女是徐曼丽，臂膊挽着臂膊。

"呀！雷参谋！几时回上海的？真是意外！"

周仲伟大声笑着招呼，满肚子的烦恼都没有了。没等雷参谋回答，他赶快又招呼着徐曼丽。一下里他那好像冻僵了的心重复生气蓬勃，能够出主意，能够钻洞觅缝找门路了。他立刻从徐曼丽联想到赵伯韬，联想到外场哄传的赵伯韬新近做公债又得手；并且，最重要的，也立即联想到那流传已久的老赵组织什么托拉斯，收买工厂！希望的火焰又在周仲伟心里烘烘地旺盛起来。他怪自己为什么那样糊涂，早没想到这位真正的财神爷！

王和甫这时也出来了，一两句客套以后，就拉雷参谋到一边去，头碰头密谈。满心转着新念头的周仲伟抓住这机会，竭力和徐曼丽周旋。他的笑声震惊了四壁。徐曼丽抿着嘴微笑，说道：

"密司脱周，你代替主人招呼我了，'红头火柴'，名不虚传！"

周仲伟笑得更加有劲；忽然他收过了笑容，很郑重地说：

"密司徐！有一点小事情奉托！非你不办！一定要请你帮忙，事情是很小的。"

"哦——什么事呢？"

"哈，一点点小事情。我那爿火柴厂，近来受了战事影响，周转不来了——"

"噢，噢！碰着打仗，办厂的人不开心呀！可是，密司脱周，你是有名的'红头火柴'，市面上人头熟悉，怕什么！"

"不过今年是例外，当真例外！公债库券把现银子吸光了，市面上听说厂家要通融十万八千，大家都摇头。我当真有点兜不转了！我的数目不大。有五万呢，顶好；没有呀，两三万也可以敷衍。密司徐！请你帮忙帮忙罢！"

"阿唷唷！同我商量？你是开玩笑！嗳？"

"哪里，哪里，你面前我没有半句假话！我知道赵伯韬肯放款子，就可惜我这'红头火柴，徒负虚名，和这位财神爷竟没有半面之交！今天我不知道哪里来的运气，碰到了你徐小姐了，这是我祖宗积德！就请你介绍介绍！有你的一句话，比圣旨还灵；老赵点一下头，我周仲伟就有救了！"

周仲伟的话还没完，徐曼丽那红春春的俏脸儿陡地变了色。她尖利地白了周仲伟一眼，仿佛说"这你简直是取笑我！"就别转了头，把上半截身体扭了几扭。周仲伟一看情形不对，却又摸不着头路，伸伸舌头，就不敢再说。过一会儿，徐曼丽回过脸来，似笑非笑地拒绝道：

"赵伯韬这混蛋！我不理他！你要钻他的门路，另请高明罢！"

周仲伟听着心里就一跳。簇新的一个希望又忽然破灭了。他那颗心又僵硬了似的一筹莫展。徐曼丽扭着细腰，轻盈地站了起来，嘲笑似的又向周仲伟睃了一眼。周仲伟慌慌张张也跳起来，还想作最后的努力；可是徐曼丽已经翩然跑开，王和甫却走过来拍着周仲伟的肩膀说道：

"仲翁！刚才我们谈到一半，可是你的来意我都明白了。当初本公司发起的宗旨，——就是那天吴府丧事大家偶然谈起的，仲翁也都知道；我们本想做成企业银行的底子，企业界同人大家有个通融。不料后来事与愿违，现在这点局面小得很，应酬不开！前月里我们收进了八个厂，目前也为的战事不结束，长江客销不动，本街又碰着东洋厂家竞争，没有办法，只好收缩范围，改开半天工了。所以今天仲翁来招呼我们，实在我们心长力短，对不起极了！"

"哎！中国工业真是一落千丈！这半年来，天津的面粉业总算势力雄厚，坐中国第一把交椅的了，然而目前天津八个大厂倒有七个停工，剩下的一家也是三天两头歇！"

雷参谋踱到周仲伟身边，加进来说。周仲伟满身透着大汗，话却说不出；他勉强挣扎出几句来，自己听去也觉得不是他自己说的。他再三申述所望不奢，而且他厂里的销路倒是固定的，没有受到战事的影响。

"仲翁，我们都是开厂的，就同自家人一样，彼此甘苦，全都知道。实在是资本没有收足，场面倒拉开了，公司里没有法子再做押款。"

"那么，王和翁，就像陈君翁那绸厂的租用办法，也不行么？"

"仲翁，你这话在一个月以前来商量，我们一定遵命；现在只好请你原谅了！"

王和甫斩斩截截地拒绝了，望着周仲伟的汗脸儿苦笑。

希望已经完全消灭，周仲伟突然哈哈大笑着，一手指着雷参谋，一手指着王和甫，大声叫道：

"喂，喂，记得么？吴老太爷丧事那一天！还有密司徐曼丽！记得么？弹子台上的跳舞！密司徐丢失了高跟缎鞋！哈哈！那真是一出戏，一场梦！——可是和甫，什么原谅不原谅的，我们老朋友，还用着客套么！我说一句老实话，中国人的工厂迟早都要变成僵尸，要注射一点外国血才能活！雷参谋，你不相信么？你瞧着罢！哈哈，密司徐，这里的大餐台也还光滑，再来跳一回舞；有一天，乐一天！"

雷参谋和徐曼丽都笑了，王和甫却皱着眉头变了色。当真是吴老太爷丧事那天到现在是一场大梦呀！他们发展企业的一场大梦！现在快到梦醒了罢？

"时候不早了，快点！荪甫约定是两点钟的！"

徐曼丽蹙着眉尖对王和甫和雷参谋说，有意无意地又睒了周仲伟一眼。周仲伟并没觉到徐曼丽他们另有秘密要事，但是那"两点钟"三个字击动他的耳鼓特别有力。他猛然跳起来说一声"再会"，就赶快跑了。在楼梯上，他还是哈哈地独自笑着。还没走出益中公司的大门，他已经决定了要去找那个东洋大班，请他"注射东洋血"！他又是一团高兴了。坐上了他的包车后，他就这么想着：中日向来亲善，同文同种，总比高鼻子强些；爱国无路，有什么办法！况且勾结洋商，也不止是他一个人呀！

一辆汽车开足了一九三〇年新纪录的速率从后面追上来，眨眨眼就一直往前去了。

周仲伟看见那汽车里乏个人：雷参谋居中，左边是徐曼丽，右边是王和甫。这三个会搅在一处，光景有什么正经要事罢？——周仲伟的脑子里又闪过了这样的意思，可是那东洋大班立即又回占了他的全部意识。他自个儿微笑着点头，他决定了最后的政策是什么都可以让步，只有老板的头衔一定要保住；没有了这个空招牌，那么一切债务都会逼紧来，他仍是不得了的！

第二天，周仲伟的火柴厂果然又开工了。一张簇新的更加苛刻的新颁管理规则是周仲伟连夜抄好了的；两个不大会说上海话的矮子是新添的技师和管理员，也跟着周仲伟一块儿来。

周仲伟满面高兴，癞蛤蟆似的跳来跳去，引导那新来的两个人接手各部分的事务。末了，他召集了全厂的五六十工人，对他们演说：

"本老板昨天答应你们开工，今天就开了！本老板的话是有一句算一句的！厂里是亏本，可是我总要办下去；为什么？一来关了厂，你们没得饭吃；你们是中国人，本老板也是中国人，中国老板要帮忙中国工人！二来呢，市面上来路货的洋火太多了，我们中国人的洋钱跑到外国人荷包里去，一年有好几万万！我们是国货工厂，你们是中国人，造出国货来，中国工人也要帮忙中国老板！成本重了，货就销不出；你们帮忙我，就是少拿几个工钱，等本厂赚了钱，大家一齐来快活！中国老板亏了本，不肯关厂，要帮忙中国工人；中国工人也要拼命做工，减轻成本，帮忙中国老板！好了，国货工厂万岁万岁万万岁呀！"

演说到最后几句，周仲伟这胖子已经很气急，几乎不能完卷；他勉强喊完，那最后的万岁万万岁的声音，就有点像是哭叫。他那涨红了的胖脸上，尽管是那么胖，却也梗出了青筋来；黄豆大的汗珠从他额角落下。

五六十个工人就同石像似的没有表情，也没有声息。周仲伟喘着气苦笑一下，就挥挥手，解散了他的"临时讲演会"。不多一会儿，马达声音响动了，机器上的钢带挽着火柴杆儿，一小束一小束的密密地排得很整齐，就像子弹带似的，辘辘地滚着滚着。周仲伟的感想也是滚得远远的。他那过去生活的全部，一一从他眼前滚了过去了：最初是买办，然后是独立自主的老板，然后又是买办，——变相的买办，从现在开始的挂名老板！一场梦，一个循环！

周仲伟忽然呵呵地大笑了。无论如何，他常常能够笑。

十七

没有风。淡青色的天幕上停着几朵白云，月亮的笑脸从云罅中探视下界的秘密。黄浦像一条发光的灰黄色带子，很和平，很快乐。一条小火轮缓缓地冲破那光滑的水面，威风凛凛地叫了一声。船面甲板上装着红绿小电灯的灯彩，在那清凉的夜色中和天空的繁星争艳。这是一条行乐的船。

这里正是高桥沙一带，浦面宽阔；小火轮庄严地朝北驶去，工业的金融的上海市中心渐离渐远。水电厂的高烟囱是工业上海的最后的步哨，一眨眼就过去了。两岸沉睡的田野在月光下像是罩着一层淡灰色的轻烟。

小火轮甲板上行乐的人们都有点半醉了，继续二十多分钟的紧张的哗笑也使他们的舌头疲倦，现在他们都静静地仰脸看着这神秘性的月夜的大自然，他们那些酒红的脸上渐渐透出无事可为的寂寞的烦闷来。而且天天沉浸颠倒于生活大转轮的他们这一伙，现在离开了斗争中心已远，忽然睁眼见了那平静的田野，苍茫的夜色，轻抚着心头的生活斗争的创痕，也不免感喟万端。于是在无事可为的寂寞的微闷而外，又添上了人事无常的悲哀，以及热痒痒地渴想新奇刺激的焦灼。

这样的心情尤以这一伙中的吴荪甫感受得最为强烈。今晚上的行乐盛事是他发起的；几个熟朋友，孙吉人，王和甫，韩孟翔，外加一位女的，徐曼丽。今晚上这雅集也是为了徐曼丽。据她自己说，二十四年前这月亮初升的时候，她降生在这尘寰。船上的灯彩，席面的酒肴，都是为的她这生日！孙吉人并且因此特地电调了这艘新造的镇扬班小火轮来！

船是更加走得慢了。轮机声喀嚓——喀嚓——地从下舱里爬上来，像是催眠曲。大副揣摩着老板们的心理，开了慢车；甲板上平稳到简直可以竖立一个鸡蛋。忽然吴荪甫转脸问孙吉人道：

"这条船开足了马力，一点钟走多少里呀？"

"四十里罢。像今天吃水浅，也许能走四十六七里。可是颠得厉害！怎么的？你想开快车么？"

吴荪甫点着头笑了一笑。他的心事被孙吉人说破了。他的沉闷的心正在要求着什么狂暴的速度与力的刺激。可是那边的王和甫却提出了反对的然而也正是更深一层的意见：

"这儿空荡荡的，就只有我们一条船，你开了快车也没有味儿！我们回去罢，到外滩公园一带浦面热闹的地方，我们出一个簪头玩一玩，那倒不错！"

"不要忙呀！到吴淞口去转一下，再回上海，——现在，先开快车！"

徐曼丽用了最清脆的声音说。立刻满座都鼓掌了。刚才大家纵情戏谑的时候有过"约法"，今晚上谁也不能反对这位年青"寿母"的一颦一笑。开快车的命令立即传下去了，轮机声轧轧轧地急响起来，船身就像害了疟疾似的战抖；船头激起的白浪有尺许高，船左右卷起两条白练，拖得远远的。拨刺！拨刺！黄浦的水怒吼着。甲板上那几位半酒醉的老板们都仰起了脸哈哈大笑。

"今天尽欢，应得留个久长的纪念！请孙吉翁把这条船改名做'曼丽'罢！各位赞成么？"

韩孟翔高擎着酒杯，大声喊叫；可是突然那船转弯了，韩孟翔身体一晃，没有站得稳，就往王和甫身上扑去，他那一满杯的香槟酒却直泼到王和甫邻座的徐曼丽头上，把她的蓬松长发淋了个透湿。"呀——哈！"吴荪甫他们愕然喊一声，接着就哄笑起来。徐曼丽一边笑，一边摇去头发上的酒，娇嗔地骂道：

"孟翔，冒失鬼！头发里全是酒了，非要你吮干净不可！"

这原不过是一句戏言，然而王和甫偏偏听得很清楚；他猛地两手拍一记，大声叫道：

"各位听清了没有？王母娘娘命令韩孟翔吮干她头发上的酒渍呢！吮干！各位听清了没有？孟翔！这是天字第一号的好差使，赶快到差——"

"喔唷唷！一句笑话，算不得数的！"

徐曼丽急拦住了王和甫的话，又用脚轻轻踢着王和甫的小腿，叫他莫闹。可是王和甫装做不晓得，一叠声喊着"孟翔到差"。吴苏甫，孙吉人，拍掌喝彩。振刷他们那灰暗心绪的新鲜刺激来了，他们是不肯随便放过的，况又有三分酒遮了脸。韩孟翔涎着脸笑，似乎并没什么不愿意。反是那老练的徐曼丽例外地羞涩起来。她佯笑着对吴苏甫他们飞了一眼。六对酒红的眼睛都看定了她，像是看什么猴子变把戏。一缕被玩弄的感觉就轻轻地在她心里一漾。但只一漾，这感觉立即也就消失。她抿着嘴吃吃地笑。被人家命令着，而且监视着干这玩意儿，她到底觉得有几分不自在。

王和甫却已经下了动员令。他捧住了韩孟翔的头，推到徐曼丽脸前来。徐曼丽吃吃地笑着，把上身往左一让，就靠到吴苏甫的肩膀上去了，吴苏甫大笑着伸手捉住了徐曼丽的头，直送到韩孟翔嘴边。孙吉人就充了掌礼的，在哗笑声中喝道：

"一吮！再吮！三——吮！礼毕！"

"谢谢你们一家门罢！头发是越弄越脏了！香槟酒，再加上口涎！"

徐曼丽掠整她的头发，娇媚地说着，又笑了起来。王和甫感到还没尽兴似的，立刻就回答道：

"那么再来过罢！可是你不要装模作样怕难为情才好呀！"

"算了罢！曼丽自己破坏了约法，我们公拟出一个罚规来！"

吴苏甫转换了方向了；他觉得眼前这件事的刺激力已经消失，他要求一个更新奇的。韩孟翔喜欢跳舞，就提议要徐曼丽来一套狐步舞。孙吉人老成持重，恐怕闯乱子，赶快拦阻道：

"那不行！这船面颠得厉害，掉在黄浦里不是玩的！罚规也不限定今天，大家慢慢儿想罢。"

现在这小火轮已经到了吴淞口了。口外江面泊着三四条外国兵舰，主桅上的顶灯在半空中耀亮，像是几颗很大的星。喇叭的声音在一条兵舰上呜呜地起来，忽然又没有了。四面一望无际，是苍凉的月光和水色。小火轮改开了慢车，迂回地转着一个大圆圈，这是在调头预备回上海。忽然王和甫很正经地说道：

"今天下午，有两条花旗炮舰，三条东洋鱼雷艇，奉到紧急命令，开汉口去，不知道为什么。吉人，你的局里有没有接到长沙电报？听说那边又很吃紧了！"

"电报是来了一个，没有说起什么呀！"

"也许是受过检查，不能细说。我听到的消息仿佛是共匪要打长沙呢！哼！"

"那又是日本人的谣言。日本人办的通讯社总说湖南、江西两省的共匪多么厉害！长沙，还有吉安，怎样吃紧！今天交易所里也有这风声，可是影响不到市场，今天市场还是平稳的！"

韩孟翔说着，就打了一个呵欠。这是有传染性的，徐曼丽是第一个被传染；孙吉人嘴巴张大了，却又临时忍住，转脸看着吴荪甫说道：

"日本人的话也未必全是谣言。当真那两省的情形不好！南北大战，相持不下，两省的军队只有调到前线去的，没有调回来；驻防军队单薄，顾此失彼，共匪就到处骚扰。将来会弄到怎样，谁也不敢说！"

"现在的事情真是说不定。当初大家预料至多两个月战事可以完结，哪里知道两个半月也过去了，还是不能解决。可是前方的死伤实在也了不起呀！雷参谋久经战阵，他说起来也是摇头。据他们军界中人估量，这次两方面动员的军队有三百万人，到现在死伤不下三十万！真是空前的大战！"

吴荪甫说这话时，神气非常颓唐，闭了眼睛，手摸着下巴。徐曼丽好久没有作声，忽然也惊喊了起来：

"啊唷！那些伤兵，真可怕！哪里还像个人么！一轮船，一轮船，一火车，一火车，天天装来！喏，沪宁铁路跟沪杭铁路一带，大城小镇，全有伤兵医院；庙里住满了，就住会馆，会馆住满了，就住学校；有时没处住，就在火车站月台上风里雨里过几天！唉，上有天堂，下有苏杭；现在苏杭一带，就变做了伤兵世界了！"

"大概这个阳历七月底，总可以解决了罢？死伤那么重，不能拖延得很久的！"

吴荪甫又表示了乐观的意思，勉强笑了一笑。可是王和甫摇着头，拉长了声音说：

"未必，——未必！听说徐州附近掘了新式的战壕，外国顾问监工，保可以守一年！一年！单是这项战壕，听说花了三百万，有人说是五百万！看来今年一定要打过年的了，真是糟糕！"

"况且死伤的尽管多，新兵也在招募呀！镇江，苏州，杭州，宁波，都有招兵委员；每天有新兵，少则三五百，多则一千，送到上海转南京去训练！上海北站也有招兵的大旗，天天招到两三百！"

韩孟翔有意无意地又准对着吴荪甫的乐观论调加上一个致命的打击。

大家都没有话了。南北大战将要延长到意料之外么？——船面上这四男一女的交流的眼光中都有着这句话。小火轮引擎的声音从轧轧轧而变成突突突了，一声声捶到这五个人的心里，增加了他们心的沉重。但是这在徐曼丽和韩孟翔他俩，只不过暂时感到，立即便消散了；不肯消散，而且愈来愈沉重的，是吴荪甫、孙吉人、王和甫他们三位老板。战争将要无限期延长，他们的企业可要糟糕！

这时水面上起了薄雾，远远地又有闪电，有雷声发动。风也起了，正是东南风，扑面吹来，非常有劲。小火轮狂怒地冲风前进，水声就同千军万马的呼噪一般。渐引渐近的繁华上海的两岸灯火在薄雾中闪烁。

"闷死了哟！怎么你们一下子都变做了哑巴？"

徐曼丽俏媚的声浪在沉闷的空气中鼓动着。她很着急，觉得一个快乐的晚上硬生生地被什么伤兵和战壕玷污了。她想施展她特有的魔力挽回这僵局！韩孟翔是最会凑趣的，立刻就应道：

"我们大家干一杯，再各人奉敬寿母一杯，好么？"

没有什么人不赞成。虽则吴荪甫他们心头的沉闷和颓唐绝非几杯酒的力量所能解决，但是酒能够引他们的愁闷转到另一方向，并且能够把这愁闷改变为快乐。当下王和甫就说道：

"酒都喝过了，我们来一点余兴。吉人，吩咐船老大开快车，开足了马力！曼丽，你站在这桌子上，金鸡独立，那一条腿不许放下来。——怕跌倒么？不怕！我们四个人守住了四面，你跌在谁的一边，就是谁的流年好，本月里要发财！"

"我不来！船行到热闹地方了，成什么话！"

徐曼丽故意不肯，扭着腰想走开。四个男人大笑，一齐用鼓掌回答她。吴荪甫一边笑，一边就出其不意地拦腰抱住了徐曼丽，啪的一响，就把徐曼丽掇上了那桌子，又拦住了，不许她下来，叫道：

"各人守好了本人的岗位！曼丽，不许作弊！快，快！"

徐曼丽再不想逃走了，可是笑得软了腿，站不起来。四个男人守住了四面，大笑着催她。船癫狂地前进，像是发了野性的马。徐曼丽刚刚站直了，伸起一条腿，风就吹卷她的衣服，倒剥上去，直罩住了她的面孔，她的腰一闪，就向斜角里跌下去。孙吉人和韩孟翔一齐抢过来接住了她。

"头彩开出了，开出了！得主两位！快上去呀！再开二彩！"

王和甫喊着，哈哈大笑，拍着掌。猛可地船上的汽笛一声怪叫，把作乐的众人都吓了一跳，接着，船身猛烈地往后一挫，就像要凭空跳起来似的，桌子上的杯盘都震落在甲板上。那五个人都晃了一晃。韩孟翔站得出些，几乎掉在黄浦里。五个人的脸色都青了。船也停住了，水手们在两舷飞跑，拿着长竹篙。水面上隐约传来了喊声：

"救命呀！救命呀！"

是一条舢板撞翻了。于是徐曼丽的"二彩"只好不开。吴荪甫皱了眉头，自个儿冷笑。

船上的水手先把那舢板带住，一个人湿淋淋地也扳着舢板的后梢，透出水面来了。他就是摇这舢板的，只他一个人落水。十分钟以后，孙吉人他们这小火轮又向前驶，直指铜人码头。船上那五

"……你跌在谁的一边，就是谁的流年好，本月里要发财！"

个人依旧那么哗笑；他们不能静，他们一静下来就会感到难堪的闷郁，那叫他们抖到骨髓里的时局前途的暗淡和私人事业的危机，就会狠狠地在他们心上咬着。

现在是午夜十二时了。工业的金融的上海人大部分在血肉相搏的噩梦中呻吟，夜总会的酒吧间里却响着叮叮哨哨的刀叉和嗤嗤的开酒瓶。吴荪甫把右手罩在酒杯上，左手支着头，无目的地看着那酒吧间里进出的人。他和王和甫两个虽然已经喝了半瓶黑葡萄酒，可是他们脸上一点也不红；那酒就好像清水，鼓动不起他们的闷沉沉的心情。并且他们自己也不明白为什么这样闷沉沉。

在铜人码头上了岸以后，他们到徐曼丽那里胡闹了半点钟，又访过著名的秘密艳窟九十四号，出一个难题给那边的老板娘；而现在，到这夜总会里也有了半个钟头了，也推过牌九，打过宝。可是一切这些解闷的法儿都不中用！两个人都觉得胸膛里塞满了橡皮胶似的，一颗心只是粘忒忒地摆布不开；又觉得身边全长满了无形的刺棘似的，没有他们的路。尤其使他们难受的，是他们那很会出计策的脑筋也像被什么东西粘住了——简直像是死了；只有强烈的刺激稍稍能够拨动一下，但也只是一下。

"唉！浑身没有劲儿！"

吴荪甫自言自语地拿起酒杯来喝了一口，眼睛仍旧迷惘地望着酒吧间里憧憧往来的人影。

"提不起劲儿，吁！总有五六天了，提不起劲儿！"

王和甫打一个呵欠应着。他们两个人的眼光接触了一下，随即又分开，各自继续他们那无目标的瞭望。他们那两句话在空间消失了。说的人和听的人都好像不是自己在说，自己在听；他们的意识界是绝对的空白！

忽然三四个人簇拥着一位身材高大的汉子，嚷嚷笑笑进来，从吴荪甫他们桌子边跑过，一阵风似的往酒吧间的后面去了。吴荪甫他们俩麻痹的神经上骤然受了一针似的！两个人的眼光碰在一处了，嘴角上都露出苦笑来。吴荪甫仍旧自言自语地说：

"那不是么？好像是老赵！"

"老赵！"

王和甫回声似的应了两个字，本能地向酒吧间的后进望了一眼。同时他又本能地问道：

"那几个又是谁呢？"

"没有看清。总之是没有尚仲礼这老头子。"

"好像内中一个戴眼镜的就是——哦，记起来了，是常到你公馆里的李玉亭！"

"是他么？嘿，嘿！"

吴荪甫轻声笑了起来，又拿起酒杯来喝了一口。可是一个戴眼镜的人从里边跑出来了，直走到吴荪甫他们桌子前，正是李玉亭。他是特地来招呼这两位老板。王和甫哈哈笑道：

"说起曹操，曹操就到，怎么你们大学教授也逛夜总会来了？明天我登你的报！"

"哦，哦，秋律师拉我来的。你们见着他么？"

"没有。可是我们看见老赵，同你一块儿进来。"

吴荪甫这话也不过是顺口扯扯，不料李玉亭的耳根上立刻红起了一个圈。仿佛女人偷汉子被本夫撞见了那样的忸怩不安也在他心头浮了起来。他勉强笑了一笑，找出话来说道：

"听说要迁都到杭州去呢！也许是谣言，然而外场盛传；你们没有听到么？"

吴荪甫他们俩都摇头，心里却是异样的味儿，有点高兴，又有点忧闷。李玉亭又接着说下去：

"北方要组织政府①，这里又有迁都杭州的风声，这就是两边都不肯和，都要打到底，分个胜败！荪甫，战事要延长呢！说不定是一年半载！民国以来，要算这一次的战事最厉害；动员的人数，迁延的时日，都是空前的！战线也长，中部几省都卷进了旋涡！并且共匪又到处扰乱。大局是真正可以悲观！"

---

① 北方要组织政府，一九三〇年七月，汪精卫、邹鲁、冯玉祥、阎锡山等各派反蒋势力集中北平，召开国民党第二届中央扩大会议，以与蒋介石操纵的国民党第三次全国代表大会相抗衡。九月初，在北平成立另一"国民政府"，阎锡山被推为主席。

"过一天，算一天！"

王和甫叹一口气说，他这样颓丧是向来没有的。李玉亭听着很难受，转眼去看吴荪甫，那又是惶惑而且焦灼的一张脸。这也是李玉亭从来不曾见过的。李玉亭忍不住也叹一口气，再找出话来消释那难堪的阴霾：

"可是近来公债市场倒立稳了，没有大跌风；可见社会上一般人对于时局前途还乐观呀！"

"哈哈！不错！"

吴荪甫突然狞笑着说，对王和甫使了个眼色。王和甫还没理会到，李玉亭却先看明白了；他立刻悟到自己无意中又闯了祸，触着了吴荪甫他们的隐痛了。他赶快一阵干笑混了过去，再拿秋律师做题目，转换谈话的方向：

"南市倒了一家钱庄，亏空四十多万；存款占五分之四。现在存户方面公请秋律师代表打官司。荪甫，令亲范博文也吃着了这笔倒账！近来他不做诗，研究民诉法了。听说那钱庄也是伤在做公债！"

吴荪甫点着头微笑，他是笑范博文吃着了倒账这才去研究法律。王和甫淡淡地说：

"没有人破产，哪里会有人发财！顶倒霉的是那些零星存户！"

"可不是！我就觉得近年来上海金融业的发达不是正气的好现象。工业发达才是国民经济活动的正轨！然而近来上海的工业真是江河日下。就拿奢侈品的卷烟工业来说，也不见得好；这两三年内，上海新开的卷烟厂，实在不算少，可是营业上到底不及洋商。况且也受了战事影响。牌子最老，资本最大的一家中国烟草公司也要把上海的制造厂暂时停工了。奢侈品工业尚且如此！"

李玉亭不胜感慨似的发了一篇议论，站起身来想走了，忽然又弯了腰，把嘴靠在吴荪甫耳朵边，轻声说道：

"老赵有一个大计划，想找你商量，就过去谈谈好么？那边比这里清静些。"

吴荪甫怔住了，一时间竟没有回答。李玉亭格格地笑着，似乎说"你斟酌罢"，就转身走了。

　　望着李玉亭的背影，吴荪甫怔怔地沉入了冥想。他猜不透赵伯韬来打招呼是什么意思，而且为什么李玉亭又是那么鬼鬼祟祟，好像要避过了王和甫？他转脸看了王和甫一眼，就决定要去看看老赵有什么把戏。

　　"和甫，刚才李玉亭说老赵有话找我们商量，我们去谈谈罢。"

　　"哦！——就是你去罢！我到那里去看一路宝。老赵是想学拿破仑，打了一个胜仗，就提出外交公文来了！"

　　两个人对看着哈哈笑起来，觉得心头的沉闷暂时减轻了一些了。

　　于是吴荪甫一个人去会老赵；在墙角的一张小圆桌旁边和赵伯韬对面坐定了后，努力装出镇静的微笑来。自从前次"合作"以后，一个多月来，这两个人虽然在应酬场中见过好多趟，都不过随便敷衍几句，现在他们又要面对面开始密谈了。赵伯韬依然是那种很爽快的兴高采烈的态度，说话不兜圈子，劈头就从已往的各种纠纷上表示了他自己的优越：

　　"荪甫，我们现在应得说几句开诚布公的话。我们的旧账可以一笔勾销！可是，有几件事，我不能不先对你声明一下：第一，银团托拉斯，我是有分的，我们有一个整计划；可是我们一不拒绝人家来合作，二不肯见食就吞；我们并没想过要用全力来对付你，我们并不注意缫丝工业；荪甫，那是你自己太多心！——"

　　吴荪甫笑了一笑，耸耸肩膀。赵伯韬却不笑，眼睛炯炯放光。他把雪茄猛吸一口，再说道：

　　"你不相信么？那也由你。老实说，朱吟秋押款那回事，我不过同你开玩笑，并不是存心捣你的蛋。要是你吃定我有什么了不起的计策，也不要紧，也许我做了你就也有那样的看法，我们再谈第二桩事情罢。你们疑心我到处用手段，破坏益中；哈哈，我用过一点手段，只不过一点，并未'到处'用手段。你们猜度是我在幕后指挥'经济封锁'，哎，荪甫！我未尝不能这么干，可是我不肯！

自家人拼性命，何苦！"

"哈哈，伯韬！看来全是我们自己太多心了！我们误会了你？是不是？"

吴荪甫狂笑着说，挺一下眉毛。赵伯韬依旧很严肃，立即郑重地回答道：

"不然！我这番话并非要声明我们过去的一切都是误会！我是要请你心里明白：你我中间，并没有什么不可解的冤仇，也不是完全走的两条路，也不是有了你就会没有我，——益中即使发达起来，光景也不能容容易易就损害到我，所以我犯不着用出全副力量来对付你们！实在也没有用过！"

这简直是胜利者自命不凡的口吻了。吴荪甫再也耐不住，就尖利地回问道：

"伯韬！你找我来，难道就为了这几句话么？"

"不错，一半是为了这几句。算了，荪甫，旧账我们就不提，——本来我还有一桩事想带便和你说开，现在你既然听得不耐烦了，我们就不谈了罢。我是个爽快的脾气，说话不兜圈子，现在请你来，就想看看我们到底还能不能大家合作——"

"哦！可是，伯韬，还有一桩事要跟我说开么？我倒先要听听。"

吴荪甫拦住了赵伯韬，故意微笑地表示镇定，然而他的心却异常怔忡不宁；他蓦地想起了从前和老赵开始斗争的时候，杜竹斋曾经企图从中调停，——"总得先打一个胜仗，然后开谈判，庶几不为老赵所挟制"。那时他是根据着这样的策略拒绝了杜竹斋的，真不料现在竟弄成主客易位，反使老赵以胜利者的资格提议"合作"，人事无常，一至于此，吴荪甫简直不能相信自己的耳朵。

赵伯韬也微微一笑，似乎已经看透了吴荪甫的心情。他很爽利地说道：

"这第三桩事情倒确是误会。你们总以为竹斋被我拉了走，实在说，我并没拉竹斋，而我这边的韩孟翔却真真被你们钓了去了！荪甫，这件事，我很佩服你们的手腕灵敏！"

吴荪甫听着，把不住心头一跳，脸色也有点变了；赶快一阵狂笑掩饰了过去，他就故意探问道：

"你只晓得一个韩孟翔么？我还收买得比韩孟翔更要紧的人呢！"

"也许还有个把女的！可是不相干。你肯收买女的，我当真感谢得很！女人太多了，我对付不开。嗨嗨！"

现在是赵伯韬勉强笑着掩饰他的真正心情了。这也瞒不过吴荪甫的眼睛，于是吴荪甫也感到若干胜利的意味；他到底又渐渐恢复了他的自信力，他摆脱了失败的情绪，振起精神来，转取攻势。他劈头就把谈话转入那"合作"问题：

"你猜得很对！我们的收买政策也还顺利！伯韬，我想来就是你本人也可以收买的！我也是爽快的脾气，我们不说废话了，你先提出你的'合作'条件来，要是可以商量的话，我一定开诚布公回答你！"

"那么，简简单单一句话，我介绍一个银团放款给益中公司！总数三百万，第一批先付五十万，条件是益中公司全部财产做担保！"

吴荪甫很注意地听着，眼光射定了赵伯韬的面孔。忽然他仰脸大笑起来，耸耸肩膀。赵伯韬却不笑，悠然抽着雪茄，静待吴荪甫的回答。吴荪甫笑定了，就正色问道：

"伯韬！你是不是开玩笑？益中是抱的步步为营的政策，虽然计划很大，眼前却用不到三百万的借款！益中现在还搁着资本找不到出路呢！"

"不是这么说的。借款的总数是三百万，第一批先交五十万，第二批的交付，另定办法。你是老门槛，你自然明白这笔借款实在只有五十万，不过放款的银团取得继续借与二百五十万的优先权！"

"然而益中公司连五十万的借款也用不到！"

"当真么？"

"当真！"

吴荪甫把心一横，坚决地回答。可是他这话刚刚出口，他的心立刻抖起来了。他知道自己从前套在朱吟秋头上的圈子，现在被赵伯韬拿去放大了来套那益中公司了；他知道经他这一拒绝，赵伯韬的大规模的经济封锁可就当真要来了，而益中公司在此战事未停，八个厂生产过剩的时候，再碰到大规模的经济封锁，那就只有倒闭或者出盘的了；他知道这就是老赵他们那托拉斯开始活动的第一炮！

赵伯韬微笑着喷一口烟，又逼进一步道：

"那么，到底不能合作！益中公司前途远大，就这么弄到搁浅下场，未免太可惜了！荪甫，你们一番心血，总不能白丢；你们仔细考虑一下，再给我回音如何？荪甫，我们打开天窗说亮话，益中目前已经周转不灵，我早就知道。况且战事看去要延长，战线还要扩大，益中那些厂的出品，本年内不会有销路；荪甫，你们仔细考虑一下，再给我回音罢！"

"哦——"

吴荪甫这么含糊应着，突然软化了；他仿佛听得自己心里梆的一响，似乎他的心拉碎了，再也振作不起来；他失了抵抗力，也失了自信力，只有一个意思在他神经里旋转：有条件地投降了罢？

蓦地他站了起来，冷冷地狞笑。最后一滴力又回到他身上了，并且他也不愿意让老赵看清了他是怎样苦闷而且准备投降；他在老赵肩膀上重拍一下，就大声说：

"伯韬！时局到底怎样，各人各看法！也许会急转直下。至于益中公司，我们局内人倒一点不担心。有机会吸收资本来扩充，自然也好。明天我把你的意思提到董事会，将来我们再碰头罢。"

接着又狂笑了一声，吴荪甫再不等老赵开口，就赶快走了。他找着了王和甫，把经过的情形说一个大概，皱了眉头。好半晌，两个人都不出声。后来王和甫从牙齿缝里进出一句话来：

"明天早上我同吉人到你公馆里商量罢！"

吴荪甫回家的时候已经一点半钟了。满天乌云遮蔽了星和月亮，吴公馆园子里阴森森地，风吹树叶，声音很凄惨。少奶奶她们全伙儿都没在家。男当差和女仆们挤在那门房里偷打小牌，嘈杂地笑着。直到吴荪甫汽车上的喇叭在大门外接连叫了两次，门房里那一伙男女方才听到。牌局立刻惊散了，男当差和女仆们赶快奔回他们各自的职守；然而吴荪甫已经觉得，因此他一下车来，脸色就非常难看。男女仆人偷打牌，他是绝对禁止的！

而且少奶奶她们不在家，又使得吴荪甫火上添油地震怒起来。"公馆不像公馆了！"——他在客厅里叫骂，眼光扫过那客厅里的陈设，在地毯上，桌布上，沙发套上，窗纱上，一一找出"讹头"来喝骂那些男女当差。他的威厉的声浪在满屋子里滚，厅内厅外是当差们恐慌的脸色，树叶苏苏地悲啸；一切的一切都使得这壮丽的吴公馆更显得阴沉可怖，"公馆不像公馆了！"

当差高升抱了一大捆新收到的素幛子（吴老太爷开丧的日子近了），很冒失地跑进客厅来请吴荪甫过目，然而劈头一个钉子就把高升碰得哭又不是，笑又不得。大家这才知道今晚上"三老爷"的火性不比往常！

但是高升这番冒失，也就收束了吴荪甫的咆哮；他慢慢地往沙发上一横，便转入了沉思。他并不是在那里盘算着老太爷的开丧；那是五天以后的事，而且早就全权交托给姑奶奶和少奶奶去办理了。他是忽然想起了老太爷初丧那时候，他和孙吉人他们发愿组织益中公司的情形！故世的老太爷还没开丧，而他们的雄图却已成为泡影！

这么想着，吴荪甫在幻觉中便又回到夜总会酒吧间墙角的那幕活剧；赵伯韬那些充满了威胁意味的话跟着吴荪甫的卜卜地跳着的心一个字一个字跳了出来。老赵的用意再明白也没有了，因而现在留给荪甫的路就只有两条：不是投降老赵，就是益中公司破产！只这两个念头，就同走马灯似的在吴荪甫脑子里旋转，不许他想到第三种方法；并且绝对没有挣扎反抗的泡沫在他意识中浮出来。现在的吴荪甫已经不是两个月前吴老太爷初丧时候的吴荪甫了！发展实业的狂热已经在他血管中冷却！如果他现在还想努力不使益中公司破产，那也无非因为他有二十多万的资本投在益中里，而也因这一念，使他想来想去觉得除了投降老赵便没有第二个法子可以保全益中——他的二十万资本了！

"然而两个月的心血算是白费了！"

吴荪甫自言自语地哼出了这一句来，在那静悄悄的大客厅里，有一种刺耳的怪响。他跳起来愕然四顾，疑心这不是他自己的话。客厅里没有别人，电灯的白光强烈地射在他的脸上。窗外有两个当差的黑影蠕蠕地动着。吴荪甫皱着眉头苦笑。再躺在那沙发里，他忽然又记起了不久以前他劝诱杜竹斋的那一番话："上海有一种会打算盘的精明鬼，顶了一所旧房子来，加本钱粉刷装修，再用好价钱顶出去；我们弄那八个厂，最不济也要学学那些专顶房子的精明鬼呀……而且只要我们粉刷装修得合式，鼎鼎大名的赵伯韬就是肯出大价钱的好户头呀！"这原是一时戏言，为的想拉住杜竹斋，但是现在却成了谶语了！吴荪甫想着又忍不住笑起来，觉得万事莫非前定，人力不能勉强！

他倒心定些了。他觉得胆小的杜竹斋有时候实在颇具先见之明，因而也省了多少烦恼。他又进一步计算着益中公司的全部财产究竟值多少，和赵伯韬进行实际谈判的时候应该提出怎样的条件，是干干脆脆的"出顶"好呢，还是藕断丝连的抵押！他愈想愈有劲儿，脸上亦红喷喷了。他不但和两个月前打算进行大规模企业的时候是两个人，并且和三小时前在小火轮上要求刺激的时候也截然不同了！现在他有了"出路"。虽然是投降的出路，但总比没有出路好多罢！

可是他这津津有味的冥想突然被扰乱了。四小姐蕙芳像一个影子似的踅到他的面前，在相离三尺许的地方站住了，很惶惑不安似的对住他瞧。

"哦——四妹么？你没有出去？"

吴荪甫确定了是真实的四小姐而不是他的幻觉的时候，就随口问一句，颇有点不耐烦的神气。

四小姐不回答，走到荪甫旁边的椅子里坐定了，忽然叹一口气。荪甫的眉头立刻皱了一下，几句严厉的话也已经冲到他嘴唇边，但到底仍旧咽了下去。他勉强笑了一笑，正想换用比较温和的话，四小姐却已经先开口：

"三哥！过了爸爸的开丧，我打算仍旧回乡下去！"

"什么！要回乡下去？"

吴荪甫吃惊地说，脸色也变了。他真不懂四小姐为什么忽然起

这怪念头,他的狞厉而惊愕的眼光钉住了四小姐那苍白得可怜的面孔。四小姐低了头,过一会儿,方才慢吞吞地回答:

"我是一向跟爸爸在乡下的,上海我住不惯——"

"两个月住过了倒反觉得不惯了么?哈哈!"

吴荪甫打断了四小姐的话,大声笑了起来,觉得四小姐未免太孩子气。可是他这猜想却不对。四小姐猛抬起头来,尖利地看着她的哥哥。她这眼光也就有几分很像吴荪甫下了决心时的眼光那么威棱四射。她和她哥哥同禀着刚强的天性,不过在她这一面是一向敛而不露。现在,她这久蕴的天性却要喷发!

"不惯!住过了觉得不惯,才是真的不惯!也不是房子和吃食不惯,是另一种不惯,我说不明白!天天像做乱梦一样,我心魂不定;可是天天又觉得太闲了,手脚都没有个着落似的!我问过珊妹她们,都不是这样的!想来就因为我是一向住乡下,不配住在上海!"

四小姐例外地坚持她的意见,忽然眼眶红了,滴下几点眼泪来。

"哦——那么,四妹……"

吴荪甫沉吟着,说不下去;他的脸色异常温和了。虽然他平日对待弟妹很威严,实在心里他是慈爱的,他常常想依照他自己认为确切不移的原则替弟妹们谋取一生的幸福,所以现在听得四小姐诉说了生活的苦闷,他也就如同身受那样难过,可是企业家的他,不能了解少年女郎的四小姐那种复杂的心灵上的变化和感情上的冲突!

四小姐却就敏感得多。荪甫那温和的脸色使她蓦地感到了久已失去了的慈母的抚爱。这是十多年来第一次感到罢?她随侍老太爷十年之久,也不曾感到过这样温暖的抚爱。老太爷对待她始终就像一位传授道法的师傅,他们父女中间的内心生活是非常隔膜的,而现在,四小姐从哥哥那里得到这意外的慰藉,她的少女的舌头就又更加灵活起来。

"三哥!我刚到上海的时候,只觉得很胆小;见人,走路,都有一种说不出的畏怯。现在可不是那样了!现在就是总觉得太闷太闲；前些时，嫂嫂教我打牌，可是我马上又厌烦了。我心里时常暴躁，我心里像是要一样东西，可是又不知道到底要的是什么！我自己也不明白我要些什么；我就是百事无味，心神不安！"

"那么，你是太没有事来消磨工夫罢？那么，四妹，你今天为什么不跟嫂嫂一块儿去散散心呢？"

吴荪甫的脸色更加温和了，简直是慈母的脸；可是他的企业家的心却也渐渐有点不耐烦。

"我不想出去——"

四小姐轻声回答，吁一口气，就把余下的话都缩住了，往肚子里咽。无论如何，哥哥总是哥哥，况又是一向严厉的哥哥，有些复杂的女孩儿家的心情，她不好对这位哥哥讲。她低下了头，眼眶里又潮湿了；她眼前忽然浮起了幻象：一对青年男女，好像就是林佩珊和杜新箨罢，很自然地谈笑戏谑。她觉得那是很惬意的，然而她是孤单，并且她心里有一根线，不知道什么时候生根在那里的一根线，总牵住了她，使她不能很自然地和接近她的男子谈笑。她恨这根线，然而她又无法拔去这根线！她就是被这样感情上的矛盾冲突所磨折！她想躲避，眼不见，心不乱！可是她这样的苦闷却又无处可以告说。她咬一下嘴唇，再抬起头来，毅然说：

"三哥！我自己晓得，只有到乡下去的一法！也许还有别的法子，可是我现在想得起来的，只有到乡下去这个法子了！再住下去，我会发狂的！三哥！会发狂的！"

"哎，哎！真是奇怪！"

"我自己也知道太奇怪，我就是不明白为什么——"

"没有什么的！再住住就好了，就惯了！你看阿萱！"

吴荪甫的语气稍稍严厉些了；他不耐烦地摇摇身体站了起来，就想结束了这毫无意味的交涉。可是四小姐却异常坚决，很大胆地和荪甫眼对眼相看，冷冷地回答道：

"不让我回乡下去，就送我进疯人院罢！住下去，我迟早要发疯的！"

"哎，哎！真是说不明白！这么大的人了，还是说不明白！可是我倒要问你，到乡下去，你住在哪里呢？"

"家里也好住的！"

"你一个人住在家里不是更加闷了么？"

"那么，四姨家里也好住！"

吴荪甫摇着头，鼻子里哼了一声，踱起方步来。对于这妹子的执拗也没有办法，他是异常地震怒了！他，向来是支配一切，没有人敢拂逆他的命令的！他又始终不懂得四小姐所以要逃避上海生活的原因，他只觉得四小姐在老太爷的身边太久，也有了老太爷那种古怪的脾气：憎恨近代文明，憎恨都市生活；而这种顽固的憎恨，又是吴荪甫所认为最"不通"的。他突然站住了，转脸又问四小姐道：

"那么，你永远躲在乡下了么？"

"说不定！我想来一个人的性情常常会变的！不过现在我相信回到乡下去，比在上海好！"

吴荪甫忍不住笑了起来，他觉得找到了一个根据点，可以反攻四小姐那顽固的堡寨了；但是他还没开口，忽然一片声汽车喇叭叫从大门外进来，当差高升在园子里高声喊道：

"少奶奶和林小姐他们都回来了！"

接着就是错杂的笑语声和高跟皮鞋响。第一个跳进客厅来的，是阿萱，手里拿着一把戏台上用的宝剑。他显然并没料到荪甫也在客厅里，一边笑，一边很得意地舞弄他这名贵的武器。可是猛一转脸，他看见荪甫那狞厉的眼光射在他身上，于是手就挂下去了，然而还很大胆地嘻嘻笑着。吴荪甫皱了眉头，觉得眼前这宝剑就是上次那只"镖"的扩大；阿萱也敢公然举起叛逆的旗帜了，不许他玩什么镖，他倒去弄更加惹眼的长家伙，这还了得！

这时少奶奶也进来了，一眼瞧去就知道荪甫要发作，赶快回护着阿萱说道：

"不是他自己要买这家伙，学诗送给他的。近来学诗也喜欢什么武侠了；刀呀，枪呀，弄了一大批！"

"姊姊，不是镇上费小胡子有一个电报来么？还搁在你的钱袋里呢！"

林佩珊也在暗中帮忙阿萱，把话岔了开去。这就转移了吴荪甫的注意。阿萱捧着那宝剑赶快就走了。

电报是说镇上同时倒闭了十来家商铺，老板在逃，亏欠各处庄款，总计有三十万之多，吴荪甫开在镇上那钱庄受这拖累，因此也是岌岌可危，请求立即拨款救济。吴荪甫的脸色变了，倒抽一口冷气，一言不发，转身就离开了那客厅，到书房里去拟回电；那是八个大字："无款可拨，相机办理！"

身边到处全是地雷！一脚踏下去，就轰炸了一个！——躺在床上的吴荪甫久久不能入睡，只有这样恐怖的感想反复揉研他那发胀发热的脑袋。而且无论在社会上，在家庭中，他的威权又已处处露着败象，成了总崩溃！他额角上的血管突突地跳，他身下的钢丝软垫忽然变成了刀山似的；他身旁的少奶奶却又在梦中呻吟呜咽。

渐渐地远处隐约响着汽笛叫，吴荪甫忽然看见四小姐又跑来闹着要回乡下去，说是要出家做尼姑，把头发剪得光光的；姑奶奶帮着妹子和小兄弟，一句一句话都派荪甫的不是，要荪甫分财产，让四小姐和阿萱自立门户；忽然又看见阿萱和许多人在大客厅上摆擂台，园子里挤满了三山五岳奇形怪状的汉子；而最后，荪甫又看见自己在一家旅馆里，躺在床上，刘玉英红着脸，吃吃地笑，她那柔软白嫩的手掌火一般热，按在他胸前，一点一点移下去，移下去了……

梦中一声长笑，荪甫两手一搂，就抱住了一个温软的身体，又听得细声的娇笑。吴荪甫猛睁开眼来，窗纱上全是斑剥的日影，坐在他身边的是穿了浴衣的少奶奶，对他微笑。吴荪甫忽然脸红了，赶快跳起身来，却看见床头小茶几上那托着一杯牛奶的赛银椭圆盘子里端端正正摆着两张名片：王和甫，孙吉人。那杯子里的热牛奶刚结起一张薄薄的衣。

在小客厅里，吴荪甫他们三位开始最严重的会议了。把赵伯韬的放款办法详细讨论过以后，吴荪甫是倾向于接受，王和甫无可无不可，孙吉人却一力反对。这位老板摇着他的细长脖子，冷冷地说：

"这件事要分开来看：我们把益中顶给老赵，划算得通么？

这是一。要不要出顶？这是二。荪甫，你猜想来老赵说的什么银团就是那谣传得很久的托拉斯罢，可是依我看去，光景不像！制造空气是老赵的拿手好戏！他故意放出什么托拉斯的空气来，好叫人家起恐慌，觉得除了走他的门路，便没有旁的办法！我们偏偏不去理他！"

"可是，吉人，那托拉斯一层，大概不是空炮；现在不是就想来套住了我们的益中么？"

"不然！尽管他当真要放款，那托拉斯还是空炮！老赵全副家当都做了公债了，未必还有力量同美国人打公司；也许他勾结了洋商，来做中国厂家的抵押款，那他不过是一名掮客罢了；我们有厂出顶，难道不会自己去找原户头，何必借重他这位掮客！"

"对呀！我也觉得老赵厉害煞，终究是变相的掮客！凡是名目上华洋合办的事业，中国股东骨子里老老实实都是掮客！"

王和甫赞成了孙吉人的意见，吴荪甫也就不再坚持，但还是不很放心地说：

"要是我们找不到旁的主顾，那时候再去和老赵接洽呢，就要受他的掮勒，不去和他接洽呢，他会当真对我们来一个经济封锁，那不是更糟了么？吉人，你心里有没有别的门路？"

"现成的可没有，找起来总有几分把握。刚才我说这件事要分开来看，现在我们就来商量第二层罢，照现在这局面，益中还能够维持多少时候？"

孙吉人这话刚出口，王和甫就很沮丧地摇头，吴荪甫摸着下巴叹气。用不到讨论，事情是再明白也没有的：时局和平无望，益中那八个厂多维持一天就是多亏一天本，所以问题还不在吴荪甫他们有没有能力去维持，而在他们愿意不愿意去维持。他们已经不愿意，已经对于企业灰心！

他们三个人互相对看着笑了一笑，就把两个多月来狂热的梦想轻轻断送。他们还觉得藕断丝连的"抵押"太麻烦，他们一致要干干脆脆顶了出去。孙吉人假想中的主顾有两个：英商某洋行，日商某会社。

过了一会儿，吴荪甫干笑着说：

"能进能退，不失为英雄！而且事情坏在战事延长，不是我们办企业的手腕不行！"

王和甫也哈哈笑了，他觉得一件重担子卸下，夜里睡觉也少些乱梦。孙吉人却是一脸严肃，似乎心里在盘算着什么。忽然他拍一下大腿，很高兴地看着两位朋友，说道：

"八个厂出顶，机器生财存货原料一总作价六十万，公司里实存现款七万多，扯算起来，我们的血本是保得住的；现在我们剩一个空壳子的益中公司，吸收存款，等机会将来再干。上次云山来的电报不是说他在香港可以招点股么？我们再打电去，催他上劲，不论多少全是好的！——还有，苏甫！我们这次办厂就坏在时局不太平，然而这样的时局，做公债倒是好机会！我们把办厂的资本去做公债罢！再和老赵斗一斗！"

吴荪甫一边听着，一边连连点头；热烘烘一团勇气又从他胸间扩散，走遍了全身，他的手指尖有点抖了。在公债方面，他们尚未挫折锐气。况且已经收买了女间谍，正该出奇制胜。当下吴荪甫就表示了决心：

"那就得赶快做，而且要大刀阔斧去做！这几天来，公债又回涨了一些，那是'多头'们的把戏；战事迁延不决，关、裁、编三种债券都会跌到每万三千块；我们今天就抛出几十万去！"

"对呀！我也是这个意思。"

王和甫也接着说，踌躇满志地摸着胡子。

从前他们又要办厂，又要做公债，也居然稳渡了两次险恶的风波，现在他们全力来做公债，自然觉得游刃有余。他们没有理由不让自己乐观。因此他们这会议也就在兴奋和希望中结束。孙吉人最后奋然说：

"那么，我马上去找门路办交涉。八个厂的受主不论是一家或者几家，我们扣定的总数是五十二万；再少就拉倒，我们另找办法！益中公司仍旧办下去，专做信托。和甫！你接洽得有点眉目的十多万存款赶快去拉了来；'储蓄'我们也要办。黄奋那边的消息，也交给和甫去联络。剩下一件要紧事，指挥公债市场，苏甫，这要偏劳你了！也只有你能够担当！"

三个人分手后，吴荪甫立即打了几个电话。他先和经纪人陆匡时接洽，随后又叮嘱了韩孟翔一番话。公债市场的情形很使吴荪甫乐观，幸运之神还没有离开他。可是他打算再听听女间谍刘玉英的报告，然后决定抛出多少；于是他又四处打电话找这野鸟似的刘玉英，他连肚子饿也忘记了。

十一点钟时，吴荪甫的汽车在园子里柏油路上慢慢地开动；车里的吴荪甫满脸红光。他要出去亲临公债市场的前线了！不料还没到大门，汽车引擎发生障碍，汽车夫摇了三次，那车只是咕咕地发喘，却一步不肯动。"这不是好兆！"素来自诩破除了迷信的吴荪甫也忍不住这样想。他赌气下了车，回到客厅里，但同时大门外忽然汽车喇叭响，一辆车开进来了，车里两个人是杜竹斋夫妇。

杜姑奶奶特为吴老太爷开丧的事情来找荪甫，她劈头就说道：

"明天要在玉佛寺里拜皇忏①了。今天我们先去看看那经堂去。"

"哦，哦，二姊，就托你代表罢！我有点要紧事情。要不是汽车出了毛病，我早已不在家里。"

吴荪甫皱着眉头回答，眼看着杜竹斋，忽然想得了一个好主意：在公债上拉竹斋做个"攻守同盟"，那就势力更加雄厚，再不怕老赵逃到哪里去。可是怎样下说词呢？立刻吴荪甫的思想全转到这问题上了。

"也好。就是我和佩瑶去罢。可是明天九点钟开忏，你一定要去拈香的！佩瑶，四妹，阿萱，全得去！"

"呀！说起四妹，你不知道么，她要回乡下去呢！这个人，说不明白！"

吴荪甫全没听清姑奶奶上半截的话，只有"四妹"两个字落在他耳朵里，就提起了他这项心事。

姑奶奶却并不惊异，只淡淡地回答道：

"年青人都喜欢走动。上海住了几天就住厌了，又想到乡下去

---

① 拜皇忏，即做道场。旧时的迷信习俗。由死者家属请僧人礼佛诵经，为死者超度亡魂的一种仪式。

玩一回！"

"不光是去玩一回！二姊，我正想请你去劝劝她，也许她肯听你的话！怪得很！不知道她为什么！二姊，你同她一谈就明白了。也许是一种神经病！"

吴苏甫乘机会把姑奶奶支使开，就拉住了杜竹斋，进行他的"攻守同盟"的外交谈判。他夸张地讲述战事一定要延长，公债基金要被提充军费，因而债价只有一天一天跌，做"空"是天大的好机会。他并没提议要和竹斋"打公司"，他只说做"空"如何有利，约竹斋取同一步骤。

杜竹斋一边听，一边嗅着鼻烟，微笑地点头。

十八

四小姐蕙芳已经两天不肯出房门。老太爷开丧过后，四小姐不能达到"回乡下去"的目的，就实行她这最后的"抗议"，什么人也劝她不转，只好由她。

老太爷遗下的《太上感应篇》现在又成为四小姐的随身"法宝"了。两个月前跟老太爷同来的二十八件行李中间有一个宣德炉和几束藏香，——那是老太爷虔诵《太上感应篇》时必需的"法器"，现在四小姐也找了出来；清晨，午后，晚上，一天三次功课，就烧这香。只有老太爷常坐的一个蒲团却找来找去不见。四小姐没有办法，只好将就着趺坐在沙发上。

四小姐经过了反复的筹思，然后决定继承父亲这遗教。并不是想要"积善"，却为的希望借此清心寡欲，减轻一些精神上的矛盾痛苦。第一天似乎很有效验。藏香的青烟在空中袅绕，四小姐嘴里默诵那《太上感应篇》，心里便觉得已不在上海而在故乡老屋那书斋，老太爷生前的道貌就唤回到她眼前，她忽然感动到几乎滴眼泪。她沉浸在甜蜜的回忆里了，——在故乡侍奉老太爷那时的平淡恬静的生活，即使是很细小的节目，也很清晰地再现出来，感到了从未经验过的舒服。她嘴边漾出微笑，她忘记了念诵那《太上感应篇》的神圣的文句了。藏香的清芬又渐渐迷醉了她的心灵，她软软地靠在沙发背上，似睡非睡地什么也不想，什么都没有了。这样好久好久，直到那支香烧完，她方才清醒过来似的松一口气，微微一笑。

就在如此这般的回忆梦幻中，四小姐过了她的静修的第一天，竟连肚子饿也没觉得。

然而第二天下午，那《太上感应篇》和那藏香就不及昨天那样富有神秘的力量。"回忆"并不爽约，依然再来，可是四小姐的兴味却大大低落；好比多年不见的老朋友，昨天是第一次重逢，说不完那许多离情别绪，而今天便觉得无话可谈了。她眼观鼻，鼻观心，刻意地念诵那《太上感应篇》的经文，她一遍一遍念着，可是突然，啵啵的汽车叫，闯入她的耳朵，并且房外走过了男子的皮鞋响，下面大客厅里钢琴声悠扬宛妙，男女混合的快乐热闹的笑，——都钻进她耳朵而且直钻到她心里，蠕蠕地作怪。一支藏香烧完了，她直感得沙发上有刺，直感得房里的空气窒息也似的难当；她几次想跑出房去看一看。究竟要看什么，她又自己不明白。末后总算又坐定了，她捧着那名贵的恭楷的《太上感应篇》发怔，低声叹息了足有十来次，眼眶里有点潮湿。

晚上，她久久方能入睡。她又多梦。往常那些使她醒来时悲叹，苦笑，而且垂涕的乱梦，现在又一齐回来，弄得她颠颠倒倒，如醉如迷；便在这短短的夏夜，她也瞿然惊觉了三四遭。

翌日清晨她起来时，一脸苍白，手指尖也是冰凉，心头却不住晃荡。《太上感应篇》的文句对于她好像全是反讽了，她几次掩卷长叹。

午后天气很热，四小姐在房里就像火烧砖头上的蚯蚓似的没有片刻的宁息。照例捧着那《太上感应篇》，点起了藏香，可是她的耳朵里充满了房外的，园子里的，以及更远马路上的一切声响；她的心给每一个声响作一种推测，一种解释。每逢有什么脚步声从她房外经过，她就尖起了耳朵听，她的心不自然地跳着；她含了两泡眼泪，十分诚心地盼望那脚步声会在她房门口停住，而且十分诚心地盼望接着就会来了笃笃的两下轻叩，而且她将去开了门，而且她盼望那叩门者竟是哥哥或嫂嫂——或者林佩珊也好，而且他们是来劝她出去散散心的！

然而她是每次失望了。每次的脚步声一直过去了，过去了，再不回来。她被遗忘了，就同一件老式的衣服似的！于是对着那袅袅的藏香的青烟，捧着那名贵恭楷的《太上感应篇》，她开始恨她的哥哥，恨她的嫂嫂，甚至于恨那小鸟似的林佩珊。她觉得什么人都有幸福，都有快乐的自由，只她是被遗忘了的，被剥夺了的！她觉得这不是她自己愿意关在房里"静修"，而是人家强迫她的；人家串通了用这巧妙的方法剥夺她的人生权利！

　　她记得在家乡的时候听说过一桩悲惨的故事：是和她家同样的"阀阅华族"①的一位年青小姐，因为"不端"被禁锢起来不许见人面！也是说那位小姐自愿"静修"的呀！而且那位小姐后来就自己吊死了的！"那不是正和自家一模一样么？"——四小姐想着就觉得毛骨悚然。突然间昨夜的梦又回来了。那是反复做过好几次的老梦了，四小姐此时简直以为不是梦而是真实；她仿佛觉得三星期前那一个黄昏，大雷雨前的一个黄昏，她和范博文在花园里鱼池对面假山上那六角亭子里闲谈一会儿以后，当真她在黑暗的掩护下失却她宝贵的处女红了；她当真觉得那屡次苦恼她的大同小异的许多怪梦中间有一个确不是梦，而是真实；而这真实的梦就在那六角亭子里，那大雷雨的黄昏，那第一阵豪雨急响时，她懒懒地躺在那亭子里的藤睡椅上，而范博文坐在她对面，而且闭了眼睛的她听得他走到她身边，而且她猛可地全身软瘫，像醉了似的。

　　"嗳！——"四小姐猛喊一声，手里的《太上感应篇》掉落了。她慌慌张张四顾，本能地拾起了那《太上感应篇》，苦笑浮在她脸上，亮晶晶两粒泪珠挂在她睫毛边。她十分相信那荒唐的梦就是荒唐的真实；而且她十分肯定就是为了这荒唐，他们用巧妙的方法把她"幽禁"起来，而表面上说她"自愿"！而且她又觉得她的结果只有那照例的一着：自尽！吞金或者投缳！

　　而且她又无端想到即使自己不肯走这条绝路，她的专制的哥

---

① "阀阅华族"，古代仕宦人家正门外的左右柱称阀阅，因常在其上榜贴功状，故称仕宦之家或高门贵族为"阀阅华族"。

她觉得什么人都有幸福，都有快乐的自由，只她是被遗忘了的，被剥夺了的！

哥终有一天会恶狠狠地走进来逼她的。她的心狂跳了，她的手指尖冰冷，她的脸却发烧。她咬紧着牙关反复自问道："为什么我那样命苦？为什么轮到我就不应该？为什么别人家男女之间可以随随便便？为什么他们对于阿珊装聋装哑？为什么我就低头听凭他们折磨，一点儿没有办法！当真我就没有第二个办法？"她猛可地站了起来，全身是反抗的火焰。然而她又随即嗒然坐下。她是孤独的，没有一个人可以商量，没有一个人帮她的忙！

突然有急促的脚步声到她房门口停住了。门上一声猛叩。四小姐无端认定了这就是她哥哥来逼她来了。她绝望地叹一口气，就扑在床上，脸埋在枕头里，全身的血都冰冷。

"四妹！睡着了么？"

女子的尖音刺入四小姐的耳朵，意外地清晰。四小姐全身一跳，猛转过脸来，看见站在床前的却是那位元气旺盛的表姊张素素！真好比又是一个梦呀！四小姐揉一下眼睛再看，然后蓦地挺身跃起，一把抓住了张素素的手，忍不住眼泪直泻。在这时候，即使来者是一头猫、一条狗，四小姐也会把来当做亲人看待！

张素素却惊异得只是笑。她就在床沿坐了，摇着四小姐的肩膀，不耐烦地问道：

"嗳？怎么哟！一见面就是哭？四妹！你当真有点神经病么？嗳，嗳，怎么你不说话！"

"没有什么！哎，没有什么。"

四小姐勉强截住了那连串的泪珠，摇着头回答。她心里觉得舒畅些了，她明白这确不是梦而是真实，真实的张素素，真实的她自己。

"四妹！我真不懂你！他们全都出去了，满屋子就剩你一个！为什么你不出去散散心呢？"

"我不能够——"

四小姐没有说完，就顿住了，又叹一口气，把张素素的手捏得紧紧地，好像那就是代替了她说话。

张素素皱起了眉尖，钉住了四小姐的面孔看，也不作声。无论如何，四小姐那全身的神情都不像有神经病！但是为什么呢，关起了房门寸步不动，尼姑不像尼姑，道士不像道士？张素素想着就有点生气。她忽然想起了吴老太爷故世那一天，她和范博文、吴芝生他们赌赛的事来了；她带着几分感慨的意味说道：

"四妹！前些时候，我们——芝生、博文、佩珊，还有杜家的老六，拿你来赌过东道呢！我们赌的是你在上海住久了会不会变一个样子。可是你现在这一变，我们谁也料不到！"

"你们那时候料想来我会变么？啊！素姊！你们料我怎样变呢？"

"那倒不很记得清了。总之，以为你要变样的。现在你却是变而不变，那就奇怪得很！"

"可是我自己知道已经不是住在乡下的我！——"

"咄！四妹！你是的！你有过一时好像不是了，现在你又回上了老路！"

张素素不耐烦地喊起来，心里更加断定了四小姐一点没有神经病，苏甫他们的话都是过分。

"嗳！回上了老路么？可是从前我跟爸爸在乡下的时候，我同现在不同。素姊！我现在心里的烦闷，恐怕没有人能够懂！也没有人愿意来懂我！"

四小姐很镇定地说，她那乌亮的眼睛里忽然满是刚强的调子。这是张素素第一次看见，她很以为奇。然而只一刹那，四小姐那眼光就又转成为迷惘惶惑，看着空中，自言自语地说道：

"哦——还拿我来赌东道呢！也有范博文在内。他，他怎么说呢？嗳！素姊，我问你——可是，问也没有意思。算了罢，我们谈谈别的！"

张素素突然格格地笑了。猛可地她跳起来挽住了四小姐的颈脖，咬住了四小姐的耳朵似的大声叫道：

"为什么不问呢！为什么不要谈了呢！四妹！我知道的，我早就知道你注意博文！可是为什么那样胆小怕羞？苏甫干涉你，是不是？我也是早就知道的！你的事，他没有权力干涉，你有你的自由！"

立刻四小姐的脸飞红了。多么畅快的话！然而她自己即使有在心头，也说不出口。她在心底里感激着张素素，她拉住了她的手，紧捏着，她几乎又掉眼泪。但是张素素蓦地一洒手，挺直了胸膛，尖利地看住了四小姐，郑重地又说道：

"你现在这么关起了房门不出来，捧着什么《太上感应篇》，就算是反抗荪甫的专制么？咄！你这方法没有意思！你这反抗的精神很不错，可是你这方法太不行！况且，我再警告你：博文这人就是个站不直的软骨头！他本来爱佩珊，他们整天在一块；后来荪甫反对，博文就退避了！四妹！你要反抗荪甫的专制，争得你的自由，你也不能把你的希望寄托在一个站不直的软骨头！"

张素素说着就又笑了一声，双手齐下，在四小姐肩头猛拍了一记。四小姐没有防着，身子一晃，几乎跌在床里，她也忍不住笑了。但笑容过后，她立刻又是满脸严肃，看定了张素素，很想再问问范博文的"软骨头"，同时她又感到再问是要惹起张素素非笑的；现在她把素素看成了侠客，她不愿意自己在这位侠客跟前显得太没出息。终于她挣扎着表白了自己的最隐秘的意思：

"嗳！素姊！你是看到我心里的！我拘束惯了，我心里有话，总说不出口；我也没有一个人可以告诉，可以商量！我是盲子，我不知道哪一条路好走，我觉得住在这里很闷，很苦，我就只想要回乡下去；他们不许我回去，我就只想到关起门来给他们一个什么都不理！可是我这两天来也就闷得慌了！我也知道这不是办法！素姊，你教导我，还有什么别的办法没有？"

"哈哈哈……"

张素素长笑着，一扭腰就坐在四小姐身边，捧住四小姐的面孔仔细看着。这脸现在是红喷喷地火热，嘴唇却是苍白，微微颤抖。张素素看了一会儿，就严肃地说道：

"那也在你自己。你要胆大老练，对荪甫说个明白！况且你应该去读书。要求荪甫，让你下半年进学校去读书！"

四小姐用劲地摇着头，不出声。张素素睁大了眼睛诧异，眉尖也皱紧了。

"你不愿意去读书么？"

"不是的！恐怕没有我进得去的学校呢！中国古书，我倒读过几书橱，可是别的科学，我全不懂！"

"不要紧！可以补习的。可是四妹，你躲在房里越躲越短气！跟我到外边去走走罢！"

张素素说着就拉了四小姐起来，催着四小姐洗一个脸快动身。在洗脸的时候，四小姐忍不住独自笑了起来，接着又偷偷地滴两点眼泪。这是快乐的眼泪，也是决心的眼泪！虽然还没知道究竟怎样办，但四小姐已经决定了一切听从张素素的教导去做！

雇了一辆云飞①汽车，张素素带着四小姐去吸新鲜空气了。这是三点多钟，太阳的威力正在顶点。四小姐在车中闭了眼睛，觉得有点头晕。并且她心里渐渐又扰乱焦躁起来。她的前途毕竟还是一个"谜"；她巴望这"谜"早早揭晓，可是她又怕。汽车从都市区域里窜出来，此时在不很平坦的半泥路上跑，卷起了辣味的晒热了的黄尘。两旁是绿油油的田野，偶然也有土馒头一样的荒坟。蓦地车身一跳，四小姐吃惊似的睁开了眼，看见自己身在乡间，就以为又是一个梦了；她定了定神，推着旁边的张素素，轻声问道：

"你看呀！没有走错了路么？"

张素素微笑，不回答。这位感情热烈的女郎正也沉醉在自己的幻想中。她觉得今天是意外地成功，把四小姐带了走了；她正也忙着替四小姐设想那不可知的将来，——海阔天空的将来，充满着强烈鲜艳的色彩。

从张素素的不出声，四小姐也就知道路并没走错，她们的目的地便是乡村。四小姐就觉得很高兴了。她专心观玩那飞驰过的田野，她的心魂暂时又回到了故乡。这里和她的故乡并没多少差异，就只多了些汽车在黄尘中发狂。但是四小姐猛可地叫一声，又推着张素素了。她们的汽车已经开得很慢，而且前面又有许多汽车，五颜六色的，停在柳树荫下。而且也有红嘴唇、细眉毛、赤裸着白臂的女人，靠在男子肩旁，从汽车里走出来。这里依旧

①　云飞，当时的一家出租汽车公司名。

是上海呀！

跟着张素素下车，再跟着走进了一座怪样的园林以后，四小姐的惊异一步一步增加，累赘到使她难堪。这里只是平常的乡下景色，有些树，树上有蝉噪，然而这里仍旧是"上海"；男女的服装和动作，仍旧是四小姐向来所怕见而又同时很渴慕的。并且在这里，使得四小姐脸红心跳的事情更加多了：这边树荫下草地上有男女的浪笑，一只白腿跷起，高跟皮鞋的尖头直指青天；而那边，又是一双背影，挨得那么紧，那么紧！四小姐闭一下眼睛，心跳得几乎想哭出来。

在一顶很大的布伞下，四小姐又遇到认识的人了。是三个。四小姐很想别转了脸走过，可是张素素拉住了她。

"啊哟！坐关和尚出关了么？这是值得大笔特书的！"

大布伞下一个男子跳起来说，险一些把那张摆满了汽水瓶啤酒瓶和点心碟子的小桌子带翻。四小姐脸红了；而因为这男子就是范博文，那无赖的"梦境"突又闯回来，所以四小姐在一下脸红以后，忽然又转为死灰似的苍白。她的一双脚就像钉在地上，她想走，却又走不动。她下死劲转过脸去，同吴芝生招呼。

"那么，博文，你做一首诗纪念这件事罢！题目是——"

"不行！别的诗人是'穷而后工'，我们这范诗人却是'穷而后光'！他哪里还能做诗！"

不等李玉亭说出那题目来，吴芝生就拿范博文来挖苦了。范博文却不在乎，摇着头说：

"没有办法！诗神也跟着黄金走，这真是没有办法！"

大家都笑了，连四小姐也在内，只有张素素似笑非笑地露一露牙齿，就皱了眉头问道：

"你们成群结党地来这里干什么？"

"可是你同四妹来这里也是成群结党干什么的？"

吴芝生接口反问；他近来常和范博文在一处，也学会了些俏皮话了。

"我么？我是来换换空气。我又同了四妹来，是想叫她看看上海的摩登男女到乡下来干的什么玩意儿！"

"哦——那么，我们也是来看看的。因为李玉亭教授这几天来饭都吃不下，常常说大乱在即，我们将来死无葬身之地；今天我们带了他来，就想叫他看看亡命的俄国贵族和资产阶级怎样也在一天一天活下去。"

"咳，咳！老芝，很严重的一件事，你又当做笑话讲了！"

李玉亭赶快提出抗议，机械地搔着头皮。张素素听着看着，都觉得可笑又可气。她拉了四小姐一把，打算走了。忽然范博文跳起来很郑重地叫道：

"你们听清了没有？李教授万事认真，而且万事预先准备。他这主意很对！你们看那边来的白俄罢，光景也是什么伯爵侯爵，活了半世只看见人家捧酒瓶开酒瓶，现在却轮到他自己去伺候别人，可是他也很快地就学会，他现在也能够一只手拿六个汽水瓶！"

"实在是到了我们那时候就连他们这点儿福气都没有！"

李玉亭忽然很伤心似的说，惹得吴芝生他们又笑起来了。

"无聊极了！你们这三个宝贝！"

张素素冷笑着，拉了四小姐，转身就走。她们到一个近河边的树荫下，也占定了一张小桌子喝汽水。这里很清静，她们又是面对着那小河；此时毒太阳当空，河水耀着金光，一条游船也没有。四小姐也不像刚才那样心神不定。她就有点不明白：喝汽水，调笑，何必特地找到这乡下来呢？这里一点也没有比众不同的风景！但是她也承认这乡下地方经那些红男绿女一点缀，就好像特别有股味儿。

张素素却似乎感触很深，默默地在出神。过了一会儿，她自言自语地轻声说：

"全都堕落了！——然而也不足为奇！"

于是她忽然狂笑，喝了一口汽水，伸一个懒腰，就拍着四小姐的肩膀问道：

"要是苏甫一定不让你去读书，怎样办呢？"

"那就要你教我！"

"我就教你跟他打官司！"

"哦——"

四小姐，惊喊着，脸也红了，眼光迟疑地望着张素素，似乎说"这，你不是开玩笑罢！"张素素的小眼睛骨碌一翻，仰起了脸微笑。她看见自己所鼓动起来的人有点动摇了。然而四小姐也就接着说道：

"素姊！那是你过虑。事情不会弄到这样僵！况且也可以请二姊帮我说话。"

"好呀，——我是最后一步的说法。"

"但是素姊，我不愿意再住在家里了！一天也不愿意！"

"噢！——"

现在是张素素吃惊地喊了一声。她猜不透四小姐的心曲。四小姐又脸红了，惶惑地朝四面看看，又盼望援救似的看着张素素。末后，似乎再也耐不住了，四小姐低下头去，轻声说：

"你不知道我在家里多少寂寞呀！"

"呀！寂寞？"

"他们全有伴。我是一个人！而且我总觉得心魂不定。再住下去，我会发疯！"

张素素笑起来了。她终于猜到几分四小姐所苦闷的是什么。"光景大部分就是性的烦闷罢！"——张素素心里这么想，看了四小姐一眼，忍不住又笑了；并且也因为刚才把四小姐的反抗精神估量得太高了，此时便有点失望。然而四小姐那可怜的样子也使张素素同情；她想了一会儿，决不定怎样发付这位没有经验的女性。但在张素素还没想好主意的时候，四小姐自己却又坚决地说道：

"我不愿意再住在家里了！一天也不愿意！素姊，我要跟你同住，拜你做老师！"

这是充满了求助的热望的呼声，感情丰富的张素素无论如何不能不答应。虽然她明知道自己也有"伴"，因而四小姐大概仍旧要感到寂寞苦闷，可是她也没有勇气说出来浇冷四小姐的一团高兴。

太阳躲过了。小河那边吹来的风，就很有些凉意。四小姐觉得大问题已告解决，冥想着未来的自由和快乐。她并不知道张素素的生活底细，她仅仅知道素素本来在某大学读书，而现在暑假期内则住在女青年会的寄宿舍；可是她依赖着这位表姊就同自己的母亲一样。

忽然水面上吹来了悠扬的歌声。四小姐听出这是她家乡的声音，并且很耳熟。她无意中对张素素笑了一笑。可是那歌声又来了，一点一点近来了，四小姐听出是四句：

天地为炉兮，造化为工；
阴阳为炭兮，万物为铜！

四小姐记得这是《鹏鸟赋》[①]上的词句，而且辨出那声音就是杜新箨。她忍不住出声笑了。她觉得那杜新箨很有风趣，而且立即也联想到林佩珊了。此时张素素也已经听明白，也笑了一笑，蓦地跳起来，就悄悄地走到河滩边，蹲在一棵树底下。四小姐忍住了笑，也学张素素的榜样。

一条小船缓缓地佘来，正靠着四小姐她们这边的河岸。杜新箨打着桨，他的大腿旁边翘起了棕色的草帽边儿，淡黄色的帽带在风里飘。四小姐认得这是林佩珊的草帽！小船来得更近了，相离不过一丈。张素素拾了一块泥对准那小船掷过去了。

"啊哟！"

是林佩珊的声音。那棕色的草帽动了一下。小船也立即停住了。张素素跳了起来，大声笑着叫道：

"你们太快活，太私心，怪不得有人要说寂寞了！"

杜新箨和林佩珊一齐转过脸来，看见了张素素，却没有看见四小姐。在清朗的笑音中，桨声又响，船拢到岸边来了。蹲在树背后的四小姐听得林佩珊娇嗔地说：

"素！女革命家！你近来不是忙着大事情么？请你来一块儿玩，也要被你骂几声腐败堕落！"

"可是密司张，你这一下手榴弹真不错！有资格！"

"你们猜猜，还有谁？猜不着，把阿珊给我做俘虏！"

---

① 《鹏鸟赋》，汉代贾谊所作的汉赋名篇。

"喔唷唷！——你的同伴！知道是阿猫阿狗呢！"

又是林佩珊的声音。四小姐觉得不好意思露脸了。同时听得那小船擦着岸边的野草苏苏地响。猛可地张素素格格地笑着跑了来，一把拉住四小姐推她出去。于是四小姐就呈现在林佩珊他们面前了。她红着脸招呼道：

"珊！这里你是常来的罢？也不见得怎样好玩！"

"啊哟！蕙姊，真真料不到！——佩服你了，素！女革命家的手段当真厉害，多少人劝她劝不转，你一拉就拉她到这里来了！"

于是三位女郎的笑语声杂乱地混做一团。只有杜新箨把桨插在泥里，微笑着不说话。在他看来，一切变化都是当然的，都不算什么；四小姐所欲不遂，当然逃遁到《太上感应篇》，而现在又是当然地抛开《太上感应篇》，到这神秘的丽娃丽妲村。

天空忽然响动了雷声。乌云像快马似的从四面飞来，在这小河上面越聚越厚了。

"要下雨呢！四妹，我们回去罢。"

张素素仰脸看着天说，一手就挽住了四小姐的臂膊。

"怕什么！不会有大雨的。素，你们也到船里来玩一下。"

"不来！——要是你还嫌不热闹，范博文他们也就在那边，我代你跑腿去叫他们来罢！"

张素素忽然对林佩珊放出尖刺来，长笑一声，就和四小姐走了。

这里杜新箨望着张素素她们的后影，依然是什么都不介意似的微笑。他拿起桨来在河滩的树根上轻轻一点，那小船就又在水中央缓缓地淌着。风转劲了，吹得林佩珊的衣裳霍霍地响。林佩珊低了头，看水里的树影，一只手卷弄着衣角。过了一会儿，她抬头把眼光注在杜新箨的脸上，她的眼光似乎说："怎么办呢？照这样下去！"杜新箨仍然微笑。

他们这小船现在穿过一排柳树的垂条，船舷刮着什么芦苇一类的叶子，索索地响。林佩珊幽然叹一口气，身体挪前一些，就把头枕在杜新箨的腿上。桨从水里跳起来，横架在船舷上了，船自己慢慢地汆。林佩珊腿一跷，一声娇笑。

"可是，你总得想一个法子呀！……只要设法叫荪甫不反对我们的——那就行了！"

林佩珊断断续续地细声说，水汪汪的眼睛看住了杜新箨的面孔。

"嗳嗳，怎么你总不说话？听得么？我说的是只要荪甫不反对！想一个什么方法——"

"荪甫这人是说不通的！"

"那么我们怎样了局？"

"过一天，算一天呀！"

"唷唷！过一天，算一天！混到哪一天为止呢？"

"混到再也混不下去，混到你有了正式的丈夫！"

"啐！什么话！"

"可是，珊！你细细儿一想就知道我这话并不算错。要他们通过是比上天还难；除非我们逃走，他们总有一天要你去嫁给别人，可不是么？然而你呢，觉得逃出去会吃苦，我呢，也是不很喜欢走动。"

"嗳，嗳，你倒说得好笑！就好像我们不曾有过关系似的！"

"不错，我们有过关系！但是珊呀！那算得了什么！你依然是你，不曾缺少了什么！你的嘴唇依然那样红，臂膊依然那样柔滑，你的眼睛依然那样会说话！你依然有十足的青春美丽，可以使得未来的正式丈夫快乐，也可以使得你自己快乐，难道不是么？"

林佩珊听着忍不住笑起来了。可不是杜新箨这话也很有理么？在林佩珊那样的年纪，她那小小的灵魂里并没觉醒了什么真正意义的恋爱，她一切都不过是孩子气的玩耍罢了！一枝很长的柳条拂到林佩珊脸上了，她一伸手就折断了那柔条，放在嘴里咬一下，又吐出了，格格地又笑着问道：

"那么谁是我的正式丈夫呢？"

"这可还没知道。或者，博文，也好！"

"可是他们要把我给了你家的老六呀！"

"这倒不很有味！老六这人也是天字第一号的宝贝，他不行！然而也不要紧，人生游戏耳！"

林佩珊笑着舀起一掌水来向杜新箨脸上洒，娇嗔地射了他一眼，却不说什么。船穿完了那密密的垂柳，前面河身狭一些了。杜新箨长笑一声，拿起桨来用劲剌到水里，水声泼剌剌地响，船就滴溜溜地转着圈子。

五点钟光景，天下雨了。这是斜脚雨。吴公馆里的男女仆人乱纷纷地把朝东的窗都关了起来。四小姐卧房里那一对窗也是受雨的，却没有人去关。雨越下越大，东风很劲，雨点煞煞煞地直洒进那窗洞；窗前桌子上那部名贵的《太上感应篇》浸透了雨水，夹贡纸上的朱丝栏也都开始溉化。宣德香炉是满满的一炉水了，水又溢出来，淌了一桌子，浸蚀那名贵的一束藏香；香又溶化了，变成黄蜡蜡的薄香浆，慢慢地淌到那《太上感应篇》旁边。

这雨也把游玩的人们催回家来。吴少奶奶是第一个。因为雨带来了凉意，少奶奶一到了家就换衣服。接着是林佩珊一个人回来了。她的纱衣总有四成湿，可是她不管，跑到楼上就闯进了四小姐的卧室。

看明白只有那斜脚雨是这卧室的主人翁时，林佩珊就怔住了。她伸一下舌头，转身就跑，三脚两步，就跳进了她姊姊的房里，忽然笑得肚子痛，说不出话来。

吴少奶奶是看惯她妹子的憨态的，也就不以为奇，兀自捧着一杯茶在那里出神。

房里稍觉阴暗。骤雨打着玻璃窗，忒忒地响，园子里来了吴荪甫的汽车叫。林佩珊笑定了，就蹩到吴少奶奶身边悄悄地问道：

"阿姊，你知道我们这里出了新闻么？你知道蕙芳四姊到哪里去了？"

吴少奶奶似乎一惊，但立即又抿着嘴微笑，以为佩珊又在那里淘气撒谎。

"我刚才见过她。在丽娃丽姐看见了她！——"

吴少奶奶却笑出声来了，以为一定又是佩珊撒谎逗着玩笑。她瞅了她妹子一眼，随手放下了那茶杯。

"不骗你！是真的！可是下了雨，大家全回来了，她却没有回来！她房里是一房间的水了！"

林佩珊锐声叫着，忽然又曲倒了身子狂笑。吴少奶奶觉得妹子的开玩笑太过火了，皱一下眉头，正想说她几句，忽然房门一响，吴荪甫满脸怒容，大踏步进来，劈头第一句就是：

"佩瑶！怎么四妹跑走了你简直不知道？"

这是声色俱厉的呵斥了。吴少奶奶方始知道妹子并没开玩笑，但对于吴荪甫的态度也起了反感，她霍地站了起来，就冷冷地回答道：

"她又不是犯人，又没交代我看守她；前几天她发怪脾气，大家都劝她出去逛逛，你们还抱怨我平常出去不邀她；今天她自己到丽娃丽妲去逛一回，你倒又来大惊小怪骂别人了！"

"那么你知道她出去的，为什么你不拦住她，要她等我回来了再走呢？"

"嗳，嗳，真奇怪！我倒还没晓得你不许她出去呀！况且她出去的时候，我也不在家；是阿珊看见她在丽娃丽妲。阿珊，可不是么？"

"咄！谁说不许她出去逛逛！可是她现在逃走了！'逃走！'听明白了么？你看这字条！"

吴荪甫咆哮着，就把一个纸团掷在少奶奶跟前。这是用力的一掷。那纸团在桌子上反跳起来，就掉在地下了。吴少奶奶把脚尖去拨一下，却也不去拾来看；她的脸色变了，她猛可地猜疑到刚才佩珊笑的蹊跷，敢怕是她看见四小姐和什么男子在丽娃丽妲？而现在四小姐又"逃走"了！这一切感想都是来得那么快，没有余闲给少奶奶去判断；她本能地再看着地下，想找那纸团。可是佩珊早就拾在手里，而且展开来了。寥寥的三行字，非常秀媚的《灵飞经》①体，确是四小姐的亲笔。

"那么，阿素来的时候，佩瑶，你已经出去了么？我想这件事都是阿素的花头！"

---

① 《灵飞经》，道教经名。这里指唐代书法家钟绍京节录经文写成的经帖，字体秀丽，人多用作练习小楷的范本。

吴荪甫说这话时的神情和缓些了。但蓦地又暴躁起来，劈手从少奶奶手里夺过那字条来，很仔细地再看着。少奶奶反倒心安些了，退一步坐在沙发里，就温柔地说道：

　　"这么一点事何必动火哟！不过四妹也古怪，一忽儿要做坐关和尚，一忽儿又要去读书，连家里都不肯住，倒去住什么七颠八倒的女青年会寄宿舍——"

　　"可不是！她要读书，只管对我说好了，难道我不准她么？何必留一个字条空身走，好像私逃！就是要先补习点功课，家里不好补习么？没有先生，可以请。跟阿素去补习？阿素懂得什么！"

　　"随她去罢。过几天她厌了，自然会回来的！"

　　看见吴荪甫那一阵的暴怒已经过去，少奶奶又婉言劝着。林佩珊也插进来说：

　　"我碰到四姊和素素的时候，四姊和平常一样，不多说话。素素也没说起这桩事。光景是后来谈得高兴，就一块儿走了。不过前回觉得四姊很固执，现在却知道她又十分心活！"

　　吴荪甫点着头，不再说什么，却背着手在房里踱，似乎还不肯放开，还在那里想办法。他现在有几分明白四小姐反抗的是什么了。这损伤他威严的反抗，自然他一定不能坐视，但是刚才听了佩珊的"四小姐心活"的议论，就又触起了吴荪甫的又一方面的不放心。他知道张素素"疯疯癫癫"爱管闲事，乱交朋友，如今那"非常心活"的四小姐却又要和张素素在一处，这危险可就不小！做哥哥的他，万万不能坐视呀！

　　于是陡然站住了，吴荪甫转脸看着少奶奶；在薄暗中，他那脸色更显得阴沉，他的眼睛闪着怒火。他向少奶奶走进一步。这是一个"攫噬"的姿势了！少奶奶不懂得又是什么事情要爆发，心里一跳，忍不住背脊上溜过一丝的冰冷。但是凭空来了个岔子：王妈进来报告"有客"。吴荪甫的眼珠一翻，转身便走，然而将到房门边，他到底又站住了，回头对少奶奶说道：

　　"佩瑶！你马上到女青年会寄宿舍去同四妹来！好歹要把她叫回来！"

　　"何必这么性急呢！四妹是倔强的，今天刚出去，一定不肯回来。"

吴少奶奶意外地松一口气，婉转地回答。却不料吴荪甫立即又是怒火冲天。他大声喝道：

"不用多说！你马上就去！好歹要把她叫回来！今天不把她叫回来，明天她永不会再回来！"

只是这样命令着，也没说出理由来，吴荪甫就快步跑下楼去会客了。

来客是王和甫，已经等得很不耐烦，一眼看是吴荪甫出来，连半句"寒暄"也都没有，只是慌慌张张地拉着到小客厅里，反手就将门碰上，这才很机密地轻声说道：

"一个紧要的消息！刚才徐曼丽来报告的！老赵知道我们做'空头'，就使手段来和我们捣蛋了！这家伙！死和我们做对头！可是，据曼丽说，老赵自己也不了，也有点兜不转！"

吴荪甫听王和甫说完，这才把屏住的那口气松了出来。眼前还没闹乱子，他放了一半心了。老赵"使手段"么？那已经领教过好几次了，算不了什么！可是老赵自己也感着经济恐慌么？活该！谁叫他死做对头的！——这么想着的吴荪甫倒又高兴起来，就微笑着答道：

"老赵死和我们做对头，是理之必然！和甫，你想想，我们顶出那八个厂的时候，不是活活把老赵气死么？那时我们已经分头和某某洋行某会社接洽定局，我们却还逗着老赵玩；末了，他非但掮客生意落空，一定还在他那后台老板跟前大吃排头呢！那一次，吉人的玩法真有趣！我们总算把老赵的牛皮揭开来让他的后台老板看看。老赵怎么不恨呢！——可是，和甫，怎么老赵自己也兜不转？"

"慢点儿！我先讲老赵跟我们捣蛋的手段。他正在那里布置。他打算用'内国公债维持会'的名义电请政府禁止卖空！秋律师从旁的地方打听了来：他们打算一面请财政部令饬中央、中交各行，以及其他特许发行钞票的银行对于各项债券的抵押和贴现，一律照办，不得推诿拒绝；一面请财政部令饬交易所，凡遇卖出期货的户头，都须预缴现货担保，没有现货缴上去做担保，就一律不准抛空卖出——"

"这是无论如何办不到的！那就简直是变相地停住了交易所的营业！和甫，我想来这是老赵故意放这空气，壮'多头'们的胆！"

吴荪甫插口说，依然很镇静地微笑。但是王和甫却正相反；也不知道因为他是说急了呢，或者因为他是心里着急，总之他是满头大汗了。他睁大了眼睛，望着吴荪甫说完，就大声叫道：

"不然，不然！这已经够受了！况且还有下文！老赵还直接去运动交易所理事会和经纪人会，怂恿他们即日发一个所令要增加卖方的保证金呢！增加到一倍！荪甫，这是可以办到的！"

"呵！——当真么？'多头'的保证金照旧么？"

吴荪甫直跳了起来，脸色也变了。他又感到老赵毕竟不能轻视了。

"自然当真！这是韩孟翔报告的消息。陆匡时并且说，事情已经内定了，明天就有所令！"

"然而这也是不合法的！买卖双方，都是营业，何得歧视！这是不合法的！"

吴荪甫摇着头说，额角上青筋直暴，却作怪地没有汗。王和甫拍着大腿叹一口气。

"尽管你说不合法，中什么用？荪甫，老赵他们处处拿出'保全债信，维持市面'的大帽子来，他们处处说投机卖空的人是危害金融，扰乱市面；这样的大帽子压下去，交易所理事会当然只好遵命了！"

"这是明明吃瘪了'空头'了，岂有此理呀！"

吴荪甫咬紧了牙根说。他此时的恐慌，实在比刚才王和甫加倍了。

暂时两个人都没有话了，皱着眉头，互相对看。汽车喇叭在园子里响，而且响出去了。"光景是佩瑶出去接四小姐罢？可是她为什么那样慢！"——吴荪甫耳听着那汽车叫，心里就浮起了这样的念头。随即他又想到了杜竹斋。这位姊丈是胆小的，在这种情形下他还敢抛空么？吴荪甫想来没有把握，他心里非常阴暗了。末后，王和甫再提起话头来：

"我和吉人商量过，他的看法也是跟你差不多：什么先得交了现货做担保然后能够卖出期货，光景是办不到的；却是保证金加倍一说，势在必行！这么着，老赵五千银子就抵上了我们的一万！转瞬到了'交割'，他要'轧空'是非常便当的！那不是我们糟了么？"

"那么我们赶快就补进如何？等老赵布置好了的时候，一定涨上了！"

"可是吉人的意见有点不同。他觉得此时我们一补进，就是前功尽弃；他主张背城一战！时局如此，债价决不会涨到怎样；我们冒一下险，死里求活！要是当真不幸，吉人说譬如沉了一条轮船，他的二十多万安心丢在水里了！——我觉得吉人这一说也是个办法。"

王和甫坚决地说，一对圆眼睛睁得很大地直望住了吴荪甫。像这样有魄力很刚强的议论，若在两个月前，一定是从吴荪甫嘴里出来的，但现在的荪甫已非昔比，他动辄想到保守，想到妥协。目前虽经王和甫那么一激，吴荪甫还是游移，还是一筹莫展。他皱着眉头问道：

"可是我们怎么背城一战呢？我们八个厂顶得的五十多万，全做了空头了；我又是干茧存丝那两项搁浅了将近二十万；现款没有，可怎么办呢？"

"这个，我和吉人也商量过。办法是这样的：我们三个人再凑齐五十万，另外再由你去竭力撺怂杜竹翁，要他再做空头——那么两下一逼，或者可以稳渡难关！"

"竹斋这一层就没有把握。上次我同他约好同做空头，他倒居然抛出了三百万去，可是前天我方才晓得他早又补进了；一万头只赚到二十元，他就补进了！而且，这二十元的赚头也就是我们抛出那两百万去的时候作成了他的！和甫，你想这么胆小的人，拿他来怎么办！我们约他做攻守同盟，本想彼此提携，有福同享，有祸同当，不料他倒先来沾我们的光了，这还有什么可说！"

"可是荪甫，你仍旧去试试看。眼前离'交割'近极了，即使

419

竹斋不肯抛空，只要他不做多头，守中立，也就对于我们有莫大的好处了！"

王和甫说着就哈哈笑起来，摸一下胡子，好像胜利极有把握。于是吴荪甫也只好答应了。接着他们又商量到他们三个人怎样拼凑五十万出来。王和甫不慌不忙叠着指头说：

"益中里新拉来的存款就有二十万光景，剩下三十万，我们每人十万，还怕筹不出来么？要是云山在香港招股有点眉目，赶这五六天里电汇这么二三十万来，那就更不用怕了！况且，——黄奋那边今天又有新消息，大局是利在做'空'的；荪甫，这是难得易失的机会！怎么你近来少决断？"

吴荪甫默然不响。过一会儿，他的脸上透出红气来，他的眼光一亮，就拍着椅臂厉声叫道：

"好呀！既然你和吉人是那样好兴致，我也干！可是我当真现款干了。我打算拿我的厂去做一笔押款！还有我这住身房子，照地价算，也值十多万，简直就连厂一总去押了二十万罢！"

王和甫哈哈大笑，跷起大拇指来冲着吴荪甫一扬，吴荪甫却又接着说：

"可是和甫！押地皮，我自己有门路；押厂，却非得吉人帮忙不办！"

"得了！我去对吉人说了，让他再和你面谈。那就定了，竹斋那边，你得竭力！"

王和甫非常高兴地说着，就站起身走了。但在大客厅阶前正要钻进汽车，王和甫却又转脸叫道：

"荪甫！还有一句话！那个姓刘的女人，据说靠不住；她两头取巧！"

"哦——怎么知道她也替老赵做侦探？"

"是韩孟翔说的。徐曼丽也叫我们小心。曼丽又是雷参谋告诉她的。"

"那么我就防着她。——怎么她又粘上了雷参谋呢？"

吴荪甫一边回答，点着头沉吟。王和甫哈哈笑着，就钻进汽车去了。

这时大雨早止，天色反见明朗；天空有许多长条的黄云，把那天幕变成了一张老虎皮。吴荪甫站在那大客厅的石阶上沉吟，想起了公债市场上将要到来的"背城一战"，想起了押房子，押厂，——想得很多且乱，可是总有点懒懒地提不起精神来。他站在那里许久，直到少奶奶回来的汽车叫，方始把他提醒：他还得去找杜竹斋办"外交"。

"四妹到底不肯来！我看那边也还清静规矩，就让她住几天再说。"

少奶奶下车来就气急喘喘似的说，以为荪甫不免还有一次发作。可是意外地荪甫只点一下头，就拉着少奶奶再进那车去，一面对汽车夫说道：

"到杜姑老爷公馆去！——姑老爷公馆！还没听明白！"

少奶奶坐在荪甫旁边忍不住微笑了。她万万料不到荪甫去找姑老爷是为了公债事情，她总以为荪甫是要去把姑奶奶拉出来一同去找四小姐回家。而这，她又以为未免小题大做。并且她又居然感到四小姐这举动很可同情；她自己也何尝不觉得公馆里枯燥可厌呀！于是她脸上的笑影没有了，却换上了忧怨无奈的灰色。忽然她觉得自己的手被荪甫抓住了，于是她就勉强笑了一笑。

十九

　　大时钟镗镗地响了九下。这清越而缓慢的金属丝颤动的声音送到了隔房床上吴荪甫的耳朵里了，闭着的眼皮好像轻轻一跳。然而梦的黑潮还是重压在他的神经上。在梦中，他也听得清越的钟声；但那是急促的钟声，那是交易所拍板台上的钟声，那是宣告"开市"的钟声，那是吴荪甫他们"决战"开始的号炮！

　　是为了这梦里的钟声，所以睡着的吴荪甫眼皮轻轻一跳。公债的"交割期"就在大后天，到昨天为止，吴荪甫他们已把努力搜刮来的"预备资金"扫数开到"前线"，是展开了全线的猛攻了；然而"多头"们的阵脚依然不见多大的动摇！他们现在唯一的盼望是杜竹斋的友军迅速出动。昨晚上，吴荪甫为此跟杜竹斋又磨到深夜。这已是第四次的"对杜外交"！杜竹斋的表示尚不至于叫吴荪甫他们失望。然而毕竟这是险局！

　　忽然睡梦中的吴荪甫一声狞笑，接着又是皱紧了眉头，咬住了牙关，浑身一跳。猛可地他睁开眼来了，血红的眼球定定地发怔，细汗渐渐布满了额角。梦里的事情太使他心惊。惨黄的太阳在窗前弄影，远远地微风吹来了浑浊的市声。

　　"幸而是梦！不过是梦罢了！"——吴荪甫匆匆忙忙起身离床，心里反复这么想。然而他在洗脸的时候，又看见梦里那赵伯韬的面孔又跑到脸盆里来了；一脸的奸笑，胜利的笑！无意中在大衣镜前走过的时候一回头，吴荪甫又看见自己的脸上摆明了是一副败相。仆人们在大客厅和大餐室里乱哄哄地换沙发套，拿出地毯去扑打；吴荪甫一眼瞥见，忽然又想到房子已经抵出，如果到期不能清偿押款，那就免不了要乱哄哄地迁让。

他觉得满屋子到处是幸灾乐祸的眼睛对他嘲笑。他觉得坐在"后方"等消息，要比亲临前线十倍二十倍地难熬！他也顾不得昨天是和孙吉人约好了十点钟会面，他就坐汽车出去了。

还是一九三○年新纪录的速率，汽车在不很闹的马路上飞驶；然而汽车里的吴荪甫却觉得汽车也跟他捣乱，简直不肯快跑。他又蓦地发现，不知道在什么时候连那没精打采的惨黄的太阳也躲过了，现在是濛濛细雨，如烟如雾。而这样惨淡的景象又很面熟。不错！也是这么浓雾般的细雨的早上，也是这么一切都消失了鲜明的轮廓，威武的气概，而且也是这么他坐在汽车里向迷茫的前途狂跑。猛可地从尘封的过去中跳出了一个回忆来了：两个月前他和赵伯韬合做"多头"那时正当"决战"的一天早上，也就是这么一种惨淡的雨天呀！然而现在风景不殊，人物已非了！现在他和赵伯韬立在敌对的地位了！而且举足轻重的杜竹斋态度莫测！

吴荪甫独自在车里露着牙齿干笑。他自己问自己：就是赶到交易所去"亲临前线"，究竟中什么用呀？胜败之机应该早决于昨天，前天，大前天；然而昨天，前天，大前天，早已过去，而且都是用尽了最后一滴财力去应付着，去布置的，那么今天这最后五分钟的胜败，似乎也不尽恃人力罢？不错！今天他们还要放出最后的一炮。正好比决战中的总司令连自己的卫队旅都调上前方加入火线，对敌人下最后的进攻。但是命令前敌总指挥就得了，何必亲临前线呀？——吴荪甫皱着眉头狞笑，心里是有一个主意："回家去等候消息！"然而他嘴里总说不出来。他现在连这一点决断都没有了！尽管他焦心自讼："要镇静！即使失败，也得镇静！"可是事实上他简直镇静不下来了！

就在这样迟疑焦灼中，汽车把吴荪甫载到交易所门前停住了。像做梦似的，吴荪甫挤进了交易所大门，直找经纪人陆匡时的"号头"。似乎尚未开市，满场是喧闹的人声。但吴荪甫仿佛全没看见，全没听到；他的面前只幻出了赵伯韬的面孔，塞满了全空间，上至天，下至地。

比警察的岗亭大不了多少的经纪人号子里，先已满满地塞着一位胖先生，在那里打电话。这正是王和甫。经纪人陆匡时站在那"岗亭"外边和助手谈话。吴荪甫的来到，竟没有惹起任何人注目；直到他站在王和甫身边时，陆匡时这才猛一回头看见了，而王和甫恰好也把电话筒挂上。

"呵！荪甫！正找你呢！来得好！"

王和甫跳起来说，就一把拉住吴荪甫，拖进那"岗亭"，又把他塞在电话机旁边的小角里，好像惟恐人家看见了。吴荪甫苦笑，想说，却又急切间找不到话头。可是王和甫弯着腰，先悄悄地问道：

"没有会过吉人么？——过一会儿，他也要上这里来。竹斋究竟怎样？他主意打定了么？"

"有八分把握。可是他未必肯大大儿干一下。至多是一百万的花头。"

吴荪甫一开口却又是乐观，并且他当真渐渐镇定起来了。王和甫摸着胡子微笑。

"他能够抛出一百万去么？好极了！可是荪甫，我们自己今天却干瘪了；你的丝厂押款，到底弄不成，我和吉人昨天想了多少门路，也没有一处得手。我们今天只能——"

"只能什么？难道前天讲定了的十万块钱也落空么？"

"这个，幸而没有落空！我们今天只能扣住了这点数目做做。"

"那么，一开盘就抛出去罢？你关照了孟翔没有？"

"呀，呀！再不要提起什么孟翔了！昨晚上才知道，这个人竟也靠不住！我们本来为的想用遮眼法，所以凡是抛空，都经过他的手，谁知道他暗地里都去报告赵伯韬了！这不是糟透了么？"

王和甫说这话时，声音细到就像蚊子叫。吴荪甫并没听得完全，可是他全都明白了，他陡地变了脸色，耳朵里一声嗡，眼前黑星乱跳。又是部下倒戈！这比任何打击都厉害些呀！过一会儿，吴荪甫咬牙切齿地挣扎出一句话来道：

"真是人心叵测！——那么，和甫，今天我们抛空，只好叫陆匡时过手了？"

"不！我们另外找到一个经纪人，什么都已经接洽好。一开盘，我们就抛！"

一句话刚完，外边钟声大震，开市了！接着是做交易的雷声轰轰地响动，似乎房子都震摇。王和甫也就跑了出去。吴荪甫却坐着不动。他不能动，他觉得两条腿已经不听他做主，而且耳朵里又是嗡嗡地叫。黑星又在他眼前乱跳。他从来不曾这么脆弱，他真是变了！

猛可地王和甫气急败丧跑回来，搓着手对吴荪甫叫道：

"哎，哎！开盘出来又涨了！涨上半块了！"

"呵——赶快抛出去！扣住了那十万块全都抛出去！"

吴荪甫蹶然跃起大声说，可是蓦地一阵头晕，又加上心口作恶，他两腿一软，就倒了下去，直瞪着一对眼睛，脸色死白。王和甫吓得手指尖冰冷，抢步上前，一手掐住了吴荪甫的人中，一手就揪他的头发。急切间可又没得人来帮忙。正慌做一堆的时候，幸而孙吉人来了，孙吉人还镇静，而且有急智，看见身边有一杯冷水，就向吴荪甫脸上喷一口。吴荪甫的眼珠动了，咕的吐出一堆浓痰。

"赶快抛出去呀——"

吴荪甫睁大了眼睛，还是这一句话。孙吉人和王和甫对看了一眼。孙吉人就拍着吴荪甫的肩膀说：

"放心！荪甫！我们在这里招呼，你回家去罢！这里人多气闷，你住不得了！"

"没有什么！那不过是一时痰上，现在好了！——可是，抛出去么？"

吴荪甫忽地站起来说；他那脸色和眼神的确好多了，额角却是火烧一般红。这不是正气的红，孙吉人看得非常明白，就不管吴荪甫怎样坚持不肯走，硬拉了他出去，送上了汽车。这时候，市场里正轰起了从来不曾有过的"多头"和"空头"的决斗！吴荪甫他们最后的一炮放出去了！一百五十万的裁兵公债一下里抛在市场上了，挂出牌子来是步步跌了！

　　……幸而孙吉人来了……看见身边有一杯冷水，就向吴荪甫脸上喷一口。吴荪甫的眼珠动了，咕的吐出一堆浓痰。

要是吴荪甫他们的友军杜竹斋赶这当儿加入火线，"空头"们便是全胜了。然而恰在吴荪甫的汽车从交易所门前开走的时候，杜竹斋坐着汽车来了。两边的汽车夫捏喇叭打了个招呼，可是车里的主人都没觉到。竹斋的汽车咕的一声停住，荪甫的汽车飞也似的回公馆去了。

也许就是那交易所里的人声和汗臭使得吴荪甫一时晕厥罢，他在汽车里已经好得多，额角上的邪火也渐渐退去，他能够"理性"地想一想了，但这"理性"的思索却又使他的脸色一点一点转为苍白，他的心重甸甸地定住在胸口，压迫他的呼吸。

濛濛的细雨现在也变成了倾盆直泻。风也有点刺骨。到了家从车里出来时，吴荪甫猛然打一个寒噤，浑身汗毛都直竖了。阿萱和林佩珊在大餐间里高声儿嚷笑着，恰在吴荪甫走过的时候，阿萱冲了出来，手里拿一本什么书，背后是林佩珊追着。吴荪甫皱着眉头，别转脸就走过了。他近来已经没有精神顾到这些小事，并且四小姐的反抗也使他在家庭中的威权无形中缩小，至少是阿萱已经比先前放肆些了。

到书房里坐定后，吴荪甫吩咐当差的第一个命令是"请丁医生"，第二个命令是"生客拜访，一概挡驾"！他还有第三个命令正待发出，忽然书桌上一封电报转移了他的注意，于是一摆手叫当差退出，他就看那电报。

这是唐云山从香港打来的电报，三五十个字，没有翻出。吴荪甫拿起电报号码本子翻了七八个字，就把那还没发出的第三个命令简直忘记得精光了。可是猛可地他又想起了另一件事，随手丢开那电报，抓起电话筒来。他踌躇了一下，终于叫着杜竹斋公馆的号头。在问明了竹斋的行踪以后，吴荪甫脸上有点笑容了。万分之一的希望又在他心头扩大而成为百分之十，百分之二十，三十！

而在这再燃旺的希望上又加了一勺油的，是唐云山那电报居然是好消息：他报告了事务顺手，时局有转机，并且他在香港亦已接洽好若干工商界有力份子，益中公司尚可卷土重来；最后，他说即日要回上海。

吴荪甫忍不住独自个哈哈笑了。可不是皇天不负苦心人么！

然而这一团高兴转瞬便又冷却。吴荪甫嘴角上虽则还挂着笑影，但已经是苦笑了。什么香港的工商界有力份子接洽得有了眉目，也许是空心汤圆罢？而且这样的"空心汤圆"，唐云山已经来过不止一次了！再者，即使今回的"汤圆"未必仍旧"空心"，然而远水救得近火么？这里公债市场上的决战至迟明天要分胜败呀！吴荪甫他们所争者就是"现在"；"现在"就是一切，"现在"就是"真实"！

而且即使今回不是"空心汤圆"，吴荪甫也不能不怪唐云山太糊涂了。不是屡次有电报给他：弄到了款子就立即电汇来么？现在却依然只是一封空电报！即日要回上海罢？倒好像香港还是十八世纪，通行大元宝，非他自己带来不可似的！人家在火里，他倒在水里呀！

这么想着的吴荪甫，脸上就连那苦笑的影子也没有了。一场空欢喜以后的苦闷比没有过那场欢喜更加厉害。刚翻完那电报的时候他本想打一个电话给孙吉人他们报告这喜讯，现在却没有那股勇气了。他坐在椅子里捧着头，就觉得头里是火烧一般；他站起来踱了几步，却又是一步一个寒噤，背脊上冷水直浇。他坐了又站起，站起了又坐，就好像忽而掉在火堆里，忽而又滚到冰窖。

他只好承认自己是生病了。不错！自从上次他厂里罢工以来，他就得了这怪病，而且常常要发作。而刚才他在交易所里竟至于晕厥！莫非也就是初步的脑充血？老太爷是脑充血去世的！"怎么丁医生还没见来？该死！缓急之际，竟没有一个人可靠！"——吴荪甫无端迁怒到不相干的第三者了！

突然，电话铃响了。丁零零——那声音听去是多么焦急。

吴荪甫全身的肉都跳了起来。他知道这一定是孙吉人他们来报告市场情形；他拿起那听筒的时候，手也抖了；他咬紧了牙关，没有力气似的叫了两声"喂"，就屏息静听那生死关头的报告。然而意外地他的眉毛一挺，眼睛里又有些光彩，接着他又居然笑了一笑。

"哦，——涨上了又跌么！——哦！跌进三十三块么？——哎，哎！——可惜！——看去是'多头'的胃口已经软弱么？哈——编遣刚开盘么？——怎么？——打算再抛出二百万？——保证金记账？——我赞成！——刚才云山来了电报，那边有把握。——对了，我们不妨放手干一干！——款子还没汇来，可是我们要放手干一干！——哦，那么老赵也是孤注一掷了，半斤对八两！——哦，可见是韩孟翔真该死呀！没有他去报告了我们的情形，老赵昨天就要胆小！——不错！回头总得给这小子一点颜色看看！——竹斋么？早到了交易所了！——你们没有看见他么？找一找罢！——哦……"

吴荪甫挂上了听筒，脸色突又放沉了。这不是忧闷，这是震怒。韩孟翔那样靠不住，最不该！况且还有刘玉英！这不要脸的，两头做内线！多少大事坏在这种"部下"没良心，不忠实！吴荪甫想起了恨得牙痒痒地。他是向来公道，从没待亏了谁，可是人家都"以怨报德"！不必说姓韩姓刘的了，就是自己的嫡亲妹子四小姐也不谅解，把他当做老虎似的，甚至逃走出去不肯回来！

一阵怒火像乱箭一般直攒心头，吴荪甫全身都发抖了。他铁青着脸，咬紧牙齿在屋子里疾走。近来他的威严破坏到不成个样子了！他必须振作一番！眼前这交易所公债关口一过，他必须重建既往的威权！在社会上，在家庭中，他必须仍旧是一个威严神圣的化身！他一边走，一边想，预许给自己很多的期望，很多的未来计划！专等眼前这公债市场的斗争告一个有利的段落，他就要一一开始的！

电话铃猛可地又响了，依然是那么急！

这回吴荪甫为的先就吃过"定心丸"，便不像刚才那样慌张，他的手拿起那听筒，坚定而且灵快。他一听那声音，就回叫道：

"你是和甫么？——哦，哦，你说呀！不要紧！你说！"

窗外猛起了狂风，园子里树声怒吼。听着电话的吴荪甫突然变了色，锐声叫道：

"什么！涨了么？——有人乘我们压低了价钱就扒进！——哦！不是老赵，是新户头？是谁，是谁？——呀！是竹斋么？——咳咳！——我们大势已去了呀！……"

啪哒！吴荪甫掷听筒在桌子上，退一步，就倒在沙发里，直瞪了眼睛，只是喘气。不料竹斋又是这一手！大事却坏在他手里！那么，昨晚上对他开诚布公那番话，把市场上虚虚实实的内情都告诉了他的那番话，岂不是成了开门揖盗么？——"咳！众叛亲离！我，吴荪甫，有什么地方对不起了人的！"只是这一个意思在吴荪甫心上猛捶。他蓦地一声狞笑，跳起来抢到书桌边，一手拉开了抽屉，抓出一支手枪来，就把枪口对准了自己胸口。他的脸色黑里透紫，他的眼珠就像要爆出来似的。

窗外是狂风怒吼，斜脚雨打那窗上的玻璃，达达达地。可是那手枪没有放射。吴荪甫长叹一声，身体落在那转轮椅子里，手枪掉在地下。恰好这时候，当差李贵引着丁医生进来了。

吴荪甫蹶然跃起，对丁医生狞笑着叫道：

"刚才险些儿发生一件事，要你费神；可是现在没有了。既然来了，请坐一坐！"

丁医生愕然耸耸肩膀，还没开口，吴荪甫早又转过身去抓起了那电话筒，再打电话。这回是打到他厂里去了。他问明了是屠维岳时，就只厉声吩咐了一句："明天全厂停工！"他再不理睬听筒中那吱吱的声音，一手挂上了，就转脸看着丁医生微微笑着说：

"丁医生！你说避暑是往哪里去好些？我想吹点海风呢！"

"那就是青岛罢！再不然，远一些，就是秦皇岛也行！"

"那么牯岭呢？"

"牯岭也是好的，可没有海风，况且这几天听说红军打吉安，长沙被围，南昌、九江都很吃紧！——"

"哈哈哈，这不要紧！我正想去看看那红军是怎样的三头六臂了不起！光景也不过是匪！一向是大家不注意，纵容了出来的！可是，丁医生，请你坐一会儿，我去吩咐了几句话就来。"

吴荪甫异样地狂笑着，站起身来就走出了那书房，一直跑上楼去。现在知道什么都完了，他倒又镇静起来了；他轻步跑进了自己房里，看见少奶奶倦倚在靠窗的沙发上看一本书。

"佩瑶！赶快叫他们收拾，今天晚上我们就要上轮船出码头。避暑去！"

少奶奶猛一怔，霍地站了起来；她那膝头的书就掉在地上，书中间又飞出一朵干枯了的白玫瑰。这书，这枯花，吴荪甫今回是第三次看见了，但和上两次一样，今回又是万事牵心，滑过了注意。少奶奶红着脸，朝地下瞥了一眼，惘然回答：

"那不是太局促了么？可是，也由你。"

创造[1]

Chuang Zao

---

[1] 本篇最初发表于1928年4月《东方杂志》第二十五卷第八号。

　　靠着南窗的小书桌，铺了墨绿色的桌布，两朵半开的红玫瑰从书桌右角的淡青色小瓷瓶口边探出来，宛然是淘气的女郎的笑脸，带了几分"你奈我何"的神气，冷笑着对角的一叠正襟危坐的洋装书，它们那种道学先生的态度，简直使你以为一定不是脱不掉男女关系的小说。赛银墨水盒横躺在桌子的中上部，和整洁的吸墨纸版倒成了很合适的一对。纸版的一只皮套角里含着一封旧信。那边西窗下也有个小书桌。几本卷皱了封面的什么杂志，乱丢在桌面，把一座茶绿色玻璃三棱形的小寒暑表也推倒了；金杆自来水笔的笔尖吻在一张美术明信片的女子的雪颊上。其处凝结了一大点墨水，像是它的黑泪，在悲伤它的笔帽的不知去向；一只刻镂得很精致的象牙的兔子，斜起了红眼睛，怨艾地瞅着旁边的展开一半的小纸扇，自然为的是纸扇太无礼，把它挤倒了，——现在它撒娇似的横躺着，露出白肚皮上的一行细绿字："娴娴三八初度纪念。她的亲爱的丈夫君实赠"。然而"丈夫"二字像是用刀刮过的。

　　织金绸面的沙发榻蹲在东壁正中的一对窗下，左右各有同式的沙发椅做它的侍卫。更左，直挺挺贴着墙壁的，是一口两层的木橱，上半层较狭，有一对玻璃门，但仍旧在玻片后衬了紫色绸。和这木橱对立的，在右首的沙发椅之右，是一个衣架，擎着雨衣斗篷帽子之类。再过去，便是东壁的右窗；当窗的小方桌摆着茶壶茶杯香烟盒等什物。更过去，到了壁角，便是照例的梳妆台了。这里有一扇小门，似乎是通到浴室的。椭圆大镜门的衣橱，背倚北壁，映出西壁正中一对窗前的大柚木床，和那珠络纱帐子，和睡在床上的两个人。和衣橱成西斜角的，是房门，现在严密地关着。

沙发榻上乱堆着一些女衣。天蓝色沙丁绸的旗袍，玄色绸的旗马甲，白棉线织的胸褡，还有绯色的裤管口和裤腰都用宽紧带的短裤：都卷作一团，极像是洗衣作内正待落漂白缸，想见主人脱下时的如何匆忙了。榻下露出镂花灰色细羊女皮鞋的发光的尖头；可是它的同伴却远远地躲在梳妆台的矮脚边，须得主人耐烦地去找。床右，近门处，是一个停火几，琥珀色绸罩的台灯庄严地坐着，旁边有的是：角上绣花的小手帕、香水纸、粉纸、小镜子、用过的电车票、小银元、百货公司的发票、寸半大的皮面金头怀中记事册、宝石别针、小名片，——凡是少妇手袋里找得出来的小物件，都在这里了。一本展开的杂志，靠了台灯的支撑，又牺牲了灯罩的正确的姿势，异样地直立着。台灯的古铜座上，有一对小小的展翅作势的鸽子，侧着头，似乎在猜详杂志封面的一行题字：《妇女与政治》。

太阳光透过了东窗上的薄纱，洒射到桌上椅上床上。这些木器，本来是漆的奶油色，现在都镀上了太阳的斑驳的黄金了。突然一辆疾驰的汽车的啵啵的声音——响得作怪，似乎就在楼下，——惊醒了床上人中间的一个。他睁开倦眼，身体微微一动。浓郁的发香，冲入他的鼻孔；他本能地转过头去，看见夫人还没醒，两颊绯红，像要喷出血来。身上的夹被，早已撩在一边，这位少妇现在是侧着身子；只穿了一件羊毛织的长及膝弯的贴身背心（vest），所以臂和腿都裸浴在晨气中了，珠络纱筛碎了的太阳光落在她的白腿上就像是些跳动的水珠。

——太阳光已经到了床里，大概是不早了呵。

君实想，又打了个呵欠。昨晚他睡得很早。夫人回来，他竟完全不知道；然而此时他还觉得很倦，无非因为今晨三点钟醒过来后，忽然不能再睡，直到看见窗上泛出鱼肚白色，才又矇矇地像是睡着了。而且就在这半睡状态中，他做了许多短短的不连续的梦；

其中有一个，此时还记得个大概，似乎不是好兆。他重复闭了眼，回想那些梦，同时轻轻地握住了夫人的一只手。

梦，有人说是日间的焦虑的再现，又有人说是下意识的活动；但君实以为都不是。他自说，十五岁以后没有梦；他的夫人就不很相信这句话：

"梦是不会没有的，大概是醒后再睡时遗忘了。"她常常这样说。

"你是多梦的；不但睡时有梦，开了眼你还会做梦呵！"君实也常常这么反驳她。

现在君实居然有了梦，他自觉是意外；并且又证明了往常确是无梦，不是遗忘。所以他努力要回忆起那些梦来，以便对夫人讲。即使是这样的小事情，他也不肯轻轻放过；他不肯让夫人在心底里疑惑他的话是撒谎；他是要人时时刻刻信仰他看着他听着他，摊出全灵魂来受他的拥抱。

他轻快地吐了口气，再睁开眼来，凝视窗纱上跳舞的太阳光；然后，沙发榻上的那团衣服吸引了他的视线，然后，迅速地在满房间掠视一周，终于落在夫人的脸上。不知道为什么，这位熟睡的少妇，现在眉尖半蹙，小嘴唇也闭合得紧紧的，正是昨天和君实怄气时的那副面目了。近来他们俩常有意见上的不合；娴娴对于丈夫的议论常常提出反驳，而君实也更多的批评夫人的行动，有许多批评，在娴娴看来，简直是故意立异。娴娴的女友李小姐，以为这是娴娴近来思想进步，而君实反倒退步之故。这个论断，娴娴颇以为然；君实却绝对不承认，他心里暗恨李小姐，以为自己的一个好好的夫人完全被她教唆坏了，昨天便借端发泄，很犀利地把李小姐批评了一番，最使娴娴不快的，是这几句：

"……李小姐的行为，实在太像滑头的女政客了。她天天忙着所谓政治活动，究竟她明白什么是政治？娴娴，我并不反对女子留心政治，从前我是很热心劝诱你留心政治的，你现在总算是知道几分什么是政治了。但要做实际活动——嘿！主观上能力不够，客观上条件未备。况且李小姐还不是把政治活动当做电影跳舞一样，只是新式少奶奶的时髦玩意罢了。又说女子要独立，要社会地位，咳，少说些门面话罢！李小姐独立在什么地方？有什么社会地位？我知道她有的地位是在卡尔登，在月宫跳舞场！现在又说不满于现状，要革命；咳，革命，这一向看厌了革命，却不道还有翻新花样的在影戏院跳舞场里叫革命！……"

君实说话时的那种神气——看定了别人是永远没出息的神气，比他的保守思想和指桑骂槐，更使娴娴难受；她那时的确动了真气。虽然君实随后又温语抚慰，可是娴娴整整有半天纳闷。

现在君实看见夫人睡中犹作此态，昨日的事便兜上心头；他觉得夫人是精神上一天一天地离开他，觉得自己再不能独占了夫人的全灵魂。这位长久拥抱在他思想内精神内的少妇，现在已经跳了出去，有自己的思想、自己的见解了。这在自负很深的君实，是难受的。他爱他的夫人，现在也还是爱；然而他最爱的是以他的思想为思想、以他的行动为行动的夫人。不幸这样的黄金时代已成过去，娴娴非复两年前的娴娴了。

想到这里，君实忍不住微微喟了口气。他又闭了眼，冥想夫人思想变迁的经过。他记得前年夏天在莫干山避暑的时候，娴娴曾就女子在社会中应尽的职务一点发表了独立的意见；难道这就是今日趋向各异的起点么？似乎不是的，那时娴娴还没认识李小姐；似乎又像是的，此后娴娴确是一天一天地不对了。最近的半年采，她不但思想变化，甚至举动也失去了优美细腻的常态，衣服什物都到处乱丢，居然是"成大事者不修边幅"的气派了。君实本能地开眼向房中一瞥，看见他自己的世界缩小到仅存南窗下的书桌；除了这一片"干净土"，全房到处是杂乱的痕迹，是娴娴的世界了。

在沉郁的心绪中，君实又回忆起娴娴和他的一切琐屑的龃龉来。莫干山避暑是两心最融洽的时代，是幸福的顶点，但命运的黑丝，似乎也便在那时走进了他们的生活；似乎娴娴的变态，最初是在趣味方面发动的，她渐渐地厌倦了静的优雅的，要求强烈的刺激，因此在起居服用上常常和君实意见相反了。买一件衣料，看一次影戏，上一回菜馆，都成为他们俩争执的题材；常常君实喜欢甲，娴娴偏喜欢乙，而又不肯各行其是，各人要求自己的主张完全胜利。结果总是牺牲了一方面。因为他们都觉得"各行其是"的办法徒然使两人都感不快，倒不如轮替着都有失败都有胜利，那时，胜利者固然很满意，失败者亦未始没有相当的报偿，事过后的求谅解的甜蜜的一吻便是失败者的愉快。这样的争执，当第一二次发生时，两人的确都曾认真地烦恼过，但后来发现了和解时的澈骨的美趣，他们又默认这也是爱的生活中不可少的波澜。所以在习惯了以后，君实常常对娴娴说：

"这回又是你得了胜利了。但是，漂亮的少奶奶，娇养的小姐，你不要以为你的胜利是合理的，是久长的。"

于是在软颤的笑声中，娴娴偎在君实的怀中，给他一个长时间的吻。这是她的胜利的代价，也是她对于丈夫为爱而让步的热忱的感谢。

但是不久这种爱的戏谑的神秘性也就磨钝了。当给予者方面成为机械的照例的动作时，受者方面便觉得嘴唇是冷的，笑是假的，而主张失败的隐痛却在心里跳动了，况且娴娴对于自己的主张渐渐更坚持，差不多每次非她胜利不可，于是本不愿意的"各行其是"也只好实行了。这便是现在君实在卧室中的势力范围只剩了一个书桌的原因之一。

思想上的不同，也慢慢地来了。这是个无声的痛苦的斗争。君实曾经用尽能力，企图恢复他在夫人心窝里的独占的优势，然而徒然。娴娴的心里已经有一道坚固的壁垒，顽抗他的攻击；并且娴娴心里的新势力又是一天一天扩张，驱逼旧有者出来。在最近一月中，君实几次感到了自己的失败。他承认自己在娴娴心中的统治快要推翻，可是他始终不很明白，为什么两年前他那样容易地取得了夫人的心，占有了她的全灵魂，而现在却失之于不知不觉，并且恢复又像是无望的。两年前夫人的心，好比是一块海绵，他的每一滴思想，碰上就被吸收了去，现在这同一的心，却不知怎的已经变成一块铁，虽然他用了热情的火来锻炼，也软化不了它。"神秘的女子的心呵！"君实纳闷时常常这样想。他现在唯一的办法是讽刺；希望讽刺的酸味或者可以溶解了娴娴心里的铁。于是李小姐成了讽刺的目标。君实认定夫人的心质的变化，完全是李小姐从中作怪。

有时他也觉得讽刺不是正法，许会使娴娴更离他远些。但是，除了这条路更没有别的方法了。"呵，神秘的女子的心！"他只能叹着气这么想。

君实陡然烦躁起来了。他抖开了身上的羊毛毯，向床沿翻过身去；他竟忘记了自己的左手还握住了夫人的一只手。娴娴也惊醒了。她定了下神，把身子挪近丈夫身边，又轻轻的翘起头来，从丈夫的肩头瞧他的脸。

君实闭了眼不动。他觉得有一只柔软的臂膊放到胸口来了。他又觉得耳根边被毛茸茸的细发拂着做痒了。他还是闭着眼不动，却聚集了全身的注意力，在暗中伺察。俄而，竟有暖烘烘的一个身体压上来，另一个心的跳声也清晰地听得；君实再忍不住了，睁开眼来，看见娴娴用两臂支起了上半身，面对面的瞧着他的脸，像一只猫侦伺一只诈死的老鼠。君实不禁笑了出来。

"我知道你是假睡咧。"

娴娴微笑地说，同时两臂一松，全身落在君实的怀中了。女性的肉的活力，从长背心后透出来，沦浃了君实的肌骨；他委实有些摇摇不能自持了。但随即一个作痛的思想抓住了他的心：这温软的胸脯，这可爱的面庞，这善蹙的长眉，这媚眼，这诱人的熟透樱桃似的嘴唇——一切，这迷人的一切，都是属于他的，确确实实属于他的，然而在这一切以内，隐藏得很深的，有一颗心，现在还感得它的跳动的心，却不能算是属于他的了！他能够接触这名为娴娴的美丽的形骸，但在这有形的娴娴之外，还有一个无形的娴娴——她的灵魂，已经不是他现在所能接触了！这便是所谓恋爱的悲剧么？在恋爱生活中，这也算是失恋么？

他无法排遣似的忍痛地想着，不理会娴娴的疑问的注视。突然一只手掩在他的眼上；细而长的手指映着阳光，仿佛是几枝通明的珊瑚梗。而在那柔腴的手腕上，细珍珠穿成的手串很熨帖的围绕着，凡三匝。这是他们在莫干山消夏的纪念品，前几天断了线，新近才换好的。君实轻轻地拉下了娴娴的手。细珍珠给他的手指一种冷而滑的感觉。他的心灵突然一震。呵，可纪念的珠串！可纪念的已失的莫干山的快乐！祝福这再不能回来的快乐！

君实的眼光惘惘然在这些细珠上徘徊了半晌，然后，像感触了什么似的，倏地移到娴娴的脸上。这位少妇的微带惺忪的眼睛却也正在有所思地对他看。

"我们过去的生活，哪些日子你觉得顶快活？"

君实慢慢地说，像是每个字都经过深长的咀嚼的。

"我觉得现在顶快活。"

娴娴笑着回答，把她的身体更贴紧些。

"你不要随口乱说哟。娴娴，想一想罢——仔细地想一想。"

"那么，我们结婚的第一年——半年，正确地说，是第一个月，最快活。"

"为什么？"

娴娴又笑了。她觉得这样的考试太古怪。

"为什么？不为什么。只因为那时候我的经验全是新的。我以前的生活，好像是一页空白，到那时方才填上了色彩。以前的生活，现在回想起来，并不感到特别兴味，而且也很模糊了。只有结婚后的生活——唔，应该说是结婚后第一个月，即使是顶琐细的一衣一饭，我似乎都记得明明白白。"

君实微笑着点头，过去的事也再现在他眼前了。然而接踵来了感伤。难道过去的欢乐就这么永远过去，永远唤不回来么？

"那么，你呢？你觉得——哪些日子顶快活？"

娴娴反问了。她把左手抚摩君实前额的头发，让珍珠手串的短尾巴在君实眉间晃荡。

"我不反对你话，但是也不能赞成。在我，新结婚的第一年——或照你说，第一月，只是快乐的起点，不是顶点。我想把你造成为一个理想的女子，那时正是我实现我的理想的开端，有很大的希望鼓舞着，但并未达到真正的快乐。"

"我听你说过这些话好几次了。"

娴娴淡淡的插进来说。虽然从前听得了这些话，也是"有很大的希望鼓舞着"，但现在却不乐意听说自己被按照了理想而创造。

"可是你从来没问过我的理想究竟是成功呢抑是失败。娴娴，我的理想是成功的，但是也失败了。莫干山避暑的时候，你的创造刚好成功。娴娴，你记得我们在银铃山瀑布旁边大光石头上的事么？你本来是颇有些拘束的，但那时，我们坐在瀑布旁边，你只穿了件vest，正和你现在一样。自然这是一件小事，但很可以证明你的创造是完成了，我的理想是实现了。"

君实突然停止，握住了娴娴的臂膊，定着眼睛对她瞧。这位少妇现在脸上热烘烘了；她想起了当时的情形，她转又自怪为什么那时对于此等新奇的刺激并不感得十分的需要。如果在现今呀……

但是君实早又继续说下去了：

"我的理想是实现了，但又立即破碎了！我已经引满了幸福之杯。以前，我们的生活路上，是一片光明，以后是光明和黑暗交织着了。莫干山成了我们生活上的分水岭。从山里回来，你就渐渐改变了。娴娴，你是从那时起，一点一点地改变了。你变成了你自己，不是我所按照理想创造成的你了。我引导你所读的书，在你心里形成了和我各别的见解；我真不知道是怎么一回事，我不相信书里的真理会有两个。娴娴，你是在书本子以外——在我所引导的思想以外，又受了别的影响，可是你破坏了你自己！也把我的理想破坏了！"

君实的脸色变了，又闭了眼；理想的破灭使他十分痛苦，如梦的往事又加重了他的悒闷。

二

君实在二十岁时，满脑子装着未来生活的憧憬。他常常自说，二十岁是他的大纪念日；父亲死在这一年，遗给他一份不算小的财产，和全部的生活的自由。虽然只有二十岁，却没有半点浪漫的气味；父亲在日的谆谆不倦的"庭训"，早把他的青春情绪剥完，成为有计划的实事求是的人。在父亲的灵床边，他就计划如何安排未来的生活；他含了哭父的眼泪，凝视未来的梦。像旅行者计划明日的行程似的，他详详细细地算定了如何实现未来的梦；他要研究各种学问，他要找一个理想的女子做生活中的伴侣，他要游历国内外考察风土人情，他要锻炼遗大投艰的气魄，他要动心忍性，他要在三十五六年富力强意志坚定的时候生一子一女，然后，过了四十岁为祖国为社会为人类服务。

这些理想，虽说是君实自己的，但也不能不感谢他父亲的启示。自从戊戌政变那年落职后，老人家就无意仕进，做了"海上寓公"，专心整理产业，管教儿子。他把满肚子救国强种的经纶都传授了儿子，也把这大担子付托了儿子。他老了，少壮时奔走衣食，不曾定下安身立命的大方针，想起来是很后悔的，所以时常教儿子先须"立身"。他也计划好了儿子将来的路，他也要照自己的理想来创造他的儿子。他只创造了一半，就放手去了。

君实之禀有父亲的创造欲的遗传，也是显然的。当他选择终身的伴侣时，很费了些时间和精神；他本有个"理想的夫人"的图案，他将这图案去校对所有碰在他生活路上的具有候补夫人资格的女子，不知怎的，他总觉得不对——社会还没替他准备好了"理想的夫人"。蹉跎了五六年工夫，亲戚们为他焦虑，朋友们为他搜寻，但是他总不肯决定。后来他的"苛择"成了朋友间的谭助，他们见了君实时，总问他有没有选定，但答案总是摇头。一天，他的一个旧同学又和他谈起了这件事：

"君实，你选择夫人，总也有这么六七年了罢；单就我介绍给你的女子，少说也有两打以上了，难道竟没有一个中意么？"

"中意的是尽有，但合于理想的却没有一个。"

"中意不就是合于理想么？有分别么？倒要听听你的界说了。"

"自然有分别的。"君实微微笑地回答，"中意，不过是也还过得去而已，和理想的，差得很远哪！如果我仅求中意，何至七年而不成。"

"那么，你所谓理想的——不妨说出来给我听听罢？"

旧同学很有兴味的问；他燃着了一支烟卷，架起了腿，等待着君实的高论。

"我所谓理想的，是指她的性情见解在各方面都和我一样。"

君实还是微微笑地说。

"没有别的条件——咳，别的说明了么？"

"没有。就是这简单的一句话。"

旧同学很失望似的看着君实，想不到君实所谓"理想的"，竟是如此简单而且很像不通的。但他转了话头又问：

"性情见解相同的，似乎也不至于竟没有罢；我看来，张女士就和你很配，王女士也不至于和你说不来。为什么你都拒绝了呢？"

"在学问方面讲，张女士很不错；在性情方面讲，王女士是好的。但即使她们俩合而为一，也还不是我的理想。她们都有若干的成见——是的，成见，在学问上在事物上都有的。"

旧同学不得要领似的睁大了惊异的眼。

"我所谓成见，是指她们的偏激的头脑。是的，新女子大都有这毛病。譬如说，行动解放些也是必要的，但她们就流于轻浮放浪了；心胸原要阔大些，但她们又成为专门骛外，不屑注意家庭中为妻为母的责任；旧传统思想自然要不得的，不幸她们大都又新到不知所云。"

"哦——这就难了；但是，也不至于竟没有罢？"

旧同学沉吟地说；他心里却想道：原来理想的，只是这么一个半新不旧的女子！

"可是你不要误会我是宁愿半新不旧的女子。"君实再加以说明，似乎他看见了旧同学的思想。"不是的。我是要全新的，但是不偏不激，不带危险性。"

"那就难了。混乱矛盾的社会，决产生不出这样的女子。"

君实同意地点着头。

"你不如娶一个外国女子罢。"旧同学像发现了新理论似的高声说，"英国女子，大都是合于你的想象的。得了，君实，你可以留意英国女子。你不是想游历欧洲么，就先到伦敦去找去。"

"这原是一条路，然而也不行。没有中国民族性做背景，没有中国五千年文化做遗传的外国女子，也不是我的理想的夫人。"

"呵！君实！你大概只好终身不娶了！或者是等到十年二十年后，那时中国社会或者会清明些，能够产生你的理想的夫人。"

旧同学慨叹似的作结论，意要收束了本问题的讨论；但君实却还收不住，他竖起大拇指霍地在空中画了个半圆形，郑重地说：

"也不然。我现在有了新计划了。我打算找一块璞玉——是的，一块璞玉，由我亲手雕琢而成器。是的，社会既然不替我准备好了理想的夫人，我就来创造一个！"

君实眼中闪着踌躇满志的光，但旧同学却微笑了；创造一个夫人？未免近于笑话罢？然而君实确是这么下了决心了。他早已盘算过：只要一个混沌未凿的女子，只要是生长在不新不旧的家庭中，即使不曾读过书，但得天资聪明，总该可以造就的，即使有些传统的性习，也该容易转化的罢。

又过了一年多，君实居然找得了想象中的璞玉了，就是娴娴，原是他的姨表妹；他的理想的第一步果然实现了。

娴娴是聪明而豪爽，像她的父亲；温和而精细，像她的母亲。她从父亲学通了中文，从母亲学会了管理家务。她有很大的学习能力；无论什么事，一上了手，立刻就学会了。她很能感受环境的影响。她实在是君实所见的一块上好的"璞玉"。在短短的两年内，她就读完了君实所指定的书，对于自然科学、历史、文学、哲学、现代思潮，都有了常识以上的了解。当她和君实游莫干山的时候，在那些避暑的"高等华人"的太太小姐队中，她是个出色的人儿：她的优雅的举止、有教育的谈吐、广阔的知识、清晰的头脑、活泼的性情，都证明她是君实的卓绝的创造品。

虽则如此，在创造的过程中，君实也煞费了苦心。

娴娴最初不喜欢政治，连报纸也不愿意看；自然因为她父亲是风流名士，以政治为浊物，所以娴娴是没有政治头脑的遗传的。君实却素来留心政治，相信人是政治的动物，以为不懂政治的女子便不是理想的完全无缺的女子。他自己读过各家的政治理论，从柏拉图以至浩布士、罗素，甚至于克鲁泡特金、马克思、列宁；然而他的政治观念是中正健全的、合法的。他要在娴娴的头脑里也创造出这么一个政治观念。他对于女子的政治运动的见解，是美国总统罗斯福的："如果大多数女子自己来要求参政权，我就给她们。"英国的已颇激烈的"蓝袜子"的参政权运动，在君实看来是不足取的。

他抱了严父望子成名那样的热心，诱导娴娴读各家的政治理论，他要娴娴留心国际大势，用苦心去记人名地名年月日；他要娴娴每天批评国内的时事，而他加以纠正。经过了三个月的奋斗，他果然把娴娴引上了政治的路。

第二件事使君实极感困难的，是娴娴的乐天达观的性格；不用说，这是名士的父亲的遗传了。并且也是君实所不及料的。娴娴这种性格，直到结婚半年后一个明媚的四月的下午，第一次被君实发见。那一天，他们夫妇俩游龙华，坐在泥路旁的一簇桃树下歇息。娴娴仰起了面孔，接受那些悠悠然飘下来的桃花瓣。那浅红的小圆片落在她的眉间、她的嘴唇旁、她的颈际，——又从衣领的微开处直滑下去，粘在她的乳峰的上端。娴娴觉得这些花瓣的每一个轻妙的接触都像初夜时君实的抚摸，使她心灵震撼，感着甜美的奇趣，似乎大自然的春气已经电化了她身上的每一个细胞、每一条神经纤维、每一支极细极细的血管，以至于她能够感到最轻的拂触、最弱的声浪，使她记忆起尘封在脑角的每一件最琐屑的事。同时一种神秘的活力在她脑海里翻腾了；有无数的感想滔滔滚滚的涌上来，有一种似甜又似酸的味儿灌满了她的心；她觉得有无数的话要说，但一个字也没有，她只抓住了君实的手，紧紧地握着，似乎这便是她的无声的话语。

从路那边，来了个衣衫褴褛的醉汉，映着酡红的酒脸，耳槽里横捎着一小枝桃花，他踉跄地高歌而来，他愣起了血红的眼睛，对娴娴他们瞥了一眼，然后更提高了嗓子唱着，转向路的西头去了。

"哈，哈，哈哈！"

醉汉狂笑着睨视路角的木偶似的挺立着的哨兵。似乎他说了几句什么话。然后，他的簸荡的身形没入桃林里不见了。

"哈哈，哈，哈，哈……"

远远的还传来了渐曳渐细的笑声，像扯细了的糖丝，袅袅地在空中回旋。娴娴松了口气，把遥瞩的目光从泥路的转角收回来，注在君实的脸上。她的嘴角上浮出一个神秘的忘我的笑形。

"醉汉：神游乎六合之外的醉农！"娴娴赞颂似的说，"这就是庄子所说的刖足的王骀，没有脚指头的叔山无趾，生大瘤的瓮瓷大瘿，那一类的人罢！……君实，你看见他的眼光么？他的对于一切都感得满足的眼光呀！在他眼前，一切我们所崇拜的，富贵、名誉、威权、美丽，都失了光彩呢。因为他是藐视这一切的，因为他是把贫富、贵贱、智愚、贤不肖、是非、大小，都一律等量齐观的，所以他对于一切都感得那样的满足罢！爸爸常说：醉中始有'全人'，始有'真人'，今天我才深切地体会出采了。我们，自以为聪明美丽，真是井蛙之见，我们的精神真是可笑的贫乏而且破碎呵！"

君实惊讶地看着他的夫人，没有回答。

"记得十八岁的时候，爸爸给我讲《庄子》，我听到'藐姑射仙子'那一段，我神往了；我想起人家称赞我的美丽聪明那些话，我惭愧得什么似的；我是个不堪的浊物罢哩。后来爸爸说，藐姑射仙子不过是庄生的比喻，大概是指'超乎物外'的元神；可是我仍旧觉得我自己是不堪的浊物。我常常设想，我们对于一切事物的看法，应该像是站在云端里俯瞩下面的景物，一切都是平的，分不出高下来。我曾经试着要持续这个心情，有时竟觉得我确已超出了人间世，夷然忘了我的存在，也忘了人的存在。"

娴娴凝眸望着天空，似乎她看见那象征的藐姑射仙子泠泠然御风而行就在天的那一头。

君实此时正也忙乱地思索着，他此时方才知道娴娴的思想里竟隐伏着乐天达观出世主义的毒。他回想不久以前，娴娴看了西洋哲学上的一元二元的辩论，曾在书眉上写了这么几句："自其异者视之，肝胆楚越也。自其同者视之，万物皆一也。万物毕同毕异。"这不是庄子的话么？他又记得娴娴看了各派政论家对于"国家机能"的驳难时，曾经笑着对他说，"此一是非，彼亦一是非；都是的，也都不是的。"当时以为她是说笑，现在看来，她是有庄子思想作了底子的；她是以站在云端看"蛮触之争"的心情来看世界的哲学问题政治争论的。君实认定非先扫除娴娴的达观思想不可了。

从那一天起，君实就苦心地诱导娴娴看进化论，看尼采，看唯物派各大家的理论。他鉴于从前把两方面的学说给她看所得的不好的结果，所以只把一方面给她了。虽然唯物主义应用在社会学上是君实自己所反对的，可是为的要医治娴娴的唯心的虚无主义的病，他竟不顾一切地投了唯物论的猛剂了。

这一度改造，君实终于又奏了凯旋。

然而还有一点小节须得君实去完工。不知道为什么，娴娴虽则落落有名士气，然而羞于流露热情。当他们第一次在街上走，娴娴总在离开君实的身体有半尺光景。当在许多人前她的手被君实握着，她总是一阵面红，于是在几分钟之后便借故洒脱了君实的手。她这种旧式女子的娇羞的态度，常常为君实所笑。经过了多方的陶冶，后来娴娴胆大些了，然而君实总还嫌她的举动不甚活泼。并且在闺房之内，她常常是被动的，也使君实感到平淡无味。他是信仰遗传学的，他深恐娴娴的腼腆的性格将来会在子女身上种下了怯弱的根性，所以也用了十二分的热心在娴娴身上做功夫。自然也是有志者事竟成呵，当他们游莫干山时，娴娴已经出落得又活泼又大方，知道了如何在人前对丈夫表示细腻的昵爱了。

现在娴娴是"青出于蓝"。有时反使君实不好意思，以为未免太肉感些，以为她太需要强烈的刺激了。

三

这么着在刹那间追溯了两年来的往事，君实懒懒地倚在床栏上，闷闷地赶不去那两句可悲的话："你破坏了你自己，也把我的理想破坏了！"二十岁时的美妙的憧憬，现在是隔了浓雾似的愈看愈模糊了。娴娴却先已起身，像小雀儿似的在满房间跳来跳去，嘴里哼着一些什么歌曲。

太阳光已经退到沙发榻的靠背上。和风送来了远远的市嚣声，说明此时至少有九点钟了。两杯牛奶静静的候在方桌上，幽幽然喷出微笑似的热气。衣橱门的大镜子，精神饱满地照出女主人的活泼的倩影。梳妆台的三连镜却似乎有妒意，它以为照映女主人的雪肤应该是属于它的职权范围的。

房内的一切什物，浸浴在五月的晨气中，都是活力弥满的一排一排的肃静地站着，等候主人的命令。它们似乎也暗暗纳罕着今天男主人的例外的晏起。

床发出低低的叹声，抱怨它的服务时间已经太长久。

然而坠入了幻灭的君实却依旧惘惘然望着帐顶，毫无起身的表示。

"君实，你很倦罢？你想什么？"

娴娴很温柔地问；此时她已经坐在靠左的一只沙发椅里拉一只长筒丝袜到她腿上；羊毛的贴身长背心的下端微微张开，荡漾出肉

447

的热香。

君实苦笑着摇头，没有回答。

"你还在咀嚼我刚才说的话么？是不是我的一句'是你自己的手破坏了你的理想'使你不高兴了？是不是我的一句'你召来了魔鬼，但是不能降服他'，陡你伤心么？我只随便说了这两句话，想不到更使你烦闷了。喂，傻孩子，不用胡思乱想了！你原来是成功的。我并没走到你的反对方向。我现在走的方向，不就是你所引导的么？也许我确是比你走先了一步了，但我们还是同一方向。"

没有回答。

"我是驯顺地依着你的指示做的。我的思想行动，全受了你的影响。然而你说我又受了别的影响。我自然知道你是指着李小姐。但是，君实，你何必把一切成绩都推在别人身上；你应该骄傲你自己的引导是不错的呀！你剥落了我的乐天达观思想，你引起了我的政治热，我成了现在的我了，但是你倒自己又看出不对来了。哈，君实，傻孩子，你真真地玩了黄道士召鬼的把戏了。黄道士烧符念咒的时候，惟恐鬼不来，等到鬼当真来了，他又怕得什么似的，心里抱怨那鬼太狞恶，不是他的理想的鬼了。"

娴娴噗嗤地笑了；虽然看见君实皱起了眉头，已经像是很生气，但她只顾格格地笑着。她把第二只丝袜的长筒也拉上了大腿，随即走到床前，捧住了君实的面孔，很妩媚的说：

"那些话都不用再提了。谁知道明天又会变出什么来呀！君实，明天——不，我应该说下一点钟，下一分钟，下一刹那，也许你变了思想，也许我变了思想，也许你和我都变了，也许我们更离远些，但也许我们倒又接近了。谁知道呢！昨天是那么一回事，今天是另一回事，明天又是一回事，后天怎样？自己还不曾梦到；这就是现在光荣的流行病了。只有，君实，你，还抱住了二十岁时的理想，以为推之四海而皆准，俟之百世而不惑；君实，你简直的有些傻气。好了，再不要呆头呆脑的痴想罢。过去的，让它过去，永远不要回顾；未来的，等来了时再说，不要空想；我们只抓住了现在，用我们现在的理解，做我们所应该做。君实，好孩子，娴娴和你亲热，和你玩玩罢！"

用了紧急处置的手腕，娴娴又压在君实的身上了。她的绵软而健壮的肉体在他身上揉研，笑声从她的喉间汩汩地泛出来，散在满房，似乎南窗前书桌角的那一叠正襟危坐的书籍也忍不住有些心跳了。

君实却觉得那笑声里含着勉强——含着隐痛，是嗥，是叹，是诅咒。可不是么？一对泪珠忽然从娴娴的美目里迸出来，落在君实的鼻囵边，又顺势淌下，钻进他的口吻。君实像触电似的全身一震，紧紧地抱住了娴娴的腰肢，把嘴巴埋在刚刚侧过去的娴娴的颈脖里了。他感得了又甜又酸又辣的奇味，又爱又恨又怜惜的混合的心情，那只有严父看见败子回头来投到他脚下时的心情，有些相像。

然而这个情绪只现了一刹那，随即另一感想抓住了君实的心：

——这便是女子的所以为神秘么？这便是女子的灵魂所以毕竟成其为脆弱的么？这便是女子之所以成其为Sentimentalist么？这便是女子的所以不能发展中正健全的思想而往往流于过或不及么？这便是近代思想给予的所谓兴奋紧张和彷徨苦闷么？这便是现代人的迷乱和矛盾么？这便是动的热的刺激的现代人生下面所隐伏的疲倦、惊悸和沉闷么？

于是君实更加确信自己的思想是健全正确，而娴娴毁坏了她自己了！为了爱护自己的理想，为了爱娴娴，他必须继续奋斗，在娴娴心灵中奋斗，和那些危险思想，那些徒然给社会以骚动给个人以苦闷的思想争最后之胜利。希望的火花，突又在幻灭的冷灰里爆出来。君实又觉得勇气百倍，如同十年前站在父亲灵床前的时候了。

他本能地斜过眼去看娴娴的脸，娴娴也正在偷偷地看他。

"嘻，嘻……嘻！"

娴娴又软声地笑起来了。她的颊上泛出淡淡的红晕，她的半闭的眼皮边的淡而细、媚而含嗔的笑纹，就如摄魂的符箓，她的肉感的热力简直要使君实软化。呵，魅人的怪东西！近代主义的象征！即使是君实，也不免摇摇地有些把握不定了。可是理性逼迫他离开这个娇冶的诱惑，经验又告诉他这是娴娴躲避他的唠叨的惯技。要这样容易地就蒙过了他是不可能的。他在那喷红的嫩颊上印了个吻，就镇定地说：

"娴娴，你的话，正像你的思想和行动：只知其一，未知其二。我们鼓励小孩子活泼，但并不希望他们爬到大人的头发梢。小孩子玩着一件事，非到哭散场不休，他们是没有忖量的，不知道什么叫做适可而止。娴娴，可是你的性格近来愈加小孩子化了。我导引你留心政治，但并不以为当即可以钻进实际政治——而况又是不健全不合法的政治运动。比如现在大家都说'全民政治'，但何尝当真想把政治立即全民化呢，无非使大家先知道有这么一句话而已。听的人如果认真就要起采，那便是胡闹了。娴娴，可是你近来就有点近于那样的胡闹。你不知道你是多么的幼稚，你不知道你已经身临险地了。今天早上我就做了一个可怕的梦——关于你的梦……"

君实不得不停止了；娴娴的忍俊不禁的连续的小声地笑，使他说不下去，他疑问地又有几分不快地，看着娴娴的眼睛。

"你讲下去哪。"

娴娴忍住了笑说；但从她的乳房的细微的颤动，可以知道她还在无声地笑着。

"我先要晓得你为什么笑？"

"没有什么哟！关于小孩子的——既然你认真要听，说说也不妨。我听了你的话，就联想到满足小孩子的欲望的方法了。对八岁大的孩子说'好孩子，等你到了十岁，一定买那东西来给你。'可是对十岁大的孩子又说是须得到十一岁了。永久是预约，永久是明年，直到孩子大了，不再要了，也就没有事了。君实，——对不对？"

君实不很愿意似的点了点头。他仿佛觉得夫人的话里有刺。

"你的梦一定是很好听的，但一定也是很长的，和你的生活一般长。留着罢，今晚上细细讲罢。你看，钟上已经是九点二十分。我还没洗脸呢。十点钟又有事。"

不等君实开口，像一阵风似的，这位活泼的少妇从君实的拥抱中滑了出来；她的长背心也倒卷上去了，露出神秘的肉红色，恰和霍地坐起来的君实打了个照面。娴娴来不及扯平衣服，就同影子一般引了开去。君实看见她跑进了梳妆台侧的小门，砰的一声，将门碰上。

君实嗒然走到娴娴的书桌前坐下，随手翻弄那些纵横斜乱的杂志。娴娴的突兀的举动，使他十分难受。他猜不透娴娴究竟存了什么心。说她是不顾一切的要实行她目前的主张罢，似乎不很像，她还不能摆脱旧习惯，她究竟还是奢侈娇贵的少奶奶；说她是心安理得的乐于她的所谓活动罢，也似乎不像，她在动定后的刹那间时常流露了中心的彷徨和焦灼，例如刚才她虽则很洒脱地说："过去的，让它过去罢；未来的，不要空想；我们只抓住了现在，用我们现在的理解，做我们所应该做。"然而她狂笑时有隐痛，并且无端地滴了眼泪了。他更猜不透娴娴对于他的态度。说她是有些异样罢，她仍旧和他很亲热很温婉；说她是没有异样罢，她至少是已经不愿意君实去过问她的事，并且不耐烦听君实的批评了。甚至于刚才不愿意听君实讲关于她的梦。

——呵，神秘的女子的心！君实不自觉地又这么想。

神秘？他想来是不错的，女子是神秘的，而娴娴尤甚：她的构成，本来是复杂的。他于是细细分析现在的娴娴，再考察娴娴被创造的过程。

久被尘封的记忆，一件一件浮现出来；散乱的不连续的观念，一点一点凝结起来；他终于不得不承认，他的所谓创造，只是破坏。并且他所用以破坏的手段却就在娴娴的脑子里生了根。他破坏了娴娴的乐天达观思想，可是唯物主义代替着进去了；他破坏了娴娴的厌恶政治的名士气味，可是偏激的政治思想又立即盘踞着不肯出来；他破坏了娴娴的娇羞娴静的习惯，可是肉感的，要求强烈刺激的习惯又同时养成了。至于他自己的思想却似乎始终不曾和娴娴的脑筋发生过关系。娴娴的确善于感受外来的影响，但是他自己的思想对于娴娴却是一丝一毫的影响都没有。往常他自以为创造成功，原来只骗了自己！他自始就失败了，何曾有过成功的一瞬。他还以为莫干山避暑时代是创造娴娴的成功期，咳，简直是梦话而已！几年来他的劳力都是白费的！

他又想起刚才娴娴说的"你自己的手破坏了自己的理想"那句

话来了。他不得不承认这句话是对的。他觉得实在错怪了李小姐。

他恨自己为什么那样糊涂！他，自以为有计划去实现他的憧憬的，而今却发现出来他实在是有计划去破坏自己的憧憬；他煞费苦心自以为按照了自己的理想而创造的，而今却发现出来完全不是那么一回事！

——迷乱矛盾的社会，断乎产生不出那样的人。

旧同学的这句话闪上他的心头了。他恨这社会！就是这迷乱矛盾的社会破坏了他的理想的！可不是么？在迷乱矛盾的空气中，什么事都做不好的。他真真地绝望了！

霍浪霍浪的水声从梳妆台侧的小门后传出来，说明那漂亮聪明的少妇正在那里洗浴了。

君实下意识地转过脸去望着那个小门，水声暂时打断了他的思绪。忽然衣橱门的大镜子里探出一个人头来。君实急转眼看房门时，见那门推开了一条缝，王妈的头正退出一半；她看见房里只有君实不衫不履呆呆地坐着，心下明白现在还不是她进来的时候。

突然一个新理想撞上君实的心了。

为什么他要绝望呢？虽说是迷乱矛盾的社会产生不出，中正健全思想的人，但是他自己，岂不是也住在这社会么？他为什么竟产生了呢？可知社会对于个人的势力，不是绝对的。

为什么他要丧失自信心呢！虽说是两年来他的苦心是白费，但反过来看，岂不是因为他一向只在娴娴身上做破坏工作，却忽略了把自己的思想灌输给她，所以娴娴成其为现在的娴娴么？只要他从此以后专力于介绍自己所认为健全的思想，难道不能第二次改变娴娴，把她赢回来么？一定的！从前为要扫除娴娴的乐天达观名士气派的积滞，所以冒险用了破坏性极强的大黄巴豆，弄成了娴娴现在的昏瞀邪乱的神气，目下正好用温和健全的思想来扶养她的元气。希望呀！人生是到处充满着希望的哪！只要能够认明已往的过误，"希望"是不骗人的！

现在君实的乐观，是最近半个月来少有的了；而且这乐观的心绪，也使他能够平心静气地检查自己近来对于娴娴的态度，他觉得自己的冷讽办法很不对，徒然增加娴娴的反感；他又觉得自己近来似乎有激而然的过于保守的思想也不大好，徒然使娴娴认为丈夫是当真一天一天退步，他又觉得一向因为负气，故意拒绝参加娴娴所去的地方，也是错误的，他应该和她同去，然后冷静公正地下批评；促起娴娴的反省。

愈想愈觉得有把握似的，君实不时望着浴室的小门；新计划已经审慎周详，只待娴娴出来，立即可以开始实验了，他像考生等候题纸似的，很焦灼，但又很鼓舞。

房门又轻轻地被推开了。王妈慢慢地探进头来，乌溜溜的眼睛在房里打了个圈子。然后，她轻轻地走进来，抱了沙发榻上的一团女衣，又轻轻地去了。

君实还在继续他的有味的沉思。娴娴刚才说过的话，也被他唤起来从新估定价值了。当时被忽略的两句，现在跳出来要求注意：

——我现在走的方向，不就是你所引导的么？也许是我先走了一步，但我们还是同一方向。

君实推敲那句"走先了一步"。他以为从这一句看来，似乎娴娴自己倒承认确是受过他的影响，跟着他走，仅仅是现在轶出他的范围罢了。他猛然又记起谁——大概是李小姐罢——也说过同样意义的话，仿佛说他本是娴娴的引导，但现在他觉得乏了，在半路上停息下来，而被引导的娴娴便自己上前了。当真是这般的么？自信很深的君实不肯承认。他绝对自信他不是中道而废的软背脊的人儿。他想：如果自己的思想而确可以算作执中之道呢，那也无非因为他曾经到过道的极端，看着觉得有点不对，所以又回来了；然而无论如何，娴娴受过他的影响，却又像是可信了，她自己和她的蜜友都承认了。可是他方才的推论，反倒以为全然没有呢，反倒以为从前是用了别人的虎狼之药来破坏了固有的娴娴，而现在须得他从头做起了。

他实实在在迷住了：他觉得自己的推论很对，但也没有理由推翻娴娴的自白。虽则刚才的乐观心绪尚在支撑他，但不免有点彷徨了。他自己策励自己说："这个谜，总得先揭破；不然，以后的工作，无从下手。"然而他的苦思已久的发胀的头脑已不能给他一些新的烟士披里纯了。

房门又开了。王妈第二次进来，怪模怪样地在房里张望了一会；后来走到梳妆台边，抽开一个小抽屉。拿了娴娴的一双黄皮鞋出去了。

君实下意识地看着王妈进来，又看着她出去；他的眼光定定地落在房门上半日向，然后又收回来。在娴娴的书桌上徘徊。终于那象牙小兔子邀住了君实的眼光。他随手拿起那兔子来，发现了"丈夫"二字被刀刮过的秘密了。但是他倒也不以为奇。他记得娴娴发过议论，以为"丈夫"二字太富于传统思想的臭味，提到"丈夫"，总不免令人联想到"夫者天也"等等话头，所以应该改称"爱人"——却不料这里的两个字也在避讳之列！他不禁微笑了，以为娴娴太稚气。于是他想起娴娴为什么还不出来。他觉得已经过了不少时候，并且似乎好久不听得霍浪霍浪的水声了。他注意听，果然没有；异常寂静。竟像是娴娴已经睡着在浴室里了。

君实走到梳妆台旁的时候，愈加确定娴娴准是睡着在浴盆里了。他刚要旋转那小门的瓷柄，门忽然自己开了。一个人捧了一大堆毛巾浴衣走出来。
不是娴娴，却是王妈！
"是你……呀！"
君实惊呼了出来。但他立即明白了：浴室通到外房的门也开得直荡荡，娴娴从这里下楼去了。她，夫人——就是爱人也罢，却像暴徒逃避了侦探的尾随一般，竟通过浴室躲开了！他这才明白王妈两次进来取娴娴的衣服和皮鞋的背景了。他觉得娴娴太会和他开玩笑！
"少奶奶早已洗好了。叫我收拾浴盆。"
王妈看着君实的不快意的面孔，加以说明。

君实只觉得耳朵里的血管轰轰地跳。王妈的话，他是听而不闻。他想起早晨不祥之梦里的情形。他嗅得了厄运的气味。他的泛泡沫的情热，突然冷了；他的尊严的自许，受伤了；而他的跳得更快的心，在敲着警钟。

"少奶奶在楼下么！"

便是王妈也听得出这问句的不自然的音调了。

"出去了。她叫我对少爷说：她先走了一步了，请少爷赶上去罢。——少奶奶还说，倘使少爷不赶上去，她也不等候了。"

"哦——"

这是一分多钟后，君实喉间发出采的滞涩的声浪。小小的象牙兔子又闯入他的意识界，一点一点放大了，直到成为人形，傲慢地斜起了红眼睛对他瞧。他恍惚以为就是娴娴。终于连红眼睛也没有了，只有白肚皮上"丈夫"的刀刮痕更清晰地在他面前摇晃。

1928年2月23日

秋收①

Qiu Shou

① 本篇最初发表于1933年4月、5月《申报月刊》第二卷第四期、第五期。

一

直到旧历五月尽头，老通宝那场病方才渐渐好了起来。除了他的媳妇四大娘到祖师菩萨那里求过两次"丹方"而外，老通宝简直没有吃过什么药；他就仗着他那一身愈穷愈硬朗的筋骨和病魔挣扎。

可是第一次离床的第一步，他就觉得有点不对了；两条腿就同踏在棉花堆里似的，软软地不得劲，而且他无论如何也不能把腰板挺直。"躺了那么长久，连骨节都生了锈了！"——老通宝不服气地想着，努力想装出还是少壮的气概来。然而当他在洗脸盆的水中照见了自己的面相时，却也忍不住叹一口气了。那脸盆里的面影难道就是他么？那是高撑着两根颧骨，一个瘦削的鼻头，两只大廓落落的眼睛，而又满头乱发，一部灰黄的络腮胡子，喉结就像小拳头似的突出来；——这简直七分像鬼呢！老通宝仔细看着，看着，再也忍不住那眼眶里的泪水往脸盆里直滴。

这是倔强的他近年来第一次淌眼泪。四五十年辛苦挣成了一份家当的他，素来就只崇拜两件东西：一是菩萨，一是健康。他深切地相信：没有菩萨保佑，任凭你怎么刁钻古怪，弄来的钱财到底是不"作肉"的；而没有了健康，即使菩萨保佑，你也不能挣钱活命。在这上头，老通宝所信仰的菩萨就是"财神"。每逢旧历朔望，老通宝一定要到村外小桥头那座简陋不堪的"财神堂"跟前磕几个响头，四十余年如一日。然而现在一场大病把他弄到七分像鬼，这打击就比茧子卖不起价钱还要厉害些。他觉得他这一家从此完了，再没有翻身的日子。

"唉！总共不过睏了个把月，怎么就变了样子！"

望着那蹲在泥灶前吹火的四大娘，老通宝轻轻说了这么一句。

没有回答。蓬松着头发的四大娘头脸几乎要钻进灶门去似的一股劲儿在那里胡胡地吹。白烟涨漫了一屋子，又从屋前屋后钻出去，可是那半青的茅草不肯旺燃。十二三岁的小宝从稻场上跑进来，呛着那烟气就咳起来了；边咳，一边就嚷肚子饿。老通宝也咳了几声，抖颤着一对腿，走到那泥灶跟前，打算帮一手。但此时灶门前一亮，茅草燃旺了，接着就有小声儿的必剥必剥的爆响。四大娘加了几根桑梗在灶里，这才抬起头来，却已是满脸泪水；不知道是为了烟熏了眼睛呢，还是另有原因，总之，这位向来少说话多做事的女人现在也是淌眼泪。

公公和儿媳妇两个，泪眼对看着，都没有话。灶里现在燃旺了，火舌头舔到灶门外。那一片火光映得四大娘满脸通红。这火光，虽然掩过了四大娘脸上的菜色，可掩不过她那消瘦。而且那发育很慢的小宝这时倚在他母亲身边，也是只剩了皮包骨头，简直像一只猴子。这一切，老通宝现在是看得十分清楚，——他躺在那昏暗的病床上也曾摸过小宝的手，也曾觉得这孩子瘦了许多，可总不及此时他看得真切，——于是他突然一阵心酸，几乎哭出声来了。

"呀，呀，小宝！你怎么的？活像是童子痨呢！"

老通宝气喘喘地挣扎出话来，他那大廓落落的眼睛钉住了四大娘的面孔。

仍旧没有回答，四大娘撩起那破洋布衫的大襟来抹眼泪。

锅盖边嘟嘟地吹着白的蒸汽了。那汽里还有一股香味。小宝趑到锅子边凑着那热气嗅了一会儿，就回转头撅起嘴巴，问他的娘道：

"又是南瓜！娘呀！你怎么老是南瓜当饭吃！我要——我想吃白米饭呢！"

四大娘猛地抽出一条桑梗来，似乎要打那多嘴的小宝了；但终于只在地上鞭了一下，随手把桑梗折断，别转脸去对了灶门，不说话。

"小宝，不要哭；等你爷回来，就有白米饭呀。爷到你外公家去——托你外公借钱去了；借钱来就买米，烧饭给你吃。"老通宝的一只枯瘠的手抖簌簌地摸着小宝的光头，喃喃地说。

他这话可不是撒谎。小宝的父亲，今天一早就上镇里找他岳父张财发，当真是为的借钱，——好歹要揪住那张老头儿做个"中人"向镇上那专放"乡债"的吴老爷"借转"这么五块十块钱。但是小宝却觉得那仍旧是哄他的。足有一个半月了，他只听得爷和娘商量着"借钱来买米"。可是天天吃的还不是南瓜和芋头！讲到芋头，小宝也还有几分喜欢；加点儿盐烧熟了，上口也还香腻。然而那南瓜呀，松波波的，又没有糖，怎么能够天天当正经吃？不幸是近来半个月每天两顿总是老调的淡南瓜！小宝想起来就心里要作呕了。他含着两泡眼泪望着他的祖父，肚子里却又在咕咕地叫。他觉得他的祖父，他的爷、娘，都是硬心肠的人；他就盼望他的叔叔多多头回来，也许这位野马似的好汉叔叔又像上次那样带几个小烧饼来偷偷地给他香一香嘴巴。

然而叔父多多头已经有三天两夜不曾回家，小宝是记得很真的！

锅子里的南瓜也烧熟了，滋滋地叫响。老通宝揭开锅盖一看，那小半锅的南瓜干渣渣地没有汤，靠锅边并且已经结成"南瓜锅巴"了，老通宝眉头一皱，心里就抱怨他的儿媳妇太不知道俭省。蚕忙以前，他家也曾断过米，也曾烧南瓜当饭吃，但那时两个南瓜就得对上一锅子的水，全家连大带小五个人汤漉漉地多喝几碗也是一个饱；现在他才只病倒了个把月，他们年青人就专往"浪费"这条路上跑，这还了得么？他这一气之下，居然他那灰青的面皮有点红彩了。他抖抖簌簌地走到水缸边正待舀起水来，想往锅里加，猛不防四大娘劈头抢过去就把那干渣渣的南瓜糊一碗一碗盛了起来，又哑着嗓子叫道：

"不要加水！就只我们三个，一顿吃完；晚上小宝的爷总该带回几升米来了！——嗳，小宝，今回的南瓜干些，滋味好，你来多吃一碗罢！"

嚓！嚓！嚓！四大娘手快，已经在那里铲着南瓜锅巴了。老通宝气得说不出话来，捧了一碗南瓜就颤巍巍地踱到"廊檐口"，坐在门槛上慢慢地吃着，满肚子是说不明白的不舒服。

面前稻场上一片太阳光，金黄黄地耀得人们眼花。横在稻场前的那条小河像一条银带；可是河水也浅了许多了，岸边的几枝水柳叶子有点发黄。河岸两旁静悄悄地没个人影，连黄狗和小鸡也不见一只。往常在这正午时分，河岸上总有些打水洗衣洗碗盏的女人和孩子，稻场上总有些刚吃过饭的男子衔着旱烟袋，蹲在树底下，再不然，各家的廊檐口总也有些人像老通宝似的坐在门槛上吃喝着谈着，但现在，太阳光暖和地照着，小河的水静悄悄地流着，这村庄却像座空山了！老通宝才只一个半月没到廊檐口来，可是这村庄已经变化，他几乎认不得了，正像他的小宝瘦到几乎认不得一样！

碗里的南瓜糊早已完了，老通宝瞪着一对大廓落落的眼睛望着那小河，望着隔河的那些冷寂的茅屋，一边还在机械地啜着。他也不去推测村里的人为什么整伙儿不见面，他只觉得自己一病以后这世界就变了！第一是他自己，第二是他家里的人，——四大娘和小宝，而最后，是他所熟悉的这个生长之乡。有一种异样的悲酸冲上他鼻尖来了。他本能地放下那碗，双手捧着头，胡乱地想这想那。

他记得从"长毛窝"里逃出来的祖父和父亲常常说起"长毛""洗劫过"（那叫做"打先风"罢）的村庄就是没半个人影子，也没鸡狗叫。今年新年里东洋小鬼打上海的时候，村里大家都嚷着"又是长毛来了"。但以后不是听说又讲和了么？他在病中，也没听说"长毛"来。可是眼前这村庄的荒凉景象多么像那"长毛打过先风"的村庄呀！他又记得他的祖父也常常说起，"长毛"到一个村庄，有时并不"开刀"，却叫村里人一块儿跟去做"长毛"；那时，也留下一座空空的村庄。难道现在他这村里的人也跟了去做"长毛"？原也听说别处地方闹"长毛"闹了好几年了，可是他这村里都还是"好百姓"呀，难道就在他病中昏迷那几天里"长毛"已经来过了么？这，想来也不像。

突然一阵脚步声在老通宝跟前跑过。老通宝吃惊地抬起头来，看见扁阔的面孔上一对细眼睛正在对着他瞧。这是他家紧邻李根生的老婆，那出名的荷花！也是瘦了一圈，但正因为这瘦，反使荷花显得俏些：那一对眼睛也像比往常讨人欢喜，那眼光中混乱着同情和惊讶。但是老通宝立刻想起了春蚕时候自己家和荷花的宿怨来，并且他又觉得病后第一次看见生人面却竟是这个"白虎星"那就太不吉利，他恨恨地吐了一口唾沫，赶快垂下头去把脸藏过了。

一会儿以后，老通宝再抬起头来看时，荷花已经不见了，太阳光晒到他脚边。于是他就想起这时候从镇上回到村里来的航船正该开船，而他的儿子阿四也许在那船上，也许已经借到了几块钱，已经买了米。他下意识地咂着舌头了。实在他亦厌恶那老调的南瓜糊，他也想到了米饭就忍不住咽口水。

"小宝！小宝！到阿爹这里来罢！"

想到米饭，便又想到那饿瘦得可怜的孙子，老通宝扬着声音叫了。这是他今天离了病床后第一次像个健康人似的高声叫着。没有回音。老通宝看看天空，第二次用尽力气提高了嗓子再叫。可是出他意外，小宝却从紧邻的荷花家里跳出来了，并且手里还拿一个扁圆东西，看去像是小烧饼。这猴子似的小孩子跳到老通宝跟前，将手里的东西冲着老通宝的脸一扬，很卖弄似的叫一声"阿爹，你看，烧饼！"就慌忙塞进嘴里去了。

老通宝忍不住也咽下一口唾沫，嘴角边也掠过一丝艳羡的微笑；但立刻他放沉了脸色，轻声问道：

"小宝！谁给你的？这——烧饼！"

"荷——荷——"

小宝嘴里塞满了烧饼，说不出来。老通宝却已经明白，他的脸色更加难看了。他这时的心理很复杂：小宝竟去吃"仇人"的东西，真是太丢脸了！而且荷花家里竟有烧饼，那又是什么"天理"呀！老通宝恨得咬牙跺脚，可又不舍得打这可怜的小宝。这时小宝已经吞下了那个饼，就很得意地说道：

"阿爹！荷花给我的。荷花是好人，她有饼！"

"放屁！"

老通宝气得脸都红了，举起手来作势要打。可是小宝不怕，又接着说：

"她还有呢！她是镇上拿来的。她说明天还要去拿米，白米！"

老通宝霍地站了起来，浑身发抖。一个半月没有米饭下肚的他，本来听得别人家有米饭就会眼红，何况又是他素来看不起的荷花家！他铁青了脸，粗暴地叫骂道：

"什么稀罕！光景是做强盗抢来的罢！有朝一日捉去杀了头，这才是现世报！"

骂是骂了，却是低声的。老通宝转眼睃着他的孙子，心里便筹算着如果荷花出来"斗口"，怎样应付。平白地诬人"强盗"，可不是玩的。然而荷花家意外地毫无声响。倒是不识趣的小宝又做着鬼脸说道：

"阿爹！不是的！荷花是好人，她有烧饼，肯给我吃！"

老通宝的脸色立刻又灰白了。他不做声，转脸看见廊檐口那破旧的水车旁边有一根竹竿，随手就扯了过来。小宝一瞧神气不对，撒腿就跑，偏偏又向荷花家钻进去了。老通宝正待追赶，蓦地一阵头晕眼花，两腿发软，就坐在泥地上，竹竿撒在一边。这时候，隔河稻场上闪出一个人来，蹀过那四根木头并排做成的"桥"，向着老通宝叫道：

"恭喜，恭喜！今天出来走动走动了！老通宝！"

虽则眼前还有几颗黑星在那里飞舞，可是一听那声音，老通宝就知道那人是村里的黄道士，心里就高兴起来。他俩在村里是一对好朋友，老通宝病时，这黄道士就是常来探问的一个。村里人也把他俩看成一双"怪物"：因为老通宝是有名的顽固，凡是带着一个"洋"字的东西他就恨如"七世冤家"，而黄道士呢，随时随地卖弄他在镇上学来的几句"斯文话"，例如叫铜钱为"孔方兄"，对人谈话的时候总是"宝眷""尊驾"那一套，村里人听去就仿佛是道士念咒，——因此就给他取了这绰号：道士。可是老通宝却就懂得这黄道士的"斯文话"。并且他常常对儿子阿四说，黄道士做种田人，真是"埋没"！

当下老通宝就把一肚子牢骚对黄道士诉说道：

"道士，说来活活气死人呢：我病了个把月，这世界就变到不像样了！你看，村坊里就像'长毛'刚来'打过先风'！那母狗白虎星，不知道到哪里去偷摸了几个烧饼来，不争气的小宝贝着嘴馋！道士，你说该打不该打？"

老通宝说着又抓起身边那竹竿，扑扑地打着稻场上的泥地。黄道士一边听，一边就学着镇上城隍庙里那"三世家传"的测字先生的神气，肩膀一摇一摆地点头叹气。末后，他悄悄地说：

"世界要反乱呢！通宝兄你知道村坊里人都干什么去了？——咳，吃大户，抢米囤！是前天白淇浜的乡下人做开头，今天我们村坊学样去了！令郎阿多也在内——可是，通宝兄，尊驾贵恙刚好，令郎的事，你只当不晓得罢了。哈哈，是我多嘴！"

老通宝听得明白，眼睛一瞪，忽地跳了起来，但立刻像头顶上碰到了什么似的又软瘫在地下，嘴唇簌簌地抖了。吃大户，抢米囤么？他心里乱扎扎地又惊又喜：喜的是荷花那烧饼果然来路"不正"，他刚才一口喝个正着，惊的是自己的小儿子多多头也干那样的事，"现世报"莫不要落在他自己身上。黄道士眯着一双细眼睛，很害怕似的瞧着老通宝，又连声说道：

"抱歉，抱歉！贵体保重要紧，要紧，是我嘴快闯祸了！目下听说'上头'还不想严办，不碍事。回头你警戒警戒令郎就行了！"

"咳，道士，不瞒你说，我一向看得那小畜生做人之道不对，老早就疑心是那'小长毛'冤鬼投胎，要害我一家！现在果然做出来了！——他不回来便罢，回来时我活埋这小畜生！道士，谢谢你，给我透个信；我真是瞒在鼓心里呀！"

老通宝抖着嘴唇恨恨地说，闭了眼睛，仿佛他就看见那冤鬼"小长毛"。黄道士料不到老通宝会"古板"到这地步，当真在心里自悔"嘴快"了，况又听得老通宝谢他，就慌忙接口说：

"岂敢，岂敢！舍下还有点小事，再会，再会；保重，保重！"

像逃走似的，黄道士转身就跑，撇下老通宝一个人坐在那里痴想。太阳晒到他头面上了，——很有些威力的太阳，他也不觉得热，他只把从祖父到父亲口传下来的"长毛"故事，颠倒地乱想。他又想到自身亲眼见过的光绪初年间全县乡下人大规模的"闹槽"，立刻几颗血淋淋的人头挂在他眼前了。他的一贯的推论于是就得到了："造反有好处，'长毛'应该老早就得了天下，可不是么？"

现在他觉得自己一病以后，世界当真变了！而这一"变"，在刚从小康的自耕农破产，并且幻想还是极强的他，想起来总是害怕！

二

到太阳落山的时候，老通宝的儿子阿四回家了。他并没借到钱，但居然带来了三斗米。

"吴老爷说没有钱。面孔很难看。可是他后来发了善心，赊给我三斗米！他那米店里囤着百几十担呢！怪不得乡下人没饭吃！今天我们赊了三斗，等到下半年田里收起来，我们就要还他五斗糙米！这还是天大的情面！有钱人总是越拌越多！"

阿四阴沉地说着，把那三斗米分装在两个甏里，就跑到屋子后边那半旧的猪棚跟前和老婆叽叽咕咕讲"私房话"。老通宝闷闷地望着猪棚边的儿子和儿媳，又望望那两口米甏，觉得今天阿四的神气也不对，那三斗米的来路也就有点不明不白。可是他不敢开口追问。刚才为了小儿子多多头的"不学好"，老通宝和四大娘已经吵过架了。四大娘骂他"老糊涂"，并且取笑他："好，好！你去告多多头连逆，你把他活埋了，人家老爷们就会赏赐你一只金元宝罢！"老通宝虽然拿出"祖传"的圣贤人的大道理——"人穷了也要有志气"这句话来，却是毫无用处。"志气"不能当饭吃，比南瓜还不如！但老通宝因这一番吵闹就更加心事重了。他知道儿子阿四尽管"忠厚正派"，却是耳根太软，经不起老婆的怂恿。而现在，他们躲到猪棚边密谈了！老通宝恨得牙痒痒地，没有办法。他远远地望着阿四和四大娘，他的思想忽又落到那半旧的猪棚上。这是五六年前他亲手建造的一个很像样的猪棚，单买木料，也花了十来块钱呢；可是去年这猪棚就不曾用，今年大概又没有钱去买小猪；当初造这棚也曾请教过风水先生，真料不到如今这么"背时"！

老通宝的一肚子怨气就都呵在那猪棚上了。他抖簌簌地向阿四他们走去，一面走，一边叫道：

"阿四！前回听说小陈老爷要些旧木料。明天我们拆这猪棚卖给他罢！倒霉的东西，养不起猪，摆在这里干什么！"

喳喳地密谈着的两个人都转过脸儿来了。薄暗中看见四大娘的脸异常兴奋，颧骨上一片红。她把嘴唇一披，就回答道：

"值得几个钱呢！这些脏木头，小陈老爷也不见得要！"

"他要的！我的老面子，我们和陈府上三代的来往，他怎么好说不要！"

老通宝吵架似的说，整个的"光荣的过去"忽又回到他眼前来了。和小陈老爷的祖父有过共患难的关系，（长毛窝里一同逃出来，）老通宝的祖父在陈府上是很有面子的：就是老通宝自己也还受到过分的优待，小陈老爷有时还叫他"通宝哥"呢！而这些特殊的遭遇，也就是老通宝的"驯良思想"的根基。

四大娘不再说什么，撅着嘴就走开了。

"阿四！到底多多头干些什么，你说！——打量我不知道么？等我断了气，这才不来管你们！"

老通宝看着四大娘走远了些，就突然转换话头，气吼吼地看着他的大儿子。

一只乌鸦停在屋脊上对老通宝父子俩哑哑地叫了几声。阿四随手抬起一块碎瓦片来赶走那乌鸦，又吐了口唾沫，摇着头，却不作声。他怎么说，而且说什么好呢？老子的话是这样的，老婆的话却又是一个样子，兄弟的话又是第三个样子。他这老实人，听听全有道理，却打不起主意。

"要杀头的呢！满门抄斩！我见过得多！"

"那——杀得完这许多么？"

阿四到底开口了，懦弱地反对着老子的意见。但当他看见老通宝两眼一瞪，额上青筋直暴，他就转口接着说道：

"不要紧！阿多去赶热闹罢哩！今天他们也没到镇上去——"

"热你的昏！黄道士亲口告诉我，难道会错？"

老通宝咬着牙齿骂，心里断定了儿子媳妇跟多多头全是一伙了。

"当真没有。黄道士，丝瓜缠到豆蔓里！他们今天是到东路的杨家桥去。老太婆女人打头，男人就不过帮着摇船。多多头也是帮她们摇船！不瞒你！"

阿四被他老子追急了，也就顾不得老婆的叮嘱，说出了真情实事。然而他还藏着两句要紧话，不肯泄漏，一是帮着摇船的多多头在本村里实在是领袖，二是阿四他本人也和老婆商量过，要是今天借不到钱，量不到米，明天阿四也帮她们"摇船"去。

老通宝似信非信地钉住了阿四看，暂时没有话。

现在天色渐渐黑下来了，老通宝家的烟囱里开始冒白烟，小宝在前面屋子里唱山歌。四大娘的声音唤着："小宝的爷！"阿四赶快应了一声，便离开他老子和那猪棚；却又站住了，松一口气似的说道：

"眼前有这三斗米，十天八天总算是够吃了；晚上等多多头回来，就叫他不要再去帮她们摇船罢！"

"这猪棚也要拆的。摆在这里，风吹雨打，白糟蹋坏了！拆下来到底也变得几个钱。"

老通宝又提到那猪棚，言外之意仿佛就是：还没有山穷水尽，何必干那些犯"工法"的事呢！接着他又用手指敲着那猪棚的木头，像一个老练的木匠考查那些木头的价值。然后，他也踱进屋子去了。

这时候，前面稻场上也响动了人声。村里"出去"的人们都回来了。小宝像一只小老鼠蹿了出去找他的叔叔多多头。四大娘慌慌忙忙的塞了一大把桑梗到灶里，也就赶到稻场上，打听"新闻"。灶上的锅盖此时也开始吹热汽，啵啵地。现在这热汽里是带着真实的米香了，老通宝嗅到了只是咽口水。他的肚子里也咕咕地叫了起来。但是他的脑子里却忙着想一点别的事情。他在计算怎样"教训"那野马似的多多头，并且怎样去准备那快就来到的"田里生活"。在这时候，在这村里，想到一个多月后的"田里生活"的，恐怕就只有老通宝他一个！

然而多多头并没回来。还有隔河对邻的陆福庆也没有回来。据说都留在杨家桥的农民家里过夜，打算明天再帮着"摇船"到鸭嘴滩，然后联合那三个村坊的农民一同到"镇上"去。这个消息，是陆福庆的妹子六宝告诉了四大娘的。全村坊的人也都兴奋地议论这件事。却没有人去告诉老通宝。大家都知道老通宝的脾气古怪。

"不回来倒干净！地痞胚子！我不认账这个儿子！"

吃晚饭的时候，老通宝似乎料到了几分似的，看着大儿子阿四的脸，这样骂起来了。阿四咂着嘴巴不开腔。四大娘朝老头子横了一眼，鼻子里似乎哼了一声。

这一晚上，老通宝睡不安稳。他一合上眼，就是梦，而且每一个梦又是很短，而且每一个梦完的时候，他总像被人家打了一棍似的在床上跳醒。他不敢再睡，可是他又倦得很，他的眼皮就像有千斤重。蒙眬中他又听得阿四他们床上叽叽咕咕有些声音，他以为是阿四夫妇俩枕头边说体己话，但突然他浑身一跳，他听得阿四大声嚷道：

"阿多头，爹要活埋你呢！——咳，你这话怕不对么！老头子不懂时势！可是会不会弥天大罪都叫你一个人去顶，人家到头来一个一个都溜走？……"

这是梦话呀，老通宝听得清楚时，浑身汗毛直竖，眼睛也睁得大大的。他撑起上半身，叫了一声：

"阿四！"

没有回音。孙子小宝从梦中笑了起来。四大娘唇舌不清地骂了一句。接着是床板响，接着又是鼾声大震。

现在老通宝睡意全无，睁眼看着黑暗的虚空，满肚子的胡思乱想。他想到三十年前的"黄金时代"，家运日日兴隆的时候；但现在除了一叠旧账簿而外，他是什么也没剩。他又想起本年"蚕花"那样熟，却反而赔了一块桑地。他又想起自己家从祖父下来代代

"正派"，老陈老爷在世的时候很称赞他们的，他自己也是从二十多岁起就死心塌地学着镇上老爷们的"好样子"，——虽然捏锄头柄，他"志气"是有的，然而他现在落得个什么呢？天老爷没有眼睛，并且他最想不通的，是天老爷还给他阿多头这业种。难道隔开了五六十年，"小长毛"的冤魂还没转世投胎么？——于是突然间老通宝冷汗直淋，全身发抖。天哪！多多头的行径活像个"长毛"呢！而且，而且老通宝猛又记起四五年前闹着什么"打倒土豪劣绅"的时候，那多多头不是常把家里藏着的那把"长毛刀"拿出来玩么？"长毛刀！"这是老通宝的祖父从"长毛营盘"逃走的时候带出来的；而且也就是用这把刀杀了那巡路的"小长毛"！可是现在，那阿多头和这刀就像凤世有缘似的！

老通宝什么都想到了，而且愈想愈怕。只有一点，他没有想到，而且万万料不到；这就是正当他在这里咬牙切齿恨着阿多头的时候，那边杨家桥的二三十户农民正在阿多头和陆福庆的领导下，在黎明的浓雾中，向这里老通宝的村坊进发！而且这里全村坊的农民也在兴奋的期待中做了一夜热闹的梦，而此时梦回神清，正也打算起身来迎接杨家桥来的一伙人了！

鱼肚自从土壁的破洞里钻进来了。稻场上的麻雀噪也听得了。喔，喔，喔！全村坊里仅存的一只雄鸡——黄道士的心肝宝贝，也在那里啼了。喔喔——喔！这远远地传来的声音有点像女人哭。

老通宝这时忽然又蒙眬睡去；似梦非梦的，他看见那把"长毛刀"亮晶晶地在他面前晃。俄而那刀柄上多出一只手来了！顺着那手，又见了栗子肌肉的臂膊，又见了浓眉毛圆眼睛的一张脸了！正是那多多头！"呔！——"老通宝又怒又怕地喊了一声，从床上直跳起来，第一眼就看见屋子里全是亮光。四大娘已经在那里烧早粥，灶门前火焰活泼地跳跃。老通宝定一定神，爬下床来时，猛又听得外边稻场上人声像阵头风似的卷来了。接着，锽锽锽！是锣声。

"谁家火起么？"

老通宝一边问，一边就跑出去。可是到了稻场上，他就完全明白了。稻场上的情形正和他亲身经过的光绪初年间的"闹漕"一

470

样。杨家桥的人，男男女女，老太婆小孩子全有，乌黑黑的一簇，在稻场上走过。"出来！一块儿去！"他们这样乱哄哄地喊着。而且多多头也在内！而且是他敲锣！而且他猛地抢前一步，跳到老通宝身前来了！老通宝脸全红了，眼里冒出火来，劈面就骂道：

"畜生！杀头胚！……"

"杀头是一个死，没有饭吃也是一个死！去罢！阿四呢？还有阿嫂？一伙儿全去！"

多多头笑嘻嘻地回答。老通宝也没听清，抡起拳头就打。阿四却从旁边钻出来，拦在老子和兄弟中间，慌慌忙忙叫道：

"阿多弟！你听我说。你也不要去了。昨天赊到三斗米。家里有饭吃了！"

多多头的浓眉毛一跳，脸色略变，还没出声，突然从他背后跳出一个人来，正是那陆福庆，一手推开了阿四，哈哈笑着大叫道：

"你家里有三斗米么？好呀！杨家桥的人都没吃早粥，大家来罢！"

什么？"吃"到他家来了么？阿四简直不能相信自己的耳朵。可是杨家桥的人发一声喊，已经拥上来，已经闯进阿四家里去了。老通宝就同心头割去了块肉似的，狂喊一声，忽然眼前乌黑，腿发软，就蹲在地下。阿四像疯狗似的扑到陆福庆身上，夹脖子乱咬，带哭的声音哼哼唧唧骂着。陆福庆一面招架；一面急口喝道：

"你发昏么？算什么！——阿四哥！听我讲明白！呔！阿多！你看！"

突然阿四放开陆福庆，转身揪住了多多头，一边打，一边哭，一边嚷：

"毒蛇也不吃窝边草！你引人来吃自家了！你引人来吃自家了！"

阿多被他哥哥抱住了头，只能嗬嗬地哼。陆福庆想扭开他们也不成功。老通宝坐在地上大骂。幸而来了陆福庆的妹子六宝，这才帮着拉开了阿四。

"你有门路，赊得到米，别人家没有门路，可怎么办呢？你有米吃，就不去，人少了，事情弄不起来，怎么办呢？——嘿嘿！不是白吃你的！你也到镇上去，也可以分到米呀！"

多多头喘着气，对他的哥哥说。阿四这时像一尊木偶似的蹲在地下出神。陆福庆一手捺着颈脖上的咬伤，一手拍着阿四的肩膀，也说道：

"大家讲定了的：东村坊上谁有米，就先吃谁，吃光了同到镇上去！阿四哥！怪不得我！大家讲定了的！"

"长毛也不是这样不讲理的，没有这样蛮！"

老通宝到底也弄明白那是怎么一回事，就轻声儿骂着，却不敢看着他们的脸骂，只把眼睛望住了地下。同时他心里想道：好哇！到镇上去！到镇上去吃点苦头，这才叫做现世报，老天爷有眼！那时候，你们才知道老头子的一把年纪不是活在狗身上罢！

这时候，杨家桥的人也从老通宝家里回出来了，嚷嚷闹闹地捧着那两个米砻。四大娘披散着头发，追在来砻后面，一边哭，一边叫：

"我们自家吃的！自家吃的！你们连自家吃的都要抢么？强盗！杀胚！"

谁也不去理她。杨家桥的人把两个米砻放在稻场中央，就又敲起锣来。六宝下死劲把四大娘拉开，吵架似的大声喊着，想叫四大娘明白过来：

"有饭大家吃！你懂么，有饭大家吃，谁叫你磕头叫饶去赊米来呀？你有地方赊，别人家没有呀！别人都饿死，就让你一家活么？嘘，嘘！号天号地哭，像死了老公呀！大家吃了你的，回头大家还是帮你要回来！哭什么呀！"

蹲在那里像一尊木偶的阿四这时忽然叹一口气，跑到他老婆身边，好像劝慰又好像抱怨似的说道：

"都是你出的主意！现在落得一场空！有什么法子？跟他们一伙儿去罢！天坍压大家！"

不知道从哪里弄采的两口大锅子，已经摆在稻场上了。东村坊的人和杨家桥的人合在一伙，忙着淘米烧粥，清早的浓雾已散，金黄的太阳光斜射在稻场上，晒得那些菜色的人脸儿都有点红喷喷了。在那小河的东端，水深而且河面阔的地点，人家摆开五六条赤膊船，船上人兴高采烈地唱着山歌。就是这些船要载两个村庄的人向镇上去的!

老通宝蹲在地上不出声,用毒眼望住那伙人嚷嚷闹闹地吃了粥,又嚷嚷闹闹地上船开走。他像做梦似的望着望着,他望见使劲摇船的阿多头,也望见哭丧脸的阿四和四大娘——现在她和六宝谈得很投契似的;他又望见那小宝站在船艄上,站在阿多头旁边,学着摇船的姿势。

然后,像梦里醒过来似的,老通宝猛跳起身,沿着那小河滩,从东头跑到西头。为什么要这样跑,他自己也不大明白;他只觉得心口里有一团东西塞住,非要找一个人谈一下不可而已。但是全村坊静悄悄地没有人影,连小孩子也没有。

终于当他沿着河滩从西头又跑到东头的时候,他看见隔河也有一个人发疯似的迎面跑来。最初他看不清那人的面孔,——那人头上包着一块白布。但在那四根木头的小桥边,他看明白那人正是黄道士的时候,他就觉得心口一松,猛喊道:

"长毛也不是那么不讲理!记住!老子一把年纪不是活在狗身上的!到镇上去吃苦头!他们这伙杀胚!"

黄道士也站住了。好像不认识老通宝似的,这黄道士端详了半晌,这才带着哭声说:

"岂有此理,岂有此理!我告诉你,我的老雄鸡也被他们吃了,岂有此理!"

"杀胚,——你说一只老雄鸡么?算什么!人也要杀呢!杀,杀,杀胚!"

老通宝一边嚷,一边就跑回家去。

当天晚上全村坊的人都安然回来,而且每人带了五升米。这使得老通宝十分惊奇。他觉得镇上的老爷们也不像"老爷"了;怎么看见三个村坊一百多乡下人闹到镇里来,就怕得什么似的赶快"讲好",派给每人半斗米?而且因为他们"老爷"太乏,竟连他老通宝的一把年纪也活到狗身上去!当真这世界变了,变到他想来想去想不通,而多多头他们耀武扬威!

三

現在"抢米囤"的风潮到处勃发了。周围二百里内的十多个小乡镇上，几乎天天有饥饿的农民"聚众滋扰"。那些乡镇上的绅士们觉得农民太不识趣，就把慈悲面孔撩开，打算"维持秩序"了。于是县公署，区公所，乃至镇商会，都发了堂皇的六言告示，晓谕四乡：不准抢米囤，吃大户，有话好好儿商量。同时地方上的"公正"绅士又出面请当商和米商顾念"农艰"，请他们亏些"血本"，开个方便之门，渡过眼前那恐慌。

可是绅士们和商人们还没议定那"方便之门"应该怎么一个开法，农民的肚子已经饿得不耐烦了。六言告示没有用，从图董变化采的村长的劝告也没有用，"抢米囤"的行动继续扩大，而且不复是百来人，而是五六百、上千了！而且不复限于就近的乡镇，却是用了"远征军"的形式，向城市里来了！

离开老通宝的村坊约有六十多里远的一个繁盛的市镇上就发生了饥饿的农民和军警的冲突。军警开了"朝天枪"。农民被捕了几十。第二天，这市镇就在数千愤怒农民的包围中和邻近各镇失了联络。

这被围的市镇不得不首先开了那"方便之门"。这是简单的三条：农民可以向米店赊米，到秋收的时候，一石还一石；当铺里来一次免息放赎；镇上的商会筹措一百五十担米交给村长去分俵。绅商们很明白目前这时期只能坚守那"大事化为小事"的政策，而且一百五十担米的损失又可以分摊到全镇的居民身上。

同时，省政府的保安队也开到交通枢纽的乡镇上保护治安了。保安队与"方便之门"双管齐下，居然那"抢米囤"的风潮渐渐平下去；这时已经是阴历六月底，农事也迫近到眉毛梢了。

老通宝一家总算仰仗那风潮，这一晌来天天是一顿饭，两顿粥，而且除了风潮前阿四赊来的三斗米是冤枉债而外，竟也没有添上什么新债。但是现在又要种田了，阿四和四大娘觉得那就是强迫他们把债台再增高。

老通宝看见儿子媳妇那样懒懒地不起劲，就更加暴躁。虽则一个多月来他的"威望"很受损伤，但现在是又要"种田"而不是"抢米"，老通宝便像乱世后的前朝遗老似的，自命为重整残局的识途老马。他朝朝暮暮在阿四和四大娘跟前晓晓不休地讲着田里的事，讲他自己少壮的时候怎样勤奋，讲他自己的老子怎样永不灰心地做着，做着，终于创立了那份家当。每逢他到田里去了一趟回来，就大声喊道：

"明天，后天，一定要分秧了！阿四，你鬼迷了么？还不打算打算肥料？"

"上年还剩下一包肥田粉在这里呀！"

阿四有气无力地回答。突然老通宝跳了起来，恶狠狠地看定了他的儿子说：

"什么肥田粉！毒药！洋鬼子害人的毒药！我就知道祖宗传下来的豆饼好！豆饼力道长！肥田粉吊过了壮气，那田还能用么？今年一定要用豆饼了！"

"哪来的钱去买一张饼呢？就是剩下来那包粉，人家也说隔年货会走掉了力，总得掺一半新的；可是买粉的钱也没有法子想呀！"

"放屁！照你说，就不用种田了！不种田，吃什么，用什么，拿什么来还债？"

老通宝跳着脚咆哮，手指头戳到阿四的脸上。阿四苦着脸叹气。他知道老子的话不错，他们只有在田里打算半年的衣食，甚至还债；可是近年来的经验又使他知道借了债来做本钱种田，简直是替债主做牛马，——牛马至少还能吃饱，他一家却是吃不饱。"还种什么田！白忙！"——四大娘也时常这么说。他们夫妇俩早就觉得多多头所谓"乡下人欠了债就算一世完了"这句话真不错，然而除了种田有别的活路么？因此他们夫妇俩最近的决议也不过是：决不为了种田要本钱而再借债。

看见儿子总是不作声，老通宝赌气，说是"不再管他们的账"了。当天下午他就跑到镇里，把儿子的"败家相"告诉了亲家张老头儿，又告诉了小陈老爷；两位都劝老通宝看破些，"儿孙自有儿孙福"。那一天，老通宝就住在镇上过夜。可是第二天一清早，小陈老爷刚刚抽足了鸦片打算睡觉，老通宝突然来借钱了。数目不多，一张豆饼的代价。一心想睡觉的小陈老爷再三推托不开，只好答应出面到豆饼行去赊。

豆饼拿到手后，老通宝就回家，一路上有说有笑。到家后他把那饼放在廊檐下，却板起了脸孔对儿子媳妇说：

"死了才不来管你们呀！什么债，你们不要多问，你们只管替我做！"

春蚕时期的幻想，现在又在老通宝的倔强的头脑里蓬勃发长，正和田里那些秧一样。天天是金黄色的好太阳，微微的风，那些秧就同有人在那里拔似的长得非常快。河里的水却也飞快地往下缩。水车也拿出来摆在埂头了。阿四一个人忙不过来。老通宝也上去踏了十多转就觉得腰酸腿重气喘。"哎！"叹了一声，他只好爬下来，让四大娘上去接班。

稻发疯似的长起来，也发疯似的要水喝。每天的太阳却又像火龙似的把河里的水一寸一寸地喝干。村坊里到处嚷着"水车上要人"，到处拉人帮忙踏一班。荷花家今年只种了些杂粮，她和她那不声不响的可怜相的丈夫是比较空闲的，人们也就忘记了荷花是"白虎星"，三处四处拉他们夫妇俩走到车上替一班。陆福庆今年退了租，也是空身子，他们兄妹俩就常常来帮老通宝家。只有那多多头，因为老通宝死不要见他，村里很少来；有时来了，只去帮别人家的忙。

每天早上人们起来看见天像一块青石板似的晴朗，就都皱了眉头。偶尔薄暮时分天空有几片白云，全村的人都欢呼起来。老太婆眯着老花眼望着天空念佛。但是一次一次只是空高兴。扣到一个足月，也没下过一滴雨呀！

老通宝家的田因为地段高，特别困难。好容易从那干涸的河里车起了浑浊的泥水来，经过那六七丈远的沟，便被那燥渴的泥土截收了一半。田里那些壮健的稻梗就同患了贫血症似的一天一天见得黄萎了。老通宝看着心疼，急得搓手跺脚没有办法。阿四哭丧着脸不开口。四大娘冷一句热一句抱怨；咬定了今年的收成是没有巴望的了，白费了人工，而且多欠出一张豆饼的债！

"只要有水，今天的收成怕不是上好的！"

老通宝听到不耐烦的时候，软软地这样回答。四大娘立刻叫了起来：

"呀！水，水！这点子水，就好比我们的血呀！一股脑儿只有我和阿四，再搭上陆家哥哥妹妹俩算一个，三个人能有多少血？磨了这个把月，也干了呀！多多头是一个生力，你又不要他来！呀——呀——"

"当真叫多多头来罢！他比得上一条牛！"

阿四也抢着说，对老婆努了一下嘴巴。

老通宝不作声，吐了一口唾沫。

第二天，多多头就笑嘻嘻地来帮着踏车了。可是已经太迟。河水干到只剩河中心的一泓，阿四他们接了三道戽，这才彀得到水头，然而半天以后就不行了，任凭多多头力大如牛，也车不起水来。靠西边，离开他们那水车地位四五丈远，水就深些，多多头站在那里没到腰。可是那边没有埝头，没法排水车。如果晚上老天不下雨，老通宝家的稻就此完了。

不单是老通宝家，村里谁家的田不是三五天内就要干裂的像龟甲呀！人们爬到高树上向四下里张望。青石板似的一个天，简直没有半点云彩。

唯一的办法是到镇上去租一架"洋水车"来救急。老通宝一听到"洋"字，就有点不高兴。况且他也不大相信那洋水车会有那么大的法力。去年发大水的时候，邻村的农民租用过那洋水车。老通宝虽未目睹，却曾听得那爱管闲事的黄道士啧啧称羡。但那是"踏大水车"呀，如今却要从半里路外吸水过来，怕不灵罢？正在这样怀疑着的老通宝还没开口，四大娘却先忿忿地叫了起来：

"洋水车倒好，可是租钱呢？没有钱呀！听说踏满一爿田就要一块多钱！"

"天老爷显灵。今晚上落一场雨，就好了！"

老通宝也决定了主意了。他急急忙忙跑到村外小桥头那座简陋不堪的"财神堂"前磕了许多响头，许了大大的愿心。

这一夜，因为无水可车，阿四他们倒呼呼地睡了一个饱。老通宝整夜没有合眼。听见有什么簌簌的响声，便以为是在下雨了，他就一骨碌爬起来，到廊檐口望着天。并没有雨，但也没有星，天是一张灰色的脸。老通宝在失望之下还有点希望，于是又跪在地下祷告。到他第三次这样爬起床来探望的时候，东方已经发白，他就跑到田里去看他那宝贝的稻。夜来露水是有的，稻比白天在骄阳下稍稍显得青健。但是田里的泥土已经干裂，有几处简直把手指头压上去不觉得软。老通宝心跳得卜卜地响。他知道过一会儿来了太阳光一照，这些稻准定是没命的，他一家也就没命了。

他回到自家门前的稻场上。一轮血红的太阳正在东方天边探出头来。稻场前那差不多干到底的小河长满了一身的野草。本村坊的人又利用那河滩种了些玉蜀黍，现在都像人那样高了。五六个人站在那玉蜀黍旁边吵架似的嚷着。老通宝惘然走过去，也站在那伙人旁边。他们都是村里人，正在商量大家打伙儿去租用镇上那条"洋水车"。他们中间一个叫做李老虎的说：

"要租，就得赶快！洋水车天天有生意。昨晚上说是今天还没定出，你去迟了就扑一个空，那不是糟糕？老通宝，你也来一股罢？"

老通宝瞪着眼发怔，好像没有听明白。有两个念头填满了他的心，使他说不出话来；一个是怕"洋水车"也未必灵，又一个是没有钱。而且他打算等别人用过了洋水车，当真灵，然后他再来试一下。钱呢，也许可以欠几天。

这天上午，老通宝和阿四他们就像守着一个没有希望的病人似的在圩头下埂头上来来回回打磨旋。稻是一刻比一刻"不像"了，最初垂着头，后来就折腰，田里的泥土喷喷地发出燥裂的叹息。河里已经无水可车，村坊里的人全都闲着。有几个站在村外的小桥上，焦灼地望着那还没见来的医稻的郎中，——那洋水车！

正午时分，毒太阳就同火烫一般，那些守在小桥上的人忽然发一声喊：来了！一条小船上装着一副机器，——那就是洋水车！看去并没什么出奇的地方，然而这东西据说抽起水来就比七八个壮健男人还厉害。全村坊的人全出来观看了。老通宝和他的儿子也在内。他们看见那装着机器的船并不拢岸，就那么着泊在河心，却把几丈长臂膊粗的发亮的软管子拖到岸上，又搁在田横埂头。

"水就从这管口里出来，灌到田里！"

管理那软管子的镇上人很卖弄似的对旁边的乡下人说。

突然，那船上的机器发喘似的叫起来。接着，咕的一声，第一口水从软管子口里吐出来了，于是就汩汩汩地直泻，一点也不为难。村里人看着，嚷着，笑着，忘记了这水是要花钱的。

老通宝站得略远些，瞪出了眼睛，注意地看着。他以为船上那突突地响着的家伙里一定躲着什么妖怪，——也许就是镇上土地庙前那池潭里的泥鳅精，而水就是泥鳅精吐的涎沫，而且说不定到晚上这泥鳅精又会悄悄地来把它此刻所吐的涎沫收回去，于是明天镇上人再来骗钱。

但是这一切的狐疑始终敌不住那绿汪汪的水的诱惑。当那洋水车灌好了第二爿田的时候，老通宝决定主意请教这"泥鳅精"，而且决定主意夜里拿着锄头守在田里，防那泥鳅精来偷回它的唾沫。

他也不和儿子媳妇商量，径拉了黄道士和李老虎做保人，担保了二分月息的八块钱，就取得船上人的同意，也叫那软管子到他田里放水去了。

太阳落山的时候，老通宝的田里平铺着一寸深的油绿绿的水，微风吹着，水皱的像老太婆的脸。老通宝看着很快活，也不理四大娘的唠唠叨叨聒着"又是八块钱的债！"八块钱诚然不是小事，但收起米不是可以卖十块钱一担么？去年糙米也还卖到十一块半呀！

一切的幻想又在老通宝心里复活起来了。

阿四仍然摆着一张哭丧脸，呆呆地对田里发怔。水是有了，那些稻依然垂头弯腰，没有活态。水来得太迟，这些娇嫩的稻已经被太阳晒脱了力。

"今晚上用一点肥田粉，明后天就会好起来。"

忽然多多头的声音在阿四耳边响。阿四心就一跳。可不是，还有一包肥田粉，没有用过呀！现在是用当其时了。吊完了地里的壮气么？管他的！但是猛不防老通宝在那边也听得多多头那句话，这老头子就像疯老虎似的扑过来喊道：

"毒药！小长毛的冤鬼，杀胚！你要下毒药么？"

大家劝着，把老通宝拉开。肥田粉的事，就此不提了。老通宝余怒未息地对阿四说：

"你看！过一夜，就会好的！什么肥田粉，毒药！"

于是既怕那泥鳅精来收回唾液，又怕阿四他们偷偷地去下肥田粉，这一夜里，老通宝抵死也要在田塍上看守了。他不肯轻易传授他的"独得之秘"，他不说是防着泥鳅精，只说恐怕多多头串通了阿四还要来胡闹。他那顽固是有名的。

一夜平安过去了，泥鳅精并没来收回它的水，阿四和多多头也没胡闹。可是那稻照旧奄奄无生气，而且有几处比昨天更坏。老通宝疑惑是泥鳅精的唾液到底不行，然而别人家田里的稻都很青健。四大娘噪得满天红，说是"老糊涂断送了一家的性命"。老通宝急得脸上泛成猪肝色。陆福庆劝他用肥田粉试试看，或者还中用，老通宝呆瞪着眼睛只不作声。那边阿四和多多头早已拿出肥田粉来撒布了。老通宝别转脸去不愿意看。

以后接连两天居然没有那烫得皮肤上起泡的毒太阳。田里水还有半寸光景。稻又生青壮健起来了。老通宝还是不肯承认肥田粉的效力，但也不再说是毒药了。阴天以后又是萧索索的小雨。雨过后有微温的太阳光。稻更长得有精神了，全村坊的人都松一口气，现在有命了：天老爷还是生眼睛的！

接着是凉爽的秋风来了。四十多天的亢旱酷热已成为过去的噩梦。村坊里的人全有喜色。经验告诉他们这收成不会坏。"年纪不是活在狗身上"的老通宝更断言着"有四担米的收成",是一个大熟年！有时他小心地抚着那重甸甸下垂的稻穗，便幻想到也许竟有五担的收成，而且粒粒谷都是那么壮实！

同时他的心里便打着算盘：少些说，是四担半罢，他总共可以收这么四十担；完了八八六担四的租米，也剩三十来担；十块钱一担，也有三百元，那不是他的债清了一大半？他觉得十块钱一担是最低的价格！

只要一次好收成，乡下人就可以翻身，天老爷到底是生眼睛的！

但是镇上的商人却也生着眼睛，他们的眼睛就只看见自己的利益，就只看见铜钱，稻还没有收割，镇上的米价就跌了！到乡下人收获他们几个月辛苦的生产，把那粒粒壮实的谷打落到稻箪里的时候，镇上的米价飞快地跌到六元一石！再到乡下人不怕眼睛盲地砻谷的时候，镇上的米价跌到一担糙米只值四元！最后，乡下人挑了糙米上市，就是三元一担也不容易出脱！米店的老板冷冷地看着哭丧着脸的乡下人，爱理不理似的冷冷地说：

"这还是今天的盘子呀！明天还要跌！"

然而讨债的人却川流不绝地在村坊里跑，汹汹然嚷着骂着。请他们收米罢？好的！糙米两元九角，白米三元六角！

老通宝的幻想的肥皂泡整个儿爆破了！全村坊的农民哭着，嚷着，骂着。"还种什么田！白辛苦了一阵子，还欠债！"——四大娘发疯似的见到人就说这一句话。

春蚕的惨痛经验作成了老通宝一场大病，现在这秋收的惨痛经验便送了他一条命。当他断气的时候，舌头已经僵硬不能说话，眼睛却还是明朗朗的；他的眼睛看着多多头似乎说："真想不到你是对的！真奇怪！"

1933年1月

后　记①

　　右《子夜》十九章，始作于一九三一年十月，至一九三二年十二月五日脱稿；其间因病，因事，因上海战事，因天热，作而复辍者，综计亦有八个月之多，所以也还是仓促成书，未遑细细推敲。

　　但构思时间却比较的长些。一九三〇年夏秋之交，我因为神经衰弱、胃病、目疾，同时并作，足有半年多不能读书作文，于是每天访亲问友，在一些忙人中间鬼混，消磨时光。就在那时候，我有了大规模地描写中国社会现象的企图。后来我的病好些，就时常想实现我这"野心"。到一九三一年十月，乃整理所得的材料，开始写作。所以此书在构思上，我算是用过一番心的。

　　现在写成了，自视仍复疏漏，可是我已经疲倦了，而神经衰弱病又有复发之势，我不遑再计工拙，就靦然出版了。

　　我的原定计划比现在写成的还要大许多。例如农村的经济情形、小市镇居民的意识形态（这决不像某一班人所想象那样单纯），以及

---

　　① 初刊于一九三三年一月开明书店版《子夜》。

一九三〇年的"新儒林外史"，——我本来都打算连锁到现在这本书的总结构之内；又如书中已经描写到的几个小结构，本也打算还要发展得充分些；可是都因为今夏的酷热损害了我的健康，只好马马虎虎割弃了，因而本书就成为现在的样子——偏重于都市生活的描写。

我仍得感谢医生诚实，药物有灵，使我今日还能在这里饶舌！

茅　盾
一九三二年十二月

再来补充几句①

出版社要求我写个新的后记。我以为四十五年前此书初版的《后记》已经说明了写作经过以及此书之所以成为"半肢瘫痪"的原因；那么，"新"的后记又将说些什么呢？但是出版社却提出具体的要求：说说此书的写作意图。

无可奈何，只好勉力试为之。

一九三九年五月，我在乌鲁木齐，曾应新疆学院学生的要求，作了一次讲演。当时的讲演记录后来登载在《新疆日报》的副刊，加了个题目：《〈子夜〉是怎样写成的？》。解放后，外文出版局出版的英文本《子夜》把这个讲演记录的一部分译为英文，用《关于〈子夜〉》的题目登在本文的前页，算是代序。但是那次的讲演只是以《子夜》为引线，泛论了小说写作的如何必须有生活经验作基础，如何分析社会现象，确定主题思想，然后把握典型环境，创造典型环境中的典型人物。要说《子夜》的写作意图，无非如此这般。但意图同实践，总有距离。就《子夜》而言，它能完成意图的百分之几呢？那么，具体地简要地说来，不过如下。

《子夜》的时代背景是一九三〇年春末夏初。这短短的时间内，

---

① 初刊于一九七七年十二月人民文学出版社版《子夜》。

有几件大事值得一提。第一，国民党内部争权的斗争，又一次爆发为内战。汪精卫、冯玉祥、阎锡山为一方，蒋介石为另一方，沿津浦铁路一带作战，其规模之大，战争的激烈，创造了国民党内战的纪录。老百姓遭殃自不待言，工商业也受到阻碍。第二，欧洲经济恐慌影响到当时中国的民族工业，一些以外销为主要业务的轻工业受到严重打击，濒于破产。第三，中国的民族资产阶级为了挽救自己，就加强对工人的剥削。增加工作时间，减低工资，大批开除工人，成为普遍现象，这就引起了工人的猛烈反抗，罢工浪潮一时高涨。第四，处于三座大山残酷压迫下的农民，在共产党领导下武装起义，势已燎原。

《子夜》原来的计划是打算通过农村（那里的革命力量正在蓬勃发展）与城市（那里敌人力量比较集中因而也是比较强大的）两者革命发展的对比，反映出这个时期中国革命的整个面貌，加强作品的革命乐观主义。小说的第四章就是伏笔。但这样大的计划，非当时作者的能力所能胜任，写到后来，只好放弃。而又舍不得已写的第四章，以致它在全书中成为游离部分。同时，单写城市工人运动，既已不能表现当时的革命主流，而当时的城市工人运动在李立三路线的错误指导之下，虽然声势浩大，敌人惊慌失措，而革命力量也蒙受了不少的损失，这就使小说的气氛，虽有悲壮之处，而大体仍然暗淡，显不出中国革命进行的伟大气魄与最后的必然胜利的前景。

对于立三路线，小说是作了批判的，但不深入。也没有描写到当时地下党员中间反立三路线的斗争。

以上种种，都与作者当时的生活经验有关。

这本书写了三个方面：买办资产阶级，民族资产阶级，革命运动者及工人群众。三者之中，前两者是作者与有接触，并且熟悉，比较真切地观察了其人与其事的；后一者则仅凭"第二手"的材料，即身与其事者乃至第三者的口述。这样的题材的来源，就使得这部小说的描写买办资产阶级与民族资产阶级的部分比较生动真实，而描写革命运动者及工人群众的部分则差得多了。至于农村革命势力的发展，则连"第二手"的材料也很缺乏，我又不愿意向壁虚构，结果只好不写。此所以我称这部书是"半肢瘫痪"的。

剩下一个问题不可以不说几句：这部小说的写作意图同当时颇为热

闹的中国社会性质论战有关。当时参加论战者，大致提出了这样三个论点：一、中国社会依然是半封建半殖民地的性质；打倒国民党法西斯政权（它是代表了帝国主义、大地主、官僚买办资产阶级的利益的），是当前革命的任务；工人、农民是革命的主力；革命领导权必须掌握在共产党手中。这是革命派。二、认为中国已经走上资本主义道路，反帝、反封建的任务应由中国资产阶级来担任。这是托派。三、认为中国的民族资产阶级可以在既反对共产党所领导的民族、民主革命运动，也反对官僚买办资产阶级的夹缝中取得生存与发展，从而建立欧美式的资产阶级政权。这是当时一些自称为进步的资产阶级学者的论点。《子夜》通过吴荪甫一伙终于买办化，强烈地驳斥了后二派的谬论。在这一点上，《子夜》的写作意图和实践，算是比较接近的。

当然，《子夜》的缺点和错误还很多，读者自知，这里就不噜苏了。

一九七七年十月九日茅盾记于北京